Ein Sommer voller Liebe

Susan Wiggs
Träume von dir
Seite 7

Linda Winstead Jones
Falsche Küsse – echte Liebe
Seite 229

Beverly Barton
Eine sinnliche Affäre
Seite 371

Laura Wright
Mein sexy Nachbar
Seite 575

MIRA® TASCHENBUCH
Band 25924
1. Auflage: Mai 2016

MIRA® TASCHENBÜCHER
erscheinen in der HarperCollins Germany GmbH,
Valentinskamp 24, 20354 Hamburg
Geschäftsführer: Thomas Beckmann

Konzeption/Reihengestaltung: fredebold&partner GmbH, Köln
Umschlaggestaltung: büropecher, Köln
Redaktion: Christiane Branscheid
Titelabbildung: HarperCollins France / Getty Images, München / Masterfile
Satz: GGP Media GmbH, Pößneck
Druck und Bindearbeiten: GGP Media GmbH, Pößneck
Printed in Germany
Dieses Buch wurde auf FSC®-zertifiziertem Papier gedruckt.
ISBN 978-3-95649-299-0

www.harpercollins.de

Werden Sie Fan von MIRA Taschenbuch auf Facebook!

Susan Wiggs

Träume von dir

Roman

Aus dem Amerikanischen von
Inken Kahlstorff

Aus Sugar Spinellis kleinem Lehrbuch:

Wer meint, Liebe sei nicht käuflich, kennt nur nicht die richtigen Läden. Das jedenfalls sagte ich Twyla McCabe, als wir von der Junggesellenversteigerung in Lost Springs erfuhren. Mit den Jahren hat sie gelernt, mehr und mehr auf mich zu hören, und ich kann stolz behaupten, die erste und treueste Kundin in „Twyla's Tease 'n' Tweeze"-Salon zu sein.

    Ihr wisst, wie es in Schönheitssalons zugeht. Wir reden über alles. Wirklich alles. Also hauptsächlich über Männer. Wir lieben sie, wir hassen sie, wir können ohne sie nicht leben. Und dieser Rob Carter! Den hätte ich mir selbst gern gekrallt. Aber er und Twyla sind wie füreinander geschaffen. Sie weiß es bloß noch nicht.

Liebe Leserin,

ich lebe auf einer einsamen Insel im Puget Sound und kenne mich deshalb bestens mit Versandkatalogen aus. Ich dachte, mir wäre vom hauchdünnen Dessous bis zur magenfreundlichen Gurke schon alles untergekommen. Doch dann kam der Katalog für die Junggesellenversteigerung.

Stellen Sie sich vor, Sie blättern durch einen Hochglanzkatalog voller Fotos mit bildhübschen Männern! Männern, die sich mit Ihnen verabreden und Sie – ganz nach Ihren Wünschen – ausführen wollen.

Stellen Sie sich vor, das sei nicht nur erlaubt, sondern auch politisch korrekt, weil der Erlös einem guten Zweck zugutekommt!

Keine einzige Frau würde dem widerstehen können. Ich jedenfalls konnte es nicht. Voller Freude habe ich mich in diese Fantasiewelt gestürzt und eine Geschichte geschrieben, die mitten im westlichen Herzen Amerikas spielt und vom Lachen, Weinen und ein klein wenig auch vom Ehestiften handelt. Ich hoffe, Sie begleiten Twyla und ihre treuen Salonkundinnen durch Lightning Creek, wo jeder Junggeselle begehrt ist, die Frisur jeden Tag sitzt und und alle Träume wahr werden.

Herzliche Grüße
Susan Wiggs

1. KAPITEL

*L*iebes, du brauchst einen Mann", sagte Mrs. Duckworth.

„Ich brauche was?"

„Einen Mann, du weißt schon. Ein großes männliches Wesen mit breiten Schultern und vielen Muskeln."

Twyla McCabe nahm den Stielkamm und trennte geschickt eine von Theda Duckworths silbernen Strähnen ab. „So einen hatte ich mal, er hat mir überhaupt nicht gutgetan. Jetzt habe ich einen Hund."

Mrs. Duckworth gestikulierte in Richtung der anderen Kundinnen im Salon. „Wir Frauen hier haben das besprochen, Herzchen. Es ist Zeit, dass du dir einen Mann suchst", sagte sie betont geduldig.

Twyla beugte sich über den Frisierstuhl und begutachtete Mrs. Duckworths Haaransatz. „Süße, ich glaube, wir haben die Lavendeltönung zu lange einwirken lassen. Warum sollte ich mir den Ärger antun?"

Mrs. Duckworth fing Twylas Blick in dem großen runden Frisierspiegel auf. Ihr erstauntes Blinzeln beirrte die pensionierte Lehrerin nicht im Geringsten.

„Damit er dich auf das zehnjährige Klassentreffen begleitet", sagte Mrs. Duckworth mit ernster Stimme.

Twyla tauchte den Kamm in die Edelstahlschüssel mit dem Lösungsmittel. „Diep", wandte sie sich an die Nagelpflegerin, „du solltest das Klassentreffen doch nicht erwähnen! Mein Entschluss steht fest."

Diep Tran lackierte Mrs. Spinellis Fingernägel. „Ich habe kein Wort darüber verloren", sagte sie, ohne aufzublicken.

„Aber du hast allen die Einladung gezeigt, nicht wahr?", fragte Twyla und spürte, wie ihr die Schamesröte ins Gesicht stieg.

„Ein Bild von dir mit Krone, das musste ich allen zeigen", sagte Diep ungerührt und beugte den Kopf tiefer über die Hand ihrer Kundin. Mit einem extrafeinen Pinsel lackierte sie eine winzige Melonenscheibe auf jeden Nagel. Was Nail Art betraf, machte ihr keiner etwas vor. Diep Tran war die Georgia O'Keeffe der Nagellackkünste. Sie erfüllte ihren Kundinnen sämtliche Wünsche von anatomisch korrekten griechischen Göttern bis zu dem Schriftzug „Es ist aus!" in Druckbuchstaben. Seit sie im Salon arbeitete, lief das Geschäft noch besser, und inzwischen gab es viele Stammkundinnen, die regelmäßig zur Maniküre kamen. Nur leider musste sie ihre Nase andauernd in die Angelegenheiten anderer stecken.

Twyla wunderte sich immer noch, dass ihre ehemaligen Klassenkameraden der Hell Creek Highschool sie aufgespürt hatten. Nach allem, was passiert war, hatte sie niemandem in ihrem Heimatort erzählt, wo sie hingezogen war. Aber irgendwie hatte die Einladung zum Klassentreffen ihren Weg durch Wyoming zu ihr gefunden.

„Wie oft kriegen wir dich schon mit Krone auf dem Kopf zu sehen, Herzchen?", fragte Mrs. Duckworth schmunzelnd. Unter ihrem roséfarbenen Umhang mit dem paillettenbesetzten Salonlogo – einem Paar roter Schuhe – zog sie den Newsletter des Organisationskomitees hervor. Den Titel zierten ein Bild der Hell Creek Highschool und eine Fotomontage der Schüler des Jahrgangs von vor zehn Jahren.

Mein Gott, was waren wir jung! dachte Twyla mit Blick auf die Titelseite. Die Schulabgänger lachten voller Selbstvertrauen und Zuversicht, sie sahen jung und stark aus. Ihre jugendlichen Gesichter strahlten vor Freude auf die unbegrenzten Möglichkeiten, die vor ihnen lagen.

Diese Jugendlichen hatten ihr Leben noch vor sich. Jeder Einzelne von ihnen war überzeugt, ihm gehöre die Zukunft.

Das größte Foto in der Mitte zeigte eine sehr viel jüngere Twyla mit einer funkelnden Tiara im Haar und Arm in Arm mit einem jungen Mann, der sie voller Bewunderung ansah. Sein Gesichtsausdruck verriet nicht, was die Jahre, die auf diesen Tag folgen sollten, bringen würden.

Twyla schämte sich beinahe dafür, wie lebhaft ihre Erinnerungen an den Abend waren. Jenen Abend, als sie genau zu wissen schien, wie ihr Leben verlaufen würde, als ihre Träume sie weit über die Kleinstadt in Wyoming, in der sie geboren und aufgewachsen war, hinaustrugen.

So viel zu dem Mädchen mit den vielversprechendsten Aussichten.

Diep und Sugar Spinelli steckten flüsternd ihre Köpfe über dem Maniküretisch zusammen. Mrs. Spinellis Ohrringe glitzerten, allerdings längst nicht so hell wie ihre Augen.

Sadie Kittredge hob die Trockenhaube von ihren Lockenwicklern und nahm Mrs. Duckworth die Einladung aus der Hand. „Wer hätte das gedacht?", fragte sie lächelnd und blickte von der Einladung zu Twyla auf. „Du warst Aschenputtel."

Twyla griff hastig nach der Einladung. „Und seht, was aus ihr geworden ist."

„Und wenn sie nicht gestorben sind, so leben sie noch heute glücklich bis ans Ende ihrer Tage. Das kennt jedes Kind."

Twyla ließ eine Schachtel Alustreifen in ihren Händen auf und ab wippen. „Und warum erfahren wir nie, was danach kommt?"

„Kinder, Bausparvertrag, Schwiegereltern … Wer will davon schon lesen?" Sadie zwinkerte ihr zu und schnalzte mit ihrem Kaugummi. „Du gehst also hin?"

„Nein", sagte Twyla, „weißt du, wo Hell Creek liegt?" Fahrig nahm sie die Aluminiumfolie und wickelte Mrs. Duckworths Haar Strähne für Strähne darin ein.

„Selbstverständlich weiß ich das", entrüstete sich Mrs. Duckworth, „ich habe fünfunddreißig Jahre lang dort unterrichtet."

„In der Schule war ich immer schlecht", räumte Sadie ein. „Gib mir einen Tipp."

„Es ist meilenweit entfernt", sagte Twyla. Sie war mit Mrs. Duckworth fertig und streifte sich die Einmalhandschuhe von den Fingern. „Es liegt bei Jackson. Jedenfalls nicht nah genug, um mal eben auf ein Bier vorbeizuschneien. Selbst wenn ich mir ein freies Wochenende leisten könnte, würde ich es nicht für ein Klassentreffen verschwenden."

„Aber, Schätzchen, das wär doch keine Verschwendung." Sadie reichte ihr die aktuelle *Woman's Day*. „Hier steht's: Der Kontakt zu alten Freunden ist gut für die Psyche."

„Da steht auch, dass Liebe durch den Magen geht", sagte Twyla und legte die Zeitschrift beiseite. „Ich glaube, das ist zu hoch gezielt."

„Du kannst Männer ganz eindeutig nicht leiden", bemerkte Diep kopfschüttelnd. „Dabei sind nicht alle wie dein erster Ehemann."

Twyla wollte nicht an Jake denken. Wenn sie es doch tat, erschien vor ihrem geistigen Auge das Bild, wie er stolz sein Juradiplom in der Hand hielt. In einem Anflug guten Glaubens und Hoffnung auf die Zukunft hatte sie ihn gleich nach der Highschool geheiratet. Er hatte bereits drei Jahre am College studiert, sah umwerfend aus und hatte hehre Ziele. Wer hätte ahnen können, dass sich ihre Pläne so schnell und gründlich zerschlagen würden und sie ihre Heimat hängenden Hauptes verlassen würde? Seitdem hatte sie jedoch herausgefunden, dass es Schlimmeres gab, als von einem Mann, den man zu kennen glaubte, verlassen zu werden.

„Du meinst meinen *einzigen* Ehemann", stellte sie klar. „An einem zweiten bin ich nämlich nicht interessiert."

„Du hast nur noch nicht den Richtigen gefunden", sagte Sugar Spinelli. Da sie mit einem Mann verheiratet war, der sie maßlos verwöhnte, sprach sie mit einer weiblichen Gewissheit, die nur schwer zu widerlegen war. Ihr zierlicher Körper, ihre weißen Haare und ihr Lächeln verliehen ihr die gelassene Ausstrahlung einer Frau, die die Liebe eines aufrichtigen Mannes kennengelernt hatte.

„Ich bin gar nicht auf der Suche", erwiderte Twyla und ließ Sadie auf dem Frisierstuhl Platz nehmen, um ihr die Haare zu bürsten. „Und in meiner Branche laufen mir auch kaum welche über den Weg." Sie deutete mit der Hand über die zuckerwattefarbige Einrichtung des Salons.

Seit drei Jahren war sie nun Inhaberin von Twyla's Tease 'n' Tweeze. In irgendeinem Buch hatte sie gelesen, dass jedes Geschäft eine Corporate Identity brauchte. Twyla hatte die roten Schuhe aus dem *Zauberer von Oz* als Logo gewählt. Die rot glitzernden Pumps zierten die Uhr im Salon, das Ladenschild, die Frisierumhänge, die gerahmten Bilder an den Wänden. Twyla selber trug jeden Tag rote Schuhe bei der Arbeit, und Diep hatte es ihr nachgemacht. Die roten Schuhe erinnerten Twyla daran, dass sie all den Zauber, den sie in ihrem Leben brauchte, in sich trug.

Nur war leider auf ihren Zauber absolut kein Verlass. Was man daran sah, wie schnell sich die Rechnungen im Salon und bei ihr zu Hause stapelten. Doch das war ihr gleichgültig. Twyla setzte auf harte Arbeit statt auf esoterische Weisheiten. „Außerdem kann man ja nicht einfach losziehen und sich einen aussuchen", fügte sie hinzu.

„Doch", sagte Mrs. Duckworth. Die Alustreifen auf ihrem Kopf flatterten, als sie eine Broschüre unter ihrem Umhang hervorholte. „Das kann man."

„Was ist das?"

Die ältere Dame tauschte einen aufreizend koketten Blick mit Mrs. Spinelli. „Etwas ganz Besonderes. Seit Tagen sprechen Sugar und ich von nichts anderem." Selig drückte sie den Hochglanzkatalog an ihren üppigen Busen. „Ihr kennt doch sicher alle die Lost Springs Ranch."

Twyla nickte interessiert. Alle hier kannten das Kinderheim nahe des Shoshone Highways. Die Ranch war seit Jahrzehnten dafür bekannt, dass sie Jungen aufnahm, die obdach- oder elternlos waren, in Schwierigkeiten steckten oder als hoffnungslose Fälle galten. Oft bot die Ranch ihnen den letzten Halt, bevor die Jugendstrafanstalt oder das Gefängnis drohten. Dank eines guten Lehr- und Therapiekonzepts konnte Lost Springs das Leben vieler Jungen zum Besseren wenden. Twyla vermutete, dass der Erfolg wenigstens zum Teil auch Lehrern wie Mrs. Duckworth zu verdanken war.

„Bedauerlicherweise geht ihnen das Geld aus", fuhr sie fort. „Aber sie haben sich eine geniale Idee für eine Spendensammlung ausgedacht."

„Wartet, bis ihr davon hört", sagte Mrs. Spinelli und hielt ihre Hände in die Höhe, um ihre Nägel zu inspizieren. Das Licht der Nachmittagssonne fiel durch die Fensterscheibe des

Salons und brach sich funkelnd an ihren unzähligen Ringen und Armreifen. Sie und ihr Ehemann besaßen einige Morgen erdölreiches Land, und Sugar Spinelli hatte sich voll und ganz der Wohltätigkeit verschrieben. „Die Idee ist großartig. Erzähl es ihnen, Ducky!"

Mrs. Duckworth hielt den Katalog in die Höhe. „Eine Junggesellenversteigerung!"

Twyla verdrehte die Augen und machte sich daran, Sadies Lockenwickler zu lösen. „Davon habe ich schon gehört. Einsame und frustrierte Frauen ersteigern Männer, die sich für die Krönung der Schöpfung halten. Klingt albern."

„Dann schau dir das hier an, Miss Ich-brauch-keinen-Mann. Es ist einfacher, als magenfreundliche Gurken in einem Saatgutkatalog zu bestellen."

„Mein Gott, dann lass mal sehen!" Sadie griff sich die Broschüre. Ihre frisch gezupften Augenbrauen schossen in die Höhe. Ihr Mund formte ein erstauntes „O". „Mein Gott", sagte sie noch einmal, nur war ihre Tonlage diesmal eine andere.

„Okay, lass uns gemeinsam gucken." Diep griff nach dem Katalog und breitete ihn auf der rosafarbenen Resopaltheke aus. Sie war so klein, dass Twyla hinter ihr stehen und ihr über den Kopf sehen konnte. Und das, was sie sah, ließ sie vor Lachen prusten.

„Was soll das sein? Eine Art Otto-Katalog?", fragte sie. „Wer sind diese Typen?"

„Die Männer deiner Träume", rief Mrs. Duckworth. „Sie alle haben früher auf der Ranch gelebt. Jetzt treiben sie die Spenden dafür ein."

„Männliche Tussis. Toyboys." Twyla rümpfe die Nase. „Die sehen alle gleich aus."

„O nein", warf Sadie ein. „Sie haben alle unterschiedliche Gesichter, siehst du? Also kann man sie auseinanderhalten."

„Also wirklich, das ist umgekehrter Sexismus der schlimmsten Art!", schimpfte Mrs. Duckworth. „Ich verstehe euch jungen Leute von heute einfach nicht mehr."

„Was verkaufen die denn?", fragte Diep, während sie das

Bild eines gefährlich aussehenden Mannes auf einer Harley anstarrte.

„Sich selber, Schätzchen." Mrs. Duckworth betrachtete Diep. „Ich schätze, du hast noch nie von einer Junggesellenversteigerung gehört?"

„Von Viehauktionen schon", sagte Diep. „Mein Vater hat mal eine nubische Ziege auf einer Auktion ersteigert. Aber Junggesellen? Diese Männer?"

„Genau", sagte Twyla. „Man bietet auf sie wie auf nubische Ziegen."

Ein erstaunter Ausdruck flackerte über Dieps hübsches, puppengleiches Gesicht. „Und was macht man dann mit ihnen?"

„Alles, was du willst, nehme ich an." Sadie Kittredge blätterte in dem Heft und begutachtete den Polizisten, den Park Rancher, den Geschäftsmann, den Golfer, den Cowboy ... und holte tief Luft. „Solange es legal ist."

„Stimmt", sagte Mrs. Duckworth. „Diejenige mit dem höchsten Gebot darf sich von dem Mann ihrer Wahl ausführen lassen. Das Geld geht an die Ranch. Einige der Junggesellen wollen den Einsatz sogar verdoppeln." Die Alufolie in ihrem Haar raschelte, als sie sich an Twyla wandte. „Also guck sie dir an und sag uns, welcher es sein soll."

Twyla lachte, halb amüsiert, halb ungläubig. „Wie bitte?"

„Welcher Mann?", fragte Sadie betont geduldig. „Du wählst einen aus, der dich auf das Klassentreffen begleitet."

„Klar, und dann schlage ich die Hacken zusammen und lande wieder in Kansas, wie Dorothy im *Zauberer von Oz*."

„Aber Twyla, das ist doch perfekt!", sagte Mrs. Spinelli, die sich mit der Vorstellung immer mehr anfreundete. Der traubengroße violette Edelstein an ihrem Ohrring hüpfte im Takt ihrer wachsenden Begeisterung hin und her. „Wir sind uns doch einig, dass du einen Mann brauchst, um auf dem Klassentreffen Eindruck zu schinden. Was wäre besser, als dort mit dem perfekten Traummann aufzutauchen?"

„Einen Moment mal. Ich sagte doch gerade, dass ich keinen Mann brauche und nicht zum Klassentreffen gehe."

„Doch, brauchst du, und doch, tust du", sagte Mrs. Duckworth mit aller Autorität ihrer fünfunddreißigjährigen Erfahrung als Lehrerin.

Um des lieben Friedens willen riss Twyla das Ruder herum. „Selbst wenn ich wollte, hätte ich das Geld nicht. Ich bin alleinerziehende Mutter, ich komme gerade so über die Runden, und das Letzte, wofür ich mein hart verdientes Geld ausgeben würde, ist ein verwöhnter ..." Sie beging den Fehler, ihren Blick über den Rancher in der Lederweste und den Cowboyhosen schweifen zu lassen. „... überprivilegierter ..." Ihr Blick wanderte auf die nächste Seite, wo ein Mann in einem Armani-Anzug eine langstielige rote Rose hielt und sie anlächelte. „... selbstverliebter ..." Auf der folgenden Seite sah man einen Koch, der eine Schürze und eine Kochmütze trug und sonst nichts.

Entnervt von ihrer ausschweifenden Fantasie konzentrierte sie all ihre Aufmerksamkeit auf Sadies Haar. Sorgfältig drehte sie die honigfarbenen Wellen ihrer Freundin aus den Wicklern und bürstete sie. „Und überhaupt habe ich weder Geld noch Lust dazu. Also lasst uns das Thema wechseln, in Ordnung?"

Mrs. Duckworth strich mit der Hand sanft über das glänzende Papier und seufzte so vernehmlich, dass sich Twylas Gewissen augenblicklich meldete. Es diente doch schließlich einem guten Zweck! Und trotz ihrer Einwände reizte sie die Junggesellenversteigerung, gestand sie sich beschämt ein. Ein Mann, der wie aus dem Nichts auftauchte, wie der Geist aus der Flasche, ihr Date für eine Nacht? Dann hätte sie wenigstens jemanden, den sie auf dem Klassentreffen vorzeigen konnte, wo doch ihr Leben so ganz anders verlaufen war, als sie es sich vor zehn Jahren erträumt hatte.

„Aber", sagte Twyla, „diese Typen sind nicht meine Liga. Schaut sie euch doch an, die Leute werden Tausende von Dollar bieten."

„Vielleicht spielen sie nicht in *deiner* Liga", erwiderte Mrs. Spinelli und trommelte mit ihren frisch lackierten Nägeln auf dem Frisiertisch.

„O nein!" Twyla hob protestierend die Hand. „O nein, das wirst du nicht tun! Du wirst dein Geld nicht für mein Date ausgeben!"

Mrs. Spinelli lachte. „Letztes Jahr habe ich zweieinhalbtausend für das Siegerschwein einer Nutztierauktion hingeblättert, und die arme Kreatur endete im Schlachthaus."

„Ein Junggeselle würde viel mehr Spaß bringen", warf Sadie ein. „Und er würde dir am Ende auch nicht leidtun."

„Kommt nicht infrage", sagte Twyla mit Nachdruck.

Vier Augenpaare straften sie mit kalten, anklagenden Blicken. Nervös versuchte Twyla einzulenken. „Vielleicht können wir ja hingehen und zuschauen. Wir bringen den Quilt mit, den meine Mutter für das Dorfkrankenhaus näht. Wir könnten ihn bei der Tombola auf der Lost Springs Ranch verlosen und den Erlös spenden."

„Spielverderberin", grummelte Diep. Sie zeigte auf die kurzen Texte zu den Fotos. „Hast du das hier gelesen?"

„Hier, der ist gut", sagte Mrs. Duckworth und deutete auf den halb nackten Koch. „Alter: in den Dreißigern, Beruf: Investmentbanker und angehender Küchengott." Sie überflog die biografischen Angaben, die alle herrlich vorhersehbar waren. Sternzeichen, größte Errungenschaft im Leben, Lieblingslied, Automarke. Peinlichstes Erlebnis. „Ach, der Ärmste! Für seine Verabredung hatte er extra Hähnchen-Cordon-bleu gemacht, aber sie waren so sehr miteinander beschäftigt, dass er vergessen hatte, den Ofen auszuschalten, und das Essen verbrannte."

Versonnen strich Sadie über das Prachtexemplar von Mann. „Wisst ihr, in einer Illustrierten habe ich gelesen, dass Hunger und Leidenschaft einem Mann denselben Ausdruck aufs Gesicht zaubern."

Mrs. Spinelli schüttelte den Kopf. „Du willst sagen, ich hätte Roy all die Jahre nur zu bekochen brauchen?"

Kichernd las Twyla weiter. „Perfekt! Hier steht, seine Traumfrau hat langes blondes Haar und ist weltoffen. Übersetzt heißt das, er will die Malibu Barbie."

„Was ist die Malibu Barbie?", fragte Diep.

„Heißer Sex ohne Verpflichtungen."

„Gut, der kommt also nicht für dich in frage", sagte Mrs. Duckworth und las unbeirrt weiter die Steckbriefe vor. Sie alle machten den Leser glauben, dass den Männern das Aussehen der Frauen egal sei, dass sich unter ihrer harten Schale ein weicher Kern verbarg, dass sie natürlich nur aus rein praktischen Gründen einen Porsche fuhren, dass sie ehrliche Absichten hegten, ihre Karriere pfeilgerade und ihr Humor unendlich sei.

„Aber", warf Twyla ein, „bevor wir zu sehr ins Sabbern geraten, sollten wir nicht vergessen, wo die Jungs herkommen."

„Von der Lost Springs Ranch für Jungen", sagte Mrs. Duckworth. „Deswegen nehmen sie ja an der Versteigerung teil."

„Sie waren als Jugendliche straffällig. Einige wurden als Kinder von ihren Eltern verlassen oder waren verwaist." Twyla musste an ihren Sohn Brian denken, und Mitgefühl durchflutete sie. „So etwas hinterlässt Spuren." Sie zeigte auf den Cowboy, dessen eisblaue Augen ein Geheimnis zu verbergen schienen. „Man fragt sich unwillkürlich, was die alles mit sich rumschleppen."

„Wenn du höflich fragst, wird er es dir bestimmt erzählen", warf Sadie ein. „Mein Gott, dieser Mund! Ob der mit Val Kilmer verwandt ist?"

„Ich finde, es grenzt an ein Wunder, dass sie zu so erfolgreichen und anständigen Männern herangewachsen sind", sagte Mrs. Spinelli.

„Sie sind ledig. Da fragt man sich doch", dachte Twyla laut, „warum sie, wenn sie so großartig sind, wie sie behaupten, nicht verheiratet sind."

„Man findet ja nicht immer gleich beim ersten Mal das große Glück", sagte Sadie und nickte weise mit dem Kopf.

Twyla spürte einen Stich. Sadie hatte das nicht so gemeint. Nur wenige Menschen in Lightning Creek wussten über ihre Vergangenheit Bescheid. Sadie allerdings, ihre beste Freundin, hatte eine ganz gute Vorstellung davon, was Twyla sich erträumt hatte und vor allem was sie verloren hatte, als ihre Ehe in die Brüche ging.

„Das stimmt", sagte sie. „Aber jetzt habe ich etwas Besseres gefunden. Ich habe einen eigenen Salon und meinen Sohn. Als ich jung war, hatte ich keine Ahnung, wie wichtig mir das einmal sein würde." Und doch, manchmal lag sie nachts wach und wurde das Gefühl nicht los, sich mit weniger zufriedengegeben zu haben, als sie ursprünglich vom Leben erhofft hatte. „Klar, meine erste Ehe ist gescheitert, das gebe ich zu. Aber noch einen Versuch will ich gar nicht erst starten. Mein Leben gefällt mir so, wie es ist."

„Aber wäre es nicht lustiger, wenn du dich hin und wieder mit einem Mann verabreden würdest?" Sadie, die sich häufiger als nur hin und wieder mit einem Mann verabredete, versuchte Twyla immer wieder dazu zu bewegen, öfter auszugehen.

„Oh, seht mal!", rief Mrs. Duckworth, während sie in dem Katalog las. „Das ist der kleine Robbie Carter." Sie zeigte auf den Armani-Mann mit der Rose.

„So klein ist der nicht mehr", sagte Diep.

„Er war Schüler in meiner Klasse. Mannomann, der hat sich aber gut gemacht!"

„Er ist Arzt", sagte Mrs. Spinelli.

„Und Löwe – ein gutes Sternzeichen", fügte Sadie hinzu.

Twyla bürstete Sadies Haar und benutzte ein wenig Haarspray. Sie hörte nur mit halbem Ohr hin. Er sprach Spanisch, reiste gern und fuhr einen Ford SUV. Er war Mitinhaber eines medizinischen Labors in Denver. Irgendwie war Twyla enttäuscht, dass die Kurzbiografie in dem Katalog so wenig über ihn preisgab. Der Typ sah so unglaublich gut aus, er schien so vollkommen zu sein, dass sie beinahe hoffte, etwas in seiner Lebensgeschichte zu entdecken, das ihn abhob, etwas in seiner tragischen Vergangenheit vielleicht, das ihr seinen wahren Charakter unter der glatten Oberfläche offenbaren würde.

„Hier steht, er hat die Schule dank eines Sportstipendiums und harter körperlicher Arbeit geschafft. Was mag das für Arbeit gewesen sein, frage ich mich", sagte Mrs. Spinelli.

Unwillkürlich horchte Twyla auf. Ein Mann, der seine Schulbildung selber in die Hand nahm, wenn er das denn wirklich getan hatte. Um gut dazustehen, würde so ein Typ wohl alles von sich behaupten, mutmaßte sie. Aber sie verlor das Interesse, als Mrs. Duckworth Carters Traumfrau beschrieb: eine gebildete Frau aus der Stadt mit einem anspruchsvollen, erfüllenden Beruf. Übersetzt hieß das: Malibu Barbie mit Diplom und gutem Elternhaus.

Dann soll er doch in seiner Stadt bleiben, dachte sie kopfschüttelnd.

Mal kichernd, mal aufseufzend blätterten sie sich Seite um Seite durch den Katalog mit den Junggesellen und diskutierten, was besser sei: ein einzelner Ohrring oder eine Reihe von Ohrsteckern? Wer bereitete einer Frau mehr Freude: ein Park Rancher oder ein Spielzeughersteller?

„Machst du Witze?", fragte Sadie lachend. „Was für Spielzeug stellt der wohl her?"

Twyla zupfte die letzte Strähne zurecht. „So. Wie Jennifer Aniston."

Sadie betrachtete sich kritisch im Spiegel. Dabei drehte sie ihren Kopf in die eine und in die andere Richtung. Schließlich nahm sie einen Handspiegel und besah ihren Hinterkopf. Ihr Haar, dessen Farbe an Karamellbonbons erinnerte, fiel ihr seidig über die Schultern. „O Liebes, du hast dich mal wieder selbst übertroffen!" Sie stand auf und holte ihr Portemonnaie.

„Also wer soll es sein?", fragte Mrs. Duckworth scherzhaft. „Nur so aus Spaß. Welchen dieser Männern würdest du wählen?"

Twyla ahnte, dass ihre Freundinnen sie nicht in Ruhe lassen würden. Also antwortete sie, nur so aus Spaß. „Gut", sagte sie und überflog die Hochglanzseiten, während ihr Herz ein wenig zu schnell schlug. „Okay, lasst mich noch mal einen Blick auf den selbstverliebten Arzt werfen."

2. KAPITEL

*I*ch kann es immer noch nicht fassen, dass ich mich von dir dazu habe überreden lassen." Rob Carter saß in dem schwarzen Explorer, den er am Flughafen von Casper gemietet hatte, und blickte finster über die salbeibewachsenen Hügel, die an ihm vorbeirasten. Obwohl neunzehn Jahre vergangen waren, seit er das letzte Mal über diese Straße gefahren war, erinnerte er sich an jede Kurve, jeden Hügel und jedes Tal auf dem Weg zur Lost Springs Ranch. Er erinnerte sich an die flirrende Hitze über dem Asphalt und die sprudelnden Ölquellen mit den pumpenden Bohrtürmen, die aussahen wie große metallene Krähen, die nach Samen pickten. Vor allem aber erinnerte er sich daran, wie erleichtert er gewesen war, das Leben in der Kleinstadt Lightning Creek hinter sich zu lassen.

Im Lautsprecher der Freisprecheinrichtung des Wagens rauschte es. Dann war Lauren DeVanes seidiges Lachen über die Lautsprechanlage zu hören. „Schatz, und ich kann nicht fassen, dass du dich so zierst. Es ist doch nur zum Spaß. Und Lindsay Duncan ist eine meiner besten Freundinnen. Als sie mich um Hilfe für die Spendenaktion in Lost Springs bat, habe ich keine Nanosekunde gezögert."

Aus dem Augenwinkel nahm Rob eine Bewegung wahr und stieg auf die Bremse. Ein Reh sprang über die Straße und verschwand in der salbei- und ockerfarbenen Wildnis. Sein weißer Stummelschwanz blitzte noch einmal auf, dann verschwand das Tier hinter dem Hügel aus seiner Sicht. „Ja", sagte er zu Lauren, „aber du bist auch nicht diejenige, die sie wie Frischfleisch versteigern."

„Dafür bin ich diejenige, die zuschauen muss, wie eine andere Frau dich für ein Date ersteigert", sagte sie mit einem Lächeln in der Stimme. Lauren war viel zu intelligent und viel zu selbstsicher, als dass sie diese Vorstellung ernsthaft beunruhigen könnte.

„Dann ersteigere du mich doch einfach", sagte Rob und suchte den Straßenrand mit seinen Blicken nach weiteren Rehen ab. „Das wäre die perfekte Lösung."

„Ich kann unmöglich die Reise nach San Francisco verlegen. Außerdem würde das der Idee der ganzen Veranstaltung zuwiderlaufen. Zwei Fremde, die sich begegnen, das ist ein Bild, das auf viele Menschen einen großen Reiz ausübt."

„Auf mich nicht", sagte Rob. Seine Augen waren nun auf den weißen Mittelstreifen gerichtet, und seine Nerven spannten sich mit jeder Meile mehr an. „Vielleicht solltest du doch kommen und dir einen Cowboy suchen."

Wieder lachte sie. Ihre distinguierte Stimme erfüllte den Wagen und ließ ihn ebenfalls lächeln. „Warum haben Leute diese romantische Vorstellung vom Rancher-Leben? Cowboys sind unausstehlich und sozial gestört. Ich brauche eine gewisse großstädtische Kultiviertheit, Robert. Und überhaupt, die Reise an die Westküste hatte ich schon lange geplant." Sie hielt kurz inne. „Ich werde dich vermissen. Ich werde jede Minute an dich denken."

„Wird mir genauso gehen." Insgeheim war Rob erleichtert, dass sie nicht mit auf die Ranch kam. Lauren, die inmitten unermesslichen Reichtums und vieler Privilegien aufgewachsen war, hatte keine Ahnung davon, wie seine Kindheit ausgesehen hatte. Und das war ihm auch lieber so. Er wollte sie davor schützen, denn sie hatte ein weiches Herz und litt bei der leisesten Andeutung von Unglück.

Sie fragte ihn nie über seine Vergangenheit aus, darüber, wie er als kleiner Junge in dem Heim auf der Lost Springs Ranch aufgewachsen war. Nicht, weil es sie nicht berührte. Sondern, weil sie es nicht wissen wollte. Sie wollte schlicht nicht wahrhaben, dass er trotz seines auf Hochglanz polierten und hart erkämpften Erfolges auf ewig ein Mann ohne Familie, ohne Stammbaum bleiben würde. Ein Mann ohne Namen außer dem, den seine Mutter eilig in ein Formular eingetragen hatte, als sie ihn zurückließ.

Ein leises Gefühl von Selbstmitleid stieg in ihm auf, gereizt hämmerte er auf das Lenkrad. Laurens Herz war so groß wie der Westen Amerikas. Es lag nicht an ihr, dass sie niemals verstehen würde, wie er aufgewachsen war. Und es lag nicht an ihm, ihr das zu erklären.

„Ich lege jetzt besser auf, Liebling", sagte sie. „Ich habe einen Termin beim Friseur. Zum Schneiden."

„Kürzer?", fragte er enttäuscht bei der Erinnerung, wie ihr Haar sich einem glitzernden Wasserfall gleich über sein Kissen ergoss – einer seiner liebsten Anblicke auf der Welt.

„Nein, Dummerchen, länger." Ihr leichtherziges Lachen erreichte ihn auch über die Meilen, die sie trennten. „Natürlich kürzer. Es wird dir gefallen."

„Wenn du meinst." Menschen, die Frauen ihre wunderschönen Haare abschnitten, gehörten erschossen, fand er.

„Bis bald, Liebling. Ruf mich heute Abend an."

Rob schaltete das Radio an, um nach dem Telefonat die Stille im Wagen zu übertönen. Eine schrille Stimme sang kläglich: „Don't come knocking at my door unless you can deliver the goods." Auf dem Straßenschild stand, dass Lightning Creek nur noch eine Meile entfernt war, und trotz der Hitze fröstelte er. Seitdem er mit siebzehn weggegangen und per Anhalter nach Casper gefahren war, um in den Zug Richtung Osten zu steigen, war er nie wieder zurückgekehrt. An jenem Tag hatte er geschworen, niemals zurückzukommen. Hier gab es nichts für ihn, nichts als eine verschlafene Stadt im Westen und die urwüchsige Landschaft drum herum.

Aber als ihn der Bittbrief von Lindsay Duncan und Rex Trowbridge, dem Leiter der Ranch, erreichte, hatte ihm Lauren schlicht nicht erlaubt, ihn unbeantwortet zu lassen. Das Heim steckte in Schwierigkeiten, ihm drohte die Schließung. Alle ehemaligen Schüler waren aufgefordert, zu helfen. Rob hatte angeboten, ihnen einen großzügigen Check auszustellen, aber Rex und Lindsay wollten, dass er selbst kam, und schließlich hatte er einfach nicht Nein sagen können.

Lost Springs hatte ihm buchstäblich das Leben gerettet. Hätte seine Mutter ihn nicht als Sechsjährigen dorthin gebracht, hätte sie ihn womöglich in einem heruntergekommenen Motelzimmer zurückgelassen. Vergessen wie ein altes Hemd, das man hinter der Tür hängen lässt. Er konnte sich nicht gut an seine Mutter erinnern, außer daran, wie sie oft Sachen vergaß.

Etwa die Tatsache, dass sie einen Sohn hatte, der in Wyoming auf sie wartete.

Er nahm die Ausfahrt nach Lightning Creek, drosselte das Tempo, als er das Ortsschild erreichte, und bog schließlich auf die Hauptstraße, um sich ein wenig umzugucken. Als sei der Ort aus der Zeit gefallen, hatte sich Lightning Creek kaum verändert. Die Läden an der Hauptstraße strahlten mit ihrem verwitterten Holz und den handbemalten Schildern immer noch den Charme einer Westernstadt aus. Vereinzelt standen Holzgeländer am Gehweg, und ein Geweih hing über einer Tür.

Bilder aus der Vergangenheit schoben sich in Robs Gedächtnis. Er erinnerte sich daran, wie er gespart hatte, um sich in dem Imbiss, den die Einheimischen „Roadkill Grill" nannten, einen Cheeseburger und einen Schoko-Malz-Milchshake zu kaufen. Weniger erfreulich, dafür umso lebendiger war die Erinnerung daran, wie er beim Klauen in dem kleinen Kaufhaus erwischt worden war. An der Straße gegenüber lag ein Laden, den er nicht kannte, ein Schönheitssalon mit dem Namen Twylas Tease 'n' Tweeze. Die Fassade war kaugummipink, das Ladenschild zierten rote Schuhe.

Was für eine Platzverschwendung, dachte er. Wer brauchte schon einen Laden, wo Frauen gutes Geld dafür bezahlten, sich die Haare abschneiden zu lassen? Er schüttelte sich bei dem Gedanken an die Landpomeranzen, die dort hingingen.

Den Blick wieder auf die Straße gerichtet, umrundete er den Verkehrskreisel mit der Statue eines Cowboy auf einem bockenden Wildpferd. Mit dem bis in alle Ewigkeit in die Höhe gerissenen Arm war die Statue ein weithin sichtbares Wahrzeichen der Stadt. Viele der Jungen von der Lost Springs Ranch hatten davon geträumt, Cowboy zu werden und Rodeos zu gewinnen und vielleicht sogar eines Tages selber ein Stück Land zu besitzen.

Nicht so Rob Carter. Ihn erinnerte die wilde Landschaft an einen Fleck in seinem Innersten, der ihm nicht behagte, und die Kleinstadtgemeinschaft war ihm zu eingeschworen und beengend. Mit derselben zähen Beharrlichkeit, mit der die anderen

Jungs bei den Tieren auf der Ranch gearbeitet hatten, hatte Rob für die Schule gelernt. Mathe, Naturwissenschaften, Physik. Das hatte ihm ein Gefühl von Ordnung und Stabilität vermittelt und ihm eine Karriere ermöglicht, die auf Genauigkeit und Urteilsvermögen gründete. Seine Zielstrebigkeit hatte sich aus seinem Ehrgeiz und zu einem verschwindend geringen Teil auch aus Angst gespeist.

Er hatte sich die besten Klausurergebnisse abgerungen, die besten Noten und Zeugnisse, den gnadenlosesten Stundenplan, weil das sein Weg nach draußen war. Die zermürbenden Aufgaben, die er sich setzte, meisterte er eine nach der anderen, wie ein Bergsteiger einen Felsvorsprung nach dem anderen erklomm. Das College bestritt er dank eines Stipendiums und endloser Schichten als Krankenpfleger. Dann das Medizinstudium samt praktischem Jahr und Probation. Jetzt war er Mitinhaber eines gut laufenden Labors in Denver und verdiente sich eine goldene Nase.

Und das fühlte sich verdammt gut an.

Er überquerte die Poplar Road, fuhr gen Norden und bog auf den Parkplatz des Starlite Motels ein. Wie der Rest der Stadt hatte sich auch das Motel kaum verändert. Der Stern auf dem Neonschild schien schon seit Ewigkeiten zu blinken und das „Zimmer frei"-Schild nie ausgeschaltet gewesen zu sein – nur das zweite M leuchtete wie immer nicht. Erneut überkam ihn eine Welle der Erleichterung, dass Lauren nicht mitgekommen war, und er checkte in sein Zimmer ein.

In dem Zimmer stand ein altes Bett, der Bezug war jedoch frisch und sauber. Das einzige Fenster gab den Blick auf einen Swimmingpool frei, ein blaues Eckchen mitten auf dem riesigen Parkplatz. Rob setzte seinen Koffer ab und wünschte, der Getränkeautomat auf dem Gang würde auch Bier verkaufen. Ein kühles Blondes wäre jetzt genau das Richtige.

Vielleicht später. Heute Abend gab es ein Treffen der Jungs, die an der Versteigerung teilnahmen. Er wusste nicht, was er davon halten sollte. Einige von ihnen kannte er von früher. Aber sie waren Teil seiner Vergangenheit, und er hatte an diesem Tag schon mehr über seine Vergangenheit nachgedacht als in all den Jahren zuvor.

Er ließ sich einige Minuten Zeit, um auszupacken. Lauren war seine Beraterin gewesen. Sie hatte ihm gesagt, was er tragen sollte, um den höchsten Preis zu erzielen. Markenklamotten, Sachen, die man auf exklusiven Golfplätzen sah. Sie hatte ihm den maßgeschneiderten Smoking herausgesucht, den er auf dem Foto für die Broschüre trug. Er hasste ihn, aber Lauren machte er heiß. Und er kannte Lauren gut genug, um zu wissen, dass sie wahrscheinlich recht hatte. Kleider machten nun mal Leute.

Aus dem Fenster sah er eine junge Mutter den Parkplatz überqueren. Sie schob einen Kinderwagen, von dessen Sonnenverdeck Fransen baumelten. Zwei ältere Kinder rannten voraus, schnurstracks auf den Pool zu. Ein bunter aufblasbarer Ball flog durch die Luft. Kreischend liefen die Kinder hinterher, während die Mutter den Säugling auf ihren Schoß hob und seine pummeligen Ärmchen und Beinchen eincremte.

Unwillkürlich spürte Rob ein … ein Ziehen. Einen Augenblick lang dachte er, es sei Sehnsucht, verwarf den Gedanken aber schnell. Er hatte wohl etwas Falsches gegessen, das ihm nun schwer im Magen lag.

kay, Kumpel, bist du fertig?", rief Twyla mit einem Blick auf die Uhr über dem Herd.

„Ich komme!" Mit einem Poltern, das wie ein Trommelwirbel klang, kam Brian die Treppen heruntergerannt. Gehen war nicht sein Ding. Er war der Meinung, wenn er irgendwo hinwollte, konnte er ebenso gut rennen.

Twyla sah gerade noch, wie er das Geländer griff und seine Füße vom Boden abhoben, als er um den Treppenpfosten schwang. „Brian, du sollst doch nicht …"

„Huch", sagte er und hielt den losen Knauf in der Hand. Kleinlaut reichte er ihn seiner Mutter. „'tschuldigung, Mum."

„Du gehst heute eine Viertelstunde früher ins Bett", sagte sie. Für einen Sechsjährigen war das eine Ewigkeit.

„Ach, Mum!"

„Du musst lernen, in diesem alten Haus vorsichtig zu sein."

„Ja, Mum."

Während sie resigniert den Knauf zurück in das Bohrloch drückte, überkam sie wieder dieses ungute Gefühl, das an jeder Ecke ihres Lebens zu lauern schien. Das Haus, das in den Zwanzigern erbaut worden war, lag auf einem kleinen Hügel nördlich der Stadt. Es hatte einen großen Garten und einen Baum mit einer Schaukel daran und besaß den unverwechselbaren Charme eines alten Gebäudes, in dem seit Generationen Menschen gelebt hatten. Aber das brachte auch Nachteile mit sich: nachträglich verlegte elektrische Leitungen, leckende Wasserrohre, morsche und wurmstichige Holzwände.

Nur deshalb hatte sich Twyla das Haus leisten können, als sie nach Lightning Creek gezogen war, schwanger und erschüttert von den Vorfällen zu Hause. Das Haus war erstaunlich preiswert gewesen. Es instandzuhalten, erwies sich als sehr viel herausfordernder.

Bedrückt schwieg Brian etwa zehn Sekunden lang. Mit dem gesenktem Kopf, seinem mit Sommersprossen übersäten Gesicht und dem ernsten Blick sah er – wenigstens in diesem Augenblick – wie ein Kind auf einer dieser kitschigen Grußkarten aus. Doch Twyla fiel nicht darauf rein. Sie wusste, dass ein Streich auf den nächsten folgte. Sie fuhr ihm über das rotblonde Haar und lächelte über die Wirbel, die einen eigenen Willen zu haben schienen. „Was macht dein lockerer Zahn?"

Er legte den Kopf in den Nacken und stieß beim Sprechen mit der Zunge gegen den Zahn. „Der Ssahn iss ganss locker."

„Der ist bald fällig", sagte sie. „Soll ich ihn ziehen?"

„Nein!", schrie er und schlug sich die Hand vor den Mund.

Sie lächelte. Die Zähne waren das Einzige, wobei er sich anstellte. „Okay, nimmst du die Dose mit den Losen, Kumpel?"

„Klar, Mum." Er schnappte sich die Dose, rannte zum Pickup und sprang auf den Beifahrersitz. Sie beobachtete, wie er voller Überschwang in dem Sitz auf und ab hüpfte, und lächelte. Die Schule dauerte nur noch zwei Wochen, und er konnte es kaum erwarten, dass die Sommerferien begannen.

„Willst du wirklich nicht mitkommen, Ma?", rief Twyla. Ihre Mutter bewohnte die Zimmer, die von der Küche abgingen, ein Anbau aus den Vierzigern. Die Frage war rein rhetorisch, da Twyla nur zu genau wusste, wie die Antwort lauten würde.

„Nein, danke", sagte Gwen und trat in den Flur. Wie stets sah sie wie aus dem Ei gepellt aus. Ihre Bermudashorts und ihr Baumwolltop waren blütenrein und ihre schneeweißen, kurzen Haare saßen perfekt.

Die Tatsache, dass ihre Mutter so attraktiv war, machte alles nur noch frustrierender und verwirrender. Gwen war seit sieben Jahren Witwe und lebte nun mit ihrer Tochter und ihrem Enkel zusammen. Sie passte auf Brian auf, wenn Twyla bei der Arbeit war. Zu Anfang hatte es wie das ideale Arrangement gewirkt, der Traum jeder alleinerziehenden Mutter. Es war purer Luxus, eine liebevolle Großmutter im Haus zu haben, die buk, sang und Geschichten vorlas. Nun allerdings blickte Twyla auf die Zeit des Neubeginns zurück und fragte sich, ob sie nicht etwas hätte tun können, um Gwen vor dem Leid zu bewahren, das sie seit so vielen Jahren überschattete.

Falls Gwen ahnte, was ihre Tochter dachte, so zeigte sie es nicht. „Ich habe in dem Heft mit den Junggesellen geblättert, das du aus dem Salon mitgebracht hast."

„Und? Hast du einen gefunden, der dir gefällt?", fragte Twyla sie scherzhaft.

„Meine Güte, nein. Ich dachte auch eher an einen, der dir gefällt. Du solltest dir einen jüngeren aussuchen. Erwachsen werden die eh nie."

„Ma, also wirklich …"

„Mir sind die alle ein wenig zu jung." In ihren Augen, die unter den weißen Haaren umso blauer wirkten, funkelte Übermut.

„Kommt darauf an, wofür man sie ersteigert", erwiderte Twyla.

Gwen blickte auf den schiefen Treppenpfosten. „Vielleicht könntest du einen billig ersteigern und ihn ein paar Reparaturen am Haus ausführen lassen."

Twyla lachte. „Einen Heimwerker habe ich in dem Heft leider nicht gefunden."

„Unkenntnis hält Männer meist nicht davon ab, etwas reparieren zu wollen", entgegnete Gwen.

„Stimmt. Ich biete aber gar nicht mit. Ich will nur Lose für den Quilt verkaufen." Sie tätschelte ihrer Mutter die Hand. „Ihr habt da ganze Arbeit geleistet, Ma."

„Daran zu arbeiten hat uns große Freude gemacht." Die Quilt-Gruppe des Krankenhauses im County Converse traf sich einmal in der Woche in Twylas Haus. Zwölf Damen nähten und tratschten dann den lieben langen Nachmittag. Ihre Handarbeiten waren mittlerweile im Ort berühmt, die unverbrauchten, kräftigen Muster begehrt. Twyla staunte immer wieder darüber, dass aus einem Korb voller zusammengewürfelter Stoffreste und -fetzen wie von Zauberhand ein kleines Kunstwerk entstand.

Sie nahm die Schlüssel und ging zu ihrem Truck. Ihre Mutter winkte ihr aus dem großen Vorderfenster hinterher. Der rostige Chevy Apache war nicht schön, aber besonders im Winter fuhr er zu zuverlässig, um ihn verschrotten zu lassen. Aus Jux hatte

Twyla das magnetische Tease-'n'-Tweeze-Logo an der Fahrertür angebracht. Das rosafarbene Schild mit den glitzernden roten Schuhen passte überhaupt nicht zu der grauen Grundierung der Tür, aber sie konnte sich keine neue Lackierung leisten.

Mit einem Blick in den Rückspiegel ließ sie den Wagen an. Die Geranien in den Balkonkästen am Fenster blühten, aber an einem Fenster im ersten Stock hingen die Rollläden schief. Der Gegensatz zwischen den wunderschönen Blumen und dem heruntergekommenen Haus war nicht etwa hip, sondern schlicht erbärmlich. Vielleicht sollte sie sich eine kleine Wohnung in der Stadt suchen, damit sie sich nicht mehr über die Instandhaltung des großen Gebäudes zu sorgen bräuchte. Dann dachte sie an Brian und wie er mit Shep, dem Hund, durch den Garten rannte oder auf den Baum mit der Schaukel kletterte, und verwarf den Gedanken. Sie wollte, dass ihr Sohn in einem Haus mit Garten aufwuchs, auch wenn die Familie nicht ganz vollständig war und nur aus Mutter und Tochter bestand.

Als sie sich Lost Springs näherten, lehnte sich Brian nach vorne; seine schmale Brust spannte sich gegen den Sicherheitsgurt, während er aus dem Fenster sah. Dabei bearbeitete er mit seiner Zunge den losen Zahn.

„Na, wie findest du's, Kumpel?", fragte sie. „Ist doch schön hier, oder?"

„Ja." Weidezäune säumten die Straße. Weiter hinten grasten Pferde auf der mintgrünen Weide unter einer Gruppe alter Eichen. Staub wirbelte über die sonnengegerbte Graslandschaft. Dieses Jahr hatte der Sommer früh in Wyoming Einzug gehalten. Auf dem Hügel hinter dem Haupthaus blühten Wildblumen, ein Flecken weißer Lilien, Goldrute, die für diesen Landstrich so charakteristische rote Präriestaude, lila Vanilleblumen und lange grüne Graswedel.

„Hier wohnt Sammy Crowe", sagte Brian mit ehrfürchtiger Stimme. „Die Jungen, die hier leben, sind Waisen."

„Einige ja." Twyla wusste nicht allzu viel über die Ranch, obwohl sie seit Jahren eine feste Größe in der Gemeinde war. Sammy, der Junge aus Brians Klasse, fuhr jeden Morgen mit dem

Bus in die Schule. Eine der Mütter hatte fallen gelassen, dass Sammys Mutter eine Haftstrafe absaß. „Einige sind hier, weil sich ihre Eltern nicht um sie kümmern können."

„So wie mein Dad sich nicht um uns kümmern kann?"

Twyla zwang sich, mit ausdrucksloser Miene stur geradeaus zu sehen. Bei Jake war es weniger eine Frage des Könnens, sondern vielmehr des Wollens. Aber das würde sie Brian unter keinen Umständen sagen. „Nicht ganz." Sie wählte ihre Worte mit Bedacht. „Grammy und ich kümmern uns ja um dich."

„Aber wer kümmert sich um dich und Grammy?"

Sie blickte zur Seite. „Wir kümmern uns um uns selber, Kleiner. Und uns geht's gut."

Grinsend richtete sie den Blick wieder auf die Straße. Brian wuchs so schnell und veränderte sich von Tag zu Tag. Manchmal schien er sehr weise für sein Alter. Sie fragte sich, ob das Altkluge, diese Reife, daher kam, dass er ohne Vater aufwuchs. Manchmal lag sie nachts wach, wenn die Zweifel sie plagten. Der Junge, den sie aufzog, war wunderbar. Trotzdem fragte sie sich, ob ihm nicht etwas fehlte, ob es nicht Dinge gab, die ihm keine Mutter und keine Großmutter, sondern nur ein Vater geben konnte. Etwas, das schwer zu beschreiben war, wie die einzigartige Chemie zwischen Vater und Sohn. Die hatte sie bei ihrem eigenen Vater gespürt. Sicher, er hatte auch Fehler gehabt, aber seine Liebe hatte ihr Leben auf unvergleichliche Weise bereichert. Was wäre ohne ihn aus ihr geworden?

Ihre Sorge war, dass Brian immer etwas fehlen würde, dass immer ein Loch in seinem Herze bliebe, das mit der Liebe eines Vaters hätte gefüllt werden sollen. Wie ein Quilt, dem eine Ecke fehlte, zwar immer noch ein Quilt war, aber ein unvollständiger.

Schuldbewusst schüttelte sie den Gedanken ab. Dass es nur einen Elternteil gab, war für sie viel schwieriger als für Brian. Aber das gestand sie sich nur selber ein.

Auf der Suche nach einem Parkplatz fuhr sie in eine Lücke nahe dem Bolzplatz. Die Wiese füllte sich schnell mit Autos, die von überall her kamen. Es war erstaunlich, wie viele Menschen diese seltsame Spendenaktion anzog! Sie bemerkte einige

Leihwagen und Autos mit Kennzeichen aus anderen Bundesstaaten. Oft schnittige und teure neue Modelle. Die Organisatoren der Versteigerung – Ranch-Besitzerin Lindsay Duncan und Schuldirektor Rex Trowbridge – hatten offenbar gute Beziehungen.

Oder aber die Broschüre hatte nicht übertrieben, was den Erfolg der Junggesellen anging. Aber eine Versteigerung, musste das sein?

Es waren auch einige Übertragungswagen da, Stromkabel wanden sich über den Boden zu der Bühne, auf der die Versteigerung stattfinden sollte. Einige Junggesellen waren recht berühmt und zogen die regionale und die landesweite Presse an. Wahrscheinlich reizte sie auch die Geschichte, dass Frauen öffentlich um ein Date mit einem dieser Männer wetteiferten, vermutete Twyla.

Daher hätte es sie nicht wundern sollen, dass ihr, kaum dass sie aus dem Wagen gestiegen war, ein Mikrofon unter die Nase gehalten und sie nach ihrem Namen gefragt wurde. „Twyla McCabe", schoss es aus ihr heraus.

„Was erhoffen Sie sich von dem heutigen Tag, Miss McCabe?", fragte der Reporter in ruppigem, stakkatoartigem Ton.

„Männer", bemerkte sie ironisch. „Viele, viele Männer."

„Nur für einen Wochenendflirt oder sind Sie auf der Suche nach einem Ehemann?"

„Wie bitte?" Dachte er wirklich, sie meinte es ernst?

„Glauben Sie, Sie treffen hier heute Ihren zukünftigen Gatten?"

Sie konnte nicht anders und brach in Lachen aus. „Na, klar, ich angle mir 'nen Millionär. Oder wenigstens einen Cowboy mit Waschbrettbauch und Knackarsch."

„Mit welchen Worten würden Sie die Stimmung hier beschreiben – *aufgeregt, romantisch, hoffnungsvoll?*"

Langsam fand sie ihre Haltung zurück und schob das Mikrofon beiseite. „Das könnte man bestimmt so sagen, es wäre aber falsch." Augenzwinkernd fügte sie hinzu: „Wie wär's mit *verwegen* oder *wollüstig?*"

Der schwitzende, hektische Reporter gab auf und hastete auf der Suche nach einer geeigneteren Schlagzeile von dannen.

„Wer war das?", fragte Brian, während er aus dem Wagen kletterte.

„Keine Ahnung, aber vielleicht sollte ich später in der Redaktion vorbeischauen." Sie öffnete die Verladeklappe des alten Pick-ups. „Okay, Sportsfreund, hilf mir mal beim Tragen." Sie reichte ihm die Dose mit den Losen und nahm den Quilt, der sorgfältig in einen durchsichtigen Kleidersack gehüllt war. Es handelte sich um die mit Abstand beste Arbeit der Quilt-Frauen. Der Quilt war in klassischem Karomuster aus weichen Stoffresten in allen Regenbogenfarben gestaltet und würde sicher viele Menschen zur Tombola locken.

Sie legte den Quilt auf der Ladefläche ab und hob den Klapptisch heraus. Umständlich nahm sie den Tisch unter einen Arm, den Quilt unter den anderen und machte sich auf zu dem überdachten Pavillon. „Pass auf, Brian!", rief sie, als ein Ford Explorer, ein Leihwagen, wie sie am Nummernschild sah, auf den Parkplatz bog.

Das Tischbein schrammte über ihr Schienbein, und sie unterdrückte mit zusammengebissenen Zähnen einen Fluch. Es war heiß, sie schwitzte. Sie war noch nicht einmal auf dem Festplatz angelangt und schon genervt.

„Kann ich Ihnen beim Tragen helfen?"

Sie hielt im Gehen inne und drehte sich zu dem groß gewachsenen Mann um, der aus dem schwarzen SUV stieg. In dem Augenblick brach das Sonnenlicht auf der Windschutzscheibe und blendete sie. Twyla blinzelte. Dann kam er auf sie zu, und ihr dankbares Lächeln erstarrte.

Er war es. Der Typ aus der Broschüre. Und nicht irgendeiner, sondern der in dem Smoking mit der langstieligen Rose.

Jetzt trug er allerdings weder einen Smoking noch eine Rose. Stattdessen sah er perfekt aus, lässig und gleichzeitig unglaublich teuer in seiner beigen Stoffhose und dem blauen Polohemd. Eine goldene Uhr glänzte an seinem Handgelenk. Er hatte schwarze Haare, weiße Zähne und so ein unglaublich schönes

Gesicht, wie man es sonst nur zur Hauptsendezeit im Fernsehen sah.

„Ähm, ja, danke. Vielleicht den Tisch?"

Seine kühlen, trockenen Finger streiften ihre heiße und verschwitzte Hand, als er ihr den Klapptisch abnahm. Brian kniff die Augen zusammen und starrte den Mann ungeniert an.

„Ich heiße Brian, Brian McCabe. Mein Zahn ist lose."

„Glückwunsch, Brian", antwortete der Mann, „Rob Carter. Schön, dich kennenzulernen. Sie auch, Ma'am."

Twyla kannte seinen Namen nur zu gut. Robert Carter, Dr. Carter. Er war Löwe, sein Lieblingslied „Misty" und seine Traumfrau Grace Kelly. Lieblingsbeschäftigung: am mondänen Pebble Beach direkt am Meer Golf spielen.

„Twyla McCabe", sagte sie und ging neben ihm her. „Aber nennen Sie mich nicht Ma'am. Dafür bin ich zu jung."

„Das werde ich mir merken."

„Ich nenne sie Ma'am, wenn's Ärger gibt", erklärte Brian.

„Dann gibt's jetzt keinen Ärger?", fragte Rob.

„Jetzt nicht."

„Erbsengericht?"

Brian lachte begeistert. „Noch nicht!"

„Dann pass ich besser auf, was ich sage." Er war noch größer, als es in der Broschüre den Anschein gehabt hatte, und besaß den hochgewachsenen, durchtrainierten Körper eines Basketballspielers. Und, mein Gott, er sah so umwerfend gut aus, dass Twyla sich zwingen musste, ihn nicht anzustarren. Allein sein Haarschnitt musste ihn hundert Dollar gekostet haben. Sein Aftershave hatte bestimmt einen Namen, den sie weder aussprechen noch sich leisten konnte. Es war, als wäre er eine vollkommen andere Lebensform.

„Twyla", sagte er versuchsweise. „Ich habe noch nie eine Frau kennengelernt, die Twyla heißt."

„Mein Opa hat sie so genannt", erklärte Brian eifrig. Zwar hatte er seinen Großvater nicht mehr kennengelernt, aber Gwen erzählte ihm jeden Abend in dem kleinen Wohnzimmer beim Nähen der Quilts Familiengeschichten – und die Geschichten endeten immer versöhnlich. Für die Wahrheit war Brian noch zu jung.

Dr. Robert Carter lächelte übers ganze Gesicht, als er sie ansah. „Was du nicht sagst."

„Was? Hab ich doch gesagt!", protestierte Brian.

„Das sagt man so." Carters Lachen war warm, weich und ansteckend.

Doch Twyla war nicht nach Lachen zumute. Er erinnerte sie schmerzlich daran, dass die Klimaanlage in ihrem Auto seit drei Jahren nicht mehr funktionierte, dass ihr Baumwollkleid ihr am schweißnassen Rücken klebte und dass sie nach der Dusche heute Morgen kein Parfüm aufgelegt hatte.

Einschüchternd war er. Und viel zu … zu alles. Zu gut aussehend, zu glatt und freundlich, zu wortgewandt, zu perfekt, zu männlich.

Für das Barbecue war ein Pavillon errichtet worden. Der rauchige Geruch von Rippchen, Hähnchen und Rindfleisch auf dem Grill erfüllte die Luft. Aus den Boxen dröhnte ein schmalziger Country-and-Western-Song. Die jungen Bewohner von Lost Springs rannten über den Platz und spielten Fangen mit den Kindern der Besucher.

„He, da ist Sammy", rief Brian und zeigte auf einen dunkelhaarigen Jungen, der gerade auf einen Baum auf dem Spielplatz kletterte. „Darf ich zu ihm, Mum? Darf ich?"

Sie nickte. „Ich komme dich nachher zum Picknick holen."

„Bis später", sagte Carter, als Brian ihm die Dose mit den Losen reichte und davonstürmte.

„Die können wir hier hinstellen", sagte Twyla und zeigte auf den schattenspendenden Baum bei der Rodeoarena. Eine andere Freiwillige hatte dort bereits das Transparent der Krankenhausgruppe gespannt: Converse County Hospital – 35 Jahre Hingabe und Pflege.

„Sie arbeiten im Krankenhaus?", fragte Carter sie, während er den Tisch abstellte und dessen Beine ausklappte.

„Nur einmal die Woche ehrenamtlich." Sie überlegte, ob sie ihm die Vorlage dafür liefern sollte, zu erzählen, wie wichtig er als Arzt in der Großstadt war. Sie entschied sich dagegen. Er war eh schon zu perfekt. Und brauchte sicher keine Aufforderung von ihr. „Ich verdiene meinen Lebensunterhalt mit Haareschneiden", sagte sie beinahe trotzig.

Er stellte den Tisch auf und justierte ihn so lange, bis er sicher stand. Dann sah er sie an, die Hände auf den Tisch gestützt. Die Äste des ausladenden Baumes umrahmten seine breiten Schultern. „Twylas Tweezers", flüsterte er, „jetzt weiß ich wieder, wo ich den Namen gelesen habe."

„Es heißt ‚Tease 'n' Tweeze'", korrigierte sie ihn.

„Warum ‚Tease 'n' Tweeze'?"

„Weil es das ist, was wir machen. Haare toupieren und zupfen und dabei viel Spaß haben."

„Und dafür bezahlt man Sie?"

„Genau." Sie errötete. Einen Augenblick lang wünschte sie, sie könnte sagen: „Ich bin Bildhauerin für männliche Akte" oder „Ich bin Anwältin." Aber die Wahrheit war: Sie war Friseurin und Brians Mutter. Und es könnte schlimmer sein.

Dazu sagte er nichts. Aber sie meinte zu sehen, wie sein Lächeln in den Mundwinkeln gefror. Gut möglich. Männer wussten mit Friseurinnen meist nichts anzufangen.

„Vielen Dank für Ihre Hilfe", sagte sie und packte den Quilt aus.

„Keine Ursache." Dr. Robert Carter hob die Hand zum Gruß, schob sich die Sonnenbrille auf die Nase und ging zu dem Pavillon.

Sie befestigte ein Schild für den Verkauf der Lose mit einem Streifen Tesafilm am Tisch. Dann breitete sie den Quilt aus und kramte ein paar Wäscheklammern hervor. Sie trat einen Schritt zurück und besah sich einen der Äste am Baum.

Sie hätte ihn um Hilfe bitten sollen. Um den Quilt aufzuhängen, wäre seine Größe von Vorteil gewesen. Nun musste sie ohne ihn an den Ast kommen. Auf Zehenspitzen stellte sie sich auf die Dose mit den Losen und befestigte eine Ecke des Quilts mit einer Klammer am Baum.

Die zweite Ecke war schon schwieriger. Sie streckte sich und spürte zu spät, dass die Dose unter ihr kippte. „Huch", rief sie und griff nach dem Ast, als die Dose unter ihrem Fuß nachgab. Am Zweig baumelnd verwünschte sie die hohen Absätze ihrer Sandaletten. So kurz der Abstand zum Boden war, sie würde sich die Gelenke verstauchen, wenn sie einfach losließ. Das konnte sie gar nicht gebrauchen: eine dicke Arztrechnung und eine tagelange Krankschreibung.

Leise fluchend hoffte sie, dass sie niemand in ihrer misslichen Lage sah. Sie hing mit dem Rücken zur Menge und wusste also nicht, was hinter ihr vor sich ging. Sie wollte gerade den Ast loslassen und hörte in Gedanken schon das Knacken ihres Fußgelenks, als zwei Hände sie von hinten griffen und sie sanft auf die Erde setzten.

„Sie zupft und toupiert jeden Tag ihre Gäste und schwingt mit Lockerheit durch die Äste", sagte Dr. Robert Carter, den Ton eines Nachrichtensprechers imitierend.

„Sehr witzig." Twyla zupfe ihr Kleid zurecht.

„So sehr ich die Aussicht auch genossen habe", sagte er, „Sie vom Baum fallen zu sehen, konnte ich dann doch nicht ertragen."

Twyla lehnte die Stirn gegen den rauen Baumstamm. „Das ist so ziemlich das Peinlichste, was mir seit Mrs. Spinellis limonengrünem Haar passiert ist."

„Wirklich?" Wieder dieses ungezwungene Lachen. Er nahm eine Wäscheklammer und befestigte den Quilt. „Das muss wirklich sehr peinlich gewesen sein."

„Sie machen sich keine Vorstellung." Sie warf einen reumütigen Blick auf die umgekippte Dose mit den Losen. „Obwohl, jetzt vielleicht schon."

Er reichte ihr einen Plastikbecher mit eisgekühlter Limonade vom Tisch. „Ich dachte, Sie haben wahrscheinlich Durst, also habe ich Ihnen was zu trinken besorgt."

„Danke!" Sie trank einen Schluck und bedachte ihn mit einem dankbaren Lächeln. „Das ist sehr anständig von Ihnen."

„Sie sagen das, als seien Sie überrascht."

„Tue ich das?"

„Ja. Überrascht es Sie so sehr, wenn ein fremder Mann etwas Nettes tut?"

Sie lachte. „Es überrascht mich, wenn überhaupt irgendein Mann etwas Nettes tut."

Er setzte seine Sonnenbrille ab. „Sie scherzen, hoffe ich."

„Friseurinnenhumor", gestand sie mit einem schiefen Lächeln und trank die Limonade aus.

Eine Weile betrachtete Carter den Quilt. „Das verkaufen Sie also?"

„Es ist eine Tombola. Dies ist der Hauptgewinn." Sie berührte den Stoff. „Die Damen, die das nähen, leisten wunderbare Arbeit." Sie liebte Quilts. Jeder einzelne war auf seine Art ein kleines hausgemachtes Wunder. „Ich finde es erstaunlich, wie man aus alten, zerschlissenen Stoffresten so etwas Wunderschönes nähen kann." Sie strich mit ihrem Finger über ein Karo. „Das hier war womöglich der Kittel eines Arbeiters. Dies Geblümte hier sieht aus wie die Schürze einer Großmutter, wahrscheinlich voller Brandflecken vom Herd. Jedes einzelne Stück Stoff ein Fetzen, den es nicht aufzubewahren lohnt. Aber wenn man hiervon ein Stückchen nimmt und eins davon und sie sorgsam zusammennäht, entsteht ein bezauberndes Muster wie dies hier, etwas, das einen ein Leben lang wärmt."

„Wow!", rief er, langte in seine Hosentasche und zückte ein schmales Portemonnaie aus Leder, „das nenne ich Werbung!"

Sie lachte ungläubig, als er ihr eine Hundertdollarnote hinhielt. „Ich habe nicht genug Wechselgeld."

„Ich möchte kein Wechselgeld. Ich möchte hundert Lose haben."

Sie formte das Wort „einhundert" lautlos mit den Lippen, während sich ihr Magen vor fröhlicher Gier glücklich zusammenzog. Normalerweise konnte sich das Krankenhaus bei einer Tombola glücklich schätzen, mit den Quilts fünfundsiebzig Dollar einzunehmen. „Wie Sie wünschen", entgegnete sie und nahm das Geld. Sie zählte einhundert Lose von der Papierrolle ab und gab sie ihm.

„Die behalten Sie und hören bei der Verlosung nachher, ob eine Ihrer Nummern gezogen wurde."

Er schüttelte den Kopf. „Bewahren Sie die für mich auf. Ich komme später zurück. Vielleicht ist heute mein Glückstag."

„Aber …"

„Ich vertraue Ihnen."

„Das sagen meine Kunden auch immer."

Er setzte sich die Sonnenbrille auf. „Ich muss jetzt los. Ich glaube, es fängt gleich an."

„Was fängt an?", fragte sie dümmlich. Dieser Mann war einfach zu perfekt. Ihn anzustarren, wie sie es die ganze Zeit tat, bekam ihrem Denkvermögen offenbar gar nicht gut.

„Die Versteigerung." Er schob seinen Daumen unter den Gürtel und betrachtete sie eingehend. „Werden Sie mitbieten, Twyla?"

Er klang wie der Reporter von vorhin. Die Röte stieg ihr wie Ausschlag ins Gesicht. „Sehe ich aus wie eine Frau, die ein Date mit einem fremden Mann ersteigert?"

„Man weiß ja nie." Er zeigte auf den Quilt. „Sehe ich aus wie ein Mann, der einer Friseurin eine Wolldecke abkauft?"

„Ein Quilt", sagte sie. „Es heißt Quilt."

*D*ie denkwürdige Begegnung mit Twyla McCabe beschäftigte Rob auch dann noch, als er sich eigentlich hätte amüsieren sollen. Denn im Grunde war es sehr unterhaltsam, die Jungs nach all den Jahren wiederzutreffen, zu sehen, was aus ihnen geworden war, mit seinen ehemaligen Lehrern und Betreuern von der Ranch zu reden. Und doch war er ein wenig befangen, als er mit den Jungs beim Picknick saß. Frauen schlenderten mit prüfenden Blicken an ihrem Tisch vorbei, flüsterten miteinander und kicherten wie Schulmädchen.

Während er mit den Jungs zusammensaß, fragte er sich, was diejenigen machten, die an dem Tag nicht da waren, diejenigen, die es nicht auf die andere Seite des Tunnels geschafft hatten.

Ein Tunnel, daran dachte er, wenn er sich an seine Vergangenheit erinnerte. Seine frühe Kindheit war idyllisch und voller Sonne gewesen. Die Erinnerungen an diese Zeit waren so bunt und fröhlich wie Comiczeichnungen Mit seiner Mutter war es immer lustig gewesen. Lachen, spielen, kuscheln und an nichts anderes denken – so hatte er sie in Erinnerung. Er durfte abends lange aufbleiben, und wenn er morgens den Schulbus verpasste, war das nicht schlimm. Ihre Freunde und ihre Musik waren laut und Essen gab es direkt aus der Verpackung. Als Erwachsener war ihm klar, dass sie viel zu jung gewesen war, ungebildet und planlos – und letztlich verantwortungslos.

Dann kam der Tunnel, die langen, dunklen Jahre mit dem quälenden Gefühl, schuld daran zu sein, dass sie ihn verlassen hatte.

Ob das nun stimmte oder nicht, dieses Gefühl hatte ihn dazu getrieben, immer sein Bestes zu geben. Der Sport und die Schule brachten ihn näher und näher an das fahle Licht am Ende des Tunnels. Doch in Wahrheit hatte er das Ende immer noch nicht erreicht. Jahrgangsbester an der Highschool zu sein bedeutete nicht, das Licht am Tunnelausgang erreicht zu haben. Auch nicht das Stipendium an der Universität oder der Abschluss an einer renommierten medizinischen Fakultät. Und auch seine Praxis in Denver nicht.

Vielleicht waren Lauren DeVane und das Leben, das sie zusammen führen wollten, das Licht am Ende des Tunnels – sofern sie sich endlich einmal über ihre Zukunft unterhalten würden. Lauren, neben deren Schönheit die Welt allzu banal erschien, lebte in einer Welt, die in ihrem eigenen Licht schimmerte. Einer Welt, in der kleine Jungs nicht von ihrer minderjährigen Mutter im Stich gelassen wurden. In der Kinder keine Angst vor der Dunkelheit hatten. In der Eleganz und Stil die scharfen Kanten des Lebens milderten. Wenn er mit Lauren zusammen war, fühlte er sich dieser Welt nah – Teil dieser Welt war er allerdings nicht.

Mit seinem vollen Teller setzte er sich zu den anderen, aber sein Blick schweifte zum Spielplatz. Die Geräte waren neu. Das Fort aus Holz und der Kletterturm mit der Rutsche sahen sehr viel sicherer aus als die Wippen und Metallröhren, mit denen er als Junge gespielt hatte. Er erkannte Twylas Sohn Brian auf einer Reifenschaukel. Der Junge hatte den Reifen mehrfach gedreht und schaukelte, ausgelassen lachend und den Kopf in den Nacken gelegt, in atemberaubendem Tempo kreisend vor und zurück. Rob lächelte bei dem Anblick.

Lauren wollte keine Kinder. Sie hatten lange darüber geredet und waren übereingekommen, dass beide zu gerne reisten und spontan etwas unternahmen und daher nicht die Zeit und Verpflichtung aufbringen mochten, eine Familie zu gründen. Es ist schon komisch, dachte er, während er beobachtete, wie Brian die Schaukel ein weiteres Mal um ihre Achse drehte. Sie hatten übers Kinderkriegen gesprochen, aber nicht übers Heiraten. Er hatte ihr nie einen Antrag gemacht, sie ihm auch nicht. Zu heiraten wäre der nächste logische Schritt in ihrer Beziehung, aber keiner von ihnen schien es damit sonderlich eilig zu haben.

Brian kletterte aus dem sich drehenden Reifen und wankte ans andere Ende des Spielplatzes. Sein grünes Gesicht verriet Rob, was als Nächstes passieren würde.

„Ich bin gleich wieder da", sagte er zu den anderen, stand auf und eilte zum Spielplatz.

„Eklig", sagte ein Junge, „Brian hat ganze Stücke gekotzt!" Einige andere Jungen versammelten sich um Brian und riefen im Chor: „Eklig!" Sie waren nun mal Jungs.

„Hey, Brian", sagte Rob und suchte nach einem Taschentuch. „Dir ist schlecht geworden?"

Brian hatte sich vornüber gebeugt und seine Hände auf die Knie gestützt. Sein Nacken war blass und verschwitzt. „Ja", sagte er elendig.

Ein wenig unbeholfen legte Rob dem Jungen eine Hand auf die Schulter und wischte mit dem Taschentuch über sein Gesicht. Er hatte früher kurz überlegt, Kinderarzt zu werden, sich dann aber für die Pathologie entschieden. Er glaubte, ihm fehlten die Geduld und das Einfühlungsvermögen für die Arbeit mit Kindern. Brian sah so verloren aus, also führte Rob ihn zu den Waschräumen, damit der Junge seinen Mund ausspülen und sich das Gesicht waschen konnte.

„Lass uns zu deiner Ma gehen", schlug er vor.

Auf dem Weg zur Tombola besorgte er einen Becher Wasser für den Jungen. Twyla hatte sie noch nicht entdeckt. Sie stand hinter ihrem Klapptisch und unterhielt sich mit einem langhaarigen Mann in Jeans und Lederweste. Sie lächelte.

Es gab einige offensichtliche Gründe, warum Twyla ihm aufgefallen war und warum er so heftig auf sie reagierte. Zum Beispiel eine tolle Figur und diese Flut an roten Haaren. Vermutlich waren sie gefärbt, schließlich war sie Friseurin und wusste, wie man es möglichst echt aussehen ließ. Vielleicht waren sie aber auch echt. Irgendwoher musste Brian seinen Feuerschopf ja haben.

Einen Ehering trug sie nicht. Das hatte er sofort registriert.

Und doch war es mehr als nur das Äußere. Er hatte schon schönere Frauen gesehen, im Arm gehalten, war mit ihnen im Bett gewesen. Aber etwas an Twyla ging ihm unter die Haut. Ein ausdrucksvolleres Gesicht hatte er noch nie gesehen. Ihre Augen verbargen nichts. Als sie sich miteinander unterhalten hatten, hatte er einen leichten, angenehmen Rhythmus zwischen ihnen verspürt. In dieser einen Unterhaltung hatte sie auf ihn lustig, traurig, respektlos, zupackend, bescheiden und stolz gewirkt. Und ironisch.

Sie lachte über etwas, das der Typ mit dem Pferdeschwanz sagte. Für Rob hatte sie nicht so gelacht. Kaum war ihm der Gedanke durch den Kopf geschossen, kam er sich wie ein Idiot vor. Es ging ihn doch nichts an, wer sie zum Lachen brachte, oder?

Jetzt sah sie ihn auf sich zukommen, und ihr Lachen erstarb. In ihrem Gesicht las er Zärtlichkeit. Die Art und Weise, wie sie ihren Sohn ansah, ihm sein Haar aus der Stirn strich, erweckte in Rob eine diffuse Sehnsucht nach einer längst vergangenen Zeit, die ihm wie ein Traum vorkam.

Stirnrunzelnd trat er einen Schritt zurück. Das konnte er gar nicht gebrauchen. Sentimentalität war seine Sache nicht. Er musste sich auf seine Ziele und seine Zukunft konzentrieren. Je eher er diese Versteigerung hinter sich brachte, desto besser.

„Hey, Kumpel", fragte Twyla, ihre Aufmerksamkeit war nun ganz auf Brian gerichtet, „ist was passiert?"

„Ich hab gekotzt", sagte Brian kleinlaut und nippte an seinem Wasser.

Sie sah zu Rob. „Und der medizinische Fachbegriff dafür lautet …?"

Sie weiß also, dass ich Arzt bin, bemerkte er erstaunt. Sie musste seinen Lebenslauf in dem Heft gelesen haben. „Akutes, temporäres Erbrechen, bedingt durch Schwindel."

„Was so viel heißt wie …?"

„Er hat sich so lange auf der Schaukel gedreht, bis er sich übergeben musste. Es geht ihm so weit gut. Er sollte besser etwa eine halbe Stunde im Schatten bleiben."

„Präsentieren Sie mir dafür eine Rechnung?"

Er lächelte. „Nur wenn ich nicht die Wolldecke gewinne."

„Quilt. Es heißt Quilt. Das Muster nennt sich ‚Log Cabin'."

„Ich glaub, wir müssen los", sagte der Typ mit dem Pferdeschwanz.

Rob brauchte ein paar Sekunden, um den ehemaligen Bewohner von Lost Springs zu erkennen. „Stan! Schön, dich zu sehen!"

Das Jaulen der Rückkoppelung aus der Lautsprecheranlage übertönte die Antwort von Stanley Fish. Zum Schutz vor der Sonne hielt sich Rob die Hand über die Augen und blickte in Richtung der Bühne. „Es fängt gleich an."

„Du hast recht."

Plötzlich spürte er, wie nervös er war. Wieso hatte er sich bloß von Lauren und ihrer alten Schulfreundin Lindsay dazu überreden lassen, hier mitzumachen? Möglichst lässig nickte er Twyla zu. „Bis später", sagte er. „Brian, du schaukelst heute lieber nicht mehr."

Als er und Stan sich von dem Tisch unter der Eiche entfernten, sagte er: „Du bist also auch wegen des Fleischmarktes heute hier?"

„Nein, ich berichte darüber."

„Berichten?"

„Ja, für das *Clue Magazin.*"

„Oh, toll. Das heißt also, hierüber wird landesweit berichtet?"

„Klar, warum nicht? Das ist Klatsch und Tratsch. So etwas wollen die Leute lesen. Romantische Dates. Gefallene Jungs, die etwas aus ihrem Leben gemacht haben. Frauen, die sich gegenseitig bei der Ersteigerung eines Mannes überbieten."

„Dann tue mir einen Gefallen und schreibe, wenn du mich zitierst: Name von der Redaktion geändert."

Stan machte eine Notiz in seinem Schreibblock. „Wie du willst."

Eine junge Frau, die eine Kamera und eine Weste mit unzähligen Taschen trug, gesellte sich zu ihnen. „Hallo, ihr!"

„Rob, das ist Betta, meine Fotografin."

Rob begrüßte sie. „Was halten Sie von der Junggesellenversteigerung?"

„Klingt nach viel Spaß", sagte sie und zog ihre Baseballkappe tiefer in die Augen, um nicht geblendet zu werden. „Ich mag Shopping."

„Rob, ich nenne dich den widerspenstigen Junggesellen. He, das klingt gut." Stan kritzelte wieder etwas in seinen Notizblock. „Warum also bist du hier?"

„Weil das hier elf Jahre lang mein Zuhause war." Rob führte das nicht weiter aus. Aber alle Liebe und Anerkennung, die er über die Jahre erhalten hatte, kam von hier. Und so viel das auch gewesen sein mochte, es war nie genug gewesen. „Heute bin ich hier, weil die Freundin … einer Freundin mich darum gebeten hat." Er musste ja nicht Laurens Namen erwähnen. Wegen ihrer Familie war sie für die Presse keine Unbekannte.

„Du freust dich also darauf, als Traumdate ersteigert zu werden?"

„Wie auf eine Wurzelbehandlung, mein Freund. Wie auf eine Wurzelbehandlung." Er ging zu der Bühne, auf der die Versteigerung stattfinden sollte. Rex und Lindsay rannten wie Fußballtrainer mit Klemmbrettern in der Hand umher. Lindsays Onkel, Sam Duncan, ein ehemaliger Trainer und Berater, winkte mit seinem Cowboyhut, um so die Junggesellen zusammenzutrommeln. Eine große Menge Leute hatte sich bereits auf den Stühlen vor der Bühne eingefunden, hauptsächlich waren es Frauen. Einige Junggesellen saßen schon auf den Klappstühlen um das Podest herum. Sie rissen Witze und lachten, sie knufften sich gegenseitig in die Schulter und tauschten Anekdoten über ihre Zeit auf der Ranch aus. Rob setzte sich zu Cody Davis. Mit einem Blick über die sich lebhaft unterhaltenden Zuschauerinnen beugte er sich zu ihm herüber: „Hast du auch so viel Bammel wie ich?"

„Und wie!" Cody wand seine Beine in den Cowboystiefel um die Stuhlbeine und kippelte auf dem Stuhl wie ein Schuljunge. „Wo kommen all die Frauen überhaupt her?"

„Von überall, hab ich gehört." Durch seine Sonnenbrille schaute Rob auf die hinteren Zuschauerreihen. „Verdammt, das sind ganz schön viele Frauen." Und zwar in allen Formen und Größen, jeden Alters und jeglicher Couleur. Frauen in hautengen Westernjeans, die gut gelaunt pfiffen und johlten, als einige Jungs auf der Bühne für sie posierten, ihre Muskeln zeigten und herumalberten. Eine große Blondine in einem groben Jeanshemd sah aus, als sei sie nach der Arbeit zufällig vorbeigekommen und schien sich nun nicht sicher, ob sie bleiben sollte. Eine Frau mit zwei Kindern zeigte auf die Bühne und schien eine sehr ernste

Unterredung mit ihren Kindern zu führen. Eine schwangere Frau saß mit der Broschüre fest an ihre Brust gepresst mutterseelenallein da. Tolle Aussichten, dachte Rob.

Vier Frauen saßen genau in der Mitte der ersten Reihe. Die zwei älteren trugen bunte Jogginganzüge und glitzernde Turnschuhe. Eine andere hatte hochtoupierte goldene Haare und rauchte. Die zierliche asiatische Frau neben ihr war von dem Geschehen sichtlich begeistert.

Rob lehnte sich in seinem Stuhl zurück und verschränkte die Arme. „Weißt du was?", sagte er. „Jede Frau ist auf ihre Art schön."

Davis nickte dankbar. „Wie wahr, wie wahr."

Dröhnend begrüßte der offensichtlich erfahrene Auktionator die Zuschauer und erklärte die Auktionsregeln. Rob hörte nur mit halbem Ohr hin. Das Ganze schien absurd und kam ihm irgendwie unwirklich vor, als sei dies hier eine Welt für sich.

In gewisser Weise war Lost Springs das tatsächlich. Eine Gruppe Jungen, deren Familien sie im Stich gelassen hatten. An diesem Ort waren sie zusammengekommen und hatten gestritten, geweint, getobt, gelacht und gelernt. Die Ranch versprach Hoffnung und Heilung. Sie durfte einfach nicht geschlossen werden. Deshalb war er hier. Deshalb hatte er sich bereit erklärt, an dieser absurden Spendenaktion teilzunehmen. Dieser Ort war es wert, gerettet zu werden, denn ohne Lost Springs wären Jungs, wie er einer gewesen war, heimatlos.

Wenn es um soziales Engagement und wohltätige Zwecke ging, war Lauren stur. Ihre Familie war so wohlhabend, dass sie vor fünfzig Jahren eine Stiftung gegründet hatte. Die Stiftung der DeVanes beschäftigte ein Dutzend Angestellte, und Lost Springs stand schon seit Jahrzehnten auf ihrer Liste. Rob hatte Lauren auf einer Wohltätigkeitsveranstaltung kennengelernt, in dem Fall war es eine harmlose Gala gewesen. Die DeVanes waren mit den Fremonts in Lightning Creek bekannt, und Lauren war damals zusammen mit Kitty Fremont und Lindsay Duncan aufs Internat gegangen.

Rob staunte immer wieder, dass sie zusammengefunden hatten, da sie verschiedener nicht hätten sein können. Die Erbin und der Waise. Oliver Twist und Grace Kelly. Hin und wieder fühlte sich Rob in Laurens Gegenwart ein klein wenig unbehaglich. Exakt beschreiben konnte er es nicht, aber das Gefühl war da, spürbar und doch verborgen, wie ein Steinchen im Schuh. Sie war stolz auf seinen Erfolg und seine vielversprechenden Aussichten. Er hatte jedoch den Verdacht, dass sie insgeheim wünschte, er wäre in ihrer Gesellschaftsschicht geboren worden.

Er verwarf den Gedanken. Natürlich stammten sie aus unterschiedlichen Schichten, aber sie waren beide klug genug, die Unterschiede auszugleichen. Sie entsprach haargenau seiner Idealvorstellung, wie er sie in der Auktionsbroschüre beschrieben hatte: „eine gebildete Frau aus der Stadt mit einem anspruchsvollen, erfüllenden Beruf".

Als er einen blonden Schopf hochgesteckter Haare in der Menge entdeckte, machte sein Herz einen Sprung. Nein, es war doch nicht Lauren. Irgendwie hätte es ihn gefreut, wenn sie es nicht ertrüge, dass er an eine fremde Frau versteigert wurde, und gekommen wäre, um ihn für sich selbst zu ersteigern.

Das aber war reines Wunschdenken und sah Lauren gar nicht ähnlich. Lächerlich!

„Wer soll dich ersteigern?", fragte Davis. „Gefällt dir eine besonders?"

Unwillkürlich blickte er zum anderen Ende des Platzes, wo sich die Äste einer großen Eiche im Sommerwind bewegten. Die Hände in die Hüften gestemmt stand Twyla McCabe neben dem Quilt und verfolgte ungläubig die Versteigerung. Als er merkte, wohin er sah, richtete er seinen Blick wieder auf die Sitzbänke. „Nein, wie gesagt, alle Frauen sind auf ihre Art schön. Außerdem ist es ja für den guten Zweck."

„… in alphabetischer Reihenfolge", sagte der Auktionator. „Also, meine Damen, begrüßen Sie mit mir unseren ersten Junggesellen: Dr. Rob Carter!"

Verdammt. Ungelenk stand Rob auf. Gut, nun war es also an ihm, der Ranch zu helfen. Für Scham oder Ernst war hier nicht der Ort.

Von irgendwoher aus seinem tiefsten Innersten brachte er ein breites Lächeln zuwege. Er nahm Lindsays Hand, beugte sich vor und führte sie galant an seine Lippen. Die Zuschauerinnen seufzten im Chor, und er lachte.

Der Auktionator gab eine Zusammenfassung von Robs Lebenslauf. Wie er das sagte, klang es viel interessanter, als Robs Leben wirklich war. Die Menge kommentierte seine Erfolge im Sport und an der Universität mit „Ooohs" und „Aaahs". Den Fragebogen für die Broschüre hatte er mit Fakten über sein pathologisches Labor gespickt. Gedruckt hatten sie das nicht. Tödliche Viren zu isolieren und Epidemien zu verhindern, war offenbar nicht sexy genug.

„Und nun zu dem gewissen Etwas, meine Damen", sagte der Auktionator. „Er hat die Seele eines Dichters."

Rob runzelte die Stirn. Wo kam das her?

Der Auktionator zog ein vergilbtes Blatt Papier hervor. Rob reckte seinen Hals, um es besser sehen zu können. Das linierte Schreibpapier war fein säuberlich in Schreibschrift beschrieben. Auf der oberen Ecke prangte ein goldener Aufkleber in Form eines Sterns, den Lehrer für besonders gute Leistungen vergaben. „Mrs. Duckworth hat uns das gegeben, sie war früher Lehrerin an der Grundschule."

Rob kramte in seinem Gedächtnis. In seiner Erinnerung war Mrs. Duckworth streng, pragmatisch und liebevoll. Aufs Schreiben hatte sie großen Wert gelegt. Aber er konnte sich beim besten Willen nicht erinnern, was er ihr geschrieben haben sollte.

„Das hat Rob als kleiner Knirps geschrieben. Folgendes hatte der kleine Mann damals zu sagen: ‚Wenn ich groß bin, will ich Vater werden. Das soll nicht schwer sein, aber ich weiß es nicht genau.'"

Ein Lachen ging durch die Zuschauer. Robs Lächeln gefror. Wenn die Leute glaubten, dies würde seinen Preis erhöhen, müssten sie total verrückt sein. Wer wollte sich schon das naive Geschwafel eines Neunjährigen anhören?

„‚Ein Vater repariert Sachen'", las der Auktionator, „‚meistens das Auto, aber auch Dinge im Haus und im Garten. Ein Vater ist sehr stark. Aber er braucht eine Frau und ein Kind, um überhaupt Vater zu sein. Darüber muss ich noch länger nachdenken.'"

Die Frauen auf den Sitzbänken lachten und klatschten gerührt über die niedliche Geschichte. Rob versuchte sich nichts anmerken zu lassen. Er wollte möglichst entspannt und freundlich wirken, als der Auktionator nun die Versteigerung eröffnete.

„Wer bietet fünfhundert Dollar für diesen Prachtkerl?"

Jemand auf den hinteren Sitzen streckte die Hand hoch.

„Fünfhundert. Bietet jemand sechshundert?"

Herrje, dachte Rob, als Gebot um Gebot einging. Hatte Abraham Lincoln seinerzeit nicht das Versteigern von Sklaven verbieten lassen?

Die Hände flogen so schnell in die Höhe, dass er nicht sehen konnte, wer der Bieter war. Schnell stiegen die Gebote steil an. Unter Gelächter und Gejohle feuerten sich die Frauen untereinander an.

„Zwölfhundert Dollar. Wer bietet mehr?"

Rob brach der kalte Schweiß aus.

Sein Blick huschte von einer Bieterin zur nächsten. Die junge Frau in dem Jeanshemd. Die Dame mit dem hochgesteckten Haar. Die zweifache Mutter. Die Schwangere. Eine New Yorkerin, die ganz in Schwarz gekleidet war. Eine Frau in Schlangenlederstiefeln und mit einer Rolex am Handgelenk. Die weißhaarige ältere Dame. Ältere Dame? Verdammt!

Rob brauchte ein Bier. Dringend.

Die Gebote schossen in astronomische Höhe. Neuntausend, zehntausend, zwölftausend. Rex und Lindsay kannten einige sehr großzügige Leute, so viel war klar. Das Jeanshemd überbot die Hochsteckfrisur. Jemand aus der Fremont-Familie machte ein Gebot. Dann wechselten die Schlangenlederstiefel mit dem Weißhaar blitzschnell ein paar Worte.

Rob fragte sich, ob beten helfen würde. Er ertappte sich dabei, wie er geradezu verzweifelt zu Twyla rüberschaute. Mitgefühl war da keins zu holen. Sie verdrehte die Augen und lachte über die aberwitzige Vorstellung. Dennoch beruhigte es ihn ein wenig, ihren Blick aufgefangen zu haben. Sie war wie ein Fels der Vernunft in einem Meer aus Wahnsinn. Aber sie lachte weiter.

„Zum Ersten, zum Zweiten uuuund zum Dritten … verkauft", rief der Auktionator. „An Sugar Spinelli, hier in der ersten Reihe."

Twyla McCabe hörte augenblicklich auf zu lachen, wankte rückwärts gegen den Klapptisch und schlug sich die Hand vor den Mund. Sogar aus der Entfernung konnte Rob erkennen, wie sie erbleichte.

Sein Kinn fiel herunter, als die Höchstbietende einen Siegesschrei ausstieß. Donnernder Applaus brandete auf. Die Bieterin und ihre Freundin sprangen von ihren Sitzen und umarmten sich. Ihre bunten Trainingsanzüge – einer pink, der andere lila – glitzerten im Sonnenlicht.

Rob traute kaum seinen Augen. Nicht in seinen wildesten Fantasien hätte er sich das erträumen lassen. Die Frau, die am meisten für ihn geboten hatte, war ein grauhaariges Großmütterchen.

5. KAPITEL

*E*rleichtert verließ Rob das Podium. Unter dem erneut aufbrandenden Johlen des Publikums stellte der Auktionator ein neues Opfer und dessen Vorzüge vor. Rob hatte seinen Teil getan, aber er wollte immer noch ein Bier.

Die Damen im Trainingsanzug, die den Zuschlag erhalten hatten, regelten die Formalien mit den Veranstaltern. Also ging Rob zum Imbissstand und holte sich ein kühles Bier vom Fass. Dann nahm er sein Handy aus der Tasche und rief Lauren an.

Als sie sich meldete, konnte er ein Lachen nicht unterdrücken. „Ich glaube, du hast mich für immer verloren."

„Die Versteigerung ist schon zu Ende? So schnell?"

„Jedenfalls meine Versteigerung."

„Erzähl. Wie war's?" Vor seinem geistigen Auge sah er, wie sie es sich auf ihrem schwarzen Wildledersofa gemütlich machte, und er wünschte, er könnte bei ihr sein. „Ich will alles wissen."

Er trank einen Schluck Bier. „Ich war als Erster dran."

„Weil du am meisten wert bist, Liebling."

„Weil es nach alphabetischer Reihenfolge ging", sagte er mit einem trockenen Lachen. „Es wurde geboten und geboten, und du rätst nicht, wer den Zuschlag bekommen hat."

„Ich will nicht raten. Sag's mir."

„Ein Frau namens Spinelli. Ja, ich glaub, so heißt sie."

„Sugar Spinelli?"

„Du kennst sie?"

„Sie macht in Öl. Ist stinkreich. Man kennt sie."

„Lauren, für dich bedeutet ‚man' etwas anderes als für mich." Er wusste, dass sie es nicht so meinte, aber wenn sie „man" sagte, klang das snobistisch und nach exklusiven Kreisen, zu denen Rob nicht gehörte.

„Sie ist uralt, Rob. Warum um Himmels willen macht sie bei einer Junggesellenversteigerung mit?"

„Keine Ahnung. Vielleicht will sie einen Enkelsohn für einen Tag?" Die beiden Damen im Trainingsanzug hatten das Finanzielle mit den Auktionatoren geregelt und kamen fröhlich plaudernd zu ihm herüber. „Das werde ich gleich herausfinden", sagte er zu Lauren. „Ich ruf dich später noch mal an."

Er stellte sein Bier ab und setzte sein gewinnendstes Lächeln auf. „Die Damen", sagte er, „sehr erfreut."

„Wir auch, Robert, wir auch", sagte Mrs. Spinelli, „wir dürfen doch Robert zu Ihnen sagen?"

„Gern. Nennen Sie mich Rob."

„Früher hießt du Robbie", sagte die zweite Dame im pink-farbenen Anzug.

Er horchte auf und betrachtete sie eingehend. Blauweiße Haare, eine eckige Brille mit Metallgestell. Aus ihrem einnehmenden Gesicht sprachen mütterliche Sanftheit, jugendlicher Schalk und noch etwas anderes. Ein eiserner Wille.

„Mrs. Duckworth!"

„Na, Gott sei Dank. Ich hatte schon befürchtet, du erkennst mich nicht."

„Es ist lange her." Betreten fragte er sich, wie man seine ehemalige Grundschullehrerin begrüßte. Sollte er „Ma'am" zu ihr sagen? Ihr anbieten, die Tafel zu wischen?

Bevor er eine Antwort fand, öffnete sie ihre Arme. „Ich vermute, du hast dich mehr verändert als ich."

Rob umarmte sie flüchtig und trat unbehaglich einen Schritt zurück. „Vielen Dank", sagte er an Mrs. Spinelli gewandt, „Sie waren sehr großzügig. Die Ranch wird Ihre Spende sicherlich sinnvoll nutzen."

„Süßer", erwiderte sie augenzwinkernd, „ich will *Sie* sinnvoll nutzen."

Ihm lief es eiskalt den Rücken runter. Eine Sekunde lang dachte er, sie wolle … Nein! Um Gottes willen.

Mrs. Duckworth hatte die Panik in Robs Gesicht bemerkt. Sie nahm ihn am Arm und führte ihn vom Imbissstand fort. „Sugar, wir erklären Robbie jetzt besser unseren Plan, damit er alles regeln kann."

„Regeln?", fragte er verdutzt.

„Ihr Date."

Oh, Mann. „Und dieses Date …?", fragte er vorsichtig.

„Gütiger Gott! Nicht mit uns!" Mrs. Spinelli lachte. „Theda, hast du das gehört? Ist er nicht schnuckelig?" Sie nahm seinen anderen Arm. „Mein lieber Junge, Sie sind sehr charmant, aber nichts für uns. Das Date ist mit jemand anderem. Jemand sehr Besonderem."

Sein Hirn lief auf Hochtouren. Womöglich hatte sie eine psychisch gestörte Tochter, die bereits eine Reihe von Ehen hinter sich hatte. Oder eine durchgeknallte Nichte, die sich nach einem Mann verzehrte.

„Ich höre", sagte er und versuchte, möglichst ruhig zu bleiben.

„Wir haben eine ganz zauberhafte Verabredung arrangiert", sagte Mrs. Duckworth.

„Es ist alles organisiert", fügte Mrs. Spinelli hinzu, „bis ins letzte Detail."

Rob fühlte sich ein wenig wohler. Bilder von Kreuzfahrtschiffen, Candle-Light-Dinner, Theaterbesuchen und Golfplätzen kamen ihm in den Sinn. „Ein Klassentreffen", sagte Mrs. Spinelli.

Die Bilder in seinem Kopf zerstoben. Palmen, die sich im Wind wiegten, machten Girlanden aus Krepppapier Platz, die in muffigen Turnhallen hingen. „Habe ich das richtig verstanden? Ich führe eine Frau zu ihrem Klassentreffen aus?"

„Nächstes Wochenende", sagte Mrs. Duckworth. „Herrlich wird das! Das Treffen findet in einer Kleinstadt nahe Jackson statt, du musst den Flieger nehmen, aber keine Sorge, wir haben die Flugtickets und eine Unterkunft gebucht."

„Aber Sie haben mich gerade … gekauft", warf er skeptisch ein.

„Mein Lieber, es steht außer Frage, dass Sie derjenige welcher sind. In dem Katalog stand alles über Sie", sagte Mrs. Spinelli. „Sie hat Sie vom Fleck weg ausgewählt. Ich glaube, es lag an dem Armani-Anzug."

„Nein, an der Rose", sagte Mrs. Duckworth. „Die rote Rose in seiner Hand, Sugar. Das hat bei ihr den Ausschlag gegeben, meinst du nicht?"

Lauren, dachte er mit plötzlicher Hoffnung. Lauren hatte sich einen Scherz erlaubt und diesen Ringelpiez mit Anfassen arrangiert. Schließlich war sie diejenige gewesen, die auf der Rose und dem Anzug für das Foto bestanden hatte. Und sie kannte Mrs. Spinelli. Sie hielt ihn hier zum Narren und hatte die alten Damen auf ihn angesetzt.

„Eins noch." Mrs. Spinelli sah ihm streng in die Augen. „Das ist wichtig. Sie müssen vorgeben, verlobt zu sein."

Rob lachte. Keine Frage, da steckte Lauren hinter. Wahrscheinlich war ihr eine Ehe doch nicht so gleichgültig, wie er dachte. Wahrscheinlich wollte sie ihre Beziehung vertiefen. „Verlobt, ja?"

„Ja, verlobt."

Sie hatten lange genug um den heißen Brei herumgetanzt. „Lauren hat Sie also auf mich angesetzt."

Die beiden Damen tauschten einen Blick. Finster sagte Mrs. Duckworth: „Wir kennen keine Lauren. Wir haben keine Ahnung, von wem du sprichst."

Irgendetwas sagte ihm, dass sie ihn nicht veräppelten. War es ihnen wirklich ernst? Wollten sie ihn wirklich auf ein Klassentreffen mit einer fremden Frau schicken?

Rob versuchte, in ihren arglosen Gesichtern zu lesen. Verdammt, sie sahen aus wie lammfromme Kirchgängerinnen.

„Es tut mir leid, meine Damen. Das war so nicht vereinbart. Es sollte ein Date sein, kein Schmu."

„Sei kein Spielverderber!", ermahnte ihn Mrs. Duckworth. „Schon in der Schule hast du keinen Spaß verstanden und dich zur Spielstunde auf dem Klo versteckt."

„Es ist alles vorbereitet", sagte Mrs. Spinelli mit gekränktem Unterton.

„Ich glaube nicht, dass das funktionieren wird, Ma'am." Eigentlich hatte er sie nicht „Ma'am" nennen wollen, ebenso wenig wie Twyla vorhin. Die überhöfliche Anrede rutschte ihm einfach so raus. Seltsam, aber er fühlte sich in Gegenwart der wohlmeinenden, wenngleich querköpfigen älteren Damen sicher und aufgehoben. Er wollte sich mit ihnen nicht wohlfühlen, wollte sich in dieser gemütlichen Kleinstadtgemeinschaft nicht zu Hause fühlen. Die freundliche Stimmung in Lightning Creek passte nicht zu seinem Lebensentwurf. Je eher er zurück nach Denver kam, desto besser.

„Gut", sagte er und griff in seine Hosentasche, „ich stelle Ihnen einen Scheck über Ihre heutigen Ausgaben aus. Dann sind wir quitt."

Die alten Damen protestierten lauthals. Als er gerade nach einem Stift suchte, sah er Twyla McCabe mit dem Quilt überm Arm auf sich zukommen. „Ich habe gute Neuigkeiten", sagte sie und hielt ihm den Quilt entgegen.

„Die kann ich gebrauchen."

„Wir haben die Lose gezogen. Sie haben gewonnen."

Der Tag war also nicht gänzlich im Eimer. Immerhin hatte er den Quilt gewonnen. „Danke, Twyla."

„Ihr kennt euch?", fragte Mrs. Spinelli und schlug begeistert die Hände zusammen. „Perfekt!"

Rob kniff die Augen zusammen. Diese Damen sahen zwar aus wie Klementine aus der Ariel-Werbung, aber ihre Absichten waren ganz sicher weder sauber noch rein. „Was ist perfekt?"

„Dass ihr euch kennt", sagte Mrs. Duckworth langsam und deutlich mit ihrer Lehrerinnenstimme. „Dann könnt ihr gleich die Einzelheiten klären."

Rob betrachtete Twyla McCabe. Seidiges rotes Haar. Große, sanfte Augen. Ein Hauch von Sommersprossen. Sie war hübsch, obwohl man ihr den harten Alltag ansah, und sie hatte eine 1a-Figur. Ein typisches Kleinstadtmädchen.

„Ach, um Sie geht's", sagte er erstaunt. „Es ist Ihr Klassentreffen."

„Twylas zehnjähriges Klassentreffen", erklärte Mrs. Duckworth. „Ihr beide werdet dort ein unvergessliches Wochenende verbringen."

„Genau darüber wollte ich mit euch reden", sagte Twyla entnervt.

Verblüfft und ohne recht zu wissen warum, steckte Rob sein Scheckbuch wieder ein.

Die Sonne ging schon unter, als Twyla den Klapptisch zu ihrem Wagen trug, Brian im Schlepptau. Der Abend brachte Abkühlung, die Luft war frischer. Verhalten sangen einige Vögel, der Duft frisch gemähten Rasens wehte über das Gelände. Nach der ersten Begegnung war sie Rob aus dem Weg gegangen. Angespannt hatte sie den weiteren Verlauf der Veranstaltung verfolgt. Jedes Mal, wenn Rob sich ihr nähern wollte, tat sie beschäftigt, sie half sogar freiwillig am Limonadenstand aus. Jetzt, da der letzte Junggeselle versteigert war, war es Zeit, zu gehen.

Brian hatte sich rasch von seiner Übelkeit erholt und den Tag zusammen mit seinen Freunden mit Spielen, Essen, lautem Rufen und Toben verbracht. Die Versteigerung hatte ihn nicht interessiert, ihm fehlte schlicht das Verständnis dafür. Auch wusste er nicht, was Mrs. Duckworth und Mrs. Spinelli gemacht hatten. Was okay war, da Twyla eh nicht wollte, dass Rob Carter das Ding durchzog.

Gegen Ende der Versteigerung schien Brian aufzuschnappen, was da vor sich ging. Er kam zu ihr an den Limonadenstand und fragte: „Wenn eine Frau einen Mann kauft, muss der Mann dann machen, was die Frau sagt?"

Twyla lächelte. „Gewissermaßen."

„Für wie lange?"

„Das müssen die beiden wohl unter sich klären."

„Dann sollte sie machen, dass er bleibt und Vater wird."

Gegen die Logik eines Sechsjährigen kam man nicht an. Sie hätte ihn schlicht nicht fragen sollen, tat es aber trotzdem: „Brauchen denn alle Jungen einen Vater?"

„Klar!"

Die nächste, folgerichtige Frage wollte sie nun wirklich nicht stellen: Und du, Brian? Brauchst du einen Vater?

Sie war sich nicht sicher, ob sie die Antwort darauf hören wollte.

„Sammy Crowe sagt, Mrs. Spinelli hat diesen Rob gekauft, und dass er alles tun muss, was du sagst."

„Tja, da hab ich Glück, was?", sagte Twyla. „Was soll er tun? Hast du eine Idee?"

„Machst du Witze?!" Brian strahlte. „Ich hab tausend Ideen!"

Sie wollte seine Begeisterung dämpfen, ihn warnen, dass alles nur ein Missverständnis sei, aber die Situation war zu vertrackt, um sie erklären zu können.

„Morgen ist Gottesdienst", sagte sie, während sie die Wagentür öffnete, ihn anschnallte und eine Decke um ihn wickelte. Laut gähnend nahm er sein Dinosaurierbuch und schlug es auf. In ein paar Minuten würde er eingeschlafen sein.

Als Twyla um ihren Wagen herum zur Fahrerseite ging, hatte sie das ungute Gefühl, beobachtet zu werden. In der Windschutzscheibe, die in der untergehenden Sonne golden glänzte, sah sie sein übergroß erscheinendes Spiegelbild. Sie setzte den Tisch ab und drehte sich zu ihm. Das stand er, Dr. Robert Carter, glänzendes schwarzes Haar und ein erwartungsfrohes Lächeln. Er sah sie lange an, auf eine Weise, wie kein Mann sie in den letzten Jahren angesehen hatte – Faszination, Wertschätzung und eine Andeutung von Zärtlichkeit lagen in seinem Blick. Twyla musste zugeben, dass er haargenau so aussah wie ein Mann, für den man zwölftausend Dollar ausgeben würde.

„Okay", sagte sie, sich beinahe verhaspelnd. „Ich hatte mit dieser verrückten Idee nichts am Hut, ich hatte keine Ahnung, was Sugar und Theda vorhatten. Ein Date mit Ihnen will ich so wenig wie die Krätze."

Mit dem Quilt unterm Arm betrachtete er sie beunruhigend lange. Wahrscheinlich ist er ein guter Arzt, dachte sie. Es war ihm nicht unangenehm, anderen in die Augen zu schauen.

„Mit der Krätze hat mich noch keine verglichen."

Nervös lachte sie. „Nichts für ungut, es ist nur so, dass ..." Sie schwieg und nickte müde einer der Quilt-Näherinnen zu, die über den Parkplatz ging und sie und Rob neugierig beäugte.

„Lassen Sie uns hier rübergehen", Rob zeigte aufs andere Ende des Parkplatzes, wo eine kleine Anhöhe zum Fußballfeld führte.

„Es gibt nichts zu besprechen", sagte sie. Die Menge verließ den Veranstaltungsort. Einige Menschen starrten sie und Rob mit kaum verhohlener Neugier an. Neuigkeiten verbreiteten sich schnell in Lightning Creek.

„Dann lassen Sie uns das Nichts unter vier Augen besprechen." Er marschierte voran, ohne zu schauen, ob sie ihm folgte.

Twyla strich sich eine Strähne aus dem Gesicht. Sie konnten das Ganze ebenso gut klären. Wahrscheinlich wollte er so schnell wie möglich zurück nach Denver. Sie warf einen Blick zurück zu Brian – der in sein Dinosaurierbuch vertieft war – und folgte Rob zu dem Fußballfeld. Von der Anhöhe aus hatte man einen atemberaubenden Blick auf die Wind River Range in einiger Entfernung. Die Sonne über den zerklüfteten Bergrücken leuchtete goldrot und schickte ihre letzten traumwandelnden Strahlen über das Gras, das sanft im Wind wogte, und über die Salbeibüsche hinter Lost Springs.

Als Rob sich zu ihr umdrehte, setzte ihr Herz einen Schlag aus, denn einen Augenblick lang schien er wie in Bernstein getaucht. Das flüchtige Spiel von Licht und Schatten ließ ihn wie ein Wesen erscheinen, das nicht von dieser Welt war, vielleicht gar aus einem anderen Zeitalter, gefangen in einem Juwel, das ihn vor seiner Umwelt schützte. Dann bewegte er sich, streckte ihr die Hand entgegen, und der seltsam magische Moment war vorüber.

Twyla näherte sich ihm langsam, ohne seine Hand zu nehmen.

„Hier", sagte er und zeigte auf eine Treppe am Hang zum Fußballfeld. „Setzen Sie sich."

„Ich hatte ganz vergessen, dass Sie sich in Lost Springs auskennen", sagte sie.

„Ja."

Sie hätte ihn gern über seine Kindheit ausgefragt. Warum war er hier gewesen? Wie lange hatte er hier gelebt? Erinnerte er sich an seine Familie? Hatte es ihm auf der Ranch gefallen? Hatte er sich als Sechsjähriger einen Vater gewünscht?

Nein. Sie durfte ihm nicht derart intime Fragen stellen. Schließlich wollte sie ihn loswerden. Höflich natürlich. Immerhin hatte er nicht darum gebeten, von zwei Kupplerinnen, die sich überall einmischten, zum Dienst gezwungen zu werden. So großzügig und freigiebig, wie er war, hatte er es nicht verdient, zur Belohnung auf ein Klassentreffen entführt zu werden.

Sie setzte sich auf die oberste Stufe, er nahm auf einem unteren Treppenabsatz Platz. In der abendlichen Brise lag der Duft von süßem Gras und wildem Thymian. Hoch über den Bergen funkelte einsam ein erster Stern. Ein kühler Lufthauch fuhr über ihre Arme, also zog sie die Knie an die Brust und schlug das Sommerkleid um ihre Beine.

„Ich erwarte nicht", begann sie, „dass Sie tun, was Mrs. Spinelli und Mrs. Duckworth möchten. Sie sollten wissen, dass ich sie nicht dazu angestiftet habe."

„Vielleicht sollten Sie mir das erklären. Was hat die beiden überhaupt dazu gebracht, das zu tun?"

„Sie können sich vermutlich nicht vorstellen, wie es in einem Schönheitssalon zugeht", sagte sie und dachte an den besagten Tag im Salon zurück.

„Da haben Sie vollkommen recht."

„Die beiden waren meine ersten Kundinnen, als ich den Laden neu eröffnet habe. Der erste Dollarschein, den Sugar Spinelli mir gezahlt hat, hängt eingerahmt an der Wand im Salon. Sie haben mich unter ihre Fittiche genommen, und ich liebe sie dafür heiß und innig." Unwillkürlich legte sich ein Lächeln auf ihre Lippen. „Aber manchmal gehen sie einfach zu weit. Sie meinen, mir fehle etwas im Leben. Genau genommen meinen sie, mir fehle ein Mann im Leben. Und sie werden nicht eher Ruhe geben, bis sie einen Mann für mich gefunden haben. Selbst wenn es sie mehrere Tausend Dollar kostet." Sie lachte schmerzlich. Denn so unfassbar es war, genau das hatten die beiden getan.

„Es gibt Schlimmeres, als jemanden wie Mrs. Spinelli oder Mrs. Duckworth als Freundin zu haben."

„Das weiß ich und bin auch sehr dankbar. Aber dieses Mal sind sie doch ein bisschen zu weit gegangen."

„Was wollen Sie jetzt tun?"

Sie legte ihren Kopf in den Nacken und seufzte. Einer nach dem anderen flammten die Sterne am violetten Abendhimmel auf. „Das frage ich mich auch."

„Es würde sie bestimmt verletzen, wenn Sie nicht nach ihrem Plan spielen."

„Das würde es." Sie erschauderte bei dem Gedanken an die strafenden Blicke ihrer beiden Lieblingskundinnen. „Es geht ihnen nicht ums Geld – Mrs. Spinelli liebt Wohltätigkeitsarbeit –, sondern um das, was sie für den perfekten Plan halten. Der Plan, mich aus dem Nest zu schubsen. Sie möchten, dass ich mit wehenden Fahnen in meine Heimatstadt fahre, zusammen mit einem Typen, der wie von Geisterhand in meinem Leben auftaucht."

„Ein Schicksal schlimmer als der Tod."

Sie lachte. „Ich gebe zu, die Vorstellung hat etwas. Wer würde nicht auf dem Klassentreffen als super erfolgreich erscheinen wollen? Obendrein noch mit einem Arzt aus der Großstadt an seiner Seite. Aber ich sehe mich beim besten Willen nicht bei dieser Maskerade mitspielen."

Er pflückte einen Grashalm und kaute daran. Bestimmt wollte er damit nicht die Aufmerksamkeit auf seinen Mund lenken. Doch sie konnte den Blick nicht davon abwenden, wie er selbstvergessen an dem Grashalm knabberte. „Kann ich Sie was fragen?"

„Klar." Sie versuchte, nicht auf seinen Mund zu achten.

„Warum gehen Sie nicht als Sie selbst auf das Klassentreffen – als Geschäftsführerin und Brians Mutter?"

„Ich habe bestimmt nichts zu verbergen. Aber …" Sie unterbrach sich, weil sie von Gefühlen übermannt wurde. Wenn sie mit ihm sprach, schienen alle Dämme zu brechen. Sie sollte besser ihren Mund halten.

„Aber …?", fragte er nach.

„Ich war wie alle anderen Mädchen in der Schule auch. Ich hatte große Träume, von einem schönen Leben, von Erfolg, von bestimmten Dingen, die ich erreichen wollte. Und dann … dann kam das echte Leben und nichts von dem, was ich mir erträumt hatte, wurde wahr. Wenn ich ganz ehrlich bin, es wäre schön, dort mit strahlendem Lächeln und einem Traummann an meiner Seite zu erscheinen."

„Ich wäre also Ihr Traummann?"

Sie errötete. „Ist das Ihr Ernst? Sehen Sie sich doch an! Ein erfolgreicher Arzt mit guten Manieren und teuren Klamotten? Jemanden wie Sie gibt es nur einmal in Lightning Creek, das kann ich Ihnen sagen. Ganz zu schweigen von Hell Creek."

„Hell Creek?"

„Mein Heimatort." Denn das war er immer noch, trotz allem, was ihr dort widerfahren war, und obwohl sie seit sieben Jahren nicht mehr dort gewesen war. „Die würden sich das Maul über Sie zerreißen."

„Es ist nicht immer so, wie man denkt", sagte er nachdenklich und blickte in den Himmel, der sich dunkelviolett färbte und von Sternen durchsetzt war.

„Was meinen Sie damit?" Um Himmels willen, barg er etwa ein dunkles Geheimnis?

„Eigentlich bin ich ganz langweilig."

Sie schwiegen eine Weile. Sie spürte, dass sie sich noch nicht sehr vertraut waren. Was sagte man einem Mann, den man kaum kannte? Einem Mann, der zudem dafür bezahlt wurde, dass er einem Gesellschaft leistete?

Er trommelte mit seinen Fingern auf den Stufen. „Wissen Sie was?"

„Was?"

„Wir haben gar keine andere Wahl, wir müssen das durchziehen."

Ihr Mund öffnete sich zum Protest, aber sie brachte kein Wort hervor. „Das durchziehen? Zum Klassentreffen gehen?"

„Genau."

„Wissen Sie, wo Hell Creek liegt?"

„Nicht allzu weit von Jackson entfernt, wurde mir gesagt."

„Aber es ist ganz anders als Jackson."

Er steckte die Hände in die Taschen. „Twyla, es ist doch so: Ich habe mich bereit erklärt, an der Spendenaktion teilzunehmen. Ich habe mir die Zeit genommen, für jemanden den Junggesellen zu geben – aus Jux und für den guten Zweck. Viele Leute haben viel Arbeit in die Versteigerung gesteckt.

Es bringt uns doch nicht um, unseren Teil der Abmachung zu erfüllen."

„Ich habe mit niemandem eine Abmachung getroffen", entgegnete sie.

„Dann treffen Sie eine mit mir. Hier und jetzt. Wir fahren zum Klassentreffen."

Nie und nimmer, nicht in ihren kühnsten Träumen hätte sie das erwartet. Sie war so verblüfft, dass sie in sein Gesicht sah und sagte: „Ich denke darüber nach. Rufen Sie mich morgen an, dann gebe ich Ihnen meine Antwort."

6. KAPITEL

Zurück im Starlite Motel im Norden der Stadt starrte Rob auf sein schweigendes Telefon. Mittlerweile bereute er seine Worte. Twyla McCabe hatte großen Anstand bewiesen und ihn von der Leine lassen wollen. Aber er hatte die Chance zur Flucht vermasselt. Am besten rief er sie gleich an, um ihr zu sagen, dass sie recht hatte, dass das niemals funktionieren würde.

Aber es war noch nicht morgen. Herrje, es war noch nicht einmal zehn Uhr abends. Er konnte sie unmöglich anrufen. Er sollte besser Lauren anrufen und ihr von dem unerhörten Antrag der beiden älteren Damen erzählen.

Der Stern auf der Leuchtreklame flackerte hin und wieder bläulich durch die Jalousien. Die nächtlichen Geräusche der Prärie hinter dem Parkplatz drangen durch die dünnen Wände des Motels – das Zirpen der Grillen, das Quaken der Frösche und ab und an der Schrei einer Eule.

Aus Neugier blätterte er in den Unterlagen, die Mrs. Duckworth ihm gegeben hatte. Sie steckten in einer Mappe, auf der „Twylas zehnjähriges Klassentreffen" stand.

Die Damen hatten keinen Wunsch unerfüllt gelassen. Sie hatten einen Flug von Casper nach Jackson gebucht und einen Wagen für das Wochenende gemietet. Die Unterkunft war – nach allem, was die Broschüre versprach – vom Feinsten. Eine Fischerhütte mit dem Namen Laughing Water Lodge, die am Ufer eines Flusses lag und mit zwei Schlafzimmern, einem Whirlpool und einer Sauna ausgestattet war. Die Holzhütte befand sich in der Nähe eines Reiterhofs außerhalb von Hell Creek. Sie gehörte einem wohlhabenden Bauunternehmer aus Jackson, der müde Kalifornier und reiche Texaner locken wollte, Wurzeln in der Gegend zu schlagen. „Wild West Wonderland" nannte eine Touristenbroschüre die Gegend und zeigte einen Mann mit Cowboyhut, der einen Eimer Pferdefutter über eine Koppel trug.

Rob warf die Broschüre auf den Tisch. Gegen einen gelegentlichen Ausritt hatte er nichts einzuwenden, aber die Arbeit auf einer Farm reizte ihn nicht.

Als Mrs. Duckworth ihm die Mappe in die Hand gedrückt hatte, hatte sie ihn mit dem strengen Blick einer Grundschullehrerin bedacht. „Junger Mann, vergiss nicht, dass das Wochenende für Twyla einfach wundervoll werden muss."

Für den Fall, dass ihm nichts einfiel, hatten sie und Mrs. Spinelli eine To-do-Liste mit Vorschlägen beigefügt. Er sollte Twyla das Gefühl geben, etwas Besonderes zu sein. Ein Geschenk sollte sie bekommen, Blumen oder gar Schmuck. Tanzen sollte er mit ihr. Mit ihr ein Picknick machen. Ausreiten. Ein Candle-Light-Dinner. Ein Spaziergang bei Mondschein. Wein trinken auf dem Teppich vor dem Kamin. Frühstück im Bett.

„Wir haben unseren Teil getan", hatte Mrs. Spinelli gesagt, „jetzt müssen Sie Ihren tun. In den letzten Jahren hat kein Mann Twyla das Gefühl gegeben, etwas Besonderes zu sein. Jetzt liegt es an Ihnen."

Sehr subtil, dachte Rob belustigt.

Er zog den Vorhang vors Fenster, um das flackernde Neonlicht auszuschließen. Durch die Lamellen sah er einen Pick-up mit Abblendlicht und verchromten Felgen vorbeifahren, wahrscheinlich auf dem Weg zum Roadkill Grill am Ende der Straße. Er warf einen Blick zurück auf das Telefon, bevor er die Schlüssel nahm und das Motel verließ. Um Lauren anzurufen, war es eh zu spät. Also konnte er ebenso gut in der einzigen Kneipe im Ort mit den Jungs ein Bier trinken gehen.

„Hallo, Doc!", sagte Chance Cartwright und winkte von der rustikalen Holztheke herüber, als Rob eintrat. Aus einem Krug schenkte Chance ihm ein Bier ein und reichte ihm das Glas. „Na, hat's Spaß gemacht?"

„Und ob."

„Hey", sagte Rex Trowbridge mit einem schiefen Grinsen, „wir haben heute viele Mäuse für die Ranch eingenommen, jetzt sollten wir die Mäuse tanzen lassen."

Jemand wähle einen Country-Klassiker an der Jukebox aus. Die Stimme von Jerry Jeff Walker erfüllte die Bar. Die Männer klopften sich auf die Schulter und rissen Witze über die Auktion. Die anderen Versteigerungen hatte Rob nicht verfolgt. Nun erfuhr er, dass Wohltätigkeit und Spaß an der Freude nicht die einzige Motivation hinter den Geboten waren. Russ Hall musste ein Wochenende lang den Familienvater mimen. Cody Davis sollte in seiner Heimatstadt eine Parade anführen. Und ein anderer armer Teufel sollte einer Witwe auf ihrer Ranch zur Hand gehen.

„Und was ist mit dir?", fragte Stanley Fish, der Reporter, und setzte sich neben ihn auf den Barhocker. „Was macht dein Date?" Als er Robs Gesichtsausdruck bemerkte, fügte er schnell hinzu: „Keine Sorge, das bleibt unter uns. Ich bin nur neugierig."

„Mich interessiert viel mehr, warum du heute nicht auf dem Podium gestanden hast."

„Ich leiste doch meinen Beitrag. Der Artikel wird der Ranch viel Aufmerksamkeit bescheren. Die Spenden werden nur so fließen, wenn die Leser die gut aussehenden und zugleich sozial engagierten jungen Männer sehen." Stan trank einen Schluck Bier. „Schieß los!"

Rob atmete tief ein. „Ich soll eine Frau zu ihrem Klassentreffen begleiten."

Stan verdrehte die Augen. „Du machst Witze."

„Ich wünschte, es wäre so."

„Was Langweiligeres kann man sich ja kaum vorstellen."

„Du sagst es." Rob trank sein Bier und stellte sich eine schlecht belüftete Turnhalle voller ihm unbekannter Leute vor, die viel zu fein angezogen waren, sich überschwänglich umarmten, den Bauch einzogen, die Namensschilder der anderen beäugten und sich über die vergangenen zehn Jahre unterhielten. Dabei versuchten sie natürlich, was nur allzu menschlich war, besser dazustehen, als sie es in Wirklichkeit taten.

„Weißt du, warum sie dich auf das Klassentreffen mitnehmen will?", fragte Stan.

„Das war gar nicht ihre Idee", entgegnete Rob und erzählte ihm von Mrs. Spinelli und Mrs. Duckworth. Er musste an den kitschigen pinkfarbenen Salon um die Ecke denken. Es wäre so verdammt leicht, ihr zu helfen. Ihre Freunde aus dem Salon machten es so einfach. „Die beiden glauben, ihr damit einen Gefallen zu tun. Sie möchten, dass sie mit wehenden Fahnen und stolz erhobenen Hauptes in ihre Heimatstadt getänzelt kommt."

„Das klingt nach einer billigen Schnulze." Stan schaute Rob fragend an. „Und dazu braucht sie dich?"

„Nein, eigentlich bräuchte sie niemanden. Ihr geht's super."

„Warum also?"

„Die alten Ladys wollen eben, dass Twyla gut rüberkommt, auch in Sachen Ehe."

„Twyla? Die Frau heißt Twyla?" Stan verschluckte sich beinahe.

„Genau, Twyla. Stimmt mit dem Namen was nicht?", fragte Rob verärgert. „Das Ganze haben die liebenswerten alten Damen ausgeheckt."

„Dann blas das ab."

„Nein, ich habe bereits zugesagt."

„Verdammt, an dieser Twyla muss etwas dran sein."

Er zuckte mit den Schultern.

„Wie ist sie denn so?", ließ Stan nicht locker.

Rob vergegenwärtigte sich ihre großen verklärten Augen und wie sie ihrem Sohn liebevoll über den Kopf strich. Er wollte sich lieber nicht daran erinnern, wie sich ihre Taille angefühlt hatte, als er sie vom Baum gehoben hatte. So kurz die Berührung auch gewesen war, sie hatte ihn doch nachhaltig beeindruckt. Twyla fühlte sich jung und fest an und angenehm warm. Und sie errötete, wie nur Rothaarige erröten konnten.

„Lass es mich so sagen: Eine Vogelscheuche ist sie nicht."

Stan bedeutete dem Kellner, ihr Bier nachzufüllen. „Ganz verkehrt kann es nicht sein, einen Abend lang den Traummann für diese Twyla zu geben, wenn es ihr denn hilft. Komm, lass uns eine Runde Darts spielen."

Den Rest des Abends dachte Rob darüber nach, wie es wäre, der Traummann zu sein. Stan war immer noch genauso clever wie damals in der Schule. Er konnte immer noch den Finger genau auf den wunden Punkt legen. Denn in Wahrheit half Rob wirklich gerne. In seiner Arztpraxis ließ er nie eher ab, als bis er die Lösung für ein Problem gefunden hatte. Auch wenn das hieß, dass er nächtelang arbeitete, riesige Stapel medizinischer Fachbücher in der Bibliothek oder im Internet wälzte.

Lauren prahlte gerne mit seiner Hingabe an seinen Beruf, aber das stimmte nicht. Eigentlich kannte er seine Beweggründe nur zu genau. Die hatten nichts mit Idealismus oder der Verbesserung der Welt zu tun. Vielmehr gingen sie auf seine Kindheit zurück und darauf, Sicherheit großzuschreiben. Das wiederum lag an dem letzten Blick, den er von seiner Mutter erhascht hatte, einer blassen, zierlichen Frau mit Tränen in den Augen und einem Veilchen im Gesicht. Nur zu deutlich sah er sich als schüchterner Junge in dem Büro des Schuldirektors stehen und über die riesigen Ledersofas und die Gemälde an den Wänden staunen.

Mit krakeliger Hand setzte seine Mutter ihre Unterschrift auf ein mehrseitiges Formular. „Du wirst es hier besser haben", sagte sie. Und noch drei Jahrzehnte später spürte Rob ihre warme Hand an seiner Wange. „Ich kann dir kein Leben bieten, noch nicht. Vielleicht später …"

Vielleicht später. Ihre Worte hatten ihn jahrelang verfolgt. Auf der Ranch war Sonntag Familientag. Pünktlich um zwölf Uhr erschien Rob jeden Sonntag mit gekämmtem Haar, in blitzblanken Schuhen und seiner besten Hose. „Falls sie heute kommt", sagte er Mr. Duncan. Aber sie kam nie.

Auch nachdem Mr. Duncan ihm behutsam nahegelegt hatte, sich eine andere Beschäftigung am Sonntag zu suchen, gab Rob die Hoffnung nicht auf. Er setzte sich in eine Ecke des Besucherzimmers und sah, wie die Jungs von ihren Eltern umarmt wurden. Die Eltern zogen ihre Söhne zwar nicht zu Hause auf, kamen aber wenigstens hin und wieder zu Besuch und brachten ihnen Schokolade und Comic-Hefte mit.

Rob wusste, dass die Duncans versuchten, seine Mutter ausfindig zu machen. Sie wollten wenigstens erreichen, dass sie ihre Vormundschaft auf- und ihn zur Adoption freigab. Man konnte sie jedoch nie ausfindig machen, und Rob verbrachte von allen Jungs die längste Zeit in Lost Springs.

Als er älter wurde, versuchte er, sich das Leben von Peggy Jean Carter auszumalen. Sie war als Minderjährige von zu Hause abgehauen, hatte keine Familie, keinen Schulabschluss. Sie schlug sich mit einem gewalttätigen Mann und der Sozialbehörde herum. Sie war pleite und verzweifelt und hatte schließlich ihren Sohn in fremde Hände gegeben und ihn verlassen.

Wer weiß, hätte jemand seiner Mutter etwas Gutes getan, hätte sie ihn vielleicht nicht verlassen. Hätte stattdessen vielleicht ihren Stolz und ihre Selbstachtung wiedergefunden, hätte ihr Leben angepackt, anstatt zu verzagen.

Zuneigung konnte viel bewirken – das war die bleibende Lektion von Lost Springs. Vielleicht war das der Grund, warum er Twyla dazu überreden sollte, mit ihm zu ihrem Klassentreffen zu gehen.

Rob erwachte vom Klang der Kirchenglocken. Er trat vor sein Motelzimmer und holte tief Luft. Der Himmel strahlte in einem zarten, aber intensiven Blau, das es nur in diesem Landstrich Wyomings gab. Rob hätte die ganze Welt oder gar das Universum umarmen wollen. So klar war die Luft, so stark das Licht.

Er ging wieder rein, duschte, rasierte sich und zog Jeans und Polohemd über. Dann steckte er seine Sonnenbrille in die Tasche. Twyla hatte gesagt, er solle sie anrufen. Aber das erschien ihm nicht richtig, er wollte sie sehen.

Nach dem Frühstück im Roadkill Grill machte er sich auf zu dem alten Haus der McCabes. So hatte Reilly aus dem Laden für Farmbedarf es genannt. „Das alte Haus der McCabes" klingt altertümlich, dachte Rob und stellte sich ein würdevolles viktorianisches Gebäude mit englischem Rasen vor.

Nachdem er die unebene Auffahrt aus Schotterstein hinaufgefahren war, hätte es ihn nicht verwundern sollen, dass seine Vorstellung nicht der Wirklichkeit entsprach. Der bloße Anblick des Anwesens stimmte ihn nachdenklich.

Das Holzhaus aus den zwanziger Jahren fiel auseinander. Das auf einer Felskuppe gelegene Gebäude sah sehr mitgenommen aus. Mit dem klapprigen Verandageländer erinnerte es an einen Menschen, der dringend zum Zahnarzt musste. Das Holz verwitterte, die Farbe blätterte ab, die Fensterläden hingen schief. Für Farbtupfer sorgten lediglich die Hecken und die Blumentöpfe mit Geranien.

Als Rob aus dem Wagen stieg, kamen ein kleiner Junge und ein großer Hund ausgelassen hüpfend den Hügel heruntergelaufen. Der Hund bellte einmal scharf, und Brian rief ihn zur Ordnung. „Aus, Shep. Hallo, Rob!"

„Hallo, Brian! Ich will deine Mutter besuchen. Ist sie zu Hause?"

„Ja. Ich und Mom sind grad vom Gottesdienst zurück. Komm rein!" Brian stapfte zur Haustür.

Die Stufen zur Veranda knarrten bedenklich unter Robs Schritten.

„Hi, Mooom!", rief Brian. „Rob ist hier. Der Typ, den Mrs. Spinelli gestern für dich gekauft hat." Er pfiff nach dem Hund und rannte wieder nach draußen. Die Fliegengittertür fiel krachend zu, und das ganze Haus schien zu wackeln.

Rob fand sich in einer altmodischen Diele wieder. Es roch nach Zitrone und Poliermittel und nach Zimt und Kaffee. Es roch wie zu Hause, könnte man sagen. Aber das Zuhause anderer, es war nie sein Zuhause.

Er legte seine Hand auf den altersdunklen Treppenpfosten – und hielt im nächsten Moment den Knauf in den Fingern. Er fluchte leise und wollte ihn gerade wieder anbringen, als Twyla in die Diele trat.

„Hallo", sagte sie. Sie schien ein wenig verwundert. „Ich habe Sie nicht erwartet …" Dann sah sie den Knauf in seiner Hand.

„Entschuldigung", sagte er.

„Das passiert andauernd." Sie drehte den Knauf wieder ein und lächelte Rob an. „Ich wollte es schon längst reparieren, aber ich habe dafür einfach kein Händchen. Haare – kein Problem. Dinge im Haushalt reparieren – keine Ahnung."

Verlegen schwiegen sie eine Weile. Rob fiel ihr gelbes Kleid auf. Wahrscheinlich für die Kirche, dachte er und fragte sich, ob die Männer ihr dort hinterherguckten. Sie sah verdammt gut aus mit ihrem roten Haar und diesen Beinen. Er versuchte, an etwas anderes zu denken. Etwa daran, warum er überhaupt hergekommen war. Sie hatte ihn gestern so gut wie von der Leine gelassen. Und trotzdem konnte er nicht anders, als zu ihr zu fahren und sie zu überzeugen, dem Ganzen eine Chance zu geben. Jetzt, wo er wie ein Eindringling in ihrem Haus stand, wusste er plötzlich nicht mehr, was ihn bewogen hatte, herzukommen.

Eine zierliche weißhaarige Frau betrat die Diele. Sie trug eine geblümte Schürze über ihrem Kleid, ausgefallene rote Turnschuhe und ein breites Lächeln.

„Ma, darf ich vorstellen? Das ist Rob. Rob, meine Mutter, Gwen."

Er schüttelte ihr die Hand. „Schön, Sie kennenzulernen. Ich wollte Sie nicht am Sonntag stören …"

„Um Himmels willen, nein! Sonntage sind wie gemacht für Besuch, nicht wahr, Twyla? Wir haben so gerne Besuch. Möchten Sie einen Kaffee? Die Zimtschnecken kommen gerade aus dem Ofen."

„Wie könnte ich Ihre Einladung ausschlagen?", sagte er. „Es riecht köstlich."

„Ich helfe dir, Ma."

„Kommt nicht infrage. Bin gleich zurück."

Mutter und Tochter lächelten einander zu. Manchmal, wenn er Eltern mit ihren Kindern sah, spürte er ein Brennen in seinem tiefsten Inneren, das kein Gegengift kannte. Vor langer Zeit hatte er eine Liste mit den Dingen erstellt, die er nie haben würde, wie eine Mutter und einen Vater. Stattdessen hatte er sein Leben darauf verwandt, die Dinge zu erlangen, die er bekommen konnte: eine solide Ausbildung, eine erfüllende Karriere und gute Freunde. Seit er Lauren DeVane kannte, gehörte sogar eine Ehefrau zu den Möglichkeiten.

„Ihre Mutter ist sehr nett."

„Sie ist die Beste." Ein Schatten huschte über ihr Gesicht, ihr Lächeln erstarb kurz und flammte dann wieder auf. „Sie wohnt bei uns, hinten in der Einliegerwohnung, und kümmert sich um

Brian, wenn ich im Salon arbeite. Sie hat an dem Quilt mitgenäht, den Sie gewonnen haben."

Twyla führte ihn in eine altmodische Stube. Die hohe Zimmerdecke zierte Stuck, Spitzenvorhänge hingen vor den großen Fenstern. Die Möbel waren nicht sehr vornehm und bestimmt keine teuren Antiquitäten, fügten sich aber ins Gesamtbild. Zwischen den beiden Fenstern stand ein gut gepflegtes Klavier. Das Einbauregal war mit einem kunterbunten Sammelsurium von Büchern vollgestopft. Rob bemerkte darunter viele Psycho-Ratgeber und Selbsthilfebücher über alles Mögliche, von Panikattacken bis zu ganzheitlicher Trauerbewältigung. Nichts, was man bei einer Friseurin erwarten würde. Vielleicht las ihre Mutter all die Bücher.

Über die Lesegewohnheiten anderer zu sinnieren erschien ihm unhöflich, also wandte er seine Aufmerksamkeit den Familienfotos zu. Überall an den Wänden hingen gerahmte Bilder, es gab keine freie Oberfläche, auf der nicht ein Bild stand. Rob ergriff die Gelegenheit, das Schweigen zu unterbrechen. „Bekomme ich eine Privatführung? Die Fotos sind nicht beschriftet."

„Das sind nur langweilige Familienfotos", erwiderte sie.

Er nahm eins in die Hand. Auf dem Foto war Twyla zu sehen, wie sie als junges Mädchen vor einem Wohnwagen spielte. „Das werden wir sehen. Zeigen Sie sie mir zuliebe."

„Herrje, war ich spindeldürr!", sagte sie. „Die Wohnwagensiedlung heißt Lazy Acres, da habe ich den größten Teil meiner Kindheit verbracht. Sehr schick", sagte sie ironisch und schüttelte den Kopf. „Das ist mein Vater auf dem Minigolfplatz, den er entworfen hat. Dafür hat er sein Sparbuch geplündert."

„Nicht schlecht."

Sie stellte das Foto zurück. „Leider hatte er trotz der ausgetüftelten Sound-Effekte keinen Erfolg. Wenn der Ball ins Loch ging, erklangen Glocken und Pfeifen."

„Er war seiner Zeit voraus."

„Er war ein Träumer", sagte Gwen milde. Sie trug ein Tablett mit Kaffee und den Zimtschnecken. „Und ein Amateur, der nie ein Projekt zu Ende brachte." Sie schaute liebevoll auf das Foto mit dem Minigolfplatz. Dann wischte sie ihre Hände an der Schürze ab. „Ich lasse euch zwei jetzt allein …"

„Bleiben Sie doch."

Abwehrend hob sie eine Hand. „Ich habe Brian versprochen, dass ich die Brombeeren, die er gepflückt hat, zubereite. Heute Abend gibt es Beerentorte."

Rob lächelte, als sie die Stube verließ. „Lassen Sie mich raten. Sie macht wie die anderen beiden bei der Kuppelei mit."

Twyla nickte. „Manchmal habe ich echt die Schnauze voll. Sie sind felsenfest überzeugt, dass ich einen Mann brauche. Sie wollten mich schon mit einem Kfz- und Traktormechaniker verkuppeln, mit einem Viehhändler, einem Rodeoreiter, dem Hilfssheriff und noch einigen mehr." Sie lächelte verlegen. „Jetzt haben sie sogar für einen Mann bezahlt, den sie mit mir verkuppeln wollen."

„Die können einen ganz schön unter Druck setzen." Er schenkte Kaffee ein und nahm eine noch warme Zimtschnecke. „Machen Sie weiter, zeigen Sie mir mehr Fotos!"

Die Fotos von ihr zeichneten ein Leben nach, das woanders hätte hinführen sollen. Mit dreizehn stand sie stolz nach ihrem ersten gewonnenen Klavierwettbewerb neben dem Preisrichter. Sie war die zauberhafteste Cheerleaderin, die er je gesehen hatte, und Klassenbeste an der Highschool. Das Foto vom Abschlussball war nur zu typisch: überdimensionierte Blumenanstecker, die Aufregung in den Gesichtern und die ungelenke Haltung. Sie hatte Französisch in einem Fernlehrgang gelernt und hatte die Zusage von ganzen vier Colleges.

„Und, haben Sie studiert?", fragte er.

„Das hatte ich vor. Aber dann kam was dazwischen", sagte sie versonnen.

„Darf ich fragen, was?"

Sie zuckte mit den Schultern und ein schmerzvoller Ausdruck trat in ihre Augen. „Ich habe gleich nach der Schule einen Mann geheiratet, der bereits aufs College ging. Natürlich waren wir viel zu jung. Alle jungen Paare glauben, sie seien eine Ausnahme und würden nicht unter die Scheidungsstatistiken fallen, nicht wahr?"

„Darüber habe ich noch nie nachgedacht."

„Haben Sie je geheiratet, Rob?"

„Nein." Lauren erwähnte er nicht. Sie waren weder verheiratet noch verlobt. Sie waren bloß ... wie sie waren. Er trank seinen Kaffee in zu großen und schnellen Schlucken. „Warum fragen Sie?"

„Nur so." Sie biss sich auf die Lippe. Tränen stiegen ihr in die Augen.

„Sie sind mir keine Rechenschaft schuldig", sagte Rob schnell. Genau aus diesem Grund arbeitete er als Arzt in einem Labor. Ihm fehlten die Geduld und das Mitgefühl für Patienten, die Seelen-Striptease betrieben.

„Schon gut, mir macht es nichts aus, über die Vergangenheit zu sprechen."

Na toll. Sie hat mir gestern einen Ausweg geboten, dachte Rob. Doch anstatt ihn zu nehmen, war er wie ein Idiot bei ihr zu Hause aufgekreuzt. In ihrem baufälligen, armseligen Zuhause, das nach selbst gebackenem Brot und Möbelpolitur roch, und durch das das Gelächter eines kleinen Jungen hallte.

Ihre verschleierten Augen schienen durch das Fenster in die Vergangenheit zu blicken. „Es tut mir leid, ich will nicht auf die Tränendrüse drücken. Aber das, was passiert ist, war für einen kleinen Ort wie Hell Creek ein großes Thema."

Sie trank einen Schluck Kaffee und versuchte sichtlich, sich zusammenzunehmen. Ihr Gesicht ist einfach großartig, dachte Rob. Auf dem zarten Teint, wie ihn nur Rothaarige haben, schimmerten blass einige Sommersprossen. Ihre Augen sagten zu viel. Ihr Mund lächelte zu bereitwillig.

Nervös stand sie auf und rieb ihre Arme, als sei ihr kalt. „Um es kurz zu machen: Mein Vater verstarb sehr plötzlich, und meine Mutter ...", sie warf einen Blick zur Tür und fuhr dann leise fort, „... war am Boden zerstört, seelisch und finanziell."

Rob wünschte sich weit fort. Sehr weit. „Twyla, wollen Sie mir das wirklich alles erzählen?"

Sie öffnete die Arme. „Ist Ihnen das unangenehm?"

„Nein", log er.

„Falls doch, sagen Sie mir Bescheid, und ich höre auf."

„Da kommt also noch mehr?"

Sie trank einen Schluck Kaffee. „Bleiben Sie dran, gleich geht's weiter. Wo sind wir stehen geblieben? Ach ja. Es war auch nicht gerade hilfreich, dass mein Mann mich ausgerechnet dann, als mein Vater starb, sitzen ließ. So viel zu meinen eigenen Plänen. Ich konnte nicht gehen und meine Mutter hängen lassen. Da ich Haare schneiden konnte, habe ich mich nach einem zum Kauf stehenden Salon umgesehen, damit wir alle zusammenbleiben können. So bin ich praktisch über Nacht Ladeninhaberin geworden."

„Twyla's Tease 'n' Tweeze."

Ein Lächeln umspielte ihre Lippen, als sie sich setzte. „Es ergab sich quasi aus einer spontanen Laune heraus. Ma und ich waren an dem Abend mit dem Rotwein ein wenig zu großzügig gewesen."

Familie ist auch eine Art goldener Käfig, dachte Rob. Nach seinem Hochschulabschluss hatte seinen Plänen niemand im Weg gestanden. Kein Elternteil in Not, keine Geschwister in Schwierigkeiten, keine Freundin, die Ansprüche stellte. Er fragte sich, ob er seine Ziele für ein Familienmitglied, das Hilfe brauchte, aufgegeben hätte.

Rob senkte den Blick. Twyla hatte eine Serviette in ihrem Schoß zerpflückt. „Ich wollte nicht, dass Sie sich aufregen", sagte er.

Sie sah auf die Serviette und schüttelte den Kopf. „Keine Sorge. In einer Stadt wie Lightning Creek hat man keine Geheimnisse. Wahrscheinlich wissen die Frauen des Quilt-Clubs auch, dass Sie hier sind."

„Ist das ein Problem?"

„Nein, überhaupt nicht. Aber ich entbinde Sie hiermit offiziell von der Pflicht, mich auf das Klassentreffen zu begleiten."

„Darüber wollte ich mit Ihnen reden."

„Gut. Freut mich, dass wir einer Meinung sind."

„Wir gehen hin."

Sie lachte. Ein helles Lachen, nachsichtig und ein wenig herablassend. So lacht sie bestimmt auch in ihrem Salon, wenn ihre Kundinnen von den Macken ihrer Ehemänner erzählten, dachte er.

„Rob, ganz ehrlich. Das ist nett von Ihnen. Aber Sie würden sich so langweilen."

„Ich meine es ernst. Wir gehen auf das Klassentreffen."

„Warum?" Sie schien erstaunt, geradezu argwöhnisch. „Warum wollen Sie unbedingt der Gentleman sein?"

„Haben Sie etwas gegen Gentlemen?"

„Nein, aber es wundert mich, dass Sie einer sind. Die meisten reichen Ärzte würde das einen feuchten Dreck scheren."

„Na toll, Sie stecken mich einfach in eine Schublade", sagte Rob. „Die beiden alten Damen haben das alles bis ins kleinste Detail geplant. Wenn wir mitspielen, geben die Kupplerinnen vielleicht eine Weile Ruhe."

Sie dachte nach. Rob fragte sich, wie es wäre, sie besser zu kennen und ihre Gedanken in den ausdrucksvollen Augen lesen zu können.

Nein, das wollte er ja gar nicht. Sie blieben besser Fremde, die einen höflichen Umgang miteinander pflegten. Nach dem Klassentreffen wollte er sie nicht wiedersehen. Deshalb brauchten sie sich auch nicht gegenseitig ihr Herz auszuschütten. Er brauchte sich gar nicht erst zu fragen, was wäre, wenn … Der Gedanke fesselte ihn. Die Menschen machten sich gegenseitig das Leben schwer. Twyla McCabe war der lebende Beweis dafür. Das brauchte er alles nicht.

„Kommen Sie mit auf einen Spaziergang?", fragte sie unvermittelt.

Noch in seine Überlegungen versunken sagte er: „Ja, gern."

Sie gingen nach draußen und auf den sonnenbeschienenen Hügel hinterm Haus. Auf der Anhöhe summten Bienen träge über den Gänseblümchen, Lupinen und den roten Präriestauden. Doch Robs Blick wanderte zu Twyla.

Immer wieder ermahnte er sich, Abstand zu wahren. Aber das ging nicht. Alles an ihr fiel ihm auf. Wie ein Luftzug in ihr

Haar fuhr, dass sie keine Strumpfhose trug, wie liebevoll ihr Gesichtsausdruck war, wenn sie Brian und ihre Mutter auf der hinteren Veranda mit den Brombeeren sah. Frauen hatten immer so einen bestimmten Ausdruck im Gesicht, wenn sie einen geliebten Menschen ansahen. Das war ihm schon im Praktikum in der Kinderklinik aufgefallen. Einen sanfteren, zärtlicheren und liebevolleren Blick konnte er sich nicht vorstellen. Twyla schien dieser Blick angeboren zu sein.

Sie führte ihn über das Grundstück und imitierte scherzhaft einen Museumsführer. Der Schuppen war eine wahre Fundgrube voller Werkzeug, der Traum aller Heimwerker. „Der Vorbesitzer hatte hier eine Holzwerkstatt", erklärte sie. „Haben Sie je geschreinert?"

„Schreinerei stand in Lost Springs auf dem Stundenplan. Mir hat es gefallen", hörte Rob sich zu seiner eigenen Überraschung sagen. Er hatte die Arbeit gemocht, aber seit Jahren schon nicht mehr mit seinen Händen gearbeitet.

„Und der Besitzer davor war noch interessanter", sagte Twyla und zeigte auf einen Hühnerstall, in dem ein Whiskeydestillator aus den Zwanzigern versteckt war. Dann zeige sie ihm einen kleinen Bach, der aus einem Felsvorsprung am Hügel entsprang, und einen rostigen, zur Hälfte im Boden versunkenen Mähdrescher, den sie mit Prachtwinden bepflanzt hatte und nun ihre Gartenskulptur nannte.

Die ganze Zeit redete er sich ein, wie froh er sein würde, wenn das alles vorbei wäre. Doch mit jedem weiteren Augenblick in der schläfrig-sanften Sommersonne veränderte sich etwas. Trotz aller Vernunft, trotz seiner Prinzipien fühlte Rob sich von ihr angezogen.

Anzogen von dem Mädchen, das in einer Wohnwagensiedlung aufgewachsen war und Träumen nachhing, die nicht wahr wurden. Einem Mädchen, das seinen Lebensunterhalt mit Haareschneiden verdiente.

Als sie einen Pfad entlang ihres Gartens gingen, konzentrierte er sich auf Denver, seine Pläne und Ziele … Lauren. Aber seine Aufmerksamkeit schweifte immer wieder in eine ganz andere

Richtung. Es war verrückt. Keinem Mann, der Augen im Kopf hatte, würde es anders ergehen.

Und auch Brian zog seine Aufmerksamkeit auf sich. Er erinnerte Rob schmerzlich an seine eigene Kindheit, an den Sechsjährigen in Lost Springs, der einsam und zurückgelassen jeden Sonntag im Besucherraum erschienen war und gewartet hatte, „nur für den Fall, dass".

Er betrachtete das altersschwache Haus und die abgeblätterte Farbe. Das Gebäude hatte etwas Bedauernswertes an sich, es sprach von den vereitelten Plänen und unerfüllten Möglichkeiten seiner Bewohner.

Es muss schlimm um mich stehen, sagte er sich. Er kannte die Frau kaum, und doch wollte er alles über sie erfahren.

Er hatte sein Leben damit verbracht, kleinen Städten zu entkommen, kleinen Farmen, kleinen Leute und ihren kleinen Träumen. Was also tat er hier? Warum bereitete ihm Twylas kaputtes Verandageländer mehr Sorgen als sonst irgendetwas auf der Welt?

„Wir brauchen eine Strategie", sagte er auf dem Weg zu seinem Auto.

„Was meinen Sie damit?"

„Für das Klassentreffen."

„Aber ich habe gar nicht gesagt, dass ich …"

„Ich habe auch nicht gefragt. Ich verordne es Ihnen."

„Typisch Arzt", sagte sie, „Komplett von sich eingenommen."

„Die Leute werden wissen wollen, wo wir uns kennengelernt haben und so weiter. Also sollten wir uns abstimmen."

Sie lachte laut. „Das ist total verrückt – und bestimmt ein großer Spaß."

Er sah in ihr lachendes Gesicht und ihre lustig funkelnden Augen. „Sie brauchen dringend mehr Spaß in Ihrem Leben."

„Sie hören sich schon so an wie meine Kundinnen."

„Kommen Sie mir bloß nicht mit der Schere zu nah." Er lächelte. „Am Freitag fliege ich nach Casper. Ich rufe Sie unter der Woche an. Mrs. Spinelli hat die Flüge nach Jackson für uns gebucht."

„Mein Güte, wir ziehen das wirklich durch, oder?"

„Ja." Er zögerte. Instinktiv wollte er sich mit einem Kuss von ihr verabschieden. Stattdessen gab er ihr seine Visitenkarte. „Hier stehen alle meine Nummern drauf."

„Danke. Bis Freitag."

Als er mit dem Wagen davonfuhr und eine große Staubwolke den Blick zurück versperrte, überkam Rob das Gefühl, gerade etwas getan zu haben, das er nicht hätte tun sollen.

*I*rgendwas stimmt nicht", sagte Twyla mit kritischem Blick auf Sadie Kittredges Bild in dem runden, rosa getönten Spiegel.

„So trage ich sie doch immer." Sadie reckte den Hals und drehte ihren Kopf nach links und nach rechts.

„Ich meine nicht dein Haar", sagte Twyla. „Ich meine diese Sache mit dem Klassentreffen."

Sie nahm einen Strähnenkamm und fuhr damit durch Sadies helle Locken. Die ganze Woche lang hatte sie über die Rückkehr nach Hell Creek nachgedacht und wie sie dort strahlend und mit einem erfolgreichen Arzt an ihrer Seite auf dem Treffen erscheinen würde. Das Problem war nur, dass sie nicht der Typ Frau war, der triumphierend und strahlend auf der Bildfläche erschien.

Vor langer Zeit war sie das gewesen. Ihr Vater hatte sie das Träumen gelehrt, und sie wusste, welcher Zauber Träumen innewohnte. Seitdem sie Rob getroffen und die Einladung zurück in ihre Heimatstadt erhalten hatte, wollte sie diesen Zauber wiederhaben. Sie wollte das Feuer, auch auf die Gefahr hin, sich zu verbrennen.

„Okay, du erzählst mir, was dir durch den Kopf geht", sagte Sadie, „und ich sage dir, wo du falschliegst."

„Genau deshalb mag ich dich so", antwortete Twyla. „Ich werde den Gedanken nicht los, dass ich mich verändert habe, seit ich vor sieben Jahren aus Hell Creek fortgezogen bin. Ich bin zu alt, um solche Spielchen zu spielen. Mir sollte egal sein, was die von mir denken."

„Man ist nie zu alt, um Bestätigung zu suchen." Sadie arbeitete als Therapeutin an der Schule, und sie war entnervend gut darin.

„Und wo brauche ich Bestätigung, Frau Freud?", fragte Twyla.

Sadie drehte sich auf ihrem Stuhl und sah ihr ins Gesicht. „Bei den Entscheidungen, die du für dein Leben getroffen hast."

„Ich habe noch nicht einmal Zeit für eine ordentliche Mittagspause und für so etwas schon gar nicht."

„Manchmal muss man zurückgehen, um mit einer Sache abschließen zu können. Soweit du mir erzählst hast, sind da noch einige Rechnungen zu begleichen."

„Das ist sehr diplomatisch ausgedrückt." In Wahrheit war sie aus der Stadt geflohen, in der ihr Vater gedemütigt worden war, in der ihr Ehemann sie hatte sitzen lassen und in der sie mit ihrer Mutter gelebt hatte, die so sehr am Boden zerstört gewesen war, dass sie das Haus nicht mehr verließ. Nach einigen Gläsern Wein hatte Twyla die Geschichte Sadie eines Nachts erzählt. Aus Mitgefühl mit der jungen Twyla und mit der verstörten Gwen, die keinen Fuß mehr vor die Tür zu setzen wagte, waren Sadie die Tränen gekommen.

„Noch kann ich absagen", erwiderte Twyla. „Ich sollte besser hierbleiben. Diep kann zwar genauso gut Haare schneiden wie Nägel machen, aber samstags ist immer viel los im Laden. Außerdem habe ich Brian noch nie eine Nacht allein gelassen."

„Du machst dir zu viele Gedanken", sagte Diep Tran, als sie mit den klappernden Maniküreutensilien an ihr vorbeiging. „Ich schmeiße den Salon, deine Mutter passt auf Brian auf, und du gehst mit Mr. Wonderful nach Jackson. Null Problem."

„Das sagt sich so einfach." Sie senkte Sadies Frisierstuhl, nahm ihr den Umhang ab, schüttelte ihn aus und warf ihn in einen Metalleimer. „Bräuchte ich wirklich Bestätigung, würde ich allein hingehen, ohne Mr. Wonderful."

„Warum solltest du das tun, wo dich doch dieser wundervolle Mann gerne begleiten will?"

„Das meinte ich, als ich sagte, dass etwas nicht stimmt. Er tut das zu gerne. Irgendetwas ist da verkehrt."

„Herrje, wo ist dein Stolz geblieben, dein Selbstwertgefühl?", fragte Sadie ernst. „Kannst du dir nicht vorstellen, dass ein gut aussehender, erfolgreicher Mann dich übers Wochenende ausführen will?"

Twyla mochte es sich kaum eingestehen, aber bei diesem Gedanken kribbelte es in ihrem Bauch. Vielleicht fand er sie wirklich attraktiv und interessant, obwohl sie so wenig gemeinsam hatten. Andererseits, vielleicht war er auch einfach nur ein sehr verantwortungsvoller Mensch, der sein Versprechen halten wollte. Immer wenn sie begann, das Gute an ihm zu sehen, ermahnte sie sich, dass sein Verhalten nur zu logisch war. Am besten gehe ich die Sache ganz praktisch an, sagte sie sich schnell. Hoffnungslose Romantiker waren genau das: hoffnungslos.

Diep sah auf die Uhr. „Keine Termine die nächste halbe Stunde. Setz dich, Twyla. Ich mache deine Nägel."

„Ich lasse meine Nägel nie machen", protestierte sie. „Das geht gar nicht wegen meiner Arbeit."

„Heute arbeitest du nicht mehr. Morgen hast du frei. Mach dich schön für Mr. Wonderful."

„Oh je."

„Sei nicht albern." Sadie schob sie zu Dieps Stuhl. „Tu, was Diep dir sagt, und ruf mich heute Abend an. Ich muss jetzt los."

Nachdem Sadie gegangen war, setzte sich Twyla und legte ihre Hände auf den Maniküretisch. „Gut, dann leg los."

„Zuerst die Füße", sagte Diep streng. „Zieh die Schuhe aus."

Twyla ahnte, dass Diep keine Ruhe geben würde, also zog sie ihre Schuhe aus. Die Pediküre ist himmlisch, gestand sie sich ein. Ein seidig warmes Fußbad, eine Massage, bei der sie genüsslich die Augen schloss und seufzte. Nach ein paar sanften Pinselstrichen schimmerte schließlich ein zarter Roséton auf ihren Nägeln.

„Schade, dass es kein richtiges Date ist", sagte Twyla, „ich würde meine Füße gerne herzeigen."

„Es ist ein richtiges Date. Und du musst unbedingt deine Füße zeigen", sagte Diep streng.

„Vielleicht trage ich Sandalen auf dem Flug nach Jackson", gab Twyla nach.

„Vielleicht gehst du barfuß."

Twyla biss sich auf die Lippen. Sie wollte sich auf gar keinen Fall vorstellen, wie sie nackt mit Rob Carter …

Diep nahm Twylas Hände aus dem Wärmehandschuh. „Jetzt sind die Hände dran."

Es gab Frauen, die legten siebzig Meilen zurück, um sich von Diep Tran die Nägel machen zu lassen. Keine zweite konnte das so gut wie sie. Eifrig beugte sie sich über Twylas Hand und verwandelte die stumpfen, abgearbeiteten Nägel in elegante, wohlgerundete Halbkreise. Sie sahen aus, als gehörten sie jemand anderem, einer vornehmen Dame, die die Welt bereiste, Klavierkonzerte gab, mit Botschaftern französisch sprach. Eine Frau, wie Twyla sie hatte werden wollen.

„Was denkst du?", fragte Diep. „Du siehst traurig aus, Twyla."

„Ich bin nicht traurig, ich muss nur an die Vergangenheit denken."

„Die Vergangenheit ist immer ein bisschen traurig." Mit drei Jahren war Diep in Saigon in ein leckes Boot Richtung offenes Meer gestiegen. Dort waren die Flüchtlinge von einem japanischen Frachter aufgelesen und auf einer Ölbohrplattform ausgesetzt worden und schließlich in einem Flüchtlingslager in Indonesien gelandet. Sie erzählte kaum davon, aber sie hatte damals auf der Flucht so gut wie alle Familienmitglieder verloren. „Denk lieber an morgen, Miss Scarlett."

Diep langte nach einem rot glitzernden Fläschchen.

Schnell zog Twyla ihre Hand weg. „O nein, bitte nicht, nicht so ein Glitzerzeug."

„Eleganter Glitzer. Dein Kleid ist rot, oder?"

„Ja, aber …"

„Die Schuhe auch?"

„Ja …"

„Dann halt still und lass mich machen."

Twyla zwang sich, sich zu entspannen. Sie hatte sich schon damit abgefunden, verwöhnt zu werden. Wenn sie dieses Wochenende eine glamouröse Frau sein wollte, dann mit allem Drum und Dran. Ein wenig Eitelkeit stand einer Frau ganz gut – auf diesem Grundsatz fußte ihr Geschäft. Persönlich hatte sie damit allerdings immer ein Problem. Wahrscheinlich gab es eine handfeste psychologische Erklärung dafür, dass sie andere Frauen schön machte, sich selber hingegen nur selten. Sie dachte ein wenig darüber nach, während sie Dieps Behandlung genoss.

Das Kleid für das Klassentreffen hing in einem durchsichtigen Kleidersack hinter der Tür zum Büro. Zusammen mit den Schuhen und einer Handtasche hatte Mrs. Spinelli es bei Neiman Marcus, dem exklusiven Damenausstatter, bestellt und zu ihr bringen lassen. Dieps Mutter hatte die Änderungen genäht. Twyla hatte befürchtet, das Kleid sei zu rot, zu teuer, aber als sie es zur Probe anhatte, wusste sie, dass es genau richtig war.

Diep war in ihre Arbeit vertieft. Sie benutzte winzig kleine Pinsel und für die Feinarbeit sogar ein Skalpell. Erstaunt betrachtete Twyla ihre Hände. Die Nägel der Ringfinger zierte ein winziges, dennoch detailgetreues Abbild der roten Schuhe, dem Logo ihres Salons.

„Wunderschön! Diep, du bist ein Genie!"

„Du sagst immer, den roten Schuhen wohnt ein Zauber inne. Jetzt ist der Zauber in deiner Hand."

„Hallo, ich erkenne dich kaum wieder", Lauren DeVane öffnete die Wohnungstür, „so lange habe ich dich nicht mehr gesehen. Ich hab dich vermisst." Sie stellte sich auf die Zehenspitzen und gab Rob einen Kuss auf die Wange.

„Ich dich auch", sagte er mechanisch und löste seine Krawatte, froh, dass der Tag im Labor zu Ende war.

Sie war in San Francisco auf einer Art Modenschau, einer sogenannten Trunk Show, gewesen. Er wusste nicht, was eine Trunk Show war, und mochte sie nicht danach fragen. Absurderweise musste er an das Wort „Tinktur" aus seinem Medizinstudium denken.

„Wie war dein Flug?", fragte er.

„Gut. Was ist das, Liebling?"

Er reichte ihr die zerknitterte Plastiktüte. „Ein Mitbringsel aus Lost Springs. Die Auktion war nicht ganz umsonst."

Sie zog den Quilt hervor, den er bei der Tombola gewonnen hatte. Die abgetragenen und verwaschenen Stoffe, aus denen neue Formen entstanden, die geschwungene Stickerei darauf – das alles erinnerte ihn an seine erste Begegnung mit Twyla McCabe. Er hatte sehr stark auf sie reagiert, und das war ungewöhnlich für ihn.

Lauren blickte ihn von der Seite an, dabei fiel ihr das seidige blonde Haar über die Schulter. „Eine Decke?"

„Ein Quilt. Ich habe ihn bei der Tombola gewonnen."

Sie faltete den Quilt halb auseinander und betrachtete die sanften blauen Pastellfarben vor ihrem schwarzen Ledersofa. „Quilts sind komisch. Gemacht aus den abgelegten Kleidern anderer Leute."

Rob ging zur Bar und schenkte sich einen Whiskey Soda ein und einen Wodka Martini für Lauren. Sie stießen an, und sie sagte: „Endlich ein Abend für uns allein. Ich mag kaum glauben, dass du morgen wieder fährst."

Freitag, dachte er mit schwerem Herzen und rang sich ein Lächeln für Lauren ab. Wie groß und elegant sie aussah, wie aus einem Gemälde. Fehlte nur noch die Zigarette in einer Zigarettenspitze. „Du hast mich zu dieser Auktion geschickt, DeVane. Hast du jetzt Bedenken?"

Sie lachte und knabberte an einer Olive. „Wegen des zehnjährigen Klassentreffens eines Mädchens vom Lande?"

Die Geschichte, wie die Ölerbin ihn ersteigert hatte, damit er eine Frau namens Twyla zum Klassentreffen begleitete, amüsierte Lauren. Zwischen ihren langen, eleganten Fingern hielt sie den Zahnstocher mit der Olive und sah Rob hintergründig lächelnd an. „Das Wochenende kann sehr interessant für dich werden."

Er lachte auf. „Bestimmt. Ich kann es kaum erwarten."

„Überleg doch mal. Die Frau floh in Schande aus ihrer Heimat."

„Wieso glaubst du in Schande?"

„Weil es nur so Sinn ergibt. Sie ging abrupt, gab ihre Studienpläne auf, und erst nach einer Junggesellenversteigerung kehrt sie zurück. Sie verbirgt ganz klar etwas. Irgendeinen Dreck unterm Teppich, von dem sie dir nichts erzählt."

„Ich werde ihn da nicht hervorkehren", sagte er.

„Ach, sei kein Spielverderber. Da würde ich gerne Mäuschen spielen."

„Noch besser: Du gehst zum Klassentreffen, und ich bleibe hier."

„Sei nicht albern. Sugar Spinelli macht nichts halbherzig. Es wird großartig, du wirst dich amüsieren. Du führst das arme Ding aus, verleihst ihrem Leben etwas Glamour und vollbringst eine gute Tat."

Rob trank einen Schluck. „Bei dir klingt das so einfach."

Belustigt zog sie eine Augenbraue hoch. „Ist es das etwa nicht?"

Nein.

„Doch", sagte er.

„Wie sieht sie aus?"

Rob roch Lunte. „Weiß ich nicht. Wie eine Friseurin halt."

Lauren lachte. „Wie sehen Friseurinnen aus? Meiner hat einen Bartschatten und trägt einen Cowboyhut. Sein Name ist Siegfried."

„Einen Bartschatten hat sie nicht."

„Du weichst mir aus." Aufmerksam betrachtete Lauren ihn. „Wie sieht sie denn nun aus?"

„Rotes Haar. Sie muss achtundzwanzig sein, weil sie vor zehn Jahren ihren Abschluss gemacht hat."

Wieder hob Lauren eine Augenbraue. „Klein, groß?"

„So Durchschnitt. Kleiner als du."

„Figur?"

„Ganz gut, ja." Ein Blick auf Lauren verriet ihm, dass das die falsche Antwort war. „Ich habe nicht so genau hingeguckt. Sie ist nicht dick, nicht dünn. Hör bitte mit dem Kreuzverhör auf."

Zufrieden lächelnd leerte sie ihr Glas und hob ihre Füße, die in Feinstrumpfhosen steckten, aufs Sofa. „Die Fremonts besitzen eine Hütte in Chugwater, nicht weit von Lightning Creek entfernt. Vielleicht könnten wir uns nach deinem Wochenende dort treffen."

„Klar", sagte er. Als sie das letzte Mal ein Wochenende in einer Ferienhütte verbracht hatten, hatte sie die meiste Zeit am Telefon gehangen. Vielleicht gab es in der Hütte der Fremonts kein Telefon. „Ich glaube ..." Sein Pieper klingelte, und er murmelte einen Fluch, als er die Nachricht sah.

Lauren reichte ihm das schnurlose Telefon. „Gibt es ein Problem?"

„Diese Überweisung macht mich verrückt. Die Patientin will jeden Test dreimal machen lassen."

„Und ich dachte, es wäre clever, sich einen Pathologen zu angeln", sagte sie scherzhaft schmollend. „Eigentlich hast du keine unregelmäßigen Arbeitszeiten."

„Normalerweise nicht." Er wählte die Nummer und hörte die Nachricht ab. Mrs. Lloyd-Morgans Testergebnisse waren alle negativ, und sie hätte glücklich und zufrieden sein müssen. Doch stattdessen wollte sie unbedingt persönlich mit ihm sprechen.

Er hatte sie einmal getroffen, sie war eine Bekannte von Laurens Eltern. Ihr Gesicht, bei dem einer von Robs Kollegen in Cedarview schönheitschirurgisch nachgeholfen hatte, hatte sich in blasse Falten gelegt, als sie all ihre Beschwerden aufzählte. An diesem Abend wollte sie Zuwendung, und zwar augenblicklich. Dem Anrufbeantworter zufolge verlangte Mrs. Lloyd-Morgan „einen Arzt, der ihre Leiden ernst nahm".

„Ich muss in die Praxis", sagte er und reichte Lauren das Telefon.

„Wir sind zum Dinner mit den Steins verabredet. Er sitzt bei Cedarview im Vorstand." Lauren kannte jeden, und sie wollte, dass Rob ebenfalls alle kennenlernte.

„Das tut mir leid. Richte ihnen meine Grüße aus."

Sie lächelte mit dem Wohlwollen, das er so schätzte. Verdammt, sie zur Freundin zu haben war großes Glück. „Schon gut, für mich wird es auch kein langer Abend werden. Die Reise nach San Francisco hat mich erschöpft." Ihr schmales, diamantenbesetztes Armband funkelte auf, als sie ihre Hand um seinen Nacken schlang und ihn küsste. „Ruf mich an, wenn du fertig bist."

Als er zur Tür ging, sagte sie: „Rob?"

Er drehte sich um, sie hielt den Quilt in der Hand: „Was ist?"

„Vergiss deine Decke nicht."

„Es ist ein Geschenk", sagte er.

Sie stopfte es zurück in die Plastiktüte. „Eine nette Geste, Liebling, aber es passt nicht hierher."

Zum Glück hielt Mrs. Lloyd-Morgans Empörung nicht lange. Er konnte sie besänftigen, indem er ihr versprach, in der kommenden Woche eine Reihe kostspieliger Tests in Absprache mit ihrem Internisten durchzuführen. Gegen sieben Uhr war der Termin zu Ende, und er hätte zurück zu Lauren gehen können. Aber als er sie anrief, war besetzt. Also ging er nach Hause und hoffte, sich auf dem Fußweg entspannen zu können. Die letzten Sonnenstrahlen lagen über der künstlichen Hügellandschaft des Ärztezentrums. Die Kaffee- und Hotdog-Stände schlossen, und die Autos bewegten sich Richtung Ausfahrt.

Im Gehen öffnete er seine Krawatte und den obersten Knopf seines Hemdes. Was war bloß mit ihm los? Seit Kurzem schien er reiche Hypochonder geradezu magisch anzuziehen.

Ein Geschenk des Himmels nannten seine Partner das. Sie liebten Patienten wie Mrs. Lloyd-Morgan. Man diagnostizierte bei ihnen eine interessant klingende Krankheit, verschrieb ein harmloses Beruhigungsmittel, und sie nannten einen Albert Schweitzer.

Nur ärgerte sich Rob mehr und mehr über die Zeit, die er mit Patienten verschwendete, die kein größeres Leid als häusliche Langeweile oder abwesende Ehemänner kannten. Für die Medizin hatte er sich nicht nur wegen des Geldes oder des Ruhms entschieden, obwohl er manchmal den wahren Grund vergaß. Es war sein Traum. Er mochte es, Probleme an der Wurzel zu packen. Ihm gefielen die Sorgfalt und Präzision der Laborarbeit. Es mochte es, etwas Sinnvolles zu tun.

Aber seit einiger Zeit kam er sich vor wie ein überbezahlter Laborant. Anfänglich war ihm die Pathologie als ideal erschienen. Die Lösung für ein Problem finden, eine Behandlung vorschlagen, die ein anderer Arzt an den Patienten weitergab. Aber seit etwa einem Jahr fragte er sich, wie es wohl wäre, praktizierender Hausarzt zu sein. Er hatte versucht Lauren zu erklären, dass er sich Patienten in seiner Obhut wünschte, die er heilen könnte. Lauren hatte das nicht verstanden. Ihr gefielen seine Arbeitszeiten. Er konnte reisen, er hatte keine Rufbereitschaft. Das passte perfekt zu ihrem Lebensstil.

Aber warum bloß fühlte es sich nicht mehr richtig an?

Seine Schritte wurden größer. Die Woche war sehr anstrengend gewesen, das ist alles, sagte er sich. Und das nach jenem seltsamen Wochenende. Die Junggesellenversteigerung hatte ihn aufgewühlt. Er würde darüber hinwegkommen. Je eher er das Klassentreffen hinter sich brachte, desto besser.

Auf dem Weg zu seiner Wohnung ging er durch Denvers belebtes Stadtzentrum. Die ehemaligen Lagerhallen in Lower Downtown waren heute ein Mekka für Schnäppchenjäger, Touristen und Kneipengänger. Als er am Champion's vorbeikam, bekam er Lust auf ein Bier. Aber er ging weiter.

Einige Straßen von seiner Altbauwohnung an der Ecke Drake Street und Albert Street entfernt fand sich Rob plötzlich vor dem Schaufenster von Breaknell Designs wieder. Gebannt starrte er auf eine Halskette, die auf einem Kissen aus schwarzem Samt ausgelegt war. Hunderte Male war er an dem Juwelier vorbeigegangen, aber er hatte nie in das Schaufenster gesehen. Heute hatte die Auslage seine Aufmerksamkeit erregt. In seinem Rücken ertönte der übliche Lärm der Stadt. Er nahm ihn kaum wahr und starrte unverwandt auf die Halskette.

In jedem Glied steckte ein ovaler Rubin, zum Verschluss hin verjüngten sie sich. Der Edelstein in der Mitte war besonders groß und von zwei dreieckigen Diamanten eingefasst.

Der Verkehrslärm auf dem warmen Asphalt verklang in Robs Ohr. Alles, was er noch vernahm, war das letzte Telefongespräch mit Twyla.

Welche Farbe hat Ihr Kleid?

Rot. Rubinrot. Mrs. Spinelli ließ nicht mit sich reden. Ich habe noch nie in meinem Leben etwas so Rotes getragen.

Lauren hatte ihm beigebracht, wie wichtig einer Frau beim Ausgehen die Farbe ihres Kleides war. Und Lauren war es auch gewesen, die darauf bestanden hatte, dass er Twyla nach ihrem Kleid fragte. Lauren hatte ihm sogar vorgeschlagen, einen Kummerbund in demselben Rotton zu tragen. Erst dachte er, sie scherze. Aber anscheinend war das den meisten Frauen außerordentlich wichtig.

Eigentlich wollte er Twyla Einsteckblumen oder dergleichen mitbringen. Aber als er nun die Kette mit den Rubinen sah, waren die Blumen vergessen.

Ohne recht zu wissen, was er tat, betrat er den Laden und bat den Juwelier um die Kette. Der Preis ließ ihn zusammenzucken, obgleich er sich die Kette ohne Weiteres leisten konnte. Geld auszugeben fiel ihm nie ganz leicht, obwohl er ausreichend davon besaß. Er war mit buchstäblich nichts aufgewachsen, hatte sich sein Taschengeld, seine Ausbildung und das Studium selber verdient und dabei immer nur das Nötigste zum Leben gehabt. Jetzt, als Mitinhaber des Labors, hatte er keine finanziellen Sorgen mehr. Lauren hatte ihm geholfen, entspannter mit Geld und dem Geldausgeben zu sein. Sie verzichtete auf nichts. Für Sparsamkeit fehlte ihr die Geduld. Wahrscheinlich ist es richtig, sich hin und wieder spontan einen Wunsch zu erfüllen, dachte er.

Und trotzdem brachte ihn der Preis der Kette ins Schwitzen.

„Kann ich sie umtauschen?", fragte er.

„Innerhalb von dreißig Tagen. Bewahren Sie den Kassenbon auf." Der Juwelier sah ihn ungläubig an. „Sie glauben doch nicht ernsthaft, dass die Frau die Kette nicht annimmt, oder?"

Rob schüttelte den Kopf. „Ich kenne sie nicht gut."

„Nach diesem Geschenk werden Sie sie besser kennenlernen."

Sollte Twyla die Kette nicht annehmen, kann ich sie zur Not immer noch Lauren schenken, überlegte Rob.

Kaum hatte er den Satz zu Ende gedacht, als ihm ein anderer Gedanke durch den Kopf schoss. Was fiel ihm bloß ein? Man verschenkte ein Geschenk an eine Frau nicht einfach weiter. Resolut legte er seine Kreditkarte auf die Theke.

Der Juwelier tätigte die Zahlung und legte die Kette vorsichtig in eine schmale schwarze Schatulle aus Samt. Zusammen mit dem Beleg reichte er Rob die Schachtel und sagte: „Herzlichen Glückwünsch! Ihr Wochenende wird großartig."

Gwen McCabe sah ihre Tochter strahlend an. „So lange habe ich auf diesen Tag gewartet!", rief sie. „Ich befürchtete schon, du würdest nie über deine Enttäuschung mit Männern hinwegkommen."

„Wer sagt denn, dass ich darüber hinweg bin?", fragte Twyla, während sie ihre Reisetasche schloss. Erstaunlich, dass sie überhaupt eine Reisetasche besaß, wo sie doch nie über Nacht wegblieb.

„Selbstverständlich bist du darüber hinweg, sonst würdest du nicht mit diesem netten jungen Arzt aus Denver auf dein Klassentreffen gehen."

Twyla wollte ihrer Mutter die Illusion nicht rauben. Gwen glaubte, das Wochenende bedeutete mehr. Und Twyla dachte, es könne nicht schaden, ihr den Glauben zu lassen, dass sie sehr viel Spaß an dem Wochenende haben werde. Sie hoffte gar, dass ihr Ausflug Gwen guttue. Wenn sie sah, wie ihre Tochter nach Hell Creek fuhr und sich der Vergangenheit stellte, half ihr das vielleicht, selber diesen Schritt zu gehen.

Über die Veranda hinaus.

Einen kurzen Moment lang schloss Twyla die Augen. Die Panikattacken ihrer Mutter waren so heftig geworden, dass sie das Haus nicht mehr verließ. Bis zur obersten Verandastufe kam sie, dann brach sie beinahe vor Angst zusammen. Gwen litt schon so lange unter den Attacken, dass sie kaum noch darüber sprachen, weil es sie nicht weiterbrachte.

„Wie aufregend!", fuhr Gwen fort. Twylas Gedanken konnte sie nicht lesen. „Ich weiß noch, wie aufgeregt du in der Highschool vor deinen Verabredungen warst."

„Da war ich noch Schülerin, Ma."

„Trotzdem, du musst dich fühlen wie im siebten Himmel."

„Mir ist speiübel."

„Ach, Twyla …"

„Er ist da!" Brian kam durchs Haus in die Küche gerannt. Shep folgte ihm mit klackernden Pfoten über den abgewetzten

Holzboden. Twyla hatte Brian heute früher aus der Schule abgeholt, damit sie sich von ihm verabschieden konnte. „Rob ist da!", rief Brian und rannte wieder hinaus. Er sprang die Stufen der Veranda hinunter und landete mit einem dumpfen Knall auf dem zertrampelten Rasen.

„Wenigstens einer, der sich freut", sagte Gwen.

Brian sprang wie ein Flummi auf und ab und schoss ein Feuerwerk von Fragen ab, während er neben Rob zum Haus ging. Einen Augenblick lang nahm Twyla der Anblick von ihrem Sohn neben dem groß gewachsenen Mann völlig gefangen. Brian drehte sein Gesicht zu ihm hoch, und Rob beugte den Kopf zu dem Jungen herab, um kein Wort von dem zu verpassen, was der Kleine zu sagen hatte.

Nicht, warnte sie sich, *tu das nicht, denk nicht ...* Aber genau das dachte sie. So sehr sie Brian auch liebte, so hart sie auch arbeitete, so viel Mühe sie sich auch gab, ihn großzuziehen, eines konnte sie ihm nicht geben: einen Vater. Und auch wenn sie sich noch so oft einredete, dass es Brian ohne Vater gut ging, dachte sie doch immer, dass etwas fehlte.

Ihr Vater war in ihren Kindheitserinnerungen allgegenwärtig. Bestimmte Dinge konnte eine Mutter einem Kind einfach nicht geben. Das Kratzen der Bartstoppeln an der Wange. Das tiefe, herzhafte Lachen nach einem ungehörigen Witz, über den Mütter nur den Kopf schüttelten. Wie man einen Baseballhandschuh richtig trug. Der Spaß, verbotenerweise nachts in die Küche zu schleichen und Brot mit Peanutbutter und Marshmallows zu essen. Der Beschützer mit den breiten Schultern, der nachts in der Tür erschien, wenn man einen Albtraum hatte.

Viele Jungen wachsen ohne Vater auf, sagte sie sich. Rob Carter war ein gutes Beispiel. Er war in Lost Springs aufgewachsen, hatte weder Vater noch Mutter – und was war aus ihm geworden?

Das war aus ihm geworden!

„Hallo!!" Sie brachte kaum eine Begrüßung über die Lippen, als er das Haus betrat. Nun war ihr wirklich übel.

Er lächelte sie mit diesem betörenden Lächeln an, das sonst nur Fernsehmoderatoren hatten. „Bereit für das große Abenteuer?"

„So bereit wie nur möglich." Es war zu spät, um zu kneifen. Aber, Himmel, wie gerne hätte sie genau das getan!

Er nahm ihre Reisetasche und den durchsichtigen Kleiderbeutel. „Das ist alles?"

„Ja." Sie umklammerte schutzsuchend ihre Handtasche vor dem Bauch und beugte sich zu Brian hinunter. „Sei schön brav, Kumpel! Du tust, was dir deine Großmutter sagt, in Ordnung?" Sie sah ihm tief in die Augen und fürchtete seine Reaktion. Was, wenn er einen Weinkrampf bekam, weil sie ihn übers Wochenende alleine ließ?

Oder: Was, wenn er nicht weinte?

Er weinte nicht. Er umarmte sie, gab ihr einen Kuss auf die Wange und sagte: „Tschüss, Mom! Tschüss, Rob!"

Gwen strahlte wie eine Anstandsdame auf dem Highschool-Abschlussball. „Mach dir keine Sorgen um uns. Heute Abend läuft ‚Der Zauberer von Oz' im Fernsehen. Und zum Abendbrot gibt's das Gelbgericht."

„Das Gelbgericht?", fragte Rob.

„Eine Familientradition", sagte Twyla ein wenig beschämt.

„Wir essen nur Gelbes", erklärte Brian, „Maiskolben, Makkaroni und Käse, Chicken Nuggets ..."

„Vielleicht sollte ich zum Essen bleiben", scherzte Rob.

Gwen lachte. „Trinkt doch einen Midori im Flugzeug, den Cocktail mit Melone, ihr wisst schon."

„Unwahrscheinlich, dass es auf dem Flug Midori gibt, Ma."

„Oh, ich vergaß den Fotoapparat! Nicht bewegen! Ich mache ein Bild von euch beiden vor eurem großen Abenteuer."

Twyla schüttelte sich und stand auf. Das letzte – und einzige – Mal, dass sie in einem Flugzeug gesessen hatte, war mit ihrem Vater gewesen.

Midori hatten sie damals nicht getrunken.

„Ich habe ein Patent für die Bestäubung von Getreide in Arbeit", hatte ihr Vater ihr über den Motorenlärm des Sportfliegers hinweg zugerufen. „Wenn ich erst einmal den Vertrag in der Tasche habe und als einziger Händler in den Staaten das Zeug vertreibe, haben deine Mutter und ich ausgesorgt."

Sie hatte sich mit ihm gefreut. Vielleicht hätte er diesmal Glück. Sie genoss es, durch das Tal zwischen den Teton-Bergen zu fliegen und sich vorzustellen, was aus ihrem Leben werden könnte. „Gut, dass du Jake gebeten hast, den Vertrag zu prüfen."

„Er gehört zur Familie."

„Mehr als du ahnst, Dad", rief sie zurück und hielt sich seitlich am Cockpit fest. „Wahrscheinlich sollte ich es zuerst Jake sagen, aber ich kann nicht anders: Ich bin schwanger."

Vor Freude hatte ihr Vater gejauchzt. Er hatte den Kopf zurückgeworfen und in den Wind gelacht.

Es war der Tag gewesen, an dem sie ihren Vater zum letzten Mal lebend gesehen hatte.

„Twyla?", fragte Rob. „Ein Lächeln für die Kamera!"

Mit größter Vertrautheit legte er seinen Arm um sie.

Sie atmete tief ein, verdrängte die Erinnerung an ihren Vater und vergrub ihren Schmerz so tief es ging. Dann hob sie ihr Kinn und lächelte breit gegen das Blitzlicht an.

„Abmarschbereit", sagte sie und nahm den Arm, den Rob ihr hinhielt.

Sie traten auf die Veranda. Im letzten Moment drehte sie sich noch einmal um und breitete ihre Arme aus. „Noch ein Kuss", sagte sie. Brian warf sich in ihre Arme. Sie spürte seine Wärme und roch den Jungengeruch nach Erde, Rasen und Hund. Ihr Herz quoll vor lauter Liebe über. „Bis bald, Kumpel. Ich hab dich lieb."

„Ich dich auch, Mom. Ich flitz und helf Grammy in der Küche."

Als die Fliegengittertür hinter ihm krachend in den Rahmen schlug, drehte Twyla sich zu Rob.

Fasziniert sah er sie an. Sein Blick erinnerte sie an den eines hungrigen Wolfs.

„Was ist?", fragte sie.

Er sah sie weiter an. „Sie sind eine gute Mutter, nicht wahr?"

„Ich weiß es nicht. Ich nehme die Dinge, wie sie kommen. Finden Sie, ich bin eine gute Mutter?"

Er zögerte. „Ich glaube ja."

Bevor sie antworten konnte, drehte er sich weg, nahm ihre Tasche und ging zu dem Mietwagen. Sie folgte ihm. Sie fühlte sich seltsam schuldig, als hätte seine Aussage eine Tür zwischen ihnen zugeschlagen. Er war in Lost Springs aufgewachsen und nicht bei seiner Mutter. Was dachte er, wenn er sie mit Brian sah? Sie hätte ihn gerne gefragt, wusste aber nicht, wie.

Sie stieg in den Cadillac und sah Rob an.

Guter Gott, sein Profil!

„Heikle Themen sollten wir wohl lieber aussparen", sagte sie.

Er drehte sich zu ihr und stützte einen Ellenbogen auf ihren Sitz. Mit tiefer Stimme und jungenhaftem Lächeln sagte er: „Nicht, wenn wir verlobt sind."

„Was?"

„Verlobt. Sich verloben, einander die Ehe versprechen, Sie wissen schon." Betont langsam ließ er den Motor an und fuhr aus der holprigen Auffahrt.

„Ich weiß, was ‚verlobt' heißt", sagte sie nervös und faltete ihre plötzlich kalten Finger im Schoß. „Ich weiß bloß nicht, was das mit uns zu tun hat."

„Die Idee hatten Mrs. Spinelli und Mrs. Duckworth. Wir sollen Ihren ehemaligen Klassenkameraden sagen, wir seien verlobt."

„Das ist absurd."

Geschmeidig nahm der Cadillac die Kurve in der Brown's Ranch Road. „Ich weiß. Wahrscheinlich gefällt mir die Idee genau deshalb so gut. Allerdings sollten wir dann endlich das alberne Sie weglassen."

„Das könnten wir tatsächlich tun. Aber ansonsten müssen wir nicht … "

„Ich weiß." Er setzte seine Sonnenbrille auf. „Machen wir aber. Wenn ich nur als dein Freund gehe, denken die, du hättest dir wahllos irgendeinen Typen gegriffen."

„Wahllos aus einem Katalog ausgewählt wie magenfreundliche Gurken."

„Genau. Und das wollen wir ja nicht, oder?"

„Mir will nur nicht einleuchten, warum …" Sie unterbrach sich, als er vom Shoshone Highway abbog. „Das ist nicht der Weg zum Flughafen."

„Der Flug geht erst in zwei Stunden."

„Und wo fahren wir jetzt hin?"

„Das wirst du gleich sehen."

Sie sah die Landschaft vorbeigleiten, die Wildblumen und den Salbei, die Hügel, die sich bis zu den schneebedeckten Gipfeln des Owl Creek erstreckten. „Hier geht's nach Lost Springs."

„Mmh."

Erklärungen abzugeben lag ihm offensichtlich nicht. Seit der Versteigerung war Twyla eh seltsam verwirrt und orientierungslos, und in diesem Augenblick ging es ihr nicht anders. Doch in der Gegenwart von Rob Carter spürte sie noch etwas anderes: Sie fühlte sich lebendig. Ihre Haut prickelte im Wind, und Vorfreude machte sich in ihr breit. Sie fühlte sich geradezu verwegen und bereit zu neuen Abenteuern. Das hatte sie noch nie gespürt, wenn es um Männer ging.

Zugegeben, ihr Vater war ein interessanter Mensch gewesen. Ein faszinierender sogar. Sicher jedoch, sicher konnte man sich bei ihm, mit seinem ausschweifenden Lebensstil und seinen wilden Träumen, nie fühlen. Jake wiederum hatte ihr Sicherheit vermittelt. Mit ihm war das Leben angenehm gewesen, vorhersehbar und – das hätte sie von Anfang an wissen müssen – langweilig. Womöglich war das der Grund, warum sie die Trennung, nachdem der erste Schmerz verflogen war, nie bedauert und die Scheidung nicht angefochten hatte. Die Papiere, die ihr ein Fremder im Auftrag von Jake überreicht hatte, waren das passende Ende für ihre Beziehung gewesen.

Sie genoss das neue Gefühl der Wachheit und Verwegenheit. Nur selten hatte ein Mann diese Gefühle in ihr hervorrufen können. Entspannt lehnte sie sich im Beifahrersitz zurück und sah aus dem Fenster. Rob fuhr durch das Holzgatter an der Einfahrt, hielt kurz am Wächterhäuschen und steuerte dann den Schulhof an. Langsam fuhr er zu der Eiche, an der sie den Quilt für die Tombola aufgehängt hatten. Sie errötete, als sie daran dachte, wie er sie aus dem Baum gerettet hatte.

„Und jetzt?", fragte sie.

Er parkte den Wagen im Schatten der Eiche. „Jetzt wirst du sehen, wie dein zukünftiger Ehemann gelebt hat."

9. KAPITEL

*D*u übertreibst", sagte Twyla leicht gereizt.

„Interessiert dich nicht, wo dein Verlobter herkommt?"

Sie zögerte. Der skeptische Ausdruck auf ihrem Gesicht verwandelte sich in etwas, das er zunächst nicht recht wahrhaben wollte. Doch sie war der mitfühlendste Mensch, den er je kennengelernt hatte. Ihre schlauen Sprüche, ihr kühles Äußeres umhüllten nur schützend ihr mitfühlendes Herz.

„Nein", sagte sie ruhig, „aber mich interessiert, wo du herkommst."

Rob stieg aus dem Wagen und hielt ihr die Beifahrertür auf. Wenn es etwas gab, das man ihm in Lost Springs eingehämmert hatte, dann waren es gute Manieren. Den Jungen, die man in einsamen Motelzimmern zurückgelassen hatte oder die misshandelt worden waren und allein vor den Toren der Ranch gestanden hatten, bedeutete das wenig. Aber es ging nicht bloß ums Überleben, sondern darum, das Selbstwertgefühl der jungen Menschen wieder aufzubauen und ihnen den Weg in ein gutes Leben zu ebnen. So waren sie auf alle möglichen gesellschaftlichen Situationen vorbereitet worden. Damen die Tür aufhalten, mit Fischbesteck umgehen, Standardtanz. Damals hatten sich Rob und die anderen Jungs darüber lustig gemacht, heute waren sie der Ranch dankbar.

Er hatte Lauren seine Herkunft nicht bewusst verschwiegen, Lost Springs kam bloß nie zur Sprache. Sie hatten sich auf einem Wohltätigkeitsball für das Kinderkrankenhaus in Denver kennengelernt. Sie war sichtlich beeindruckt gewesen von seiner Galanterie, davon, wie er sich auf der Tanzfläche bewegte – dank Lost Springs. Es hatte ihm auch Spaß gemacht, sie glauben zu lassen, er käme aus irgendeinem Internat von der Ostküste und einer namhaften Universität.

Sehr viel weniger Spaß hatte es gemacht, ihr die Wahrheit zu sagen.

Sie hat es ganz gut aufgenommen, dachte er. Aber er konnte ihr Gesicht nicht vergessen, als er auf ihre Nachfrage gesagt hatte:

„Ich habe keine Familie." Danach ging es abwärts. Er hatte ihr so gut er konnte von Lost Springs erzählt. Aber an ihrem bildhübschen Gesicht hatte er ablesen können, dass sie sich keine Vorstellung von seiner Vergangenheit machte. Ein Heim für Jungen kam in ihrer Welt einfach nicht vor – außer als Anlass für eine Wohltätigkeitsveranstaltung. Irgendwie fand er ihr naives Unverständnis charmant. Einen Menschen zu kennen, dem misshandelte Kinder fremd waren, hatte auch etwas Erfrischendes.

Twyla hingegen zeigte nur Interesse und Verständnis, als sie aus dem Wagen stieg und ihn ansah.

Was für eine dumme Idee, sie hierherzubringen. Verrückt. Was hatte er davon, dass sie ihn besser kannte?

„Zeig mir, wo du gewohnt hast", sagte sie und schirmte die Augen zum Schutz vor der Sonne mit der Hand ab. Eine Gruppe Vierzehnjähriger mit Gartengeräten unterm Arm zog an ihnen vorbei.

„Hier entlang." Er ging zum Verwaltungsgebäude. Die Atmosphäre auf dem beinahe leeren Schulhof war anders als bei der Versteigerung vorigen Samstag. Die Jahrmarktstimmung war vorüber, jetzt bliesen Leere und Einsamkeit wie ein böser Wind über den Hof. Das Gelände war schön angelegt und gepflegt, dafür hatte der Gründer James Duncan, Lindsays Vater, gesorgt. Aber es war immer noch eine öffentliche Einrichtung, kein Zuhause. Und an einem Nachmittag wie diesem war das nur zu offensichtlich. Rob wusste, dass er sich das nur einbildete, aber er wurde immer kleiner und kleiner, als sie sich dem langen, niedrigen Gebäude näherten, in dem sich die Schlafsäle der jüngeren Kinder befanden. Plötzlich war er wieder sechs Jahre alt und umklammerte ängstlich die Hand seiner Mutter.

Sie musste Finger um Finger von ihrem Handgelenk lösen, als sie die Ranch verließ.

„Hier", sagte er rau und öffnete eine Tür. Am Empfang zeigte er dem Wachmann seinen Ausweis, und der erlaubte ihnen eine Stippvisite.

Der Geruch stieg ihm als Erstes in die Nase. Es roch nach

Desinfektionsmittel und – ihm fiel keine bessere Beschreibung ein – nach Jungs. Die Atmosphäre hatte sich nicht verändert. Derselbe Geruch hing in der Luft, und wenn er ihn zu tief einatmete, stiegen das Gefühl des Verlassenseins und die Einsamkeit in ihm hoch. Betten standen ordentlich aufgereiht an der Wand. Jedem Jungen gehörte ein kleiner Schreibtisch mit Seitenwänden, ein Spind und ein Regal voller Bücher und Krimskrams. Fast sah es wie beim Militär aus.

„Die Quilts sind neu", sagte er.

Twyla stand in der Tür und ließ die Atmosphäre auf sich wirken. Dann betrat sie den Raum und strich über ein Bett. „Die Quilt-Frauen haben sie vor einigen Jahren für Lost Springs genäht. Eine für jeden Jungen. Es hat sie mehrere Monate gekostet."

Jeder Quilt war anders. Jeansstoff dominierte am Rand und um jedes Rechteck. Aber die einzelnen Muster – ein Pferd, ein Cowboyhut, ein Sheriffstern – unterschieden sich. Die handgenähten Quilts sorgten für ein wenig Wärme in dem kahlen Schlafsaal.

„Was denkst du?", fragte Twyla.

„Es … hilft mir." Er ging den Gang entlang bis zum vorletzten Bett. „Hier habe ich geschlafen. In diesem Bett."

„Glaubst du, es ist immer noch dasselbe Bett und derselbe Tisch?"

„Wahrscheinlich ja." Kurz entschlossen rückte er den Tisch von der Wand und sah auf die Rückseite. Reihe um Reihe waren dort fein säuberlich Striche in das Holz gekerbt. „Ja, das war meiner."

„Du hast die Striche gemacht?"

Er wünschte, er hätte sie ihr nicht gezeigt. „Ja", gestand er, „die habe ich gemacht."

„Warum?"

„Ich habe gezählt."

„Was hast du gezählt?"

„Da musst du selber drauf kommen." Er drehte sich um und ging aus dem Saal, ohne zu sehen, ob sie ihm folgte.

Sie sagte kein Wort, als er mit großen Schritten den Innenhof durchquerte. Er deutete auf die Schlafsäle für die älteren Jungen, wo jeder ein eigenes Zimmer bewohnte. Er zeigte ihr die Bibliothek, den Musikraum, den Speisesaal, die Turnhalle und den Gemeinschaftsraum, die Ställe und Koppeln.

Überall begegnete er einem Geist. Der Geist war der Junge, der Rob einst gewesen war. Der sehnsüchtig beobachtete, wie die anderen Besuch von Familienangehörigen bekamen, manchmal waren es die Eltern, manchmal eine Tante oder Großmutter. Manche kamen, um einen Jungen zurück nach Hause zu holen. Fasziniert hatte er zugesehen, wie einige Jungs adoptiert wurden. Oder er hatte sich auf seinem Stockbett zusammengerollt und getan, als wäre ihm das alles gleichgültig.

Er spürte eine Berührung auf seinem Arm. Er zuckte zusammen und verdrängte die Erinnerungen. Twyla hatte ihre Hand auf seinen Unterarm gelegt und sah ihn an. „Das hier fällt dir schwerer, als du dachtest, oder?"

Verdammt. Sie verstand ihn. Das hatte Rob nicht erwartet. Als er in ihre regenblauen, feuchten Augen blickte, löste sich etwas in ihm, ein fester Knoten, der sich lockerte.

„Ja, ich glaube schon", gab er zu.

„Möchtest du darüber reden?"

Er nahm ihre Hand von seinem Arm. „Wozu sollte das gut sein?"

„Wozu reden gut ist? Um etwas loszuwerden. Ich bin Friseurin, Rob. Das hat mich zu einer verdammt guten Zuhörerin gemacht. Die Briefkastentante mit dem Fön."

„Ah ja, genau das, was ich brauche."

„Vielleicht brauchst du sie wirklich."

Im Vorraum der Turnhalle zeigte er ihr eine Reihe Pokale, die er im Basketball und in der Leichtathletik gewonnen hatte. Sie legte eine Hand auf die Glasvitrine. „Du musst der Stolz der Schule gewesen sein."

„Deshalb stehen die Pokale hier. Sie bedeuten Lost Springs mehr als mir selber."

„Du hast hier so lange gelebt."

„Ja, elf Jahre."

„Ich dachte, die Jungs würden nicht so lange hier bleiben. Ich dachte, es wäre nur … vorübergehend."

„Für einige ist es das auch. Diejenigen, die in Schwierigkeiten stecken, bleiben nur, bis die Schwierigkeiten bewältigt sind. Dasselbe gilt für diejenigen mit familiären Problemen. In meinem Fall war meine Mutter meine einzige Angehörige. Sie war pleite, am Ende. Sie sagte, sie würde mich in einigen Monaten holen kommen. Deshalb wurde ich nie zur Adoption freigegeben. Und aus den Monaten wurden Jahre."

„Und du hast sie nie wiedergesehen?"

Er sah in die Vitrine wie ins Leere. „Nein."

„Hast du je versucht, sie zu finden?"

„Aber sicher. Sie starb vor fünfzehn Jahren, eine unbekannte Tote in Las Vegas."

„Oh, Rob, das tut mir leid."

„Tja, so kann es gehen. Aber Lost Springs war gut für mich. Ich kann nicht klagen."

„Du hast jedes Recht der Welt, dich zu beklagen. Wahrscheinlich hast du nie genug geklagt. Der Kummer muss raus."

So hatte er das noch nie gesehen. Sie verließen das Gebäude, und die Leere meldete sich schmerzlich zurück. Die Ranch in Lost Springs war wunderschön gelegen, geradezu idyllisch. Einfühlsame und liebevolle Betreuer und Lehrer kümmerten sich um die Kinder. Ein Zuhause aber war es nicht.

Rob hatte sich nie klargemacht, was ihm zu Hause bedeutete. Er wusste ganz genau, wo er nicht zu Hause war. Nicht im Schlafsaal der Ranch. Nicht in der Studentenbude am College. Nicht in dem Zimmer in Dallas während seiner Ausbildung. Auch nicht in seiner Wohnung in Denver oder in der bewachten Siedlung in Wildwood, wo Lauren aufgewachsen war, oder in ihrer eleganten derzeitigen Bleibe.

Er redete sich ein, dass zu Hause ein Ort war, den es nur in seiner Vorstellung gab. Ein Ort, der mit alten Sachen vollgestellt war, mit einer Küche und einem Backofen, mit Fenstern, durch die der Gesang der Vögel drang. Anrichten und Kommoden voller Familienfotos. Ein Hof mit einem Baum und einer Schaukel und vielleicht einem Teich. Twylas Haus schoss ihm in den Sinn. Schnell schloss er die Augen vor dem inneren Bild und ging entschlossenen Schrittes über den Parkplatz zum Mietwagen.

„Das tut mir leid", sagte er, als er ihr die Tür offen hielt.

„Was tut dir leid?"

„Dass ich dich auf diesen kleinen Ausflug in die Vergangenheit mitgeschleppt habe."

„Ich bin froh, dass du es getan hast."

„Warum?"

„Weil ... Ich mag es, Menschen kennenzulernen, mehr über sie zu erfahren. Wahrscheinlich geht es dir mit deinen Patienten ähnlich. Es ist besser, wenn du sie kennst."

Er lehnte sich gegen das Auto. „Diese Art Patienten habe ich nicht."

Sie legte den Kopf schief und runzelte die Stirn. „Was meinst du damit?"

Er griff nach dem Schlüssel in seiner Hosentasche. „Ich bin Pathologe. Ich bin darauf spezialisiert, anormales Gewebe und krankhafte Körperflüssigkeiten zu analysieren. Meine Patienten sehe ich nur in Form einer Petrischale oder eines Reagenzglases."

„Und das gefällt dir so?", fragte sie mit ruhiger Stimme, die verriet, dass sie lieber zuhörte als redete.

„Ich finde es gut. So behandele ich sechzig bis siebzig Patienten am Tag. Ich finde im Labor heraus, woran sie leiden, und empfehle eine Behandlung." Für sein Fachgebiet hatte Rob sich während seiner vierjährigen praktischen Grundausbildung entschieden. Die persönliche ärztliche Behandlung von Patienten war eine unordentliche und chaotische, aber bestimmt keine präzise Arbeit. Er hatte keine Ahnung, was er einer ängstlichen Mutter oder einer besorgten Ehefrau sagen sollte. Er wusste nicht, wie er einem Sterbenskranken Trost und Zuversicht schenken könnte.

Im Labor jedoch herrschten Logik und Präzision. Als Pathologe konnte er den Ausbruch eines Virus verhindern und damit Tausenden von Menschen helfen, während ein Hausarzt nur jeweils einen Patienten behandeln konnte. Ihm oblag es, ein Problem zu erkennen und eine Lösung zu finden. Damit hatte er sich eine gut gehende und lukrative Praxis mit heute vier Partnern aufgebaut. Und jeden Abend nach Feierabend konnte er sich sagen, dass er Hunderten von Menschen geholfen hatte, nicht nur einer Handvoll. Genauso will ich es haben, sagte er sich. Jedes Mal wenn er den Drang verspürte, sein Fachgebiet zu wechseln, redete er sich das wieder aus.

Er hielt ihr die Beifahrertür auf. Sie fuhren von der Ranch und bogen auf einen Schotterweg. „Eine Station noch."

Der Wagen ruckelte über den unebenen Weg, bevor Rob an einem abgelegenen Gehölz nahe einer Klippe hielt, die die Sicht über das Flüsschen Lightning Creek freigab.

„Schön ist es hier", sagte sie, „so abgeschieden."

„Das", sagte er mit Blick auf seine Uhr, „ist der entscheidende Punkt. Wir müssen jetzt zum Flughafen." Im Wagen merkte er, wie sie ihn ansah.

„Toller Ausblick", sagte sie, „aber warum zeigst du mir das?"

Er zwang sich, stur geradeaus auf die staubige Straße zu sehen. „Das hier", sagte er so beiläufig wie möglich, „ist der Ort, an dem ich meine Unschuld verloren habe."

Sie schnappte nach Luft. Aber er konnte das Lächeln in ihrer Stimme hören, als sie sagte: „Ich hätte auch ohne diese Information fröhlich weiterleben können."

Schweigend fuhren sie weiter auf dem Shoshone Highway zum Flughafen. Schließlich sagte Rob ernst: „Du bist eine gute Zuhörerin, Twyla."

Ein Lächeln huschte über ihr Gesicht. „Ja? Findest du?"

„Ja. Ganz bestimmt."

„Ich bin geschmeichelt. Ich dachte immer …" Sie schüttelte den Kopf und sah aus dem Fenster, als sie auf den Parkplatz der Autovermietung fuhren.

„Was dachtest du?"

„Nicht so wichtig."

Er stieg aus dem Wagen, holte die Taschen aus dem Kofferraum und öffnete Twyla die Tür. „Tut mir leid, aber das musst du erzählen. Meine Verlobte hat keine Geheimnisse vor mir."

Nicht viele Frauen, die er kannte, erröteten so oft wie Twyla. Es musste sie verrückt machen, dass ihr Gesicht ständig ihre wahren Gefühle verriet, selbst wenn sie versuchte, cool zu tun.

„Also?", hakte er nach.

„Ach, ich dachte früher nur, dass ich gerne Psychologie studiert hätte oder Sozialpädagogin geworden wäre. Etwas, wo man gut zuhören muss, Probleme löst und kommunikative und soziale Fähigkeiten braucht." Sie lachte über sich selber. „Und jetzt bin ich ja tatsächlich in der Branche gelandet."

Als sie in das kleine Linienflugzeug nach Jackson stiegen, erkannte Rob, dass etwas mit ihm nicht stimmte. Für einen Arzt fiel es ihm erstaunlich schwer, seinen Zustand zu beschreiben. Sein Leben lang hatte er einen Druck auf seiner Brust gespürt. Niemand anderes konnte es sehen, und nur er wusste, dass er da war. Die Last gescheiterter Hoffnungen.

Nach dem Gespräch mit Twyla fühlte sich die Last ein wenig leichter an.

Als sie in ihren Sitzen saßen, musste er über ihre fast kindliche Neugier schmunzeln. Sie besah die Taschen am Vordersitz, die Sicherheitsgurte, die blinkenden Lichter und Apparaturen im Cockpit, das sie durch die geöffnete Tür sehen konnte.

„Fliegst du gerne?", fragte er.

„Das weiß ich noch nicht."

Er runzelte fragend die Stirn.

Sie sah aus dem ovalen Fenster und lachte. „Ich bin erst einmal in meinem Leben geflogen. In einem Sprühflugzeug für die Landarbeit, zusammen mit meinem Vater. Das war etwas ganz anderes als dies hier."

Verwundert schwieg er einige Sekunden lang. Das musste er erst verdauen. Fliegen gehörte heute zum Alltag, er kannte niemanden, der noch nie in einem Flugzeug gesessen hatte. Schließlich sagte er: „Das ist ja ein Ding, Twyla. Echt ein Ding."

„Du meinst, es ist peinlich." Ernst sagte sie: „Rob, du machst dir keine Vorstellung davon, was du dir zumutest, indem du mich auf das Klassentreffen begleitest."

Die Türen schlossen sich, und das Flugzeug rollte auf die Startbahn. „Schatz, wir haben alle Zeit der Welt."

Sie lachte. „Ich sollte dich besser nicht mit meinen traurigen Kleinstadtgeschichten langweilen."

„Wer sagt denn etwas von langweilen?"

Das Flugzeug nahm Fahrt auf, hob ab und war plötzlich in der Luft. Twyla keuchte auf und griff instinktiv nach seiner Hand.

Während der nächsten Dreiviertelstunde ließ Rob ihre Hand nicht mehr los.

In dieser kurzen Zeit lernte er sie so umfassend kennen, wie er es noch nie erlebt hatte. Etwas an ihr berührte und reizte ihn. In gewisser Weise war sie gar nicht so anders als er. Sie hatte große Träume, aber im Gegensatz zu ihm hatte sie diese aufgrund der Umstände nicht verwirklichen können. Wenn sie von der Vergangenheit sprach, hörte er ihren Stolz und ihren Ehrgeiz. Wenn sie über die Gegenwart sprach, tat sie das mit einem Augenzwinkern, mit Humor und einer anrührenden, resoluten Ergebenheit in ihr Schicksal.

„Mir wird ganz schwurbelig bei all den Geschichten über die Vergangenheit", sagte sie. „Das Klassentreffen holt alte Erinnerungen ans Licht, an die ich lange nicht mehr gedacht habe."

„Schwurbelig?"

Sie schniefte. „Und was würde der studierte Herr Doktor sagen?"

Er überlegte. „Schwurbelig. Aber höre ich da Verachtung in der Art, wie du ,studierter Doktor' sagst? Gibt es noch andere Doktoren?"

„Ich hoffe nicht." Sie sah auf ihre ineinander verschränkten Hände. „Ich versuche, über meine gescheiterte Ehe nicht zu verbittert zu sein. Aber bei Männern bin ich vorsichtig."

„Sieht ganz so aus, wenn man bedenkt, dass deine Freundinnen sich gezwungen sahen, dich auf ein arrangiertes Date zu schicken."

Sie lächelte dünn. „Es ist ein Mitleidsdate, Rob, das wissen wir beide."

„Nein", sagte er und strich mit dem Daumen über ihre Knöchel. „Kein Mitleid, wir werden Spaß haben." Er grinste schelmisch. Dann wechselte er das Thema: „Erzähl mir von deinem Vater. War er begeisterter Pilot?"

„Er konnte sich für alles begeistern, nur war das meist nicht von langer Dauer."

„Er starb ganz plötzlich, sagtest du?" Rob betrat unbekanntes Terrain. Eigentlich sollte ihr Privatleben tabu sein. Aber sie war bislang so offen und ehrlich zu ihm gewesen. Er wollte sie besser kennenlernen. „Erzähl mir von ihm, Twyla."

10. KAPITEL

*D*ie Glocke rettete sie – im wahrsten Sinne des Wortes. Twyla war Rob ins Netz gegangen, hatte ihm von ihrer Vergangenheit, von Jake, von ihrem Vater und allem anderen erzählt.

Rob Carters Gesichtsausdruck war von freundlich und aufmerksam zu betroffen und ungläubig gewechselt. Sie hatte nichts zurückgehalten ... eigentlich. Doch dass sie mit der Geschichte, wie ihr Vater gestorben war, bis zum Schluss hinterm Berg gehalten hatte, musste ihm seltsam erscheinen.

Zum Glück ertönte das Signal, und der Pilot kündigte die Landung in Jackson an. Mit ruhiger Stimme riet er den Passagieren außerdem, dass sie sich aufgrund von Scherwinden auf eine etwas „turbulente" Landung vorbereiten sollten.

Das erste Wackeln ließ Twylas Magen Saltos schlagen. Beim zweiten Wackler grub sie ihre lackierten Fingernägel in Robs Unterarm. Das nächste Ruckeln hätte ihr die Zunge abgetrennt, hätte sie nicht ihre Zähne so fest aufeinandergebissen, dass sie sie nicht mehr auseinanderbekam.

Die anderen Passagiere steuerten die passenden Klangeffekte bei. „Oh" und „Ah", schrille Schreie und Stoßgebete erhoben sich über dem allgemeinen Durcheinander.

Vergib mir, Brian, betete Twyla lautlos, *vergib deiner blöden Mutter, dass sie auf dieses blöde Klassentreffen fahren musste, nur um es dieser blöden Kleinstadt heimzuzahlen.* Sie sah ihren eigenen Grabstein vor sich: „Hier ruht Twyla Jean McCabe. Ihr Stolz hat ihr in jungen Jahre das Genick gebrochen."

Dann, bevor sie wusste, wie ihr geschah, ertönte ein lautes Brausen und Rauschen. Sie presste sich in ihren Sitz, schloss die Augen und wartete auf das Ende.

Mit einem sanften Hüpfer setzte das Flugzeug auf, rollte röhrend über die Landebahn und hielt schließlich an der Gangway. Twyla konnte es kaum glauben: Sie hatte überlebt.

Und sie schämte sich.

Aber als sie sich bei Rob für ihr Klammern entschuldigen

wollte, stellte sie erstaunt fest, dass er leichenblass war. Auf seinen Augenbrauen und seiner Oberlippe hatten sich Schweißperlen gesammelt. Peinlich berührt räusperte er sich.

„Na, macht's Spaß?", fragte er.

Twyla lachte unsicher. Mit der freien Hand löste sie ihre verkrampften Finger von Robs Arm. „Ich muss dir einen Riesenschrecken eingejagt haben."

Er winkte ab. „Wenn das das Schlimmste ist, was mir eine Frau antut, bin ich ein glücklicher Mann." Bevor sie nachfragen konnte, sagte er: „Da wären wir also. Was willst du als Erstes machen?"

„Mich hemmungslos betrinken", sagte sie.

„Da mache ich mit", sagte Rob und ließ sie vor. „Lass uns zur Hütte fahren. Laut Mrs. Spinelli gibt es dort eine gut bestückte Bar."

Mit immer noch weichen Knien ging Twyla zum Ausgang. „Welche Hütte ist es?", fragte sie über ihre Schulter.

„Ich weiß nur, dass sie Laughing Water Lodge heißt." Er deutete auf sein Handgepäck. „Hier habe ich eine Karte und den Schlüssel."

Sugar Spinelli hatte wirklich an alles gedacht. Nachdem sie in der Empfangshalle ein Mitarbeiter der Autovermietung mit einem Schild, auf dem „Dr. Carter" stand, begrüßt hatte, fragte sich Twyla, was Mrs. Spinelli und Mrs. Duckworth noch alles geplant haben mochten.

Die halbstündige Fahrt in dem roten Jeep führte über die Landstraße von Jackson nach Hell Creek. An einem plätschernden Bergbach bogen sie einem Hinweis auf einem Hinkelstein folgend in einen schmalen Weg. Weiden und Silberpappeln säumten die kiesbedeckte Auffahrt.

Die altehrwürdige Holzhütte bestand aus dicken Balken, Sprossenfenstern und Eckpfeilern unter dem Dachkranz. Der Wohnraum war in dezentem Wildwest-Stil gehalten. Mit weit aufgerissenen Augen bestaunte Twyla den aus Flusssteinen gemauerten Kamin mit dem dicken Vorleger, die gepolsterten Sofas in sanften Grüntönen, die Regale voller ihr unbekannter

Bücher. Es gab zwei Schlafzimmer, stellte sie zufrieden fest. Sie lagen nebeneinander, aber sie würde einfach die Tür schließen.

Im Kühlschrank befanden sich ein Brathähnchen, allerlei Beilagen und Süßspeisen, mehrere Flaschen Moët & Chandon sowie Früchte und Muffins für das Frühstück. Wie versprochen war die Bar gut gefüllt.

„Ich glaub, ich träume", murmelte Twyla.

„Im Ernst", sagte Rob, „ich liebe reiche Menschen!"

„Selbst wenn es sich um Reiche handelt, die sich in anderer Leute Angelegenheiten einmischen und sie verkuppeln wollen?"

Gekonnt entkorkte Rob den Champagner. „Mrs. Spinelli muss von deinen Haarschneidekünsten tief beeindruckt sein."

Überwältigt errötete Twyla. Die Atmosphäre zwischen ihnen war so vertraut, der Ort so wildromantisch, jede Kleinigkeit so perfekt, und das alles nur für ein Täuschungsmanöver. „Es ist mehr als nur das Haareschneiden."

„Wahrscheinlich. Erzähl mir davon."

„Ihr ging es vor einigen Jahren sehr schlecht." Dabei beließ es Twyla, weil es zu persönlich war. Damals war Twyla auf Hausbesuch zu Mrs. Spinelli gekommen. Nach einer Chemotherapie waren Sugar die Haare ausgefallen. Obwohl die Prognosen gut waren, ging es ihr sehr schlecht. Twyla besuchte sie jeden zweiten Tag und richtete ihre Perücke und ihr Make-up. Doch dabei ging es um mehr als nur Kosmetik. Mrs. Spinelli redete, und Twyla hörte ihr zu. Seitdem verband sie eine tiefe Freundschaft. Als sich Mrs. Spinelli erholt hatte und wieder aus dem Haus ging, ließ sie alle Gratulanten wissen, dass ihre Heilung Twylas Verdienst war.

„Lass mich raten." Rob reichte ihr ein Glas Champagner. „Du hast sie durch die Krankheit begleitet."

Sie stießen an, und Twyla nippte an ihrem Glas. Der Moët tanzte prickelnd auf ihrer Zunge und schmeckte nach etwas, das sie seit Jahren nicht mehr gekostet hatte.

„Sie sagt, ich sei eine große Hilfe gewesen", erzählte Twyla. „Die meiste Zeit habe ich aber nur die Haare gemacht und ihr zugehört."

Sie tranken schweigend den Champagner. Nach einer Weile sagte er: „Du hilfst gerne, nicht wahr?"

„Das stimmt wohl." Wehmut überkam sie. „Ich wünschte ..." Sie unterbrach sich und trank noch einen Schluck.

„Was wünscht du?"

Sie blickte ihm ruhig in die Augen. „Wie ist das für dich, wenn du einen Patienten nicht heilen kannst?"

„Jedem kann geholfen worden", antwortete er, „aber nicht alle können geheilt werden, falls du das meinst."

„Das meine ich, glaub ich. Und wie fühlt sich das an?"

„Es ist frustrierend, entmutigend, und es motiviert mich, noch härter zu arbeiten und noch tiefer zu forschen."

„Wie tief?"

„Bis ich das Problem gelöst habe. Warum fragst du?" Er zwinkerte ihr zu. „Spürst du irgendwelche Symptome?"

„Meine Mutter hat Platzangst", platzte es aus ihr heraus. Der Champagner hatte ihre Zunge gelöst. „Sie verlässt das Haus nicht mehr."

Er stürzte den restlichen Champagner hinunter und schluckte hart. Bewusst langsam setzte er sein Glas ab. „Du machst Witze."

„Darüber würde ich keine Witze reißen. Nach dem Tod meines Vaters fingen ihre Panikattacken an. Sie wurden immer schlimmer, bis ... sie das Haus gar nicht mehr verließ. Wir ... arbeiten daran."

Sie verschwieg, dass sie schon seit Jahren „daran arbeiteten", und dass sie zuletzt einfach so taten, als gäbe es das Problem gar nicht. Sie war verwirrt und verzweifelt, Gwen tief beschämt. Die vertraute Traurigkeit überkam sie, als sie ihre wunderschöne Mutter vor sich sah, wie sie in dem alten, schützenden Haus saß und Quilts von feinster Qualität nähte. Das Haus, in das Twyla sie geholt hatte, nachdem Gwen alles im Leben verloren hatte.

„Verdammt, Twyla", sagte er. „Das tut mir leid."

„Nein, mir tut es leid, ich hätte dir das nicht erzählen sollen, dir das nicht aufbürden dürfen. Aber ich habe mich heute so wohl mit dir gefühlt, Rob. Als du mir Lost Springs gezeigt hast, war ich dir so nah."

Er berührte sie flüchtig am Arm. Aber bereits die kurze Berührung sandte Hitzeschauer über ihre Haut. „Wart ihr damit beim Arzt?", fragte er. „Dieser Verhaltensstörung kann man ganz gut mit Medikamenten beikommen."

„Unser Hausarzt hat sie an einen Spezialisten überwiesen, aber sie will nicht hin." Ungeduldig winkte sie ab. „Ich sollte dich nicht mit meinen Problemen behelligen." „Bei irgendjemandem musst du die Last doch loswerden. Mir macht es ehrlich nichts aus."

Mein Gott, dachte sie und genoss die aufrichtige Unterhaltung mit diesem Mann. Es war so verdammt leicht, sich vorzustellen, dass diese wachsende Freundschaft zwischen ihnen real war.

„Was ist mit deinem Vorhaben von vorhin?", fragte er.

„Welches Vorhaben?"

„Dich hemmungslos zu betrinken."

Sie lachte. „Das Verlangen danach ist mir vergangen."

„Gut, dann gibt es jetzt Abendbrot. Wir sollten lieber hier essen, statt auszugehen."

„Weil du nicht mit einer Friseurin gesehen werden willst?"

„Sehr witzig. Nein, weil wir zu arbeiten haben."

„Arbeit?"

Er wühlte in seinem Rucksack und warf einen gelben Schreibblock und eine Handvoll Stifte auf den Holztisch. „Auf dem Papier müssen wir das perfekte Paar werden."

Von dem Moët wechselten sie zu einem trockenen Riesling, den sie zum Essen tranken, das Twyla sehr genoss: Rosmarinhuhn, dazu einen exotischen Salat mit Pasta und Palmenherzen und warme Brötchen aus dem Ofen. Entspannt nippte sie an ihrem Wein und nahm einen Stift zur Hand.

„Gut", sagte sie, „wo fangen wir an?"

„Da, wo alle Paare anfangen."

„Beim ersten Treffen. Wo haben wir uns kennengelernt?"

„Auf einem Ärztekongress", antwortete er. „Da treffe ich Hunderte von Leuten."

Kurz schoss ihr das unerfreuliche Bild in den Kopf, wie Rob Carter sich angeregt mit einer gut aussehenden Kinderärztin unterhielt und danach noch weitaus anregendere Sachen mit ihr anstellte. „Nein", sagte sie. „Was sollte ich auf einem Ärztekongress verloren haben? Schneide ich da Haare?"

„Stimmt, wo haben wir uns dann getroffen?"

„Vielleicht sollten wir uns etwas Exotischeres ausdenken, du hast mich auf Hawaii bei einem Tauchunfall gerettet. Oder ganz einfach, wir kennen uns über gemeinsame Freunde."

„Über Freunde, gute Idee. Wir haben uns auf einer Party von Mrs. Spinelli getroffen."

„Gut, und wann war das?"

Er sah sie über den Tisch hinweg an, ruhig und freundlich und auf eine aufregende Art anziehend. „Lass mich nachdenken. Wir wollen ja, dass alle glauben, es sei ernst mit uns und nicht nur eine animalische Anziehung, die in wenigen Monaten verglüht."

Herzlichen Glückwunsch, Mrs. Spinelli und Mrs. Duckworth, dachte Twyla, ihr habt den Nagel auf den Kopf getroffen, ihr habt endlich jemanden gefunden, in den ich mich vergucken könnte.

„Um Gottes willen, nein!" Sie lachte, doch gleichzeitig musste sie sich unbehaglich eingestehen, dass sie, wenn sie Rob Carter so anschaute, nichts anderes als animalische Anziehung verspürte.

„Andererseits sollten wir noch frisch verliebt sein. Das ist so viel romantischer."

„Natürlich."

„Sechs Monate?"

„Perfekt." Sie notierte das auf dem Schreibblock. „Sechs Monate. Dann kennen wir uns gut genug, um zu wissen, dass es ernst ist, und kurz genug, um noch frisch verliebt zu sein."

„Wir sind echt gut!"

Sie leerten den Riesling und machten sich über eine Schüssel Erdbeeren und den Calvados her.

„Und wie stellen wir uns unser Leben vor? Wollen wir zusammen in der Stadt oder auf dem Land leben?", fragte er.

„Auf dem Land, keine Frage, das ist besser für die Kinder."

„Wir wollen also noch ein Kind?"

„Na klar, du etwa nicht?" Sie nippte an ihrem Calvados.

„Ich glaube schon. Eines Tages, ja."

Sie fragte sich, ob das die Wahrheit war. Nein, wahrscheinlich erfand er das nur für ihre gemeinsam ausgedachte Geschichte. „Was ist unser Lieblingslied?", fragte sie spontan.

„Der Titelsong aus dem Film ,Rollerball'?"

Sie lachte. „In deinem Steckbrief in der Auktionsbroschüre stand etwas anderes. Du sagtest, ,Misty' sei dein Lieblingslied."

„Wer ist Misty?"

„Das ist ein Song. In dem Steckbrief stand, es sei dein Lieblingslied." Sie summte einige Takte.

Er schüttelte den Kopf. „Das kenne ich nicht."

„Und wer hat dann deinen Steckbrief geschrieben?"

Er zögerte und schenkte ihnen Calvados nach. „Eine Bekannte. Wir denken uns einfach einen eigenen Lieblingssong aus. Wie echte Paare das machen, wenn sie verliebt sind."

Es war schon so lange her, dass sie sich kaum erinnern konnte. „Ein romantisches Lied."

„Welches?"

Alles, was ihr einfiel, war Brians Lieblingslied, „The Rainbow Connection". „Wir lassen den Zufall bestimmen." Sie stand vom Tisch auf und schaltete das Radio ein. „Der nächste Song, den sie spielen, wird unser Song."

Die ersten Töne eines Countrysongs tönten aus den Lautsprechern. Dann der Gesang: „Ever since we said ,I do', there's so many things you don't." Ein Lied über enttäuschte Liebe.

„Na, schön", sagte Twyla und summte zu der alten Ballade. „Hoffentlich fragt uns niemand danach."

Sie dachten sich eine Hochzeit in kleinem Kreis aus. Eine Hochzeitsreise nach Paris. Sie lachten und fühlten sich von Minute zu Minute wohler. Die Geschichte, die sie sich ausdachten, war sehr romantisch und unterhaltsam. Zufrieden sah Twyla auf ihre Notizen.

„Geschafft", sagte sie. „Wir sind das perfekte Paar in einer perfekten Beziehung."

„Ja", sagte er, ohne auf den Schreibblock zu sehen. „Hattest du je eine perfekte Beziehung?"

Sie lachte übermütig. Der Wein und ihr Lachen beim Ausdenken der Geschichte hatten sie gelöst. „Die perfekte Beziehung gibt es nicht, mein Freund."

Nachdenklich drehte er den Stängel einer Erdbeere zwischen den Fingern. „Du bist noch zu jung, um so ein endgültiges Urteil zu fällen." Er stand vom Tisch auf. „Lass uns nach draußen auf die Veranda gehen, da kannst du mir alles erzählen."

Mit dem Schreibblock in der Hand folgte sie ihm nach draußen. Es herrschte eine für Wyoming typische Sommernacht. Über ihnen standen dicht an dicht so viele helle Sterne, dass man meinte, sie vom Himmel pflücken zu können wie Wildblumen von der Wiese. „Was soll ich dir erzählen? Wir haben doch alles."

Er nahm ihr Schreibblock und Stift aus der Hand und legte sie beiseite. „Es ist nicht wegen der Maskerade, sondern für mich."

„Was ist für dich?"

„Das."

Er bewegte sich nicht schnell, sondern mit einer zielstrebigen Behäbigkeit, die sie seltsam erregend fand. Er umfasste ihre Oberarme und zog sie zu sich heran. Dann senkte er seinen Mund auf ihren.

Lieber Himmel, ein Kuss! Sie wusste nicht mehr, wann sie zuletzt ein Mann geküsst hatte. Und was für ein Kuss! Genauso, wie ein Kuss sein soll: Er schmeckte süß, nach Erdbeeren und Weißwein, er schmeckte nach der Leidenschaft, die in ihm wuchs und die ihr Verlangen weckte. Sie legte die Hände auf seine Schultern und öffnete willig ihren Mund. Sein Mund, seine warme Haut und seine strammen Muskeln unter ihren Händen fühlten sich herrlich an. Sie wollte mit ihm verschmelzen, sich der Leidenschaft hingeben. Falls er seine Erregung nur vortäuschte, dann war er verdammt gut darin. Als er sich von ihr löste, trat sie einen Schritt zurück. Ungläubig berührte sie mit den Fingern ihren Mund, ihre feuchten, leicht geschwollenen Lippen.

„Das … steht nicht im Drehbuch", sagte sie schwach.

„Ich improvisiere gern."

„Ich muss mich setzen", sagte sie und wankte rückwärts, ohne die Augen von ihm abzuwenden. Suchend griff sie hinter sich, ertastete die Hollywoodschaukel und ließ sich hineinsinken. Reiß dich zusammen, schalt sie sich, es war nur ein Kuss.

„Ich glaube", sagte er, „es ist an der Zeit, dass du mir erzählst, warum es dir so schwerfällt, zu dem Klassentreffen zu gehen."

„Und warum ich zum Schein einen Verlobten mitbringe?"

Er setzte sich neben sie auf die Hollywoodschaukel und strich ihr eine Haarsträhne aus dem Gesicht. Sie zuckte leicht zusammen.

„Tu das nicht!", sagte er.

„Was soll ich nicht tun?"

„Dich benehmen, als seist du es nicht gewöhnt, von mir berührt zu werden."

„Aber …"

„Wir sind schon seit sechs Monaten zusammen", grinste er.

Jetzt erst verstand sie. „Stimmt. Ich muss so tun, als täten wir das jeden Tag." Sie dachte: jede Nacht.

„Gute Idee." Beiläufig legte er seinen Arm auf die Rückenlehne. „Ich bin ganz Ohr, Twyla. Warum musste ich dich quasi fesseln, um dich hierherzubekommen?"

Sie fühlte Panik aufsteigen und hoffte, er konnte sie nicht in ihrem Gesicht lesen. Wie viel sollte sie ihm erzählen? Wie sehr konnte sie ihm trauen? „Es ist genauso, wie du es wahrscheinlich vermutest. Ein Fan von Seifenopern jedenfalls wäre nicht überrascht. Willst du es wirklich hören?"

„Ich bestehe darauf."

Der Calvados und die Dunkelheit verliehen ihr Mut – oder den Übermut, einem Fremden von ihrer Kränkung zu erzählen. „Es begann mit meiner Ehe."

„Für die du zu jung warst."

„Ja. Aber Jake und ich hatten einen Plan."

„Jake ist dein Exmann?"

„Ja, Jake Barnard. Er war drei Jahre älter und ging aufs College in Powell. Mir war er immer wie ein Gott vorgekommen. Der Beste von allen, der Beste in allem. Kapitän der Footballmannschaft und so weiter. Auf der Highschool wollte ich stets mit ihm und seinen Leistungen mithalten."

„Du warst auch Kapitän der Footballmannschaft?" Rob pfiff anerkennend.

„Ich war die Anführerin der Cheerleader, du Witzbold." Ihr schien, als spräche sie über zwei Fremde, so weit weg schien das alles zu sein. „Hell Creek ist so klein, ich habe wie in einem Goldfischglas gelebt, die ganze Stadt hat zugeschaut. Das war mir gleichgültig, solange ich nichts zu verbergen hatte. Es sah aus, als sei alles in unserem Leben geregelt und vorbestimmt. Nichts konnte uns aufhalten." Ihre Kehle wurde eng. Selbst nach all den Jahren tat es noch weh. „Wir wurden beide an guten Hochschulen angenommen. Ich an der Universität von Chicago und Jake zum Jurastudium an der Uni in Powell. Das Problem war, dass nur einer von uns sich das Studium leisten konnte, der andere musste arbeiten und Geld verdienen."

„Lass mich raten. Du hast freiwillig Vollzeit gearbeitet, während er studierte."

„Es schien nur sinnvoll. So konnte er besonders viele Seminare besuchen und auch noch in den Semesterferien lernen. Innerhalb von drei Jahren sollte er seinen Abschluss machen. Wir wussten, er würde danach einen guten Job bekommen, weil eine Firma in Jackson ihn gleich nach der Uni anstellen wollte. Und dann wäre ich mit dem Studieren dran gewesen."

„Von Jackson bis zur Uni in Chicago ist es allerdings ein weiter Weg."

Sie erinnerte sich noch zu gut an ihre Enttäuschung, einer der besten Universitäten des Landes absagen zu müssen.

„Ich habe meine Pläne geändert", sagte sie. „Ich wäre ebenfalls auf die Universität in Powell gegangen. Wie auch immer, ich habe mich an meinen Teil der Abmachung gehalten und drei Jahre lang als Friseurin gearbeitet, während er Jura studierte."

In Erinnerungen versunken starrte sie in den schwarzen Nachthimmel. „Wir hatten so viele Pläne. Wir wollten drei Wochen in Paris verbringen. Es war immer schon mein Traum, nach Paris zu gehen. Danach würde er arbeiten und ich studieren. Er bekam einen gut bezahlten Job bei einer großen Firma in Jackson, und wir kauften ein Haus in Hell Creek. Die Leute sahen in uns den wahr gewordenen amerikanischen Traum.“

Es tat ihr gut, nach so langer Zeit darüber zu reden. Sie machte sich bloß Sorgen um Rob. „Langweile ich dich?“, fragte sie.

„Überhaupt nicht. Erzähl weiter.“

„Ich konnte es kaum erwarten, das Studium aufzunehmen, und las das Vorlesungsverzeichnis von vorne bis hinten. Als ich dann schwanger wurde, ahnte ich, dass es kompliziert werden würde. Tatsächlich aber war es das Ende.“

„Wieso das Ende?“

Nervös stieß sie sich mit dem Fuß ab und setzte die Schaukel in Bewegung. „Wahrscheinlich hast du es bereits erraten. Es ist so ein Klischee. Als ich Jake von der Schwangerschaft erzählte, verlangte er die Scheidung. Wenige Wochen später flog er mit einer reichen Erbin nach Frankreich. Sie war mit mir zur Schule gegangen und hatte ihren Hochschulabschluss in der Tasche.“

„Er hat sich nie um Brian gekümmert?“

„Nein. Vielleicht war es blöd von mir, aber ich habe ihn auch nicht auf Unterhalt verklagt, und Jake hat uns nie Unterstützung angeboten.“

„Und was ist aus ihm geworden?“

„Aus meinem Mann?“ Ihre Stimme klang weich und wehmütig.

„Aus deinem Exmann.“

Seine Worte klangen so scharf und bestimmt, dass sie abrupt aus ihren Erinnerungen gerissen wurde. „Was? Ach Jake. Ich habe ihn seit meinem Wegzug aus Hell Creek nicht mehr gesehen. Das war direkt nach der Beerdigung meines Vaters. Er … also … er kam zur Andacht, aber ich konnte nicht mit ihm reden. Er hat die reiche Erbin geheiratet, sich einen Namen in Jackson gemacht, für den Senat kandidiert und lebt, soweit ich weiß, glücklich bis ans Ende seiner Tage. Brian wollte er nie sehen, er ruft auch nie an."

„Was verschweigst du, Twyla? Ehen scheitern nun mal. Das ist doch keine Schande. Vor allem nicht, weil du diejenige bist, die hintergangen wurde."

„Aber …" Sie holte tief Luft. Die nächtliche Luft trug den frischen Geruch des Baches und das erdige Parfum der Gänseblümchen. „Es war nicht gerade eine einvernehmliche Scheidung. Jakes erster Fall für die Kanzlei bestand darin, meinen Vater wegen eines Vertrags mit einem Chemieunternehmen zu verklagen."

Rob stieß einen Fluch aus, der ihr in den Ohren brannte, aber auch ziemlich gut ihre Meinung über die ganze Situation zusammenfasste. Dann schwieg er eine Weile. Sie kannte ihn nicht gut genug, um zu erraten, was er dachte. Sie kannte ihn auch nicht gut genug, um ihn danach zu fragen.

„Ich schätze, deshalb fällt es mir so schwer, hierher zurückzukehren. Ich stehe nicht so auf kreisende Aasgeier." Sie hielt die Schaukel an und blickte in den Sternenhimmel. Wieder einmal war es ihr Stolz, der ihr in den Weg kam. Die Erfahrung mit Jake hatte sie so verletzt und beschämt, dass sie sich nie wieder ganz davon erholen würde.

Wie kamen andere Frauen über eine Scheidung hinweg? fragte sie sich. Einige, wie zum Beispiel Sadie, fuhren mit vollen Segeln durch den seelischen Schock, ließen sich die Haare kurz schneiden, nahmen ab, fingen an zu rauchen und schlugen sich letztlich ganz passabel. Twyla hingegen schien für den Rest ihres Lebens ein scharlachrotes O auf ihrer Brust zu tragen – O für Opfer.

Sie wünschte schlicht, es wäre ihr egal. Egal, dass sie nicht aufs College gegangen war und studiert hatte, dass sie nicht nach Paris gereist war, dass sie ihre Flügel nicht ausbreiten und sich vom Wind hatte treiben lassen können.

Es war ihr aber nicht egal. Ganz im Gegenteil. Der Ärger über die verpassten Möglichkeiten brannte ihr ein Loch ins Herz.

„Nein", sagte Rob und brachte die Schaukel mit einer Bewegung seines Fußes wieder in Bewegung.

„Nein was?" Sie schreckte aus ihren Gedanken auf.

„Nein, es ist nicht dumm, dass du deinen Exmann nicht auf Unterhalt verklagt hast. Etwas anderes wäre es, wenn du erwerbsunfähig wärst. Aber das bist du nicht. Du bist stark und tüchtig, mehr noch wahrscheinlich als dein Exmann."

Sie setzte sich so hin, dass sie ihn ansehen konnte. Schatten fielen auf sein Gesicht, doch sie erkannte dennoch, dass sein Blick auf ihr ruhte.

„Das ist das Beste, was mir je gesagt wurde."

Er lachte. „Du solltest mehr unter Leute gehen."

Ein Luftzug ging über die Veranda, und sie zitterte. Als wäre es das Natürlichste von der Welt, streckte er seine Hand aus und legte ihre nackten Füße auf seinen Schoß. „Du hast kalte Füße", sagte er und barg ihre Zehen in seinen warmen Händen.

Panik durchzuckte Twyla, obwohl sie völlig regungslos dasaß. Unmöglich konnte er ihren Aufruhr wahrgenommen haben. Und doch musste er etwas bemerkt haben, denn er fragte: „Stimmt was nicht?"

„Das steht so nicht im Drehbuch."

„Was steht so nicht im Drehbuch?"

„Dies hier. Meine nackten Füße auf deinen Knien", sagte sie und schüttelte ungeduldig den Kopf.

„Du hast wunderschöne Füße." Er massierte sie langsam, sehr langsam.

Im Stillen dankte sie Diep. Diep und ihrer Pediküre. Sie schloss die Augen und dachte: *Was für tolle Hände du hast!* Keine zehn Pferde könnten sie dazu bringen, das laut auszusprechen.

„Du denkst, was für tolle Hände ich habe, nicht wahr?"

„Warum sagst du das?", fragte sie.

„Deine Augen fallen zu, wenn ich das mache." Mit festem Druck strich er über ihren Fuß, sein Daumen bewegte sich über die Sohle und die Ferse.

Abrupt hob sie ihre Füße von seinem Schoß und stand auf. Ans Verandageländer gelehnt sagte sie: „Du brauchst das nicht zu tun."

„Was denn?"

„Dies hier ... alles ... also: nichts, und besonders nicht das mit den Füßen", stotterte sie.

„Twyla, hast du einen Fußfetisch? Sind deine Füße erogene Zonen oder bist du überall so leicht erregbar?"

Ihr wurde so heiß, dass sie meinte, in Flammen zu stehen. Sie blieb im Schatten stehen und hoffte, er merkte ihr nichts an. „Das ist zu intim."

„Intim? Übertreibst du nicht ein wenig?"

„Zu nah."

Er lächelte abgründig. „Ich glaube, das ist der wahre Kern."

„Dann sollten wir das Wochenende halt ohne diesen Kern hinter uns bringen, ob wahr oder nicht."

„Wir sollen uns doch amüsieren."

„Wir amüsieren uns", beharrte sie.

„Gut, dass ich nachgehakt habe."

Sie seufzte vernehmlich. „Gut, dann amüsieren wir uns eben nicht. Ich nehme die volle Verantwortung auf mich. Wir fahren morgen früh zurück und vergessen das Ganze."

„Nie und nimmer", sagte er.

„Warum nicht?"

„Mrs. Spinelli und Mrs. Duckworth würden mich teeren und federn. Außerdem mag ich dich, Twyla. Die Hütte ist toll. Wir sollten es genießen." Er erhob sich von der Hollywoodschaukel und trat zu ihr ans Verandageländer. „Hör auf, vor mir zurückzuweichen. Ich bin nicht Jake Barnard. Meinetwegen musste noch keine Frau ihren Lebenstraum aufgeben und mir mein Studium finanzieren." Er unterbrach sich und setzte sein teuflisches Lächeln auf. „Obwohl, hätte ich das früher gewusst ... so schlecht ist die Idee gar nicht."

„Ha! Typisch Mann."

Er fuhr mit seinem Finger ihren Arm hinab und wieder hinauf zu ihren Schultern, wo er kleine Kreise zeichnete. Sie zitterte, und ihr wurde gleichzeitig heiß.

„Twyla, entspann dich und genieße es. Darum geht es doch. Dies ist das erste Wochenende, das du allein verbringst, ohne deinen Sohn und deine Mutter und ohne deinen Salon. Wenn du dich nicht amüsierst, betrügst du sie, betrügst du dich."

Unwillkürlich lachte sie. „Mann, sind Sie gut, Dr. Carter!"

„Vielen Dank. Und jetzt husch, husch auf die Schaukel und die Füße in meinen Schoß gelegt."

Sie überraschte weniger, dass er es sagte und wie er es sagte, sondern vielmehr, dass sie augenblicklich gehorchte.

11. KAPITEL

Am nächsten Morgen wachte Rob auf und dachte an den Kuss mit Twyla. Sofort musste er kalt duschen. Während er sein Gesicht unter den Duschkopf hielt, aus dem das Wasser wie spitze Nadeln schoss, sagte er sich, dass er sie nicht hätte berühren sollen. Aber zum ersten Mal in seinem Leben war er einer Frau gegenüber vollkommen willenlos. Keine Beherrschung, kein Ehrgefühl, kein schlechtes Gewissen. Und keine Ahnung, warum ausgerechnet diese Frau ihn ins Schleudern brachte, eine Friseurin aus der Kleinstadt.

Nach der Dusche war er versucht, trotz der frühen Stunde Lauren anzurufen. Wahrscheinlich tat er jedoch besser daran, es nicht zu tun, weil seine derzeitige Stimmung einer netten Unterhaltung nicht zuträglich war. „Ich hoffe, du bist zufrieden, Schatz", würde er sagen, „du hast mir gesagt, ich soll sie unterhalten und ihr ein schönes Wochenende bescheren. Ich folge nur deinen Anweisungen."

Er zog eine alte Jeans an, ein T-Shirt und seine Lieblings-Cap. Die Baseballkappe der Red Sox war so alt, dass Lauren sich weigerte, mit ihm zu reden, wenn er sie aufhatte. Seine Cowboystiefel waren ähnlich abgenutzt. Er war heilfroh, sie eingepackt zu haben. Er konnte sich nicht erinnern, wann er sie das letzte Mal getragen hatte. Vor Jahren hatte er Rodeos geritten, ein Sport, den er in Lost Springs gelernt hatte. Heutzutage kam er nicht einmal mehr zum Ausreiten, geschweige denn zum Rodeoreiten. Bei Lauren hieß reiten, in einem Ledersattel zu sitzen und einen überzüchteten Araber zum Hürdenspringen zu animieren.

Bevor er die Hütte verließ, verharrte er einen Moment vor Twylas Schlafzimmer. Die Tür war nur angelehnt. Durch den Spalt erhaschte er einen Blick auf sie, der ihn beinahe augenblicklich zurück unter die Dusche nötigte. Sie lag in einer Wolke aus Decken gebettet. Die Morgensonne, die durch den Vorhang fiel, verlieh ihren Zügen eine sanfte Anmut. Ihr Haar floss wie ein Sturzbach über die Kissen. Ein entblößter Fuß und eine Schulter waren zu sehen. Den Rest musste er sich ausmalen – und genau das tat er.

Vor sich hin murmelnd ging er nach draußen. Die frische Morgenluft kühlte seinen überhitzten Verstand. Er war zu einem romantischen Wochenende ohne Romanze verabredet. So schwer konnte das doch nicht sein.

Die Ställe von Laughing Water lagen in einiger Entfernung, jenseits der Weide, aber noch in Sichtweite der Hütte. Der Fußmarsch machte ihm nichts aus, er brauchte Zeit zum Nachdenken. Der Tag gestern war außergewöhnlich gewesen und hatte ihm zu viel Spaß gemacht, als dass er ihn als Pflichttermin hätte abtun können. Ihre Gespräche, die Ehrlichkeit zwischen ihnen, während sie ihre Geschichte erdichtet hatten, erstaunten ihn.

An nur einem Tag hatte er Twyla McCabe mehr über sich preisgegeben als je einem anderen Menschen in seinem ganzen Leben. Und über sie hatte er mehr erfahren, als gut war. Eine Frau wie Twyla auf Abstand zu halten, war nicht gerade einfach. Er war froh, dass sie ihm von ihrem Ehemann, diesem Idioten, und von ihren unerfüllten Träumen erzählt hatte.

Außerdem war er froh, sie geküsst zu haben.

Die halbe Nacht lang hatte er wachgelegen und sich im Bett gewälzt. Mit dem Kuss hatte er eine Grenze überschritten, doch er konnte es nicht bereuen. Stärker als die Schuldgefühle war die Erinnerung, wie unglaublich schön es gewesen war, sie im Arm zu halten.

Seine abgewetzten Stiefel waren feucht vom Tau, als er bei den Ställen ankam. Auf der Koppel schlug ein junger Mann die Satteldecken aus.

„Können wir hier Pferde mieten?" Rob kniff die Augen gegen den aufwirbelnden Staub zusammen.

„Sind Sie die beiden aus der Hütte?"

„Ja, das sind wir." Rob reichte ihm den Gutschein, den er in der Hütte gefunden hatte. „Den wollte ich einlösen."

„Klar." Der Mann schien mit den Pferden eins zu sein. Rob hatte in Lost Springs selber viel mit Tieren gearbeitet. Reiten und Rodeo waren Teil des Stundenplans gewesen, und viele

Jungs waren nach der Schule Rancher geworden. „Können Sie reiten?"

„Einer von uns ja." Rob vermutete, dass Twyla nicht ritt. Sie schien nicht der Typ dafür zu sein.

„Ich geb Ihnen Mabel und Trapper. Mabel ist ideal für Anfänger." Er beschrieb Rob die Reitwege in der Umgebung und erklärte ihm, dass Reiter auf den Straßen von Hell Creek so gewöhnlich waren wie andernorts Radfahrer.

Rob half ihm beim Aufsatteln, gab ihm ein großzügiges Trinkgeld und saß auf. Mabel führte er am Zügel und ritt auf Trapper zurück zur Hütte. Er genoss es, endlich wieder auf einem Pferd zu sitzen.

Als er an der Hütte ankam, stand die Sonne schon recht hoch, und die Hitze flimmerte über der Weide. Twyla saß mit einem Becher Kaffee und einem Bagel in der Hand auf der Veranda. Sie trug Jeans, ein weißes T-Shirt und rote Sneaker. Ihre Haare waren feucht nach der Dusche. Eine ganz normale Frau in ganz normalen Kleidern, dachte er, warum also machte sein Herz bei ihrem Anblick einen Satz?

Sie ist überhaupt nicht mein Typ, sagte er sich zum x-ten Mal. Sein Typ Frau trug Designerschmuck, einen langen seidenen Morgenmantel und High Heels beim Frühstück.

Aber als Twyla ihm ein Lächeln schenkte, vergaß er den Frühstücksdresscode.

„Ich glaub's nicht", sagte Twyla und setzte ihren Kaffeebecher ab. „Du siehst umwerfend aus in den Cowboystiefeln und mit den Pferden am Zügel."

Er lächelte, ihm gefiel ihre Ehrlichkeit. Wahrscheinlich wäre sie genauso ehrlich, wenn sie ihn nicht umwerfend fände. „Sitz auf, Cowgirl, wir reiten aus!"

„Auf keinen Fall." Sie aß ihren Bagel.

Er stieg ab und band die Pferde an das Verandageländer. Ohne Umschweife nahm er Twyla bei der Hand.

Sie versuchte, ihre Hand zurückzuziehen. „Ich kann nicht reiten."

„Man hat mir gesagt, Mabel sei ideal für Anfänger."

„Ich bin noch nicht mal eine Anfängerin, keine zehn Pferde kriegen mich in einen Sattel."

„Zum Glück sind es keine zehn Pferde, sondern nur zwei." Er drückte ihre Hand. „Vertrau mir einfach. Darum geht's doch: Vertrauen. Ich würde dich nicht bitten, etwas zu tun, was dich überfordert."

Mit einer Drehung des Handgelenks befreite sie ihre Hand aus seiner. „Nur weil ich in Wyoming aufgewachsen bin, heißt das noch lange nicht, dass ich reiten kann."

„Das brauchst du nicht zu können. Mabel kann es."

Skeptisch betrachtete Twyla das große Pferd. „Ein Pferd, das mehr kann als ich. Wie schmeichelhaft!"

Er lachte und streckte ihr die Hand entgegen. „Ich verspreche, heute Abend sind meine Umgangsformen tadellos."

Twyla hätte nicht sagen können, ob das Blut vor Angst oder vor Begeisterung in ihren Ohren rauschte. Sie war letzte Nacht in Gedanken an Robs Kuss ins Bett gegangen. Heute Morgen war sie aufgewacht und musste immer noch daran denken.

Immer wieder sagte sie sich, dass der Kuss nichts zu bedeuten hatte, dass er zu ihrem Täuschungsmanöver dazugehörte. Aber ihr Herz sprach eine andere Sprache. Als sie jetzt in Robs Gesicht sah, zögerte sie. Er lachte nicht oft und lächelte selten. Ihn nun lachen und ihr seine Hand entgegenstrecken zu sehen, sandte ihr einen angenehmen Schauer über den Rücken. Es ließ sie auch mutiger werden, und wie ein verliebter Teenie nahm sie seine Hand.

„Gut", sagte sie, „ich vertraue dir."

„Du wirst es nicht bereuen." Seine große Hand schloss sich fest um ihre Finger. Er führte sie zu dem Pferd und legte ihr die Hand auf den Rücken.

Einen Augenblick lang hielt Twyla inne und schloss die Augen. Wärme durchflutete sie und schien sich an den Punkten zu sammeln, wo er sie berührte – an ihrer Hand und ihrem Rücken. Lieber Himmel, das Gefühl war noch heftiger als letzte Nacht. Sie hatte ganz vergessen, wie es sich anfühlte, von einem Mann berührt zu werden. Sie hatte vergessen, wie es sich anfühlte, wenn eine größere Hand ihre schützend umschloss und sie keine Angst mehr spürte vor den kleinen Dingen des Alltags.

Denn die flößten ihr bei Licht betrachtet am meisten Angst ein.

„Du musst das nicht machen", sagte Rob.

Ohne die Augen zu öffnen, wusste sie, dass Rob aufgehört hatte zu lächeln. Sie wollte, dass er wieder lächelte. „Red keinen Quatsch. Du hast mich dazu überredet, jetzt mache ich das auch." Als sie ihre Augen öffnete, war sein Lächeln wieder da. Allerdings las sie auch Neugier in seinem Gesicht.

„Du warst eben wie weggetreten", sagte er, „und schienst meilenweit fort zu sein."

„Nein, ich bin ganz hier." Sie sollte jetzt besser in die Gänge kommen, von diesem Mann zu träumen, machte sie ganz kirre. „Was soll ich tun, Cowboy?"

Ein warmer Ausdruck huschte über sein Gesicht, und sie wusste, dass er ihren Scherz verstanden hatte. Er führte das Pferd zu den Verandastufen und ließ sie sich danebenstellen.

„Stell deinen Fuß in den Steigbügel." Er hielt ihn ihr hin. „Halte dich am Sattel fest und heb das andere Bein über das Pferd. Ich helfe dir. Keine Sorge. Du fällst nicht."

Sie betete, dass die Naht ihrer Jeans halten möge, als sie den Fuß in den Steigbügel setzte. Und sie betete, nicht zu schwer zu sein, als er sie am Oberschenkel anhob, um sie aufs Pferd zu setzen.

Er stöhnte. Hatte er sich überhoben? Hatte er Schmerzen?

Sie landete im Sattel und sah ihn an. „Alles in Ordnung?"

Sein Lächeln wurde breiter. „Du hast einen entzückenden Hintern, Twyla."

Mit beiden Händen umklammerte sie das Horn vorne am Sattel. Ihr Haar fiel ihr ins Gesicht und verdeckte die Schamesröte. Eigentlich sollte sie sich von seiner flapsigen Bemerkung nicht geschmeichelt fühlen, aber, großer Gott, genau das tat sie.

Bis ihr aufging, was für ein Bild sie abgeben musste, mit ihrem Klammergriff um dieses Horn zwischen ihren Beinen. Sie schüttelte sich das Haar aus dem Gesicht. „Gut, jetzt sitze ich hier. Was nun? Oh Mist!" Sie hatte den Fehler begangen, auf den Boden herunterzugucken. „Heiliger Bimbam!", flüsterte sie.

„Was?"

„Der Gaul ist meterhoch!"

Er lachte. Langsam gewöhnte sie sich an das herzhafte Lachen eines Mannes an ihrer Seite. Obwohl es diesmal ihre Angst nicht lindern konnte. „Vom Sattel aus sieht ein Pferd immer viel größer aus", erklärte er.

„Die Luft hier oben ist so dünn. Ich brauche eine Sauerstoffmaske. Mir wird schwindelig."

„Alles in Ordnung." Er zeigte ihr, was sie machen musste. „Nimm die Zügel in die rechte Hand. Mabel ist an Anfänger gewöhnt. Es ist also nicht schlimm, wenn du etwas falsch machst."

Er schnalzte mit der Zunge. Offenbar beschränkte sich sein Charme nicht auf Menschen, denn das Pferd machte einen Schritt nach vorne. Twyla schaukelte auf dem Rücken des Tieres und klammerte sich Halt suchend an der Mähne fest.

„Zieh in diese Richtung. Merkst du, wie sie reagiert?" Er zeigte ihr, wie man das Pferd nach links und nach rechts dirigierte. „So macht sie einen Schritt zurück."

Twyla unterdrückte einen Schrei, als Mabel drei Riesenschritte rückwärts machte. Sie kam sich da oben wie Wackelpudding vor.

„Anhalten geht so: Brr", erklärte Rob. „Mach mal brr."

„Brr, verdammt!" Das Pferd gehorchte. „Ich bin ein Star!", rief Twyla. „Hol mich hier raus – äh, runter."

„Alles in Ordnung", sagte er noch einmal und schwang sich in seinen Sattel. „Mabel wird mir folgen. Frauen finden mich unwiderstehlich."

Wie wahr. Sie sprach es nicht laut aus, aber so, wie er seine komische Cap zurechtrückte, und so lässig, wie er im Sattel saß – natürlich hatte er recht.

„Denk daran, was ich dir gesagt habe. Wir nehmen den kleinen Reitweg. Der Stallbursche meinte, das wäre ein leichter Ritt." Wieder schnalzte er mit der Zunge.

Bis Twyla verstand, dass das Geräusch den Pferden galt, hatten diese sich bereits in Richtung des mit Pappeln gesäumten Weges in Bewegung gesetzt.

Sofort schoss Mabel nach vorne und setzte sich vor Trapper.

Twyla stieß einen Schrei aus und klammerte sich an den Sattel.

„Du sagtest doch, sie würde dir folgen."

Er manövrierte sein Pferd an ihr vorbei an die Spitze des kleinen Trupps. „Wie es scheint, hat sie ihren eigenen Willen. Reiten hat mit Beherrschung zu tun, Twyla. Zur Hälfte kommt es von hier", sagte er und tippte sich an die Stirn.

„Und die andere Hälfte ist jetzt schon ganz wund", murmelte sie.

Und doch musste sie zu ihrer Überraschung nach einigen anfänglichen Schwierigkeiten feststellen, dass er recht hatte. Sie und das Pferd verband etwas ganz Ursprüngliches. Mit der leisesten Bewegung konnte sie es lenken – ihre Beine an der Flanke des Tieres, das Ziehen der Zügel, ihr Gewicht, wenn sie sich nach vorne lehnte. Jede ihrer Regungen nahm das große Pferd wahr. Nach einer Weile merkte sie, wie befriedigend es war, Macht über ein zwölfhundert Pfund schweres Tier zu haben.

Hin und wieder gab ihr Rob einen Ratschlag, immer nur einen, damit sie sich nicht alles auf einmal merken musste. Kinn hoch, Hacke runter, Rücken gerade. Es fiel ihr erstaunlich leicht. Es dauerte nicht lange, da entspannte sie sich und genoss die Landschaft, die sie nach sieben Jahren wiedersah. Berge umgaben das Tal wie eine zerbrochene Schüssel. Die höchsten Gipfel stachen weiß gegen den blauen Sommerhimmel hervor. Lerchen und Sperlinge flogen über die weite, vom Wind zerzauste Wildblumenwiese. Die Sonne schickte ihr warme Willkommensgrüße aufs Gesicht.

„Gefällt es dir?", fragte er.

„Ja!", antwortete sie. Der Feldweg mündete in einen breiteren, baumgesäumten Pfad, der in den Ort führte. „Früher kannte ich hier jeden Grashalm."

„Und heute?"

„Wahrscheinlich immer noch."

„Dann führ mich doch auf eine Sightseeingtour."

Ihre Finger legten sich fester um die Zügel. Ihr Blick schweifte über die weite Graslandschaft, erhob sich dann zu den Bergkämmen, die wie eine Festung zwischen Himmel und Erde aufragten. „Ich bin mit dem Blick auf die Berge aufgewachsen. Früher dachte ich, Gott wohnt da oben." Zerknirscht erzählte sie: „Einmal bin ich ihn suchen gegangen. Aber was ich fand, waren ein Opossum und Giftefeu, von dem ich Ausschlag bekam."

Oh, Mann, Twyla, schwatz weiter, und er schläft gleich ein.

Stattdessen betrachtete er sie so verzückt, dass sie lachen musste. „Du musst ein sehr guter Arzt sein."

„Andernfalls sollte man besser gar nicht erst Arzt werden", sagte er schlicht.

„Es geht mich eigentlich nichts an, aber ich möchte etwas loswerden."

„Was denn?"

„Du kannst so gut mit Menschen umgehen, da frage ich mich, warum du in einem Labor arbeitest."

„Ich kann nicht gut mit Menschen umgehen", erwiderte er. „Nur mit dir." Kaum waren die Worte ausgesprochen, drehte er sich weg und fügte hastig hinzu: „Ich wollte sagen, ich bin nicht gut mit Kranken, nur mit deren Laborwerten. Ich bin ein Einzelgänger, Twyla. Das war ich schon immer und werd's immer bleiben, vermute ich."

Sie mochte nicht tiefer bohren. Da war noch so viel, das sie nicht von ihm wusste. Aber jedes Mal, wenn sie eine neue Facette an ihm kennenlernte, mochte sie ihn mehr.

Sie überquerten einen an das Grundstück der Jensens angrenzenden Brachacker. Dahinter lag die Hauptstraße des Ortes.

„Willst du wirklich mitkommen?", fragte sie.

„In Erinnerungen schwelgen, warum nicht? Jetzt bist du damit dran, Twyla."

Wenn er nur wüsste …

„Ich weiß nicht, ob dich das fesselt …", sagte sie ausweichend.

„Ich will nicht, dass du mich mit den alten Geschichten fesselst. Ich möchte, dass du ehrlich bist."

„Warum?"

„Weil Ehrlichkeit der einzige Grund ist, überhaupt irgendetwas zu tun."

Was für eine merkwürdige Aussage, dachte sie. Dunkle Vorahnungen durchzuckten sie wie ein Hitzschlag, als sie sich dem Ort näherten. Sie sah Ereignisse, die sie zurück in die Vergangenheit zu zerren schienen, Erinnerungsfetzen, die wie die Zwerge aus dem „Zauberer von Oz" aus ihrem Versteck erwachten.

Hell Creek ist einfach nur ein ganz normales Westernstädtchen, stellte sie erstaunt fest. Kleiner, als sie es in Erinnerung hatte, aber lange nicht so düster. Passanten waren auf den Straßen unterwegs, aber sie erkannte niemanden. Da war das Brautmodengeschäft, in dem sie gearbeitet und in jeder freien Minute Reisebroschüren gelesen und von den Orten geträumt hatte, die sie eines Tages bereisen wollte. Und da war die Friseurschule „Twisted Scissors", an der sie gut gelaunt ihr Handwerk erlernt hatte, weil sich damit das Geld für Jakes Studium verdienen ließ.

Und dann wäre sie dran gewesen mit Studieren.

Sie war damals so unglaublich vertrauensselig. Den Fehler machte sie dieser Tage gründlich wett, indem sie gar niemandem mehr über den Weg traute. Dennoch hatte sie sich von Rob Carter auf ein Pferd locken lassen. Immerhin etwas.

Im Salon von „Twisted Scissors" waren alle Stühle besetzt. Aus der Entfernung konnte sie aber keine Gesichter erkennen. Einige der Frauen dort ließen sich sicherlich für heute Abend frisieren.

Twyla sah sich nach Passanten um, die sie erkennen könnten. Aber die jungen Mütter mit ihren Kinderwagen, die Männer vor dem Futtermittelladen und der Bankangestellte, der rauchend vor der Filiale stand, würdigten sie und Rob kaum eines Blickes.

Merkwürdig, vor sieben Jahren, als ihr Leben auseinandergebrochen war, war sie sich wie ein Käfer unter der Lupe vorgekommen. Jetzt war sie nur eine Frau, die durch Hell Creek ritt.

Die Schule lag am Stadtrand. Ein Gebäude aus Mörtel und Backstein, an dem jugendlicher Übermut seine Spuren hinterlassen hatte. Streifen aus Krepppapier schmückten den Eingang, und ein Schild aus Pappe, das in der Sonne bereits zu verbleichen begann, begrüßte die Absolventen von 1999.

Sie zog an den Zügeln, wie Rob es ihr gezeigt hatte. Mabel hielt unter einem schattenspenden Baum und fing gemächlich an zu grasen.

„Hier ist sie", sagte Twyla, „meine Schule." Die asphaltierten Gehwege verliefen strahlenförmig, Bänke säumten die Wege. Auf einer der Bänke waren ihre Initialen eingeritzt. „TM + JB = 4 ever", stand da. Schwer zu glauben, dass sie je an „für immer" geglaubt hatte.

„Ich erinnere mich an alle Einzelheiten", sagte sie erstaunt. „An den Geruch des Desinfektionsmittels auf den Fluren, das Kratzen der Kreide auf der Tafel, das Getrampel der Kinderfüße auf dem Weg zur Kantine, an alles." Sie starrte zurück in die Vergangenheit, auf das Schulmädchen, das sie einst gewesen war. „Ich dachte, aus mir wird was."

„Aus dir ist doch was geworden", sagte Rob.

„Na ja", sagte sie leichthin, doch Traurigkeit durchflutete sie. Sie wünschte sich das unbeschwerte Lachen zurück, das lebenslustige Mädchen, dem alles offenstand und dessen Welt so weit reichte wie ihre Träume. Das unerschütterliche Selbstvertrauen junger Menschen hatte seinen Zauber.

Manchmal fragte sie sich, ob es Menschen gab, die dieses Vertrauen bis ins Erwachsenenalter behielten. Wenn sie an ihren Vater dachte, lautete die Antwort: Ja. Möglich war es, aber war es auch ratsam?

„Hast du genug gesehen?", fragte sie Rob.

Mit einem abwesenden Gesichtsausdruck saß er ein wenig entfernt von ihr auf seinem Pferd. Sie fragte sich, was er sah, wenn er in die Vergangenheit blickte, und wünschte sich, ihn gut genug zu kennen, um ihn das fragen zu können.

Er drehte sich um und sah sie an, dabei tippte er mit dem Finger an seine Cap. Dann sagte er das, wovor sie sich die ganze Zeit gefürchtet hatte: „Zeig mir dein ehemaliges Zuhause."

12. KAPITEL

Twyla wollte ihm den Wunsch am liebsten abschlagen, aber sie konnte nicht. Er hatte nun schon so viel mit ihr unternommen, und das bestimmt nicht, weil er unbedingt auf das zehnjährige Klassentreffen der Hell Creek Highschool wollte. Außerdem hatte er ihr, aus Gründen, die nur er kannte, auch seine Vergangenheit gezeigt. Als sie mit ihm durch die Schlafsäle in Lost Springs gegangen war, hatte sie mehr über diesen Mann erfahren, als wenn sie ihm fünf Jahre lang die Haare geschnitten hätte. Sie ahnte nur, was es ihn gekostet haben mochte, an den Ort voller bittersüßer Erinnerungen zurückzukehren.

Mit einer leichten Bewegung der Zügel lenkte sie Mabel auf eine baumgesäumte Straße. Bislang hatte sie den Reiz des Reitens nicht verstanden, obwohl sie in einer Region aufgewachsen war, wo alle ritten. In der Wohnwagensiedlung von Lazy Acres war einfach kein Platz für ein Pferd gewesen.

Die Art, wie das Pferd ihr klaglos gehorchte, beruhigte sie. In gemächlichem Schritttempo entfaltete sich der Ort nach und nach. Irgendwie konnte nichts, was sie vom Sattel aus sah, sie ängstigen.

Sie kamen an Häusern vorbei, in denen Kinder gelebt hatten, die sie sehr beneidet hatte. Die alten Holzhäuser unter den Straßenbäumen versprachen eine Stabilität, die sie nie gekannt hatte.

Jake hatte ihr so ein Haus kaufen wollen, sobald er in der Kanzlei in Jackson angestellt sein würde. Eins von vielen Versprechen, das er nicht gehalten hatte.

Am Ende der Hauptstraße machten die Bäume wildem Gestrüpp Platz, dem Revier ihrer Jugend. Ein halb verlassenes Industriegebiet, demontierte Motoren und verstreut herumliegende Autoteile markierten den Ortsausgang. Danach wartete eine Überraschung auf sie, etwas Neues, Unerwartetes.

„Ein Drive-in-Beerdigungsinstitut?" Rob kratzte sich am Kopf.

„Sieht so aus", sagte sie düster belustigt. Der Laden sah so sauber und herausgeputzt aus wie ein gescheiterter Schulabgänger. Das Gelände war offenbar von Landschaftsarchitekten sorgsam angelegt und mit kleinen Hügeln aus Rindenmulch, Stauden und Sträuchern versehen worden. Der lange Flachbau war so diskret wie ein Flüstern und fügte sich dank des Natursteins perfekt in die Landschaft. Längs der Auffahrt war ein getöntes Schaufenster angebracht. Womöglich löste ein einfahrendes Auto über einen Sensor das Licht aus. Ohne auszusteigen konnten Trauernde durch einen Schlitz kondolieren, so wie man auch Einzahlungen am Bankautomaten vornahm.

„Chance verpasst, Daddy", sagte sie zärtlich. „Du hättest ein Mordsgeschäft machen können." Sie lachte düster über ihre Wortwahl.

„Wieso hätte?"

„Ihm gehörte das Grundstück, hundert Morgen bis zum Fluss runter", sagte sie. „Es wurde gepfändet, nachdem mein Vater … gestorben war." Beinahe hätte sie „umgekommen war" gesagt, aber das wollte sie Rob jetzt nicht erklären müssen. „Er hat alles Mögliche versucht. In einem Jahr hat er hier Jojoba gepflanzt, damals angeblich das große Ding in der Landwirtschaft. Und da hinten am Fluss hat er einen Stall für Emus gebaut." Sie zeigte auf einige Betonplatten am anderen Ende des Geländes.

„Emus?"

„Diese großen Vögel mit den fransigen Federn, die aussehen wie Dreadlocks. Er war überzeugt, dass Emus als Alternative zu Rindfleisch im Kommen wären. Letztlich hat er keinen einzigen Emu verkauft. Die ersten hier geschlüpften Jungen waren handzahm, die übergroßen Küken sind ihm auf Schritt und Tritt gefolgt." Als sie Robs Gesicht sah, musste sie lachen. „Kein Witz. Schließlich hat er sie der Winter Ranch in Texas geschenkt."

„Dein Vater", sagte er, „muss ein sehr interessanter Mann gewesen sein."

„O ja. Zuletzt hat er an einer Goldgräber-Minigolfanlage gearbeitet. Du hast ja das Foto davon bei mir zu Hause gesehen. Zwei Jahre hat er daran gewerkelt. Es gab einen Wasserfall, einen

Bach mit nachgemachten Goldstücken zum Schürfen und einen Aussichtsturm. Wenn man den Ball ins achtzehnte Loch beförderte, ertönte: ‚Eureka‘.“

„Ein bisschen … ungewöhnlich, aber lustig.“

„Die Leute aus dem Ort haben alle ihren Freigutschein eingelöst. Dann sind sie nie wiedergekommen. Für die Touristen in Jackson war die Anlage zu weit entfernt.“

In bittersüßen Erinnerungen versunken ließ sie den Blick über die weitläufige Weide bis zum Fluss schweifen. Keine Spur ihres Vaters war mehr zu sehen, kein Zeichen seines Humors, seiner Luftschlösser und verschrobenen Ideen, mit denen er Geld hatte machen wollen. Nur die echte, harte Wirklichkeit war geblieben. Ein Drive-in-Beerdigungsinstitut, wo einst Emus geweidet hatten.

Sie lotste das Pferd zurück auf den Weg und ritt weiter mit dem Vorsatz, aus dieser kleinen Sightseeingtour kein großes Ding zu machen. Aber sie war doch angespannt und ängstlich, als sie an dem Ort anlangten, der achtzehn Jahre lang ihr Zuhause gewesen war.

„Lazy Acres Mobile Home Court“, stand auf dem Schild. Es war dasselbe Schild wie vor Jahrzehnten. Der mit abblätternder Farbe gezeichnete Cowboy grinste von oben herab. Unten am Schild stand: „Für Tage, Wochen, Monate.“

„Für immer“, murmelte sie. Den Witz hatten sie und ihre Freunde früher immer gerissen.

„Anscheinend lebt hier niemand mehr“, sagte Rob und blickte über die verfallenen Wohnwagen und zugewachsenen Wege.

„Zum Glück“, murmelte Twyla. „Das war unser Wagen.“

Rob saß ab und nahm ihre Zügel. „Schwing dein Bein rüber und gleite mit deinem Bauch an der Flanke des Pferdes herab.“

Bei ihm klang das so einfach. Ihre Beine baumelten in der Luft, der Boden schien meilenweit entfernt. Dann packten sie zwei starke Hände an der Hüfte. „So ist’s gut“, sagte er sanft. „Ich halte dich.“

Sie musste an seine Bemerkung über ihren Hintern denken. Zum Glück konnte er in der Position nicht sehen, wie rot sie wurde. Unter ihren Füßen spürte sie den Boden. Sie drehte sich um und bedankte sich. Nach dem Ritt fühlten sich ihre Beine merkwürdig wackelig an.

Er band die Pferde in der Nähe eines Grabens an, der vom Wasser aus den Bergen gespeist wurde. Durstig senkten die Pferde die Köpfe und tranken. Sie ging zu einem breiten Wagen. Auf dem Dach wuchs Moos, und die Wände waren von grünlichem Schimmel überzogen. Eine Weinranke kroch die Antenne hoch. Die Fensterscheiben waren geborsten oder fehlten ganz.

Rob folgte ihr schweigend und gedankenverloren. Jenseits des Tals erhob sich der Lost Horse Mountain. Sie schaute nicht hin, aber dennoch sah sie die unnatürliche Furche in seiner Granitflanke vor sich. Das Bild verfolgte sie noch immer. Sie merkte, dass Rob sie ansah, und fühlte sich nackt.

Zögernd trat sie näher an den Trailer heran. Schließlich stellte sie sich auf einen Ziegelstein und spähte durch das Fenster hinein. An der Wand waren wurmstichige Holzscheite aufgestapelt, von Spinnweben verhangene Gartengeräte lehnten an der Küchentheke. „Das benutzt jemand als Geräteschuppen", sagte sie.

„Was ist das da über der Tür?", fragte Rob.

Twyla stieg von dem Ziegel herab. Sie erinnerte sich lebhaft an das Geschenk. Das Hufeisen hatte sie auf dem Heimweg entlang der Felder der Barnards gefunden und ihrem Vater gegeben. Vorher hatte sie es sorgfältig geputzt und Blumen durch die Löcher gewunden.

„Das ist perfekt, Twyla Jean", hatte ihr Vater gerufen. „Ein Hufeisen bringt Glück. Wir hängen es hier über der Tür auf und werden von nun an nur noch Glück haben. Hänge es wie ein U, mit der Rundung nach oben, auf, damit das Glück nicht rausfällt."

Sie hörte die Worte, als hätte er sie ihr eben gerade zugeflüstert und nicht vor Jahren. Nur klangen heute Schmerz und traurige Ironie mit. Jedes neue Projekt hatte ihren Vater weiter von der Erfüllung seiner Träume entfernt. Jeder Rückschlag ließ seine Augen weniger hell strahlen, bis das Leuchten schließlich ganz erlosch.

Dass sie weinte, merkte Twyla erst, als Rob ihre Wange berührte und die Tränen auffing.

„Hey", sagte er.

Sie errötete. „Entschuldige, ich musste an meinen Vater denken. Er war ein verdammter Träumer, und ich habe ihn so sehr geliebt."

Er reichte ihr ein Taschentuch. „Wir alle lieben Träumer", sagte er.

„Aber nur die Pragmatiker kriegen was geregelt", erwiderte sie und tupfte ihre Wange ab. „Du vereinst beides."

„Ich?" Ungläubig sah er sie an und legte seine Hand auf die Brust.

„Du bist das geworden, was du dir erträumt hast." Spontan stellte sie sich auf ihre Zehenspitzen und nahm das rostige Hufeisen von dem Türrahmen. „Sie haben gewonnen, Dr. Carter, Glückwunsch!"

Er nahm das Hufeisen. „Ich bin nicht so, wie du denkst."

Sie legte den Kopf schief. „Was meinst du damit?"

„Das ist nicht so wie in einem Roman von Horatio Alger, wo ein sozial benachteiligter Waisenjunge aufsteigt."

„Aber bist du denn nicht ein sozial benachteiligter Waisenjunge, der aufgestiegen ist?"

„Schon, aber …"

„Nichts aber. Es ist dein gutes Recht, stolz darauf zu sein."

„Na ja." Schweigend gingen sie zu den angeleinten Pferden. Er befestigte das Hufeisen an einer Lasche am Sattel. „Wie bist du in Lightning Creek gelandet? Am anderen Ende vom Wyoming?", fragte er.

„Ma und ich wollten irgendwo neu anfangen." Sie verzog das Gesicht, als sie sich an das Geflüster im Gottesdienst und im Lebensmittelladen erinnerte. Wohin sie auch gingen, überall sahen die Leute sie komisch an und sprachen hinter vorgehaltener Hand über sie.

So hatten die Probleme ihrer Mutter angefangen. Gwen fiel es leichter, zu Hause zu bleiben, als nach draußen zu gehen und die Leute über sie reden zu hören. Sie konnte einfach nicht mit den Mutmaßungen über den Tod ihres Ehemannes umgehen.

„Ich war als Friseurin ziemlich gut, also habe ich mithilfe eines Maklers nach einem Salon gesucht. Der Salon in Lightning Creek stand zum Verkauf. Deshalb sind wir da gelandet. Ich dachte, es täte meiner Mutter gut – und das tut es auch, glaube ich –, aber ganz hat sie ihre Trauer nie überwunden."

Die Einzelheiten ließ sie aus. Sie hatte nie jemandem die ganze Geschichte erzählt. Wie ihr Vater wegen der Klage seines Schwiegersohns zum Gespött der Leute geworden war. Sie hatte nie über seine tragische Reaktion darauf gesprochen, über seinen verzweifelten Plan, wie er seine Frau vor dem Bankrott bewahren wollte. Sie sprach nie darüber, wie sich ihre Mutter seitdem verändert hatte, wie sie wie trockenes Laub im Herbst in sich zusammengesunken war und sich versteckte, wie sie Beruhigungstabletten nehmen musste, nur um ins Auto steigen zu können. Wie Twyla auf der Autofahrt quer durch Wyoming gegen die Übelkeit hatte ankämpfen müssen.

„Es war keine leichte Zeit, aber alles in allem machen Ma und ich uns ganz gut", sagte sie leichthin. Nach den Tränen wollte sie beweisen, dass sie sich wieder im Griff hatte.

Er half ihr aufs Pferd. Seine Blicke gaben seine Gefühle nicht preis. Er hatte schöne, interessante Augen von einem tiefen samtigen Braun, in dem sich die Sonne und der Sommerhimmel spiegelten, das aber den Menschen dahinter verbarg.

So beschwerlich ihr Weg gewesen sein mochte, sie wusste, sein Weg war unendlich schwieriger gewesen. Ihre Mutter hatte zwar Probleme, aber immerhin hatte sie eine Mutter. Es ist an der Zeit, dachte Twyla, mit der Vergangenheit abzuschließen und nach vorne zu schauen.

Zufrieden über ihren Entschluss lächelte sie. Sie beugte sich vor und strich dem Pferd über den Hals. „Reiten gefällt mir. Das hätte ich nicht gedacht."

„Dann lass uns auf dem Rückweg etwas Neues ausprobieren. Ich zeige es dir." Er machte ihr vor, wie man das Pferd zum Traben brachte und zum Galopp, wie man die Fersen benutzte und die Knie. Er brachte ihr auch bei, wie man das schnalzende Geräusch machte. Ein Geräusch, das sie erregte, wie sie sich schamvoll eingestand.

Der Ritt war aufregend. Die Bewegung des Pferdes glich ihrem Herzschlag. Sie spürte die Kraft des Tieres. Gleichzeitig fühlte sie, wie verletzlich die Kreatur war, dass ein Pferd im Grunde genommen ein ängstliches Wesen mit einem Fluchtinstinkt war. Das Donnern der Hufe auf dem Erdboden spürte Twyla bis mitten in ihren Bauch hinein, ein unglaublich sinnliches Gefühl.

Rob ritt neben ihr und beobachtete sie. Gelegentlich gab er ihr einen Ratschlag oder lobte ihre Technik. Als sie den von Pappeln gesäumten Reitweg zur Hütte erreichten, ließ Twyla die Zügel schießen. Der warme Sommerwind strich über ihre Haut und durch ihr Haar, und sie kam sich wie ein unbeschwertes junges Mädchen vor, dessen einzige Sorge darin bestand, was es zu Mittag gab. Der Moment war nur von kurzer Dauer, doch sie genoss den Gedanken, dass die Dinge auch ohne ihr Zutun ihren Lauf nahmen. Je näher sie zum Stall kamen, desto schneller gingen die Pferde. Das letzte Stück Weg legten sie flott trabend zurück.

Bei den Stallungen angekommen sah sie sich um, immer noch auf der Suche nach einem bekannten Gesicht, und halb fürchtete sie, eins zu finden. Die meisten Stallburschen waren zu jung, um sie zu kennen. Ansonsten waren nur Gäste aus den anderen Ferienhütten am Stall.

Sie folgte Rob auf den Hof. Er saß ab, und sie tat es ihm nach. Insgeheim wünschte sie, er würde ihr wieder herabhelfen. Unsanft landete sie mit den Füßen auf dem Boden – und in der Wirklichkeit. Ihre Knie waren weich und wackelig. Halt suchend streckte sie den Arm aus, aber zu ihrer Enttäuschung war Rob nicht da. Beschämt über sich selber schüttelte sie den Kopf. Sie wollte ihn selbst dann in ihrer Nähe haben, wenn sie ihn gar nicht brauchte. Die Dinge nahmen offenbar eine gefährliche Wendung.

„Ich helfe Ihnen, Ma'am." Ein Mann in einem Holzfällerhemd und mit Cap auf dem Kopf nahm ihr die Zügel ab.

Sie bedankte sich bei ihm. Dann sah sie ein zweites Mal hin. „Willard, bist du das? Willard Stokes?"

Er trat einen Schritt zurück und nahm sie in Augenschein. „Hey, Twyla."

Sie stellte Rob vor. „Willard und ich sind zusammen zur Schule gegangen. Schön, dich zu sehen, Willard."

„Danke, gleichfalls." Sein Grinsen versteinerte, seine Augen verengten sich. „Du bist wegen des Klassentreffens hier."

„Genau." Mehr sagte sie nicht. Sie und Rob hatten sich zwar eine Liebesgeschichte ausgedacht, aber sie war noch nicht bereit, sie zu erzählen. Ganz bestimmt wollte sie die Geschichte nicht ausgerechnet an Willard P. Stokes ausprobieren. Schon als Schüler hatte Willard liebend gern Gerüchte in die Welt gesetzt.

„Wirst du heute Abend zum Ball kommen?", fragte sie ihn.

Er sah zuerst sie an, dann Rob, dann wieder Twyla. Ein gemeines Glimmen trübte seinen Blick. In den letzten zehn Jahren hatte er sich offensichtlich kaum verändert.

„Den Spaß lass ich mir bestimmt nicht entgehen. Bestimmt nicht, Twyla. Beverly mit Sicherheit auch nicht, nehm ich an."

Bei der Erwähnung von Jakes neuer Ehefrau blitzte der alte Spitzbube in Willards Gesichtszügen auf. Skandale hatte er schon immer geliebt.

Und obwohl der Tag sommerlich warm war, schauderte Twyla.

13. KAPITEL

Twyla hatte ganz vergessen, wie es war, sich für ein Date zurechtzumachen. Sie hatte vergessen, wie nervenaufreibend es war und wie viel Vorfreude es weckte. Nach dem langen Bad in der geräumigen Wanne duftete sie angenehm und fühlte sich wohlig warm. Sie schlüpfte in den weichen Frotteemantel, der in dem luxuriös ausgestatteten Badezimmer hing. Dann trug sie Make-up auf und wählte kräftige Farben. Ihre vom Ausritt leicht geröteten Arme cremte sie ausgiebig ein. Trotz all ihrer Erfahrung musste sie sechsmal ansetzen, bis sie ihre Haare perfekt zu einer Banane hochgesteckt hatte.

Vor dem Spiegel in ihrem Zimmer öffnete sie den Bademantel und betrachtete sich kritisch – etwas, das sie sonst nie tat.

Sie sah ihrem Alter entsprechend aus – sie war achtundzwanzig und Mutter eines Kindes. Nicht das Ende aller Tage, sagte sie sich. Dennoch war sie nicht mehr so muskulös und zierlich wie damals als Cheerleaderin, als sie in die Luft gesprungen und von einem männlichen Tänzer mit einem Arm aufgefangen worden war.

Sie streifte sich eine sündhaft teure Feinstrumpfhose über die Beine. Beim Blättern durch den exklusiven Neiman-Marcus-Katalog hatte Mrs. Spinelli auf die italienischen Strümpfe bestanden. Die reine Seide zierte ein dezentes modisches Rautenmuster.

Kaum hatte Twyla die Strümpfe an, wusste sie, dass diese ihr Geld wert waren. Die pure Seide gab den Partien Halt, die Halt brauchten, und betonte Kurven, die wunderbar in Form waren. Sie schlüpfte in das rote Unterkleid, das scharlachfarbene Seidenkleid und die rubinroten Schuhe. Als sie mit dem ebenfalls roten Satintäschchen in der Hand ihr Spiegelbild betrachtete, stutzte sie erschrocken.

Die Frau in dem Spiegel war eine Fremde. Sie sah schick und gefährlich aus, wie eine Statistin in einem James-Bond-Film – so gar nicht wie die Mutter von Brian, sondern irgendwie … falsch.

Natürlich war das der Grund, warum sie hier war. Sie wollte den Leuten ja etwas vormachen.

Sie atmete tief durch, prüfte noch einmal ihr Make-up und ging Rob suchen.

Er stand auf der Veranda. Als er sich zu ihr umdrehte und sie sein Gesicht sah, war sie umso glücklicher über ihre kostspielige Strumpfhose.

„Entschuldigen Sie", sagte er, ohne mit der Wimper zu zucken, „ich warte auf eine gewisse Twyla McCabe. Haben Sie sie zufällig gesehen?"

Sie lachte laut. „Erstaunlich, was ein bisschen Schminke und Haarspray ausmachen, nicht wahr?"

„Sehr erstaunlich. So siehst du aus." Er verbeugte sich mit gespielter Formvollendung und gab ihr eine rote Rose, die er vor der Hütte gepflückt hatte.

„Den Smoking erkenne ich", sagte sie, und ihr wurde ganz warm vor Freude. Sie nahm die Rose und strich über die zarten Blütenblätter. „Den hast du auf dem Foto in der Auktionsbroschüre getragen."

„Ist das übertrieben?"

„Vielleicht. Aber was soll's? Das Ganze ist übertrieben. Die Wirklichkeit holt uns noch früh genug wieder ein."

„Stimmt." Ohne Vorwarnung legte er ihr den Arm um die Hüfte.

Erregt wich sie zurück. „Was tust du da?"

„Zuck nicht so zusammen, wenn ich dich berühre." Schalk blitzte in seinen Augen. „Tu nicht so, als sei ich dir fremd, sonst bemerken die anderen den Schwindel."

Ihr verschlug es die Sprache. Die Stelle, an der er sie berührt hatte, kribbelte.

Er griff in die Innentasche des Smokings und zog eine Schachtel hervor. Die schlanke, flache Form war unverkennbar – genau wie die Freude, die Twyla durchströmte, als sie die Schatulle entgegennahm. Wie lang war es her, dass ein Mann ihr ein Geschenk gemacht hatte?

Sie ließ ihre Finger über die glatte, samtige Hülle gleiten. Nichts übte einen größeren Reiz auf eine Frau aus als ein Schmuckkästchen mit Goldgravur.

Sie sah zu Rob auf. Nun ja, fast nichts. Schwer mit sich kämpfend reichte sie ihm die Schatulle zurück. „Ich kann das nicht annehmen."

„Warum nicht?"

„Das ist ... zu viel. Eine Rose ist das eine. Schmuck etwas ganz anderes."

„Wer sagt das?"

„Ich sage das. Eine Frau weiß so etwas. Eine Kosmetikerin weiß so etwas sogar am allerbesten."

„Na, dann." Er öffnete die Schatulle. Nur mit Mühe schaffte sie es, den Hals nicht zu recken, um einen Blick auf den Inhalt zu erhaschen. „Es sähe nur so verflixt albern aus, wenn ich sie trüge. Die Kette passt so wunderbar zu deinem Kleid."

Er hob die Kette aus der Schatulle. Unwillkürlich hielt Twyla die Luft an. Die Diamanten und Rubine – die waren doch wohl nicht echt? – funkelten im Licht der frühen Abendsonne. Die Kette war wunderschön, und zu ihrer Beschämung war ihr Verlangen nach dieser Kette geradezu übermächtig.

„Ehrlich, Rob ..."

„Psst, Twyla." Mit festem Griff drehte er sie um und legte ihr die Kette um den Hals. Das kalte Metall, die wertvollen Steine nahmen die Hitze ihrer Haut an. Sie spürte alles überdeutlich, jeder Nerv nahm seine Fingerspitzen auf ihrem Hals wahr, als er die Kette schloss. Dann drehte er sie wieder um und betrachtete sie am ausgestreckten Arm.

„Verdammt", sagte er und ließ sein Blick auf ihr Dekolleté wandern, „bin ich gut."

„Das bist du." Sie berührte ihren Hals und die Kette. „Das bist du wirklich. Danke. Aber wenn das Wochenende vorbei ist, nimmst du sie zurück."

„Das sehen wir dann."

Er öffnete ihr die Wagentür und lächelte, als sie einstieg. Sie erwiderte das Lächeln, aber in Gedanken lächelte sie nicht. Lieber Gott, dachte sie, bitte lass mich das hier nicht zu sehr mögen.

Bitte lass mich ihn nicht zu sehr mögen.

Mit ihren Blicken folgte sie ihm um das Auto herum. Sie zwang sich, auf ihre Füße zu sehen, und klackte die roten Schuhe dreimal aneinander. Es ist nicht echt, sagte sie sich. *Wir spielen uns das nur vor. Um Mitternacht verwandelt er sich in einen McDonald's-Verkäufer. Oder sein alter Kumpel taucht auf. Oder er hat seine erste Frau im Garten hinterm Haus verscharrt.*

Er stieg ein und fuhr zur Hauptstraße. „Was ist?", fragte er. „Wieso siehst du mich so an?"

„Warst du je verheiratet?"

„Nein. Das habe ich dir doch schon gesagt …"

„Standen du und dein Mitbewohner im Studium euch nahe?"

„Was …?"

„Hast du je in der Gastronomie gearbeitet?"

„Nein. Twyla, was soll das? Was sind das für Fragen?"

Sie klappte den Blendschutz herunter. „Meine Nerven." Das Licht der untergehenden Sonne brach sich in den funkelnden Edelsteinen um ihren Hals. Die Kette sah noch schöner aus, als sie sich anfühlte.

„Kein Grund, nervös zu sein. Diese Leute hast du zwölf Jahre lang jeden Tag gesehen", sagte er mit nervtötender männlicher Logik. „Da wird dich ein Abend mehr nicht umbringen."

Sie wusste, dass irgendetwas mit dieser Argumentation nicht stimmte, konnte aber nicht sagen, was genau es war.

„Die Fahrt zur Aula dauert zehn Minuten", sagte sie. „Wir sollten unsere Geschichte noch einmal durchgehen."

Er richtete seinen Blick auf die Straße und lächelte. „Es ist eine tolle Geschichte."

„Wie so viele Geschichten."

„Wo fangen wir an? Bei: ‚Hallo, Twyla! Wie ist es dir ergangen?'"

„Hallo, Twyla, Twyla McCabe, wie ist es dir ergangen?"

Rob unterdrückte ein Lachen, als die Frau am Eingang die Frage stellte.

„Gut", sagte Twyla und umarmte die Frau über den Empfangstisch hinweg. „Du siehst umwerfend aus, Carol. Lass uns später reden und erzählen."

Voller Bewunderung sah Rob sie an. Sie war gut darin, Menschen zu treffen, sie zu grüßen, sie sah ihnen offen in die Augen und lächelte dabei. Ihm war unerklärlich, warum ihr vor diesem Klassentreffen so graute.

Vollkommen entspannt legte sie ihre Hand auf seinen Arm. „Carol, das ist … mein Verlobter Rob Carter." Ihr Gesicht strahlte so vor Stolz und Wärme, dass selbst ein Lügendetektor nicht erkannt hätte, dass sie schwindelte.

Er gab Carol die Hand und reichte ihr eine Visitenkarte. „Dr. Robert Carter, Arzt", las sie und pfiff durch die Zähne.

Twylas Namensschild zeigte ein Foto von ihr aus der Abschlussklasse. Sie hatte sich kaum verändert, stellte er fest. Doch die wenigen Veränderungen waren gravierend. Die Unschuld war einer weiblichen Reife gewichen, die ihre Schönheit nur unterstrich.

„So weit, so gut", flüsterte Twyla, als sie die Aula betraten. „Sie klatscht gerne und kennt jeden hier."

„Deine Hand ist eiskalt", bemerkte er und rieb ihre Finger. Man musste ihr zugutehalten, dass das das einzige Zeichen ihrer Nervosität war. Alles andere an ihr – herrje, er liebte Rot – musste einen Blinden sehend machen.

Und merkwürdig, sie sah so umwerfend schön aus, dass sie eigentlich nicht in sein Beuteschema passte. Normalerweise stand er auf dezent-elegante Frauen, die gedeckte Farben trugen und denen nicht sämtliche Gefühlsregungen vom Gesicht abzulesen waren.

Allerdings waren die Umstände alles andere als normal, rief er sich ins Gedächtnis. Man hatte ihn als ihr Begleiter engagiert und bezahlt, und sie wollte den Leuten hier etwas beweisen.

Aber warum kam es ihm dann so vor, als ginge es um mehr?

In der Aula hatte sich bereits eine Menge Menschen versammelt. Die hohe, holzgetäfelte Halle war im Stil der Achtziger geschmückt, mit Lampions, Bar und Büfett, einer Sitzecke nahe der Theke und einer riesigen Tanzfläche. Ein gelangweilt aussehender DJ legte Platten von damals auf.

Rob spielte seine Rolle mit Leichtigkeit, ein höfliches Lächeln auf den Lippen, seine Hand auf Twylas Rücken – was ihm mehr Vergnügen bereitete, als angemessen war. Seine Karriere in Denver hatte ihn bestens auf derartige gesellschaftliche Anlässe vorbereitet.

Sie machten die Runde unter ihren ehemaligen Klassenkameraden. Jedes Mal wenn er ihre Anspannung spürte, massierte er sanft ihren Rücken, bis sie sich entspannte. Menschen kamen und gingen: der Klassenclown, der jetzt Apotheker war. Eine zum dritten Mal Geschiedene, die mit der Welt abgeschlossen hatte. Die müde aussehenden Lehrer im Ruhestand. Ein schwuler Mann und sein Lebensgefährte. Ein bekennender Christ mit blondiertem Haar und kritischen Bemerkungen über alle Anwesenden. Fotos von Kindern, Häusern, Haustieren, Rasenmähern und Traktoren wanderten unter „Oohs" und „Aahs" von Hand zu Hand.

Alle trugen ein Namensschild mit Foto, die Geburtsnamen standen in Klammern. Ehe- oder Lebenspartner trugen ein kleines Foto ihrer Begleiter, sodass alle wussten, zu wem sie gehörten.

Rob beobachtete das Treiben mit größerem Interesse, als er vermutet hätte. Er war noch nie auf einem Klassentreffen gewesen, die Einladungen aus Lightning Creek landeten immer im Papierkorb. Jetzt fragte er sich, ob er nicht doch zum zehnjährigen Jubiläum seines Jahrgangs hätte gehen sollen, nur um seine Neugier zu befriedigen.

Diese Menschen waren alle dabei, sich ein Leben aufzubauen. Auf einem Klassentreffen sahen sie, wie es den anderen erging und wie weit sie auf dem Weg, den sie alle am selben Punkt begonnen hatten, gekommen waren. Wie Twyla vorausgesagt hatte, durchleuchteten sie einander ohne Erbarmen, und er war froh, dass sie ihn zur Unterstützung mitgebracht hatte.

„Und wo kommen Sie her?", fragte ihn eine kleine, rundliche Frau mit freundlichen Augen und einem Diamantring am Finger. Auf ihrem Schild stand: Agnes (Schwed) Early.

„Aus Denver."

„Wie schön. Freut mich für Twyla", sagte Agnes. „Wir alle haben uns gefragt, ob …" Sie führte den Satz nicht zu Ende und trank stattdessen einen Schluck Bowle.

Twyla war in eine Unterhaltung mit einem Mann vertieft, der seine Augen unverwandt auf ihr Dekolleté gerichtet hatte.

„… gefragt, ob … was?", hakte Rob nach.

„Na ja, nach dem, was passiert ist, ihre Ehe und ihr Vater, und das fast am selben Tag …" Nervös trank sie noch einen Schluck. „Ich freue mich, dass sie einem Mann wieder Vertrauen schenkt."

Der DJ legte ein Lied von den Dire Straits auf. Lächelnd sagte Agnes: „Entschuldigen Sie mich, ich möchte mit meiner besseren Hälfte das Tanzbein schwingen."

Die Andeutung über Twylas Vergangenheit fesselte ihn. Sie hatte ihm viel erzählt, aber nicht alles.

Kurz danach kam ein angesagter Blues-Song. Rob nahm Twylas Hand. „Liebling", sagte er, perfekt die Rolle ihres Verlobten spielend. „Lass uns tanzen."

Ohne ein Wort an den Dekolleté-Glotzer zu richten, führte er Twyla auf die Tanzfläche, wo sie sich von dem langsamen Rhythmus umfangen ließen Er hielt sie eng und atmete den Duft ein, der von ihrem Hals aufstieg. Er kannte keine andere Frau, die so verführerisch nach Frau duftete wie Twyla McCabe. Zweifellos trug sie Parfum, aber die geheimnisvolle Essenz mischte sich mit dem süßen Duft ihres Körpers.

„Wie läuft es?", fragte er. Er war ihr so nahe, dass seine Lippen ihre Ohrläppchen streiften, als sie den Kopf bewegte. Sie erschauderte, und ihr Atem stockte. Auch er zuckte zusammen.

„Entschuldige", sagte sie direkt an seinem Ohr. „Was hast du gerade gesagt?"

Er lachte und drückte sie fester an sich. Mit Twyla lachte er viel. Mehr als mit …

Er unterdrückte den Gedanken. „Ich habe dich gefragt, wie es läuft."

„Gut", sagte sie, „besser als gut. Es ist doch sehr viel einfacher, als ich dachte."

„Heißt das, du amüsierst dich?"

Sie legte eine Hand auf seine Brust und lehnte sich zurück, um ihm in die Augen sehen zu können. Die Rubine der Kette funkelten im Kerzenlicht. „Das tue ich." Sie strahlte heller als die Edelsteine. „Ich amüsiere mich."

Ihr Lächeln und ihre Worte trafen ihn mitten ins Herz. Er steckte in Schwierigkeiten. In großen Schwierigkeiten. Er wollte Twyla. Er wollte Twyla unbedingt.

Der Gedanke musste ihm einen merkwürdigen Ausdruck aufs Gesicht gezaubert haben.

„Für dich muss es schrecklich sein", sagte sie mitfühlend.

Schrecklich? Sich in Twyla zu verlieben? Furchtbar!

„Immerhin kann ich mit dir tanzen." Er zog sie dichter an sich.

Um zehn Uhr abends glühte Twyla. Die Moderatorin erzählte Anekdoten aus dem Leben der Absolventen und las Ausschnitte aus der Abschlusszeitung vor. Die ehemaligen Schüler guckten angesichts der alten Geschichten abwechselnd beschämt und belustigt aus der Wäsche. Es war ein großer Spaß.

„Jetzt zu …", die Moderatorin legte eine dramatische Pause ein, „… Twyla McCabe." Sie zeigte mit ihren Notizblättern in Twylas Richtung.

Rob spürte, wie Twyla an seiner Seite zusammenzuckte.

„Es ist lange her, Twyla", sagte die Moderatorin und warf einen Blick in ihre Unterlagen. „Was haben wir denn da? Französisch-AG. Engagement im Schulsportverein. Cheerleaderin. Mitglied im Debattierklub. Wegen ihrer herausragenden Leistungen Mitglied der National Honor Society …" Die Liste war beeindruckend. Die Laufbahn einer Musterschülerin. Rob sah zu Twyla rüber und hoffte, Stolz in ihrem Gesicht zu lesen. Stattdessen sah er Bedauern.

Als die Moderatorin zum nächsten Schüler kam, nahm er Twylas Hand und führte sie nach draußen. Unter dem Sternenhimmel und dem weißen Licht des Mondes sah er sie an. „Na und?", sagte er, überrascht über den Anflug von Ärger in seiner

Stimme. „Na und, was macht es schon, dass du nicht studiert hast? Dass du keine erfolgreiche Karrierefrau bist, die sich abrackert? Dass dein Mann dich ausgenutzt hat? Du hast einen großartigen Sohn, und du hast dein eigenes Geschäft. Die Dinge könnten sehr viel schlimmer stehen."

Sie senkte den Kopf, und er hielt den Atem an. Nicht weinen, verdammt! dachte er. Mit Tränen konnte er nicht gut umgehen. Als sie heute Vormittag geweint hatte, hatte ihn das fast umgebracht. Ein zweites Mal konnte er das nicht ertragen.

Aber als sie den Kopf hob, lächelte sie ihn an. „Eins hast du vergessen."

Rob unterdrückte einen Seufzer der Erleichterung. Instinktiv nahm er sie in die Arme, es fühlte sich einfach gut an, sie so nahe zu spüren. „Was denn?"

„Ich heirate einen gut aussehenden Arzt."

Der Augenblick schien eine Ewigkeit zu dauern und brannte sich in sein Gedächtnis ein. Spielten sie noch ihr Spiel, oder war das echt? Die Vertrautheit zwischen ihnen, die mit jedem Augenblick wuchs, war auf jeden Fall echt. So greifbar wie das Funkeln der Rubinkette um ihren Hals. So echt wie die Reaktion seines Körpers auf ihre Nähe.

Behutsam löste er sich von ihr. „Du musst dir also keine Sorgen machen, Ma'am. Und jetzt brauche ich ein Bier."

Als sie wieder in die Aula gingen, schien sie sehr viel entspannter zu sein. Hätte ihm jemand gesagt, dass er ein Klassentreffen in einem kleinen Kaff genießen würde, er hätte denjenigen für verrückt erklärt. Doch nachdem Twyla ihren Einbruch überwunden hatte, machte sie ihm den Abend zu einem Genuss. Er mochte es, wie sie ihren Kopf in den Nacken legte, wenn sie lachte, und er mochte es, wie die Leute ihr hinterherschauten.

Wenn er sie ansah, fühlte er dieselbe Freude, die er empfand, wenn er eine komplizierte Diagnose stellen konnte. Er hatte sie glücklich gemacht. Und das kam nicht sehr oft in seinem Leben vor. Lauren glücklich zu machen war etwas vollkommen anderes.

„Sie können sich glücklich schätzen", sagte jemand.

„Dominic Hunt" las Rob auf dem Namensschild. „Ich bin recht glücklich."

„Ich hatte nicht erwartet, Twyla hier zu sehen", sagte Dominic und wippte auf den Fersen.

„Warum sind alle so überrascht, Twyla hier zu sehen?"

Dominic senkte den Blick. „Man kommt nicht zurück, wenn der Vater sich wegen Geldproblemen umgebracht hat."

Nach diesem Satz gefror die Welt um Rob zu Eis. Plötzlich sah er die Dinge in aller Deutlichkeit. Wenn das stimmte oder wenn die Leute glaubten, es sei wahr, dann erklärte das so einiges über Twyla.

Rob kam es vor, als hätte jemand den Schleier fortgerissen und er könne Twyla nun erst jetzt deutlich erkennen. Die Tochter des Versagers. Die Scham hatte sich tief in ihr eingegraben.

Nur ansatzweise ahnte er, wie viel Mut sie aufgebracht haben musste, um hierher zurückzukehren.

„Es gibt nichts, wofür sie sich schämen müsste", gab er zurück.

„Natürlich. Schließlich kann man sich seine Verwandtschaft nicht aussuchen."

„Es sei denn, man hat gar keine Verwandten."

Verständnislos runzelte Dominic die Stirn und ließ Rob stehen. Rob fühlte sich schuldig. Alle Anwesenden nahmen an, er kenne alle Einzelheiten aus ihrem Leben, als hätte er als ihr Partner ein Recht darauf.

Es geht dich nichts an, ermahnte er sich, als er über die Tanzfläche zu Twyla ging. Sie stellte ihm einem Lehrer und dem Kassenwart vom Sportverein vor, aber er hörte kaum zu. Sie bot ihm ein Bier an, aber er schüttelte dankend den Kopf. Was er wollte, war, die Einzelheiten über den Tod ihres Vaters zu erfahren. Warum er sich umgebracht hatte, weshalb sie sich deswegen schämte. Offenbar wusste sie nicht, was in seinem Kopf vorging, während sie mit alten Bekannten redete. Genauso wenig wollte er sie wissen lassen, was er wusste.

Seine Hände arbeiteten flinker als sein Gehirn. Er umfasste ihre Hüfte und drehte sie zu sich. Kurz hielt sie den Atem an, ließ ihn aber gewähren. Er beugte seinen Kopf zu ihr herab – da war er wieder, der Duft, den sie verströmte – und fragte: „Darf ich bitten?"

Warum er mit ihr tanzen wollte, wusste er nur zu genau, und er verachtete sich dafür. Das war die einzig redliche Möglichkeit, sie zu berühren. Und sie berühren, war das Einzige, was er im Moment wollte.

„Entschuldigen Sie uns", sagte sie zu dem Lehrer und dem Kassenwart. Dann wandte sie sich ihm zu und lächelte. „Das machst du ganz wunderbar."

„Mache ich das?"

„Bestimmt errät niemand, dass du nur wegen eines wohltätigen Zwecks hier bist."

Wohltat, von wegen!

Er hoffte inständig, mit ihr im Arm nicht in Schweiß auszubrechen. Es lief ein alter Tango mit lässig langsamem Rhythmus. Twyla wiegte sich mit ihm im Takt, sie war eine gute Tänzerin und genoss den Tanz in ihren roten Schuhen. Nach der Hälfte des Songs flüsterte er ihr zu: „Lass uns einen Dip tanzen."

„Wenn du weißt, wie das geht."

„Natürlich weiß ich das. Standardtanz steht in Lost Springs im Sportunterricht auf dem Stundenplan."

„Das ist nicht wahr."

„Doch. Ehrenwort. Die Duncans haben großen Wert auf gesellschaftliche Umgangsformen gelegt. Sie wollten, dass wir auf so gut wie alles im Leben vorbereitet sind. Außer Karate und Rodeoreiten habe ich Standardtanz gelernt. Also, was ist mit dem Dip?"

„Du lässt mich auf den Allerwertesten fallen."

„Du traust mir nicht? Unglaublich. Okay, hier kommt's."

„Hier kommt was?"

„Dip-Musik. Die Stelle, an der die Fallfigur passt. Bereit?"

„Nein."

„Schade auch." Rob hoffte, dass sein Gedächtnis ihn nicht im Stich ließ, als die Musik einen dramatischen Höhepunkt erreichte. Er hielt seinen Unterarm an ihre Taille, positionierte seinen Fuß und lehnte sich geschmeidig vornüber.

Erschrocken packte sie seine Schultern und stieß einen spitzen Schrei aus, den aber niemand außer Rob über der Musik hören konnte. Doch ihre Sorge war unberechtigt. Die Figur gelang perfekt. Und sie fühlte sich wunderbar in seinen Armen. Sie lachte, als er sie wieder aufrichtete und herumschwang.

„Sehr lustig, Valentino", sagte sie in Anspielung auf den Filmstar und Frauenschwarm der Zwanziger.

„Sag ich doch. Du hättest mir vertrauen können."

„Das hätte ich ...", sie brach den Satz so abrupt ab, dass er fürchtete, sie hätte sich verschluckt. Wie versteinert stand sie auf der Tanzfläche. Ihr Blick fixierte einen Punkt hinter seinem Rücken. Ihr Gesicht war leichenblass.

Am Ellenbogen dirigierte Rob sie an die Seite. Er folgte ihrem Blick und entdeckte ein Paar, das er an dem Abend zum ersten Mal sah. Sie standen im Gegenlicht des Foyers, ein groß gewachsener Mann und eine schlanke Frau. Beide waren ausgesprochen schick angezogen und sahen blendend aus. Noch bevor sie die Halle betraten, waren sie von Menschen umringt, die sie lachend begrüßten und ihnen zuwinkten. Der teure Perlenschmuck der Frau glitzerte, der Mann hatte ein überlegenes Lächeln aufgesetzt.

Twyla beobachtete die Szene mit der Schockstarre, die er von Patienten in der Notaufnahme kannte.

„Sag's nicht", raunte Rob ihr zu. „Lass mich raten. Das ist dein Exmann."

14. KAPITEL

*T*wyla spürte Robs schützende Hand auf ihrem Rücken. Ein Echo seines Halts beim Tanz. Aber anders als beim Tanzen, als sie sich verletzlich und zugleich so sicher gefühlt hatte, befand sie sich jetzt in freiem Fall. Und niemand, auch nicht Dr. Rob Carter, konnte sie retten.

„Ich dachte, er sei älter als du", sagte er.

„Seine Frau hat im selben Jahr wie ich ihren Schulabschluss gemacht."

Während sie den Mann ansah, der sie vor sieben Jahren so erniedrigt hatte, meinte sie im Fallen den Luftzug auf ihrer überhitzten Haut zu spüren. In ihrem Kopf drehte sich alles, und sie drohte, die Kontrolle zu verlieren. Mein Gott, was hatte sie sich bloß dabei gedacht? Warum war sie hergekommen? Glaubte sie wirklich, das Zusammentreffen überstehen zu können?

„Lass uns hingehen und Hallo sagen", schlug Rob vor und verstärkte den Druck seiner Hand auf ihrem unteren Rücken.

„Nein."

„Oh, doch. Lass es uns hinter uns bringen."

„Lass uns verschwinden."

„Mit eingezogenem Schwanz? Tut mir leid, Liebling, das ist nicht meine Art."

„Aber …"

„Mrs. Spinelli hat ein Vermögen hierfür hingeblättert. Und nimm es mir nicht übel, aber für dich steht viel mehr auf dem Spiel."

Er nahm sie bei der Hand und führte sie durch den Raum. Sie wollte ihn anflehen, sich wie ein Kind zu Boden sacken lassen oder laut „Feuer!" schreien, damit alle die Aula verließen. Aber all das hätte Aufsehen erregt, und genau das wollte sie vermeiden.

„Bitte, Rob, bitte nicht", presste sie zwischen den Zähnen hervor, „da gibt es etwas, das ich dir nicht erzählt habe."

Rob hielt inne. „Twyla, du hast mir so einiges nicht erzählt. Wir kennen uns ja auch kaum." *Und dabei sollten wir es tunlichst belassen.*

Mit Schrecken fiel ihm ein, was die anderen über ihren Vater gesagt hatten. Er war Pathologe und kein Psychologe. Er hatte keine Ahnung, wie man mit Menschen umging, die einem ihre dunkelsten Geheimnisse anvertrauten.

„Ich weiß, was ich wissen muss", sagte er entschlossen, nahm ihre Hand fest in seine und ging weiter. „Du darfst dich von so jemandem nicht einschüchtern lassen."

Der Mann namens Jake Barnard führte gerade seinen Drink an den Mund, als seine Frau Twyla auf sie zukommen sah. Rob sah, wie Beverly Barnard unauffällig am Jackettärmel ihres Mannes zupfte. Daraufhin zog er seinen Arm zurück und blickte durch den Raum zu Twyla.

Als Reaktion leerte er seinen Drink und nahm sich von dem Tablett eines in dem Moment vorbeigehenden Kellners einen neuen.

Rob spürte die Anspannung in Twylas Körper. Plötzlich kam es ihm grausam vor, sie zu dem zu zwingen, was sie unter allen Umständen vermeiden wollte. Aber als er auf den kantigen Jake und seine gertenschlanke Frau zuging, stand sein Entschluss fest. Vielleicht würde eine Begegnung die alten Narben heilen helfen.

Einige Dutzend Augenpaare folgten ihnen durch die Aula. Twyla beachtete sie nicht und ging mit bewundernswerter Ruhe auf ihren Exmann zu.

„Hallo, Jake", sagte sie.

Der Typ versteht es, seine Gedanken zu verbergen, dachte Rob, aber es gelang ihm nicht vollkommen. Als er Twyla sah, sprangen ihm fast die Augen aus dem Kopf. Sie war in jeder Hinsicht umwerfend.

Rob ahnte, was Jake neben seiner blassen und eleganten Frau beim Anblick von Twyla, die wie das blühende Leben aussah, durch den Kopf gehen mochte. Du hättest bei ihr bleiben sollen, Junge, dachte er. Aus eigennützigen Gründen jedoch war er froh, dass Jake stattdessen mit der Erbin zusammen war.

„Hallo, Twyla", sagte er und rang sichtlich um Fassung. „Lange nicht gesehen."

„Tja." Ihr Lächeln schien wie versteinert. „Jake Barnard, Rob Carter."

„Meine Frau", sagte Jake und nickte in ihre Richtung. „Beverly."

Sie schüttelten sich die Hände. Jakes Händedruck war fest und routiniert, Beverlys Hände waren eiskalt.

„Wir wollten nicht kommen", brachte sie undeutlich hervor, „aber Willard Stokes hat darauf gedrungen." Ihr Blick streifte Twyla. „Jetzt weiß ich, warum."

„Dann lasst uns doch die Gelegenheit nutzen", sagte Jake und führte sie zu den Sitzbänken. „Dafür ist doch so ein Treffen da, nicht wahr?" Er leerte seinen Drink und sagte brüsk zu seiner Frau: „Baby, sei so nett und hol uns ein paar Bier, ja?"

Einen kurzen Moment zögerte sie. Doch Rob sah ihre Augen beunruhigt aufblitzen. Jake schien davon überhaupt keine Notiz zu nehmen, er setzte sich auf die Bank und streckte die Arme besitzergreifend über die Lehne.

Rob wartete, bis Twyla sich gesetzt hatte, dann nahm er neben ihr Platz. Beverly kehrte mit einem Tablett in der Hand zurück, auf dem drei Bier und ein Mixgetränk für sie selber standen.

Jake öffnete seine Bierdose. „Lasst uns anstoßen!"

„Worauf?", fragte Twyla.

„Auf alte Freunde."

„Und neue", sagte Rob und trank einen großen Schluck. Das Bier war kalt und bitter und kam ihm gerade recht. „Auf meine Zukunft mit der tollsten Frau in ganz Wyoming", ließ ihn sein Beschützerinstinkt sagen.

Twyla schluckte kaum hörbar. Jake schien das nicht mitzubekommen. „Was hast du denn so getrieben, Twyla?", fragte er. „Du siehst großartig aus."

Sie hielt mitten in der Bewegung inne, das Bier auf halbem Weg zu ihrem Mund. „Das ist nicht dein Ernst, Jake."

Er lachte leichthin. „Dann nicht. Was immer die Dame wünscht."

Rob trank noch einen Schluck, um seine Wut zu löschen. Der Typ hatte Twyla und ihren gemeinsamen Sohn sitzen gelassen. Er hatte sich noch nicht einmal nach Brian erkundigt.

„Warum erzählt du uns nicht, was du getrieben hast?", schlug Twyla vor. „Darin warst du doch schon immer gut."

„Au", Jake zuckte übertrieben theatralisch zusammen. „Bissig wie 'ne Natter, nicht wahr?" Er zwinkerte Rob verschwörerisch zu.

Mit kühlem Blick sagte Rob: „Liebreizender als eine Rose."

„Gut, dann fang ich an", sagte Jake und überging Robs Kommentar. „Ein paar Jährchen Juristerei in Jackson. Dann hab ich mich für unser Vaterland als Abgeordneter wählen lassen."

„Ich weiß."

„Hast du mich gewählt?"

„Ich wohne nicht in deinem Wahlkreis."

Während sie redeten, wurde zweierlei deutlich. Jake Barnard und seine Frau tranken zu viel und zu schnell. Außerdem verachteten sie einander. Rob wusste nicht, woran genau er das erkannte, aber die kalte Wahrheit war unübersehbar. Vielleicht waren ihre Gesten zu steif, ihre Blicke und Worte zu schneidend. Vielleicht war es die Erschöpfung in Beverlys Blick. Sie war schön, ihr fehlte jedoch die ausdrucksvolle Mimik einer Frau, die sich ihrer selbst und ihrer Beziehung sicher war. Ihr Lächeln wirkte gezwungen. Ihren Ehemann sah sie mit schlecht verhohlenem Missfallen an.

Wahrscheinlich war dies, schlussfolgerte Rob, eine der prestigeträchtigen Ehen, die nicht auf Liebe gründeten und an dem vollem Terminkalender und dem hektischen Alltag eines Kongressabgeordneten zerbrachen.

Er sah zu Twyla, die Jakes Ausführungen über seinen ersten Wahlkampf fasziniert lauschte. Rob wollte sie am liebsten rütteln und sie darin erinnern, dass dies der Mann war, der sie verlassen hatte, nachdem sie ihm sein Studium finanziert hatte. Dies war der Typ, der sich nicht um seinen eigenen Sohn scherte. Dies war der Typ, der ihr die Lust auf Männer so vermiest hatte, dass zwei alte Damen Verabredungen für sie organisierten.

„Sie sind also Arzt." Beverly angelte eine Olive aus ihrem Drink, hielt sie zwischen ihren langen Fingernägeln und steckte sie dann in den Mund. „Worauf sind Sie spezialisiert?"

Merkwürdig. Sie trank Martini. Genau wie … „Pathologie", antwortete er schnell.

„Aha."

Andere sagten nie viel, wenn er sein Spezialgebiet nannte. Was sollten sie auch groß sagen? „Ist Ihnen vor Kurzem irgendein interessantes krankhaftes Gewebe untergekommen?" Sie lehnte sich zurück. Wahrscheinlich fürchtete sie, er würde als Nächstes über die Legionärskrankheit oder E. coli schwadronieren. Kaum jemand wollte erfahren, was er machte. Was mit ein Grund war, warum er die Pathologie so mochte. Andere Ärzte wurden mit Fragen nach Heilmethoden für allerlei Zipperlein bestürmt – er nicht.

Doch absurderweise gab er gerne Ad-hoc-Diagnosen. Tatsächlich sah er ganz gerne mal jemandem in die Augen, anstatt immer nur ins Mikroskop.

„Und Sie?", fragte er, um das Schweigen zu durchbrechen.

„Hausfrau", sagte sie, „und das ist mehr Arbeit, als man denkt. Benefizveranstaltungen, Feiern, Auktionen für einen guten Zweck." Müde winkte sie ab und schien nicht zu bemerken, dass Rob bei dem Wort „Auktion" zusammenzuckte. „Sie machen sich gar keine Vorstellung davon, wie anstrengend das ist." Sie bekräftigte ihre Aussage, indem sie einen großen Schluck Martini trank.

Rob betrachtete ihre Schuhe. Normalerweise achtete er nicht auf Frauenschuhe, aber diese fielen ihm auf, weil Lauren erst letzte Woche dieselben gekauft hatte. Sie sahen recht unscheinbar aus, hatten jedoch einen Goldbesatz an der Hacke, das Markenzeichen eines italienischen Designers. Er hätte nichts daran gefunden, wenn Lauren die Schuhe nicht in seiner Gegenwart ausgepackt hätte und dabei der Kassenbon herausgefallen wäre.

Ein Blick auf den Betrag, und ihm war die Kinnlade heruntergefallen. Mit dem Geld für die Schuhe hätte man eine bedürftige Familie einen Monat lang ernähren können. Und hier waren dieselben Schuhe, an den Füßen einer Frau, die Lauren auf unheimliche Weise ähnelte. Während er Beverly betrachtete, erhaschte Rob einen Blick in seine eigene Zukunft, eine Zukunft, die er nicht wollte. Alles an dieser Frau war korrekt: ihre Kleider, ihr Akzent, ihr Studium. Alles, von dem Rob dachte, es sei wichtig, bedeutsam und notwendig für ein erfolgreiches Leben. Dennoch fehlte etwas, etwas Essenzielles. Und obendrein war sie unglücklich.

Weil sie mit einem Idioten verheiratet war?

Das mochte ein Teil der Antwort sein. Aber irgendwann einmal hatte Twyla den Idioten heiraten wollen. Folglich musste er irgendetwas für sich haben.

Rob trank sein Bier und fragte sich, ob er verrückt war. Er analysierte die Ehe von Fremden, die er wahrscheinlich nie wiedersehen würde. Tief in seinem Inneren wusste er, dass er und Lauren auf dem besten Weg waren, wie Jake und Beverly zu werden. Die feine Gesellschaft. Das glamouröse Leben. Die richtige Wohnung, die richtigen Besitztümer, das richtige Auto. Äußerlich sah es aus wie der amerikanische Traum. So wie er es im *Forbes*-Magazin gelesen hatte, weil er keine Familie gehabt hatte, die ihm wahre Werte vermitteln konnte.

Nicht zum ersten Mal stiegen Zweifel in ihm auf. War seine Vorstellung vom richtigen Leben falsch?

Twyla drückte die Tür zur Toilette auf und stieß einen tiefen Seufzer der Erleichterung aus. Sie hatte sich in die Höhle des Löwen gewagt und überlebt. Erstaunlich. Sie war sich sicher gewesen, es nicht ertragen zu können, zurückzukehren und vor allem Jake nicht gegenüberzutreten.

Sie ging zur Toilette und verbrachte dann einige Zeit am Waschbecken damit, allerhand Kosmetika aus ihrer kleinen roten Handtasche hervorzuzaubern. Im Spiegel sah sie jemanden den Raum betreten. Die Frau trug eine Babytrage über dem Arm. Ein Wimmern drang unter den pastellfarbenen Decken hervor. Zunächst sah die Frau Twyla nicht. Sie setzte sich auf einen Stuhl im Vorraum und knöpfte ihre Bluse auf.

Twyla schloss mit einem lauten Klacken ihren Lippenstift, um die Frau auf ihre Anwesenheit aufmerksam zu machen. Dann ging sie in den Vorraum. Die Frau hatte eine Hand auf ihrem BH-Träger liegen. Ein Lächeln erschien auf ihrem weichen Gesicht.

„Twyla? Twyla McCabe?"

Twyla sah die Frau an und überlegte angestrengt, wer sie sein mochte. Weil die Bluse geöffnet war, konnte sie das Namensschild nicht lesen. Alles, was sie sah, war eine müde, mollige Frau mit schlaff herabhängendem braunen Haar.

„Ich bin es, Darlene Poole." Sie nahm den Säugling aus der Trage und legte ihn sich in die Armbeuge. „Darlene Poole Lindstrom. Und das hier ist Melanie."

Twyla setzte sich zu Darlene und bewunderte das Baby. „Darlene, ich erinnere mich." *Du hast dich aber ganz schön verändert.* „Wie süß die Kleine ist! Herzlichen Glückwunsch!"

„Danke." Darlene lächelte versonnen und gab dem strampelnden Baby die Brust. Augenblicklich herrschte in dem Vorraum zufriedene Stille. Immer wenn Twyla ein Neugeborenes sah, überkam sie Wehmut. Sie liebte Babys. Als sie von ihrer Schwangerschaft erfuhr, hatte sie sich noch ein oder zwei weitere Kinder gewünscht. Dann hatte Jake sie verlassen.

„Ist es dein erstes?", fragte sie Darlene.

„Nein, mein viertes. Eigentlich wollten wir heute Abend nicht kommen. Im letzten Moment haben wir uns dann doch einen Babysitter besorgt, um kurz vorbeizuschauen."

„Vier Kinder", sagte Twyla bewundernd, „ein ganzer Stall voll!"

„Die Familienplanung haben Tommy und ich Mutter Natur überlassen. So sind wir nun zu sechst. Er ist Postbote", sagte Darlene verträumt lächelnd. „Er bringt Briefe, aber finanziell ist er nicht so der Bringer, scherzen wir immer."

Aus Darlene und Tommy hätte etwas ganz anderes werden können, dachte Twyla. Sie waren beide erfolgreich und sehr sportlich gewesen, sie sahen gut aus und waren mit wahrer Begeisterung zusammen auf die Universität gegangen. Twyla hatte angenommen, dass sie Karriere machen und in eine größere Stadt ziehen würden.

Während Darlene von ihren Sprösslingen erzählte, staunte Twyla über ihre Wandlung. Aus der lebhaften Cheerleaderin war eine mütterliche Hausfrau geworden.

Darlene strich dem Baby über das flaumige Haar. „Überrascht?", fragte sie.

„Ja, ein wenig", gab Twyla zu.

„Wir mussten das Studium abbrechen, als Thomas, unser zweites Kind, kam. Wir sind hierher zurückgezogen, weil meine Eltern uns ihr Haus überließen und nach Scottsdale in den Ruhestand gingen. Ich habe gerade Tomaten und Bohnen gepflanzt", erzählte sie begeistert. „Die Kinder und der Garten. Für mehr habe ich keine Zeit."

Sie hörte auf zu stillen und wechselte die Windeln so gekonnt und schnell, wie es nur eine vierfache Mutter konnte. Twyla spürte einen Stich in der Brust. Sie liebte Brian über alles. Aber sie hatte sich immer mehr Kinder gewünscht.

„Und du", sagte Darlene und legte den schläfrigen Säugling in die Trage, „du siehst besser aus denn je. Und dieser Mann. Alle reden sie über ihn. Er sieht aus wie James Bond. Er ist Arzt, stimmt's?"

„Wir sind … sehr glücklich", sagte Twyla und war sicher, dass Darlene, die so wahrhaft zufrieden war, die Täuschung durchschaute.

Offenbar tat sie das nicht. Sie umarmte Twyla und sagte: „Ich muss los. Tommy will früh nach Hause. Er geht morgen mit den Jungs angeln."

Twyla hielt ihr die Tür auf und verließ mit ihr den Waschraum. Tom Lindstrom hatte sich kaum verändert. Er sah immer noch gut aus und war voller Leben. Und er strahlt etwas aus, eine gewisse Reife, dachte Twyla.

Sie musste lächeln, als er seine Frau in den Arm nahm und beide so viel Liebe verströmten, dass sie beinahe greifbar schien. Sie hielten die Babytrage zwischen sich und tanzten zu einem langsamen Lied. Darlene schloss die Augen und lehnte ihren Kopf an seine Schulter. Dabei lächelte sie selig.

Die großen Träume, die Darlene und Tommy geträumt hatten, waren nicht wahr geworden. Aber offensichtlich waren sie so glücklich, wie man nur sein konnte. Sie strahlten geradezu vor Glück.

„Alles klar bei dir?" Rob berührte ihren Ellenbogen, und sie drehte sich zu ihm um. Sie hatte ihn gar nicht kommen sehen.

„Ja, mir geht's gut. Aber du musst dich zu Tode langweilen."

„Dein Exmann ist echt ein Spaßvogel. Lass uns tanzen." Ohne eine Antwort abzuwarten, legte er ihr einen Arm um die Taille und zog sie auf die Tanzfläche.

Twyla legte eine Hand auf seine Schulter und genoss seine Berührung. Das bedeutet nichts, rief sie sich in Erinnerung. Er erfüllte hier eine Pflicht, nichts weiter. Doch seine Hand zu fühlen, zu spüren, wie er sie hielt, verlieh ihr Kraft und Selbstsicherheit.

„Du hast es überstanden", sagte Rob leise in ihr Ohr. „Und bist mit heiler Haut davongekommen."

„So sieht's aus." Sie blickte über seine Schulter und sah Jake inmitten einer Gruppe Menschen. Er war immer schon beliebt gewesen. Das hatte sich nicht geändert. Aber sie sah ihn nicht mehr durch eine rosa getönte Brille oder durch einen Tränenschleier.

Nach der kurzen Begegnung mit ihm und Beverly wusste sie, dass sie deren Leben nicht führen wollte. Sie wollte nicht Teil ihrer Welt sein. Stattdessen war sie heilfroh, dass es Brian gab und dass sie diesen wunderbaren Abend mit diesem tollen Mann verbringen durfte.

„Und?", fragte Rob. „Wie geht es dir nach der Begegnung?"

Zu ihrer eigenen Überraschung hörte sie sich sagen: „Es war … anders, als ich dachte. Ihn wiederzusehen, hat mich nicht so sehr mitgenommen, wie ich befürchtet hatte. Er ist irgendein Typ, der vor langer Zeit nicht sehr nett zu mir gewesen ist. Heute Abend habe ich erkannt, dass ich nicht schuld bin."

Zärtlich strich er ihr eine Strähne aus dem Gesicht. Dann beugte er sich vor und flüsterte an ihrem Ohr: „Das allein war den Besuch wert."

„Mmh." Plötzlich war ihr Mund zu trocken, um mehr sagen zu können. Sie war es nicht gewohnt, über diese Dinge zu reden. Auch war sie es nicht gewohnt, in den Arm genommen und gehalten zu werden. Sie genoss es so sehr, dass es ihr fast unangenehm war.

„Willst du gehen?"

„Mmh."

„Zurück zur Hütte?"

„Mmh."

„So viel Zustimmung kann gefährlich sein. Weißt du das?"

Sie lachte. „Mmh."

15. KAPITEL

Auf der Fahrt zurück zur Hütte entspannte Twyla sich. Was seltsam war, denn sie war sich recht sicher, dass etwas in der kleinen Hütte geschehen würde. Und allein der Gedanke daran sollte sie eigentlich nervös machen.

Aber wie sollte sie nervös sein, wenn sie ihn so sehr wollte?

Wie sollte sie nervös sein, wo er sie auf einem Weg begleitet hatte, der in Frieden und Verständnis statt mit Verletzungen und Beleidigungen geendet hatte?

Er lockerte seine Krawatte, öffnete die Manschettenknöpfe und schwieg vielsagend auf der Fahrt. Sie wollte ihn in seinen Gedanken nicht stören. Weil sein geheimnisvolles Wesen sie reizte, weil sie ihn kaum kannte und ihn nach diesem Wochenende wahrscheinlich nie wiedersehen würde. Das hatte etwas unglaublich Befreiendes. Vielleicht war es oberflächlich, vielleicht albern und ganz bestimmt gehörte es sich nicht. Aber dieses eine Mal in ihrem Leben wollte sie ausbrechen und sich hingeben.

Die Nacht war frisch, der schneekalte Wind blies von den Bergen herunter. In der Hütte zog Rob seinen Smoking aus und zündete ein Feuer in dem großen Kamin an. Sie holte die zweite Flasche Champagner aus dem Kühlschrank, öffnete sie und goss zwei Gläser ein. Sie nippte im Hintergrund an dem Moët und beobachtete, wie er mit dem Blasebalg das Reisig entfachte, bis die dünnen Zweige Feuer fingen und die großen gelben Lärchenscheite auf dem Kamingitter lichterloh brannten.

„Für einen Großstadtjungen kannst du das erstaunlich gut", sagte sie sanft.

„Feuer machen?"

Fast hätte sie wieder „mmh" gesagt, aber da sie ihn nicht glauben lassen wollte, dass es ihr die Sprache verschlagen hatte, antwortete sie: „Das muss man lernen. In unserem ersten Winter in Lightning Creek konnte ich gar nicht mit dem Ofen umgehen. Aber irgendwann habe ich es geschafft."

„In Lost Springs sind wir oft zelten gegangen", erzählte er und schob mit einem Schürhaken ein Scheit zurecht.

„Standardtanz, Überlebenstraining … Die haben euch auf wirklich alles vorbereitet."

Er schaute auf. Sie spürte seinen bewundernden Blick wie eine Liebkosung auf ihrer Haut. „Auf fast alles."

Sie reichte ihm den Champagner, und sie stießen an. „Worauf stoßen wir an?", fragte sie.

„Auf die erfolgreiche Mission?"

„Erfolgreich?"

„Meinst du nicht? Dir hat das Klassentreffen doch gefallen, oder, Twyla?"

„Doch. Dank dir. Auf dich!" Sie tranken, und sie genoss die kühlen, säuerlichen Perlen, die ihr über Zunge und Rachen rannen. Sie schloss die Augen und trank noch einen Schluck. „Ich sollte das öfter tun."

„Was solltest du öfter tun?" Er klang ein wenig angespannt.

„Champagner mit einem Fremden in einer einsamen Hütte trinken. Das hat etwas sehr Reizvolles." Sie lachte. „Wahrscheinlich machst du dir keine Vorstellung, wie selten ich ausgehe, schon gar nicht übers Wochenende. Irgendwo hingehen, wo ich nicht die Mutter eines Sohnes und die Tochter einer Mutter sein muss. Das ist so befreiend."

„Ich stehe gern zu Diensten." Er leerte sein Glas, und Twyla tat es ihm nach. Ohne den Blick von ihr zu lösen, nahm er ihr das Glas ab und stellte es auf den Tisch.

Jetzt, dachte sie, bitte küss mich jetzt, bevor mir ein Grund dagegen einfällt.

„Guter Plan", flüsterte er.

Himmel, sie hatte ihre Gedanken laut ausgesprochen!

Und sie bereute es nicht.

So romantisch und weich wie der Kuss letzte Nacht war dieser nicht. Dieser Kuss war flüchtig und schmeckte nach rauem, akutem Verlangen. Mit seinen großen Händen zog er sie entschlossen an sich. Sein Mund jedoch war erstaunlich weich und sanft, seine geschmeidigen Lippen legten sich über ihre. Er schmeckte nach Champagner und noch etwas, etwas, das sie seit Ewigkeiten nicht mehr geschmeckt, aber nicht vergessen hatte. Er schmeckte nach purer männlicher Lust.

Sein plötzliches, beinahe brutales Verlangen verscheuchte die letzten zögerlichen Zweifel, die sie noch hätte hegen können. So eine Nacht käme vielleicht nie wieder. Es wäre verrückt, sie nicht zu nutzen. Als er seinen Mund von ihrem löste, brodelte ihr Blut vor Verlangen, und jeder vernünftige Gedanke verschwand. „Rob, ich muss dir etwas sagen."

„Ja?"

„Ich hatte gehofft, dass dies passiert."

Erneut bemerkte sie an ihm dasselbe Zögern wie vorhin, gefolgt von einem tiefen Knurren. Er küsste sie ein zweites Mal, öffnete geschickt ihr Kleid und zog den Reißverschluss an ihrem Rücken nach unten. Mit der anderen Hand umfasste er ihren Hinterkopf, und ihr gelöstes Haar fiel ihr über die Schultern. Sie ließ ihren Kopf nach hinten sinken, als er ihren Hals küsste. Seine Lippen folgten den Gliedern der Kette, die er ihr geschenkt hatte. Benommen zwang sie sich, ihre Augen zu öffnen, bevor es zu spät war.

„Einen Moment", murmelte sie.

„Klar." Er zog sich zurück und schob eine Hand in seine Hosentasche.

Sie griff nach ihrer Handtasche und drehte sich mit einem Plastikpäckchen in der Hand und erbärmlich viel Schamesröte im Gesicht zu ihm. Zur selben Zeit zog er ebenfalls ein fast identisches Plastikpäckchen aus der Tasche.

„Guter Plan", wiederholte er und streifte ihr das rote Kleid von den Armen.

Sie umfasste seine Hüften und öffnete den Kummerbund. Dann entfernte sie, einen nach dem anderen, die goldenen Kragenknöpfe von seinem Oberhemd. Wenig später lag der Armani-Anzug neben dem roten Kleid in einem Haufen auf dem Boden. Twyla trug nur noch ihre sündhaft teure Seidenstrumpfhose und das Unterkleid. Sie zog das Bündchen der Hose nach unten und lächelte ihn verschämt an. „Wenn ich die ausziehe, fällt alles auseinander."

„Keine Sorge, ich bin Arzt, ich setzte dich zur Not wieder zusammen."

Nervös und voller Verlangen lachte sie und streifte sich die Strumpfhose von den Beinen.

„Es ist alles an Ort und Stelle geblieben", sagte er und ließ einen Finger von ihrem Hals zu ihrem Dekolleté wandern. Seine Hand verschwand unter dem seidigen Stoff des Unterkleids, und sein Finger strich über ihre Brust. Dann schob er die Satinträger zur Seite. Sie unterdrückte ein Stöhnen und hoffte, er würde nicht merken, wie sehr sie ihn wollte.

„Das hatte ich auch nicht anders erwartet." Dann sagte Rob nichts mehr, sondern senkte seinen Kopf an die Stelle, wo zuvor seine Hand gelegen hatte.

Twyla schloss die Augen und sog die Berührung mit jeder Pore auf. Himmlisch, dachte sie, ein Stück Himmel in ihrem allzu irdischen Leben. Sie fuhr mit ihren Fingern durch sein Haar und seinen Rücken hinab. Zusammen sanken sie auf den flauschigen Läufer vor dem Kamin. Der Mann war ihr fremd und zugleich auf eine nicht in Worte zu fassende Weise vertraut. Etwas an ihm erkannte sie wieder. Vielleicht kannte sie ihn aus ihren Träumen.

Sie ließ ihre Hände seinen Rücken hinaufwandern. Es war so lange her, seit sie einen Mann berührt hatte. Sie genoss, wie er sich anfühlte, seine langen, muskulösen Glieder, sein weiches dunkles Brusthaar, den seichten Schatten seiner Barthaare auf der Wange. Sie fragte sich, wie in Gottes Namen sie so lange ohne dies hier ausgekommen war – und wie sie nach dem Wochenende wieder ohne das hier weitermachen sollte. Rasch verdrängte sie den Gedanken und begrub ihn unter einem heißen Kuss. Er zog ihr das Unterkleid vom Leib und hob sie leicht an, sodass ihre Brüste seinen Oberkörper streiften. Ab nun regierte nur noch der reine Instinkt. Ihre Hüfte bewegte sich gegen seine, sie hob sie an und bot sie als Wiege ihrer Vereinigung dar.

In wildem Verlangen drängte sie sich an ihn. Ihre Hände, ihr Mund, ihr ganzer Körper flehten eindringlicher nach seiner Nähe, als Worte es vermocht hätten. Er drang kurz entschlossen in sie ein. Vor Wonne und Wollust schrie sie auf und augenblicklich begannen die Wellen der Lust sie zu durchfluten. Er brachte sie auf den Gipfel der Gefühle, wo sie sich nicht mehr regen wollte, nicht atmen, nicht blinzeln. Als sie es kaum noch aushielt, führte er sie noch höher hinaus. Die Lust, die er ihr bereitete, hatte sie so noch nie erlebt. Die Intensität ihre Gefühle beängstigte sie beinahe. Nie hätte sie geahnt, dass … Dann erloschen ihre Gedanken, und sie fiel mit einem Lustschrei in ein ekstatisches, wohliges Nichts. Sie hielt ihn eng an sich gedrückt, sodass sie sein Herz schlagen hörte und die weichen Wogen seines Höhepunkts spürte.

Es dauerte lange, bis sie die Sprache wiederfand, bis sie wieder einen klaren Gedanken fassen konnte. Die langen, gedankenlosen Augenblicke hatten eine diesige, surreale Qualität. Unterbrochen wurden sie nur von dem trägen Knacken des brennenden Holzes und dem Flackern des Feuers, das rote Schatten über ihre nackten Beine und Schenkel warf. Schließlich, als ein glühender Scheit barst und eine Schar Funken in den Schornstein schickte, bewegte sie sich. Sie legte eine Hand auf seine Brust und sah ihm ins Gesicht.

„Ich weiß nicht", sagte sie und hoffte, dass sie nicht so verwirrt klang, wie sie sich vorkam, „ich weiß nicht, was jetzt kommt."

„Was meinst du?"

„Das letzte Mal ist so lange her, Rob. Sehr lange. Ich weiß wirklich nicht, was man jetzt macht."

Seine Finger hatte er in ihr Haar gewickelt. Bewusst langsam befreite er seine Hand und ließ sie lasziv abwärts über ihre Schulter, ihren Rücken, ihre Hüfte und Schenkel gleiten, bis sie an ihrer allerempfindsamsten Stelle anlangte. „Ich habe die eine oder andere Idee."

Sie errötete, als eine neue Welle der Lust sie erfasste, noch bevor die letzte gänzlich verebbt war. „Ich weiß nicht", wiederholte sie und stupste gegen das aufgerissene Plastikpäckchen, das er vorhin hervorgeholt hatte. „Wir haben nur noch ein Kondom übrig."

„Oh, Süße!" Wie ein Zauberer zog er eine ganze Kette von Kondompäckchen aus seiner Westentasche. „Wir haben mehr als nur das eine."

Rob wachte langsam auf und genoss die sirupartige Schläfrigkeit nach einem langen, tiefen Schlaf. Ein seidig warmer weiblicher Oberschenkel lag auf seinem. Genüsslich sog er den geheimnisvollen Geruch von Frauenhaar ein. Dann setzte der Schock ein.

Verdammter Mist. Er hatte Twyla letzte Nacht geliebt. Nicht nur einmal, sondern … Er öffnete ein Lid und ließ den Blick über das Schlafzimmer gleiten. Unten am Kamin hatten sie angefangen, dann waren sie oben gelandet und hatten eine Spur aus Kleidungsstücken, Champagnergläsern und aufgerissenen Kondomverpackungen hinterlassen. Sie hatten in dem Whirlpool … gebadet und waren dann im Schlafzimmer geendet. Gütiger Gott, er musste den Verstand verloren haben.

Jetzt saß er in der Falle. Besser gesagt: Er lag in einer Falle. Sie schlief tief und fest, sie bewegte sich nicht, ihre Glieder waren schwer und entspannt mit seinen verwoben. Nie zuvor hatte er so eng an eine Frau geschmiegt geschlafen. Nie hatte er eine Frau nachts so festgehalten.

Noch nicht einmal … verdammt. Noch nicht einmal Lauren.

Behutsam versuchte er, sich aus dem warmen, weichen Bett zu befreien. Er hob das lange Bein, das über seinem lag, und schlagartig erinnerte er sich, wie er sie letzte Nacht geliebt hatte.

Sie bewegte sich im Schlaf. Ihre Beine wanden sich um ihn, hielten ihn fest und fester. Er versuchte immer noch, sich zu lösen und sich auszureden, dass er sie wollte. Er dachte an Agar-Nährböden in Petrischalen. Er berechnete den Kilometerstand seines Fords und kalkulierte den Preis von Rinderfell an der Börse. Er wollte an alles Mögliche denken, bloß nicht an letzte Nacht. Aber ihre Wärme und ihr Geruch waren nicht wegzudenken. Und gegen seinen Willen meldete sich sein hartes Verlangen.

Er biss die Zähne zusammen, hob sacht ihren Kopf von seiner Schulter und bettete die rote Lockenpracht auf ein Kissen. Sie seufzte, wachte aber nicht auf. Als er die Decke hob, sah er ihren Körper. Ein großer Fehler. Er hätte nicht hingucken sollen. Aber verdammt, sie war eine Göttin.

Irgendwie schaffte er es aus dem Bett. Er zog sich seine Jeans über, sonst nichts, verließ barfuß das Zimmer und ging leise nach unten, um Kaffee zu kochen. Benommen starrte er auf das Gebräu, schenkte sich eine Tasse ein und trat auf die Veranda. Die Sonne stand hoch am Himmel und die Hitze flirrte über den Wiesen vor der Hütte.

Rob setzte sich auf die oberste Stufe, trank seinen Kaffee und dachte nach.

Er hatte die Kontrolle verloren. Dabei ging es ihm immer darum, alles unter Kontrolle zu haben, Pläne zu machen, seine Ziele zu verfolgen. Er hatte sein Labor, und zusammen mit seinen Partnern machte er mehr Geld als nötig. Und er hatte Lauren. Obwohl sie nicht direkt über die Ehe sprachen, bestand die stillschweigende Übereinkunft, dass sie über kurz oder lang heiraten würden. Er lebte in Denver, einer Stadt mit einem aufregenden Nachtleben, einer Notfallambulanz, Golfplätzen, Flughäfen und Kegelbahnen, verdammt noch mal.

Was er letzte Nacht getan hatte, setzte all das aufs Spiel. Sein sorgsam eingerichtetes Leben. Seine Karriere. Seine Beziehung. All das warf er weg wegen einer Frau mit schönen Augen, einem tollen Körper und einem Wesen, das sein Herz berührte.

Er trank seinen Kaffee aus, stand auf und streifte durch die Grasbüschel, die vor der Hütte auf der warmen Erde wuchsen. Er fuhr sich mit der Hand durchs Haar und fragte sich, wie er die Situation handhaben sollte.

Eigentlich war er darin gut. Gewöhnlich betrachtete er ein Problem von allen Seiten, entschied, was zu tun war, und tat genau das.

Vielleicht hatte er Glück. Vielleicht hatte Twyla zur Abwechslung genau diese eine Nacht gebraucht. Vielleicht würde sie danach heimkehren, sich an ihre Arbeit machen und ihn vergessen.

Sollte das nicht der Fall sein, würde er ihr irgendwie beibringen müssen, dass ein Abschied das Beste für sie beide sei. Das wäre die einfachste Lösung. Ein freundliches „Danke schön, war nett" und sie gingen getrennter Wege.

„Guten Morgen", hörte er eine Stimme in seinem Rücken.

Aus den Gedanken gerissen fuhr er herum und sah sie auf der Veranda stehen. Ihr Haar war zerzaust. Sie trug einen flauschigen weißen Frotteemorgenmantel, der ihr einige Nummern zu groß war. Ihr Hände hatte sie in tief in die Taschen geschoben. Sie lächelte übers ganze Gesicht.

„Morgen", sagte er. Und weiter … nichts. Er wollte ihr doch erklären, wie die Dinge standen, ihr offen sagen, was Sache war, aber … er brachte kein Wort hervor, nur ein ebenso breites Lächeln.

„Gut geschlafen?", hörte er sein verräterisches Selbst fragen.

„Sehr gut." Sie streckte sich ausgiebig und hob die Arme über den Kopf, sodass sie ihr Dekolleté entblößte. „Und du?"

„Auch gut. Da ist Kaffee", sagte er schnell.

„Schon entdeckt."

„Gut." Wütend über sich selber, über seine Unfähigkeit, die richtigen Worte zu finden, ging er auf die Veranda zu. „Um zwei müssen wir den Flug kriegen."

„Dann haben wir noch zwei Stunden Zeit …"

„Ja, ungefähr."

Sie lächelte ihn an. „Was machen wir in den zwei Stunden?"

Ihr Lächeln machte auch noch den letzten guten Vorsatz zunichte. „Wir finden schon was." Flugs hob er sie auf die Arme und trug sie in die Hütte, als wöge sie nichts. Wie Rhett Butler, dachte Rob, der nicht für möglich gehalten hatte, dass er jemals so etwas tun würde. Er stieg die Treppe hinauf und legte sie unsanft aufs Bett. Dann schob er den Morgenmantel auseinander und öffnete seine Jeans beinahe in einer einzigen Bewegung. Als er hastig ein Kondom vom Nachttisch griff, spürte er ihre bewundernden Blicke. Er dachte an nichts, als er in sie eindrang. Ihn beherrschte einzig das brennende Verlangen nach ihr, mit ihr zu sein, in ihr, von ihr umgeben zu sein. Zu seinem Erstaunen sagte sie nichts, sie schien ihn zu verstehen. Womöglich war ihr nicht klar, dass seine Leidenschaft falsch war, dass er die Beziehung zu ihr nicht fortführen wollte. Womöglich war es ihr gleichgültig. In diesem Augenblick war es auch ihm gleichgültig.

16. KAPITEL

Wann geht morgen dein Flug nach Denver?", fragte Twyla, als Rob ihre Reisetasche aus dem Wagen holte.

„Gegen elf Uhr morgens", antwortete er mit dem Rücken zu ihr. Der Tag war sehr schlecht verlaufen. Oder sehr gut, gar unglaublich. Je nachdem, wie man es sehen wollte. Twyla war großartig. Der Sex mit ihr war großartig. Aber er musste hier um Gottes willen verschwinden und in sein richtiges Leben zurückkehren.

Bis er Twyla kennengelernt hatte, dachte er, er und Lauren hätten eine Übereinkunft. Eine feste Beziehung, die gut und gerne dauerhaft sein könnte. Aber vielleicht fürchtete er sich tief in seinem Inneren. Vielleicht wollte er gar nicht, dass irgendwas dauerhaft war, weil ihn das Leben darauf nicht vorbereitet hatte.

Alles nur Ausreden, schalt er sich. Faule Ausreden. In Wahrheit hatte er sich bei Twyla nicht unter Kontrolle. Sie war seiner Ansicht nach alles, was er nicht wollte. Und doch war sie alles, was er wollte. Er musste weg, zurück nach Denver in sein altes Leben, er musste wieder zu Verstand kommen. Lauren würde nie herausfinden, was passiert war. Und selbst wenn, sein Verhältnis zu Lauren hatte sich eh verändert, und das Schlimme war, dass sie es nicht ahnte.

Twyla hatte er nichts von Lauren gesagt. Warum auch? Als ihm klar geworden war, dass er mit Twyla reinen Tisch machen musste, war es schon zu spät. Wenn er jetzt etwas sagte, wäre sie verletzt, dass er sie betrogen hatte. Das Beste war, zurück nach Denver zu gehen und das alles zu vergessen. Er hoffte bloß, Twyla war seiner Meinung.

Während des Fluges hatten sie nicht darüber gesprochen. Das Flugzeug war voll besetzt, und an Bord führte man schlecht ernste Unterhaltungen, daher hatten sie nur Belanglosigkeiten ausgetauscht. Einige Male hatte sie seinen Arm berührt oder sein Bein, wie selbstverständlich, als sei er ihr sehr vertraut und nah.

Warum fällt mir der Abschied dann so schwer? fragte er sich, während er die Taschen zu ihrem ärmlichen Haus hinauftrug. Warum konnte er nicht einfach gehen und alles vergessen?

Als er auf die oberste Stufe der Verandatreppe trat, brach eine Planke. Rob ließ die Taschen fallen und sank bis zum Oberschenkel in das verrottete Holz.

„Rob!", rief Twyla und eilte zu ihm. „Hast du dich verletzt?"

Er schüttelte den Kopf und befreite sich aus dem Loch. „Alles in Ordnung. Bis auf die Treppe."

Gwen und Brian erschienen in der Haustür. Essensgeruch aus der Küche drang nach draußen. Peinlich berührt klopfte sich Rob den Dreck von der Hose.

„Das tut mir leid", sagte Twyla und wurde rot. „Ich wollte die Stufe schon längst repariert haben."

Er rang sich ein Lächeln ab. „Das machen wir dann am besten sofort." Er klopfte Brian auf die Schulter und sagte: „Hallo, kleiner Mann. Ich wette, du weißt, wo die Werkzeugkiste ist."

„Top, die Wette gilt, Rob", sagte Brian und führte ihn zu dem Schuppen hinterm Haus.

Twyla hackte Basilikum im Rhythmus zu Robs Hammerschlag auf der Veranda. Sie lächelte und freute sich über die lebhafte Atmosphäre, die das Hämmern und Sägen ihrem Zuhause verlieh.

Dann spürte sie, wie ihre Mutter sie ansah. Das merkte sie immer. Als sie von ihrem Schneidebrett aufsah, lehnte Gwen an der Arbeitsfläche in der Küche und betrachtete sie.

„Was gibt's?", fragte Twyla.

„Das frage ich dich. Erzähl!"

„Ma, ich habe dir schon alles erzählt." Mit neuem Eifer machte sich Twyla über das Basilikum her. „Das Wochenende war toll, es lief besser als gedacht." Sie legte das Messer beiseite, um an den Fingern ihre ehemaligen Klassenkameraden aufzuzählen. „Darlene Poole und Tommy Lindstrom haben vier Kinder, Sandra Jaffe geht es besser, Harold Fox ist Alkoholiker, ich habe Jake getroffen, und es war okay."

„Das ist nicht alles", beharrte Gwen und rührte in der Spaghettisauce. „Du magst ihn, nicht wahr?"

„Natürlich mag ich ihn." Sie streute das Basilikum über die Tomatenscheiben auf dem Teller und gab Olivenöl darüber. „Warum sollte ich ihn nicht mögen? Er hat gut mitgespielt, hat alle in Hell Creek beeindruckt und jetzt repariert er zusammen mit meinem Sohn unsere Veranda. Wie soll ich ihn da nicht mögen?"

„Du magst ihn sehr. Und es ist mehr als nur mögen."

Twyla stellte den Teller mit den Tomaten in den Kühlschrank. „Nicht so vorschnell, Ma", sagte sie, obwohl sie ein wohliges Glücksgefühl überkam. „Ich kenne ihn doch erst seit ein paar Tagen."

„Manchmal reicht das. Besonders, wenn man wie füreinander geschaffen ist."

Twyla erinnerte sich an ihre erste Begegnung mit Jake. Er war drei Jahre älter als sie und stand vor ihr in der Schlange in der Schulkantine. Ihm fehlte ein Dollar, und Twyla hatte ihm das Geld geliehen. Er versprach, ihr das Geld zurückzugeben und lud sie am Wochenende ein, auszugehen. Sie war so geschmeichelt gewesen, dass sie den Dollar vergaß. Seltsam. Das war ein Zeichen, das sie nicht gedeutet hatte. Ein einziger Dollar hätte ihr jede Menge Herzschmerz ersparen können.

Sie ging zur Haustür, um dort den Fortschritt zu begutachten. Rob und Brian hatten zwei Sägeböcke und einen Stapel alter Bauhölzer aus dem Schuppen geholt. Rob trug eine alte Baseballcap. Werkzeug, das seit Jahrzehnten nicht benutzt worden war, lag vor dem Haus verstreut oder hing an dem alten Werkzeuggürtel, den Rob sich um die Hüfte geschnallt hatte. Er reichte Brian das eine Ende eines Maßbandes. In höchster Konzentration, wie man sie sonst nur von Hirnchirurgen kennt, markierten sie auf einer Bohle die Abmessungen. Zu sehen, wie der große Mann und der kleine Junge zusammen werkelten, schnürte Twylas die Kehle zu.

Rob sägte ein passendes Stück aus und setzte die Cap ab. Dann sagte er etwas zu Brian, zog sein Polohemd aus und hängte es über das Geländer. Brian beobachtete ihn genau und tat es ihm dann nach. In perfekter Nachahmung zog er sein Godzilla-T-Shirt aus und hängte es über das Geländer.

„So etwas kriegen wir hier nicht oft zu sehen", sagte Gwen, die ihr gefolgt war.

Mit trockener Kehle angesichts von Robs muskulösem Oberkörper flüchtete Twyla zurück in die Küche. „Ich mache uns eine Limonade."

Gwen kam mit und holte Zitronen, während Twyla die hölzerne Presse aus dem Schrank zog. „Komisch, dass die Treppe ausgerechnet heute einbricht. Alles hat seinen Grund, nehme ich an. Auch dein Wochenende."

„Dieses Wochenende kam nur zustande, weil ihr Quilt-Näherinnen eure Nase immer in anderer Leute Angelegenheiten stecken müsst."

„Es ging doch gut aus. Du bist erhobenen Hauptes nach Hause zurückgekehrt und hast dir dabei einen schönen Mann geangelt."

„Moment mal! Wer sagt denn was von einem schönen Mann?" Sie ging zum Waschbecken, wusch ihre Hände und trocknete sie am Geschirrtuch. „Kein weiteres Wort über einen schönen Mann, bitte! Er geht zurück nach Denver, und wir werden uns nicht wiedersehen."

„Warum denn nicht?"

„Darum, Ma. Mein Leben ist hier, seins dort." Sie nahm ein scharfes Messer aus der Schublade und halbierte die Zitronen.

„Muss das so bleiben?"

Twyla zögerte und setzte das Messer ab. „Das weißt du besser als ich."

Gwen presste die Lippen aufeinander und verzog schmerzhaft das Gesicht. „Twyla, es tut mir aufrichtig leid. Diese … diese Krankheit ist mir so unangenehm."

„Ma, das braucht dir nicht unangenehm zu sein." Das alte Thema. Aber heute kam es Twyla aktueller vor denn je. „Du bist eine schöne Frau, jung geblieben und voller Leben. Aber wenn du das Haus nicht verlässt, zieht das Leben an dir vorüber."

„Wir haben schon so oft darüber geredet." Gwen presste eine Zitrone aus. „Seit Neuestem fragt Brian mich, warum ich das Haus nicht verlasse. Ich will ja, aber bei jedem Versuch überkommt mich Panik. Allein der Gedanke macht mir Angst."

Twyla hatte einen Kloß im Hals. Das Leid ihrer Mutter frustrierte sie, machte sie wütend und vor allem traurig. Was musste ihrer Mutter an dem Tag durch den Kopf gegangen sein, als sie aus dem Fenster des Wohnwagens gesehen hatte, wie ihr Mann sein Flugzeug direkt auf die Felswand des Lost Horse Mountain zusteuerte? Wie sollte Twyla ihr da Lebensmut einhauchen?

„O Gott", sagte Gwen, „es ist meinetwegen, nicht wahr? Ich bin der Grund, warum du hier nicht wegkommst, warum du keinen Mann hast …"

„Nein, Ma, sei nicht albern!"

„Und du opfere dich nicht für mich auf! Weißt du was?", fragte Gwen und presste emsig Zitronen aus. „Ich habe noch die Telefonnummer, die mir deine Freundin Sadie gegeben hat, von dem Therapeuten für Angststörungen in Casper. Und die Tabletten habe ich auch noch."

Hoffnung stieg in Twyla auf. „Warum jetzt?"

„Wegen der Art, wie du Rob Carter angeschaut hast. Das war so, wie ich deinen Vater angesehen habe."

„Was für eine Art soll das sein?"

„Als würdest du überall mit ihm hingehen. Ich möchte, dass du die Freiheit hast, genau das zu tun, Twyla. Einem Mann überallhin zu folgen."

„Das hat nichts mit Freiheit zu tun", warf Twyla ein. „Das habe ich mit Jake versucht, und das war mein Verderben."

„Diesmal ist es anders. Und du weißt es."

Sie gossen den Zitronensaft über die Eiswürfel und den Sirup in der Karaffe. „Das spielt keine Rolle, Ma. Es war nur ein Wochenende. Morgen ist er weg und ich werde ihn nie wiedersehen."

Während Gwen die Spaghetti abgoss, ging Twyla nach draußen. Triumphierend streckte ihr Brian etwas, das er zwischen seinen Finger hielt, entgegen. „Mum, guck mal! Rob hat meinen Zahn gezogen!"

„Echt?" Sie streckte die Hand aus, und er legte einen winzigen Schneidezahn hinein. Dann schob er die Lippe nach oben und zeigte ihr die Lücke. „Dir darf doch sonst niemand einen Zahn ziehen."

„Ich habe ein sauberes Taschentuch benutzt", beeilte Rob sich zu sagen. Seine nackte Brust und seine Schultern glänzten vor Schweiß.

„Es hat gar nicht wehgetan", rief Brian.

Sie steckte den Zahn ein. Brian war ein hartes Kerlchen. Aber selbst sie durfte ihm nicht zu nahe kommen, wenn ein Zahn wackelte. Mit Rob war er ganz anders, selbstsicherer, irgendwie mehr er selber. *Gewöhne dich besser gar nicht erst an ihn,* wollte sie ihren Sohn warnen. *Du wirst ihn nur umso mehr vermissen.*

„So, ihr zwei, Hände waschen!", sagte sie und warnte sich selber, nicht in Wunschdenken zu verfallen. „Das Essen ist fertig."

„Mann, ich hab 'nen Bärenhunger!", sagte Brian mit extra tiefer Stimme. Was so ein Werkzeugkasten alles bewirken konnte!

„Zeig Rob, wo das WC ist!", sagte Twyla.

„WC?", rief Brian übermütig. „Das heißt Klo!"

Sie unterdrückte ein Lachen und ging rein, um den Tisch zu decken.

„Rob", sagte Twyla und sah ihn über den Tisch hinweg an. „Ich kann dir gar nicht genug danken, dass du die Treppe repariert hast."

„Das ist das Mindeste, was ich tun konnte, nachdem ich sie kaputt gemacht habe." Rob und Brian waren mit gekämmtem Haar und sauberen Händen im Esszimmer erschienen. Rob nahm eine Scheibe vom ofenwarmen Brot und einen Nachschlag Spaghetti. „Wenn dies hier der Dank dafür ist, mache ich die Hintertreppe auch noch kaputt. Es schmeckt köstlich."

Twyla und Gwen strahlten. Es lag in der Familie, sie beide liebten es, andere zu bekochen.

Belustigt beobachtete Twyla, wie Brian jede von Robs Bewegungen nachahmte, wie er Butter auf sein Brot strich, wie er die Spaghetti auf dem Löffel drehte. Trotz ihres verstohlenen Lächelns wurde ihr die Brust eng – ein nur allzu vertrautes Gefühl. Ihr Sohn wuchs ohne einen Vater auf. Das kam dieser Tage häufig vor. Dennoch verband einen kleinen Jungen und einen erwachsenen Mann etwas Besonderes, das sie ihm nicht bieten konnte, wie sehr sie es auch versuchte.

Wollte sie Rob, weil Brian ihm so zugetan war? Oder weil er sie zum Lachen brachte? Oder weil sie sich göttlich fühlte, wenn sie sich liebten? Wahrscheinlich ist es alles zusammen, dachte sie.

Ihre Mutter war während der Mahlzeit charmant wie eh und je. Rob hörte ihr interessiert zu, als sie von den Quilt-Näherinnen, von den Büchern, die Brian über die Sommerferien lesen sollte, und einem Golfturnier erzählte, das sie im Fernsehen gesehen hatte.

Zu viert aßen sie und redeten miteinander, als würden sie sich schon ewig kennen. Am Tisch herrschte eine ausgelassene, lockere Stimmung ohne unterschwellige Spannungen. Das liegt daran, überlegte Twyla, dass sie keinerlei Erwartungen hegte. Die wenigen Male, die sie sich mit einem Mann getroffen hatte, waren stets von einer erwartungsvollen Spannung überschattet gewesen, die schwer auf ihren widerwilligen Verehrern lastete und geradezu mit Händen greifbar war. Bei Rob gab es keine Erwartungshaltung. Eigentlich hätte sie das trösten sollen, aber im Gegenteil betrübte es sie.

Rob trank noch eine Limonade und trug sein Dessertschälchen zur Spüle. „Meine Damen, vielen Dank für das vorzügliche Mahl, das ihr zubereitet habt", sagte er.

„Wir haben zu danken", sagte Gwen. „Die Treppe hätte schon längst gemacht werden müssen." Sie stand auf und räumte den Tisch ab. „Brian, hilfst du mir gleich beim Abwasch?"

„Ach, Oma …"

„Und hilfst du mir danach beim Popcorn-Machen? Popcorn brauchen wir für unseren Sonntagsfilm."

Brav trug Brian einen Tritt zur Spüle.

„Gute Nacht, Gwen, gute Nacht, Brian", sagte Rob und zog seine Cap aus der Hosentasche. „Ich komme morgen wieder und mache weiter."

Twyla begleitete ihn vor die Tür und die neue Treppe hinab in den Garten. „Du bist nicht fertig?"

Er drehte sich zu ihr und lehnte sich an den Sägebock, sein Blick unverwandt auf sie gerichtet. „Ich bin hier nicht annähernd fertig." Dann blinzelte er, als sei er kurz weg gewesen, und fügte hinzu: „Die Treppe ist fertig. Aber da muss ein Geländer dran."

„Wir hatten da nie ein Geländer. Das muss abhandengekommen sein, bevor ich das Haus gekauft habe."

„Wahrscheinlich verstößt das gegen irgendeine Baubestimmung. Ich erledige das lieber. Ist dir das recht, Twyla? Mir zuliebe, ich arbeite sonst so selten mit meinen Händen."

Jedes seiner Worte schien eine doppelte Bedeutung zu haben, jedes Wort, alles an ihm, erinnerte sie an die vergangene Nacht.

„Gut, wir brauchen also ein Geländer."

„Nicht, dass deine Mutter auf der Treppe den Halt verliert."

Twyla stockte. Dann sagte sie im Flüsterton: „Sie geht nie die Treppe hinunter." Als sie seinen ungläubigen Gesichtsausdruck sah, fügte sie hinzu: „Das ist die Wahrheit, Rob."

Er nahm ihre Hand. „Komm mit. Lass uns spazieren gehen."

Es fühlte sich so gut an, ihn zu berühren, auch wenn sie einander nur an den Händen hielten. Sie gingen den Abhang hinunter zu seinem Wagen. Dort standen sie und sahen auf die Schaukel in der alten Eiche, die sich im Abendwind bewegte.

„Du glaubst wahrscheinlich", sagte Twyla, „dass meine Mutter charmant und intelligent ist, sich gerne mit anderen unterhält und einen klaren Verstand hat. Genau deshalb ist ihre Platzangst so merkwürdig. Und umso schwerer zu ertragen. Niemand mag glauben, dass ausgerechnet sie an einer derart schlimmen Psychose leidet."

„Das stimmt, ich mag das auch kaum glauben. In meiner Ausbildung habe ich mich auch mit Psychiatrie befasst. Angststörungen kommen nicht selten vor. Deine Mutter passt ins Bild.

Aber wahrscheinlich kennst du dich mittlerweile besser damit aus. Du solltest jedoch wissen, dass die Störung heilbar ist."

„Ich weiß. Ma ebenfalls." Wind fuhr über ihre nackten Arme, und sie fröstelte.

„Dir ist kalt."

„Ein bisschen." Sie ging zu der Schaukel mit dem Autoreifen und setzte sich hinein. „Immer wieder sagt Ma, dass sie Hilfe will. Sie hat immer noch die Tabletten von unserem Hausarzt. Aber ich kann sie ja nicht zwingen, sie zu schlucken."

In einem Fenster gingen die Lichter an. In der Dämmerung sah das Haus gar nicht so schäbig aus. Die blätternde Farbe an den Wänden und die windschiefen Verschläge sah man kaum. Stattdessen wirkte das Haus einladend und gemütlich. Niemand ahnte, dass diese vier Wände Gwen McCabe ein Gefängnis waren.

„Vielleicht dauert ihr Zustand deshalb so lange an, weil sie so vernunftbegabt und so geerdet ist, dass die Platzangst unwirklich erscheint", fuhr Twyla fort. Außer mit Sadie sprach sie sonst mit niemandem darüber.

„Am Anfang dachten alle, sie sei ein Stubenhocker. Die Leute besuchten sie und nicht umgekehrt. Oder sie riefen an. Eine Frau in mittlerem Alter, die viel zu Hause bleibt, schien nicht ungewöhnlich. Manchmal frage ich mich, ob ich unabsichtlich das Problem schlimmer mache."

„Wie meinst du das?"

„Ich erwarte ja, dass sie zu Hause bei Brian bleibt, während ich arbeite. Das ist ideal. Ich war ihr immer dankbar, dass sie zu Hause ist, mich unterstützt, mir im Haushalt hilft und zum Feierabend das Essen auf den Tisch stellt. Eine Großmutter, wie sie im Buche steht. Ganz im Ernst, im Ort beneiden mich die alleinerziehenden Mütter um Gwen."

Mit ihrem Fuß setzte sie die Schaukel in Bewegung. „Kochen, Backen, eine Mutter, die daheim bleibt, eine Hausfrau für die Hausarbeit. Die Signale sind eindeutig. Ist dir das nicht aufgefallen?"

„Nein, eigentlich nicht."

„Mir auch nicht. Bis mir klar wurde, dass genau das das Problem meiner Mutter ist. Unsere Gesellschaft fördert diese Vorstellung. Es gilt als Tugend, wenn eine Frau zu Hause bleibt. In gewisser Weise hat Ma das ins Extrem getrieben. Das geht jetzt schon so lange so, dass ich bezweifle, dass sie da jemals wieder rauskommt."

Sie schaukelte weiter. Irgendwo rief eine Eule. „Und du dachtest, du könntest dich am Wochenende erholen."

„Was meinst du damit?"

„Erst reparierst du die Treppe, dann spielst du für mich den Therapeuten. Normalerweise bin ich nicht so eine Heulsuse."

„Du bist keine Heulsuse." Er machte einen Schritt auf sie zu. „Und deine Sitzung ist noch nicht zu Ende. Du hast mir nie erzählt, wie es überhaupt dazu kam."

Twyla biss sich auf die Lippe. Aber sie wollte ihm davon erzählen. Es war so angenehm, mit ihm zu reden. Kein anderer Mann, den sie kannte, strahlte so viel Ruhe und Stärke aus, keinem anderen Mann vertraute sie so wie Rob. „Es begann, als mein Vater starb."

Ihre Worte hingen einen Moment lang in der Luft. Er sagte nichts und schien zu spüren, dass gleich mehr käme. „Die Klage, die Jakes Kanzlei gegen ihn führte, lief nicht gut. Dad hatte seinen Dispo weit überzogen, seine einzigen Vermögenswerte bestanden in der Police für seine Bestäubungsmaschine und seiner Lebensversicherung."

„Oh mein Gott, nein, Twyla."

Seinen Worten entnahm sie, dass er die Wahrheit erraten hatte. Sie blickte zu Boden. Ihre Brust schnürte sich vor Trauer zusammen, eine Trauer, die in Momenten wie diesen genauso schmerzhaft und tief war wie an dem Tag, als ihr Vater starb.

„Ich glaube nicht, dass er so melodramatisch sein wollte. Er wusste, dass er mit der Klage auf den Bankrott zusteuerte. Er fand einen Weg, um Ma versorgt zu wissen, bevor sie ihm alles nehmen konnten." Sie schluckte und versuchte, sich zu sammeln. „Was er nicht begriff: Sie brauchte ihn, sonst nichts, weder Erfolg noch Geld oder teure Sachen."

Sie sah Rob in die Augen. „Wie konnte er nur so dumm sein?"

„Manchmal sind Männer das."

Sie nickte, widersprechen wollte sie ihm nicht. „Wahrscheinlich hat mein Vater nicht daran gedacht, dass meine Mutter von dem Fenster über der Spüle den Lost Horse Mountain sehen konnte. Sie musste den Unfall mit ansehen, als sie das Geschirr vom Frühstück abwusch. Unvorstellbar, was sie gedacht und gefühlt haben muss, als er in den Felsen flog und abstürzte, während sie seine Kaffeetasse spülte."

Er fasste an die Kette und hielt die Schaukel an. Dann nahm er Twylas Gesicht zwischen seine Hände. „Twyla, Liebling, das tut mir so leid."

„Es war schrecklich. Man hat es als Unfall deklariert, so wie er es geplant hatte. An der Felswand sieht man Kratzspuren, an der Stelle ist mein Vater gegen den Lost Horse Mountain geflogen. Mit der Lebensversicherung konnten Ma und ich seine Schulden begleichen und Hell Creek verlassen."

Er fuhr mit seinem Daumen über ihre Wange. Dabei fing er eine Träne auf und wischte sie fort. „Gott sei Dank konnten wir weg. Denn alle wussten, dass es kein Unfall war. Das Gerede der Leute machte mich wahnsinnig."

„Das ist der wahre Grund, warum du nicht zurückwolltest, stimmt's?"

„Ja. Es ist lange her. Die Leute reden jetzt über etwas anderes. Und ich fühle mich nicht mehr verantwortlich für das, was passiert." Sie löste seine Hände von ihrem Gesicht und hielt sie. „Danke für alles, was du getan hast. Dass du mit mir zum Klassentreffen gegangen bist und alle dachten, ich heirate einen erfolgreichen Arzt. Das bedeutet mir wirklich viel, Rob."

„Twyla, wie gesagt, ich bin ja noch nicht fertig hier ..."

„Stimmt ja, wir brauchen ein Treppengeländer." Sie ließ seine Hände los und ging mit ihm zu seinem Wagen. „Wirst du bis zu deinem Flug morgen fertig?"

„Reilly öffnet seinen Laden sehr früh. Ich muss da noch ein, zwei Sachen besorgen, dann bin ich um acht Uhr hier."

„Da werde ich schon im Salon sein. Wegen der Buchhaltung fange ich früh an. Und montags arbeite ich ehrenamtlich im Krankenhaus. Brian wird in der Schule sein, es ist die letzte Woche vor den Sommerferien." Sie lächelte zaghaft. „Ma ist hier. Darauf kannst du dich verlassen."

Sie stand neben der Fahrertür. So ist der Abschied am einfachsten, sagte sie sich. Um den heißen Brei herumreden und die Dinge künstlich in die Länge ziehen würde das Unabänderliche nur aufschieben. Sie stellte sich auf die Zehenspitzen und gab ihm einen Kuss auf die Wange. So kurz wie möglich. Auch wenn sie liebend gerne ihre Haut an seiner gespürt hätte, den Duft nach teurem Aftershave und ehrlichem Schweiß eingeatmet und seine Lippen berührt hätte. Nein. Es war Zeit, in ihr normales Leben zurückzukehren.

„Danke, Rob", sagte sie mit einem kaum wahrnehmbaren Zittern in der Stimme.

Als sie weggehen wollte, legte er einen Arm auf das Autodach und versperrte ihr so den Weg. „Twyla", sagte er, „letzte Nacht …"

Sanft legte sie zwei Finger an seine Lippen. „Die letzte Nacht … bedeutet alles, was du willst."

„Warum fragst du nicht?"

Weil ich mich vor der Antwort fürchte.

„Ich glaube, du weißt noch nicht, was du willst."

„Weißt du das?", fragte er.

Sie dachte nach. „Nein. Aber wenn ich es weiß, wirst du der Erste sein, der es erfährt." Entschlossen schob sie seinen Arm aus dem Weg. „Ich muss rein, Rob. Gute Nacht. Und noch mal danke."

Sie spürte, wie er ihr nachsah. Aber sie drehte sich auf dem Weg zum Haus nicht um. Ob er wusste, dass sie log? Sie wusste sehr genau, was die letzte Nacht ihr bedeutete.

Jetzt musste sie sich nur überlegen, was sie Mrs. Duckworth und Mrs. Spinelli erzählen würde.

17. KAPITEL

*R*ob wusste, dass es dumm war. Aber gleich nachdem er sein Gepäck ins Starlite Motel gebracht hatte, ging er in den Roadkill Grill, anstatt Lauren anzurufen. Der Laden war nur spärlich besucht. Sonntagabends war hier einfach nicht viel los.

Er bestellte ein Bier und setzte sich an die Bar. Er kam sich ein wenig wie ein einsamer Cowboy aus einem Country-Song vor und tat, als interessiere er sich brennend für das Spiel der White Sox, das über den Fernsehbildschirm hinter der Theke flimmerte. Daher merkte er kaum auf, als sich jemand auf den Barhocker neben ihn setzte.

„Hallo, Romeo! Wie war dein Wochenende?"

Stanley Fish hatte offensichtlich Sonne abbekommen, und ihm wuchs ein Dreitagebart. „Unter uns?", fragte Rob.

„Ach, komm schon. Ich brauche eine gute Schlagzeile."

„Tut mir leid, keine Schlagzeilen, basta. Ich war auf dem Klassentreffen, für sie war das ein voller Erfolg, morgen bin ich hier weg."

„Warum sitzt du dann in einer Bar und weinst in dein Bier?"

Rob verdrehte die Augen. „Ich gucke Football."

„Du siehst aus, als hättest du gerade deinen besten Freund verloren. Warum, frage ich mich."

„Wegen der Sox. Die spielen so schlecht."

„Klar." Stanley bestellte ein Bier und Pfeile für die Dartscheibe am anderen Ende der Bar. „Wie wär's mit einer Runde?"

„Später vielleicht."

Rob dachte über sein Leben in Denver nach. Dort warteten eine perfekte Frau und ein auskömmlicher Job auf ihn. Er könnte auf sein Flugticket pfeifen, ins Auto steigen, die Nacht über fahren und wäre morgen früh zu Hause. Das sollte er tun. Hier hatte er nichts mehr verloren. Die Handwerksarbeit an Twylas Haus war nur ein Vorwand, noch nicht zurückzumüssen.

Es war verrückt, total verrückt. Sein Leben war geregelt, alles geplant, seit seinem sechzehnten Lebensjahr. Er hatte es immer zu etwas bringen wollen. Er wollte das Loch, das seine Mutter hinterlassen hatte, füllen. Das hieß für ihn, vorteilhaft zu heiraten, eine Frau, die Halt bot, die mit beiden Beinen im Leben stand, eine Karriere und Beziehungen hatte. Jemand wie Lauren DeVane. Sie war so, wie er sich die Frau seines Lebens vorstellte: stilvoll, kultiviert, gebildet und geschliffen.

Aber Humor und ein großes Herz hatte sie nicht. Ihr fehlten Liebenswürdigkeit und unverbrüchliche Zuneigung.

Sie war so ganz anders als Twyla McCabe.

Verdrossen trank er einen Schluck Bier. Twyla, ihre verrückte Mutter und Brian waren genau das, wovor er sein Leben lang geflüchtet war. Kleine Leute aus der Kleinstadt, die nichts kannten als Arbeit, ihre kleinlichen Sorgen und Nöte, und die nichtigen Tagträumen nachhingen. Aber nachdem er ein Wochenende mit Twyla verbracht hatte, sah er die Dinge anders und erkannte, dass seine Sicht oberflächlich war.

Wider seinen Willen, wider jede Vernunft, im Widerspruch zu seinem grundlegenden Lebensplan fühlte er sich zu Twyla hingezogen. Hingezogen zu einer Frau, die in einer Wohnwagensiedlung mit den hochfliegenden Träumen ihres waghalsigen Vaters groß geworden war. Eine Frau, die mit Haareschneiden ihren Lebensunterhalt verdiente. Eine Frau, die ihren Sohn und ihre Mutter so sehr liebte, dass sie ihre eigenen Träume aufgab.

Er wollte sich auf Lauren und ihre gemeinsamen Pläne, ihre Zukunft in Denver konzentrieren, aber sein Herz zog ihn in eine andere Richtung – zu Twyla und dem Leben, dem er mit aller Kraft entkommen wollte.

Energisch leerte er sein Bier, ging rüber zur Dartscheibe und griff sich eine Handvoll Pfeile.

Stanley Fish trat zur Seite. „Hast du's dir anders überlegt?"

„Ja", sagte Rob und hielt den Dartpfeil wurfbereit zwischen den Fingern. „Einen Schuss ins Schwarze, das brauche ich jetzt."

Er schlief schlecht. Das Zimmer im Starlite Motel roch nach abgestandenem Rauch, die Laken nach billigem Waschpulver. Die flackernde Neonreklame warf bläuliches Licht durch die Lamellen der Jalousie, das zuckend im Raum tanzte. Die Gedanken flitzten Rob durch den Kopf, das Bier und die Dartrunde hatten auch nicht geholfen. Ruhelos lag er die ganze Nacht im Halbschlaf.

Einige Male stand er auf und holte sogar die Karte hervor, um die Route nach Denver zu suchen. Es waren vielleicht dreihundert Meilen. Er könnte zum Frühstück bei Lauren sein.

Gegen zwei Uhr nachts faltete er die Karte zusammen. Wenn er fuhr, würde ihn auf ewig das Bild von Twyla und ihrem verfallenen Haus verfolgen. Die Treppe musste er einfach reparieren. Wahrscheinlich stand in einem ihrer vielen Psychologiebücher eine Erklärung dafür. Er musste die Arbeit erledigen, um auch mental mit der Sache abzuschließen.

Genau. Und die Welt war eine Scheibe.

Lightning Creek erwachte früh. Rob duschte und rasierte sich. Er zog ein T-Shirt und eine alte Jeans an, die Lauren ihm in der Öffentlichkeit zu tragen verboten hatte. Im Roadkill Grill trank er einen Kaffee. Bis er gewahr wurde, wer am Nebentisch saß, war es leider schon zu spät.

„Mrs. Duckworth", sagte er und zwang sich zu einem lässigen Lächeln, „Mrs. Spinelli, guten Morgen."

„Robert, wir hatten gehofft, dich hier zu treffen", sagte Mrs. Duckworth und gab einen wohldosierten Löffel Zucker in ihren Kaffee.

„Wir wollen einen Bericht", sagte Mrs. Spinelli, „von dem Wochenende, mit allen Einzelheiten."

Beinahe verschluckte er sich an dem Kaffee. „Es war gut, ganz gut", brachte er stammelnd hervor. Mit Röntgenblicken musterten sie ihn, als könnten sie sehen, dass er Twyla geliebt hatte … wieder und wieder.

„Ich habe alles getan, was Sie mir aufgetragen haben", sagte er in der Hoffnung, dass sie sich damit begnügten. „Wir waren reiten, ich habe ihr ein Geschenk gemacht und mich als ihr Verlobter auf dem Klassentreffen ausgegeben."

„War sie die schönste Frau auf dem Treffen?"

„Mit Abstand die schönste", kam es wie aus der Pistole geschossen.

Mrs. Duckworth klatschte in die Hände. „Perfekt! Dann hat Twyla alles bekommen, was wir ihr gewünscht haben."

Und ob, dachte Rob.

„Und jetzt?", fragte Mrs. Spinelli, „Sie werden sie wiedersehen, nehme ich an?"

„Na ja, ich wohne in Denver, also, das wird irgendwie schwierig", sagte er und suchte nach den richtigen Worten.

„Du kommst an den Wochenenden zu Besuch", sagte Mrs. Duckworth mit Bestimmtheit.

Verdammt, dachte Rob, die beiden gaben einfach nicht auf. Sie glichen guten Märchenfeen, die auf Hochtouren ihr Unwesen trieben. „Ma'am", sagte er, „Twyla McCabe ist eine wundervolle Frau."

„Wir wussten, dass du das sagen würdest!"

„Aber das Wochenende ist vorüber. Wir haben jeder ein eigenes Leben zu leben und haben nicht vor, uns wiederzusehen."

„Quatsch", sagte Mrs. Spinelli leichthin, „sehen Sie, Robert, wir haben Sie gewählt. Keinen der anderen Junggesellen. Sie! Wir wussten, dass Sie der Richtige sind."

Die beiden Damen kramten in ihren Handtaschen, bezahlten und erhoben sich. Arglos lächelnd sagte Mrs. Spinelli: „Wir haben Sie verkuppelt, alles Weitere liegt an Ihnen."

Mrs. Duckworth fixierte ihn mit ihren stahlblauen Augen. „Eins noch, Robert", sagte sie, „Twyla McCabe bedeutet uns sehr viel. Brich ihr nicht das Herz!" Sie ließ das Schloss ihrer Damenhandtasche laut zuschnappen. „Du warst ein guter Schüler. Und auch diesmal wirst du nichts falsch machen."

Sprachlos saß er da, während sein Kaffee kalt wurde. Plemplem, die beiden alten Damen waren echt plemplem.

In Reillys Laden kaufte er Nägel, ein neues Sägeblatt als Ersatz für das rostige, das er gestern benutzt hatte, Pfosten und Leisten aus Pinienholz und eine Dose Holzlasur.

Auf dem Weg hielt er am Motel, um auszuchecken. Der Mann

an der Rezeption reichte ihm den Beleg und einen rosa Notizzettel. „Die Nachricht traf gestern für Sie ein, Dr. Carter."

Er sah auf den Zettel. Die Nachricht war von Lauren. Er schauderte. „Neuer Plan", stand auf dem Zettel, „lass uns zur Hütte der Fremonts in Chugwater fahren, hol mich um vier vom Flughafen ab."

Die Fischerhütte lag zwei Stunden Fahrt südlich von Casper. Vielleicht fiel ihm in den zwei Stunden ein, was er ihr sagen sollte.

„Sieht nach Handwerksarbeit aus", sagte der Mann an der Rezeption und schaute neugierig zu dem Cadillac rüber. Mit dem Bauholz, das mit roten Fähnchen versehen aus dem halb geöffneten Kofferraum ragte, bot der Wagen ein denkwürdiges Bild.

„Ein paar Reparaturen am alten Haus der McCabes."

„Sie scheinen vielseitig begabt zu sein."

„Nicht begabt genug", sagte er und stieg in den Wagen. „Nicht begabt genug."

Gwen McCabe empfing ihn mit einer Tasse Kaffee und einem süßen Teilchen, das ihn verzückt die Augen verdrehen ließ. „Die esse ich für mein Leben gern."

„Du siehst so hungrig aus."

Er verschlang noch ein Gebäckstück. „Setz dich doch zu mir auf die Veranda, Gwen."

Sie zögerte. Dann nahm sie einen ovalen Stickrahmen, in den ein Stück Stoff gespannt war. „Gut, ich nähe an dieser Stelle des Quilts weiter."

Er beobachtete sie genau. Ihre Hände zitterten leicht, als sie die Fliegengittertür zur Veranda öffnete. Sie zog den Holzstuhl so nah wie möglich an die Hauswand und nahm ihr Nähzeug zur Hand. Rob arbeitete schnell, er hämmerte und sägte und passte die Einzelteile des Geländers aneinander.

„Du hast ein gutes Händchen dafür", sagte Gwen.

„Ich arbeite gern mit meinen Händen", antwortete er. „Seit dem Werkunterricht in Lost Springs habe ich allerdings nicht mehr mit Hammer und Säge gearbeitet."

„Gut für uns, dass du dich an den Unterricht erinnerst." Gwen setzte ihre Brille auf und begann zu nähen. „Schade, dass du Twyla und Brian verpasst hast", sagte sie. „Sie müssen unter der Woche immer früh los wegen der Schule."

Ohne von der Bohle und dem Zollstock aufzusehen, sagte Rob: „Wir haben uns gestern verabschiedet."

„Sie hat das Wochenende sehr genossen. Ich bin dir dafür sehr dankbar, Rob."

Er sah immer noch nicht auf und fühlte, wie seine Ohren rot wurden. Er fragte sich, was Twyla ihrer Mutter erzählt hatte. „Mit einem Klassentreffen hatte ich nicht gerechnet, als ich mich zur Junggesellenversteigerung angemeldet habe. Aber es hat sich wohl gelohnt."

„Das hat es. Es hat ihr viel bedeutet, nach Hell Creek zurückzugehen. Das war ein wichtiger Schritt. Ich selbst müsste auch neue Schritte wagen."

Rob unterbrach seine Arbeit. Ein Schweißtropfen rann seinen Hals zum T-Shirt herab. „Ja?"

Gwen nähte seelenruhig weiter und sah nicht von ihrem Quilt auf. „Twyla hat dir erzählt, was damals passiert ist, nicht wahr?"

„Ja. Es tut mir so leid, Gwen."

Ihre Hand mit der Nähnadel bewegte sich flink auf und ab. „Sie hat dir auch erzählt, was mit mir los ist, oder?"

„Ja."

„Ich weiß, wie man die Störung nennt. Ich weiß auch, was ich dagegen tun kann. Medikamente, Therapien. Ich habe unzählige Bücher und Zeitungsartikel über Agoraphobie gelesen. Twyla ebenfalls. Es ist nur eine Frage des Willens. Man muss die Entscheidung treffen, das Problem anzugehen."

„Was hält dich davon ab, Gwen?"

„Ah, das ist die große Frage, die ich mir mit jedem Nadelstich stelle, den ich mache. Eines Tages finde ich die Antwort darauf. Dieser Tag kann allerdings noch Jahre entfernt sein."

Schließlich hörte sie zu nähen auf und sah ihn über den Rand ihrer Brillengläser an. „Hast du je eine Entscheidung hinausgezögert, weil du nicht wusstest, was dich erwartet? Weil du Angst vor dem Unbekannten hattest?"

„Ich weiß meistens, was mich erwartet. Ich plane viel voraus."

„Aber wenn du es nicht weißt, würde es dir schwerfallen, eine Entscheidung zu treffen?" Sie führte die Nadel durch den bunten Stoff. „Das ist wahrscheinlich mein Problem. Das Leben mit meinem Mann war so unsicher, so ungewiss. Ich wusste nie, was als Nächstes passieren würde. Aber er riss mich immer mit. Ich habe ihn geliebt und ihm vertraut, deshalb war das okay. Aber als er nicht mehr da war, konnte ich nicht mehr. Es war niemand mehr da, der mich mitriss."

„Kannst du dich nicht selber mitreißen?"

„Vielleicht." Sie stieß die Nadel durch ein Stück Stoff mit gefächertem Muster. „Vielleicht. Aber es ist noch nicht passiert."

Rob arbeitete schweigend weiter. Er fühlte sich der älteren Frau, die so intelligent, liebevoll und gleichzeitig so verloren wirkte, auf unerklärliche Art verbunden. Während seiner Ausbildung hatte er sich gegen Psychologie als Fachgebiet entschieden. Denn früher oder später gerieten Arzt und Patient in eine Sackgasse oder rannten gegen eine Wand an. Diesen Frust wollte er sich ersparen.

Manchmal fand sich jedoch ein Ausweg. „Gwen, du könntest …"

Just in dem Moment klingelte das Telefon und riss sie aus ihrem Gespräch. Sie lächelte ihn entschuldigend an und ging ins Haus ans Telefon. Kurz darauf erschien sie wieder auf der Veranda. Sie war leichenblass. „Das war Brians Schule", sagte sie und drückte den Hörer gegen ihre Brust. „Er hatte einen Unfall."

18. KAPITEL

*I*st Twyla bei ihm?", fragte Rob. Ihr Salon lag nur ein paar Ecken von der Grundschule entfernt, sie könnte in null Komma nichts da sein, überlegte er.

„Das ist das Problem", sagte Gwen. „Heute arbeitet sie ehrenamtlich im Krankenhaus. Die Schulleitung kann sie nicht erreichen."

Rob riss sich den Werkzeuggürtel von der Hüfte und warf ihn beiseite. Dabei griff er nach dem Wagenschlüssel in seiner Hosentasche. „Was ist passiert?"

„Er ist vom Klettergerüst gestürzt", sagte Gwen. „Wahrscheinlich ist ihm nichts passiert. Aber die Ersthelferin macht sich Sorgen wegen der Beule an seinem Kopf. Hauptsächlich hat er Angst und will nach Hause."

„Okay." Zu seinem Erstaunen schlug sein Herz schneller. Er wandte sich zu seinem Wagen. „Ich fahre hin und hole ihn ab."

„Rob", rief Gwen ihm hinterher, „warte!"

„Was ist?"

„Du kannst ihn nicht abholen."

„Warum nicht?"

„Du bist nicht berechtigt. Sie würden ihn dir nicht mitgeben."

Er hielt inne. Mit den Angelegenheiten von Eltern kannte er sich nicht aus. Aber er verstand, warum Schulen eine gewisse Vorsicht walten ließen. „Darfst du ihn abholen?"

Sie stand mit dem Rücken an die Tür gedrückt. „Ja. Aber ich kann nicht …"

„Verdammt, Gwen, darum geht es jetzt nicht. Du sagst selber, dass sie ihn mir nicht mitgeben."

„Aber …"

„Der Junge braucht dich." Wütend zu werden, würde nichts bringen. Rob sog zwischen zusammengepressten Zähnen die Luft ein. Er ging zurück zum Haus und stellte sich auf die unterste Stufe der Treppe. „Hier, nimm meine Hand. Wir gehen den Weg zusammen."

Sie klammerte sich an das Telefon wie an eine Rettungsleine. Sie hatte schöne Hände, kräftig, man sah ihnen die jahrelange Arbeit an, das Kochen und Nähen, es waren mütterliche Hände.

„Leg das Telefon zur Seite, Gwen, lass uns gehen."

Sie umklammerte den Hörer fester. Und dann, noch während sie protestieren wollte, legte sie das Telefon auf den Stuhl.

„Brian wartet", sagte er. „Er hat Angst, hast du gesagt. Ich reiße dich einfach mit."

Die Farbe wich ihr aus dem Gesicht, als sie sich ihm näherte. Die Panik in ihren Augen erregte sein Mitgefühl, aber er hielt ihr weiter seine ausgestreckte Hand entgegen. „Keine Angst", sagte er einfühlsam, „es sind nur wenige Stufen. Denk an Brian."

Sie ballte die Hände zu Fäusten. Er hörte sie schnell und kurz atmen.

„Tu es für Brian", sagte Rob. „Du schaffst das, Gwen."

Er sah ihr in die Augen. Pure Panik stand darin. Am liebsten hätte Rob sie einfach gegriffen und zum Auto getragen. Aber sie musste diesen Schritt alleine gehen.

Endlich nahm sie mit einer ruckartigen Bewegung seine Hand. Ihre Finger waren eiskalt, und sie griff fest zu. Instinktiv wusste er, dass es am besten war, sie schweigend die erste Stufe hinunterzuführen. Langsam kam sie die Treppe herabgestiegen. Als sie den Rasen erreichte, hielt sie an. Sie blickte einen Augenblick lang auf ihre Füße, dann sah sie Rob an. „Lass uns gehen."

Er half ihr ins Auto. Auf dem Weg in die Stadt hörte er ihren schnellen, abgehackten Atem. „Atme langsam ein und aus, Gwen", sagte er. „Tief und ruhig. Und denke an Brian, der auf uns wartet."

Sie saß still neben ihm, ihr Gesicht war aschfahl und von einem Schweißfilm überzogen. Ihre Hände hielt sie im Schoß gefaltet.

„Gut so, Gwen", sagte er. Auf der kurzen Fahrt redete er beruhigend und ermutigend auf sie ein. „Brian wird sich freuen, dich zu sehen."

„Er, er denkt wahrscheinlich, er ha… halluziniert wegen der Beule", brachte sie hervor. „Er hat mich noch nie außerhalb des Hauses gesehen."

„Umso mehr wird er sich freuen."

Langsam und vorsichtig drehte sie ihm ihr Gesicht zu. „Mich freut es über alles."

Ihm war ein wenig unheimlich zumute, als sie den Flur der Grundschule entlanghasteten. Die Gänge, die ihm als Schüler endlos lang vorgekommen waren, schienen nun recht kurz. Der Springbrunnen, an dem er sich als kleiner Junge auf die Zehenspitzen hatte stellen müssen, schien ganz klein. Das Sekretariat, das ihn mit dem grellen Licht früher einschüchterte, roch jetzt anheimelnd nach Kaffee und Buchbindeleim.

Gwen ging schnurstracks auf die Sekretärin zu. „Wir sind wegen Brian McCabe hier. Er ist im Krankenzimmer."

Die Sekretärin sah von ihrem Computer auf. „Wie ist Ihr Name?"

„Ich bin Mrs. Gwen McCabe, Brians Großmutter. Und dies ist Dr. Rob Carter. Er ist … ein Freund der Familie." Mit jedem Wort, das sie sprach, wurde ihre Stimme fester. „Ich bin hier offiziell als Angehörige aufgeführt."

„Selbstverständlich. Das Krankenzimmer ist da drüben."

Rob erinnerte sich an das Krankenzimmer. An die rätselhaften Hieroglyphen auf der Tafel für den Sehtest, an die mit Einmalpapier bezogenen Liegen, an den Medikamentenschrank mit den Arzneiflaschen, an die Tupfer und Pflaster. Er war früher oft hier gewesen. Denn im Sportunterricht hatte er sich genauso angestrengt wie in allen anderen Fächern auch. Er wollte unbedingt beweisen, dass er ebenso gut war wie die Kinder, die nachmittags nach Hause zu ihren Eltern gingen. Außerdem musste er hier einige Male nach einer Klopperei auf dem Schulhof behandelt werden. Hin und wieder ließen andere Schüler eine Bemerkung über die Jungs von Lost Springs fallen, ein Fehler, den Rob mit Fäusten ahndete.

Die Krankenschwester allerdings war jetzt eine ganz andere.

Sie trug kurze, orange gefärbte Haare, schwarzen Lippenstift, eine lange Reihe Stecker im Ohr und einen Anstecker auf ihrem Kittel mit der Aufschrift „Heul doch!". Gwen machte große Augen, wandte sich dann aber Brian zu, der mit einer Kühlpackung am Kopf auf der Liege lag.

„Grammy!", rief er. Der freudige Ausdruck auf seinem Gesicht musste Gwen für ihre Mühe entschädigen, dachte Rob.

„Hallo, Kleiner!" Sie hockte sich neben ihn. „Du bist gestürzt, sagt die Schwester."

Rob deutete auf das Endoskop in der Kitteltasche der Krankenschwester. „Ich bin Dr. Carter aus Denver. Dürfte ich?"

Sie gab ihm das Gerät. Rob wusch sich gründlich die Hände und ging dann zu Brian. „Ich will mal in deine Augen gucken", sagte er und nahm die Kühlpackung von Brians Stirn. Der Bluterguss an der Schläfe war nicht gerade klein, aber seine Pupillen zeigten die normale Reaktion und seine Gesichtsfarbe war auch normal. Rob konnte sich nicht daran erinnern, wann er das letzte Mal einen Patienten unter seinen Händen gehabt hatte. Den warmen Körper des Jungen zu spüren kam Rob wie eine Erfüllung vor, so kurz die Untersuchung auch war. Und nicht zum ersten Mal fragte er sich, wie es wäre, als Arzt außerhalb seines Labors zu praktizieren. Chaotisch und unvorhersehbar wäre es, sicher, aber der direkte Kontakt zu den Patienten bedeutete auch Kontakt zum Leben. Das spürte er in seinen Knochen, das spürte er in dem gleichmäßig werdenden Atem des kleinen Jungen auf der Liege.

„Ihm geht es gut", sagte er Gwen, „aber wir sollten ihn heute im Auge behalten und aufpassen, dass er nicht zu doll tobt."

Gwen unterschrieb das Entlassungsformular. Dann ging sie zu Brian, und Hand in Hand verließen sie die Schule. Rob folgte ihnen. Zuneigung durchströmte ihn. Übers Kinderkriegen hatte er bislang nicht nachgedacht. Wie es wohl war, Vater zu sein? Plötzlich wollte er es unbedingt wissen.

„Danke, dass du gekommen bist, Grammy", sagte Brian, während er auf den Rücksitz kletterte.

„Ich bin froh, dass es dir gut geht."

Rob fuhr vom Schulparkplatz und blickte in den Rückspiegel. Ihm wurde schwer ums Herz, als er sah, dass Brians Kinn zitterte.

„Was ist los?", fragte er.

„Ich will zu meiner Mum."

„Sie arbeitet heute im Krankenhaus", sagte Gwen.

„Ich will meine Mum", wiederholte Brian mit bebender Stimme.

Rob spannte die Schultern an. Es war unmöglich, mit einem Kind zu diskutieren, das verletzt und den Tränen nahe war, weil es zu seiner Mutter wollte. „Wo ist das Krankenhaus, Gwen?"

„Am Shoshone Highway, zwölf Meilen in Richtung Casper."

„Schaffst du das, Gwen?"

Sie zögerte. „Okay. Ja, das schaffe ich. Lass uns fahren."

Er drehte und fuhr zum Highway. „Mag deine Mutter Überraschungen, Brian?"

„Nö."

Rob lächelte in den Rückspiegel. „Diese hier vielleicht doch."

Twyla rückte ein weißes Nackenkissen zurecht. „Ist es so recht, Mrs. Ulrich?", fragte sie.

„So ist es gut", antwortete die alte Dame. „Ich sitze sehr bequem."

„Kann ich die Wickler entfernen?"

„Ja, bitte. Mein Sohn kommt heute aus Des Moines zu Besuch."

Twyla setzte ihre Utensilien auf dem Schwenktisch neben dem Bett ab. „Sie werden bildschön aussehen." Die Sonne schien hell durch die Jalousien in das schmale Krankenzimmer. Vorsichtig entfernte Twyla die Lockenwickler, die sie vor einer Stunde aufgedreht hatte. Einem anderen Menschen die Haare zu machen war etwas sehr Intimes. Den Kopf eines Fremden zu berühren, war für die meisten Menschen nicht alltäglich. Es setzte eine Vertrautheit voraus, wie sie normalerweise nur zwischen Familienangehörigen herrschte. Aber in ihrer Rolle als Friseurin war das erlaubt. Womöglich war das der Grund, warum die Menschen ihrem Friseur alles erzählten und anvertrauten.

Haare waren den Menschen gewissermaßen heilig. In all den Jahren in der Kosmetikbranche hatte sie die ganze Bandbreite an Gefühlen erlebt, von Verzückung bis zu Verzweiflung. Wie die Frisur saß, bestimmte allzu oft, wie eine Frau den Tag anging. Daher nahm Twyla ihren Beruf sehr ernst.

Die ehrenamtliche Arbeit im Krankenhaus hatte sie vor mehreren Jahren, als Sugar Spinelli schwer krank war, aufgenommen. Kaum eine Frau war je zu krank, als dass sie sich nicht um ihr Haar sorgte. Mrs. Spinelli war da keine Ausnahme gewesen. Twyla hatte sich aufopferungsvoll um Sugars Lockenpracht bemüht, bis sie nach der Chemotherapie zu traurig schütteren Büscheln ausdünnten. Daraufhin hatten sie mit den Perücken und Kopftüchern mehr Spaß, als für eine derart schwere Krankheit angemessen schien. Aber Mrs. Spinelli schwor bis auf den heutigen Tag, dass ihr gemeinsames Gelächter maßgeblich zu ihrer Heilung beigetragen habe.

Seitdem ging Twyla jeden Montagmorgen, nachdem sie die Buchhaltung in ihrem Salon erledigt hatte, ins Krankenhaus und wusch und legte dort vier Stunden lang den Patientinnen nach Wunsch die Haare. Mrs. Ulrich lag mit gebrochener Hüfte in dem Krankenhaus und wollte für den Besuch ihres Sohnes frisiert sein. Vor sich hin summend bürstete Twyla die feinen, silbernen Haare aus, zupfte die Locken sorgfältig zurecht und gab etwas Haarspray darauf.

Sie war froh über die Arbeit, weil sie so nicht an Rob Carter denken musste. Wahrscheinlich hatte er um diese Uhrzeit das Geländer fertig und war auf dem Weg zum Flughafen. Sie würde ihn nie wiedersehen. So lautete die Vereinbarung. Ein Treffen, Pflicht erfüllt, und das war's. Das hatte sie erwartet, und genau das hatte sie bekommen.

Nicht gerechnet hatte sie damit, etwas für ihn zu empfinden.

„Nicht so viel Haarspray, bitte", sagte Mrs. Ulrich freundlich.

„Oh." Twyla hatte etwa ein Drittel der Dose auf eine Strähne gesprüht. „Entschuldigung, ich bin heute ein wenig fahrig."

„Hatten Sie viel um die Ohren?"

Twyla zuckte innerlich zusammen. An nur einem Wochenende war sie in ihre Heimatstadt zurückgekehrt, die sie sieben Jahre zuvor mit gesenktem Haupt verlassen hatte, sie hatte sich ihrem Exmann gestellt, der sie im Stich gelassen hatte, hatte mit dem Tod ihres Vaters abgeschlossen, sie hatte unvorstellbar guten Sex gehabt und – das gestand sie sich endlich ein – sie hatte sich verliebt. „Kann man so sagen", murmelte sie.

„Es ist gut, wenn man viel vorhat", bemerkte Mrs. Ulrich.

„Das habe ich. So, gleich bin ich fertig."

Mrs. Ulrich nahm den Handspiegel und sah hinein. „Oh, wie schön", rief sie entzückt. „Mir geht es gleich viel besser. Ehrlich."

Twyla zupfte eine letzte Strähne zurecht.

Obwohl die Zimmertür offen stand, erklang ein leises Klopfen. Twyla sah auf und erblickte zu ihrer Verwunderung Brian und Rob. Sie standen Hand in Hand in der Tür und sahen ihr zu.

„Hi, Mum!", rief Brian.

„Hallo, Kumpel", sagte sie.

„Mum!", rief Brian. „Ich bin vom Klettergerüst gefallen. Rob sagt, ich darf heute zu Hause bleiben. Obwohl es nur eine kleine Beule ist und mir nichts passiert ist. Darf ich, Mum? Bitte!"

„Ihm geht es wirklich gut?", fragte sie Rob mit pochendem Herzen, was bestimmt nicht nur an der Sorge um Brian lag. Der Anblick der beiden berührte sie. Ängstigte sie, weil sie sich nichts sehnlicher wünschte, als dass die beiden Teil ihres Lebens wären. Hastig steckte sie die Lockenwickler in ihre Tasche. „Bitte entschuldigen Sie mich, Mrs. Ulrich."

„Selbstverständlich, meine Liebe. Ich laufe ja nicht weg," sagte Mrs. Ulrich und nahm einen Roman vom Beistelltisch zur Hand.

„Brian geht's gut", versicherte Rob ihr. „Stimmt's, Sportfreund?"

„Darauf kannst du wetten. Und, Mum, weißt du was?"

Twyla trat aus dem Zimmer. Sie nickte langsam und hörte ihn kaum. Auch sah sie ihn kaum, obwohl der Anblick von ihm und Rob Hand in Hand sich für immer in ihr Herz gebrannt hatte.

Doch so erstaunlich und bewegend das Bild war, was sie jetzt in dem grellen Licht des Flures sah, schlug sie vollkommen in den Bann.

Ihr Mund bewegte sich lautlos, sie wollte ihr Erstaunen in Worte fassen, doch sie brachte keine Silbe hervor. Schließlich rief sie mit dünner Stimme: „Ma?"

Bleichgesichtig stand Gwen da, eine weiße Strähne fiel ihr über die Stirn. Sie streckte die Hände flach aus. „Überraschung", sagte sie zaghaft.

Twyla flog zu ihr und hielt ihre Mutter fest im Arm. Sie atmete den Duft von frischer Wäsche und Talkumpuder ein. Sie mochte sie kaum loslassen, aus Angst, dass der Moment verflöge und wie eine Luftblase zerbarst. Doch ihre Mutter fühlte sich so fest und echt an wie die Fliesen unter ihren Schuhen.

Langsam lockerte sie ihre Umarmung und hielt ihre Mutter bei den Händen. Sie versuchte, das Zittern zu unterdrücken, doch es gelang ihr nicht. Ihre Mutter war aus dem Haus gegangen. Nach sieben Jahren hatte sie zum ersten Mal das Haus verlassen.

„Du hast es geschafft", sagte Twyla. Vor Freude und Staunen konnte sie kaum sprechen. „Du hast es geschafft, Ma. Unglaublich."

„Ja", sagte Gwen.

Sie legte den Arm um Gwens Taille und ging zu Rob und Brian. „Wieso heute, Ma? Warum hast du es heute geschafft?"

Gwen lächelte. Schalk blitzte in ihren Augen. „Vielleicht", sagte sie und wandte sich zu Rob, „habe ich nur auf jemanden gewartet, der die Veranda repariert."

19. KAPITEL

wyla stützte sich auf das neue Geländer an der Verandatreppe. Es fühlte sich robust an und roch nach frisch bearbeitetem Holz. „Perfekt, Dr. Carter", sagte sie mit gespielter Förmlichkeit. „Und was ist mit deinem Flug nach Denver?"

Geschäftig sammelte er das Werkzeug ein und vermied ihren Blick. „Ich habe meine Pläne geändert. Ich treffe mich heute Nachmittag mit jemandem am Flughafen."

„Wie kann ich dir bloß danken?", fragte sie und strich über das glatt geschmirgelte Holz.

„Indem du die Treppe vorm Winter streichst. Das Holz ist zwar nicht unbehandelt, aber mit einem Anstrich Außenfarbe hält es länger."

Sie legte den Kopf in den Nacken und beäugte kritisch das Haus. Die farblosen Fensterläden und wettergegerbten Wände waren zum Heulen. „Das ganze Haus bräuchte einen Anstrich. Vielleicht lasse ich es diesen Sommer machen, wenn der Salon genug abwirft."

Er legte die restlichen Werkzeuge in eine alte Holzkiste und räumte alles fein säuberlich wie in einer Kadettenschule auf.

Sie fragte sich, wie er wohl in seinem richtigen Leben, wie sie es nannte, sein mochte. In seinem echten Leben. Was für Musik hörte er? Was war sein Lieblingsessen? Wohnte er zur Miete oder in einem eigenen Haus? Es gab so viel, was sie nicht wusste, so viel, was sie gerne wüsste, sich aber nicht zu fragen traute.

Er hätte längst weg sein sollen. Halb wünschte sie sich das. Weil allein der Gedanke an den Abschied reine Folter war. Trotzdem waren die Stunden, die er wegen Brians Unfall hier verbrachte, eine schöne Zugabe.

Oder vielleicht wollte ihr das Schicksal irgendwas damit sagen.

Gelächter wehte den Abhang herab, und sie sahen beide zur Anhöhe auf, wo Gwen und Brian Beeren pflückten. Twylas Herz machte einen Freudensprung. „Sie hat noch nie mit ihm zusammen Beeren gepflückt", erzählte sie. „Sonst hat er sie immer alleine oder mit mir zusammen gepflückt und sie Gwen dann zum Weiterverarbeiten gebracht."

Rob setzte die Werkzeugkiste ab und beobachtete Gwen und Brian gedankenverloren. „Zu zweit macht alles mehr Spaß." Im selben Moment schienen ihm seine Worte peinlich zu sein, denn schnell las er einen liegen gebliebenen Nagel vom Boden auf. „Es sieht so aus, als sei deine Mutter auf dem Wege der Besserung."

„Das ist bereits ein großer Schritt für sie. Ich glaube nicht, dass sie in ihr altes Verhalten zurückfällt. Sie sollte ihren Arzt nach den Medikamenten und der Therapie fragen." Sie unternahm gar nicht erst den Versuch, zurückhaltend zu sein, sondern wandte sich direkt an ihn und lehnte an dem festen Geländer, das er gezimmert hatte. „Ich kann dir gar nicht genug danken, Rob, dafür, was du für meine Mutter getan hast."

„Twyla, ich habe nur …"

„Nein", sie wusste, dass er sein Verdienst nicht anerkennen würde. „Ganze sieben Jahre lang hat sie niemand aus dem Haus locken können, Rob. Sieben Jahre."

„Sie hat es um Brians willen getan, nicht um meinetwillen. Er brauchte sie. Und als die Schulsekretärin anrief, blieb ihr keine Wahl."

„Die Schule hat früher auch schon mal angerufen. Und Mum hat immer einen Weg gefunden, sich zu drücken. Sie hätte Mrs. Duckworth anrufen können. Sie ist offiziell eine der im Notfall anzurufenden Personen. Aber das hat Ma nicht getan. Das ist wirklich ein großer Schritt, Rob. Ich dachte, ihr Ärzte schreibt euch Wunderheilungen gerne auf die Fahnen."

Er lachte und nahm die Kiste. „So ein Arzt bin ich nicht."

„Das solltest du aber sein."

„Warum sagst du das?"

Sie mied den Blick auf die Muskeln an seinem Armen, mit dem er die schwere Kiste hielt. „Nur so. Es fällt mir schwer, dich den ganzen Tag in einem Labor über Bakterien und Bücher gebeugt vorzustellen."

„Tatsächlich verbringe ich viel Zeit in Besprechungen mit anderen Ärzten, Forschern und Laboranten. Wenn ich etwas nachschlagen muss, benutze ich meist den Computer." Er trug das Werkzeug zum Schuppen.

„Okay", sagte sie und folgte ihm, „aber das ist nicht das Gleiche wie Patienten behandeln." Sie verstand selber nicht, warum sie auf dem Thema so beharrte. Seine Arbeit war wichtig. Er rettete damit Leben. Trotzdem fragte sie sich, was ihm seine Arbeit gab.

„Stimmt. Es gibt verschiedene Ärzte. Die meisten kennen nur die in der ersten Reihe." Er verschwand hinter den Spinnweben im düsteren Schuppen.

„Die Arbeit mit Menschen gefällt dir also nicht?", fragte sie von der Tür aus.

„Nicht so sehr wie dir. Ich habe vorhin beobachtet, wie du mit der Patientin im Krankenhaus umgegangen bist."

„Mrs. Ulrich?" Sie lächelte liebevoll. „Ich mache nur ihre Haare. Das ist alles. Sie brauchte Hilfe, weil heute ihr Sohn aus Des Moines zu Besuch kommt."

„Es war mehr als nur das, Twyla."

Sie gingen zurück zur Veranda. Sie wollte seine Hand nehmen, das schien das Natürlichste und Selbstverständlichste zu sein. Aber sie unterließ es und vergrub stattdessen ihre Hände tief in den Taschen. Sie setzte sich auf die Treppe und lehnte sich an das Geländer.

„Was meinst du damit?"

„Was du im Krankenhaus machst, einer Frau das Haar richten, ihr Lippenstift mitzubringen, damit sie sich besser fühlt, das ist Heilen. Darüber habe ich lange nicht mehr nachgedacht. Ich danke dir, dass du mich daran erinnerst, was wichtig ist und warum ich tue, was ich tue."

„Dein Gebiet, die Pathologie, ist wichtig", sagte sie.

„Man verliert leicht den Blick für die menschliche Seite der Medizin, wenn man den ganzen Tag durchs Mikroskop guckt. Du hast mich an diese menschliche Seite erinnert."

Seine Worte freuten sie, berührten sie aber auch peinlich. Es war so einfach, auf den Stufen zu sitzen und mit einem Mann über die wichtigen Dinge im Leben zu reden. Doch waren in ihrem Leben Momente wie diese nicht nur selten, sondern schlicht nicht existent. Es war geradezu beängstigend, wie sehr sie den Gedankenaustausch mit Rob Carter und sein offenes Ohr genoss. Beängstigend, weil es bald enden musste.

Mit flauem Magen sah sie auf die Uhr, dann stand sie auf.

„Bist du nicht am Flughafen verabredet?", fragte sie.

Er verzog keine Miene. „Ja, bin ich." Er setzte die Sägeböcke aufeinander und trug sie zum Schuppen.

Das Wochenende war vorbei. Das Klassentreffen war vorbei. Die Veranda repariert. Guter Gott, ihre Mutter war auch wieder heil. Der Doktor war wie ein Wirbelwind in ihr Leben gefegt und hatte alles heil gemacht, alles verändert. Ihr Leben, ihr Haus, alles, was ihr wichtig war.

Ihr Herz.

Das alles sollte gleich zu Ende sein. Sie wollte dem Augenblick zurufen: „Verweile doch, du bist so schön!" Sie wollte die Zeit anhalten und jeden einzelnen Moment des Wochenendes festhalten, um sie wie Bilder im Museum betrachten zu können, perfekt ausgeleuchtet und mit roten Kordeln von dem Rest ihres Lebens getrennt. So selten und kostbar kam ihr das alles vor.

Die Sonnenstrahlen, die schräg über den Berg fielen, wollte sie in ihrer Erinnerung festhalten, ebenso wie Brians Lachen, das aus der Entfernung zu ihr drang, den Luftzug, der sanft über das Gras in ihrem Garten strich, ihre Mutter, deren Schürze sich im Wind bauschte und die auf der Anhöhe ihr Gesicht in die Sonne hielt.

Vor allem wolle Twyla Rob in Erinnerung behalten, der ihr so viel mehr gewesen war als ein bloßer Begleiter auf dem Weg zurück in ihre Heimat. Bei ihrer ersten Begegnung war er ihr auf einschüchternde Weise gut aussehend und unnahbar vorgekommen. Jetzt war er überraschend zugänglich. Ein Mann, dem sie jedes Geheimnis anvertrauen würde.

Für den One-Night-Stand war er perfekt gewesen. Bloß wollte sie ihn für länger als nur eine Nacht.

Ihr Atem ging schnell und abgehackt. Sie war nervös, weil sie ihm etwas sagen musste. Sie musste ihm mehr als nur Danke sagen. Sie musste ihm sagen, dass er sie verändert hatte, dass sie sich seinetwegen weiterentwickelte, sich entfaltete, so wurde, wie sie es nicht mehr für möglich gehalten hatte.

Dass sie wieder lieben konnte.

„Also", sagte er, als er aus dem Schuppen trat, „ich muss jetzt ..."

„Rob."

Ihr eindringlicher Tonfall ließ ihn aufhorchen. Einen Augenblick lang stand er still da, dann nahm er seine Kappe ab und wischte sich den Schweiß von der Stirn. „Ja?"

Himmel, der Schweiß machte ihn nur noch attraktiver.

„Ich wollte ... Du hast ... Also, am Wochenende ..."

„Ja?", fragte er noch einmal, sein Interesse war sichtlich geweckt.

„Ich ... Herrje, das ist so schwierig!" *Sag es einfach, Twyla. Sag, dass es nicht aufhören soll, dass du ihn wiedersehen willst.* Sie stand auf und ging zum Schuppen. Ihre Hände hatte sie immer noch in den Taschen ihres Rocks vergraben. „Das Wochenende hat mir viel bedeutet, Rob."

„Gut. Das haben Mrs. Duckworth und Mrs. Spinelli bezweckt."

„Das meine ich nicht. Ich glaube nicht, dass die beiden wollten, dass wir im Bett landen."

Kaum merklich senkte er den Blick. Die Erinnerung an die Nacht und das Vergnügen, das er ihr bereitet hatte, durchfuhr sie, als sie seine schweren Lider sah. „Das war eine Sonderleistung."

Sie versuchte zu lächeln, aber es gelang ihr nicht. „Mir ist nicht nach Scherzen zumute, Rob. Erinnerst du dich an den Abend, als du mich gefragt hast, was mir das Zusammensein mit dir bedeutet?"

Sein Blick wanderte von links nach rechts. Sie machte ihn mit ihrem Ernst nervös. Trotzdem fuhr sie fort. „Es war für mich mehr als nur ein One-Night-Stand. Ich würde gerne wissen, was dir das Wochenende bedeutet."

Er spielte an seiner Armbanduhr, ohne darauf zu gucken. Sie fühlte sich schuldig, sie wollte ihn ja nicht aufhalten, aber sie musste wissen, wie es um ihn stand.

Als er ihre Blicke auf seinen Händen spürte, setzte er sich auf die Treppe und verschränkte seine Finger betont locker im Schoß. „Um ehrlich zu sein, Twyla, ich wollte mit alldem nichts zu tun haben, weder mit dem Wochenende noch mit der Versteigerung. Ich habe mich Lost Springs gegenüber verpflichtet gefühlt. Umso mehr, nachdem ich dich und die Quilt-Damen kennengelernt hatte."

„Die Quilt-Damen haben auch den Spitznamen ‚die Quäl-Damen‘."

Abrupt stand er auf und lehnte sich mit der Hüfte gegen das neue Geländer. „Irgendwann hat sich das geändert. Mir hat gefallen, was wir taten. Ich mochte es, mit dir zusammen zu sein." Wieder verschattete sich sein Gesicht auf diese sexy Art. „Ich mochte es, wie wir uns geliebt haben." Dann atmete er tief ein, sein Brustkorb hob sich, und plötzlich war sein Ausdruck alles andere als sexy. „Und das hätte ich nicht tun dürfen."

Twyla verschränkte schützend die Arme vor der Brust. Schweiß trat ihr auf die Stirn, und sie war sicher, dass sie damit nicht so attraktiv aussah wie Rob. Sie konnte ihm nicht in die Augen sehen. Also richtete sie ihren Blick auf den Hang hinter dem Haus. Brian tobte über das Grundstück und zeigte seiner Großmutter aufgeregt seine Kletterbäume und Lieblingsverstecke. „Du hättest mich nicht lieben sollen oder es nicht mögen sollen?", fragte Twyla.

„Weder noch." Er entfernte sich vom Geländer und ging auf und ab. „Ich wollte dich nicht betrügen, Twyla. Aber ich habe dir nie die ganze Wahrheit gesagt."

Oh Gott, jetzt kommt's, dachte sie. Er war verheiratet, oder er hatte eine Wette am Laufen, ob er sie ins Bett kriegte, oder … Sie verbot sich den Gedanken. „Was ist die Wahrheit?"

„Es ist kompliziert."

„Lügen sind immer kompliziert." Sie war so sehr damit beschäftigt, seine Worte zu verstehen, dass sie fast nicht den Wagen den Schotterweg herauffahren gehört hätte.

Shep hörte das Auto und bellte wie von Sinnen, als Reillys alter Pritschenwagen am Straßenrand hielt. Die Beifahrertür öffnete sich.

Rob fluchte etwas in seinen Bart, das sie nicht verstand. Er bewegte sich wie ein völliger Fremder auf den Wagen zu. Twyla rief den Hund zur Ruhe und folgte ihm. Eine große blonde Frau stieg aus dem Auto, winkte Reilly zu und bedankte sich für die Fahrt. Dann drehte sie sich zu Rob um und küsste ihn auf den Mund.

Der Kuss dauerte lange.

Rob trat einen Schritt zurück und lächelte höflich. „Lauren", sagte er, „was machst du hier?"

„Ich habe einen früheren Flug bekommen." Die Frau namens Lauren kräuselte ihr Näschen und nahm ihre Hände von Rob. „Um Himmels willen, was hast du gemacht? Du bist ja über und über in stinkenden Schweiß gebadet."

Twyla fand nicht, dass sein Schweiß stank. Das war alles, woran sie denken konnte, während sie auf die beiden zuging.

„Wie hast du mich gefunden?", fragte Rob.

„Hast du denn Verstecken gespielt?" Ihre Stimme plätscherte angenehm und ihre Worte waren wohlgewählt. Sie sprach wie eine gut ausgebildete Schauspielerin aus den vierziger Jahren. Sie wandte den Kopf und streckte Twyla lachend eine Hand entgegen. „Ich bin Lauren DeVane."

Twyla schüttelte ihre zarte Hand. 1a-Maniküre. „Hallo, Twyla McCabe."

„Mr. Reilly war so freundlich, mich hier rauszufahren. Bist du fertig, Schatz?", fragte Lauren an Rob gewandt. Ihr Lächeln war so strahlend wie in der Zahnpastawerbung. „Wenn wir jetzt losfahren, sind wir pünktlich zur Cocktail-Stunde in Chugwater."

An Twyla gewandt sagte sie: „Wir treffen dort Freunde."

Irgendetwas an ihrem Tonfall ließ Twyla wissen, dass sie nicht dazugehörte. Sie war sich sicher, dass Lauren genau das beabsichtigte.

„Ich hole meine Schlüssel", sagte Rob tonlos. So tonlos wie ein Todeskandidat.

Er ist ein Todeskandidat, dachte Twyla und fragte sich, ob man den Rauch, der ihr aus den Ohren stieg, sah. Sie hörte Schuldgefühle in seiner Stimme. Das war also „die ganze Wahrheit", die er ihr vorhin beredt verschwiegen hatte.

Sie fand ihre Stimme zurück und sagte: „Möchten Sie eine Limonade oder ein Glas Wein?" *Für Rob habe ich einen Krug mit Rattengift im Keller.*

Laurens geschult höflicher Blick wanderte über das Haus, dann zu Rob. „Zu gerne würde ich die Einladung annehmen. Ich möchte alles über die Versteigerung und das Wochenende hören. Ein Klassentreffen, das ist einfach herrlich."

Rob stockte mitten in seiner Bewegung und schien plötzlich hellwach. Twyla spürte seinen Blick, doch sie sah ihm nicht ins Gesicht. Sie weigerte sich, ihm die unangenehme Situation leichter zu machen.

„Du hast es doch so eilig, nach Chugwater zu kommen", sagte er zu Lauren.

„Korrekt." Sie lächelte Twyla entschuldigend zu. „Vielleicht ein anderes Mal."

„Natürlich", log Twyla in Erwiderung von Laurens Lüge. Sie zwang sich, Rob anzusehen. „Ich werde Mutter und Brian deine Grüße ausrichten."

Er nickte. „Bitte tu das." Er streckte seine Hand aus, und sie nahm sie. Dabei fühlte sie Laurens Blicke auf sich. Verzweifelt kämpfte sie gegen die Erinnerung an, wie diese warme, geschickte Hand ihre nackte Schulter und dann abwärtsgleitend ihre Brüste berührt hatte.

„Tschüss", sagte sie und verdrängte die Erinnerung. „Danke für … dass du die Treppe repariert hast."

Sie kam sich wie ein Baum vor, so fest angewurzelt stand sie da, als die beiden davonfuhren.

Es kostete sie all ihren Stolz, sich umzudrehen und ruhigen Schrittes ins Haus zu gehen, in den ersten Stock hinauf, und die Tür zu ihrem Zimmer hinter sich zu schließen. Dort brach sie zusammen.

20. KAPITEL

„*D*r. Carter, Dr. Carter, bitte kommen.“

Rob massierte sich den steifen Nacken, speicherte eine Datei auf seinem Laptop und antwortete auf die Nachricht des Pagers. Er arbeitete an dem Fall eines Neugeborenen, das mit Atemwegsproblemen auf der Intensivstation lag. Wahrscheinlich waren das jetzt die Ergebnisse der Blutgerinnungsprobe, die er beauftragt hatte.

Auf dem Weg zu der Station sah er am Ende des Ganges eine Frau mit einem riesigen Blumenstrauß durch die Flügeltür kommen. Die bunte Blütenpracht verdeckte ihr Gesicht, aber sie trug rote Schuhe, das sah er sofort. Rote Haare fielen ihr in Wellen um die Schultern.

Bevor sein Verstand sich melden konnte, machte sein Herz einen Sprung, und sein Mund formte ihren Namen.

„Twyla?“

„Entschuldigen Sie.“ Die Frau mit den Blumen ging auf dem Gang an ihm vorbei und hinterließ eine Duftwolke wie im Gewächshaus.

Er erhaschte einen Blick auf ihr Gesicht. Es war schön, aber nicht Twylas.

„Du verlierst langsam den Verstand“, schalt er sich und ging zur Wöchnerinnenstation. Er musste sich auf den Fall konzentrieren, auf nichts sonst.

Auf der Station bahnte er sich einen Weg durch Besucher, Mitarbeiter in OP-Kitteln und Pharmavertreter. Einer seiner Laboranten wartete mit einem Stapel Papiere in der Hand und einem triumphierenden Ausdruck im Gesicht am Empfangstresen.

„Sie hatten recht“, sagte er. „Die Ergebnisse bestätigen Ihre Vermutung. Der Anteil von Heparin im Blut des Kindes ist zu hoch.“

„Danke“, sagte Rob. Er war dankbar, dass das Problem damit lokalisiert war, fürchtete sich aber davor, die Ergebnisse dem Team auf der Intensivstation mitzuteilen. Er nahm die Unterlagen. „Haben Sie den behandelnden Arzt unterrichtet?“

„Er ist bei dem Pflegeteam in Trakt C."

Er setzte sich den Mundschutz auf und ging zu den Ärzten und Schwestern, die um ein Babybett standen. Laut Unterlagen handelte es sich bei dem Säugling um „Gardner, weiblich". Vor dem Behandlungszimmer gingen die Eltern nervös auf und ab und lugten hin und wieder durch die Jalousien vor den Scheiben.

Rob und sein Team hatten Überstunden machen müssen, um herauszufinden, was dem zwei Tage alten Säugling fehlte. Schließlich hatten sie die Diagnose. Er sah auf das kleine, strampelnde Wesen herab, das in den Schläuchen und Überwachungsgeräten wie eine Fliege in einem Netz aus Spinnweben gefangen war.

Seine Kollegen unterbrachen ihr Gespräch und blickten ihn erwartungsvoll an.

„Diesem Säugling", sagte Rob, „wurde eine Überdosis Heparin verabreicht."

„Wie bitte?", rief eine Schwester entrüstet. „Das Kind war nicht einmal in der Nähe von Heparin."

Rob blätterte in den Unterlagen. „Mit dem Einwand habe ich gerechnet und einen Heparintest machen lassen."

„Danke, Doktor", sagte der Facharzt, den Rob flüchtig kannte, und bestellte augenblicklich neues Blutplasma. „Jetzt wissen wir Bescheid."

„Nein", sagte Rob und versuchte höflich zu sein. „Die Plasmaspende wird nicht helfen, solange das Heparin im Blut des Säuglings ist. Da fängt das Problem erst an."

„Was sollen wir tun?"

„Die Gabe von Protamin hebt die Heparinüberdosis auf."

Der Facharzt nahm die Unterlagen von Rob entgegen. „Tausend Dank. Gute Leistung."

„Ich mache nur meinen Job." Eilig verließ Rob die Station und ging hastig an den Eltern vorbei. Seine Arbeit war hier zu Ende. Er hatte dem Säugling das Leben gerettet. Halb wollte er bleiben und zusehen, wie das neugeborene Mädchen sich erholte, wie es blinzelte und schrie und auf die Berührung der

Mutter reagierte. Das fehlte ihm bei seiner Arbeit, die Verbindung zu den Menschen.

Dabei ging es ihm nicht um sein Ego, da war er sich sicher. Er wollte nicht als Gott in Weiß verehrt werden wie seine Kollegen in der ärztlichen Grundversorgung. Er wollte nur diese Verbindung zu den Patienten.

Wie so oft während dieses langen, heißen Sommers kam ihm das Bild von Twyla in dem Provinzkrankenhaus in den Sinn. Wie sie der Patientin die Haare gemacht hatte, wie sie sie berührt und gepflegt und damit zur Heilung beigetragen hatte.

Bei dem Anblick hatte er sich und seine Berufswahl hinterfragt. Die Bekanntschaft mit ihr, so kurz sie auch gewesen war, hatte ihn zutiefst verändert. Sie hatte ihn an all die anderen Aspekte der Medizin erinnert. Klar, die Pathologie war wichtig, und seine Arbeit auf dem Gebiet bedeutend. Aber büßte er trotz seiner guten Leistungen im Labor ein Stück weit seine Mitmenschlichkeit ein?

Vielleicht war es an der Zeit, etwas Neues auszuprobieren. Vielleicht sollte er als Nächstes hinter seinem Mikroskop hervorkommen. Sicher, mit Patienten umzugehen, die unheilbar krank waren oder keine Einsicht zeigten, war schwierig, aber das gehörte nun mal dazu. Seit Jahren drückte er sich davor.

In seinem Arbeitszimmer in dem Krankenhausanbau erzählte Rob seinem Laboranten, wie es gelaufen war. Dessen Einladung, den Erfolg mit einem Bier zu feiern, schlug er allerdings aus. Er zog die Tür zu, zog den Kittel aus und setzte sich an seinen Schreibtisch.

Als Briefbeschwerer benutzte er das Hufeisen, das Twyla ihm geschenkt und das ihr Vater als Glücksbringer bezeichnet hatte. Rob wusste nicht, warum er es behielt. Ständig erinnerte ihn das Hufeisen an Twyla und ihr gemeinsames Wochenende. Und daran, wie viel sie ihm bedeutete.

Er nahm das Hufeisen in die Hand. „Los, funktionier, bring mir endlich Glück."

Das schweigende Telefon, der Zeuge seines einsamen Sommers, schien sich über ihn lustig zu machen. Vor der Junggesellenversteigerung hatte er gedacht, seine Beziehung mit Lauren sei gut. Aber nachdem er Twyla kennengelernt hatte, war ihm bewusst geworden, wie groß die Lücke war, die zwischen ihm und Lauren klaffte, wie gering die Vertrautheit zwischen ihnen und das Verständnis füreinander waren.

Nachdem er Twyla an jenem Tag verlassen hatte, war er mit Lauren nach Lost Springs gefahren, um ihr zu zeigen, wo er aufgewachsen war.

„Bitte erspare mir die psychologischen Untiefen deiner Rückkehr", sagte sie. Ihr war es merklich unangenehm. Nervös fingerte sie am Verschluss ihrer Designerhandtasche. „Du bist diesen unseligen Umständen entkommen und hast deinen Weg gemacht. Nur das zählt."

Er hatte das auch immer geglaubt. Aber er hatte dazugelernt. Es zählte noch viel mehr.

Eine Friseurin aus Hell Creek, Wyoming, hatte ihm das zeigen müssen.

Lauren hatte geweint, als er ihr offenbarte, dass Schluss war. Aber sie hatte nicht versucht, ihn zum Zusammenbleiben zu überreden. Sie war nicht dumm. Wahrscheinlich hatte sie die Wahrheit erkannt, noch bevor er selber wusste, wie es um ihn stand. Wahrscheinlich hatte sie von dem Moment an Bescheid gewusst, als sie bei Twyla in der Auffahrt erschienen war.

Jetzt im September schienen die Espen mit ihrem hellgoldenen Laub in Flammen zu stehen, und er hatte sich immer noch nicht bei Twyla gemeldet. Er hatte sie angerufen, aber sie hatte jedes Mal aufgelegt. Unzählige Male hatte er den Hörer zur Hand genommen und überlegt, wie er ihr begreiflich machen konnte, dass er sich an dem einen Wochenende in sie verliebt hatte, dass sie sein Leben auf den Kopf gestellt hatte.

Natürlich wusste er nur zu gut, dass sie an ihn dachte. Ihr Gesicht an dem Tag ihres Abschieds hatte Bände gesprochen. Er hatte sie hintergangen, indem er ihr nicht von Lauren erzählt hatte. Warum sollte sie ihm vertrauen?

Eine Woche nach dem Klassentreffen war ein Paket eingetroffen. Beim Anblick der Briefmarke hatte Rob es voller Hoffnung aufgerissen. Diese Hoffnung erlosch, als er den gut versicherten Inhalt sah: die Rubinkette, die er ihr gegeben hatte, und das Foto, das Gwen von ihnen geschossen hatte. Keine Notiz, keine Grüße, keine Erklärungen. Sie brauchte ihm nichts zu erklären. Sie hatte ihn aus ihrem Leben entfernt.

Klar, er konnte zu ihr gehen, an ihre Tür klopfen, sie bitten, ihn anzuhören. Aber dazu war er nicht bereit, noch nicht. Nicht, bevor er nicht wusste, was er ihr bieten konnte.

Wieder und wieder drehte er das Hufeisen. Er könnte den ganzen Sommer lang nachdenken, Pläne schmieden und noch mehr nachdenken. Aber letzten Endes nützten auch die schönsten Pläne nichts.

Sein Blick fiel auf das Faxgerät. Während seiner Abwesenheit war eine Nachricht eingetroffen. Mit dem Hufeisen in der Hand las er sie. Ein zufriedenes Lächeln breitete sich auf seinem Gesicht aus. „Na endlich", rief er, „das wird aber auch Zeit."

Den Glücksbringer in der einen, das Fax in der anderen Hand fühlte er sich seltsam schwerelos. Bis zu diesem Zeitpunkt war sein Leben bestimmt gewesen von Plänen und Zielen. Jetzt würde er ins kalte Wasser springen und in eine Zukunft gehen, die er sich selber kaum vorstellen konnte. Er wollte seinem Herzen und nicht seinem Hirn folgen. Entweder war das der größte Fehler seines Lebens oder das Beste, was er je getan hatte.

21. KAPITEL

*D*ie Glocke über der Tür zu „Twylas Tease 'n' Tweeze" schellte, als Gwen McCabe den Salon betrat und frische Herbstluft hereinwirbelte.

„Seht mal, wer da kommt", rief Mrs. Duckworth und drehte ihren Kopf mit der lavendelfarbenen Tönung. „Wie geht es dir, Liebes?"

„Viel um die Ohren", antwortete Gwen mit gerötetem Gesicht. Kläglich streckte sie ihre Hände Diep entgegen. „Die Gartenarbeit. Ich sehe furchtbar aus."

„Sie arbeiten zu viel", sagte Diep und führte sie zum Maniküretisch. „Die ganze Zeit Arbeit, Arbeit, Arbeit."

„Ich weiß", sagte Gwen und winkte Sadie und Mrs. Spinelli zu, die unter der Trockenhaube saßen und Karten spielten. Schwungvoll setzte sie sich in den Drehstuhl. „Großartig, nicht wahr?"

Twyla spürte nichts als Freude, ihre Mutter so zu sehen. Außerhalb des Hauses war sie immer noch ein wenig hibbelig, aber sie ging gerne in den Salon, um sich „richten" zu lassen, wie sie sagte.

Über den Sommer hatte sie noch viele andere Sachen gerichtet. Zusammen mit Twyla hatte sie das Haus und den Garten auf Vordermann gebracht. Gwen hatte das in die Hand genommen, sie hatte Gärtner und Maler bestellt, aber auch viel selber erledigt. Sie hatte ein gutes Auge für Ausstattung und Arrangements. Haus und Garten waren nun ein wahr gewordener Traum aus Farbe. Die Außenwände waren leuchtend weiß gestrichen, die Fensterläden in hellem Zitronengelb. Die Blumen und Büsche blühten unter Gwens Pflege wie verrückt.

Alles war besser und schöner geworden: das Haus, der Garten, Gwen, sogar Twyla war zuversichtlicher geworden. Wäre da nicht die Leere, die Erinnerung an das kurze, verlorene Wochenende mit Rob Carter.

Es hätte sie nicht überraschen sollen, dass er mit Lauren DeVane zusammen war, so schön und kultiviert, als sei sie frisch dem *Town & Country*-Magazin entstiegen. Lauren war exakt die richtige Frau für ihn. Sie war mit den Fremonts und den Duncans per Du. Selbstverständlich, das wusste Twyla, ohne zu fragen, war sie auf ein Pensionat gegangen, zum Shoppen flog sie nach New York, sie fuhr Ski und reiste regelmäßig nach Europa. Twyla verstand sogar – jedenfalls redete sie sich das ein –, warum Rob ihr nicht von Lauren erzählt hatte. Das Wochenende in Hell Creek war für ihn eine einmalige Angelegenheit gewesen.

Dennoch saß der Schmerz tief. Er hätte mit ihr zum Klassentreffen fahren, aber ihr Herz in Ruhe lassen sollen, wie es sich für einen anständigen und ehrbaren Mann gehörte. Stattdessen hatte er alles genommen, ihren Körper, ihr Herz, ihre Seele, und nichts als Leere zurückgelassen. Und die ganze Zeit hatte er gewusst, dass er zu Lauren zurückgehen würde.

Sogar die beiden alten Damen mit all ihren guten Absichten nahmen von weiteren Verkuppelungsversuchen Abstand. Denn Twyla hatte ihnen gesagt: „Tut mir das nicht an, ich halte das nicht aus."

Sie schluckte die Schwermut hinunter und konzentrierte sich auf Mrs. Duckworths Haar. Es war nicht ihre Art, sich im Kummer zu vergraben. Das sah ihr nicht ähnlich, ihr Trotz und ihr Lebensmut waren dafür zu groß. Mit jeder Strähne, die sie in Folie wickelte, stieg ihre Laune. Die Frauen tauschten flüsternd den neuesten Tratsch aus. Sie liebte das Stimmengewirr und das immer wieder aufbrandende Lachen in ihrem Salon.

Zu klagen wäre töricht. Vielleicht war ihr Leben nicht so, wie sie es sich erträumt hatte. Aber wie ein von ihrer Mutter genähter Quilt setzte sich ihr Leben aus Versatzstücken zusammen und bildete ein buntes Ganzes, das sie mit Stolz erfüllte. Sie war Tochter und Mutter, sie besaß einen Salon, und sie war zufrieden.

Als sie die Handschuhe von den Fingern streifte, fiel ein Schatten durch das Schaufenster. Ein schwarz glänzender Ford SUV parkte vorm Laden. Die Rückbank war vollgepackt mit Koffern und allerhand Gepäck. Hinter einem der Seitenfenster sah sie einen Quilt.

Ihre Gedanken überschlugen sich. Es war der Quilt, den sie auf der Tombola in Lost Springs verlost hatte.

„Da sieh sich das einer an!", rief Sadie Kittredge unter ihrer Haube. „Twyla, das ist doch …"

„Ich weiß, wer das ist." Ihr Herz schlug beinahe schmerzhaft.

„Geh raus und frag ihn, was er will, Schätzchen", sagte Mrs. Spinelli im Befehlston. „Es sei denn, du willst, dass er reinkommt."

„Er soll reinkommen", rief Diep. „Ich habe ein Wörtchen mit diesem Mr. Wonderful zu reden."

Hilfesuchend sah Twyla zu ihrer Mutter. Gwen neigte den Kopf in Richtung Tür. „Am besten gehst du zu ihm raus", sagte sie schlicht.

Twyla wischte ihre Hände am Kittel ab. Sie hätte gern in den Spiegel geschaut und ihr Make-up aufgefrischt. Aber dafür blieb keine Zeit. Schicksalsergeben ging sie zur Tür, verließ den Salon und trat auf den Gehweg.

Rob stieg aus dem Wagen. Seine Haare waren länger geworden. Aber wenn er sie anstrahlte, hatte sie immer noch das Gefühl, direkt in die Sonne zu sehen.

Bitte, betete sie leise, bitte, bitte, lass mich das überstehen, lass mich diesen Moment überleben.

„Ich hätte angerufen", sagte er, „aber ich habe dich nie erreicht."

Er hielt ihr die Hand hin, und wie benommen nahm sie sie.

Ein Fehler. Alle Alarmglocken schrillten. *Lass seine Hand los, dreh dich um, verschwinde, rette dich, solange du kannst.*

„Wie ist es dir ergangen?", fragte er.

Äußerlich hatte sich nichts verändert. Sie führte immer noch ihren Salon und arbeitete ehrenamtlich im Krankenhaus. Brian war jetzt in der zweiten Klasse. Ihre Mutter ging jede Woche einkaufen und zum Gottesdienst und traf sich mit den Quilt-Frauen. Sie hatte den Sommer über am Haus gearbeitet und sah so gut wie nie zuvor aus. Keine dramatischen Veränderungen, aber sie alle hatten an dem denkwürdigen Tag der Junggesellenversteigerung begonnen.

„Mir geht es gut", antwortete sie.

„Lass uns ein paar Schritte gehen", sagte er.

„Nein danke." Sie löste ihre Hand aus seiner.

„Gut, dann reden wir hier. Und liefern den Damen in deinem Salon und den Gästen im Roadkill Grill ein Gesprächsthema."

Sie setzte zum Protest an, aber, verdammt, er hatte recht. Mitten in der Stadt eine Szene zu machen, war nicht klug. Sich zu weigern, mit ihm zu reden, wäre kindisch. Feige. Sie hatte ihre Angst überwunden und war zu dem Klassentreffen gefahren. Sie hatte gelernt, den Dingen ins Auge zu sehen, die sie verletzten – wie Dr. Rob Carter.

„Gut", sagte sie beherrscht, „warum bist du hier?"

Er verschwendete keine Zeit und zog die schwarze Samtschatulle hervor.

„O nein", sagte sie. „Ich habe dir die Kette zurückgeschickt, weil ich sie nie wiedersehen will."

„Ich habe sie gegen das hier eingetauscht." Er öffnete die Schatulle.

Ihre Überraschung war zu groß, und sie musste unwillkürlich hingucken. Aus dem Augenwinkel sah sie jemanden aus Reillys Laden kommen und einen Wagen vorbeifahren. Plötzlich wünschte sie, sie wäre seinem Vorschlag gefolgt und mit ihm ein paar Schritte gegangen.

Sie bemühte sich um einen klaren Gedanken und tat, als interessiere sie die Schmuckschatulle nicht. Aber ihr Erstaunen über den wunderschönen, ovalen und mit Diamanten besetzten Rubinring ließ sich beim besten Willen nicht verbergen.

Er nahm ihre Hand und streifte ihr den Ring über den Finger. Belämmert ließ sie ihn gewähren.

Er hielt weiter ihre Hand und sagte: „Ich will dich heiraten, Twyla."

Zuerst durchfuhr sie als schmerzliches Zucken die Sehnsucht. Dann hupte irgendwo ein Auto, und die Wirklichkeit holte sie wieder ein. Sie lachte laut und zog ihre Hand zurück. „Sehr lustig. Wie viel hat Mrs. Spinelli dir gezahlt, damit du das sagst?"

„Ich meine es ernst, Twyla." Seine Augen. Dunkles, samtiges Braun. Und sein Blick so ernsthaft, dass sie ihm am liebsten eine geklebt hätte.

„Unsere Bekanntschaft, wenn man es so nennen will, begann mit einer Lüge. Wie willst du mich da heiraten?"

„Twyla, das eine Wochenende mit dir hat mein Leben völlig verändert. Ich will mit dir und Brian zusammen sein. Ich will dir alles geben. Deinen Abschluss in Psychologie. Eine Reise nach Frankreich. Dein Traumhaus, alles …"

Wieder lachte sie und hörte die eigene Verbitterung in dem Lachen. „Du kommst zu spät", sagte sie und versuchte, den schweren Ring an ihrem Finger nicht wahrzunehmen. „Für mich hat sich nach dem Wochenende auch alles verändert. Ich habe erkannt, dass ich glücklich bin mit dem, was ich tue. Das mag für einen Arzt aus der Großstadt schwer zu verstehen sein, aber so ist das. Ich gehöre hierher, hier ist mein Platz im Leben, in dieser kleinen Stadt, wo ich meinen Kunden die Haare mache und ihren Sorgen lausche."

Heiße Tränen stiegen ihr in die Augen. Sie betete, dass sie nicht flossen. „Ich brauche keinen Universitätsabschluss, um eine gute Freundin und Zuhörerin zu werden. Das bin ich bereits. Ich muss auch nicht nach Paris, um als kultiviert zu gelten. Weil Kultiviertheit mir nichts gibt."

„Aber, Twyla …"

„Nein, lass mich ausreden." Sie wollte das alles loswerden, bevor sie nicht mehr konnte. „Ich habe mich mit der Frage gequält, ob du mich erhören würdest, wenn ich zur Uni gegangen, wenn ich in Paris gewesen wäre, wenn ich jemand Wichtiges wäre. Jetzt weiß ich, dass ich wichtig bin, nur *dir* bin ich nicht wichtig."

Er hakte seinen Daumen in den Gürtel und richtete sich zu voller beeindruckender Größe auf. „Wer zum Teufel sagt dir denn, was ich denke und fühle?"

Der Postbote kam an ihnen vorbei, er schien besonders langsam zu gehen. Wahrscheinlich will er hören, was wir sagen, dachte Twyla. Dann trat eine Kellnerin des Roadkill Grill auf die Straße, um just in dem Augenblick den Gehweg zu fegen und dabei den Geruch trockenen Herbstlaubs aufzuwirbeln.

Vor Scham lief Twyla rot an und senkte ihre Stimme. „Mein Bauch sagt mir das. Dafür brauche ich kein Psychologiestudium."

„Dann irrt sich dein Bauch." Er fuhr mit einem Finger über ihren Arm. Sie versteifte sich und hoffte, sie würde nicht zu zittern anfangen. Aber sie zitterte, genau wie bei seiner ersten Berührung.

„Hast du es an dem Wochenende nicht auch gespürt?", fragte er. „Jemanden wie dich kennenzulernen, damit hatte ich bestimmt nicht gerechnet. Jemand, dem ich vertraue, dem ich von Lost Springs erzählen kann. Jemand, der mir zeigt, was wirklich wichtig ist. Womit ich überhaupt nicht gerechnet hatte, war, mich in dich zu verlieben."

Sie biss sich auf die Zunge und unterdrückte ein Schluchzer der Überraschung und Sehnsucht. *O Gott*, dachte sie, *bitte nicht. Das kann nicht wahr sein.*

„Ich halte nichts von Fernbeziehungen", wandte sie ein, „und in Denver will ich nicht leben."

„Gut", sagte er, „ich lebe sowieso nicht mehr in Denver."

„Nicht?"

„Nein. Ich habe meine Wohnung und meinen Anteil an dem Labor verkauft. Ich muss mir hier eine neue Bleibe suchen."

„Warum hast du das getan?"

„Der Arbeitsweg zum County-Converse-Krankenhaus wäre zu lang." Er zeigte ihr ein zerknittertes Fax mit einem offiziell aussehenden Briefkopf. „Es hat den ganzen Sommer gedauert, um das alles unter Dach und Fach zu bekommen. Derzeit wird meine Approbation für Wyoming geprüft."

„*Mein* Krankenhaus?"

„Ja. Ich höre mit der Laborarbeit auf. Ab nächsten Monat gehöre ich hier zum Ärzteteam." Wieder strich er ihr fordernd über den Arm. „Was meinst du? Können wir noch mal von vorne anfangen? Ich schwöre, dass ich es diesmal nicht vermassle."

„Bin gleich zurück." Zitternd und voller Panik huschte sie in den Salon, lehnte sich an die Wand und schloss die Augen. Tränen schossen ihr in die Augen.

„Twyla, Liebes, was ist los?", fragte ihre Mutter.

Sie scharten sich alle um sie. Diep griff ihre Hand.

„Ein Ring! Er hat ihr einen Ring gegeben!" Sie riefen „Oh" und „Ah", während Twyla um Fassung rang.

„Er sagt, er habe sich in mich verliebt", brachte sie hervor.

Ihre Mutter begann ebenfalls zu weinen und nahm Twyla in den Arm. „Ach, Liebes, ich wusste es, ich wusste es einfach."

„Er will mich heiraten." Twyla brachte die Worte kaum heraus.

Sadie verdrehte gespielt dramatisch die Augen. „Nein, wie fürchterlich!"

„Ein Schicksal schlimmer als der Tod", sagte Mrs. Duckworth und reichte ihr ein Taschentuch.

„Und wenn man bedenkt, dass sie ebenso gut den glatzköpfigen Leichenbestatter aus Hintertupfingen hätte ersteigern können …", sagte Mrs. Spinelli.

„Klar, jede vernunftbegabte Frau würde ihn George Clooney vorziehen", sagte Sadie.

„Komm schon, Twyla", sagte Diep, „wenn du Ja zu Rob sagst, darfst du den Ring behalten."

„Weißt du, wie sehr ich mir diesen Mann als Schwiegersohn wünsche?", fragte Gwen.

„Na, gut." Twyla schnäuzte sich die Nase. „So gesehen …"

Sie legte ihre Hand auf den Türgriff und drehte sich ein letztes Mal zu ihrer Mutter um. „Also gut, Ma, ich mach's. Irgendwelche Einwände?"

Gwen schüttelte den Kopf und strahlte selig vor Glück. Sie tätschelte Twylas Wange und trocknete ihre Tränen. „Keine. Das ist das große Los, Liebes."

Vorsichtig trat Twyla zurück auf den Gehsteig. Rob lehnte mit überkreuzten Beinen an seinem Wagen. Er machte einen gelassenen Eindruck, nur der Schweißfilm auf seinen Schläfen verriet ihn.

„Entschuldige", sagte Twyla und unterdrückte ein verrücktes Lächeln, „das kommt alles so plötzlich."

„Da musstest du erst mal den Rat des Komitees einholen."

Sie lachte dünn und hätte sich am liebsten in den Arm gezwickt. „Hauptsächlich den meiner Mutter."

„Eine Mutter ist was Feines. Und? Was sagt sie?"

„Sie hätte dich liebend gern als Schwiegersohn."

„Und was hättest du gern, Twyla?"

„Dich. Ich liebe dich, Rob. Punkt, aus, basta. Ich liebe dich so sehr, dass ich kaum noch denken kann."

„Super. Dann steig ins Auto."

„Was? Aber ..." Unsicher schaute sie zum Salon. Die Frauen machten scheuchende Bewegungen mit der Hand. Was soll's? dachte sie und stieg ein. Er fuhr die Straße entlang, die er ihr auf seiner Tour durch Lost Springs gezeigt hatte.

Ihr wurde schwindelig. „Ich erinnere mich. Das ist die Stelle, an der du deine Unschuld verloren hast."

Er lächelte und parkte den Wagen in einer schattigen Ecke auf der Anhöhe über dem Lightning Creek. Er stellte den Motor ab, das Radio plätscherte leise vor sich hin. Er legte seinen Arm auf die Lehne ihres Sitzes. Sein Mund war ihrem so nahe, dass sie ihn zu schmecken meinte. „Dann weißt du ja", sagte er, „warum ich mit dir hier bin."

Er stieg aus und breitete den Quilt auf dem Rasen aus. Sie zog ihre Schuhe aus und strich mit ihrem nackten Fuß über den weichen Stoff. „Du musst mich für einen Trottel gehalten haben an dem Tag, als du all die Lose bei mir gekauft hast", sagte sie.

„Ich habe an dem Tag so einiges über dich gedacht." Er legte seinen Arm um ihre Hüfte und zog sie an sich. „‚Trottel' war nicht dabei. ‚Aufrichtig' habe ich gedacht. Und lustig, sexy und klug."

„Echt?"

„Echt." Aufreizend langsam öffnete er einen Knopf nach dem anderen ihres Frisierkittels. „Wäre ich sonst mit dir zu deinem Klassentreffen gefahren?"

Seine Finger hinterließen eine heiße Spur auf ihrer Haut. „Du hast mehr getan als nur deine Pflicht. Ich hielt dich für so gebildet und kultiviert. Ich war sicher, du lachst mich insgeheim aus."

„Seit ich dich das erste Mal gesehen habe, war ich Wachs in deinen Händen, Twyla", flüsterte er ihr ins Ohr. „Wachs in deinen Händen." Seine laszive Langsamkeit wich heißer Eile. Plötzlich konnte Twyla nicht schnell genug aus ihren Kleidern schlüpfen. Nach all den Wochen, in denen sie gedacht hatte, ihn nie wiederzusehen, ihm nie wieder nahe zu sein, konnte sie ihm jetzt nicht nah genug kommen. Sie brauchte ihn … jetzt.

Sie liebten sich wie Teenager. So ungestüm und drängend. Ohne Reue, so hoffte sie, und ohne Raffinesse und Reife. In ihrem ungezügelten Verlangen entledigten sie sich nicht mal aller Kleider. Nur hatte Twyla sich als Teenager danach ganz anders gefühlt. Anstatt schamvoll nach Hause zu fahren, lagen sie halb bekleidet und vollkommen zufrieden und dösend in der Herbstsonne. Ihr Kopf lag so geborgen in seiner Schulterkuhle, dass sie sich am liebsten nie wieder wegbewegen wollte.

Er nahm einen ihrer roten Schuhe, die sie bei der Arbeit trug. „Als ich merkte, dass ich den ganzen Sommer lang von roten Schuhen träumte", sagte er, „da wusste ich, dass es Liebe ist."

Sie lachte und drehte sich so, dass sie ihn ansehen konnten, mit seinem offenen Hemd, der nur halb aufgeknöpften Jeans und dem halb geöffneten Reißverschluss. Und so, dass sie sein Gesicht sah. Wie hatte sie bloß den Sommer überstanden, ohne ihn zu sehen? Aber ihr gesunder Menschenverstand meldete sich zurück, und sie sagte: „Das geht alles so schnell, Rob. Wir sollten uns sicher sein, dass es nicht nur die Hormone sind, sondern dass es mit uns beiden passt."

„Ist das wirklich wichtig?", fragte er zurück.

„Die vernünftige Antwort ist Ja. Wir sollten uns Zeit lassen und sehen, ob es funktioniert", sagte sie.

„Gut, dann sag Ja."

„Ja." Sie runzelte beschwingt vor Freude die Stirn. Ihre Finger zitterten leicht, als sie ihren Kittel zuknöpfte. Die Situation erforderte ein wenig mehr Würde. „Aber, äh, wie war gleich die Frage?"

„Die Frage ist: Willst du mich heiraten?"

„Und ich hab Ja gesagt?"

Er nickte. „Ja, hast du. Du warst sehr entschlossen."

Irgendwie ergab das keinen Sinn, doch als sie ihm in die Augen sah, spürte sie, wie ihr schwindelig wurde. Sie stand am Rande einer Klippe – und dann ließ sie sich einfach fallen, mitten hinein in das, was sich so richtig anfühlte. „Das bin ich", sagte sie.

Er schloss die Augen und wirkte in dem Moment sehr verletzlich. Dann sah er sie an und sagte: „Ich wollte nie etwas so sehr wie dich. Ich will mit dir zusammen sein, mit dir zusammen leben, Brian ein Vater sein. Ich hatte keine Ahnung, wie es ist, jemanden so sehr zu wollen, bis ich dich traf."

Ihr Herz war übervoll. Sie hob ihren Kopf und küsste ihn. Wieder verloren sie sich ineinander, in dem Wunder der Liebe, verwundert über das, was sie vorhatten.

Später, viel später, stützte er sich auf den Ellenbogen und sagte: „Wir können unser gemeinsames Leben nicht mit einer Lüge beginnen."

O Gott, dachte sie, jetzt kommt's. Irgendwas mit seiner Freundin. Er lachte über ihr fassungsloses Gesicht und kramte in seiner Tasche. „Ich habe die Kette nicht gegen den Ring eingetauscht." Er hielt die Kette in die Höhe, die Diamanten und Rubine funkelten in der Sonne. Er half ihr auf und legte ihr die Kette um den Hals. Dabei küsste und liebkoste er ihren Nacken.

„Ich konnte sie einfach nicht weggeben." Seine Lippen bewegten sich an ihrer Halsschlagader entlang. „Weil sie mich daran erinnert, wie wir uns das erste Mal geliebt haben und du nichts als die Kette trugst."

Sie schloss die Augen. „Daran erinnere ich mich auch."

„Dann erinnerst du dich auch daran, wie unglaublich schön es war."

Sie war so überglücklich, dass sie sagte: „Ich muss dir auch etwas beichten. Wegen der Reise nach Paris."

„Aha, du sagtest, dass du nicht nach Paris zu reisen brauchst, weil du mit dir und deinem Leben in der Kleinstadt zufrieden bist."

„Vielleicht war ich da etwas vorschnell. Das habe ich so dahingesagt, um zu erklären, dass ich mit meinem Leben zufrieden bin. Ohne in Paris gewesen zu sein."

„Und was willst du mir jetzt sagen?"

„Na ja, wenn du es unbedingt willst … Ich würde dich nach Paris begleiten."

„Man sagt, es sei eine tolle Stadt für die Flitterwochen. Aber …"

„Aber was?"

„Vielleicht wirst du dann zu kultiviert, und ich kann dich nicht mehr leiden und nicht mehr mit dir leben."

Sie öffnete die obersten Knöpfe ihres Kittels, damit man die Kette sah. „Dieses Risiko müssen Sie in Kauf nehmen, Dr. Carter."

Er senkte seine Lider. „Gut, dann fahren wir nach Paris. Aber eins musst du mir versprechen."

„Ich verspreche dir alles", erwiderte sie.

„Trag auf unserer Hochzeit die roten Schuhe. Und schneide dir nie die Haare."

„Das mit den roten Schuhen geht klar. Obwohl die Leute sich das Maul zerreißen werden. Und was meine Haare angeht … wir werden sehen."

– ENDE –

Linda Winstead Jones

Falsche Küsse – echte Liebe

Roman

Aus dem Amerikanischen von
Traudi Perlinger

1. KAPITEL

*D*ie Frauen auf diesen Fahndungsbildern im Fernsehen sehen schrecklich aus, finden Sie nicht auch? Schauen Sie sich nur mal die ungepflegten Haare an, du meine Güte." Sandra Miller war eine Quasselstrippe.

Daisy, die sich nie um ein Gespräch bemühen musste, wenn ihre Kundin auf dem Frisierstuhl saß, warf einen Blick zum kleinen Fernseher an der Wand. „Ja, ziemlich unvorteilhaft, diese strähnigen Haare."

„Wie kann man nur so rumlaufen? Kein Wunder, dass solche Mädchen verlottern, Drogen nehmen und sonst was."

Die nächste Großaufnahme flimmerte über den Bildschirm. „Du lieber Himmel, in welchen Farbtopf ist die denn gefallen? Von grün und lila Haartönungen hab ich noch nie gehört." Sandra suchte Daisys Blick im Spiegel. „Sie könnten diesen unglücklichen Frauen Ratschläge geben. Eine gute Frisur hebt das Selbstvertrauen, das darf man nicht unterschätzen."

Daisy lachte. „Tut mir leid, Sandra. Aber mir fehlt die Zeit, um Frauen im Gefängnis von Atlanta Schönheitstipps zu geben."

Daisy Bell führte den einzigen Schönheitssalon und die kleine Reparaturwerkstatt in Bell Grove. Marigold, die Jüngste der drei Schwestern, besuchte das Junior College, kam aber am Wochenende heim, um in der Werkstatt auszuhelfen; und Lily, die in einer Kunstgalerie in Atlanta arbeitete, kam nur noch selten nach Hause.

Montags, wenn der Salon geschlossen war, lieferte Daisy Essen an ältere Bewohner aus, die sich nicht mehr selbst versorgen konnten, ging ihnen im Haushalt zur Hand, brachte sie zum einzigen Arzt am Ort oder kaufte im Supermarkt für sie ein.

Als ihre Eltern vor sieben Jahren bei einem Autounfall ums Leben gekommen waren, hatte Daisy ihre eigenen Lebenspläne aufgegeben und sich um ihre jüngeren Schwestern gekümmert, die damals noch zur Schule gingen.

Würden ihre Eltern noch leben, dann wäre sie nicht in Bell Grove geblieben. Sie hatte größere Pläne gehabt: ihren College-abschluss, eine Ausbildung zur Physiotherapeutin oder Grundschullehrerin, einen Job in der Großstadt. Heirat und Kinder. Wie wäre ihr Leben verlaufen, wenn der Lastzug vor sieben Jahren nicht ausgeschert wäre? Diese Frage hatte sie sich immer wieder in schlaflosen Nächten gestellt.

Doch mittlerweile war sie zufrieden mit ihrem Leben, an große Pläne dachte sie längst nicht mehr.

Daisy föhnte Sandras Kurzhaarschnitt über die Rundbürste, sprühte Festiger darauf und nahm ihr schließlich den Umhang von den Schultern. Sandra gefiel die neue Frisur, die ihr Gesicht jünger aussehen ließ, wie sie fand.

Die Tür ging auf. Daisy erwartete die nächste Kundin erst in einer Stunde nach der Mittagspause, nahm aber auch Laufkundschaft an …

Weiter kamen ihre Gedanken nicht.

Jacob Tasker trat ein, selbstbewusst wie eh und je. Augen wie schwarzer Kaffee suchten ihren Blick. Er hatte etwas zugenommen, seit sie ihn zum letzten Mal gesehen hatte. Der schlaksige Student von früher hatte Muskelpakete unter seinem Designeranzug zugelegt.

Dieser Anzug kostete nicht nur mehr, als sie im Monat verdiente, er war auch völlig fehl am Platz. In Bell Grove trug kein Mensch Anzug, wenn er nicht Bürgermeister war oder sonntags zur Kirche ging.

Auch sein Haarschnitt war vom Feinsten. Kein Härchen in Unordnung, kein widerspenstiger Wirbel. Er hätte der Hochglanzwerbung für einen edlen Männerduft oder eine sündhaft teure Herrenuhr entstiegen sein können. Und sein Lächeln … dieses Lächeln hatte sich nicht verändert. In dieses Lächeln hatte sie sich verknallt, als sie fünfzehn und er achtzehn war. In jedes Schulheft hatte sie damals Seite um Seite *Mrs. Daisy Tasker* gekritzelt, mit einem Herzchen über dem i.

Vier Jahre später hatten sie sich im College wiedergetroffen. Und wieder war sie seinem Lächeln verfallen und anderen Attributen, von denen sie als Fünfzehnjährige noch keine Ahnung gehabt hatte. Das war eine sehr glückliche Zeit gewesen; sie hatte in einer Märchenwelt gelebt.

Und kaum zwei Jahre später war ihre Märchenwelt zusammengebrochen.

Mist! Natürlich hatte Daisy sich ein Wiedersehen ausgemalt. In ihren Träumen trug sie allerdings ein hübsches Kleid, war frisch geschminkt und überglücklich. Sie hatte ihn überhaupt nicht vermisst, konnte sich kaum an ihn erinnern, er hingegen war unglücklich und litt immer noch unter der Trennung. In ihrer Vorstellung war er ein wenig aufgedunsen, und diese unvorteilhafte Veränderung hatte ihr die Genugtuung gegeben, froh über die Trennung zu sein. Ach ja, die Fantasie …

Im wirklichen Leben war Daisy kaum geschminkt, trug einen schwarzen Kittel über alten Jeans und einem verwaschenen T-Shirt. Und er sah besser aus als in ihrer Erinnerung, markanter, männlicher. Und keineswegs unglücklich, als habe er keine Sekunde an sich gezweifelt.

Und auch nicht daran, sie verlassen zu haben.

Er zog die Tür hinter sich zu und grüßte Daisy und Sandra, die sofort zu plappern anfing, wie lange sie ihn nicht gesehen, nur von seinen Erfolgen gehört habe, und wie ihm Kalifornien gefiele? Sie fragte nach seinen Brüdern und Cousins. Es gab viele Verwandte der Taskers in Georgia. Anders als die Familie Bell, den Gründern der kleinen Stadt, von der nur noch drei Schwestern existierten, hatten die Taskers sich zahlreich vermehrt.

Während Jacob und Sandra Höflichkeiten austauschten, suchte Daisy krampfhaft nach passenden Worten und wischte sich ihre feucht gewordenen Handflächen an den Jeans ab. Na toll! Wieso hatte er nicht vorher angerufen?

Sie könnte ihm alles sagen, was sie sich in schlaflosen Nächten ausgedacht hatte. Und nichts davon war angenehm.

Aber nachdem Sandra endlich gegangen war, sagte Daisy nur: „Was zum Teufel willst du?"

Was hatte er erwartet? Einen Tusch?

Daisy hatte sich kaum verändert. Sie hatte immer noch langes hellblondes Haar, kornblumenblaue Augen, lange Beine und einen leicht gebräunten Teint. Auf der Fahrt hatte Jacob sich gefragt, ob Daisys Opferbereitschaft für ihre Familie, der Verzicht auf die Verwirklichung ihrer Träume sie verhärmt und bitter gemacht hatten.

Aber sie war noch hübscher als damals. Das Mädchen, das er einst geliebt hatte, war eine schöne Frau geworden.

„Eine Gefälligkeit", sagte er, befürchtete allerdings eine Abfuhr.

„Eine Gefälligkeit." Sie schüttelte den Kopf und straffte kämpferisch die Schultern. „Von mir? Machst du Witze?"

„Hör mich bitte an."

Daisy hob abwehrend die Hände, ihre Wangen überzogen sich rosig. „Was immer es ist, ich habe keine Zeit."

„Die Gefälligkeit ist nicht für mich."

„Was du nicht sagst!"

„Es geht um Grandma Eunice."

Ihre Augen blitzten etwas weniger streitlustig. Daisy hatte die Mutter seines Vaters immer gern gehabt, und Grandma Eunice hatte Daisy ins Herz geschlossen. Jacob sah sich genötigt, ihr die Situation zu erklären.

„Ich bin gekommen, weil in zwei Wochen unser großes Familientreffen stattfindet." Er verschwieg, dass er nur daran teilnahm, weil seine Mutter ihm eröffnet hatte, es wäre für seine Großmutter vermutlich die letzte Familienzusammenkunft.

„Kann man denn in San Francisco so lange auf dich verzichten?", fragte Daisy schnippisch.

Er ging nicht darauf ein. „Grandma Eunice geht es nicht gut."

Daisy schluckte. „Tut mir leid."

„Körperlich scheint sie in relativ guter Verfassung zu sein, obwohl sie seit einiger Zeit auf den Rollstuhl angewiesen ist. Aber ihr Geisteszustand …" Jacob holte tief Luft. „Daisy, sie ist geistig verwirrt und denkt, wir sind verlobt und fragt ständig nach dir."

Daisy hatte keine Übung darin, ein Pokergesicht aufzusetzen. Ihre blauen Augen wurden groß, sie machte den Mund auf und zu, bevor sie fragte: „Alzheimer?"

„Der Arzt ist ratlos."

„Aber was dann?"

„Meist ist sie klar im Kopf und erinnert sich, was sie zum Frühstück gegessen hat, aber plötzlich lässt ihr Gedächtnis sie im Stich. Sie erkennt Bens Frau nicht, und wenn es um mich geht, versagt ihr Gedächtnis völlig."

Daisy sah ihn ratlos an. „Du musst ihr die Wahrheit sagen."

Wenn das nur so einfach wäre. „Ich habe ihr erklärt, dass wir uns vor Jahren getrennt haben und nie verlobt waren. Darüber hat sie sich fürchterlich aufgeregt. Ich bin in die Küche gegangen, um Tee zu kochen, und als ich wieder zurückkam, war sie völlig ruhig und hat mit einem heiteren Lächeln aus dem Fenster geschaut. Ich dachte, sie habe begriffen, doch sie hatte alles vergessen. In wenigen Minuten hatte sie völlig vergessen, was ich ihr gesagt hatte." Und dann ließ er die Bombe platzen. „Sie plant unsere Hochzeit."

Daisy suchte Halt an der Stuhllehne. Jacob trat einen Schritt näher, um sie zu stützen, besann sich jedoch.

„Was erwartest du?", fragte sie scharf. „Ich kann nicht … wir können nicht … es geht mich nichts an!"

„Ich erwarte nicht, dass du mich heiratest, um meine Großmutter glücklich zu machen", entgegnete Jacob gereizt. „Aber du könntest eine Weile mitspielen, zum Familientreffen erscheinen, wenn sie darauf besteht, und uns vielleicht öfter besuchen. Eines Morgens wacht sie auf und hat ihre Pläne vergessen, mit Sicherheit weiß sie nichts mehr, sobald ich abgereist bin." Aus den Augen, aus dem Sinn. „Sie hat sich bereit erklärt, einen neuen Arzt zu konsultieren, aber erst *nach* dem Treffen."

„Mitspielen." Etwas an Daisy hatte sich doch verändert. Ihr Blick war härter geworden, kälter. So hatte sie ihn früher nie angesehen.

„Es würde die alte Dame glücklich machen. Sie hat dich sehr gern."

„Nun mach mal halblang. Du tust das nicht für sie. Nein, ich soll dir aus der Patsche helfen, damit du ihr nicht sagen musst, dass wir nicht verlobt sind. Jacob Tasker will sich vor Unannehmlichkeiten drücken, nichts soll seiner steilen Karriere im Weg stehen …" Sie verschluckte sich beinahe an ihren letzten Worten.

Jacob seufzte. Nicht zum ersten Mal wünschte er sich nach San Francisco zurück, nach seinem geregelten Leben, in dem Entscheidungen sinnvolle Ergebnisse brachten. Diese leidige Situation war zum Verrücktwerden. „Ich bin seit vier Tagen hier und habe Grandma Eunice hundertmal gesagt, dass wir nicht verlobt sind und nie waren. Jedes Mal regt sie sich darüber auf und hat es fünf Minuten später wieder vergessen. Ich weiß mir keinen Rat mehr."

Daisy schüttelte den Kopf.

„Ich bezahle auch für deine Hilfe."

Ihre Blicke waren wie Giftpfeile. Sie sah aus, als wolle sie ihm im nächsten Moment an die Kehle gehen. „Denkst du, ich bin bestechlich? Ich tue es für Geld? Ach, die bedauernswerte Daisy Bell, sie tut alles für ein paar Dollar. Von wegen!"

Er wäre glücklich, ihr mehr als nur ein paar Dollar zukommen zu lassen. Daisy hatte viel für ihre Schwestern geopfert, Lily und Mari großgezogen und ihnen das College ermöglicht. Ohne dabei an sich zu denken.

Er nannte eine absurd hohe Summe, die Daisy entsetzt zurückweichen ließ.

„Bist du wahnsinnig?"

Nein, er war nicht wahnsinnig, nur wahnsinnig reich. Er arbeitete neunzig Stunden die Woche und hatte in den sieben Jahren bei der Hudson-Dahlgren-Corporation keinen Urlaub genommen. Ein Workaholic, der für nichts anderes Zeit hatte. Aber sein Fleiß, seine Einsatzbereitschaft hatten sich bezahlt gemacht.

„Ich fürchte, Grandma Eunice bleibt nicht mehr viel Zeit. Ihr Zustand hat sich erheblich verschlechtert, seit ich sie zum letzten Mal sah. Vor allem geistig …" Er hatte mit ihrem Arzt gesprochen, kaum jünger als sie, der ihm eröffnet hatte, Eunice Tasker werde eben alt. Jacob hatte vorgeschlagen, einen Facharzt hinzuzuziehen, seine Großmutter zu Untersuchungen in eine Spezialklinik zu bringen, aber sie hatte sich strikt geweigert. Nach dem Familientreffen wolle sie einen neuen Arzt aufsuchen, hatte sie versichert. Auch wenn ihr Verstand sie im Stich ließ, ihr Eigensinn war ungebrochen.

„Du könntest helfen, sie in den letzten Tagen ihres Lebens glücklich zu machen." Und er könnte im Wissen abreisen, dass Daisy finanziell abgesichert wäre.

Sie dachte lange nach und sagte schließlich: „Einverstanden, ich werde helfen. Ein paar Besuche bei deiner Großmutter, ein paar Lügen … das schaffe ich." Sie trat auf ihn zu und stieß ihm mit dem Zeigefinger gegen die Brust.

„Aber ich nehme keinen Cent von dir", erklärte sie, ohne ihn dabei anzusehen. „Ich tue es für Miss Eunice, nicht für dich. Sie war nach dem Tod meiner Eltern gut zu mir. Ich tue es nur für *sie*." Daisy hob langsam den Kopf, bis ihr Blick dem seinen begegnete. „Nicht für dich und nicht für dein Geld."

Jacob verharrte reglos, atmete ihren Duft ein. Verdammt, sie roch verlockend gut. Dieser Duft weckte Erinnerungen, zu denen er kein Recht hatte.

„Dinner heute Abend mit der Familie?"

„Verlierst wohl keine Zeit, wie?", konterte sie.

„Wieso sollte ich?"

Er wollte diese Komödie so schnell wie möglich hinter sich bringen. Ihre Beziehung hatte vor Jahren geendet. Aber irgendwie beunruhigte ihn das Wiedersehen mit Daisy Bell. Er wollte nicht in die Vergangenheit gezogen werden, nicht durch alte Erinnerungen und nicht durch ihren verführerischen Duft.

Daisy war Vergangenheit, und Jacob kümmerte sich um Gegenwart und Zukunft. Nur ein Narr ließe sich durch etwas in Versuchung führen, was längst begraben war.

2. KAPITEL

*D*ie Taskers zählten seit jeher zu den einflussreichsten und wohlhabendsten Familien in der Region. Der Familiensitz, wenige Meilen außerhalb von Bell Grove gelegen, war ein stattliches Herrenhaus, gediegen, ohne protzig zu sein. In den zwei Jahren, in denen Daisy mit Jacob befreundet war, hatte sie die Sommerferien und viele Wochenenden in Tasker House verbracht.

Daisy hatte sich für diesen Anlass mit Bedacht zurechtgemacht, wollte gut aussehen für die Familie und auch für Jacob. Dem wollte sie zeigen, was er sich hatte entgehen lassen, ohne ihn zu ermutigen, sich Freiheiten herauszunehmen. Sie trug ein hellgrünes Sommerkleid, das ihr knapp bis zu den Knien reichte, weiße Sandalen und offenes Haar, das sie gebürstet hatte, bis es glänzte. Auf der Fahrt hatte Jacob sie immer wieder von der Seite angeschaut, statt auf die Straße zu achten. Damit erreichte sie doch, was sie wollte, oder nicht?

Und warum machten sie seine heimlichen Seitenblicke nervös? Ihr Versuch, ihn zu bestrafen, endete damit, dass sie sich selbst bestrafte. Seine Nähe im Auto bereitete ihr Folterqualen.

Das Haus war wie in ihrer Erinnerung, erhaben und würdevoll, mitten in einer üppig grünen Parklandschaft gelegen. Jacob und sie hatten damals viele lange Spaziergänge gemacht.

An den Verandastufen bot er ihr den Arm, sie hakte sich bei ihm unter, wollte ihm nicht zeigen, wie nervös seine Nähe sie machte.

„Schläfst du im Anzug?", fragte sie kühl. Zugegeben, er sah gut aus in dem dunklen Maßanzug und dem blütenweißen Hemd, allerdings völlig unpassend im Süden, noch dazu im Sommer. Und bei der Feuchtigkeit.

„Für gewöhnlich nicht", antwortete er.

Die Frage hätte sie besser nicht gestellt. Früher hatte er nackt geschlafen, jedenfalls in ihren gemeinsamen Nächten, genau wie sie. Sie hatten nicht zusammmen gelebt, aber im College hatte er die Nächte bei ihr oder sie bei ihm verbracht – wenn ihre jeweiligen Zimmernachbarn nicht da waren.

Bevor Daisy das Bild des nackten Jacob verdrängen konnte, öffnete Susan Tasker die Tür und bemühte sich um ein Lächeln – der klägliche Versuch eines Lächelns. Allerdings verdrängte das Erscheinen von Jacobs Mutter augenblicklich ungebetene und verstörende Erinnerungen.

Susan Tasker hatte in die angesehene und wohlhabende Familie eingeheiratet und sich bald zu einer Führungspersönlichkeit entwickelt. Ihr Ehemann Jim, Miss Eunices einzig überlebendes Kind, war ein ruhiger Mann, der keinerlei Einwände erhob, die Verwaltung der Besitztümer seiner Ehefrau zu überlassen. Sie hatte ihm vier Söhne geboren und eine führende Rolle in den verschiedenen Konzernen übernommen – im ganzen Süden verteilt –, die sich im Familienbesitz befanden, so als sei sie für diese Aufgaben geboren.

„Guten Tag, Daisy", grüßte sie.

„Guten Tag, Mrs. Tasker."

„Ach was, nennen Sie mich Susan. Sie sind kein Kind mehr."

Mrs. Tasker, Ende fünfzig, hatte ein paar Pfund zugenommen, seit Daisy sie zum letzten Mal gesehen hatte. Und wer immer ihr die Haare machte, hatte schlechte Arbeit geleistet. Die Tönung war glanzlos, der Schnitt zu streng für ihr ovales Gesicht. Ein moderner Stufenschnitt und helle Strähnchen würden sie jünger aussehen lassen. Aber das, ermahnte sich Daisy, während sie Susan Tasker in den Salon folgte, war nicht ihr Problem.

Nichts in dem vornehmen Haus schien sich in den Jahren verändert zu haben. Das antike Mobiliar, die Ölgemälde in schweren Goldrahmen, selbst die frischen Blumen auf dem runden Tisch in der Eingangshalle waren Daisy vertraut.

Jim Tasker genehmigte sich im Salon einen Drink vor dem Dinner. Jacobs jüngster Bruder Ben und seine Frau Madison waren ebenfalls anwesend. Und in der Mitte des Salons thronte Eunice Tasker würdevoll in einem Rollstuhl. Die alte Dame wirkte abwesend, sie war bleich, ihre Hände zitterten.

Bei Daisys und Jacobs Anblick erhellten sich ihre Gesichtszüge, ihr Lächeln glättete die Falten, ihre Wangen überzogen sich rosig. „Ich freue mich, dich endlich zu sehen", sagte sie, den Blick auf Daisy gerichtet. „Wir haben eine Menge zu besprechen."

Daisy küsste sie auf beide Wangen. Die alte Dame duftete nach Babypuder und einem blumigen Parfum, ihre Haut fühlte sich wie Pergament an. In diesem Moment fielen die letzten Zweifel von Daisy ab, sich auf diese absurde Komödie einzulassen. Sie tat es *nicht* für Jacob. „Miss Eunice, wir haben uns lange nicht gesehen."

„Ja, ein paar Wochen, nicht wahr?" Eunice nahm Daisys beide Hände. „Viel zu lange."

Daisy lächelte, wollte die alte Dame nicht verwirren.

Miss Eunice drückte Daisys Hände. „Du wirst immer schöner." Ihr Blick heftete sich auf ihren Enkelsohn. „Deine entzückende Braut wird jeden Tag schöner, hab ich recht, mein Lieber?"

„Ja, Grandma", bestätigte Jacob.

„Sie wird atemberaubend aussehen in meinem Brautkleid."

Betretenes Schweigen. Natürlich war die Familie eingeweiht, aber Daisy war die Situation unendlich peinlich. Sie verabscheute es, gute Miene zu dieser grotesken Komödie zu machen, so zu tun, als trage sie Jacob nicht nach, sie für seine Karriere im Stich gelassen zu haben. Sein Streben nach Erfolg, das sie früher an ihm bewundert hatte, hatte sich letztlich gegen sie gerichtet und ihn ihr weggenommen.

Und dann nahm sie die bleichen Mienen wahr, die schmalen Lippen, die unsteten Blicke. Den Taskers stand der Verlust eines geliebten Familienmitglieds bevor, nicht plötzlich und ohne Vorwarnung, wie sie ihre Eltern verloren hatte, sondern ein schleichender Verlust. Und es stand in ihrer Macht, Miss Eunices letzte Tage glücklicher zu machen. Nicht für die Familie, ermahnte sie sich, sondern für eine Frau, die stets gut zur Bell-Familie gewesen war.

Sie lächelte Miss Eunice zu. „Ich kann es kaum erwarten, das Kleid zu sehen. Es ist sicher wunderschön."

„Heute Abend nach dem Dinner", erklärte Miss Eunice freudig, „musst du es anprobieren! Damit wir wissen, ob es dir passt."

Allem Anschein legte es die alte Dame darauf an, alles noch komplizierter zu machen. „Es hat keine Eile", lenkte Daisy ein und hatte Mühe, gelassen zu bleiben. Der Gedanke, in ein Brautkleid zu schlüpfen, das Jahrzehnte sorgsam aufbewahrt worden war, ließ sie frösteln.

Eunice umklammerte die Armlehnen ihres Rollstuhls und beugte sich vor. „Keine Eile? Und wenn Änderungen nötig sind? Außerdem brauchen wir einen neuen Schleier, der alte ist verschlissen. Es gibt so viel zu tun. Die Hochzeit findet in weniger als drei Wochen während des Familientreffens statt. Wir dürfen keinen Tag vertrödeln."

„Was?", riefen Jacob und Daisy im Chor.

„Überraschung!", erwiderte Eunice strahlend.

Jacob fasste sich. In ein paar Stunden würde Grandma Eunice alles vergessen haben.

Daisy machte ein Gesicht, als habe sie ein Gespenst gesehen. Früher hatte sie beinahe zur Familie gehört, Weihnachten, Thanksgiving und die Sommerferien hier verbracht. Sie hatten nie über Heirat gesprochen, damals waren sie noch zu jung. Aber seine ganze Familie hatte sie geliebt, nicht nur Jacob.

Auch wenn nie über Heirat gesprochen wurde, hatte Jacob sie in Erwägung gezogen, genau wie Daisy.

Und dann waren ihre Eltern ums Leben gekommen, und alles hatte sich verändert.

Jacob hatte sich aufrichtig bemüht, Daisy in dieser schweren Zeit beizustehen, sie getröstet, ihr bei den Formalitäten der Beerdigung geholfen und später bei den Behördengängen wegen der Vormundschaft für ihre Schwestern. Aber dann hatte er den Job in San Francisco angenommen. Er hatte fest daran geglaubt, ihre Fernbeziehung könnte klappen, bis er Daisy und ihre Schwestern nachkommen lassen wollte.

Aber es hatte nicht funktioniert. Es hatte nie Streit zwischen ihnen gegeben, keine emotionsgeladene Szene. Sie hatten sich lediglich einander entfremdet. Sein Job hatte ihm kaum ein freies Wochenende gestattet, und Daisy musste sich um ihre jüngeren Schwestern kümmern und das Familiengeschäft in Bell Grove weiterführen.

Seither waren sieben Jahre vergangen. Allerdings musste Jacob sich widerstrebend gestehen, dass er Daisy noch immer begehrte.

Dabei war er überzeugt gewesen, längst über sie hinweg zu sein. Doch dieses Wiedersehen hatte ihm bewiesen, dass er sich irrte. Anderenfalls würden ihre Pfirsichhaut, ihr Hüftschwung ihn kalt lassen, hätte er nicht den Wunsch, nahe an sie heranzurücken, um ihren Duft einzuatmen. Verdammt, er war nicht über sie hinweg.

Die Vergangenheit holte ihn ein und setzte ihm zu, obgleich er wusste, dass es kein Zurück gab. Wenn er einige Zeit mit Daisy verbrachte, würde er feststellen, dass diese Gefühle lediglich Nachwehen einer verflossenen Jugendliebe waren.

Das Dinner wurde angekündigt und beendete gottlob peinliche Gespräche über Brautkleider und Hochzeitspläne. Jacob bot Daisy den Arm und begleitete sie in den Speisesaal. Sie wirkte ruhig und gelassen, dennoch entging ihm ihr leises Zittern nicht. Hätte er nur eine andere Lösung gefunden, um Daisy und sich selbst diese Tortur zu ersparen.

Niemand verstand es besser, ein traditionelles Südstaatenmenü zuzubereiten als Lurlene Preston, die seit dreißig Jahren das Regiment in der Küche der Taskers führte. Die vertrauten Gerüche weckten angenehme Kindheitserinnerungen in Jacob.

Man unterhielt sich angeregt über das Essen, das Wetter, Baseball und die Verwandten, die demnächst eintreffen würden. Daisy taute allmählich auf, aß mit gutem Appetit, beteiligte sich an den Gesprächen und ignorierte Jacob völlig.

Was ihn nicht sonderlich störte, da er sie heimlich beobachten konnte – ihr seidig schimmerndes Haar, ihren schlanken Hals, den anmutigen Schwung ihrer Schultern. Tiefer wagte er den Blick nicht zu senken, aus Furcht, sie könne ihn dabei ertappen, wie er auf ihre Brüste starrte.

Der gnädige Aufschub endete mit dem Servieren des warmen Pfirsich Cobblers. Grandma Eunice nahm die Hochzeitspläne wieder in Angriff. Die Trauung sollte am Sonntagnachmittag des dreitägigen Familientreffens stattfinden, als Höhepunkt des Festes. Eine formelle Zeremonie im Haus. Nur im engen Familienkreis, da der Platz für eine große Einladung nicht ausreichte. Im Übrigen, fügte Grandma Eunice mit gehobenen Brauen hinzu, sei die Familie letztlich das Wichtigste, was im Leben zählte.

Dabei musterte sie Jacob streng. Sie hatte nie ein Hehl daraus gemacht, dass sie Jacobs Karrierepläne in einem fremden Unternehmen missbilligte, statt einen gehobenen Posten in einem Familienbetrieb zu übernehmen. Die Taskers besaßen Anteile an florierenden Restaurantketten, Warenhäusern, einem Stahlwerk und einer Textilfabrik. Jacobs Großvater hatte mit seinen drei Brüdern das Familienunternehmen gegründet, geschickt investiert und expandiert. Aber Jacob wollte eigene Wege gehen, unabhängig und erfolgreich sein. Sein Ehrgeiz hatte ihn letztlich der Familie entfremdet. War das der Grund, wieso seine Großmutter sich in ihrer geistigen Verwirrung so sehr auf diese Hochzeit versteifte? War sie von der Idee besessen, dass er ein Mädchen aus der Gegend heiratete, bevor sie das Zeitliche segnete?

Jacob hatte gehofft, sie würde das Brautkleid während des Dinners vergessen. Aber nein, sie wollte Daisy unbedingt in dem Kleid sehen, zog Lurlene hinzu, um etwaige Änderungen vorzunehmen. Daisy wurde bleich, erhob jedoch keine Einwände. Die Frauen begaben sich in Grandma Eunices Privaträume. Vor einigen Jahren, als ihr das Treppensteigen zu beschwerlich wurde, waren die Bibliothek und das angrenzende Zimmer für sie eingerichtet worden.

Jacob richtete den Blick auf seinen Vater und Bruder. „Wieso habt ihr mir verschwiegen, dass es so schlimm mit ihr steht?", fragte er mit leiser Stimme.

Sein Vater zuckte mit den Schultern. „Ihr Zustand hat sich sehr schnell verschlechtert. Plötzlich konnte sie sich nicht mehr an große Zeiträume erinnern. Der Arzt meint, dieser Gedächtnisverlust könne verschiedene Ursachen haben, aber … eine genaue Diagnose konnte er nicht stellen."

Ben nickte zustimmend. „Das kann ich nur bestätigen. Als wir sie vor zwei Monaten besucht haben, war sie noch völlig klar im Kopf. Und plötzlich weiß sie nicht mehr, wer Maddy ist."

„Sie muss von einem Spezialisten untersucht werden", sagte Jacob gereizt.

„Wir können sie nicht zwingen. Immerhin hat sie zugesagt, sich nach dem Familientreffen gründlich untersuchen zu lassen. Mehr können wir nicht tun", entgegnete sein Vater, nicht minder gereizt.

„Daisy sieht fabelhaft aus!", erklärte Ben, um das Thema zu wechseln. „Wie in aller Welt hast du sie überreden können? Ich hätte gedacht, sie würde dich zum Teufel schicken."

Liebend gern hätte er Ben gesagt, er habe sich Daisys Zustimmung erkauft, aber dieses Angebot hatte sie strikt abgelehnt. „Sie tut es für Grandma Eunice, nicht für mich. Die beiden haben sich immer glänzend verstanden."

Ben seufzte. „Ich wünschte, sie würde sich auch mit Maddy besser verstehen. Grandma Eunice hat meine Frau von Anfang an abgelehnt. Maddy hätte sie nie angeboten, ihr Brautkleid zu tragen." Er schüttelte Kopf. „Na ja, Maddy hätte den alten Fetzen auch nicht getragen."

Bens Frau war sehr hübsch und kleidete sich gern glamourös. Als sie zum ersten Mal als Bens Braut zum Dinner geladen war, hatte sie den Fehler begangen, ein kurzes Glitzerkleid zu tragen. Diesen Verstoß hatte ihr Grandma Eunice nie verziehen.

Die Herren zogen sich in den Rauchersalon zu einem Glas Scotch und einer Zigarre zurück, eine hochgehaltene Tradition. Jacob, der die Zigarre ablehnte, nahm einen Schluck Scotch zur Stärkung, um den restlichen Abend durchzustehen.

Eunice beobachtete Daisy, die ihrer Bitte Folge leistete und das Hochzeitskleid vorsichtig aus dem Schrank nahm.

Daisy war nicht nur ein schönes Mädchen, sie war sanftmütig und eine starke Persönlichkeit, und sie würde Jacob eine gute Ehefrau sein.

Die geistig Verwirrte zu spielen fiel Eunice leichter, als sie gedacht hätte. Und es machte richtig Spaß. Vielleicht ein wenig niederträchtig, aber Not machte eben erfinderisch. Jacob war ganze fünf Jahre nicht zu Hause gewesen. Zuvor war er ein einziges Mal nach Atlanta geflogen und am nächsten Tag wieder zurück nach Kalifornien, kaum Zeit, um die Familie zu begrüßen. Dabei war die Familie das Wichtigste im Leben.

Nur einer ihrer vier Enkelsöhne war verheiratet. Und Ben hatte eine schlechte Wahl getroffen. Caleb und Luke, beide älter als Jacob, waren noch ledig. Na ja, Caleb hatte als sehr junger Mann einen Versuch gestartet, aber diese Ehe hatte nicht lange gehalten. Um die beiden würde sie sich später kümmern; aber die Situation mit Jacob war kritisch.

Außer Lurlene und Doktor Porter wusste niemand, dass Eunice mit ihrem Laptop im Internet surfte. Alle glaubten, sie lege am Laptop gelegentlich Patiencen, was ja auch stimmte. Aber wenn sie allein war, surfte sie gern im Internet. Vor ein paar Wochen war sie auf ein alarmierendes Foto gestoßen, worauf sämtliche Alarmglocken in ihrem Kopf läuteten. Jacob, anlässlich einer hochkarätigen Promiparty in Begleitung einer magersüchtigen, aufgedonnerten Blondine in einem winzigen schwarzen Fummel, die an seinem Arm hing …

Wenn Eunice nichts dagegen unternahm, würde er demnächst so eine heiraten, und wenn nicht die, dann eine andere. Geistlos. Beschränkt. Dürr. Nichts im Kopf als Geld und Besitz. Mit ihr würde er ein paar verwöhnte Kinder haben, und Eunice könnte sich glücklich schätzen, wenn Jacob ein- oder zweimal zu Besuch käme, auch wenn sie hundertzwanzig wurde.

Der Junge war vom Weg abgekommen. Es lag an ihr, ihn wieder auf die richtige Bahn zu lenken. Daisy Bell spielte die Hauptrolle in ihrem Plan. Eunice glaubte keine Sekunde daran, dass die beiden sich nicht mehr liebten.

Und sie sah ihre Aufgabe darin, die beiden daran zu erinnern. Es blieben zweieinhalb Wochen Zeit, um ihr Ziel zu erreichen.

Eunice beäugte Madison aus schmalen Augen. „Wer sind Sie? Die Näherin? Ich dachte, Lurlene übernimmt die Änderungen. Aber, Susan, wenn du es für nötig hältst, eine Schneiderin hinzuzuziehen ..."

Madisons Lippen wurden schmal. „Grandma Eunice, ich bin es, Maddy. Ich bin mit Ben verheiratet, erinnerst du dich? Wir haben vor zwei Jahren geheiratet."

Eunice hatte ihre ratlose Miene unzählige Male vor dem Spiegel einstudiert. Sie bekam große Augen und blinzelte verdutzt. Dann schürzte sie die Lippen und sagte: „Ben ist nicht verheiratet! Er ist doch noch viel zu jung."

Eunice konnte Bens Frau nicht leiden. Sie kleidete sich geschmacklos, schminkte sich zu stark, ging sonntags nicht zur Kirche, und ein vernünftiges Gespräch mit ihr zu führen war unmöglich. Das Letzte, was sie vermutlich gelesen hatte, war der Text auf einer Packung Cornflakes.

Daisy hingegen war blitzgescheit. Sie war bodenständig, ging sonntags zur Kirche. Auch das sprach für sie, obwohl sie Methodistin war. Sie hatte sich für ihre Familie aufgeopfert, kurzum, sie war die richtige Frau für Jacob.

Eunice ermahnte sich nicht zum ersten Mal, es mit ihrem Spiel nicht zu weit zu treiben. Wenn man sie für vollkommen geistig verwirrt hielt, steckte man sie vielleicht in ein Heim für Demenzkranke, oder der neue Arzt, mit dem sie ihr gedroht hatten, tauchte noch vor dem Familientreffen – und vor der Hochzeit – auf.

Wie auch immer, sie würde erreichen, was sie sich in den Kopf gesetzt hatte.

Madison rauschte, Tränen in den Augen, aus dem Zimmer. Die Arme, dachte Daisy, kommt mit der Geistesverwirrung der alten Dame nicht zurecht.

Sie legte das elfenbeinfarbene Hochzeitskleid behutsam aufs Bett, wagte kaum, es anzufassen, geschweige denn, es anzuziehen.

„Ich will es an dir sehen, mein Kind", sagte Eunice mit Bestimmtheit. Die Matriarchin der Familie war daran gewöhnt, dass man ihr gehorchte.

Daisy strich behutsam über den seidigen Stoff. „Ich kann nicht", flüsterte sie und hob den Blick. Jacobs Mutter und Großmutter sahen sie erstaunt an. „Tut mir leid. Ich hab zu viel gegessen. Ich bin nicht an Lurlenes Kochkünste gewöhnt und habe mindestens zwei Pfund zugenommen. Morgen?", bot sie an. „Ich könnte nach Ladenschluss vorbeikommen und es anprobieren."

Statt, wie befürchtet, zu widersprechen, lächelte Miss Eunice nachsichtig. „Natürlich. Du musst morgen wieder zum Abendessen kommen. Ich habe Lurlene bereits angewiesen, Hühnchen mit Klößen zu kochen. Ach, und weißt du, worauf ich Lust hätte? Auf den köstlichen Zitronenkuchen deiner lieben Mutter. Gott hab sie selig. Sie brachte ihn immer zum Picknick am vierten Juli. Hast du das Rezept?"

„Ja." Nicht dass Daisy je versucht hätte, diesen Kuchen zu backen. Ihre Mutter hatte jedes Mal einen halben Tag damit in der Küche zugebracht.

„Wunderbar. Morgen Abend gibt es Hühnchen mit Klößen und Zitronenkuchen." Das war ein Befehl, der keine Widerrede duldete.

Daisy hängte das Hochzeitskleid wieder ordentlich in den Schrank, küsste Eunice auf beide Wangen und verließ das Zimmer. Im Flur lehnte sie sich gegen die Wand, schloss die Augen und versuchte, sich wieder zu fassen. Morgen würde Eunice hoffentlich Brautkleid und Zitronenkuchen vergessen haben.

Dies hier war die reine Hölle. Daisy zitterten die Knie, ihr Herz klopfte heftig. Sie brauchte ein paar Minuten für sich, um wieder ruhiger zu werden.

Sie mied den Salon, wo Jacob auf sie warten würde, und ging auf die Veranda. Der Sonnenuntergang hinter dem weitläufigen Besitz der Taskers war atemberaubend schön. Wie oft hatten sie und Jacob in der Hollywoodschaukel gesessen und das Naturschauspiel bewundert, Händchen gehalten, geflüstert und heimliche Küsse getauscht?

Sie setzte sich. Nein, sie ließ sich nicht durch die törichten Fantasien einer alten Frau von der Vergangenheit einholen. Ihr Leben hatte sich verändert, sie war rundum zufrieden.

Sie stieß die Schaukel mit dem Fuß an, die sanfte Bewegung würde ihre aufgerüttelten Nerven beruhigen. Die Vergangenheit, mit der sie unerwartet konfrontiert wurde, zwang sie, sich nüchtern mit der Gegenwart zu befassen. In Wahrheit spukte ihr Jacob viel zu oft im Kopf herum. Deshalb hatte sie sich seit der Trennung auf keine ernsthafte Beziehung eingelassen. Und deshalb war sie nie öfter als zweimal mit demselben Mann ausgegangen, hatte an jedem, der sich für sie interessierte, etwas auszusetzen gehabt. Sie hatte jeden Mann an Jacob gemessen und damit ihr Lebensglück versäumt für einen Mann, der es nicht wert war. Wie unglaublich dumm war das denn! Sie konnte doch nicht die Chance vertun, eine eigene Familie zu gründen, nur weil ihre erste Liebe sie enttäuscht hatte.

Genau das war Jacob: ihre erste Liebe. Nicht ihre letzte. Nicht ihre einzige. Zugegeben, sie hatte ihn so geliebt. Aber das war vorbei, das Leben ging weiter. Allerdings war ihr Leben an einem toten Punkt angelangt. Wenn diese Farce – so quälend sie auch sein mochte – ihr half, sich Jacob endgültig aus dem Herzen zu reißen, dann lohnte sich alle Mühe.

In diesem Moment tauchte Jacob auf der Veranda auf, hatte vielleicht geahnt, dass er sie hier finden würde. „Tut mir leid", sagte er.

„Nicht deine Schuld", erwiderte sie. „Die Ärmste, eigentlich wirkt sie völlig normal, und plötzlich redet sie wirres Zeug."

„Ja." Daisy fürchtete einen Moment, er würde sich neben sie setzen. Aber er blieb ein paar Schritte vor ihr stehen, zögerte offenbar, ihr näher zu sein. „Ich wusste nichts über die … die …"

„Hochzeit", half sie ihm auf die Sprünge.

„Sie vergisst es wieder." Das klang wie eine Beschwörung.

„Und wenn nicht?"

Er wusste keine Antwort.

Daisy konnte ihm nicht böse sein, so sehr sie es sich auch wünschte. Jacob war ein ehrgeiziger Karrieremensch, der sie aufgegeben hatte, als sie nicht mehr in sein Leben passte. Er hatte nicht zurückgeblickt, und sie konnte ihn nicht dafür hassen, dass er das geschafft hatte, wozu sie nicht fähig war.

Aber er liebte seine Großmutter und wollte ihr am Ende ihres Lebens keinen Kummer bereiten. Vielleicht schlug ein Herz unter seinem teuren Designeranzug. Dieses Herz schlug nur nicht für sie.

„Und?", sagte sie schließlich. „Wie ist dein Leben?"

Ihre Frage schien ihn zu erstaunen. „Gut. Viel Arbeit, aber gut. Und deins?"

„Fabelhaft", antwortete sie leise. „Mir geht's prima. Ich liebe mein Leben." Wenn sie es oft genug wiederholte, würde sie es auch glauben.

„Gut."

Daisy wünschte, einen Menschen verletzen zu können, der sie verletzt hatte. Sie hätte Jacob gern gesagt, wie glücklich sie sei, dass sie sich vor Verehrern kaum retten konnte, ein erfülltes Sexleben und keine Sekunde an ihn gedacht hatte. Aber sie konnte zwar lügen, um einer alten Frau einen Gefallen zu tun, aber sie konnte nicht lügen, um andere absichtlich zu kränken.

Als würde ihn das stören …

Jacob sah Daisy unverwandt an, und als sie seinem Blick begegnete, wich er ihr nicht aus.

„Ich hatte es vergessen", sagte er leise.

„Was vergessen?", fragte sie, und ihr Herz setzte einen Schlag aus.

„Ich hatte vergessen, wie sehr du mir zusetzt." Er verlagerte das Gewicht, als fühle er sich nicht wohl in seiner Haut, ohne den Blick von ihr zu wenden. Und Daisy spürte so deutlich, was kommen würde, dass es schmerzte. Er würde *ihr* zusetzen, sie würden im Bett landen. Und er würde ihr noch einmal das Herz brechen.

Und das durfte sie auf keinen Fall zulassen.

Es war nicht richtig gewesen, Daisy gehen zu lassen. Er hatte keine andere Wahl gehabt, konnte sich nicht vorstellen, wie sein

Leben anders verlaufen wäre. Aber verdammt noch mal, hatte er einen Fehler gemacht?

Diese Gedanken quälten Jacob, als er den Mietwagen vor Daisys Haus parkte. Nie zuvor hatte er seine Entscheidung hinterfragt, hatte nie zurückgeblickt.

Daisy lebte nach wie vor in dem Haus, in dem sie aufgewachsen war. Ein gelbes Cottage mit umlaufender Veranda und üppigen Farnsträuchern auf der Brüstung. Die alten Bäume im Garten waren höher und dichter belaubt als früher. In der Einfahrt stand ihr Auto.

Daisys Leben spielte sich in dieser Kleinstadt ab mit Apotheke, Arztpraxis, Lebensmittelladen und einer Buchhandlung, während er ständig im Flugzeug saß und Zeitzonen überquerte. Seine Arbeitgeber wussten um sein untrügliches Gespür für lukrative Geschäfte, vertrauten ihm Millionen Dollarbeträge an, und er hatte keine einzige Fehlinvestition verbuchen müssen, stets immense Gewinne eingefahren. Nicht zuletzt durch sein Geschick und seinen unermüdlichen Einsatz war das Unternehmen stetig gewachsen. Und was hatte es ihm gebracht? Schlaflosigkeit. Ein nahezu nicht existierendes Privatleben. Und ein dickes Bankkonto.

Sobald er den Motor abstellte, stieg Daisy aus, als habe sie nur darauf gewartet zu fliehen. Statt ihr nachzuwinken und loszufahren, sprang er aus dem Wagen und folgte ihr.

Sie warf einen Blick über die Schulter. „Was hast du vor?"

„Ich begleite dich zur Tür."

„Wenn mir ein Mann im Anzug folgt, denken die Nachbarn, der Gerichtsvollzieher ist hinter mir her."

„Der Gerichtsvollzieher? Echt?"

„Verzieh dich!" Sie verscheuchte ihn mit einer Handbewegung.

Er ignorierte sie und holte sie mit drei langen Schritten ein. „Was hast du gegen meinen Anzug?"

Sie reckte das Kinn, ohne ihn anzusehen. „Gar nichts. Mir ist es völlig egal, was du anziehst."

„Warum erwähnst du dann den verdammten Anzug ständig?"

„Es ist Hochsommer im tiefen Süden. Außer zum Kirchgang oder zur Beerdigung ist ein Anzug unangebracht."

An den Stufen zur Veranda fuhr sie herum und blickte ihm unverwandt in die Augen. „Von mir aus kannst du jeden Tag im Anzug herumlaufen, damit beweist du nur, dass du nicht hierhergehörst."

„Ich brauche keinen Beweis, dass ich nicht hierhergehöre." Nein, das spürte er jeden Tag, jede Sekunde.

„Ich auch nicht." Sie wich einen Schritt zurück, die erste Stufe hinauf. Jacob rückte nach, wollte sie noch nicht gehen lassen. Sie standen einander auf Augenhöhe gegenüber. „Wem soll ich also etwas beweisen?"

„Keine Ahnung, ist mir völlig egal."

„Du redest Unsinn …"

„Ich rede Unsinn, solange es mir passt."

Jacob schüttelte den Kopf. „Wann haben wir angefangen, uns zu streiten?"

„Vor sieben Jahren", erwiderte sie spitz.

Jacob nahm ihr Gesicht in beide Hände und küsste sie. Er wusste nicht, wieso, er musste es einfach tun. Hatte ihn schon ihr Duft verrückt gemacht, aber ihr Mund … er hatte vergessen … wie zum Teufel konnte er vergessen …

Sie verkrampfte sich, und dann schmolz sie dahin. Ihre Lippen wurden weich, sie schloss die Augen, und sie küssten sich. Lange und innig.

Er hätte sie nicht gehen lassen dürfen.

Sie schmeckte so gut, so warm, so richtig. Ihr Gesicht in seinen Händen fühlte sich wunderbar weich an. Sie schmiegte sich an ihn, und als er mit der Zunge in ihren Mund drang, stöhnte Daisy leise und vertiefte den Kuss. Die Jahre waren verflogen, die Meilen, die sie trennten, hatten keine Bedeutung mehr.

Daisy entzog sich ihm jäh. Ihre Lippen waren geschwollen und feucht, ihre Augen groß und verwundert. Über den Kuss oder über ihre Reaktion?

„Tu das nie wieder!", warnte sie, ging rückwärts die Stufen hinauf, der Haustür und ihrer Rettung entgegen.

„Warum nicht?"

„Weil es eine sehr schlechte Idee ist."

Er folgte ihr nicht, denn er hatte sein Glück schon zu sehr herausgefordert.

„Morgen Abend", erinnerte er sie. „Zitronenkuchen, Hühnchen und Klöße."

„Bis morgen hat Miss Eunice alles vergessen." Daisy kramte den Hausschlüssel aus ihrer Handtasche. „Hoffentlich", fügte sie hinzu.

„Wenn nicht …"

„Ganz sicher."

„Vielleicht. Wahrscheinlich." Jacob blieb noch eine Weile stehen, nachdem Daisy im Haus verschwunden war. Er hatte nicht erwartet, dass die Vergangenheit wieder lebendig wurde und ihre Nähe dieses schmerzliche Bedauern über seinen Verlust in ihm aufrüttelte.

Kopfschüttelnd trat er den Rückzug an. Nein, sein Leben hatte nichts mehr mit Bell Grove zu tun. Daisy und die Gefühle, die sie in ihm auslöste, waren Relikte aus seinem früheren Leben. So angenehm – und frustrierend – das Wiedersehen mit ihr auch sein mochte, er durfte nicht vergessen, dass sie der Vergangenheit angehörte.

Daisy befürchtete, nicht einschlafen zu können nach all den Aufregungen des vergangenen Tages, aber sie schlief erstaunlich rasch ein und träumte von diesem Kuss. Lästig an dem Traum war lediglich, dass es nicht bei dem Kuss blieb. Im Traum bereitete Jacob ihr mehr sinnliche Wonnen als mit seinem Kuss. Sie schreckte jäh aus dem Schlaf hoch, schweißgebadet, zitternd und wütend, dass ihre vernachlässigten körperlichen Bedürfnisse ihr alle Vernunft geraubt hatten. Erst dieser Kuss, dann der Traum. Wo war ihre Selbstkontrolle geblieben? Wieso hatte sie sich nicht gegen seinen Kuss gewehrt? Ihm keine Ohrfeige gegeben?

Aber sie hatte sich seinen Kuss sehnlich gewünscht. Und dieser Wunsch war weitaus stärker als ihre Vernunft.

Und ihr Dad hatte immer gesagt, nichts geschehe ohne Grund. Diese philosophische These hatte sie nach dem tragischen Unfalltod ihrer Eltern voller Bitterkeit verworfen. Welchen plausiblen Grund könnte es für diesen grausamen Schicksalsschlag geben?

Auf dem Weg zur Arbeit überlegte sie, dass Jacob aus einem bestimmten Grund nach Bell Grove gekommen war, und Miss Eunice den Verstand verloren hatte, um Daisy in diese leidige Situation zu bringen. Wieso? Ganz einfach. Nur so konnte sie ein für alle Mal über Jacob hinwegkommen und endlich ihren Seelenfrieden finden.

Eigentlich hatten sie sich nie ausgesprochen, die Beziehung nie beendet – sie war einfach im Sande verlaufen. Sie waren verschiedene Wege gegangen, hatten sich nichts mehr zu sagen gehabt. Wenn sie ihr Leben wirklich in den Griff bekommen wollte, musste sie Jacob vergessen. Dabei hatte sie jedem, der es hören wollte, schon vor Jahren versichert, über ihn hinweg zu sein, hatte sogar selbst daran geglaubt. Nun aber wusste sie es besser, sonst hätte dieser dumme Kuss sie nicht so verwirrt, hätte ihr der Anblick von Miss Eunices Brautkleid ihr keinen schmerzlichen Stich versetzt.

Sie brauchte Zeit, um sich einen Plan zurechtzulegen. Miss Eunice hatte bestimmt schon das Abendessen und den Zitronenkuchen vergessen. Würde sie auch vergessen, dass ihr Enkel und Daisy „verlobt" waren? Allerdings schien Miss Eunice sich daran festgebissen zu haben. Sie hatte mit begeisterter Vorfreude über die Hochzeit gesprochen, die nie stattfinden würde.

Was wäre, wenn Miss Eunice nicht vergaß? Würde Jacob darauf bestehen, diese Farce einer Hochzeitsfeier durchzuziehen? Nein, das durfte nicht geschehen. Dieses Spiel musste schnellstmöglich aufhören.

Der Vormittag verlief ruhig, bis ihre Elf-Uhr-Kundin über Jacob zu reden begann. Natürlich hatte es sich herumgesprochen, dass Jacob zurück war. Aber man sollte denken, die Leute hätten Besseres zu tun, als ihre Nase in fremder Leute Angelegenheiten zu stecken. Allerdings nicht Amanda Williams, deren Mund keine Sekunde stillstand.

Sie legte los, während Daisy ihr die Tönung auftrug.

„Ich höre, Jacob Tasker ist in der Stadt."

Daisy gab lediglich ein „Hm" von sich.

„Er soll gestern in Ihrem Salon gewesen sein. Wollte er sich die Haare schneiden lassen oder nur quatschen? Aber wieso sollte er sich ausgerechnet in Bell Grove die Haare schneiden lassen?" Sie lachte, ohne zu realisieren, damit Daisy zu kränken, die allerdings Scheren und interessante Haartönungen in Reichweite hatte. „Ihr seid ja ein süßes Paar gewesen, vor ewigen Zeiten." Sie nahm sich kaum Zeit, Atem zu holen, geschweige denn, Daisy eine Zwischenbemerkung zu gestatten, was ihr nur recht war.

„Aber man wusste ja immer, dass Jacob nicht hier versauern würde. Er war viel zu clever und ehrgeizig. Der wollte immer schon hoch hinaus."

Daisy überlegte, ob es zu spät wäre, Amanda einen Irokesenschnitt zu verpassen oder ihr Haar karottenrot zu färben.

„Er soll fabelhaft aussehen. Wissen Sie, ob er verheiratet ist? Arbeitet er immer noch in dem Unternehmen, das ihn gleich nach dem College angeheuert hat? Er hat sich jahrelang nicht hier blicken lassen, aber wen wundert's!"

Ja, er sieht verdammt gut aus, und ich habe keine Ahnung, ob er verheiratet ist. „Sie müssen still sitzen, Amanda", bat Daisy liebenswürdig und stülpte ihr die Trockenhaube über.

Nicht einmal der Lärm der Trockenhaube brachte Amanda zum Schweigen. Sie plapperte unverdrossen mit lauter Stimme weiter, befasste sich indes nun mit Klatsch über andere Taskers. Ein Frisiersalon war natürlich eine Klatschbörse, aber bei Amandas Geschwafel fragte Daisy sich, was die Nachbarn über sie redeten. Vermutlich begannen alle Gespräche mit: „Ach, die ärmste Daisy Bell …"

Sie wollte nicht bedauert werden. Sie lebte gern in Bell Grove, liebte ihren Job und ihren Freundeskreis. Ihre Schwestern waren erwachsen und brauchten sie nicht mehr. Was hinderte sie daran, sich in einen netten jungen Mann zu verlieben? Gut, es herrschte kein Überangebot an gut aussehenden ledigen Männern in der Stadt, aber nicht jeder Mann in der Gegend war ein Monster oder ein Trottel. Wieso war sie nach all den Jahren noch immer Single?

Das Wiedersehen mit Jacob ließ sie ihre ganze Existenz infrage stellen. Das hatte ihr gerade noch gefehlt: ein Kerl, der sie an sich zweifeln ließ.

Aber sie sehnte sich nach einem Mann in ihrem Leben. Sie sehnte sich danach, geküsst zu werden, nach Sex, nicht nur im Traum, sie wollte heiraten und Kinder haben. Sie sollte öfter nach Atlanta fahren, ihren Horizont erweitern. Aber nichts würde geschehen, wenn sie sich nicht Jacob aus dem Kopf schlug und selbst die Initiative ergriff.

3. KAPITEL

Jacob verließ stirnrunzelnd das Zimmer seiner Großmutter. Na fabelhaft! Ihre Gedächtnisausfälle waren ausgesprochen selektiv. Und höchst lästig. Sie hatte Lurlene Anweisungen gegeben, zum Abendessen Hühnchen und Klöße zu servieren und schwärmte bereits von Daisys Zitronenkuchen.

Daisy konnte nicht kochen, es zählte jedenfalls nicht zu ihren Stärken. Vielleicht sollte er nach Atlanta fahren und einen Zitronenkuchen kaufen. Aber selbst ein Kuchen aus der besten Konditorei könnte Grandma Eunice nicht täuschen, auch nicht in ihrem verwirrten Geisteszustand. Aber vielleicht hatte Daisy mittlerweile ja kochen gelernt. Er rief sie im Salon an.

„Bells Schönheitssalon."

„Ich bin's."

„Wer? Wünschen Sie einen Termin? Nachmittags wäre noch was frei."

„Verdammt, Daisy, ich bin's, Jacob."

„Oh, tut mir leid." Ihre Stimme klang keineswegs danach. „Ich habe deine Stimme nicht erkannt. Du klangst fast wie der alte Johnson ..."

„Wir brauchen einen Zitronenkuchen", unterbrach er sie gereizt. Der alte Johnson war neunundsiebzig und hatte diesen unverkennbar schleppenden Südstaatenakzent.

„Hat sie es nicht vergessen?"

„Nein. Du wirst zum Dinner mit Zitronenkuchen erwartet. Sie redet von nichts anderem."

„Ich rufe dich in einer Viertelstunde zurück. Ich habe Kundschaft." Sie legte grußlos auf, und Jacob hielt den Hörer in der Hand. Wollte sie ihn quälen?

Er hatte sie nicht absichtlich im Stich gelassen, es war einfach geschehen. Er hatte vorgehabt, Daisy und ihre Schwestern nachkommen zu lassen. Aber als er ihr einmal den Vorschlag machte, hatte sie entgeistert reagiert. Sie könne ihre Schwestern doch nicht entwurzeln, sie aus der Schule nehmen, ihrem Freundeskreis entziehen. Im ersten Jahr hatte er vorgehabt, Weihnachten nach Hause zu kommen, wollte sie überreden, mit ihm nach Kalifornien zu gehen.

Wichtige Geschäftsbesprechungen hatten jedoch seine Reisepläne vereitelt.

In den ersten Monaten des nächsten Jahres hatte es noch ein paar Telefonate gegeben, alle etwas mühsam und verkrampft. Nichts hatte vermocht, die Entfernung zu überbrücken. Sie waren einander fremd geworden. Sein Leben fand in Kalifornien statt, das ihre in Bell Grove, und allmählich war seine Erinnerung an Daisy verblasst.

Es war nicht nur seine Schuld. Vielleicht hätte er um sie kämpfen müssen, aber sie hatte auch nicht um ihn gekämpft.

Als Daisy zurückrief, hielt er das schnurlose Telefon noch immer in der Hand. „Nimm Stift und Papier und schreib auf, was ich brauche", befahl sie unwirsch. „Und schmeiß dich in deine Designerklamotten und besorg die Zutaten bei Piggly Wiggly."

Eigentlich hätte sie Jacob lieber nicht ins Haus gelassen, aber sie brauchte seine Hilfe, die Zeit drängte.

Er sah gut aus in Khakis und blauem Golfhemd. Daisy versuchte, sich auf den Zitronenkuchen zu konzentrieren, aber eigentlich wollte sie Jacobs Arm anfassen, ob er sich so knackig anfühlte, wie er aussah. Sie wollte auch einen Blick unter sein Hemd werfen, ob sein Brustkorb muskulöser war als damals. Vermutlich hatte er auch mehr Haare auf der Brust, nicht wie früher diesen spärlichen Flaum. Solche dummen Gedanken durfte sie nicht haben.

„Spielst du Golf?", fragte sie und wies auf das gestickte Logo an seiner Brusttasche.

„Nein."

„Und wieso trägst du ein Golfhemd?"

Er blieb ihr die Antwort schuldig, warf ihr nur einen gereizten Blick zu, während er die Einkäufe in der winzigen Küche auspackte.

„Ich bin mir ziemlich sicher, dass deine Mutter keine fertige Teigmischung für ihren berühmten Zitronenkuchen benutzt hat", sagte er und hielt ihr die Packung vor die Nase.

„Nein", entgegnete sie spitz. „Ich habe keine Zeit für den Teig, und außerdem macht die Glasur ihn so köstlich."

„Nur gut, dass heute dein freier Nachmittag ist."

Sie warf ihm einen giftigen Blick zu. „Ich habe nicht frei. Ich musste eine Stammkundin auf morgen vertrösten. Erinnerst du dich an Miss Hattie?"

„Na klar. Hast du ihr gesagt, warum?"

„Nein. Ich habe gelogen und behauptet, ich fühle mich nicht wohl. Ich hasse es, meine Kunden zu belügen."

„Tut mir leid. Ich komme wirklich gerne für deinen Verdienstausfall auf."

„Ich will dein Geld nicht, Tasker", gab sie verärgert zurück.

„Und ich will nicht, dass du Geld verlierst, weil du mir in einer Notlage behilflich bist."

„Ich helfe nicht dir, sondern deiner Großmutter."

Wenn es nach ihr ginge, könnte er in seiner Notlage ersaufen.

„Tut mir leid", knurrte er. „Ich vergaß."

Die gereizte Spannung zwischen ihnen war unerträglich.

„Bist du verheiratet?" Natürlich interessierte sie die Frage, aber es wäre ihr lieber gewesen, sie zu einem passenderen Zeitpunkt und gelassener zu stellen. Stattdessen platzte sie damit in ihrer Küche heraus, eine Schürze über den ausgefransten Jeansshorts und dem verwaschenen Top, barfuß, ein Stück Butter in einer und das Netz mit Zitronen in der anderen Hand. Allerdings löste sie damit die Spannung, vielleicht weil Jacob sie nicht erwartet hatte.

Er schüttelte den Kopf. „Nein."

Seine Antwort genügte ihr nicht. „Verlobt? In einer festen Beziehung?"

„Nein."

„Wieso nicht? Du bist doch auch in Kalifornien ein guter Fang. Ich wette, die Frauen liiiieben deinen Südstaaten-Singsang."

„Ich habe meinen Südstaatenakzent vor Jahren abgelegt", widersprach er.

Daisy lachte spöttisch. „Das glaubst auch nur du."

Jacobs Lippen wurden schmal. Dann fragte er: „Hätte ich dich gestern geküsst, wenn ich verheiratet, verlobt oder in einer festen Beziehung wäre?"

„Wieso nicht?", schoss sie spitz zurück. „Manche Männer haben kein Problem damit."

„Zu diesen Männern gehöre ich nicht. Das solltest du wissen."

Woher denn? Sie kannte ihn nicht wirklich. Wie sehr hatte er sich verändert? Ihr Vorhaben, sich ihn aus dem Kopf zu schlagen, wäre unendlich viel leichter, wenn er sich zu einem Idioten verändert hätte.

„Es gibt also keine Frau auf der anderen Seite des Landes, die auf deine Anrufe wartet", sagte sie gelassen. „Offen gestanden, frage ich mich, wieso?"

Daisy wünschte sich von Herzen eine Bestätigung, dass Jacob es nicht verdiente, sie in ihren Träumen zu verfolgen und ihr wohlgeordnetes Leben durcheinanderzuwirbeln. Den Jungen, den sie einst geliebt hatte, gab es nicht mehr.

Sie sah ihn forschend an. *Bitte, sei ein widerlicher arroganter Idiot geworden. Dann wäre alles viel leichter für mich.*

Wieso? Keine Zeit, kein Interesse. Er war mit Frauen ausgegangen, aber nie öfter als zweimal mit ein und derselben.

Dieser Frage war Jacob nie ernstlich nachgegangen. Vielleicht lag es an der traurigen Wahrheit, dass keine Frau ihm so unter die Haut ging wie Daisy.

„Können wir nicht einfach diesen Kuchen backen?", fragte er unleidlich.

Daisy schaltete den Backofen ein und holte eine Schüssel aus dem Schrank. „Ich wollte nicht aufdringlich sein. Aber Amanda wollte heute wissen, ob du verheiratet bist."

Weil er sie geküsst und sie ihn geküsst hatte, und Daisy Bell hätte niemals wissentlich einen verheirateten Mann auf diese Weise geküsst.

„Und was ist mit dir?" Er würde wissen, wenn sie verheiratet wäre, jemand hätte es ihm gesagt. „Triffst du dich mit einem Mann? Hast du einen Freund, vor dem ich mich in Acht nehmen sollte?"

„Im Moment nicht", entgegnete sie kühl.

Ihre knappe Antwort erleichterte ihn, nur die Einschränkung machte ihn stutzig. Im Moment nicht? Mit wem war sie früher ausgegangen? Hatte sie eine ernsthafte Beziehung gehabt? Ein Stachel der Eifersucht durchbohrte ihn.

Nein, nicht Eifersucht. Neid. Er hatte kein Recht, eifersüchtig zu sein. Er hatte seine Chance vertan. Und er wünschte Daisy aufrichtig Glück und Zufriedenheit. Gleichzeitig behagte ihm die Vorstellung keineswegs, sie an der Seite eines anderen Mannes zu wissen.

Die Erkenntnis, dass er Daisy immer noch begehrte, traf ihn wie ein Schlag in die Magengrube. Er hätte unter einem Vorwand gehen können, brachte es aber nicht über sich. Er reichte ihr Zutaten, spülte Schüsseln, trocknete ab und ging ihr aus dem Weg, wenn sie zwischen Spüle, Herd und Arbeitsplatte hin und her wirbelte. Seine Aufmerksamkeit war nicht beim Kuchenbacken.

Er wollte Daisy küssen, und diesmal würde er es nicht dabei belassen. Er wollte mit ihr schlafen, mit ihr im Bett lachen und mit ihr nackt durchs Zimmer tanzen wie früher. Er wollte keine alten Erinnerungen wieder aufleben lassen, sondern neue Erinnerungen schaffen.

Mittlerweile war er alt genug, um zu begreifen, wieso es ihr damals nicht möglich war, zu ihm zu kommen. Die Verantwortung für ihre Familie war ihr wichtiger gewesen. Vielleicht würde auch sie im Rückblick begreifen, wieso er nicht hatte hierbleiben können. Sie konnten die Zeit nicht zurückdrehen und die Vergangenheit ungeschehen machen, aber das bedeutete nicht, dass sie einander von Neuem kennenlernen konnten.

Er begehrte Daisy, die erwachsene Frau, die gesagt hatte, sie würde ihn nicht noch einmal küssen. Jacob war noch nie vor einer Herausforderung zurückgeschreckt. Im Gegenteil, Herausforderungen stachelten ihn an.

Daisy leckte einen Tropfen Glasur vom Finger. Der Kuchen war ein wenig zusammengefallen – vielleicht hatte sie ihn zu lange im Backofen gelassen. Aber die Glasur schmeckte lecker: Puderzucker, Butter, Sahne und Zitronensaft schaumig gerührt. Vermutlich erinnerte Miss Eunice sich nicht mehr genau an den Zitronenkuchen ihrer Mutter. Das konnte sie nur hoffen.

„Ich will auch probieren." Jacob beugte sich über den Topf mit den Resten der Glasur.

„Nur zu." Daisy wollte ihm ausweichen, seine Nähe machte sie kribbelig und atemlos. Aber im gleichen Moment legte er ihr die Hand um die Hüften, eine große warme Hand, ohne Druck auszuüben. Und sie verharrte wie gelähmt. Nie zuvor hatte sie eine harmlose Berührung so deutlich empfunden. Sie könnte einen Schritt zur Seite tun, und er würde seine Hand wegnehmen. Stattdessen beugte sie sich ein kleines Stück zu ihm hinüber.

Er legte die andere Hand über die ihre, führte sie in den Topf, tauchte ihren Zeigefinger in die Glasur und hob ihn an seinen Mund. Er würde es nicht wagen …

Er wagte es. Jacob nahm ihren Finger in den Mund und saugte daran. Nichts daran war anzüglich, nur eine zwanglose Geste. Auch jetzt hätte sie ihm ihre Hand entziehen können, und wieder tat sie es nicht, sah nur zu, wie seine Lippen sich um ihren Finger schlossen, spürte seine warme feuchte Zunge.

Es wäre nichts dabei gewesen, hätte sie die Berührung nur an ihrem Finger gespürt. Aber ihr war, als berühre Jacob ihren ganzen Körper, vom Kopf bis zu den Zehen. Sie verspürte ein Prickeln in ihren Brüsten, zwischen ihren Beinen. Sie nutzte die Gelegenheit und legte ihm ihre freie Hand an den Unterarm. Ja, wie erwartet fest und wunderbar warm. Blieb nur die Frage nach seiner Brustbehaarung. Mit etwas weniger Selbstbeherrschung würde sie ihn zu Boden werfen, ihm die Kleider vom Leib reißen und sich mit ihm vergnügen.

Gott sei Dank wusste sie sich zu beherrschen und ihre Würde zu wahren, doch beides war im Schwinden begriffen. „Ich sagte dir doch …"

Jacob zog langsam ihren Finger aus dem Mund. „Du sagtest kein Kuss, nichts von Fingerablecken."

„Muss ich deutlicher werden?" Sie ließ die Hand sinken, ohne zurückzuweichen. Sie sah ihn gern an, die Bartstoppeln an seinem Kinn, die seidigen Härchen auf seinem Arm. Sein Geruch gefiel ihr. Sein Geruch und ihre Reaktion darauf hatten sich nicht geändert. Auch wenn sie es nicht wahrhaben wollte, sie fühlte sich zu Jacob wie magnetisch hingezogen.

„Ich wünschte, du würdest deutlicher werden." Er beugte sich näher zu ihr. „Was genau darf ich nicht tun?"

Er hänselte sie, weil er wusste, dass sie ihm nicht verbieten würde, sie anzufassen. Aber sie würde ihm nicht gestehen, dass er sie kribbelig machte und in ihren Träumen auftauchte. *Bitte, Jacob, schau mich nicht so an. Ich will mich nicht wieder in dich verlieben.*

Sie entzog sich ihm. Zögernd. „Ich muss mich umziehen."

„Ja, Grandma Eunice wäre schockiert, dich so zu sehen. Aber für mich siehst du entzückend aus."

Sie hätte eine ausgebeulte Jogginghose und Sweatshirt in der heißen Küche tragen sollen, statt Shorts und ein Top.

Sie musste eine Barriere zwischen ihnen errichten, musste ihn – und sich selbst – in Erinnerung rufen, dass sie nicht zusammenpassten. „Zu dumm, dass ich keine weißen Tennisschuhe, kein Golfshirt und keinen Skort besitze. Wir würden ein adrettes Pärchen abgeben."

Darauf wusste er keine schlagfertige Antwort. „Was ist ein Skort?", fragte er verblüfft.

„Ein Zwischending zwischen Shorts und Minirock. Skort eben."

Es ärgerte ihn, wenn sie seinen Kleidungsstil kritisierte. Früher hatte er sich nicht für so etwas interessiert. Nein, früher war ihm nur sein Studium wichtig gewesen, seine Zukunftspläne und sie. Früher hatte er Gitarre gespielt – genauso schlecht wie sie gesungen hatte – und Oldtimer repariert. Sein Bruder Caleb und er hatten immer an einer alten Karre in der Garage hinter Tasker House herumgeschraubt. Er war erstaunlich geschickt, einen alten Motor wieder zum Laufen zu bringen. Mit der Gitarre hatte er es allerdings nicht weit gebracht. Er hatte mit allem Erfolg, scheiterte nie. Außer mit der Gitarre. Und mit Daisy.

Mittlerweile waren ihm sein Job und seine Designeranzüge wichtig.

Daisy floh in ihr Schlafzimmer, um Hose und eine Bluse aus dem Schrank zu holen.

Doch dann kam ihr eine Idee, eine brillante, wie sie fand.

Aus einem unerfindlichen Grund glaubte Miss Eunice nicht nur, Jacob und sie wären verlobt, sie schmiedete bereits Hochzeitspläne. Aber sie lehnte Bens Frau Maddy ab, konnte sie offenbar nicht ausstehen. Sie beanstandete Maddys Modegeschmack, ihre Redeweise, ihr Make-up, ihre Frisur. Zugegeben, Maddy kleidete sich ein wenig schrill, aber jeder hatte nun mal seinen eigenen Stil.

Daisy stand unschlüssig vor dem offenen Schrank und überlegte … Was wäre, wenn sie Miss Eunice Anlass zu Kritik gäbe? Dann würde sie die Hochzeitspläne für ihren Enkel vielleicht nicht mehr so eifrig verfolgen. Daisy wollte die alte Dame beileibe nicht schockieren, aber wenn sie dazu beitragen könnte, Miss Eunice ins Grübeln zu bringen …

Daisy schloss die Schranktür, spähte in den Flur und huschte mit einem verschmitzten Lächeln in Lilys Zimmer. Endlich hatte sie das Gefühl, wieder Herr der Lage zu sein. Nicht Miss Eunice, nicht Jacob, nicht ihr verräterischer Körper. Sie wollte diesem Theater ein Ende setzen, ein für alle Mal.

Sie wollte ihn um den Verstand bringen. Das war die einzige Erklärung.

Anfangs hatte Daisy darauf bestanden, mit ihrem Auto zu den Taskers zu fahren, doch Jacob hatte sie überredet, mit ihm zu fahren. Nun saß sie neben ihm, den Zitronenkuchen auf dem Schoß, die langen gebräunten Beine ausgestreckt.

Sie hatte ihn zwar mit scharfen Worten zurechtgewiesen und durch nichts zu erkennen gegeben, dass sie noch etwas für ihn empfand – abgesehen von ihrer instinktiven Reaktion auf seinen

Kuss und seinem Mund an ihrem Finger. Dennoch machte er sich Hoffnungen.

Jacob hielt den Blick auf die Straße gerichtet. Vielleicht irrte er, und das, was er für sie empfand, war einseitig.

Dennoch zweifelte er daran.

Als Daisy wieder in der Küche erschienen war – nach einer endlos langen Zeit –, hatte sie sich völlig verwandelt. Sie hatte ein geblümtes Kleid mit *sehr* kurzem Rock und *sehr* tiefem Ausschnitt an. Ihre hochhackigen Schuhe ließen ihre schlanken Beine noch länger erscheinen. Das Haar hatte sie kunstvoll unordentlich hochgesteckt, und sie trug mehr Make-up, als er je an ihr gesehen hatte.

„Etwas overdressed für ein schlichtes Abendessen", hatte er bemerkt.

„Sieh mal an, wer da von overdressed redet", hatte sie schnippisch entgegnet.

Während der Fahrt schwiegen beide. Wollte Daisy ihn in dieser Aufmachung provozieren? Wenn ja, dann hatte sie Erfolg damit.

Er parkte in der Auffahrt. Daisy blieb sitzen, bis er die Beifahrertür öffnete, und reichte ihm dann den Kuchen. Jacob verkniff sich ein Schmunzeln. Sie hatte nicht darauf gewartet, dass er ihr wie ein echter Gentleman den Wagenschlag öffnete, sie konnte nur in ihren High Heels und dem Kuchen in den Händen nicht aussteigen. Er nahm ihr den Kuchen ab und sah zu, wie sie vorsichtig ausstieg. Langsam. Anmutig. *Verflucht.* Sein Mund wurde trocken.

„Was hast du vor?", fragte er auf dem Weg zum Haus. Er trug den Kuchen und konnte ihr den Arm nicht bieten.

„Keine Ahnung, wovon du sprichst", sagte sie liebenswürdig und stolperte, fasste sich rasch und zog instinktiv den Rock nach unten. Sie war nicht daran gewöhnt, High Heels zu tragen, auch kein Kleid, das kaum ihren süßen Hintern bedeckte. Nein, mit dieser Kostümierung zog sie eine Schau ab. Seinetwegen? Aber welche Frau wies einen Mann in seine Schranken und trug dann ein aufreizendes Kleid?

Verstehe einer die Frauen!

Im Haus übergab er Lurlene den Kuchen, die bei Daisys Anblick große Augen machte. Daisy startete einen neuerlichen Versuch, den Saum ihres Kleides nach unten zu ziehen. Die Köchin zog sich mit dem Kuchen kopfschüttelnd in die Küche zurück und murmelte etwas Unverständliches in sich hinein.

Jacob und Daisy näherten sich dem Salon. Langsam, da sie auf den hohen Absätzen nicht schnell gehen konnte. Sie zupfte wieder an dem Rock herum und versuchte den Ausschnitt höher zu ziehen.

„Was bezweckst du mit dieser Aufmachung?", wiederholte er seine Frage.

„Woher willst du wissen, dass ich mich nicht immer so zurechtmache, wenn ich ausgehe?"

Er schwieg.

„Immerhin bin ich zum Essen bei deiner Familie eingeladen", fuhr sie fort. „Ich bin kein Teenager mehr, Jacob. Ich bin erwachsen und reifer geworden." Sie reckte das Kinn, wandte sich ihm zu und sah ihn aus kalten blauen Augen an.

Sie erreichten den Salon, bevor er darauf antworten konnte, was ihm nur recht war, da er keine Ahnung hatte, was er sagen sollte. Der Gedanke, dass Daisy sich so aufreizend kleidete, um einem anderen Mann zu gefallen, war ihm unerträglich. Ihm war jedoch klar, dass ihm keine Kritik zustand, wie und für wen sie sich aufdonnerte. Aber wenn es um Daisy ging, ließ ihn sein logisches Denken im Stich. Er fragte sich, mit wem sie sich traf, für wen sie dieses Kleid trug, mit welchem Kerl sie Küsse tauschte …

Beim Betreten des Zimmers erfasste sein Blick Maddy, die hingegossen auf dem Sofa saß, in einem sehr knappen Rock und mit beängstigend hohen Absätzen. Und plötzlich durchschaute er Daisys Absicht. Er sah sie aus verengten Augen an und flüsterte: „Ich verstehe."

Sie lächelte flüchtig und näherte sich selbstbewusst ihren Gastgebern. Eine schöne langbeinige Frau, die ihre Reize freizügig zur Schau stellte. Der Schock bei ihrem Anblick zeichnete sich deutlich in den Gesichtern ab. Grandma Eunice zeigte Missbilligung und Verblüffung. Ben blieb der Mund offen stehen. Seine Mutter wich erschrocken einen Schritt zurück. Sein Vater blinzelte verdutzt, als traue er seinen Augen nicht.

Maddy, die nichts von dem allgemeinen Schock mitbekam, richtete sich lächelnd auf und rief bewundernd: „Oh, ich liebe dieses Kleid."

„Das kann ich mir denken", murmelte Grandma Eunice.

Na schön, die Idee war wohl nicht so gut, wie sie gedacht hatte. Die Füße taten ihr weh, sie spürte bereits eine Blase am rechten großen Zeh. Und Bens unverhohlene Blicke auf ihren halb entblößten Busen gingen ihr gehörig auf die Nerven. Bereits bei der Vorspeise bereute Daisy ihre spontane Entscheidung, es Maddy Tasker gleichtun zu wollen.

Sie nahm sich vor, ein ernsthaftes Gespräch mit ihrer Schwester zu führen. Dieser Fummel musste für immer in den Schrank verbannt werden! Und diese Schuhe, wie konnte Lily in diesen Dingern laufen? Hoffentlich erschien sie in diesem Aufzug nicht zu einem Vorstellungsgespräch oder ging in Atlanta mit einem Mann aus!

Das Schlimmste daran war, dass ihr Plan nicht klappte. Miss Eunice redete immer noch von der Hochzeit, erwähnte das skandalöse Kleid, die Schminke, die Schuhe mit keinem Wort. Sie wiederholte sich ständig, ohne je ihr Ziel aus den Augen zu verlieren. Wenn das so weiterging, würde es bei dem Familientreffen eine Hochzeit geben, ob Daisy und Jacob damit einverstanden wären oder nicht. Miss Eunice würde in der ersten Reihe in ihrem Rollstuhl sitzen und in begeisterte Jubelrufe ausbrechen.

Wäre eine solche Trauung legal? Mit Sicherheit nicht, aber wenn Miss Eunice einen Trick wüsste, um die Farce zu legalisieren, würde sie nicht davor zurückschrecken.

Dieses leidige Familientreffen schien im Moment in weite Ferne gerückt, war nur eines von vielen Problemen, mit denen Daisy sich konfrontiert sah. Im Moment musste sie sich darauf konzentrieren, diesen Abend zu überstehen.

Und das wurde ihr nicht leicht gemacht.

Jacob, der ihren Plan durchschaut hatte, ließ sie bitter für ihre Dummheit bezahlen. Er saß zu ihrer Linken, und kaum hatte man sich zu Tisch begeben, legte er ihr heimlich die Hand aufs Knie. Dort ruhte sie eine Weile, warm und schwer, doch dann, als Daisy etwas essen wollte, begann die Hand sich zu bewegen. Nur ein sanftes Streicheln seiner Finger auf ihrer nackten Haut. Daisy zuckte zusammen und verscheuchte eine imaginäre Fliege, um ihren Schreck zu kaschieren.

Die Hand lag auf ihrem Schenkel, warm, schwer und groß. Finger streichelten die Innenseite ihres Schenkels. Die Kehle war ihr wie zugeschnürt, sie versuchte gar nicht erst, einen weiteren Bissen zu sich zu nehmen. Heimlich legte sie ihre Hand über die seine und schob sie auf seinen Schenkel. Zehn Sekunden später war die Hand wieder da. Diesmal etwas höher.

Gegen ihren Willen, gegen jede Vernunft reagierte ihr Körper auf Jacobs Berührung, erinnerte sich, und unbeachtete Nervenfasern vibrierten. Sie wollte diese Hand brüsk abschütteln und schleunigst den Platz wechseln, so weit wie möglich entfernt von Jacob sitzen. Aber sie wollte keine Szene bei Tisch machen. Und Miss Eunice hätte kein Verständnis dafür, wieso Daisy keine harmlosen Zärtlichkeiten ihres „Verlobten" duldete.

Die Teller wurden abgeräumt und der Zitronenkuchen in die Mitte der Tafel gestellt. Daisy hatte kaum etwas vom Hauptgang gegessen und war hungrig. Aber die Kehle war ihr immer noch wie zugeschnürt. Ein Finger an ihrem Schenkel begann höher zu wandern, sanft streichelnd, intensiver und näher. Ihr Schoß begann zu pulsieren. Ob sie es wollte oder nicht, sie sehnte sich danach, dass Jacob ihre intimste Stelle berührte.

Nur ein Nervenreiz, redete sie sich ein, mehr nicht. Als sie ein Paar waren, hatten sie wunderbaren Sex gehabt. Kein anderer Mann würde sie je so beglücken, kein anderer würde sie so entfesseln, bis sie schrie und erschauerte.

Nicht dass sie je einem anderen Mann die Chance gegeben hätte …

Der Zitronenkuchen fand allgemeines Lob und großen Anklang. Sie betrachtete das Kuchenstück auf ihrem Teller, tauchte einen Finger in die weiche Glasur und leckte daran. Das war's dann auch. Sie brachte keinen Bissen hinunter.

Jacob ließ es sich schmecken, nahm ein zweites Stück und lobte Daisys Backkünste wie alle anderen. Falls jemand Verdacht schöpfte, sie habe eine fertige Backmischung verwendet, so wurde höflich darüber geschwiegen.

Wie konnte er nur harmlos lächeln und so tun, als sei alles in Ordnung? Wie konnte er mit dieser Selbstverständlichkeit neben ihr sitzen und plaudern mit der Hand unter ihrem Rock?

Beinahe zu spät löste Daisy sich aus ihrer Schockstarre. Ihre frivole Aufmachung sollte seine Großmutter vor den Kopf stoßen und von ihren absurden Heiratsplänen abbringen. Stattdessen besaß Jacob die Unverschämtheit, sie mit seinen anzüglichen Berührungen aus der Fassung zu bringen. Das wollte und durfte sie ihm nicht durchgehen lassen. Zu diesem Spiel gehörten zwei.

Unter dem Tisch legte sie ihre Hand an Jacobs Schenkel. Weit oben, fest, vertraulich. Bewegte die Finger ein wenig. Er verschluckte sich und hüstelte. Unbeirrt schob sie ihre Hand höher, ihr Finger krochen an die Innenseite seines Schenkels. Immerhin sprang er nicht vor Schreck vom Stuhl hoch, aber seine Muskeln spannten sich, Röte stieg ihm ins Gesicht.

Wie sehr erregte ihn ihre Berührung? Würde sie es wissen, wenn sie ihre Hand noch höher schob? Dazu fehlte ihr der Mut, aber das leichte Muskelzucken seines Schenkels ließ sie wissen, dass die Wirkung nicht verfehlt war.

Gut. Nicht nur sie war also empfänglich für diese erotische Folter.

Statt sich zu besinnen und sein ungebührliches Verhalten zu bedauern, ging Jacob zum Gegenangriff über. Seine Finger drückten sich in ihren Schenkel, seine Hand schob sich höher, langsam, unbeirrt. Daisy vergaß zu atmen. Das Zimmer schrumpfte, jemand redete, aber sie konnte nicht verstehen, was gesagt wurde. Hitze durchflutete sie. Seine große warme Hand war beinahe am Ziel. Ihre Schenkel öffneten sich.

Bevor Jacob ihre intimste Stelle erreichte, schob Daisy jäh ihren Stuhl zurück und entschuldigte sich, eilte aus dem Esszimmer zur Gästetoilette am Ende des Flurs.

Was war nur in sie gefahren? Hatte sie tatsächlich geglaubt, sie könne sich auf dieses gefährliche Spiel mit Jacob einlassen und gewinnen?

Sie klappte den Deckel der Toilette herunter und ließ sich darauf fallen. Diese Heuchelei machte sie krank. Schauspielerei war nicht ihre Stärke, sie war eine gute Friseuse. Sie konnte nicht vorgeben, einen Mann zu lieben, der sie zutiefst verletzt hatte. Und während sie gezwungen war, so zu tun, als habe sich nichts verändert, hatte sich dieses Spiel in unerträgliche Qual verwandelt.

Sie begehrte Jacob. Sie liebte ihn nicht mehr, wollte ihn nicht in ihrem Leben haben. Und dennoch wollte sie mit ihm schlafen. Er machte sie kribbelig, fiebrig und verdammt noch mal ... lüstern. Und wieso auch nicht? Sie waren beide ungebunden, gesund und erwachsen. Das Feuer, das vor neun Jahren zwischen ihnen gelodert hatte, war offenbar nicht völlig erloschen. Warum sollte sie nicht ... was hinderte sie ... Oh nein, es war eine grässliche Vorstellung.

Sie musste sich von Jacob fernhalten, bis sie ihre Sinne wieder beisammen hatte und nüchtern denken konnte. Man sollte Miss Eunice erklären, die Braut leide an einer unheilbaren Krankheit, deshalb könne die Hochzeit nicht stattfinden. Denn vergessen würde sie ihren Plan nicht, zumindest nicht, solange sie Jacob jeden Tag sah.

Aber Daisy konnte die Situation nicht länger ertragen. Es war reine Folter. Sie hätte zufrieden leben können, ohne einen Gedanken an Jacob Tasker zu verschwenden. Genau das hatte sie vorgehabt, und nun zitterte sie am ganzen Körper, Hitzeschauer erfassten sie. Nur weil er sie geküsst und seine Hand an ihren Schenkel gelegt hatte. War sie so schwach? Sehnte sie sich so verzweifelt nach Zuneigung?

„Daisy?" Seine leise Stimme wurde von einem zaghaften Klopfen an der Tür begleitet. Jacobs unvergessliche Stimme, an die sie sich bis ans Ende ihrer Tage erinnern würde. „Geht's dir gut?"

„Ja, prima. Ich möchte nur einen Moment allein sein."

„Ich komme rein."

„Lass es!", befahl sie schneidend. „Ich hab abgeschlossen."

Der einfache Riegel schnappte, und Jacob öffnete die Tür. Er schien den winzigen Raum auszufüllen, und wieder fiel ihr das Atmen schwer.

Sie bemühte sich nicht, aufzustehen. „Was fällt dir ein? Kann man in diesem Haus nicht mal fünf Minuten alleine sein?"

„Das war eine schlechte Idee." Er blieb an der Tür stehen, ohne auf ihre Fragen einzugehen.

„Klär mich auf."

„Ich habe gesagt, dass du dich nicht wohlfühlst und ich dich nach Hause bringe."

„Also keine Anprobe?" Sie wollte kühl und gleichgültig sein, aber ihre Stimme klang nur frustriert.

„Nicht heute Abend."

Daisy stand auf und wollte an Jacob vorbei. Er hielt sie am Arm zurück. Sie hob den Blick in seine Augen. Und Gott steh ihr bei, sie wollte es hier mit ihm tun, während seine Familie ein paar Türen weiter Zitronenkuchen aß. Sie war knapp davor, ihn anzuflehen. *Bitte, Jacob, hilf mir, mich zu erinnern, wie gut es war.* Sie reckte sich ihm entgegen, die Lippen leicht geöffnet. Jeder vernünftige Gedanke war im Schwinden begriffen, bis nichts blieb als sehnliches Verlangen, das nur er zu stillen vermochte.

Kurz bevor ihre Lippen seinen Mund berührten, fasste sie sich. „Ich will heim."

Er nickte stumm.

„Gib mir deinen Autoschlüssel und lass mich fahren. Ich muss alleine sein."

Sie erwartete Widerspruch. Aber zu ihrem Erstaunen griff er in die Tasche seines Jacketts und reichte ihr den Schlüssel. „Ruf an, wenn du zu Hause bist."

Sie schüttelte den Kopf. Sie wollte nicht mit ihm reden, nicht seine Stimme hören, wollte nicht einmal an ihn denken.

„Wenn nicht, fahre ich dir nach, um mich zu vergewissern, dass du gut angekommen bist. Ich will mir keine Sorgen um dich machen, Daisy." Er klang aufrichtig.

Sie wollte nicht glauben, dass er etwas für sie empfand, wollte nicht wissen, ob auch nur eine einzige gute Eigenschaft an ihm war, abgesehen von seinen körperlichen Vorzügen. Er war kalt, hart, gleichgültig. Solange sie daran glaubte, konnte er sie nicht verletzen.

„Gut, ich rufe an." Wenn nicht, würde er vermutlich vor ihrer Tür stehen. Sie würde ihn hereinbitten, ihn küssen, und dabei würde es nicht bleiben. Und was sagte das über sie aus? Wie verzweifelt sehnte sie sich nach einem Mann, wenn der Mann, der ihr das Herz gebrochen hatte, sie vor Verlangen um den Verstand brachte?

Im Flur trennten sich ihre Wege. Daisy streifte wütend die Schuhe ab und verließ das Haus, ohne einen Blick zurück.

Eunice blickte noch lange aus dem Fenster, nachdem Jacobs Mietwagen verschwunden war. Ohne Jacob. Sie nagte an ihrer Lippe, legte die Stirn in Falten, trommelte mit den Fingern auf die Armlehnen ihres Rollstuhls. Sie war beunruhigt, dabei war sie der festen Überzeugung gewesen, die Liebe zwischen Jacob und Daisy werde wieder aufflammen, wenn sie sich begegneten. Sie waren das perfekte Liebespaar, bevor das Leben, die Karriere und Tausende Meilen sie voneinander entfernt hatten. Aber die Dinge verliefen nicht nach Plan. Sonst würde Daisy nicht allein nach Hause fahren und Jacob nicht allein auf der Veranda sitzen.

Ihr Enkelsohn hatte mit seinem analytischen Verstand, der ihn befähigte, eine Situation von allen Seiten zu betrachten, großen beruflichen Erfolg. Diese Fähigkeit besaß auch seine Großmutter. Allerdings zeigte eine Frau ihrer Generation diese Talente nicht offen, zumal eine, die klüger war als ihr Ehemann.

Jacob war ehrgeizig und ausgesprochen erfolgreich.

Und er war allein.

Jacob begehrte Daisy, das spürte Eunice. Und Daisy begehrte ihn, auch wenn sie es nicht eingestehen wollte. Aber Daisy war in Bell Grove verwurzelt. Wie konnte sie davon überzeugt werden, dass sie mit Jacob glücklich werden würde, statt hier allein zu leben? Sie hätte immer Verbindung zu Bell Grove. Aber Verbindung zu einem Ort zu haben oder darin verwurzelt zu sein waren zwei völlig verschiedene Dinge.

Eunice zog mögliche Schritte in Erwägung. Daisy war keine Frau, die sich durch Geschenke beeinflussen ließ. Sie war nicht käuflich, würde nicht über kostbaren Schmuck in Verzückung geraten. Nein, damit würde sie nichts bei ihr erreichen.

Das Mädchen war ausgesprochen standhaft und eigensinnig. Würde sie ihrem Herzen folgen, wäre sie bereits in Jacobs Armen gelandet, aber das war nicht geschehen. Hätten die beiden miteinander geschlafen, wäre Jacob nicht so angespannt. Und Daisy hätte beim Dinner nicht ausgesehen, als würde sie jeden Moment explodieren.

Störrische junge Leute.

Eunice wusste nur einen Ausweg. Daisy musste entwurzelt werden. Alle Optionen mussten ihr verbaut werden. Und das musste rasch geschehen. Augenblicklich. Eunice war fest entschlossen, dass die geplante Scheinhochzeit, um eine geistig verwirrte alte Frau zu beschwichtigen, keine Scheinhochzeit wurde, und Jacob nicht allein nach San Francisco zurückkehrte.

4. KAPITEL

*I*n San Francisco waren Jacobs Tage von morgens bis spät nachts, wenn er todmüde ins Bett fiel, mit Terminen angefüllt. Es blieb kein Moment der Stille, der ihm gestattet hätte, seine Gedanken auf gefährliches – und törichtes – Terrain abdriften zu lassen.

Daisy seit zwei Tagen nicht zu sehen war kaum zu ertragen. Sie hatte ihm deutlich zu verstehen gegeben, dass sie Zeit für sich brauchte. Aber die Uhr tickte, sein Aufenthalt im Elternhaus verging wie im Flug. Am liebsten wäre er nach Bell Grove gefahren, um ihr wie zufällig zu begegnen.

Das Anwesen wurde für die jährliche Zusammenkunft der Taskers vorbereitet, im Park mussten Bäume beschnitten, Äste zersägt werden, um das Holz für den kommenden Winter trocken zu lagern. Die Winter in Georgia waren mild und kurz, wenn allerdings gelegentlich ein Schneesturm über das Land fegte, gab es nichts Behaglicheres, als vor einem prasselnden Kaminfeuer zu sitzen.

Jacob hatte sich Arbeitskleidung von Ben geborgt und half ihm, die Arbeit zu erledigen, die ihnen ihre Mutter aufgetragen hatte.

Nachdem das Holz klein gehackt war, sollten sie sich um die Ameisenhügel und Wespennester kümmern. Danach hätte Susan mit Sicherheit weitere Aufträge für ihre Söhne parat. Jacob hatte sich lange nicht körperlich verausgabt. Nach Büroschluss ging er zwar dreimal in der Woche ins Fitness-Studio, aber die kräftezehrende Arbeit in freier Natur war eine neue Herausforderung, die erstaunlich belebend auf ihn wirkte, auch wenn seine Gedanken auf Abwege gerieten.

Er wollte sich nicht eingestehen, wie sehr Daisy ihm fehlte. Ihr Lächeln, ihre Augen, ihr anmutiger Gang. Immer wieder tauchten solche Bilder in ihm auf und ließen sich nicht verscheuchen. Sinnlose Gedanken, die zu nichts führten, denn Daisy wäre nicht bereit, ihn nach San Francisco zu begleiten. Sie war hier aufgewachsen, führte ihren Frisiersalon, hatte ihren Freundeskreis, jeder schätzte und mochte sie gern.

Er beneidete sie beinahe um ihre Verbundenheit mit ihrer Heimatstadt, aber den Gedanken, seine lukrative Karriere aufzugeben, wies er entschieden von sich. Er könnte unter einem Dutzend leitender Positionen in einem Tochterunternehmen der Taskers wählen, würde jedoch unter dem Regiment seiner Mutter arbeiten. Nein, danke!

Deshalb war die Situation mit Daisy aussichtslos. Eine Fernbeziehung hatte vor sieben Jahren nicht geklappt und würde auch heute nicht klappen.

Ben wischte sich den Schweiß von der Stirn, nahm zwei Flaschen Wasser aus der Kühlbox und schlenderte in Jacobs Richtung. „Sachte, Bruder. Je schneller wir hier fertig sind, desto früher bekommen wir neue Einsatzbefehle. Ich begreife nicht, wieso Mom keine Leute anheuert, die den Park auf Vordermann bringen und das Ungeziefer bekämpfen. Es gibt genug Arbeitslose in der Gegend, die froh wären, ein paar Dollar zu verdienen."

Jacob legte die Kettensäge ab und nahm eine Wasserflasche entgegen.

„Entweder denkt sie, die Arbeiter machen ihren Job nicht richtig, oder sie kommandiert uns gerne herum wie früher."

Ben grinste und sah wieder aus wie der dreizehnjährige Junge, schlaksig und frech. „Vermutlich beides."

„Vermutlich." Jacob trank die halbe Flasche leer.

Ben richtete den Blick zum Haus in der Ferne und wurde nachdenklich. „Und wie läuft es mit Daisy?"

„Wie zum Teufel soll ich das wissen?", entgegnete Jacob gereizt. „Das ist jedenfalls die blödeste Idee, auf die ich mich je eingelassen habe. Und wenn ich könnte, würde ich sofort aussteigen. Daisy ist sauer, ich bin sauer, und Grandma Eunice vergisst zwar alles, nur nicht diese idiotischen Hochzeitspläne. Dabei wollte ich sie lediglich beruhigen und ihr ein paar zufriedene Tage gönnen. Was passiert, wenn die ganze Verwandtschaft anrollt, und sie immer noch auf dieser Hochzeit besteht?" Hatte er alles nur schlimmer gemacht, weil er seiner Großmutter einen Gefallen tun wollte?

Daisy, die vor zwei Abenden überstürzt und verwirrt losgefahren war, hatte immer noch seinen Mietwagen, den er nicht brauchte. Am Telefon hatte sie etwas gefasster geklungen, aber er wollte ihr Zeit lassen.

„Ich habe vorhin mit Daisy telefoniert", fuhr Jacob fort. „Grandma Eunice fragt ständig nach ihr. Sie kommt morgen zum Lunch." Er verschwieg Ben, dass er sie mühsam dazu hatte überreden müssen.

„Prima! Ich sehe sie gerne mir gegenüber bei Tisch sitzen."

Jacob warf ihm einen warnenden Blick zu. „Ist mir aufgefallen. Wenn du ihr wieder ständig auf den Busen starrst, hau ich dir eine rein."

Ben lachte. „Nur zu! Aber mal im Ernst, wieso dieses Machogehabe? Du kannst keine Besitzansprüche an eine Frau stellen, mit der du kein Verhältnis hast. Das alles ist doch nur Theater, hast du das vergessen?"

„Jaaa, ich weiß." Jacob schaute seinem Bruder unverwandt in die Augen.

Im Grunde hatte Ben recht, es stand ihm nicht zu, sich als Daisys Beschützer aufzuspielen, aber das änderte nichts an seinen Gefühlen. Bedauern und Frustration … gemischt mit einem Funken Hoffnung.

Mari wischte sich mit dem Handrücken eine Haarsträhne aus dem Gesicht und hinterließ einen Schmutzfleck auf der Wange. Daisy schmunzelte. So sah Mari jedes Wochenende aus. Overall, Pferdeschwanz und Schmieröl im Gesicht. Wenn sie Haushaltsgeräte reparierte, herrschte in der kleinen Werkstatt ein ähnliches Chaos wie in der Küche, wenn Daisy kochte.

Die jüngste der Bell-Schwestern hatte ein erstaunliches Geschick im Umgang mit Motoren und Elektrogeräten. Sie hätte das Zeug dazu gehabt, eine eigene Werkstatt aufzumachen, hatte sich aber dafür entschieden, eine Ausbildung zur Krankenschwester zu machen.

Krankenpflege lag ihr mehr am Herzen, als Maschinen zu reparieren.

„Und, was läuft ab?" Mari blickte nicht von ihrer Arbeit auf.

Wo sollte Daisy beginnen? *Jacob hat mich geküsst. Seine Großmutter denkt, wir heiraten. Ich sehne mich so sehr nach ihm, dass ich kaum meine Hände von ihm lassen kann.* „Alles wie immer. Und du?"

„Erinnerst du dich an den Typ, den ich neulich kennengelernt habe? Er will mit mir ausgehen."

„Hast du zugesagt?"

Mari zuckte mit den Schultern. „Noch nicht. Er sieht niedlich aus, aber wer hat schon Zeit für ein Date? Die Schule, der Nebenjob und meine Wochenenden hier. Mein Terminkalender ist voll. Außerdem soll er ruhig zappeln, wenn er mit mir ausgehen will." Mari, das Nesthäkchen der Familie, eine Prinzessin im Overall mit ölverschmiertem Gesicht, der man nie böse sein konnte, blickte mit einem verschmitzten Lächeln zu ihrer Schwester auf. Dann wischte sie sich die Hände ab. „Gehst du mit einem Mann aus? Bitte sag ja. Du brauchst einen Mann, große Schwester. Wenn du keinen in Bell Grove findest, komm zu mir nach Atlanta, und wir suchen dir einen strammen Burschen."

„Mari!"

Ihre Schwestern wussten sehr wohl, was Daisy für sie geopfert hatte. Immer wieder hatten sie versucht, sie mit einem Freund oder dem Freund eines Freundes zusammenzubringen. Daisy war gelegentlich mit einem dieser Männer ausgegangen, aber es war nie etwas daraus geworden. Erst jetzt, da sie sich darauf eingelassen hatte, diese Farce mitzumachen, wurde ihr klar, dass sie jeden Mann unbewusst mit Jacob verglichen hatte.

Daisys Mund wurde trocken. Sie fasste endlich Mut. „Jacob ist wieder da."

Mari ließ den Schraubenschlüssel klirrend fallen. „Was heißt das, er ist wieder da?"

„Na ja, er ist für ein paar Wochen in Tasker House zum großen Familientreffen."

Mari verengte die Augen. „Die falsche Schlange."

Falsche Schlange. Wieso konnte sie ihr nicht zustimmen? Mari musste nicht alles wissen. Andererseits hatte Daisy das dringende Bedürfnis, mit jemandem zu reden. „Wir haben uns … ein paar Mal getroffen."

Mari schlug sich entsetzt die Hände vors Gesicht. „Was heißt getroffen? Oh Daisy, jeden anderen, doch nicht ihn. Mom hätte ihn einen Mistkerl genannt. Dad hätte ihm schlimmere Schimpfnamen gegeben. Jacob Tasker hat dich im Stich gelassen, als du ihn dringend gebraucht hättest!"

„Wir haben uns in gegenseitigem Einvernehmen getrennt", erklärte Daisy abwehrend. „Außerdem ist es nichts Ernstes." Sie machte eine fahrige Handbewegung. „Es ist lediglich eine Art … so was wie …"

„Spuck's aus!", befahl Mari scharf.

Und Daisy erzählte ihr die ganze Geschichte. Na ja, nicht die ganze. Sie verschwieg, dass ihr in seiner Nähe heiß und kalt wurde, sie ernsthaft in Versuchung geriet, mit ihm zu schlafen, und dass sie beinahe explodiert wäre, als er ihr die Hand auf den Schenkel gelegt hatte.

Sie konnte ihr unmöglich gestehen, dass sie Jacob gerne sah, ihn gerne berührte, seine Stimme gerne hörte. So sinnlos es auch sein mochte, sie träumte davon, mit ihm zusammen zu sein.

Maris wechselndes Mienenspiel, während Daisy ihr die nötigsten Einzelheiten berichtete, reichte von Entsetzen, Entrüstung, Zorn und Bedauern. Die ganze Palette an Empfindungen, die Daisy durchlitt, seit Jacob ihren Frisiersalon betreten hatte.

Doch schließlich breitete sich ein angriffslustiger Zug in Maris hübschem Gesicht aus. Daisy kannte diesen Ausdruck, der nie etwas Gutes bedeutet hatte. Mari verschränkte die Arme vor der Brust, ihre blauen Augen blitzten, ihre Lippen umspielte ein Lächeln. „Also morgen zum Sonntagslunch, richtig?"

„Wenn ich nicht absage." Daisy zog ernsthaft in Erwägung, sich davor zu drücken. Der Gedanke an ein Wiedersehen mit Jacob war beklemmend und erregend zugleich. „Du bist nur am Wochenende zu Besuch, ich rufe an und sage ab."

„Das tust du nicht." Mari lächelte. „Ich begleite dich."

Jacob nahm eine Dusche, um sich von Schmutz und Schweiß der erstaunlich befriedigenden Gartenarbeit zu reinigen. Danach verbrachte er den Rest des Nachmittags in seinem Zimmer an Handy und Laptop. Der Stuhl war unbequem, ein antikes Möbelstück, wie die ganze Einrichtung in seinem Zimmer, im Gegensatz zu seiner modernen, lichtdurchfluteten Wohnung in San Francisco.

Wie immer gab es dringende Probleme, die keinen Aufschub duldeten, was ihn nie gestört hatte, denn er genoss es, unabkömmlich zu sein.

Zum ersten Mal seit Jahren hielt er sich ein paar Wochen zu Hause auf und sollte mehr Zeit mit Eltern, Bruder und seiner leidenden Großmutter verbringen. In ein paar Tagen reisten seine älteren Brüder an, die er lange nicht gesehen hatte. Und er wollte die kurze Zeit, die er im Kreise der Familie verbrachte, nicht in seinem Zimmer mit Büroarbeit verbringen.

Konnten die zahllosen E-Mails nicht warten? Konnte sich nicht ein Kollege darum kümmern? Er hatte Urlaub genommen, stattdessen telefonierte er stundenlang in der Welt herum.

Und Daisy ging ihm nicht aus dem Sinn, er wollte Zeit mit ihr verbringen. Allein. Ohne seine Familie, die ihn mit Argusaugen beobachtete. Er wollte unter einem Vorwand in die Stadt fahren, in ihrem Salon vorbeischauen, sie nach Hause begleiten, einen Eisbecher mit ihr essen. Früher hatte sie Erdbeereis geliebt …

Aber das war lange her.

Beide hatten sich in den sieben Jahren verändert, waren älter, reifer geworden. Dennoch spürte er, dass sie einander nicht völlig fremd geworden waren. Es gab noch einen Funken der früheren Leidenschaft.

Er wollte die neue erwachsene Daisy kennenlernen, und dafür brauchte er Zeit. In zwei Wochen beim Familientreffen würde ihm keine Zeit mehr für sie bleiben. Möglicherweise würden beide feststellen, dass dieser unerwartete Funke nichts weiter war als ein Echo aus der Vergangenheit. Normalerweise wusste Jacob genau, was er wollte und wie er es erreichte. In letzter Zeit jedoch plagten ihn Zweifel, die ihm fremd waren.

Es gab nur eine Möglichkeit, sich Klarheit zu verschaffen. Er wollte Daisy umwerben und sehen, wie sie darauf reagierte.

Wann hatte er zum letzten Mal daran gedacht, eine Frau zu umwerben? Ein altmodischer Begriff, heutzutage ging man zur Sache, hatte Blind Dates und One-Night-Stands.

Wieder kam eine neue E-Mail an, der nächste dringende Notfall. Jacob las sie und antwortete: *Ich habe Urlaub. Bin in ein paar Wochen wieder im Büro.*

Er klappte den Laptop zu, schaltete das Mobiltelefon ab und verstaute beides im Schrank, wo sein Gitarrenkasten lag, machte die Tür zu und fühlte sich erleichtert.

Ein Unternehmen, das zwei Wochen auf seine Mitarbeit verzichten konnte, könnte auch völlig ohne ihn zurechtkommen, schoss es ihm durch den Kopf. Vielleicht hätte er bei seiner Rückkehr nach San Francisco keinen Job mehr. In einer globalisierten schnelllebigen Welt war alles möglich.

Im Augenblick hatte er jedoch nur den Wunsch, sich auf Daisy zu konzentrieren.

Er liebte seinen Beruf, aber in den nächsten zwei Wochen war Daisy Bell sein wichtigstes Projekt.

5. KAPITEL

*D*aisy warf einen Blick in den Rückspiegel. Sie fuhr Jacobs Mietwagen, Mari folgte in ihrem Pick-up. Daisy wollte nicht darauf angewiesen sein, dass Jacob sie nach dem Sonntagslunch nach Hause fuhr und fühlte sich gestärkt, mit einer Verbündeten in den Kampf zu ziehen. Bisher war sie allein gegen sechs Taskers gewesen. Mari mochte zwar liebenswürdig und bescheiden wirken, aber der Eindruck täuschte, sie würde ihrer großen Schwester tapfer beistehen.

Ihre Geheimwaffen für diese Schlacht waren Mississippi Mud Cake und Cajun Garnelen Pastasalat. Mari war eine ausgezeichnete Kuchenbäckerin. Daisy war für den Nudelsalat zuständig, eine einfache, köstliche Vorspeise.

Die Mädchen parkten neben Bens schnittigem Sportflitzer. Daisy hatte für die Sonntagseinladung Hosen und eine langärmelige Seidenbluse gewählt. Nicht, weil sie befürchtete, die Taskers wären schockiert über ihr freizügiges Kleid beim letzten Mal gewesen, sie wollte lediglich vermeiden, dass Jacob ein Stückchen nackter Haut an ihr fand.

Obwohl sie sich nach seiner Berührung sehnte, durfte sie sich nicht von ihren Hormonen beherrschen lassen, auch wenn sie noch so verrückt spielten.

Jacob trat aus dem Haus in einem leichten Sommerpullover, unter dem sich seine Muskeln abzeichneten.

Jacob, wie sie ihn in Erinnerung hatte. Ihr Herz begann schneller zu schlagen. Einen Moment vergaß sie sogar zu atmen. Wieso trug er keinen verdammten Anzug, der sie daran mahnte, dass er nicht mehr ihr gehörte?

Mit dem Mississippi Mud Cake in beiden Händen stieg Mari leichtfüßig die Verandastufen hinauf und baute sich vor Jacob auf. „Lange nicht gesehen", grüßte sie mit einem honigsüßen Lächeln. Und dann trat sie ihm gegen das Schienbein.

Er zuckte zusammen, nicht weil der Fußtritt besonders schmerzhaft, sondern er nicht darauf gefasst gewesen war. „Wofür zum Teufel war das denn?"

„Als wüsstest du das nicht", entgegnete Mari lächelnd. „Tu meiner Schwester noch ein Mal weh, und ich bring dich um."

Jacob blickte über Maris Schulter Daisy in die Augen, die mit dem Nudelsalat die Stufen hochstieg. „Ich glaube, sie meint es ernst."

„Und ob." Mari war zwar zierlich, aber hinter ihrer liebenswürdigen Fassade verbarg sich ein stahlharter Kern.

Susan erschien in der Tür. Mari ließ Jacob stehen und überreichte ihr den Kuchen. Daisy hatte natürlich vorher angerufen und gefragt, ob sie Mari zum Essen mitbringen dürfe. Die beiden Frauen begrüßten einander herzlich und verschwanden im Haus. Die Fliegentür schwang leise quietschend zu.

Sie waren allein, nichts war zwischen ihnen, nur die Salatschüssel und Daisys fester Vorsatz, an den sie sich klammerte wie eine Ertrinkende an einen Rettungsring.

„Es wäre nicht nötig gewesen, Essen mitzubringen", sagte Jacob gedehnt.

„Statt Blumen", erwiderte sie. Als er ihr die Schüssel abnahm, streiften seine Finger flüchtig die ihren, und es durchfuhr sie wie ein Blitz. Daisy senkte den Blick auf den Holzboden der Veranda.

Die Wahrheit war verdammt schwer zu akzeptieren. Während ihr das Herz bis zum Hals schlug, musste Daisy sich gestehen, dass sie nichts unter Kontrolle hatte, was Jacob betraf.

Während des Sonntagsmahls gab es keine Diskussionen über Hochzeiten und Brautkleider. Vielleicht war Grandma Eunice durch Maris Anwesenheit abgelenkt. Vielleicht war sie auch noch so klar im Kopf, um zu spüren, dass etwas vorgefallen sein musste, weshalb Daisy sich in den letzten Tagen nicht hatte blicken lassen, und sie hütete sich, allzu aufdringlich zu erscheinen. Sie konnte zwar nicht ahnen, dass Jacobs Hand unter Daisys sehr kurzem Rock der Braut in spe das Fürchten gelehrt hatte. Allerdings könnte sie vermuten, dass es Ärger im von ihr geschaffenen fiktiven Paradies gab.

Mari und Maddy dominierten das Tischgespräch, redeten über gemeinsame Bekannte und anschließend über Football. Eine Unterhaltung über College-Football war ein akzeptables Tischgespräch in der vornehmen Familie Tasker. Die Tafelrunde beteiligte sich bald daran, man redete über Trainer und Spieler und den Spielplan im Herbst. Es entspann sich eine lockere Plauderei mit viel Gelächter. Jacob freute sich, dass auch Daisy allmählich gelöster wirkte, und hörte ihr Lachen gern.

Als die Tafel aufgehoben wurde, schob Jacob seinen Stuhl zurück und reichte Daisy die Hand, die sie nach einigem Zögern nahm.

„Gehen wir ein Stück?", fragte er. Er wollte allein mit ihr sein, wenn auch nur für ein paar Minuten. Irgendwann musste er ja mit seinem Werben um sie beginnen …

„Ich kann nicht." Sie entzog ihm die Hand und verbarg sie hinter dem Rücken. „Mari muss nach Atlanta zurück und hat noch nicht gepackt."

„Kann sie nicht ohne dich packen?"

„Ich habe versprochen, ihr zu helfen. Außerdem fährt sie mich heim."

„Ich fahre dich." Sein Angebot war ein höflich formulierter Befehl.

„Nein, danke." Ihr Ablehnung war ebenso höflich wie unmissverständlich.

Er hätte wissen müssen, dass Daisy störrisch reagierte, wenn sie Zwang verspürte. Wie zum Teufel sollte er ihr den Hof machen, wenn sie sich weigerte, auch nur ein paar Minuten allein mit ihm zu sein?

Mari starrte ihn finster an. Ihr Mund formte lautlos: *Denk an meine Worte!* Um ihrer Drohung Nachdruck zu verleihen, stieß sie sich ein imaginäres Messer in den Bauch und streckte die Zunge heraus, um seinen bevorstehenden gewaltsamen Tod zu veranschaulichen. Diese gestenreiche Warnung dauerte keine fünf Sekunden, und wenn jemand sie bemerkt haben sollte, so wurde sie übergangen.

Allerdings war Grandma Eunice – die Einzige, der man etwas vorspielen musste – bereits von Susan auf ihr Zimmer gebracht worden. Sie hatte heute besonders abwesend und verwirrt gewirkt.

„Wir müssen los." Mari umrundete den Tisch. „Denk dran, wir wollen heute noch den Kammerjäger anrufen."

„Den Kammerjäger?", wunderte sich Jacob.

„Ja, ich habe Marder oder Wiesel unterm Dach", erklärte Daisy. „Heute Nacht haben wir scharrende Geräusche wie von Poltergeistern gehört." Sie schüttelte sich. „Sammy Jenkins arbeitet zwar nicht sonntags, aber er nimmt Anrufe entgegen und macht Termine für die kommende Woche."

„Ich wusste gar nicht, dass es überhaupt noch Kammerjäger gibt", sagte Jacob.

„Wenn du nachts nicht schlafen kannst, weil kleine Pfoten über deinem Kopf Radau machen, weißt du, warum", erwiderte Daisy.

Vielleicht wäre das ein Anfang. „Wieso warten? Ich schaffe dir die Störenfriede gerne vom Hals."

Mari lachte. Maddy lachte noch lauter.

„Was ist daran so komisch?"

„Jacob Tasker als Kammerjäger?", spottete Mari. „Ich würde gerne sehen, wie du auf allen vieren auf dem Speicher rumkriechst."

Was konnte daran so schwer sein? „Ich will nur helfen und arbeite auch sonntags."

„Nein, danke", erklärte Daisy abweisend.

„Aber ich könnte …"

Daisy ließ den Blick durchs Zimmer schweifen und senkte die Stimme. „Miss Eunice ist nicht hier, Jacob. Wir müssen kein Theater spielen."

Ben, Maddy und Mari wurden still. Vielleicht hatten sie vergessen, dass das alles nur eine Farce war. Vielleicht aber hatten sie auch den Anflug von Bitterkeit in Daisys Stimme bemerkt.

Wie könnte er sie davon überzeugen, dass er ihr nichts vorspielte?

Nicht hier, nicht jetzt.

„Oh, deine Schüsseln", sagte Maddy. „Ich spüle sie rasch, damit du ..."

„Lass nur, ich hole sie später", fiel Daisy ihr ins Wort. Sie hatte es eilig zu gehen.

Nein, vor Jacob zu fliehen.

„Komm!" Mari nahm Daisy bei der Hand und zog sie eilig aus dem Zimmer.

Endlich waren sie gegangen! Eunice hatte sich schlafend gestellt, solange ihre Schwiegertochter neben dem Bett saß.

Vielleicht sollte sie Schuldgefühle haben, ihrer Familie dieses Drama vorzuspielen. Vielleicht würde sie eines Tages, nachdem Jacob und Daisy verheiratet waren und Kinder hatten, zur Heiterkeit der ganzen Familie ein Geständnis ablegen.

Eunice richtete sich auf, griff nach dem Telefon auf dem Nachttisch und wählte eine Nummer. Eine Männerstimme antwortete.

„Sind alle Vorbereitungen getroffen?", fragte sie mit gedämpfter Stimme.

„Ja. Aber, Mrs. Tasker, sind Sie sicher ..."

„Würde ich Sie anrufen, wenn ich nicht sicher wäre?" Ihre Stimme hatte einen Befehlston angenommen, der keinen Widerspruch duldete.

„Nein, Ma'am, aber ..."

„Tun Sie es!", befahl Eunice scharf. „Oder ich finde einen anderen. Die Sache duldet keinen Aufschub." Wer je für die alte Dame gearbeitet hatte, wusste, dass sie stets ihren Willen durchsetzte. Obwohl sie kein Mitspracherecht im Familienunternehmen mehr hatte, verfügte sie über ein stattliches Vermögen.

Sie legte grußlos den Hörer auf, und der Mann am anderen Ende der Leitung schnappte nach Luft.

Eunice ließ sich zufrieden ins Kissen zurücksinken und driftete lächelnd in den Schlaf. Bei Gott, sie würde es schaffen. Entweder so oder so ...

Mari war abgefahren, das Haus war wieder ungewohnt still. Sogar die Marder unterm Dach waren still, als die Dämmerung hereinbrach. Vor Stunden hatte Daisy sich umgezogen und trug Shorts und ein luftiges Tanktop. Vielleicht sollte sie sich ein leichtes Abendessen zubereiten, aber sie war nicht hungrig, obwohl sie bei den Taskers nicht viel zu Mittag gegessen hatte.

Sie könnte Jacob die Schuld an ihrer Appetitlosigkeit zuschieben. Der Kerl hatte ihr Leben völlig durcheinandergebracht. Am liebsten würde sie ihm auch noch die Schuld daran geben, dass sich Nagetiere auf ihrem Speicher eingenistet hatten. Vor seinem Auftauchen hatte sie jedenfalls nie Probleme damit gehabt.

Das Klopfen an der Haustür ließ sie hochfahren. Ohne aus dem Fenster zu schauen, ohne zu fragen, wer da sei, wusste sie Bescheid.

Wünschte sie sich, Jacob stünde vor ihrer Tür?

Sie könnte so tun, als sei sie nicht zu Hause. Sie könnte ihm durch die geschlossene Tür sagen, er soll sich zum Teufel scheren.

Sie tat nichts dergleichen.

Daisy öffnete. In einer Hand hielt er eine Strohtasche, in der anderen eine Papiertüte.

„Dein Geschirr", sagte er, „und Erdbeereis."

Daisy zögerte, bevor sie die Haustür weiter öffnete. Einen Augenblick glaubte sie tatsächlich, sie würden gemeinsam Eis essen, und er würde anschließend gehen. Aber dieser Trugschluss dauerte nicht lange.

Jacob hatte keine Ahnung, wie Daisy auf seinen Besuch reagieren würde. Aber wenn er um sie werben wollte, musste er die Initiative ergreifen.

Als sie die Haustür öffnete, glaubte er ein widersprüchliches Wechselspiel von Emotionen in ihrem Gesicht wahrzunehmen. Gereiztheit, Ärger, Resignation ... Verlangen. Vermutlich entsprang dieses kurz aufflackernde Verlangen in ihren Augen nur seinem Wunschdenken.

Sie bat ihn wortlos einzutreten, griff nach der Tasche mit dem Geschirr und stellte sie in den Flur. Nach kurzem Zögern nahm sie ihm auch die Tüte mit den Eisbechern ab und brachte sie ins Wohnzimmer.

Und dann verblüffte Daisy ihn. Sie trat dicht vor ihn hin, schlang ihm die Arme um den Hals und küsste ihn. Ohne jedes Zaudern schmiegte sie sich an ihn und eroberte seinen Mund mit Lippen und Zunge.

Er fühlte sich zurückversetzt in die Zeit, als Daisy und er ein Paar waren. Und der Kuss war kein Echo aus der Vergangenheit.

Jacobs Vernunftdenken wurde fortgespült von diesem Kuss, von Daisys Händen um seinen Nacken, in seinem Haar, der Wärme und Weichheit ihres Körpers. Eine Hand stahl sich unter sein Hemd, ihre Finger bewegten sich im Rhythmus ihrer Zunge in Jacobs Mund. Er vertiefte den Kuss. Jacob verlor sich in diesem sinnlichen Moment, in dem nichts zählte als ihre zärtliche Liebkosung.

Wenn sie aufhörte, würde er vergehen.

Noch während dieser Gedanke durch seinen benommenen Verstand waberte, hielt sie inne, löste den Kuss, ließ die Arme sinken und trat einen Schritt zurück. Statt sie wieder an sich zu ziehen, wonach jede Faser seines Körpers schrie, ballte Jacob die Fäuste und holte tief Luft. Wenn das ihre Vorstellung von Folter war, dann hatte sie Erfolg damit.

Und wieder versetzte Daisy ihn in Erstaunen. Sie streifte sich das Tanktop über den Kopf, ließ es fallen und öffnete den Knopf seiner Jeans.

„Daisy ...“

„Schweig!“, forderte sie. „Wenn du etwas sagst, überlege ich es mir vielleicht anders, aber das will ich nicht.“

Und Jacob schwieg.

„Nur dieses eine Mal“, fuhr sie leise fort, ohne ihn anzusehen. „Ich liebe dich nicht mehr, also glaub bloß nicht, es ist mehr daran. Aber wir haben nie richtig Schluss gemacht. Eigentlich haben wir gar nicht Schluss gemacht.“ Sie schob die Hand in seine Jeans und trat wieder dicht vor ihn hin. Einen langen berauschenden Moment hielt er den Atem an und überließ sich ihren Liebkosungen. „Deshalb schlafen wir noch ein Mal miteinander, ziehen einen Schlussstrich, und dann trennen sich unsere Wege."

Er hätte sich auch bereit erklärt, sich die Hand abhacken zu lassen, wenn sie nur weitermachte.

„Wir waren gut im Bett, Jacob", flüsterte sie, und ihr warmer Atem strich über seine Haut. „Auch wenn wir alles andere verbockt haben … im Bett waren wir großartig."

Er schleuderte das Hemd von sich und griff nach seiner Brieftasche. Ein Kondom würde nicht ausreichen, aber mehr hatte er nicht.

„Jetzt kannst du sprechen", sagte sie.

„Habe ich dir gesagt, dass du noch schöner bist?" Er schob sie rückwärts den Flur entlang.

„Nein." Sie lächelte.

„Es ist die Wahrheit."

„Da sagst du nur, weil ich halb nackt bin."

„Vielleicht."

„Du siehst auch nicht übel aus." Im Gehen strich sie ihm sanft mit den Fingern über den Arm und seine breite Brust. „Ich bin froh, dass du dir die Brust nicht rasierst. Früher hattest du nur ein bisschen Flaum."

„Du hast dir Gedanken über meine Brusthaare gemacht?"

„Nur gelegentlich." Ihr Lächeln schwand und machte einer Spur Wehmut Platz.

„Reden wir nicht darüber", meinte er. Sie öffnete die Tür zu dem kleinen Zimmer, in dem sie schon als Kind geschlafen hatte, und näherte sich dem breiten Bett.

„Einverstanden. Reden war nie meine Stärke."

Einen Moment schoss Daisy die Frage nach Jacobs Leben in San Francisco durch den Kopf. Verführte er dort andere Frauen mit Eiscreme, verführten andere Frauen ihn mit ihren Küssen? Sah er andere Frauen an, mit vor Verlangen dunklen Augen und kaum gezügelter Leidenschaft? Wenn er sie so anschaute, fühlte sie sich begehrt. Gab er auch anderen Frauen dieses Gefühl?

Sie verdrängte ihre Gedanken, für die es keinen Platz gab. Nichts zählte, nur dieser Augenblick. Eine einzige Nacht, danach würde sie ihn endgültig gehen lassen.

In der schwindenden Dämmerung öffnete er den Verschluss ihres BHs und schob ihre Shorts mitsamt Slip nach unten, energisch, aber ohne Hast. Nackt zog Daisy ihm die Jeans mitsamt den dunkelgrünen – Grundgütiger, war das Seide? – Boxershorts nach unten.

Und dann standen sie voreinander mit nichts zwischen sich außer etwaigen Zweifeln. Daisy hatte keine Zweifel. Und Jacob?

Sie sehnte sich nach einer Berührung von ihm, war voller Lust und Verlangen. Es war so lange her, zu lange, und sie pulsierte an Stellen, die sie bereits vergessen geglaubt hatte. Jacob warf das Kondom auf den Nachttisch, sie sanken aufs Bett und küssten sich, langsam und zärtlich. Kein Mann hatte sie geküsst wie Jacob. War ein Kuss intimer und bedeutungsvoller als Sex? Ihre Lippen, ihre Zungen verschmolzen, und Daisy wurde von einer unbändigen Sehnsucht erfasst.

Sie liebte es, seine Haut zu spüren, von der Wärme seines Körpers eingehüllt zu sein. Sie drängte sich ihm entgegen, wollte ganz mit ihm vereint sein.

Sanft spreizte er ihr die Beine mit den Knien, richtete sich halb auf und blickte ihr tief in die Augen. Dann schob er sich nach unten und barg sein Gesicht zwischen ihren Schenkeln. Daisy rauschte das Blut in den Ohren, sie krallte die Finger ins Bettlaken, als er mit der Zunge ihre pulsierende empfindlichste Stelle verwöhnte. Und dann steigerte er seine Liebkosungen, und sie bäumte sich ihm stöhnend entgegen.

Jacob schob sich bedächtig nach oben. „Wenn ich nur diese Nacht mit dir habe, denkst du, dass ich schnell mache?"

Nein, nein, nicht schnell, bitte. Langsam. Bleib eine Weile. Sie rang nach Atem, war nicht fähig, zusammenhängend zu sprechen, also sagte sie nichts. Das war auch nicht nötig. Jacob küsste jedes Fleckchen ihrer Haut auf dem Weg nach oben. Daisy sank auf das Bett, momentan befriedigt und träge. Glücklich, Jacob bei sich zu haben, berauscht von dem Gedanken, dass dieser

Traum in Erfüllung ging. Auch wenn dieses Glück nicht von Dauer war, war es unendlich beglückend. Sie fühlte sich begehrt, geliebt, zu neuem Leben erweckt.

Sex mit Jacob war früher heiß und wild gewesen. Diesmal war es anders. Jacob nahm sich Zeit, küsste und streichelte sie hingebungsvoll. Dabei war er aufs Äußerste erregt. Aber wenn sie versuchte, ihre Finger um ihn zu schließen, schob er sanft, aber bestimmt ihre Hand weg.

Das letzte Tageslicht war endgültig verschwunden. Sie konnte Jacob nur schemenhaft sehen. Aber immer noch spielte er mit ihr, brachte jeden Zentimeter ihres Körpers zum Vibrieren.

Und dann drang er in sie ein. Endlich. Daisy schloss die Augen, und beide fanden einen sinnlichen Rhythmus. Die perfekte Harmonie. Sie hätte sich die ganze Nacht schwerelos treiben lassen können in den sanften Wogen der Leidenschaft.

Ihre und seine Erregung wuchs, der Rhythmus ihrer Bewegungen steigerte sich, hemmungslos, entfesselt. Daisy schluchzte, als er ein letztes Mal tief in sie eindrang und sie gemeinsam einen unvergesslichen Höhepunkt erlebten. *Ich liebe dich*, schoss es ihr durch den Sinn, die Worte wären beinahe aus ihr herausgesprudelt, hätte sie sich nicht auf die Zunge gebissen.

„Du bist sensationell", raunte Jacob nach einer Weile. „Dabei wollte ich nur vorbeischauen, um dir als Kammerjäger auszuhelfen."

„Du wärst ein erbärmlicher Kammerjäger", flüsterte sie und wunderte sich, dass sie überhaupt sprechen konnte.

Jacob richtete sich halb auf und schaute auf sie herab. Sie wünschte sich so sehr, sein Gesicht zu sehen, solange es ihr noch möglich war.

„Wieso?"

Daisy lächelte. „Also, wo soll ich anfangen? Erstens würdest du dir deinen Anzug ruinieren, wenn du auf dem Speicher herumkriechst. Zweitens hast du keine Fallen oder Köder im Kofferraum. Und was in aller Welt würdest du tun, wenn du einem Marder, einem Waschbären oder einem Stinktier begegnest? Diese Viecher debattieren nicht."

„Denkst du, das ist alles, wozu ich fähig bin? Debattieren?"

„Analysieren und debattieren. Das hast du schon früher getan." Sie streichelte ihn, genoss es, seine Muskeln, die Wärme seiner Haut zu spüren. „Zugegeben, du scheinst neue Talente entwickelt zu haben."

Er beugte sich über sie. „Ziehst du in Erwägung, deine Bedingung einer Nacht zu widerrufen?"

Daisy drehte den Kopf zur Seite. „Nein."

Mitten in der Nacht wachte Jacob auf. Daisy schlief neben ihm – in zerknüllten Laken, nackt und hinreißend schön. Wenn er bei ihr im Bett blieb, würde er sie noch einmal lieben, ohne Kondom. Dieses Risiko durfte er nicht eingehen. Er wäre ein Schuft, ungeschützt mit ihr zu schlafen.

Er sammelte seine Sachen ein und schlich leise aus dem Schlafzimmer.

Im Flur verbreitete ein Nachtlicht einen schwachen Schein. Er kam sich vor wie ein Dieb, als er die Tür zum großen Schlafzimmer öffnete und hineinspähte. Nichts hatte sich geändert, seit er das Zimmer zum letzten Mal gesehen hatte. Derselbe blauweiß gestreifte Bettüberwurf. Es waren sieben Jahre vergangen, und Daisy hatte nichts im Haus geändert. Wenn sie es bisher nicht getan hatte, würde sie es nie tun.

Im Badezimmer zog er sich an und ging ins Wohnzimmer. Auf dem Couchtisch stand die weiße Papiertüte, aus der geschmolzene Eiscreme und rote Erdbeersoße tropfte. Jacob warf sie in den Abfalleimer in der Küche und wischte den Tisch feucht ab.

Während er sich im Haus zu schaffen machte, dachte er an seinen Vorsatz, Daisy den Hof zu machen. Ihr Geruch haftete noch an ihm, er spürte immer noch ihre zarte Haut. Es war nicht zu einem Date gekommen, er hatte ihr keine Blumen oder Pralinen gebracht. Gut, die Eisbecher … aber die waren verdorben, also zählte es nicht. Wie sollte es weitergehen?

Da sie erklärt hatte, es gäbe nur dieses eine Mal, hatte sich vielleicht nichts geändert. Trotzdem könnte er versuchen, ihr den Hof zu machen. Würde sie denken, er schmeichle ihr nur, um noch einmal mit ihr zu schlafen? Natürlich wollte er wieder mit ihr schlafen, aber er wollte mehr. Wie könnte er sie davon überzeugen, dass ihm eine Nacht nicht genügte?

Dieser Gedanke machte ihn stutzig. Wenn eine Nacht nicht genügte, dann würde eine Affäre über zwei Wochen auch nicht genügen. Nicht ihm und hoffentlich auch nicht ihr. Wenn er Daisys Herz wieder erobern wollte … was war zu tun?

In beruflichen Belangen konnte er Fakten bewerten, analysieren, Probleme lösen, wenn es jedoch um sein Privatleben ging, war er ein erbärmlicher Versager. Und um welches Privatleben ging es eigentlich? Sein Leben in San Francisco bestand aus Arbeit und berufsbezogenen gesellschaftlichen Anlässen. Erst das Wiedersehen mit Daisy hatte ihn erkennen lassen, was er versäumt hatte.

Er hatte schon die Türklinke in der Hand, zögerte jedoch. Was würde Daisy denken, wenn sie allein aufwachte? Wenn er bliebe, wie sollte er es schaffen, nicht noch einmal mit ihr zu schlafen? Er stand unschlüssig im Flur. Und dann bemerkte er die absolute Stille. San Francisco war nie still. Die ganze Nacht rauschte der Verkehr, kreischten Polizeisirenen, ertönten Autohupen. Diese Stille hatte er vermisst, ohne dass es ihm bewusst geworden wäre.

Er musste gehen, solange er es noch schaffte. Und dennoch blieb seine Hand auf der Türklinke liegen. Hier in Bell Grove war er gezwungen, andere Entscheidungen zu treffen. Es ging nicht um Geschäfte, das war das Leben. Ein Leben, das er vernachlässigt, zum Stillstand gebracht hatte.

Seine Großmutter, seine Eltern, Daisy … War das nur eine momentane Abweichung, oder hatte sein Leben eine scharfe Wende genommen?

6. KAPITEL

*D*aisy erwachte vom grellen Licht, das ihr durch die Ritzen der Jalousien in die Augen stach. Sie drehte sich blinzelnd zur anderen Seite, zog die Bettdecke über den Kopf und überlegte schlaftrunken, welcher Tag heute war.

Montag, ihr freier Tag. Seufzend kuschelte sie sich tiefer ins Kissen, wollte wieder einschlafen und weiterträumen.

Jacob war kein Traum. Er hatte ein paar Stunden ihr gehört und sich wohl nachts aus dem Haus geschlichen. Sei's drum. Der Morgen danach wäre nur peinlich geworden.

Die Realität sickerte allmählich ein, und Daisy fand keinen Schlaf mehr. Sie musste zwar nicht zur Arbeit, aber der Kammerjäger wollte sich am Vormittag ihren Speicher anschauen. Wie aufs Stichwort polterte wieder einer dieser Plagegeister über ihrem Kopf herum.

Ach, was kümmerten sie die blöden Viecher. Sie war nackt, ein bisschen erschöpft, aber tief befriedigt.

Jacob. Letzte Nacht war schöner gewesen, als sie es sich ausgemalt hatte. Träge schlug Daisy die Augen auf und tastete nach der leeren Seite neben sich. Das Laken fühlte sich kühl an. Jacob war offenbar schon vor Stunden gegangen.

Was hatte sie erwartet? Sie hatte ihm deutlich gesagt, Sex wäre eine einmalige Angelegenheit, ein letztes Mal.

Sie stand auf, warf einen Blick auf die Uhr und stöhnte. Sammy würde in einer knappen Stunde hier sein. Sie musste duschen und etwas essen. Daisy holte einen dünnen Morgenrock aus dem Schrank und schlurfte ins Bad.

Auf dem Weg zur Küche warf sie einen Blick ins Wohnzimmer. Jacob lag schlafend auf der Couch, angezogen, mit verrenkten Gliedmaßen, um seine langen Beine auf der kurzen Couch unterzubringen.

Daisy lächelte. Die Erleichterung, die sie durchflutete, fühlte sich ebenso wohltuend an wie der Wasserstrahl der Dusche vor wenigen Minuten. Jacob war geblieben.

Daisy konnte ihn ein paar Minuten ungestört beobachten. Im Schlaf ähnelte er wieder dem Jacob aus ihrer Erinnerung, hatte die Fassade, die er sich errichtet hatte, abgelegt. Und seine Anzüge waren Teil dieser Fassade, mit der er andere Menschen auf Abstand hielt, um jedem, auch sich selbst, klarzumachen, dass er nicht mehr hierhergehörte.

Aber in den letzten Tagen kleidete er sich lässiger, wirkte entspannter. Und letzte Nacht hatte es keine Distanz zwischen ihnen gegeben.

Ein paar Sekunden hing Daisy der Frage nach, was wäre, wenn sie alles hinter sich ließe, sich von Bell Grove und ihrem bisherigen Leben verabschiedete, um mit Jacob zusammen zu sein. Sie lebte gern in Bell Grove, aber hatte ihr dieses beschauliches Dasein den Blick auf einen Neuanfang verstellt? War sie festgefahren in ihrem Alltagstrott und wagte nicht, sich von diesen Fesseln zu befreien? Könnte sie das alles hinter sich lassen? Nicht dass Jacob ihr diese Fragen stellen würde, aber falls doch …?

In Kalifornien wäre sie zu weit weg von Lily und Mari, die sie immer noch brauchten und umgekehrt. Sie konnte sich nicht vorstellen, in einer Großstadt zu leben. Genauso wenig konnte sie sich vorstellen, dass Jacob seine Karriere aufgab und nach Bell Grove zurückkehrte.

Während sie in der Küche Kaffeewasser aufsetzte, wusste sie, dass sie diese Nacht bereuen sollte.

Sie sollte sich Vorwürfe machen, ihrer Schwäche nachgegeben und sich das genommen zu haben, was sie sich von ihm – nein, *mit* ihm – gewünscht hatte, dem Mann, den sie immer noch liebte.

Und dennoch bereitete sie lächelnd das Frühstück.

Jacob wurde vom Duft nach gebratenem Speck und frisch gebrühtem Kaffee geweckt. Er hatte völlig verdreht auf der schmalen Couch gelegen, der Rücken tat ihm weh. Aber er bedauerte nicht, geblieben zu sein. Es wäre falsch gewesen, mit Daisy zu schlafen und sich nachts wie ein Dieb aus ihrem Haus zu stehlen.

Er streckte sich ächzend und ging dann in die Küche. Daisy stand vor dem Herd und wendete Speckstreifen in einer Gusseisenpfanne. Sie trug einen kurzen Morgenrock mit nichts darunter. Ihre Rundungen zeichneten sich deutlich unter dem seidig glänzenden Stoff ab. Hatte sie eine Ahnung, wie sexy sie aussah?

„Morgen", brummelte er.

Sie blickte nicht auf, lächelte nur. „Guten Morgen. Bist du hungrig?"

„Wie ein Wolf."

„Ich auch." Sie klappte die Backröhre auf und warf einen Blick hinein. „Die Brötchen sind gleich fertig. Die Rühreier dauern nur eine Minute."

Jacob trat an den Küchentisch. „Ich dachte, du kochst nicht."

„Frühstück machen hat nichts mit Kochen zu tun."

Er widersprach nicht, sah ihr nur zu.

Sie schlug Eier in eine Schüssel und lächelte ihm über die Schulter zu. „Die Brötchen sind tiefgekühlt, und Eier kann jeder verquirlen und braten."

„Ich möchte den Tag mit dir verbringen." Jacob hatte keine Lust, über Brötchen und Eier zu reden. Er hatte das beklemmende Gefühl, die Zeit mit Daisy rinne ihm durch die Finger.

„Dagegen ist nichts einzuwenden. Aber ich warne dich. Gleich kommt der Kammerjäger, anschließend hole ich Essenspakete im Pfarrhaus und liefere sie aus. Das dauert mindestens zwei Stunden, wenn ich nicht einer alten Dame die Haare machen muss. Am Nachmittag helfe ich meiner Freundin Terry – erinnerst du dich an Terry Hall? Sie heißt jetzt Terry Sanson und hat drei Kinder. Jedenfalls helfe ich ihr, das Schlafzimmer neu zu streichen. Lavendel. Ich finde die Farbe scheußlich, aber es ist ja ihr Schlafzimmer. Und heute Abend …"

„Versuchst du mir Angst einzujagen?"

„Nein. Das ist mein Leben … ein normaler Wochenbeginn. Montag ist mein Laden geschlossen, also helfe ich der Gemeinde und Freunden oder erledige Arbeiten im Haus."

„Und später am Abend? Wenn du mit allem fertig bist?"

Daisy drehte sich um und sah ihn eindringlich an. „Ich meinte es ernst. Sex zwischen uns war eine einmalige Sache. Es war großartig, aber bilde dir bloß nicht ein, dass du deine Nächte hier verbringen kannst, solange du hier bist."

„Du benutzt mich also und wirfst mich weg", erwiderte Jacob mit unbewegter Miene.

„So kann man es nennen", entgegnete Daisy munter und kümmerte sich wieder um die Rühreier.

Dieser Morgenrock war zum Verrücktwerden. Kurz, eng und darunter lange nackte Beine. Daisy würde auch in einem Kartoffelsack verführerisch aussehen.

„Und wenn ich mit dir ausgehen möchte?" Sein Blick heftete sich auf die Rundungen ihrer Hüften.

Ohne auf seine Frage einzugehen, deckte sie den Tisch. Altes Porzellan, Silberbesteck, Stoffservietten. Marmelade. Drei Sorten. Und schließlich antwortete sie mit einer Gegenfrage. „Wieso in aller Welt willst du mit mir ausgehen? Männer gehen mit Frauen aus in der Hoffnung auf eine gemeinsame Nacht. Wir haben die Einleitung weggelassen und sind gleich zur Sache gekommen. Ich finde, du solltest dankbar sein."

„Dankbar?" Seine Stimme klang gereizt.

„Hör zu, lass es dir einfach schmecken. Der Kammerjäger kommt in einer Viertelstunde, und ich bin noch nicht angezogen. Oh, Mist, ich habe die Cornflakes vergessen. Möchtest du welche? Ich habe aber nur H-Milch ..."

Jake umfing Daisys Handgelenk. Sie verstummte, entzog sich ihm aber nicht. „Ich will keine Cornflakes. Ich will, dass du mit mir frühstückst." Sie setzte sich zögernd, bestrich ein Brötchen mit Butter und Erdbeermarmelade. Er fixierte sie. „Und verdammt noch mal, Daisy, ich will mit dir ausgehen."

Daisy biss in das Brötchen, leckte sich Marmelade von den Lippen, und dann schaute sie ihn an. Auch sie verstand es, ihn zu fixieren. „Nein."

Sammy, der Kammerjäger, war pünktlich. Er war ein gefragter Mann, wenn es galt, eine Schlange, Ratten, einen Fuchs, Waschbären, Marder oder ein Stinktier zu vertreiben. Sein Terminkalender war voll. Dass er Daisy einen kurzfristigen Termin einräumte, war nur dem Umstand zu verdanken, weil sie seiner Frau die Haare machte.

„Kommen Sie herein", begrüßte Daisy ihn freundlich und versuchte, ihre Verlegenheit zu kaschieren, da Jacob hinter ihr stand, als habe er die Nacht bei ihr verbracht, was ja auch stimmte.

Sammy streifte sich die Schuhe an der Fußmatte ab und beäugte Jacob neugierig durch seine Hornbrille. „Guten Tag, Mr. Tasker."

Sie waren einander nie vorgestellt worden, aber jeder in der kleinen Stadt erkannte natürlich einen Tasker.

„Nennen Sie mich Jacob." Er bot ihm die Hand zum Gruß. Sammy wischte sich die Rechte an seiner Khakihose ab, bevor er ihm kräftig die Hand schüttelte.

„Wollen Sie sich auf dem Speicher umsehen?", fragte Daisy.

„Na klar." Sammy folgte ihr und schob sich mit dem Zeigefinger die Brille zurecht. Am Ende des Flurs zog Daisy an einer Kette, worauf die Holzstiege herunterklappte. Sammy stieg hinauf und knipste die Taschenlampe an. „Aha!", verkündete er unheilvoll. „Es riecht nach Pisse und Kot." Er stieg ein paar Sprossen höher und richtete den Lichtstrahl in den Speicher. „Jetzt sehe ich auch, wo die Plagegeister reinschlüpfen. Ich stelle Fallen auf und dichte die Löcher im Dach ab, dann sind Sie die lästigen Störenfriede bald los."

Er machte sich noch eine Weile auf dem Speicher zu schaffen, verabschiedete sich dann und ging.

Daisy und Jacob waren wieder allein.

„Wird der restliche Tag auch so interessant?", fragte Jacob schmunzelnd.

„Vermutlich."

„Dann bin ich dabei."

Daisy verschränkte abwehrend die Arme vor der Brust. „Du weißt, wie rasch sich in einer Kleinstadt Klatsch verbreitet. Wenn du den Tag mit mir verbringst, geht bei Sonnenuntergang das Gerücht um, wir wären wieder zusammen."

„Mich stört es nicht. Dich?"

„Natürlich nicht."

Jacob trat vor sie hin, hob den Arm, um sie zu streicheln oder an sich zu ziehen und zu küssen. Daisy wich ihm aus.

„Komm bloß nicht auf dumme Gedanken, Tasker. Wenn du unbedingt willst, kannst du mich begleiten, aber es ist kein Date."

„Wenn du es sagst."

Er hatte die Hoffnung nicht aufgegeben. Sein Pech, denn sie meinte es ernst. Jacob Tasker könnte ihr noch einmal das Herz brechen, allerdings nur, wenn sie es zuließe.

7. KAPITEL

*E*unice saß am Tisch ihres Zimmers bei Hühnersalat und Weintrauben und trank eine Tasse Tee dazu. Zum Nachtisch gab es Schokoladenkuchen, da sie sich in ihrem Alter keine Gedanken mehr um Kalorien, Fett und Zucker machte. Doc Porter hatte ihr versichert, sie sei bei bester Gesundheit und würde hundert Jahre werden, und das hatte sie auch vor. Nicht dass sie ihrer Familie diese Aussicht auf die Nase binden würde, jedenfalls noch nicht.

Eunice blickte lächelnd aus dem Fenster. Jacob war letzte Nacht nicht nach Hause gekommen. Am Nachmittag war er mit Daisys Geschirr losgefahren und nicht wieder heimgekommen. Endlich! Offenbar war Daisy doch nicht so störrisch, wie sie befürchtet hatte. Aber eine Liebesnacht genügte vielleicht nicht, um Daisy wieder in Jacobs Arme zu locken. Ein zusätzlicher Ansporn konnte nicht schaden, und Eunice entschied sich dagegen, ihren Freund in Atlanta anzurufen, um ihr Vorhaben abzublasen.

Nicht zum ersten Mal wurde Eunice von Schuldgefühlen geplagt, weil sie ihre Familie im Glauben ließ, sie sei geistig verwirrt und dem Tode nahe. Aber sie hatte sich bereits einen Plan zurechtgelegt, um den Schaden wiedergutzumachen. Nachdem Jacob und Daisy verheiratet wären, aber bevor die Familie den neuen Arzt anschleppte, würde Doc Porter feststellen, dass seine Patientin nicht an Demenz litt und ihre geistige Verwirrung nur eine Nebenwirkung des blutdrucksenkenden Medikaments sei. Er würde ihr ein anderes Medikament verschreiben, und Eunice würde sich auf wundersame Weise wieder erholen. Voilà!

Allerdings musste sie gestehen, dass es ihr einen Heidenspaß bereitete, die geistig Verwirrte zu spielen.

Daisy fand nichts dabei, an ihrem einzigen freien Wochentag Essen für ältere Bewohner, die sich nicht mehr selbst versorgen konnten, auszufahren. Sie ließ es nicht dabei bewenden, die Essenspakete abzuliefern, plauderte mit den Leuten, machte alten

Damen die Haare, räumte bei einem alten Herrn die Küche auf, schnitt einer zittrigen Frau die Fingernägel. In einem anderen Haus fütterte sie drei Hunde und eine Katze.

Jacob beobachtete, wie sehr die alten Leute sich über ihren Besuch freuten, wie rührend Daisy sich um sie kümmerte und jede Arbeit lächelnd verrichtete.

Und diesmal wurde ihr Begleiter mit großem Interesse beäugt, den Daisy namentlich vorstellte. Alle kannten Jacobs Familie, an ihn hatte man höchstens eine vage Erinnerung als kleinen Jungen oder schlaksigen jungen Mann. Allerdings wurde er begrüßt wie ein alter Freund oder Verwandter.

Und alle ergingen sich in Spekulationen und zwinkerten ihm vertraulich zu. Ein alter Herr nickte aufmunternd und brummte: „Es wurde ja auch Zeit." Daisy versicherte immer wieder mit Nachdruck, Jacob und sie seien lediglich alte Freunde, aber niemand wollte ihr so recht glauben.

Auch Jacob nicht.

Die letzte Adresse war ein einsam gelegenes altes Haus, zu dem eine holprige Sandstraße führte. Jacob parkte vor den verwitterten Holzstufen einer mit Efeu und wildem Wein überwucherten Veranda.

Daisy sprang aus dem Wagen, öffnete die hintere Beifahrertür und holte das letzte Essenspaket und eine Einkaufstasche mit Sodawasser und Milch heraus. Sie schien nicht die geringste Scheu zu haben, dieses alte Haus zu betreten, das aussah wie aus einem Horrorfilm.

Doch das war, *bevor* eine alte spindeldürre Frau mit wirrer weißer Haarmähne auftauchte mit einer Flinte im Anschlag, die sie auf die Ankömmlinge richtete.

Reflexartig stellte Jacob sich schützend vor Daisy und schob sie hinter sich. Er hörte, wie sie gegen den Wagen stieß und erschrocken rief: „Aua!" und „Was zum Teufel?".

Die alte Frau auf der Veranda ließ die Flinte sinken.

„Tut mir leid", krächzte sie. „Ich kenne das Auto nicht."

„Kein Problem", sagte Daisy, umrundete Jacob und lächelte der bewaffneten Furie entgegen. „Jacob ist ein Freund."

Die Frau verstärkte den Griff um die Flinte, als wolle sie wieder auf ihn anlegen. „Jacob *Tasker*?"

„Ja", antwortete Daisy knapp.

„Aha! Er sieht seinem Großvater ähnlich." Sie spuckte aus, als wolle sie einen bitteren Geschmack im Mund loswerden.

Daisy näherte sich dem Haus. Jacob folgte ihr auf den Fersen. „Na und? Für die Ähnlichkeit mit seinem Großvater kann er doch nichts. Auch nicht dafür, dass er ein Tasker ist." Daisy stand an der untersten Stufe der Veranda und wandte sich ihm zu. „Jacob, das ist Vivian Reynolds." Dann drehte sie sich zu der Frau um. „Miss Vivian, seien Sie nett zu Jacob, und ich frisiere Sie."

Die Alte seufzte, als sei das Ansinnen, nett zu einem Tasker zu sein, eine große Zumutung. Dann jedoch nickte sie und ging ins Haus. Jacob atmete erleichtert auf und folgte Daisy. Die Frau stellte die Flinte neben der Haustür in eine Ecke. „Man kann nicht vorsichtig genug sein, wenn man allein in der Wildnis lebt."

Jacob schaute sich in dem hübsch eingerichteten Wohnzimmer um. Vor dem Fernseher stand ein bequemer Sessel, dahinter ein Bücherregal.

Plötzlich kam ein brauner Mischlingshund ins Zimmer gesaust, ein struppiges Energiebündel, das schweifwedelnd die Besucher begrüßte.

„Wieso leben Sie hier abgeschieden von der Welt?", fragte Jacob. „Würden Sie nicht lieber in der Stadt wohnen?"

Die alte Frau warf ihm einen vernichtenden Blick zu. „Stecken Sie Ihre Nase immer in Dinge, die Sie nichts angehen?"

„Tut mir leid. Aber Sie erwähnten, man müsse vorsichtig sein hier draußen in der Wildnis."

Sie schnaubte verächtlich. „Wenn ich es mir leisten könnte, wäre ich längst umgezogen. Aber das Haus ist alles, was mein Mann mir hinterlassen hat, als er vor zwanzig Jahren starb."

„Tut mir leid."

„Dass er tot ist, oder dass er mir keinen Cent hinterlassen hat?"

Jacob überlegte, ob er nicht lieber draußen im Auto auf Daisy warten sollte. Alles, was er sagte, war falsch. „Vermutlich beides."

Daisy bat Mrs. Reynolds, im Fernsehsessel Platz zu nehmen und huschte aus dem Zimmer. Jacob hätte sich am liebsten mit ihr aus dem Haus gestohlen.

Vivian fixierte ihn finster. „Eunice ist also Ihre Großmutter."

„Ja. Sie kennen sie?" Jacob zermarterte sich das Hirn, aber den Namen Vivian Reynolds hatte er noch nie gehört.

„Ja, ich kenne das Miststück. Ist sie noch immer so hinterhältig und boshaft wie früher?"

„Miss Vivian!" Daisy kam mit Bürste, Kamm und Haarklammern wieder ins Zimmer. „Wie reden Sie denn?"

„Ich rede, wie mir der Schnabel gewachsen ist, und außerdem ist es die Wahrheit", verteidigte sie sich, lehnte sich zurück und schloss die Augen, während Daisy sich daranmachte, ihr verfilztes Haar zu bürsten.

„Nehmen Sie die Spülung, die ich Ihnen mitgebracht habe?", fragte Daisy.

„Hin und wieder."

„Nach jeder Haarwäsche", sagte Daisy streng.

„Na gut, wenn Sie meinen." Vivian schürzte die Lippen. „Es interessiert doch niemanden. Und außerdem sieht mich keiner." Sie warf einen Blick auf ihren Hund. „Buster schert sich nicht darum, ob meine Haare verfilzt sind."

Jacob schaute sich heimlich im Zimmer um. Die einzigen Bilder, die er entdeckte, waren zwei Fotos einer jungen Vivian an der Seite eines gut aussehenden Mannes. Keine Bilder von Kindern. Keine lächelnde Familie. Hatte sie keine Verwandten oder hatte sie alle Menschen vergrault?

„*Ich* sehe Sie", sagte Daisy. „Und die anderen Freiwilligen, die am Mittwoch und Freitag vorbeischauen. Und im Wartezimmer von Doc Porter sitzen immer Leute. Und wenn Sie mal wieder in die Kirche kämen, würden Sie alte Bekannte treffen."

„Als ich das letzte Mal in der Kirche war, wurde der alte Schmutzfink George Hayes zudringlich."

Daisy lachte. „Er wollte Ihnen ein Eis spendieren und Sie anschließend nach Hause fahren."

„Als hätte er sich nichts davon versprochen", brummte Vivian mürrisch.

Jacob verkniff sich ein Lächeln. Vermutlich hätte die Alte genau in diesem Moment die Augen aufgemacht.

„Hoffentlich schlafen Sie nicht mit diesem … diesem *Tasker*." Vivian erwartete keine Antwort. „Erstens verdienen Sie was Besseres als einen Tasker. Und zweitens, wer kauft schon eine Kuh, wenn man nur ein Glas Milch trinken möchte."

Daisys Antwort klang kühl. „Jacob ist nur vorübergehend zu Besuch hier. Er lebt in San Francisco."

„Recht so! Wäre ich eine Tasker, würde ich auch so weit wie möglich von hier fortziehen", erklärte Vivian und fixierte Jacob finster. „Sehr vernünftig, Ihrer grässlichen Familie zu entfliehen. Wieso sind Sie hier?"

„Meine Großmutter ist sehr krank."

Vivian schnaubte verächtlich und schloss die Augen wieder. „Gut", sagte sie nach einer Weile. Daisy gab sich große Mühe, die zerzauste Mähne der alten Dame zu bürsten, es entstand ein längeres Schweigen. Als Vivian wieder sprach, klang ihre Stimme eine Spur sanfter. „Was fehlt ihr denn?"

Jacob berichtete vom Rollstuhl und der Demenz, verschwieg allerdings seine vermeintlichen Hochzeitspläne mit Daisy. Diese Geschichte sollte in der Familie bleiben.

Nachdem er geendet hatte, sagte die alte Frau: „Vor einer Ewigkeit war Eunice meine beste Freundin, wir sind zusammen aufgewachsen." Sie sprach sachlich, ohne Gefühlsregung. „Wir waren wie Schwestern, ein Herz und eine Seele, bis sie mir meinen Freund abspenstig gemacht hat." Sie richtete ihren kalten Blick auf Jacob. „Das war Ihr Großvater."

Das erklärte eine Menge. „Tut mir leid, das wusste ich nicht …"

„Woher denn auch?", fuhr Vivian ihn an. „Ich habe einige Jahre nach Eunice und Charles geheiratet, und ich habe meinen Mann sehr geliebt. Aber wir bekamen keine Kinder. Ihr könnt euch nicht vorstellen, wie schmerzhaft es war zu sehen, wie Eunice …" Vivian räusperte sich. „Das ist lange her. Und die Zeit heilt alle Wunden." Aber es war deutlich zu spüren, dass die Zeit ihre Wunden nicht geheilt hatte.

Für Jacob war Grandma Eunice immer eine alte Frau gewesen. Er konnte sie sich nicht als junges Mädchen mit ihrer besten Freundin vorstellen. Wie sie lachten und tanzten, kichernd über junge Männer tuschelten … wie sie ihrer besten Freundin den Freund wegschnappte. Diese Einzelheit war allerdings weniger schwer nachzuvollziehen. Solange er denken konnte, hatte seine Großmutter immer Mittel und Wege gefunden, das zu bekommen, was sie sich in den Kopf gesetzt hatte.

„Erzählen Sie von ihr. Und von sich", schlug Jacob vor. „Erzählen Sie, wie es früher war."

Während Daisy ihr das Haar behutsam ausfrisierte, begann Miss Vivian zunächst zögernd Geschichten aus ihrer Jugend zu erzählen und schwelgte bald in Erinnerungen. Mit ihrer Busenfreundin Eunice hatte sie manchen Streich ausgeheckt, beide hatten die Schule geschwänzt, um angeln zu gehen. Die Freundinnen hatten gemeinsam einen Tanzkurs besucht und sich gegenseitig alle Jungmädchengeheimnisse anvertraut. Sie redete ausschließlich über ihre Freundschaft, bevor es zum Zerwürfnis wegen eines jungen Mannes kam, in den beide Mädchen verliebt waren. Im Laufe ihrer Erzählung, die mit der Geschichte von zwei sechzehnjährigen Mädchen und einem Wurf junger Hunde endete, erhellte sich Miss Vivians Miene zu einem glücklichen Lächeln, wie Daisy es nie zuvor gesehen hatte.

Daisy flocht ihr Haar zum Zopf, den sie zu einem Nackenknoten feststeckte. Nächste Woche würde sie ihr das Haar wieder ausfrisieren. Ohne Jacob. Zu ihrer Verblüffung hatte er nicht die Nase über die alten Leute gerümpft, hatte einer gehbehinderten Frau den Müll rausgetragen, Geschirr gespült und Küchenböden gefegt, ohne ein Wort der Klage oder Kritik.

Und er hatte es geschafft, dass Miss Vivian von sich erzählte. Und Daisy fragte sich, ob die alte Dame nicht mehr Freude am Leben hätte, wenn sie nicht so allein und einsam leben würde.

Sie legte Miss Vivian die Hände auf die knochigen Schultern. „Ich hab eine Idee. Wieso kommen Sie nicht mal mit Jacob und mir zum Dinner bei den Taskers?"

Die Antwort kam prompt und klang nicht verhandelbar. „Lieber verhungere ich, bevor ich das Haus dieser Frau betrete. Lieber fresse ich Glassplitter, als an ihrem Tisch zu sitzen."

Auch Jacob sah nicht aus, als behage ihm dieser Vorschlag, aber er sagte nichts.

Daisy gab nicht auf. „Seien Sie doch nicht so störrisch. Ich hole Sie ab, mache Ihnen die Haare, vielleicht auch ein wenig Make-up, und Sie ziehen ein hübsches Kleid an. Reden Sie nicht so abfällig über ‚diese Frau'. Denken Sie lieber daran, eine alte Freundin zu besuchen, die vielleicht nur noch sechs Monate zu leben hat."

Statt einer weiteren schroffen Ablehnung schürzte Miss Vivian die Lippen.

Nun meldete sich auch Jacob zu Wort. „Sehen Sie den Besuch doch als letzte Gelegenheit, über alte Zeiten zu plaudern. Schuleschwänzen, angeln gehen, tanzen, junge Hunde und …"

„Na schön", fiel Miss Vivian ihm ins Wort. „Wenn ihr mir die Pistole auf die Brust setzt, bleibt mir wohl nichts anderes übrig als nachzugeben."

Hinter dem Rücken der alten Dame zwinkerte Daisy Jacob zu.

„Wie wär's mit Freitag?", schlug Miss Vivian vor. „Freitag gibt's ein lausiges Fernsehprogramm. Später wird ein Baseballspiel übertragen, aber es bleibt genug Zeit, um mir die letzten Innings anzusehen." Sie knurrte griesgrämig. „Ich habe nicht vor, nach dem Dinner noch lange in diesem Haus rumzuhängen."

„Abgemacht, Freitag hole ich Sie ab", erklärte Daisy und brachte die Bürste und die restlichen Haarklammern ins Bad zurück.

Hinter sich hörte sie Jacob sagen: „Ihr Flinte lassen Sie aber besser zu Hause."

Jacob parkte den Wagen und stellte den Motor ab. Daisy beugte sich lächelnd zu ihm und gab ihm einen flüchtigen Kuss auf die

Wange. Sie hatte den Tag mit ihm genossen, er hatte sogar geholfen, Terrys Schlafzimmer in diesem grässlichen Lavendel zu streichen.

Daisy griff nach der Wagentür.

„Darf ich mit reinkommen?"

Sie schüttelte den Kopf. „Nein." Wenn sie ihn ins Haus bat, würde sie wieder im Bett mit ihm landen, und das wollte und durfte sie nicht zulassen.

Er bedrängte sie nicht.

„Wann bekomme ich mein Date?", fragte er.

Daisy lachte. „Gar nicht! Ich habe dir deutlich …"

„Ich habe mich heute für dich vor eine Waffe geworfen. Eine kleine Entschädigung wäre angebracht, findest du nicht?"

„Es war nur eine Schrotflinte."

„Nur eine Schrotflinte", wiederholte er.

„Nicht dass Miss Vivian nicht auf dich geschossen hätte." Sie zuckte mit den Schultern. „Wahrscheinlich." Und mit leiser Stimme fügte sie hinzu: „Sie hat für die Taskers nicht viel übrig."

„Ein Date, oder ich verbringe die Nacht auf deiner Veranda."

„Du Ärmster, das wird ziemlich ungemütlich. Aber ich kann dir ein Kissen geben, damit du es bequemer hast." Daisy bemühte sich um einen heiteren Tonfall.

Aber er ließ nicht locker. „Ein Date, oder ich besorge eine Mariachiband, die so lange spielt, bis du zusagst."

„Ich hasse Mariachimusik!"

„Ein Date, oder ich …"

„Okay", gab sie endlich nach. „Aber nur ein Date. Vielleicht am Wochenende …"

„Morgen."

Daisy wusste, dass sie auf verlorenem Posten kämpfte, und ehrlich gestanden wünschte sie sich ein Date mit Jacob. Diesmal würden sie einen endgültigen Schlussstrich ziehen. Und diesmal würde sie ihn gehen lassen, ohne auf ihn zu warten, ohne zu hoffen.

Aber es gab keinen Grund, ein paar schöne Stunden mit ihm zu verbringen, solange er hier war.

Er streichelte ihren Arm. „Ich bringe dich zur Tür."

Daisy seufzte. „Lieber nicht."

„Ich will dich noch nicht gehen lassen."

Auch sie wollte ihn noch nicht gehen lassen, umso mehr Grund, dass er im Wagen sitzen blieb. Daisy schüttelte den Kopf und stieg aus.

„Und wann wirst du Miss Eunice über den Gast am Freitag Bescheid sagen?"

„Ich denke, ich werde sie damit überraschen, findest du nicht auch?"

„Jedenfalls müssen wir Miss Vivian über den Schwindel mit der Hochzeit aufklären", sagte Daisy durch das offene Autofenster.

„Das erklären wir ihr, wenn wir sie abholen."

Daisy entfernte sich ein paar Schritte, und Jacob rief ihr nach: „Versuch nicht zu kneifen, sonst spielt die Mariachiband so lange, bis dir die Ohren abfallen."

Daisy eilte beschwingt die Verandastufen hinauf. Er ließ den Motor erst an, als sie im Haus verschwunden war.

Sie lehnte sich gegen die Tür und schloss seufzend die Augen.

Morgen Abend hatte sie ein Date mit dem Mann, den sie sich ein für alle Mal aus dem Herzen reißen musste.

Ein Mann, der seine Karriere nicht für sie aufgeben, für den sie niemals die erste Geige in seinem Leben spielen würde.

Das Haus war so still … so einsam. Sogar die Nagetiere gaben Ruhe oder waren endgültig verschwunden. Sie konnte ihr Herz klopfen hören, das Ticken der Kaminuhr. Noch nie hatte die Uhr so laut getickt, als zähle sie die Sekunden ihres Lebens. Oder die Sekunden der kurzen Zeitspanne, die ihr mit Jacob gegönnt war.

Es kostete sie all ihre Willenskraft, nicht die Tür aufzureißen und Jacobs Wagen hinterherzulaufen. Plötzlich war alle Heiterkeit von ihr abgefallen, sie fühlte sich allein und verlassen, und ein paar lästige Tränen liefen ihr über die Wangen.

Lurlene schob Grandma Eunice im Rollstuhl ins Foyer. Vermutlich hatte sie Jacobs Wagen gehört. „Wo ist Daisy?", fragte Eunice und blickte an Jacob vorbei zur Haustür.

„Es war ein langer Tag, und sie möchte zeitig zu Bett."

Ein Lächeln huschte über ihr Gesicht. „Gut, vielleicht morgen. Sie hat ihr Brautkleid noch nicht anprobiert."

Jacob schüttelte den Kopf. „Morgen auch nicht."

„Wieso nicht?"

„Morgen Abend gehe ich mit ihr aus."

Eunice war erfreut. „Amüsiert euch schön, ihr Turteltäubchen. Dann eben an einem der nächsten Tage."

Jacob überlegte, ob er Grandma Eunice den Besuch ihrer alten Freundin am Freitag ankündigen sollte, entschied sich jedoch dagegen. Wenn sie ähnlich reagierte, wie Miss Vivian auf ihren Namen reagiert hatte, so stand allen kein angenehmer Abend bevor.

Allerdings hoffte er auf eine versöhnliche Begegnung. Die beiden hatte vor vielen Jahren eine innige Freundschaft verbunden, und nun waren sie alt, hatten ihre Ehemänner verloren und waren einsam, jede auf ihre Weise. „Was hältst du davon, wenn du mir nach dem Dinner alte Fotoalben zeigst und von dir und Grandpa erzählst?"

Eunice lächelte. Genau wie Vivian schwelgte sie gern in alten Erinnerungen. Auch wenn ihr Gedächtnis sie über kürzlich zurückliegende Ereignisse im Stich ließ und sie häufig wirr redete, erinnerte sie sich an die alten Zeiten, als sei es erst gestern gewesen.

„Ja, gerne. Zu schade, dass dein Grandpa Charles so früh von uns gegangen ist, und du noch zu klein warst, um dich an ihn zu erinnern."

„Ja, ich hätte ihn gern näher gekannt."

„Er war ein sehr schöner Mann, musst du wissen. Und du siehst ihm verblüffend ähnlich."

Das hatte er schon einmal gehört.

Grandma Eunice wirkte an diesem Abend besonders vergnügt, schien alle Sinne beisammen zu haben … bis Ben und Maddy auftauchten, und sie die Frau ihres jüngsten Enkelsohns mit dem neuen Dienstmädchen verwechselte.

Es gab kein neues Mädchen im Hause Tasker.

Am Dienstag gab es viel zu tun im Frisiersalon, doch Daisys Gedanken wanderten ständig zu ihrer Verabredung. Und es war ein Wunder, dass sie keiner Kundin die Haare verschnitt. Was sollte sie anziehen? In welches Lokal wollte Jacob sie ausführen? Wie würde der Abend enden?

Natürlich wusste sie, wie er enden sollte. Sie würde sich von Jacob verabschieden, ihn nicht ins Haus bitten und zu Bett gehen. Allein. Nachdem sie ihm ein letztes Mal deutlich zu verstehen gegeben hatte, dass es endgültig aus war zwischen ihnen. Aber er machte es ihr sehr schwer, das zu tun, was sie tun musste!

Aber sie musste es beenden. Diesmal endgültig. Sie musste Jacob in die Augen schauen und ihm sagen, dass es vorbei war. Die Zeit mit ihm war schön, sie würde immer Sympathien für ihn empfinden, aber ihre Beziehung war aussichtslos, hatte keine Zukunft. Warum also sollte sie sich weiterhin quälen?

Aber diesen Abend mit ihm wollte sie genießen, ihren Kummer vergessen und die Realität verdrängen. Zwei Freunde, die sich einmal geliebt hatten, verbrachten einen angenehmen Abend zusammen. Jacob würde bald abreisen, und beide würden ihrer Wege gehen.

Auf dem Heimweg an diesem sonnigen Tag wählte sie auf ihrem Handy die Nummer von Tasker House. Jim Tasker hob ab und holte seinen Sohn, ohne eine Frage zu stellen oder belanglose Höflichkeitsfloskeln von sich zu geben.

„Was soll ich anziehen?", fragte Daisy, nachdem Jacob am Apparat war.

„Hast du ein kleines Schwarzes?" Sie liebte seinen warmen Bariton. Selbst am Telefon klang er sexy. Du liebe Güte, wohin sollte das führen, wenn sie seine Stimme schon erregend fand?

„Hab ich, aber für ein Lokal in Bell Grove wäre es unpassend."

„Ich habe einen Tisch in einem brasilianischen Restaurant in Atlanta gebucht. Trag das kleine Schwarze. Ich hole dich in zwei Stunden ab."

Sie fuhr nicht oft nach Atlanta, gelegentlich zum Einkaufen oder in ein Konzert. Ihr Leben spielte sich vorwiegend in Bell Grove ab. Noch nie hatte ein Verehrer sie nach Atlanta zum Essen ausgeführt.

Also gut, das kleine Schwarze. Und welche Schuhe?

Vor ihrem Haus stand der Pick-up des Kammerjägers. Verflixt! Sie brauchte zwei Stunden, um sich zurechtzumachen. Wie sollte sie das Haar tragen? Bei der Frage nach den Schuhen gab es drei Möglichkeiten: High Heels, bequeme Ballerinas oder was zwischendrin?

Entscheidungen, Entscheidungen.

Eine Nachbarin, die ihren Schlüssel hatte, hatte Sammy ins Haus gelassen, und er hatte die Fallen vom Speicher geholt. In drei Käfigen turnten niedlich aussehende Marder aufgeregt herum, und Sammy versprach, sie irgendwo im Wald auszusetzen. Die Öffnung im Dach hatte er bereits dichtgemacht.

Daisy schrieb einen Scheck aus, richtete Grüße an seine Familie aus, Sammy verabschiedete sich, und sie konnte sich in Ruhe auf den Abend vorbereiten.

Die Wahl der Schuhe fiel auf High Heels.

Daisy sah hinreißend aus. Jacob blieb die Luft weg.

„Heute gefällt mir dein Anzug", sagte sie, als sie auf die Veranda trat. „Todschick!"

„Sehe ich nicht aus wie der Kerl vom Finanzamt oder ein Staubsaugervertreter?"

Sie schüttelte lachend den Kopf, und ihr langes blondes Haar umfächelte ihr hübsches Gesicht. „Nicht die Spur."

Am liebsten hätte er sie zurück ins Haus getragen, aufs Bett geworfen, sie geliebt und sich mit einer Scheibe Toast zum Abendessen begnügt.

Stattdessen bot er ihr den Arm und begleitete sie zum Wagen.

Bevor er die Beifahrertür öffnete, zog er sie an sich und küsste sie. Es war kein glühender Kuss, kein Vorspiel zum Sex, aber ein Brandzeichen. *Du gehörst mir,* gab ihr dieser Kuss zu verstehen. *Leugne so viel du willst, du gehörst mir.*

Unter seiner Hand um ihre Taille spürte er ihr Zittern. Sie öffnete den Mund, schmiegte sich enger an ihn. Jacob beendete den Kuss, sonst hätten sie es nicht geschafft, einzusteigen.

Daisy blinzelte, und als er die Autotür öffnete, glitt sie vorsichtig auf den Sitz, als wäre sie unsicher auf den Beinen. Er klappte die Tür zu, stieg ein und ließ den Motor an.

„Denkst du, jemand hat diesen Kuss beobachtet?", fragte sie leise.

„Keine Ahnung und es ist mir auch egal." Jacob fuhr rückwärts aus der Einfahrt.

„Du lebst ja auch nicht hier."

Er hielt den Blick auf die Straße gerichtet, spürte aber, dass sie ihn ansah. „Und wenn schon? Kürzlich stand mein Wagen die ganze Nacht vor deinem Haus, und neugierige Nachbarn reden vermutlich schon über uns."

Sie seufzte. „Ich weiß. Aber wenn jemand diesen Kuss gesehen hat, wissen sie, was los ist."

„Stört dich das?"

Sie seufzte und befingerte die kleine schwarze Tasche auf ihrem Schoß. „Nein, eigentlich nicht. Ich bin schließlich erwachsen. Und es ist nichts dabei, wenn gelegentlich ein Mann bei mir übernachtet."

Gelegentlich. Das hieß wohl, dass sie nicht häufig Übernachtungsgäste hatte. Aber diese Frage wollte er nicht vertiefen. „Dein Entschluss, dass es eine einmalige Sache war …?"

„… besteht noch", fiel sie ihm ins Wort. Und dann seufzte sie. „Vermutlich. Obwohl du bald wieder fort bist, und es ist ja nicht so, dass wir beide … ach, verdammt, Jacob, wieso hast du mich geküsst?"

Der Abend war wunderbar, das Essen köstlich. Und Jacob war charmant und aufmerksam, erzählte von seinem Job, seinen Reisen durch die ganze Welt, Daisy erzählte von ihren Schwestern und von ihrem beschaulichen Leben in Bell Grove. Jacob war ihr Freund gewesen, bevor sie ein Liebespaar wurden, es gab so viele gemeinsame Interessen. Man konnte mit einem Menschen befreundet sein, ohne ihn zu lieben. Aber Jacob vereinte beides. Ein Freund. Ein Geliebter.

Und in wenigen Wochen wäre er wieder in Kalifornien, und sie blieb hier. Allein. Sie hatte geglaubt, die Sache mit ihm beenden und ihr Leben weiterführen zu können, einen Mann kennenzulernen … sich ein neues Leben aufzubauen.

Stattdessen verstrickte sie sich immer tiefer in ihrer Liebe, konnte sich ein Leben mit einem anderen Mann gar nicht vorstellen.

Es war spät geworden, als Jacob den Wagen wieder in ihrer Einfahrt parkte und Daisy im schwachen Schein der Verandabeleuchtung zum Haus begleitete. An der Haustür hob sie ihm ihr Gesicht zum Kuss entgegen. Er küsste sie, und es war kein Abschiedskuss.

Sie beendete den Kuss und hielt ihn an der Krawatte fest. „Du schaffst es, dass ich all meine Vorsätze über den Haufen werfe", flüsterte sie. „Ich rede mir ein, dass du mir gleichgültig bist, dann rede ich mir ein, dass mir eine Nacht mit dir genügt. Und dann … verdirbst du alles. Schlimmer noch, du machst mich schwach und willenlos. Ich bin nicht schwach, Jacob. Ich treffe keine wichtigen Entscheidungen und verwerfe sie, nur weil du mich küsst."

„Darf ich reinkommen?" Jacob lehnte die Stirn an die ihre. „Ja."

„Wenn ich reinkomme, bleibe ich die ganze Nacht."

„Das will ich dir auch raten", antwortete sie. „Und ich hoffe, du bist besser vorbereitet als letztes Mal."

„Da ich ein unverbesserlicher Optimist bin, lautet die Antwort Ja."

Daisy zog Jacob an der Krawatte ins Haus. „Du und deine Designeranzüge", sagte sie, als sie den Schlüssel umdrehte, lehnte sich gegen die Tür und musterte ihn von oben bis unten. „Zieh dich aus!"

Daisy war aus dem Bett gekrochen und hatte eine CD eingelegt. Sanfte rhythmische Klänge erfüllten das Zimmer. Als sie wieder unter die Decke schlüpfen wollte, hinderte Jacob sie daran, nahm sie bei der Hand, zog sie in die Arme und tanzte mit ihr durchs Schlafzimmer. Nackt.

Er war kein großer Tänzer, ebenso wenig wie sie. Es gab auch nicht viel Platz, gerade ausreichend, um sich in den sanften Rhythmen zu wiegen, eng aneinandergeschmiegt im schwachen Schein der Flurlampe. Und Jacob fragte sich, wie er es ertragen hatte, sieben Jahre ohne Daisy zu leben.

Vielleicht lag es daran, ihre nackte Haut zu spüren, oder an ihrem Lachen, ihrem Seufzen, dass Jacob plötzlich erkannte, wie schmerzlich er sie die ganze Zeit vermisst hatte. Er war völlig in seinem Beruf aufgegangen, kannte nur Arbeit und Erfolg und hatte darüber vergessen, dass er alles andere vernachlässigte. Er hatte vergessen, dass er eine Lebensgefährtin brauchte, mit der er am Ende des Tages reden konnte, eine Frau, ohne die er nicht leben wollte.

Er wollte Daisy nicht nur für zwei Wochen, eine kurze Affäre genügte nicht. Er wollte sie nicht aufgeben und anschließend leben wie bisher. Nein, er wollte sie ganz und gar, ihr Herz, ihren Körper, ihre Seele.

„Komm mit mir nach San Francisco", raunte er. Die Worte sprudelten aus ihm heraus.

„Wirklich?" Daisy wich jäh zurück und schaute ihm tief in die Augen.

„Wirklich."

Daisy schmiegte sich wieder an ihn, barg ihre Wange an seiner Brust und streichelte ihm den Rücken. „Vielleicht solltest du darüber nachdenken und mich noch einmal fragen, wenn wir nicht nackt sind."

„Wieso?"

„Weil du im Moment nicht mit deinem Kopf denken kannst." Das sollte scherzhaft klingen, aber er hörte auch einen Anflug von Resignation in ihrem Tonfall. Er hatte sie verletzt. Er wollte ihr nie wieder wehtun.

„Ich ändere meine Meinung nicht."

Ihre Hände ruhten an seinen Hüften. Sie wiegten sich sanft

im Tanz, eng umschlungen in völliger Harmonie. „Bist du nicht oft auf Reisen?"

„Ja, aber was ..."

„Und was tue ich, wenn du fort bist?" Ihre Stimme klang leise, beinahe ängstlich. „Wenn ich mit dir ginge, wenn du mich morgen wieder fragst, wenn ich Ja sagen würde, wenn ..." Sie stockte bei all den Wenns. „Ich kenne doch niemanden dort. Ich kenne kaum jemanden außerhalb von Bell Grove."

„Du kennst mich", wandte Jacob ein. „Du könntest mich gelegentlich auf einer Reise begleiten und lernst andere Menschen kennen. Du schließt im Nu Freundschaften. Wer würde dich nicht lieben?"

Sie zögerte einen Moment. „Hier leben meine Freunde, hier habe ich mein Geschäft ... das Haus. Meine Schwestern wohnen in der Nähe. Ich kann doch nicht einfach mein Leben umkrempeln, nur weil wir guten Sex haben."

Glaubte sie wirklich, das wäre alles, was sie miteinander verband? Hatte sie vielleicht recht? „Wir schaffen das." Das hatte er schon vor sieben Jahren gesagt, und sie hatten es nicht geschafft. Erinnerte sie sich daran? Er war nie impulsiv gewesen, aber seine Bitte, mit ihm zu kommen, war unbedacht. Sein Herz hatte gesprochen, nicht sein Verstand.

„Du brauchst mich nicht, Jacob", flüsterte sie. „Das hier sind nur ... alte Erinnerungen, Nostalgie, die Vergangenheit ..."

„Und wenn du dich irrst?" Er zog sie näher, barg das Gesicht in ihrem duftenden Haar. Er wusste nicht alle Antworten. Er wusste nur, dass er nicht bereit war, sie gehen zu lassen. „Ich muss darüber nachdenken", raunte er ihr ins Ohr. „Und du auch."

Daisy umfasste seinen muskulösen Hintern mit beiden Händen.

„Versuchst du, das Thema zu wechseln?", fragte er.

„Unbedingt."

Vielleicht hatte sie recht. Er hatte die Dinge nicht durchdacht, nicht alle Konsequenzen in Erwägung gezogen. Er hatte nie pünktlich Büroschluss, arbeitete oft am Wochenende, war ständig auf Dienstreisen. So verlockend der Gedanke auch sein mochte, dass Daisy ihn abends erwartete ... dieses Leben würde sie langweilen und unglücklich machen. Aber er wollte sie glücklich machen. So einfach. Und so schwer. Er hätte all diese Überlegungen anstellen müssen, ehe er sie bat, mit ihm zusammenzuleben, hätte sich Antworten auf ihre Fragen zurechtlegen müssen. Stattdessen war er mit seiner Bitte herausgeplatzt, ohne an etwas anderes zu denken als daran, sie nicht zu verlieren.

„Mir wurde erst wirklich bewusst, wie sehr du mir gefehlt hast, als ich deinen Schönheitssalon betreten habe", gestand er.

„Du hast mir auch gefehlt", sagte sie mit Wehmut in der Stimme, die Jacob zu verstehen gab, dass sie nicht in Erwägung zog, Bell Grove zu verlassen und mit ihm zu gehen. Er hatte ihr gefehlt und würde ihr wieder fehlen, wenn er gegangen war.

Jacob fühlte sich benommen, wirre Gedanken wirbelten ihm durch den Kopf. Zu wissen, dass dieses Glück, sie in den Armen zu halten, zu streicheln, zu lieben, nicht ewig währte, drohte ihn um den Verstand zu bringen. Sein Leben bestand aus Schwarz- und Weißtönen, aus Gut und Böse, Richtig und Falsch. Aber mit Daisy war alles auf den Kopf gestellt, die Welt war wie ein verrückter Kreisel.

Kurzerhand nahm Jacob sie in die Arme und ließ sie auf die Matratze fallen. Lachend streckte sie ihm die Arme entgegen. Er küsste jedes Fleckchen ihrer Haut, streichelte und liebkoste sie. Im Bett mit Daisy war seine Welt in Ordnung. Und dann war er wieder völlig mit ihr vereint, und nichts anderes zählte.

Wer würde dich nicht lieben? hatte Jacob gefragt, als sie nackt und eng umschlungen getanzt hatten.

Und Daisy hätte gern geantwortet: *Du. Oder irre ich mich? Liebst du mich? Sprich die Worte aus, mach, dass ich meine Meinung ändere. Sag mir, dass ich dir wichtiger bin als deine Karriere. Sag mir, dass du mich liebst.* Sie hatte geschwiegen und ihm stattdessen Gegenargumente geliefert.

Solange sie denken konnte, waren ihre Entscheidungen auf Logik begründet. Hätte sie eine andere Wahl gehabt? Kaum erwachsen, war sie gezwungen, die Elternrolle und damit die Verantwortung für ihre jüngeren Schwestern zu übernehmen, Geld zu verdienen. Sie hatte getan, was getan werden musste. Die Logik sagte ihr, dass Jacob und sie keine Gemeinsamkeiten mehr hatten. Und sie hielt ihr vor Augen, dass ihr Glück nicht von Dauer war, so wunderbar die Zeit mit ihm auch sein mochte. Jacob und sie waren nicht nur Tausende Meilen voneinander entfernt, sie lebten auch in verschiedenen Welten.

Sie genoss es, Jacob in ihrem Bett zu haben, neben ihm aufzuwachen, ihn zu streicheln, seine Wärme zu spüren. Könnte sie je wieder allein schlafen? Ihr war, als wäre er nie weg gewesen, als gehöre er hierher und würde nie wieder gehen. In dieser Nacht hatte er sich nicht heimlich aus ihrem Bett geschlichen, um auf der Couch zu schlafen. Nein, er war die ganze Nacht geblieben. Sie hatten sich geliebt, geplaudert, gelacht. Getanzt.

Der Morgen begann zu grauen, und Jacob schlief immer noch. Daisy war hellwach. Grübeleien, was hätte sein können, was noch immer sein könnte, hielten sie wach. Vielleicht hätte sie einfach Ja sagen sollen, als er sie bat, mit ihm nach Kalifornien zu gehen. Sollte sie ihrem Herzen vertrauen und alle logischen Bedenken wegwischen? Schließlich war Bell Grove nicht aus der Welt. Wenn sie mit ihm ginge und ihre Beziehung scheitern sollte, konnte sie wieder zurückkommen.

Enttäuscht, gedemütigt und mit gebrochenem Herzen. Und genau das war der Punkt, vor dem sie zurückschreckte: die Möglichkeit, dass ihr das Herz noch einmal gebrochen wurde. Andererseits: War diese Möglichkeit schlimmer, als den Sprung ins Ungewisse zu wagen?

Jacob schlief tief und fest, als Daisy sich an ihn kuschelte, den Arm um ihn legte und ihm ins Ohr flüsterte: „Ja."

Jacob wusste nicht, was ihn geweckt hatte. Er schlug die Augen auf, der Morgen dämmerte. Daisy lag eng an ihn geschmiegt, aber er spürte, dass sie nicht schlief.

Er schlang die Arme um sie. „Warum schläfst du nicht?"

„Ich kann nicht", flüsterte sie.

„Halte ich dich wach?"

„Ja."

Hatte er geschnarcht? Zu viel Platz in ihrem Bett eingenommen? „Ich kann auf der Couch schlafen, wenn du …"

Sie zog ihn näher und legte ein Bein um ihn. „Du gehst nirgendwo hin. Nicht heute Nacht", raunte sie.

Er küsste sie, fühlte sich geborgen in ihren Armen, in ihrem Kuss. Sie war ihm so nahe, als sei sie ein Teil von ihm. Ihre Küsse vertieften sich, ihre Hände gingen auf Wanderschaft, genau wie die seinen.

Sie gehört mir. Ich lasse sie nie wieder gehen.

Sosehr er das auch glauben wollte, wusste er, dass sich nichts geändert hatte. Die aufgehende Sonne verdrängte den Sinnesrausch der vergangenen Nacht. Daisys Leben fand hier statt, nicht das seine. Sie gehörte ihm nicht mehr und würde ihm nie wieder gehören. Und wenn er Bell Grove verließ, musste er sie wohl oder übel zurücklassen.

8. KAPITEL

*S*oll das ein schlechter Witz sein?", entfuhr es Daisy, und sie hatte das Gefühl, der Boden schwanke unter ihren Füßen. Dabei hatte der Tag so wunderbar begonnen. Auf dem Weg zur Arbeit hatte sie lächelnd den Nachbarn zugewinkt, die ihre Hunde spazieren führten, und die Melodie gesummt, zu der sie nachts mit Jacob getanzt hatte.

Würde er sie erneut bitten, ihn nach San Francisco zu begleiten? Würde sie Ja sagen, wenn er wach wäre und ihre Antwort hören konnte?

In Sachen Liebe war logisches Denken ein schwieriges Kapitel.

Und plötzlich war ihr Glücksgefühl zerplatzt wie eine Seifenblase, als gönne ihr das Schicksal kein Glück.

Daisy hatte – wie ihre Eltern vor ihr – den Frisiersalon und die Werkstatt von der Familie Chestnut gemietet. Es gab keinen schriftlichen Mietvertrag, denn in dieser Gegend zählte ein Handschlag ebenso viel wie ein Schriftstück.

Das hatte sich offenbar geändert. Martin Chestnut stand bleich vor ihr und erklärte, was geschehen war. Ein Investor hatte den gesamten Häuserblock aufgekauft. Jedes Haus, jedes Geschäft, auch ihre Räume. Das Angebot kam überraschend und war zu verlockend, um es auszuschlagen.

Ihr blieb eine Woche Zeit, um auszuziehen. Eine Woche! Die anderen Mieter durften bleiben und bezahlten ihre Miete lediglich an den neuen Eigentümer, der jedoch forderte, dass *ihr* Salon und die Werkstatt geräumt wurden.

Daisy verlor ihre Existenzgrundlage! Sie musste Steuern für ihr Haus bezahlen, an dem ständig Reparaturen anfielen. Ihre Ersparnisse würden nicht lange reichen.

„Es tut mir wirklich leid", versicherte Martin nicht zum ersten Mal. „Aber ich wäre ein Idiot, das Angebot auszuschlagen."

„Das sagten Sie bereits." Sie wischte seine Beteuerungen mit einer fahrigen Geste weg. „Wer ist der Käufer? Was hat er vor? Wissen Sie, wo ich unterkommen könnte, wenigstens vorübergehend?"

Noch während sie fragte, wusste sie, dass es sinnlos war. Hier hatten ihre Eltern gearbeitet, gelebt und gelacht, nur hier spürte sie noch ihre Gegenwart.

Die Vorstellung, an einem anderen Ort einen Neuanfang zu machen, war illusorisch. Eine zweite Chance mit Jacob war gleichfalls ein romantischer Traum, eine schwärmerische Fantasie. Bell Grove war ihre Heimat, der Schönheitssalon gehörte ihr. Offenbar hatte sie sich geirrt.

„Das weiß ich nicht. Keine Ahnung. Nein. Tut mir leid." Martin ging rückwärts zur Tür, als befürchte er, sie schieße ihm ihn den Rücken, wenn er sich umdrehte. „Ich bin nicht mehr der Jüngste und gehe bald in Rente. Und dieses Angebot …"

„… war einfach zu gut", fiel Daisy ihm gereizt ins Wort. „Ja, ich habe begriffen."

Nachdem Martin Chestnut gegangen war, sank Daisy benommen auf den Frisierstuhl. Ihr Schönheitssalon! Alles, was sie sich aufgebaut, wofür sie gearbeitet hatte! Ihr Heim, ihr Leben, alles zunichte. In ihrer Panik malte sie sich die Zukunft in den schwärzesten Farben aus, ein Leben in Not und Elend. Nur allmählich beruhigte sich ihr rasendes Herzklopfen, sie atmete wieder normal, und eine seltsame Klarheit überkam sie.

Dies alles gehörte ihr nicht wirklich. Der Salon, das Haus, alles hatte ihren Eltern gehört. Es war deren Leben, deren Traum.

Wenn sie ehrlich war, war dieser Frisiersalon nie ihr Traum gewesen. Sie hatte ihn übernommen, weil sie keine andere Wahl gehabt hatte. Sie musste ihre jüngeren Schwestern großziehen. Der tragische Unfalltod ihrer Eltern hatte ihre Zukunftspläne zerstört. Daisy schlief immer noch in ihrem Kinderzimmer, hatte es nie über sich gebracht, das große Schlafzimmer für sich zu nutzen. Es war immer noch das Haus ihrer Eltern.

Sie hatte das Leben ihrer Eltern fortgeführt und versäumt, sich ein eigenes Leben aufzubauen. Wieso erkannte sie das erst jetzt, da ihre Existenz auf dem Spiel stand?

Nichts und niemand konnte ihr Vater und Mutter zurückbringen. Tränen liefen ihr übers Gesicht. Sie trauerte wieder um ihren Verlust. Es schmerzte, alles zurückzulassen, was ihre Eltern aufgebaut hatten. Alles musste enden und sterben, wie sie gestorben waren.

Sollte Jacob sie noch einmal fragen, würde sie Ja sagen. Auch wenn er es sich anders überlegt hätte, war die Zeit gekommen, einen Neuanfang zu machen.

Panik und Ängste fielen von ihr ab. Die Freunde, das Elternhaus würden ihr fehlen, wenn sie Bell Grove verließ. Aber vielleicht eröffnete die plötzliche Schicksalswendung ihr auch mehr Freiheiten.

Wenn sie das Haus verkaufte, könnte sie den Erlös mit ihren Schwestern teilen.

Sie war *frei*. Daisy lächelte unter Tränen, während sie vage Zukunftspläne schmiedete und um die Vergangenheit trauerte. Irgendwann versiegten die Tränen. Das Lächeln blieb.

Den Vormittag verbrachte Daisy damit, ihre Kundinnen anzurufen und Termine umzubuchen. Sie rief Lily und Mari an und schilderte ihnen, was geschehen war. Zunächst waren beide entsetzt, begrüßten dann aber ihre Pläne für einen Neuanfang und versprachen, ihr tatkräftig beizustehen.

Sie verschwieg allerdings, dass Jacob Teil ihres neuen Lebens sein könnte. Diese Aussicht war eine ungewisse Hoffnung, an die sie sich nicht klammern wollte.

Jacob wollte sie die Neuigkeiten später erzählen, vielleicht würde er sie bei der Gelegenheit erneut fragen, ob sie mit ihm nach Kalifornien ginge. Der Zeitpunkt könnte nicht günstiger sein, musste sie sich gestehen.

Sie verkaufte ihr Elternhaus.

Sie gab ihren Frisiersalon auf.

Konkrete Pläne, die ihr Angst machten und sie gleichzeitig mit Abenteuerlust erfüllten.

Jacob fuhr nach Tasker House, um sich zu rasieren und umzuziehen.

Heute Abend wollte er Daisy erneut bitten, mit ihm nach San Francisco zu gehen.

Seine Mutter empfing ihn im Schaukelstuhl auf der Veranda mit säuerlicher Miene bei einer Tasse Tee.

„Guten Morgen", grüßte er.

„Es ist bereits Mittag", entgegnete sie spitz.

Jacob trug noch den Anzug vom Vorabend, ohne Krawatte, die zerknittert in seiner Tasche steckte. „Was ist los mit dir?"

„Was soll schon los sein? Deine Großmutter wird mit jedem Tag schwieriger. Sie duldet keine Pflegerin, aber auf Dauer kann ich ihre Pflege nicht übernehmen. Und Lurlene hat auch keine Zeit. Ehrlich gestanden, brauche ich verantwortungsvolle Aufgaben in der Firma." Sie lächelte dünn. „Dein kleiner Bruder ist zwar tüchtig, aber er ist noch zu jung, um den Überblick zu haben und könnte sich verspekulieren. Onkel Carlton ist der einzige wirklich Vernünftige. Dein Vater spielt lieber Golf und ist mir mit Großmutter keine Hilfe, da sie ihn immer noch behandelt wie einen kleinen Jungen." Sie blinzelte heftig die Tränen zurück. „Und Daisy. Jacob, wie konntest du nur wieder etwas mit ihr anfangen nach allem, was sie dir angetan hat?"

Jacob sah seine Mutter verblüfft an. „Was sie *mir* angetan hat?"

„Ja! Sie hat dir das Herz gebrochen ... denk bloß nicht, ich hätte nichts bemerkt. Sie hätte ... sie könnte ..." Ihre Lippen begannen zu zittern, ihre Stirnfalten vertieften sich. „Ach, was rede ich? Daisy trifft keine Schuld und dich auch nicht. Es ist alles meine Schuld."

Jacob war an dramatische Szenen seiner Mutter gewöhnt, aber dieser Ausbruch verwunderte ihn. „Deine Schuld?"

Nun liefen ihr die Tränen über die Wangen. Susan weinte niemals, mochte ihr Kummer noch so groß sein.

„Ich war strikt dagegen, dass du mit einer Heirat auch für Daisys unmündige Schwestern Verantwortung trägst, nicht mit vierundzwanzig. Ich habe dich damals gedrängt, wegzugehen und Daisy zu verlassen. Ich habe alles darangesetzt, dass dir diese Verantwortung erspart bleibt." Sie ballte die Fäuste. „Ich ... ich habe Daisy immer wieder versichert, wie glücklich und erfolgreich du in San Francisco bist. Um mein schlechtes Gewissen zu beruhigen, wälzte ich alle Schuld auf sie ab. Dabei … habe ich ihr deutlich zu verstehen gegeben, dass du sie nicht brauchst."

Jacobs Herz zog sich zusammen. „Was zwischen Daisy und mir geschehen ist, hat nur mit uns beiden zu tun."

„Ich hätte euch helfen können, aber ich habe tatenlos zugesehen, wie Daisy auf dich verzichtete und sich stattdessen aufopfernd um ihre Schwestern kümmerte." Susan rang die Hände – eine weitere ungewöhnliche Geste. „Ich ließ mir nicht mehr von ihr die Haare machen, kaufte nicht mehr im Ort ein, um ihr nicht zu begegnen."

„Wir alle haben Fehler gemacht", gab Jacob ruhig zurück.

„Ich war besessen von meiner Arbeit in der Firma, wollte meinen Kindern einen guten Start ermöglichen und redete mir ein, keine Zeit für andere Pflichten zu haben. Ich sah meine wichtigste Aufgabe darin, eine erfolgreiche Geschäftsfrau zu sein. Ich weigerte mich, auch noch zwei junge Mädchen aufzuziehen. Ich war selbstsüchtig, Jacob. Und nun sehe ich Daisy fast jeden Tag, die diese lächerliche Komödie wegen Eunice mitspielt. Ich ertrage meine Schuldgefühle kaum, weil ich sehe, dass ihr beide noch Gefühle füreinander habt. Wäre ich damals bereit gewesen, die Mädchen aufzunehmen und hätte euch unterstützt, statt alles daranzusetzen, euch zu trennen …"

„Daisy hätte sich geweigert, ihre Schwestern in deine Obhut zu geben", warf Jacob ein.

„Aber ich hätte euch irgendwie helfen müssen."

Jacob setzte sich neben seine Mutter und legte ihr den Arm um die Schultern. Sie schniefte, ihre Tränen versiegten.

„Die Schuld liegt nur bei mir", versicherte Jacob nach einer Weile ruhig. „Du hast nicht hartherzig gehandelt. Das war nicht der Grund, warum es mit uns nicht geklappt hat. Ich war begeistert von meinem neuen Job, meinem Erfolg. Und Daisy war die Verantwortung für ihre Familie wichtiger. Wir waren jung und unreif. Unsere Wege haben sich einfach getrennt."

„Ich kann Daisy kaum in die Augen schauen, fühle mich schrecklich schuldig, euch nicht beigestanden zu haben … Sie wird mir niemals verzeihen."

„Mach dir darüber keine Gedanken, Mom", sagte Jacob lächelnd. „Wenn es nämlich nach mir geht, wirst du Daisy in Zukunft ziemlich oft sehen."

Susan blickte zu ihm auf.

„Ich packe ein paar Sachen und bleibe die nächsten Tage bei ihr, wenn sie es zulässt", fügte Jacob hinzu. „Und wenn ich Glück habe, begleitet sie mich nach San Francisco."

„Die Mutter meiner Enkelkinder wird mich hassen", sagte Susan leise.

Enkelkinder? „Daisy hasst dich nicht."

„Jedenfalls kann sie mich nicht besonders gut leiden. Aus gutem Grund."

„Daisy hat mir noch keine Zusage gegeben", erklärte Jacob mit einem dünnen Lächeln. „Und von Enkelkindern zu reden wäre übers Ziel hinausgeschossen." Meilenweit. Er hatte vor, mit ihr zu leben und zu sehen, wie die Dinge sich entwickelten.

„Ich schieße nicht übers Ziel hinaus, aber du scheinst mit Blindheit geschlagen zu sein. Jeder, der euch zusammen sieht, weiß doch, dass ihr euch liebt."

Erst *Enkelkinder* und jetzt *Liebe*. Die Worte dürften ihn nicht wie ein Schlag in die Magengrube treffen. Aber so war es. Er mochte Daisy gern, begehrte sie wie keine andere Frau. War das Liebe?

Seine Mutter schniefte wieder, hob den Kopf und blickte ihm in die Augen. „Bitte sie nicht, mit dir nach San Francisco zu gehen."

Nicht wieder! „Mom, ich …"

„Heirate sie, Jacob. Sie hat es verdient."

Daisy war im Begriff, den Laden nach Feierabend zu schließen, als Martin Chestnut erneut auftauchte. Nicht weniger zerknirscht und nervös als bei seinem ersten Besuch. Sie wollte ihm sagen, sie habe sich damit abgefunden …

„Ich fing an, mir Gedanken zu machen", begann er.

„Schon in Ordnung", wollte Daisy ihn beschwichtigen.

„Nein, nein, es ist nicht in Ordnung. Anfangs war ich natürlich völlig verblüfft über das großzügige Angebot. Dachte nur daran, die Hypothek zu bezahlen und mich früher als vorgesehen zur Ruhe zu setzen. Aber nachdem Sie den Namen des Käufers wissen wollten, habe ich meinen Anwalt angerufen und ihn gebeten, der Sache nachzugehen. Er rief dann ein paar Kollegen an und stellte die richtigen Fragen." Martin trat verlegen von einem Fuß auf den anderen, der Schweiß trat ihm auf die Stirn, obwohl die Klimaanlage auf Hochtouren lief.

„Und was hat er herausgefunden?", fragte Daisy, neugierig geworden.

„Die Sache ging über mehrere Anwaltskanzleien, beinahe so, als sollte etwas verheimlicht werden, verstehen Sie?"

Daisy straffte die Schultern. Ein Frösteln lief ihr über den Rücken, kalte Angst krallte sich um ihr Herz. Sie ahnte, was kommen würde. *Nein. Bitte nein.*

„Das Angebot kommt von einem Tasker", sagte Martin. „Jemand mit dem Namen Tasker will den Häuserblock kaufen."

Auf dem Heimweg summte Daisy nicht wie am Morgen, grüßte keine Nachbarn, die ihr begegneten. Eine lähmende Last drohte sie zu ersticken. Nur ein Gedanke hämmerte in ihrem Kopf: Hoffentlich war Jacob nicht mehr in ihrem Haus.

Sie würde ihn umbringen. Er hatte sich heimtückisch eine List ausgedacht, die es ihr unmöglich machen sollte, ihm eine Absage zu erteilen. Ihr war sein Angebot spontan erschienen, doch sie hatte sich geirrt. Wie immer hatte Jacob Tasker sich einen Plan zurechtgelegt, um das zu bekommen, was er sich wünschte: sie.

Irgendetwas in ihr sträubte sich dagegen zu glauben, dass er hinter dieser Gemeinheit steckte, aber es gab keine andere Erklärung. Er hatte von Anfang an, als er in ihrem Frisiersalon aufgetaucht war, ein falsches Spiel mit ihr getrieben. Und diese Erkenntnis schmerzte unerträglich.

Aber wieso wunderte sie das? Es war Jacobs Art, alle Hebel in Bewegung zu setzen, um seine Ziele zu erreichen.

Er wollte ihr die Existenz in Bell Grove entziehen, um sie zu zwingen, mit ihm zu gehen. Glaubte er, ihr einen solchen Schrecken einjagen zu können, dass sie alles hinter sich ließ? Er irrte sich. Sie war nicht schwach, ihr standen andere Möglichkeiten offen.

Wieder kroch leiser Zweifel in ihr hoch. Martin hatte nicht ausdrücklich davon gesprochen, dass Jacob Tasker hinter dem Kauf stand, aber wer sonst? Welcher Tasker könnte ein Interesse daran haben? Der kleine Stadtkern von Bell Grove war zu unbedeutend, um den Taskers von Nutzen zu sein. Und der Umstand, dass nur ihr gekündigt wurde, war höchst verdächtig. Ben Tasker hatte weder ein Interesse noch die nötigen Mittel, um die Häuser zu kaufen. Caleb und Luke hatten seit Jahren keine Verbindung mehr zu Bell Grove. Jim Tasker? Der würde höchstens einen Golfplatz kaufen. Und Susan würde nicht den kleinen Finger rühren, um Daisy aus der Stadt und in die Arme ihres Sohnes zu treiben.

Also blieb nur Jacob. Er hatte sein Augenmerk auf sie gerichtet wie auf eine marode Firma, die günstig zu erwerben war, um sie wieder in Schwung zu bringen oder einen Konkurrenten auszuschalten. Und wenn sie keine Herausforderung mehr war, wenn er sein Ziel erreicht hätte, würde ihm nichts mehr an ihr liegen. Und sie, die dumme Gans, hatte sich wieder in ihn verliebt, ohne sein intrigantes Spiel zu durchschauen.

Aber diesmal war sie endgültig mit ihm fertig. Diesmal würde auch nicht das geringste romantische Gefühl in ihr zurückbleiben.

Jacob packte eine Reisetasche und fuhr los. Es blieb nur noch etwas mehr als eine Woche bis zum Familientreffen, die Zeit eilte, und er war sich seiner Sache absolut sicher.

Vielleicht würde Daisy ihm heute ihre Zusage geben. Die Worte seiner Mutter, sie zu heiraten, hatten den ganzen Tag an ihm genagt. Daisy sei die Richtige für ihn, hatte sie gesagt, und sie hatte recht. Aber er wollte nichts überstürzen. Sie kannten einander noch nicht gut genug, um diesen endgültigen Schritt zu wagen.

Jacob parkte hinter Daisys Wagen in der Einfahrt. Falls sie noch nicht zu Hause war, wollte er im Schaukelstuhl auf der Veranda auf sie warten. Er holte die Reisetasche vom Rücksitz und eilte beschwingt durch den Vorgarten.

Daisy empfing ihn an der Haustür. Jacob erschrak bei ihrem Anblick.

Ihre Wangen waren gerötet, ihre Lippen zusammengepresst ... sie war wütend.

„Stimmt was nicht?"

Sie trat ihm energisch und kampfbereit entgegen. „Das weißt du genau."

Er wusste nur, dass ihn nichts Gutes erwartete. „Ich habe keine Ahnung ..."

„Ich mache es dir leichter." Zwei Schritte vor ihm blieb sie stehen. „Ich bleibe in Bell Grove und finde andere Geschäftsräume. Ich brauche keinen edlen Ritter auf einem weißen Pferd, der mich rettet. Schon gar nicht eine Jammergestalt wie dich. Vor sieben Jahren hätte ich Rettung gebraucht, aber dieses Mädchen bin ich längst nicht mehr. Heute habe ich mein Leben im Griff."

Jacob stellte die Tasche ab. „Daisy, bitte sag mir, was passiert ist." Er bemühte sich, ruhig zu bleiben, denn Daisy war außer sich vor Zorn.

Sie machte eine wegwerfende Handbewegung. „Martin Chestnut kam heute vorbei, um mir zu kündigen. Ich muss mein Geschäft binnen einer Woche räumen. Eine Woche! Jemand mit dem Namen Tasker hat den Häuserblock aufgekauft, und ich werde rausgeworfen. Als müsste ich dir das sagen. Das Spiel ist aus, Jacob!"

„Hast du keinen Mietvertrag?" In seinem Entsetzen fiel ihm nichts anderes ein.

„Mehr hast du nicht zu sagen?" Ihre Stimme bebte. „Nein, ich habe keinen Mietvertrag. Bis heute brauchte ich keinen. Wie sollte ich ahnen, dass du das Haus kaufst und mich rauswirfst?"

Er konnte kaum einen klaren Gedanken fassen, diese ungeheuerlichen Vorwürfe trafen ihn wie Keulenschläge.

„Ich habe keine Ahnung, wovon du sprichst. Wie kommst du darauf, ich könnte zu so etwas fähig sein?"

Sie schäumte vor Wut.

„Wer denn sonst?", stieß sie gepresst hervor. „Ich habe versucht, eine andere Erklärung zu finden. Aber nichts ergibt einen Sinn. Du hast immer bekommen, was du dir in den Kopf gesetzt hast. Auf Biegen oder Brechen. Du hast mich gefragt, ob ich mit dir gehe, und ich habe keinen dankbaren Kniefall vor dir gemacht, und dann erfahre ich …"

Nun packte ihn die Wut. „Glaubst du tatsächlich, ich könnte zwischen zwei Uhr nachts und wann immer du davon erfahren hast einen Immobilienkauf perfekt machen?"

„Das hast du vorher geplant, damit mir kein Ausweg bleibt." Doch nun schienen Zweifel in ihr aufzusteigen, ihre Gesichtszüge entspannten sich ein wenig. Sie senkte den Blick. „Warst du es nicht?"

„Nein."

„Schwörst du es?"

Jacob ballte die Fäuste, die Brust wurde ihm eng. „Daisy, traust du mir wirklich diese Schurkerei zu? Und hältst du mich auch noch für so dumm, meinen eigenen Namen dafür zu benutzen?"

Daisy trat verlegen von einem Fuß auf den anderen. In ihrem rasenden Zorn hatte sie wohl nicht alle Details bedacht. „Der Käufer war offenbar bemüht, Spuren zu verwischen. Jedenfalls hat Martin herausgefunden, dass es sich um einen Tasker handelt, und ich kann mir nur einen Tasker denken, der so etwas …"

„Und der soll ich sein." Er verlor endgültig die Beherrschung. „Jemand versucht, dich aus der Stadt zu vertreiben, und du hältst mich für diesen Schuft."

„Wer sonst? Wer sonst könnte ein Interesse daran haben?"

Er machte einen Schritt auf sie zu. „Keine Ahnung. In dieser Gegend wimmelt es vor Taskers. Vielleicht hat sich ein Cousin zu einer Investition entschlossen, und du bist zufällig ins Kreuzfeuer geraten."

„Investition? Warst du in letzter Zeit mal in Bell Grove?", fragte sie, allerdings etwas gefasster und nicht mehr rot vor Wut im Gesicht. „Martin konnte sein Glück kaum fassen über die enorme Summe, die ihm geboten wurde."

Die ganze Angelegenheit war höchst suspekt, daran gab es keinen Zweifel. Aber im Moment konnte Jacob sich nur auf einen Punkt konzentrieren: Daisy glaubte, er habe diese Schandtat begangen, ohne eine andere Möglichkeit in Erwägung zu ziehen.

„Wäre ich je auf die absurde Idee verfallen, ein Haus zu kaufen, um dich aus der Stadt zu vertreiben oder an mich zu binden, wäre der Name Tasker nicht aufgetaucht. Ich hätte den Kauf über so viele Anwaltskanzleien und Firmen abgewickelt, dass du niemals dahintergekommen wärst. Auch Chestnut nicht. Abgesehen davon, wäre ich verrückt, dich in eine solche Zwangslage zu bringen. Hältst du mich für verrückt, Daisy?"

„Nein", antwortete sie kleinlaut.

Er trat einen Schritt näher. Sie wich einen Schritt zurück.

„Nein", wiederholte er. „Ich hatte gehofft, du entscheidest dich aus freien Stücken für mich. Offenbar habe ich mich geirrt." Ihre Entrüstung bestätigte allerdings auch seine schlimmste Befürchtung. Sie hatte eine panische Angst davor, aus Bell Grove wegzuziehen. Daisy war hier verwurzelt. Sie würde nirgendwohin gehen. Schon gar nicht mit ihm.

„Ich weiß nicht mehr, was ich will", sagte sie mutlos.

„Ich hatte gehofft, du willst mich."

Sie schüttelte den Kopf. „Verdammt, Jacob, ich bin wütend, gekränkt und völlig verwirrt. Ich weiß nicht mehr weiter."

Er griff nach seiner Reisetasche und wandte sich ab, ertrug ihren gequälten Gesichtsausdruck nicht länger.

„Ich finde heraus, wer dahintersteckt", versprach er im Gehen, „und gebe dir Bescheid."

So viel also dazu, mit Daisy in San Francisco zu leben. Wenn sie ihn so rasch verurteilte, ohne eine einzige Frage zu stellen, wenn sie ihm so wenig vertraute, ihn für so niederträchtig hielt, dann hatten sie beide keine Chance.

Es war bereits dunkel, als es an der Haustür klingelte. Daisy fuhr erschrocken hoch. Hoffentlich nicht Jacob! Wenn er herausgefunden hatte, wer dahintersteckte, würde er anrufen. Seinen Zorn und seine Kränkung hatte sie mit Sicherheit nicht falsch verstanden.

Mittlerweile glaubte sie nicht mehr, dass Jacob der Übeltäter war. Zu spät. Er würde ihr nie verzeihen. Vielleicht war es besser so. Alles, was sie miteinander verband, war eine Jugendliebe und guter Sex. Das genügte nicht, um eine dauerhafte Beziehung aufzubauen.

Als sie durch den Spion spähte, atmete sie erleichtert auf und öffnete. „Was in aller Welt tust du hier?"

Lily Bell war seit jeher das schwierige mittlere Kind gewesen. Wenn es eine Meinungsverschiedenheit gab, war sie mittendrin. Sie suchte Streit um des Streits willen. Es hatte eine schwierige Phase gegeben, in der ihr Vergnügen ausschließlich darin bestand, zu viel Bier zu trinken und die Nächte in Kneipen herumzuhängen. Sie färbte sich ihr dunkelblondes Haar abwechselnd schwarz oder rot oder platinblond. Im Moment hatte sie sich für schwarz entschieden, um sich von ihren Schwestern zu unterscheiden.

Das wäre nicht nötig gewesen. Lily war aufbrausender als ihre Schwestern, durch und durch kämpferisch. Und im Moment war sie fuchsteufelswild.

„Diese Scheißkerle", knurrte Lily beim Eintreten. „Mari hat mir am Telefon erzählt, was los ist. Sie hat morgen und am Freitag Unterricht, also habe ich mir die Tage freigenommen." Sie stemmte die Hände in die Hüften. „Wieso hast du mich nicht angerufen? Ja gut, der erste Anruf war okay. Dass du den Salon aufgibst und das Haus verkaufst, blablabla. Aber warum hast du mir nichts von den Taskers gesagt?"

„Du hast in deinem neuen Job viel zu tun", erklärte Daisy matt. „Ich wollte dir nicht zur Last fallen."

Lily schloss Daisy stürmisch in die Arme. „Blödsinn! Wir sind eine Familie. Wir halten zusammen." Sie legte Daisy die Hände auf die Schultern und fixierte sie eindringlich. „Hast du einen Plan?"

Daisy schüttelte den Kopf. Einen Plan? Sie wusste nicht einmal, was sie mit dem Dinner am Freitag tun sollte! Sie hatte Miss Vivian zu einem Wiedersehen mit ihrer Jugendfreundin und Rivalin in Tasker House überredet, aber wenn Daisy sie nicht begleitete, würde sie absagen. Und damit wäre die letzte Chance einer Versöhnung der alten Damen zum Teufel.

„Also, ich hab einen Plan." Lily ließ sich auf die Couch fallen. „Erst war ich wütend, aber auf der Fahrt habe ich nachgedacht. Du verkaufst das Haus wie geplant und wohnst bei mir. Vergiss die Taskers! Sollen sie doch ganz Bell Grove aufkaufen und daran ersticken. Entweder du studierst weiter oder besser noch, du arbeitest in Atlanta …"

„Ich finde keinen Job in Atlanta! Dort ist die Konkurrenz …"

„Du bist besser als die meisten Friseurinnen", fiel Lily ihr ins Wort. „Gut, es war nicht dein Traumberuf, aber du machst es fabelhaft. Warum fahre ich wohl die ganze Strecke nach Bell Grove, um mir die Haare von dir schneiden zu lassen?"

„Weil es nichts kostet?"

Lily lachte. „Okay, das auch. Aber wenn du nicht die Beste wärst, würde ich in Atlanta zum Friseur gehen und mir das Benzingeld sparen."

„Ich weiß nicht …" Daisy setzte sich neben ihre Schwester, dankbar, nicht allein mit ihren wirren Gedanken und ihrem Kummer zu sein.

„Vielleicht ist es ein Segen", sagte Lily ungewöhnlich ruhig und vernünftig.

„Wie kannst du das sagen?"

Lily blickte ihr ernsthaft in die Augen. „Du versauerst in diesem Kaff. Du gehörst nicht mehr zu Bell Grove, Daisy. Du führst das Geschäft von Mom und Dad weiter, verdienst grade so viel, dass es dir zum Leben reicht, und heiratest irgendwann einen Mann aus der Gegend. Aber mir fällt kein einziger Mann in Bell Grove ein, der gut genug für dich wäre. In Atlanta hast du wesentlich größere Chancen, Leute kennenzulernen. Du stehst vor einem Neubeginn. Die Welt ist wesentlich größer als Bell Grove, Daisy. Es ist höchste Zeit, dass du das begreifst."

Höchste Zeit. „Wird es dir fehlen?" Daisy sah Lily forschend an. „Was denn?"

„Das Geschäft, das Haus ..." Die Worte schnürten ihr die Kehle zu. „Alles, was von Mom und Dad noch da ist. Wenn alles verkauft ist, ist es unwiederbringlich verloren."

„Ach, Daisy." Lily schlang die Arme um sie. „Natürlich wird mir das alles fehlen. Aber nichts bleibt, wie es ist. Ist das der Grund, warum du hiergeblieben bist? Bitte sag nicht, dass du wegen Mari und mir geblieben bist."

„Nein, ich bin gerne hier, wollte nicht die letzten Erinnerungen an unsere Eltern verlieren. Das ist mir eigentlich erst vor ein paar Stunden bewusst geworden."

In einer Zeitspanne von wenigen Stunden hatte Daisy eine Sturmflut an Gefühlsaufwallungen durchlebt: namenloses Entsetzen, rasender Zorn, Trauer und schließlich Erleichterung und neue Hoffnung. Nach dem hitzigen Gespräch mit Jacob hatte sich ihr Gemütsaufruhr ein wenig gelegt. Nun öffnete ihr Lily den Blick auf neue Möglichkeiten, die sie noch nicht in Erwägung gezogen hatte. Angst und Mutlosigkeit schwanden, neue Hoffnung und Erlebnishunger keimten auf. In Bell Grove fühlte sie sich geborgen, spürte überall die Gegenwart ihrer Eltern. Es war angenehm und bequem, aber es war eine Sackgasse. Das hatte sie mittlerweile erkannt.

Der Zeitpunkt war gekommen, dieses Nest der Geborgenheit zu verlassen und einen Neubeginn zu wagen. Nicht gemeinsam mit Jacob, nicht Tausende von Meilen entfernt in Kalifornien, aber dennoch ein Neuanfang.

Daisy lehnte den Kopf an Lilys Schulter. „Ich bin ja so froh, dass du gekommen bist."

„Ich auch."

Und dann wurde Lilys Stimme fröhlich. „Nun, da wir das geklärt haben, wen töten wir als Erstes?"

Jacob begegnete niemandem, als er das Haus betrat, schlug die Haustür krachend hinter sich zu, begab sich in sein Zimmer und schaltete das Mobiltelefon an.

Er nahm sich nicht die Zeit, eine einzige Nachricht zu lesen. Vielleicht später, wenn er nicht schlafen konnte. Und Jacob war ziemlich sicher, dass er in dieser Nacht keinen Schlaf finden würde. Seine Nerven waren zum Zerreißen gespannt, seine Enttäuschung zu groß. In San Francisco war es drei Stunden früher, Ted würde noch im Büro sein. Er wählte seine Direktnummer.

Bevor Jacob zu Wort kam, überhäufte Ted ihn mit Vorhaltungen. „Wo zum Teufel steckst du? Hudson versucht ständig, dich zu erreichen, und ist wütend, weil du dich nicht meldest.“

„Hudson ist ständig wütend“, entgegnete Jacob ungerührt. „Und ich habe Urlaub. Du musst mir einen Gefallen tun.“

„Einen Gefallen! Du lässt mich hier völlig allein …“

„Du bist nicht allein.“

„Ich fühl mich aber alleingelassen, wenn alle erwarten, dass ich deinen und meinen Job mache. Und wie fühlt man sich im Urlaub? Ich war so lange nicht in Urlaub, dass ich mich gar nicht mehr daran erinnere.“

„Du solltest es mal versuchen. Jetzt zu dem Gefallen. Du musst für mich den Namen des Käufers einer Immobilie in Bell Grove ausfindig machen.“

„Kannst du das nicht selber machen? Du sitzt doch an der Quelle.“

„Im Grunde schon. Aber mit deinen Beziehungen über die Firma erfährst du schneller wichtige Details. Im Übrigen habe ich hier alle Hände voll zu tun.“ Mit Daisy und Grandma Eunice und dem bevorstehenden Familientreffen … Jacob fragte sich, wie ein verheirateter Mann den Ausgleich zwischen Beruf und Familie unter einen Hut brachte.

„Blond, brünett oder rothaarig?“, fragte Ted süffisant nach.

Ausgesprochen blond. Statt die Frage zu beantworten, klärte Jacob seinen Kollegen über den Verkauf auf, der Daisys Existenz bedrohte. Daisy hatte nicht bemerkt, dass der Name Tasker bei ihm eingeschlagen hatte wie eine Bombe. Wenn niemand aus der Familie dahintersteckte, versuchte irgendwer, ihm persönlich zu schaden.

Aber wer? Und warum?

Daisy hatte ihm unterstellt, ihr das anzutun, um sein Ziel zu erreichen. Sie konnte keine hohe Meinung von ihm haben, wenn sie glaubte, er wäre zu solch heimtückischen Machenschaften fähig. Vielleicht aber hatte sie gute Gründe dafür, nachdem ihre Beziehung vor sieben Jahren im Sande verlaufen war. Immerhin war ihm seine Karriere wichtiger gewesen als sie. Und es stimmte auch, dass er alles, was in seiner Macht stand, unternahm, um seine Ziele zu erreichen. Aber bevor er die Stadt verließ, wollte er ihr beweisen, dass er nicht der Käufer einer minderwertigen Immobilie war, nur um sie um ihre Existenz zu bringen.

Jacob war sich schmerzlich bewusst, dass er nach der Familienfeier die Stadt ohne sie verlassen würde.

Würde sie bereuen, ihn zu Unrecht beschuldigt zu haben, oder wäre sie nur froh, wenn er aus ihrem Leben verschwand?

*L*ily hatte nur ihren Waschbeutel und einen Schlafanzug mitgebracht. Als Daisy sie danach fragte, meinte sie nur, sie habe genügend Kleider im Schrank hängen. Darüber wollte Daisy demnächst mit ihr reden, wenn sie an das frivole Kleid dachte, mit dem sie die Taskers schockiert und Jacob dazu verleitet hatte, sich ungebührliche Freiheiten herauszunehmen. Lily war nie schüchtern gewesen und liebte es, andere zu provozieren, ihr Modegeschmack jedoch ließ mehr als nur zu wünschen übrig.

Während Daisy am nächsten Tag ihre Kundinnen frisierte, stellte Lily ein Schild mit der Aufschrift „Geschäftsaufgabe" auf und rief Kunden an, die Haushaltsgeräte zur Reparatur gebracht und nicht abgeholt hatten. Daisy hing ihren wehmütigen Gedanken nach.

Ihr war klar geworden, was sie versäumt hatte, im Versuch, die Erinnerung an ihre Eltern wachzuhalten, indem sie deren Leben fortführte. Vielleicht lag darin der Grund, wieso ihr Jacob so attraktiv erschienen war. Er hatte ihr einen Ausweg geboten, der ihr nun endgültig versperrt war.

Kundinnen und Nachbarn, die das Schild lasen, erkundigten sich nach Einzelheiten. Zwischendurch schmiedeten die Schwestern Pläne. Da Lilys Wohnung in Atlanta über ein Gästezimmer verfügte, sollte Daisy bei ihr wohnen, bis sie eine eigene Bleibe gefunden hatte. Lily nannte ihr auch einige junge Männer, die sie ihr vorstellen wollte.

Daisy war nicht daran interessiert, Männer kennenzulernen. Und den Gedanken, sich auf eine tiefere Beziehung einzulassen, wies sie weit von sich. Vielleicht war es ihr nicht bestimmt, zu heiraten und eine Familie zu gründen. Sie sollte sich damit abfinden, ein Leben als Single zu führen – eine völlig andere Lebensperspektive als noch vor Kurzem.

Nach Feierabend machten die Schwestern sich gemeinsam auf den Heimweg. Daisy bedauerte, Jacob beschuldigt zu haben, den Häuserblock gekauft zu haben. Sie war aber nicht völlig davon überzeugt, dass er nichts damit zu tun hatte, obgleich sie ihm glauben wollte. Ihr Vertrauen in ihn war zerrüttet. Sex mit ihm war fantastisch, aber mehr gab es nicht zwischen ihnen.

Ein Umzug nach Atlanta erschien ihr immer reizvoller. Ein Neubeginn, völlig neue Perspektiven in einer Großstadt. Sie brauchte die Geborgenheit ihres kleinen Heimatortes nicht mehr. Und dennoch kam es ihr wie eine Flucht vor …

Lily kümmerte sich um das Abendessen, und Daisy beschloss, Jacob anzurufen, was ihr nicht leichtfiel, aber sie musste mit ihm reden. Sie wollte Miss Eunice und Miss Vivian nicht im Stich lassen, sich ohne Erklärung sang- und klanglos aus dem Staub machen. Seine Mutter meldete sich und reichte sie an Jacob weiter, dessen Stimme kühl und sachlich klang.

„Ich habe über das Dinner morgen nachgedacht", begann Daisy und bemühte sich um einen leichten Plauderton. „Ich möchte Miss Vivian nicht enttäuschen, und wir müssen an deine Großmutter denken. Ich finde, das geplante Dinner sollte stattfinden."

Er stimmte ihr zu.

„Und nach dem Essen sagen wir Miss Eunice, dass wir nicht heiraten werden."

„Das wird nichts nützen", widersprach er knapp. „Glaub mir, ich habe es versucht."

„Wenn wir beide mit ihr sprechen, begreift sie es vielleicht."

Und nach einer kurzen Pause willigte er ein: „Wir können es probieren."

Daisy schwieg lange. „Es tut mir leid, deine Großmutter enttäuschen zu müssen. Aber wir müssen sie überzeugen." Sie atmete tief durch. „Ich weiß nicht, wie lange ich noch hierbleibe, hoffe aber, dass ich vor eurem Familientreffen fort bin."

„Wohin gehst du?" Seine Stimme klang sachlich, emotionslos.

„Nach Atlanta mit Lily. Ich schließe meinen Salon …"

„Du musst den Salon nicht schließen", unterbrach er sie. „Ich finde heraus, wer hinter dem Kauf steckt und dann … verdammt, Daisy, ich kaufe das Haus, und du kannst bleiben. Du musst nicht weglaufen."

„Ich laufe nicht weg", widersprach sie ruhig. „Ich mache einen Schritt vorwärts. Ehrlich gestanden, hätte ich diesen Schritt längst tun müssen."

„Ist es wirklich dein Wunsch?" Seine Stimme klang immer noch unbeteiligt. War das derselbe Mann, der ihr Liebkosungen ins Ohr geflüstert, eng umschlungen mit ihr getanzt hatte?

„Ja."

„Nun gut."

„Also bis morgen", sagte Daisy. „Wie gewöhnlich um sieben?"

Lily rief aus der Küche: „Sag ihm, man soll ein Gedeck mehr auflegen. Dieses Festmahl lasse ich mir auf keinen Fall entgehen."

„Hast du gehört?", fragte Daisy ins Telefon.

„Ich kümmere mich darum. Es wird eine große Tafelrunde. Caleb wird morgen erwartet."

„Je mehr Gäste, desto lustiger." Daisy wollte Jacob sagen, dass es ihr leidtue, ihn beschuldigt zu haben … Aber nicht am Telefon. Und nicht, wenn er klang, als sei er bereits Tausende von Meilen entfernt.

Caleb traf kurz nach dem Mittagessen ein und parkte seinen Pick-up neben Jacobs Mietwagen. Unrasiert, in abgewetzten Jeans näherte er sich mit schleppenden Schritten dem Haus, so zögernd, als müsse er auf den elektrischen Stuhl.

Eunice beobachtete ihn vom Fenster ihres Zimmers aus. Caleb könnte Großes leisten. Er hatte eine hervorragende Schulbildung genossen, doch dann hatte er das Studium geschmissen und eine kleine Autowerkstatt aufgemacht. Ein Tasker übte einen Handwerksberuf aus! Caleb war intelligent, aber auch eigensinnig und störrisch wie ein Esel.

Er brauchte dringend eine Ehefrau, und zwar eine bessere als das Flittchen, mit dem er kaum zwei Monate verheiratet gewesen war. Wenn sie Jacob unter die Haube gebracht hatte, wollte sie sich um Caleb kümmern. Zunächst einen anständigen Beruf und anschließend die passende Ehefrau.

Eunice hatte sich vorgenommen, dafür zu sorgen, dass die Familie zu ihrem einstigen Zusammenhalt zurückfand. Drei ihrer vier Enkelsöhne lebten meilenweit vom Elternhaus entfernt und kamen nur gelegentlich zu Besuch. Ben wohnte zwar in der Nähe und arbeitete im Familienunternehmen, aber er hatte nicht das Rückgrat, die Familie zusammenzuhalten, wenn sie einmal nicht mehr lebte. Und Jim ... ihren Sohn hatte sie vor Jahren schon aufgegeben. Er war zwar kein Taugenichts, allerdings fehlte ihm jedes Interesse am Unternehmen und an der Familie. Die Zukunft dieser Familie lastete auf den Schultern ihrer Enkelsöhne.

Zuerst Jacob ... dann Caleb. Eunice fragte sich bang, ob Caleb schwieriger zu handhaben wäre als sein jüngerer Bruder.

Daisy versuchte, sich einzureden, dass ihr die nächsten Tage leichterfallen würden. Da sie nicht mehr lange hier wäre, dürfte ihr die Rolle als Jacobs Braut in spe weniger Gewissensnöte bereiten. Sie begehrte ihn und sehnte sich nach ihm, so sehr sie ihre Gefühle auch verdrängte. Aber wenn er diesmal fortging, blieb sie nicht verlassen zurück. Auch sie ging fort. Es gab keinen Grund, den Kopf hängen zu lassen.

In einem neuen Leben, an einem anderen Ort konnte sie mit der Vergangenheit endgültig abschließen. Sie würde nicht auf Schritt und Tritt mit Erinnerungen an Jacob Tasker konfrontiert werden, würde sich ein neues Heim schaffen, neue Freunde kennenlernen. Zugegeben, diese Gedanken waren beängstigend, aber auch aufregend. Und mit Lily wäre sie nicht völlig allein auf sich gestellt.

Vor sieben Jahren hatte sie knapp vor dem Abschlussexamen zur Grundschullehrerin gestanden, das sie nun nachholen könnte. Nachdem sie allerdings zahllosen quengeligen Kindern die Haare geschnitten hatte, war sie nicht mehr so sicher, ob sie diesen Beruf ergreifen wollte. Sie könnte ein anderes Studium wählen, oder Lilys Vorschlag annehmen und ihr Glück als Friseurin in Atlanta versuchen.

Ihr stand eine ganze Welt an Möglichkeiten offen.

Lily überließ Miss Vivian den Beifahrersitz und kletterte nach hinten. Vivians Haar war ordentlich frisiert und zu einem Nackenknoten gebunden. Lily hatte darauf bestanden, ihr ein leichtes Make-up aufzutragen, und die alte Dame hatte nicht dagegen protestiert. Sie trug ein Sonntagskleid, Perlenkette und schwarze Pumps. Kurzum, sie sah aus wie eine elegante Südstaatenlady.

Auf der Fahrt zu Tasker House klärte Daisy sie behutsam darüber auf, dass Jacob und sie vorgaben, verlobt zu sein, um Eunice zu beschwichtigen. Vivian war entsetzt zu erfahren, dass ihre Jugendfreundin und spätere Erzfeindin geistig verwirrt war. Nach Daisys Bericht blickte Vivian nachdenklich und schweigend aus dem Fenster.

Lily indes plauderte munter drauflos, erzählte von ihrer Wohnung in Atlanta und vom Verkauf des Hauses. Als der Wagen in die lange Auffahrt zu Tasker House einbog, wandte Miss Vivian sich an Daisy.

„Und Sie ziehen nach Atlanta?"

„Ihr bleibt keine andere Wahl. Irgendein Tasker hat das Haus gekauft und ihr fristlos gekündigt", erklärte Lily.

„Es gibt andere Häuser in Bell Grove", gab Vivian zu bedenken.

„Das schon", sagte Lily. „Aber nicht mitten im Ort, und ein Umzug wäre mit hohen Kosten verbunden. Und außerdem muss Daisy endlich raus aus diesem Nest."

„Ich besuche Sie, Miss Vivian. Atlanta ist nicht aus der Welt", meldete sich nun Daisy zu Wort.

Die alte Dame schnaubte verächtlich und blickte wieder aus dem Fenster. „Das tun Sie nicht", erwiderte sie schroff. „Gut, ein paarmal besuchen Sie noch alte Freunde, aber irgendwann lassen Sie es."

„Nein, das tue ich nicht", beharrte Daisy.

„Sie entfliehen dieser Kleinstadt und blicken nicht zurück. Das kann ich Ihnen nicht verdenken. Sie hätten schon vor Jahren fortgehen müssen." Sie sah Daisy an. „Gut für Sie, Kindchen. Sie werden mir fehlen, aber es ist höchste Zeit, dass Sie hier rauskommen."

„Siehst du, Daisy?", erklärte Lily munter. „Was ich dir sage."

Daisy schwieg. Sie wusste selbst, dass die Entscheidung richtig war. Sie wusste, dass ein besseres Leben auf sie wartete. Aber in ihrer Magengrube lag ein bleischwerer Klumpen.

Die Familie hatte sich im Esszimmer versammelt. Jacob und Caleb, die Eltern, Ben und Maddy, dazu Daisy und ihre Schwester Lily, die Jacob giftige Blicke zuwarf. Und Vivian Reynolds, die kaum wiederzuerkennen war. Welch wundersame Verwandlung vom zerzausten Flintenweib in eine gepflegte ältere Dame.

Lurlene schob Grandma Eunice im Rollstuhl ins Zimmer. Die Matriarchin der Familie genoss ihren großen Auftritt. Ihr Blick glitt über die Anwesenden und blieb einen Moment auf Lily haften. Sie furchte die Stirn, fasste sich aber rasch, hielt es wohl für klüger, freundlich zu Daisys Schwester zu sein, obwohl Lily im Ruf stand, ein schwieriges Mädchen zu sein.

Und dann nahm sie Vivian wahr und stutzte. Nach der ersten Verblüffung spiegelten sich Schock und Entsetzen in ihrer Miene. „Gütiger Himmel, was hat diese Person denn hier zu suchen?"

„Miss Eunice", meldete Daisy sich liebenswürdig zu Wort. „Ich dachte, Sie freuen sich, eine alte Freundin wiederzusehen."

„Eine alte Freundin? Wieso denkt sie …" Sie hielt inne, fuhr sich mit zittrigen Fingern über die Stirn und blinzelte heftig. „Wer sind Sie?", fragte sie Vivian. „Irgendwie kommen Sie mir bekannt vor."

Vivian lächelte und nahm ihren Platz ein. „Wir sind gemeinsam angeln gegangen vor vielen Jahren", antwortete sie in aller Ruhe.

„So etwas tue ich nicht", entgegnete Eunice kalt. „Männer und kleine Jungs gehen angeln. Ladies nicht."

„Nun, früher einmal gingen wir gemeinsam angeln." Vivian lächelte der Gastgeberin freundlich zu. „Susan, diese Tafel ist wunderschön gedeckt. Es ist sehr freundlich von Ihnen, mich eingeladen zu haben." Sie wies keinerlei Ähnlichkeit im Aussehen und Reden mit der Furie auf, die Jacob mit der Flinte bedroht und seine Großmutter „Miststück" genannt hatte.

Nach diesem Dinner wollten er und Daisy seiner Großmutter die Wahrheit schonend beibringen. Sie waren nicht verlobt, und es würde keine Hochzeit geben. Im Verlauf des Essens richtete Grandma Eunice ausschließlich das Wort an Daisy, redete von der Hochzeit in einer Woche; vom Brautkleid, das Daisy noch nicht anprobiert hatte, und vom Hochzeitsmenü. Alle versuchten, das Thema zu wechseln, nur Vivian schwieg. Es wurde über das Wetter gesprochen, über Verwandte, die am kommenden Wochenende erwartet wurden, über Sport und Kochrezepte. Eunice ließ sich durch nichts vom Thema abbringen. Sie sprach über die Brautjungfern, schlug Daisys Schwestern in gelben langen Kleidern vor. Reverend Ashton sollte die Trauung vollziehen. Ach ja, und die Hochzeitstorte habe sie bereits in der besten Konditorei bestellt. Jacob nahm sich vor, gleich am Montag früh anzurufen und die Bestellung rückgängig zu machen. Das hatte ihm gerade noch gefehlt: eine dreistöckige Hochzeitstorte mitten im Familientreffen.

Endlich lehnte Grandma sich zufrieden aufatmend zurück. Lily schaffte es schließlich, der Unterhaltung eine Wendung zu geben. Sie fragte Caleb nach seiner Autowerkstatt in Macon, Georgia, erzählte von ihrem Job in Atlanta, hütete sich allerdings zu erwähnen, dass ihre Schwester bald zu ihr ziehen würde. Maddy steuerte ihre Kommentare bei. Sie fand Atlanta toll, die Modeboutiquen fand sie auch toll, und Lilys Job in der Kunstgalerie klang super cool.

Daisy sagte nicht viel. Jacob auch nicht. Er brachte kaum einen Bissen herunter, auch Daisy stocherte lustlos auf ihrem Teller herum.

Solche Qualen hatte er in San Francisco noch nie ausgestanden. Ihm war, als sei die Welt aus den Fugen geraten, drehe sich wirbelnd um ihn, und er musste hilflos zusehen.

Bis zum Beginn des Familientreffens blieb noch eine Woche. Eine ganze Woche. Jacob wünschte sich wieder in sein Büro zurück, in eine Welt, die ihm vertraut war, die er im Griff hatte. Hier war alles außer Kontrolle geraten. Er begehrte Daisy, wollte mit ihr zusammen sein, mit ihr leben. Aber sie hatte kein Vertrauen zu ihm, und ohne Vertrauen war eine Beziehung nicht möglich.

Vielleicht hatte er das Recht auf ihr Vertrauen bereits vor Jahren verloren.

Vielleicht hatte er ihr Vertrauen nie verdient.

Daisy bangte davor, Miss Eunice die Wahrheit zu gestehen, aber es musste sein. Sie hatte sich auf diese Farce eingelassen, um der geistig verwirrten Greisin einen Gefallen zu erweisen. Aber im Verlauf dieses mühsamen Dinners begannen Zweifel an ihr zu nagen. Hatte sie damit die Situation nur verschärft? Würde sich der Geisteszustand der alten Dame rapide verschlechtern, wenn ihr dämmerte, dass es keine Hochzeit in Tasker House gab? Daisy wollte keine weiteren Komplikationen heraufbeschwören, aber sie plante, in einer Woche bereits in Atlanta zu sein und nicht an der Familienfeier teilzunehmen. Diese lächerliche Posse musste beendet werden.

Nachdem man Miss Eunice die Wahrheit schonend beigebracht hätte, wollte Daisy sich verabschieden. Daisys Blick erfasste Caleb, der ihr gegenübersaß. Wieso hatte Miss Eunice sich nicht auf ihn fixiert? Er war älter als Jacob, wohnte in der Nähe, obgleich er sich nur selten zu Hause blicken ließ.

Beim Dessert gab Miss Vivian Geschichten aus alten Zeiten zum Besten, erzählte vom Angeln und von langen Wanderungen durch die Wälder und vom Schuleschwänzen.

Miss Eunice machte ein verständnisloses Gesicht, schien keine Ahnung zu haben, worüber sie redete. Sie fächelte sich mit der Serviette Kühlung zu, klagte über die unerträgliche Hitze und erklärte, die fremde Frau müsse sie verwechseln.

Miss Vivian legte die Gabel weg und wandte sich direkt an Miss Eunice. „Hast du deiner Familie die Geschichte erzählt, wie du dir angeblich den Knöchel verstaucht hast, damit mein Freund dich nach Hause trägt?"

Miss Eunice schnappte nach Luft. „Ich habe keine Ahnung, wovon Sie reden."

Vivian lachte. „Komm schon, Eunice. Ich kenne dich seit über sechzig Jahren, und du verrätst dich beim Lügen mit den gleichen Gesten genau wie damals. Du trommelst mit den Fingern, dein rechtes Augenlid fängt an zu zucken, und du neigst den Kopf seitlich." Miss Vivian wandte sich an Daisy und blickte ihr unverwandt in die Augen. „Haben Sie nicht bemerkt, dass sie lügt? Eunice ist völlig klar im Kopf, sie hat ihr Gedächtnis nicht verloren."

Plötzlich herrschte Stille am Tisch. Alle Augen waren auf Eunice gerichtet. Es war so still, dass man eine Stecknadel hätte fallen hören. Dann räusperte Caleb sich, Lily schlug sich die Hand vor den Mund und hauchte fassungslos: „Oh mein Gott!"

Jacob starrte seine Großmutter entgeistert an und versuchte, sich zu erinnern, wie oft er diese kleinen Gesten bei ihr gesehen hatte. Er wollte diese Anschuldigungen als Gehässigkeiten einer verbitterten alten Frau abtun, hätte er das Mienenspiel seiner Großmutter nicht beobachtet.

Ihr Gesichtsausdruck spiegelte Betroffenheit. Entsetzen. Schuld. Scham. Dieses Wechselspiel dauerte nicht lange. Um Fassung ringend, beharrte sie darauf, nicht zu wissen, wovon die Frau rede, doch es war zu spät für Unschuldsbeteuerungen. Ihr rechtes Augenlid zuckte, sie versuchte eine Sekunde zu spät, das seitliche Neigen des Kopfes zu korrigieren und umklammerte die Armlehnen ihres Rollstuhls, um nicht mit den Fingern zu trommeln.

„Miss Eunice?", stammelte Daisy kreidebleich. „Haben Sie wirklich … die ganze Zeit … oh mein Gott … jetzt ergibt alles einen schrecklichen Sinn …" Die Stimme versagte ihr, Tränen stiegen ihr in die Augen. Sie sprang auf und stürmte aus dem Zimmer. Lily folgte ihr.

Jacob wollte hinterher, besann sich jedoch. Daisy wollte mit Sicherheit im Moment nichts mit ihm zu tun haben.

Maddys Blick irrte fassungslos von ihrem Ehemann zur Schwiegermutter und dann zur Matriarchin, bevor auch sie aufsprang. „Du hast die ganze Zeit nur so getan, als erkennst du mich nicht! Wenn du mich mit dem Dienstmädchen oder der

Schneiderin verwechselt hast, wolltest du mich nur kränken und dich über mich lustig machen! Wie abscheulich!" Wütend warf sie die Serviette auf den Tisch und stürmte hocherhobenen Hauptes aus dem Zimmer. Ben warf seiner Großmutter einen vernichtenden Blick zu und eilte ihr nach.

„Wie konntest du nur, Mum!" Jim Tasker schüttelte traurig den Kopf.

Hätte Eunice nur die leiseste Ahnung gehabt, dass die Bombe platzen würde, hätte sie die peinliche Situation in den Griff bekommen. So aber saß sie zusammengesunken in ihrem Rollstuhl, fand kein Wort der Verteidigung, spielte nicht länger die Ahnungslose, die nicht wusste, worum es ging. Ihr Spiel war durchschaut, sie war entlarvt. Die alte Dame war keineswegs geistig verwirrt, sie war rücksichtslos wie eh und je.

Susan legte die flachen Hände auf den Tisch und straffte die Schultern. Von einer Sekunde zur nächsten legte sie die Rolle der Gastgeberin ab und verwandelte sich in die Managerin des Familienunternehmens. Ein Fels in der Brandung. „Diese Enthüllungen sind erschütternd, das ist nicht zu leugnen. Dennoch findet das Familientreffen statt. Dieser peinliche Vorfall ändert nichts daran und bleibt unter uns. Kein Außenstehender erfährt davon ..."

Jacob stand endlich auf. „Ich nehme nicht daran teil." Und ohne weitere Erklärung verließ auch er das Zimmer.

Er sehnte sich nur nach seinem unkomplizierten Leben, erfüllt von Arbeit und nichts sonst. Er wünschte sich einen geregelten Tagesablauf, Übersicht und Kontrolle über vorhersehbare Ereignisse.

Aber am heftigsten sehnte er sich nach Daisy, doch nach dieser ... arglistigen Täuschung befürchtete er, sie würde nie wieder mit einem Tasker reden.

Und das könnte er ihr nicht verdenken.

„Du böser alter Drachen", zischte Eunice wütend, als Vivian aufstand und sich ihr näherte. „Wie kannst du es wagen, in mein Haus zu kommen und dich in Familienangelegenheiten einzumischen? Begreifst du eigentlich, was du angerichtet hast? Du hast alles zerstört."

Die verbliebenen Anwesenden schenkten ihr keine Beachtung, während sie über eine Schadensbegrenzung diskutierten. Eunice hingegen sah nicht ein, dass sie etwas verbrochen hatte. Sie hatte sich lediglich darum bemüht, Jacob und Daisy wieder zusammenzubringen. Was war schlimm daran?

Susan trat an Jims Seite und legte ihm die Hand auf die Schulter. Er tätschelte die Hand seiner Frau. Seltsam, so innig hatte Eunice das Paar nie gesehen. Grundgütiger, sie waren so verschieden, so unvollkommen … und dennoch liebten sie einander. Vielleicht hatte ihr Sohn doch nicht alles im Leben falsch gemacht.

Jim und Susan, sogar Caleb sprachen über das Familientreffen, über Doc Porter und die anderen, die tief gekränkt und empört aus dem Esszimmer geflohen waren.

Eunice hatte nur einer Person gegenüber ein schlechtes Gewissen: Daisy.

„Was *ich* angerichtet habe?", wiederholte Vivian ihre Worte. „Ich habe lediglich die Wahrheit gesagt. Aber du kannst ja nicht zwischen Wahrheit und Lüge unterscheiden, selbst wenn man dich mit deinem breiten Hintern draufstoßen würde."

Eunice blieb die Luft weg. Wie konnte diese unverschämte Person es wagen, all ihre Pläne über den Haufen zu werfen und sie auch noch zu beleidigen? Sie suchte nach einer schneidenden Zurechtweisung, fand aber keine Worte. Sie hatte keine Zeit gehabt, sich einen Plan zurechtzulegen, die richtigen Argumente zu formulieren.

„Du bist es doch, die deine Familie belogen hat, Eunice", fuhr Vivian fort. „Du hast dir wieder einmal ein Lügengespinst zurechtgelegt, um dein Ziel zu erreichen." Vivian beugte sich über sie und griff nach den Armlehnen ihres Rollstuhls. „Brauchst du dieses Ding eigentlich? Ich befürchte, der dient dir nur dazu, das Mitleid deiner Familie zu erwecken. Wahrscheinlich bist du noch gut zu Fuß und schleichst dich nachts durchs Haus, wenn dich niemand sieht …"

„Verdammt noch mal, ich bin auf dieses Ding angewiesen …"

Vivian trat hinter den Rollstuhl und schob ihn mit einem Ruck vom Tisch weg. Eunice umklammerte die Armlehnen und stieß einen schwachen Hilferuf aus. Vivian, ihre älteste Freundin, ihre Rivalin, wandte sich an Susan.

„Wenn es Ihnen recht ist, bringe ich sie auf ihr Zimmer. Sie haben viel zu besprechen, und Eunice wird Ihnen in Anbetracht der Umstände keine große Hilfe sein."

Susan nickte zustimmend, lieferte ihre Schwiegermutter bedenkenlos dieser fremden Frau aus. Panik stieg in Eunice auf. Die hasserfüllte Person, die alles zerstört hatte, könnte sie die Treppe hinunterstoßen oder in einem abgelegenen Flur abstellen. Sie umklammerte verzweifelt die Armlehnen des Rollstuhls. Zum ersten Mal seit sehr langer Zeit war sie nicht Herr der Situation.

„Welche Richtung?", fragte Vivian, während sie den Rollstuhl in den breiten Flur schob.

Eunice wies mit zitternder Hand nach links, befürchtete, Vivian würde aus Bosheit die andere Richtung einschlagen, was jedoch nicht geschah.

Vivian schob den Rollstuhl langsam durch den Korridor. Sie seufzte. „Wäre ich in der glücklichen Lage, eine Familie zu haben, würde ich sie niemals belügen", sagte sie. „Du solltest dich schämen."

Dieser Vorwurf schmerzte, aber Eunice war nach wie vor der Meinung, richtig gehandelt zu haben. Jacob brauchte Daisy. Hätte sie sich diese Lügengeschichte nicht ausgedacht, wäre er immer noch in San Francisco. Rechtfertigte ein gutes Ende nicht die Wahl der Mittel? Aber darüber wollte sie nicht mit dieser aufdringlichen Person diskutieren. „Irgendwo hast du doch auch Verwandte."

„Nein." In Vivians Stimme schwang Trauer. „Frank und ich hatten keine Kinder. Ich hatte zwei Fehlgeburten, und danach wurde ich nicht mehr schwanger. Irgendwo leben noch ein paar Neffen und Nichten, aber wir hatten nie Kontakt. Wahrscheinlich wissen sie gar nicht, dass ich noch lebe."

„Das tut mir leid", sagte Eunice. „Ich habe drei Babys verloren ... zwei Totgeburten vor Jim, und das dritte starb wenige Tage nach der Geburt, damals war Jim drei Jahre alt." Es wäre tröstlich gewesen, den Rückhalt einer Freundin in dieser schweren Zeit gehabt zu haben. Und sie fragte sich, ob Vivian den Zuspruch einer Freundin gehabt hatte, als sie ihre Babys verlor.

Eunice hatte ihre beste Freundin verloren, als sie ihr den Freund abspenstig gemacht hatte. Die Vergangenheit stand trennend zwischen ihnen. „Ich habe Charles aufrichtig geliebt", flüsterte Eunice. „Mehr, als du dir denken kannst."

„Ich weiß." Vivian zog die Bremse am Rollstuhl an und setzte sich Eunice gegenüber auf einen Stuhl im Korridor. Nun blickte Eunice ihrer einstigen Freundin direkt in die Augen. Vivians zerfurchtes Gesicht zeugte von Mühsal und harter Arbeit, aber ihre Augen leuchteten wach und voller Zuversicht. „Aber er war mein Freund, und du hast ihn mir weggenommen."

„Ich glaube, er ist nie ganz über dich hinweggekommen, wenn dich das tröstet."

Vivian lächelte dünn. „Ja, das tröstet mich ein wenig."

„Das heißt nicht, dass er *mich* nicht geliebt hat", sah Eunice sich gezwungen hinzuzufügen.

Vivian wischte ihre Bemerkung mit einer wegwerfenden Handbewegung beiseite. „Über die Vergangenheit können wir später reden, wenn du unbedingt willst. Wichtiger ist jetzt zu überlegen, wie wir dieses Desaster ausbügeln, das du angerichtet hast."

„Darf ich dich darauf hinweisen, dass es nichts auszubügeln gäbe, wenn du deinen Mund gehalten hättest?", widersprach Eunice aufgebracht.

„Du darfst, aber du irrst dich. Dein lächerlicher Plan hätte nicht funktioniert."

„Wieso nicht?"

„Auf der Fahrt hat Daisy mir erzählt, dass sie nach Atlanta zu ihrer Schwester zieht. War das dein Plan?"

Eunice zog die Mundwinkel nach unten. „Nein."

„Das dachte ich mir. Daisy ist bis über beide Ohren in deinen Enkelsohn verliebt, und er ist verrückt nach ihr. Wir dürfen nicht zulassen, dass sie sich trennen wegen der verfahrenen Situation, die du heraufbeschworen hast."

„Wir?"

Vivian seufzte. „Vielleicht hätte ich meinen Mund halten sollen, aber dein Schmierentheater war so durchschaubar, dass ich nicht anders konnte."

„Alle anderen haben mir geglaubt."

„Niemand kennt dich so gut wie ich." Vivian stand auf und löste die Bremse des Rollstuhls. „Dein Zimmer?"

Eunice wies ihr den Weg. Bevor sie das Zimmer erreichten, kam Lurlene aus einem Seitenflur, so schnell ihre alten Beine sie trugen.

„Gott sei Dank, Lurlene", erklärte Eunice dramatisch.

Vivian nahm seufzend die Hände vom Rollstuhl.

Eunice fing Lurlenes resignierten Blick auf. Eigentlich sollte sie Vivian aus dem Haus werfen lassen. Andererseits hatte sie nicht mehr viele Freunde. Und eine bessere Freundin als Vivian hatte sie nie gehabt, und keiner ihrer Bekannten würde es je wagen, ihr zu widersprechen.

„Heute Abend brauche ich sechs Kirschpralinen, Lurlene, drei für mich und drei für meine Freundin. Vivian, möchtest du eine Tasse Kaffee oder Tee?"

Nach kurzem Zögern antwortete Vivian: „Gerne, Kaffee mit Sahne und Zucker, bitte."

Lurlene nickte und zog sich zurück.

Als die beiden alten Damen im Zimmer saßen, ergriff Eunice wieder das Wort. „Wie können wir die Situation retten?"

Daisy rannte. Aus dem Esszimmer, aus dem Haus. Sie rannte blindlings drauflos, ohne zu wissen, wohin. Irgendwann bemerkte sie, dass Lily hinter ihr war, ohne sie einzuholen. Lily wollte nur in ihrer Nähe sein.

Daisy wusste, dass sie ihrer Schwester in die Arme laufen und ihr Herz ausschütten, sich ihre Ängste, ihren Zorn, ihre

Frustration von der Seele reden könnte. Aber sie war unfähig zu reden ... musste einfach weiterlaufen. Sie rannte eine leichte Anhöhe hinauf, den Bäumen entgegen, die sich dunkel gegen das prächtige Farbenspiel des Abendhimmels in der sinkenden Sonne abhoben.

An einer alten ausladenden Eiche machte sie halt, völlig außer Atem mit zitternden Knien. Sie legte die flachen Hände an den mächtigen Stamm, ihr Magen drohte sich umzudrehen, sie würgte, das Herz hämmerte stechend in ihrer Brust.

Wie konnte sie nur so dumm gewesen sein! Eine leichtgläubige Idiotin. Sie hasste alle Taskers, wollte nie wieder etwas mit diesen abscheulichen Menschen zu tun haben.

Lily legte ihr tröstend die Hand an den Rücken, und mit dieser Berührung brach der Damm, die Tränen waren nicht mehr aufzuhalten. Tränen der Wut und Verzweiflung.

Diese Stadt zu verlassen erschien ihr reizvoller denn je. Reizvoll? Zum Teufel, es war dringend nötig, lieber heute als morgen.

Und dann stellte Lily die Frage, die Daisy zu zerfressen drohte. „Denkst du, Jacob wusste es die ganze Zeit?"

Das war ihre größte Angst, dass Jacob von Anfang an, als er ihren Frisiersalon betrat, ein falsches Spiel mit ihr getrieben hatte. Aber sie hatte sein entsetztes Gesicht gesehen, als Miss Vivian die Bombe hatte platzen lassen.

„Nein", schluchzte sie. „Ich glaube nicht, dass er davon wusste. Miss Eunice hat alle belogen, um ihn zu nötigen, nach Hause zu kommen, und dann log sie weiter, um eine Heirat zwischen uns zu erzwingen." Wenn sie auch nur eine Sekunde glaubte, er wäre der Komplize seiner Großmutter, würde sie sich nie davon erholen, nie wieder einem Menschen glauben können. „Wie weit hätte sie dieses schändliche Spiel wohl getrieben?"

„Bis zum bitteren Ende, fürchte ich", sagte Lily voller Abscheu.

Daisy lehnte den Rücken gegen den Baumstamm und rutschte nach unten. Sie hatte keine Kraft mehr, sich auf den Beinen zu halten, so schlotterten ihr die Knie. Wütend wischte sie sich die Tränen von den Wangen.

Sie musste wieder Kraft finden, nicht nur, um sich auf den Beinen zu halten. Sie musste die Kraft finden, ein neues Leben zu beginnen, sich von Jacob zu verabschieden und von allem, was ihr vertraut war.

Lily setzte sich im Schneidersitz vor Daisy hin und legte ihr die Hände auf die Schultern. „Du darfst durch die Intrige einer alten Hexe nicht in Panik verfallen."

„Wieso denkst du, ich …"

„Du bist kreidebleich, deine Hände zittern, du heulst und läufst blindlings durch die Gegend. Falls du es nicht bemerkt hast, wir sitzen hier mitten in der Wildnis."

Daisy sah Lily im schwindenden Licht der Abenddämmerung lange an. „Ich bin nicht so stark wie du."

„Blödsinn!", widersprach Lily heftig. „Du bist stärker als wir alle. Du hast Mari und mir Rückhalt gegeben. Es gab eine Zeit, da habe ich dich direkt gehasst, weil du so verdammt perfekt bist."

Daisy gab einen verächtlichen Laut von sich. Sie war alles andere als perfekt.

„Aber es stimmt", erwiderte Lily aufbrausend. „Du hast alles für uns aufgegeben, glaub bloß nicht, dass uns das nicht bewusst ist. Nach Moms und Dads Tod hast du dich rührend um uns gekümmert, wir haben nichts entbehrt, du hast uns liebevoll großgezogen. Wir waren eine glückliche Familie, das haben wir nur dir zu verdanken. Das nenne ich Stärke, Daisy."

Die beiden Schwestern fielen sich in die Arme und hielten sich lange umschlungen. „Du bist der stärkste Mensch, der mir je begegnet ist", flüsterte Lily.

In der Ferne hörten sie, wie Jacob laut Daisys Namen rief.

Ihr Auto stand noch in der Auffahrt, aber wo war Daisy? Jacob machte eine Runde ums Haus. Sobald die Nacht hereinbrach, würde die Suche beschwerlich sein. Schlimmer noch, sie könnte sich im Wald verirren. Er suchte im Blumengarten. Nichts.

Das Entsetzen in ihrem Gesicht, als ihr die Wahrheit dämmerte, hatte ihm beinahe das Herz zerrissen. Und es war seine Schuld. Er hatte sie zwar nicht belogen, hatte sie nicht kränken wollen, aber er hatte sie dazu überredet, diese Farce mitzumachen. Wohin konnte sie nur gerannt sein?

Weit konnte sie noch nicht sein. Ruhelos suchte er die nähere Umgebung ab. Vergeblich! Er rief laut ihren Namen in die zunehmende Dämmerung. Würde sie sein Rufen hören und umkehren oder noch weiter vor ihm fliehen?

Jacob war beschämt und wütend, und er fühlte sich betrogen. Was mochte in Daisy vorgehen? Ähnliche und schlimmere Empfindungen.

Wenn sie ihn nicht schon gehasst hatte, so hasste sie ihn jetzt. Obwohl er nichts von dem falschen Spiel seiner Großmutter gewusst hatte und sie dafür verurteilte … er war ein Tasker. Und das Oberhaupt des Clans hatte Daisy schändlich hinters Licht geführt.

Seine Besorgnis wuchs von Minute zu Minute. Doch dann nahm er in der Ferne eine Bewegung wahr. Endlich! Zwei Frauengestalten näherten sich aus westlicher Richtung. Sie schienen es nicht eilig zu haben. Der Dunst bildete einen weichen Pastellhintergrund. Ihre Röcke flatterten in der sanften Abendbrise, als sie sich langsam dem Haus näherten. Als sie ihn entdeckten, nahm Lily ihre Schwester bei der Hand.

Sie wollte Daisy Schutz und Trost geben.

Jacob war froh, dass Daisy sich gut mit ihren Schwestern verstand, die immer füreinander da sein würden. Er wünschte derjenige zu sein, der sie tröstete, wünschte, ihre Hand in schweren und auch in guten Zeiten halten zu dürfen.

Im Näherkommen schoss Lily giftige Blicke in Jacobs Richtung. Daisy beugte sich zu ihr und flüsterte etwas, worauf Lily widerstrebend ihre Hand losließ und sich den Verandastufen näherte. Als sie an Jacob vorbeikam, zischte sie ihm zu: „Addams Familie."

Er nahm den Vergleich mit der schrecklichen Fernseh-Familie wortlos hin, sie hatte jedes Recht, wütend zu sein.

„Es tut mir unendlich leid", sagte er, als er mit Daisy allein war. „Ich hatte nicht die geringste Ahnung, was Grandma im Schilde führt."

„Ich weiß", erwiderte Daisy leise. „Alle bei Tisch waren bestürzt. Deine Großmutter hat sich diesen schändlichen Plan alleine ausgedacht. Möglicherweise ist sie tatsächlich krank, nur auf andere Weise, als sie uns allen vorgespielt hat."

„Mag sein. Ich persönlich halte sie für einen unverbesserlichen Kontrollfreak. Immer müssen alle nach ihrer Pfeife tanzen, stets will sie ihren Kopf durchsetzen, koste es was es wolle." Sein Urteil klang scharf und verächtlich.

Daisy nickte. „Vermutlich hast du recht. Mir wäre allerdings lieber, eine Frau, die ich einmal bewundert habe, wäre krank und nicht grausam und manipulierend. Auch wenn die Beweise gegen sie sprechen", sagte sie leise, hob zögernd den Kopf und blickte ihm in die Augen. „Wirst du zum Familientreffen bleiben?"

„Ich glaube nicht." Er näherte sich ihr, sah jedoch, wie sie sich anspannte, und blieb stehen. Wegen seiner Familie blieb er nicht. Er würde ihretwegen bleiben, wenn sie ihn darum bat. Wie standen seine Chancen, dass sie diese Bitte aussprach? Null zu nichts.

„Ich habe zwar keinen Beweis, befürchte aber, deine Großmutter steckt hinter dem Ankauf der Häuserzeile in Bell Grove."

Wenn Ted seinen Job richtig machte, würde er es bald wissen. „Das vermute ich auch. Wer auch immer dahintersteckt, ich bringe es in Ordnung. Ich mache den Kauf rückgängig, bevor …"

„Lass es!", fiel Daisy ihm scharf ins Wort. „Martin will in den Ruhestand gehen und macht ein gutes Geschäft damit. Im Übrigen bleibe ich auf keinen Fall hier."

Ihre Worte versetzten ihm einen Stich ins Herz. Bell Grove ohne Daisy hatte jeden Reiz verloren. Aber er hatte kein Recht, ihre Meinung ändern zu wollen. „Ziehst du nach Atlanta zu Lily?"

Sie nickte. „Sobald ich den Salon und die Werkstatt geräumt und den Vertrag für den Verkauf des Hauses unterzeichnet habe und … Na ja, es sind noch tausend Kleinigkeiten zu erledigen."

Sie wirkte schutzlos und traurig. Jacob hatte nicht den Eindruck, sie gehe gerne aus Bell Grove fort. Sie wurde aus der Stadt vertrieben. Seine Mutter hatte recht gehabt. Er hatte zu lange gezögert, hatte die Wahrheit nicht erkannt. Er liebte sie noch immer. Anders, als er sie vor Jahren geliebt hatte, anders, als er erklären konnte. Zu spät.

Vielleicht nicht zu spät. Wenn Daisy wüsste, dass er sie noch immer liebte, dass er alles für sie tun würde …

„Daisy, ich …", begann er.

Lily stürmte aus dem Haus. „Ihr werdet es nicht glauben! Miss Vivian und diese Irre plaudern miteinander wie alte Freundinnen. Und die Irre sagt, sie lässt ihre Freundin später heimbringen."

„Ist Miss Vivian damit einverstanden?", fragte Daisy besorgt.

„Und ob. Die beiden fühlen sich pudelwohl, glaub mir." Lily lief an Jacob vorbei, ohne Notiz von ihm zu nehmen. „Komm, lass uns endlich verschwinden."

Daisy nickte, und Jacob sah zu, wie sie ins Auto stieg. Lily klemmte sich hinter das Steuer. Gut, dachte Jacob, in ihrem aufgewühlten Zustand sollte Daisy nicht fahren. Der Wagen fuhr rückwärts aus der Parklücke, und Daisy drehte nicht einmal den Kopf in seine Richtung.

Jacob blickte den Rücklichtern nach, bis sie verschwunden waren. Frustration und Zorn wuchsen von einer Sekunde zur nächsten. Er musste etwas tun, um die verfahrene Situation zu retten … aber was?

Er sah sich wieder auf den Nullpunkt zurückgeworfen. Er würde die Stadt ohne Daisy verlassen. Und diesmal würde sie ohne ihn in eine andere Stadt ziehen.

Am Samstag stellten die Kundinnen im Frisiersalon Fragen nach Daisys bevorstehendem Umzug. Daisy beantwortete sie freundlich lächelnd und versicherte, dass es ihr Wunsch sei, sich zu verändern und einen Neubeginn in Atlanta zu wagen. Mit keinem Wort erwähnte sie die fristlose Kündigung, auch nicht die Lügen einer alten Frau, die ihren Willen durchsetzen wollte. Und schon gar nicht, dass Jacob ihr erneut das Herz gebrochen hatte. Stattdessen sprach sie begeistert von Konzert- und Theaterbesuchen und den großen Kaufhäusern in Atlanta, dass sie beabsichtige, dort einen Frisiersalon zu eröffnen. Viele Kundinnen versprachen, nach Atlanta zu fahren, um sich von ihr die Haare machen zu lassen.

Daisy fühlte sich geschmeichelt, und gelegentlich stiegen ihr Tränen der Rührung in die Augen, die sie heftig wegblinzelte. Selbst wenn es falsch war, aus sentimentalen Gründen an ihrem gewohnten Leben in Bell Grove zu hängen, hier hatte sie eine Menge Freunde und Bekannte, die ihr ans Herz gewachsen waren.

Es war Lily, die den Immobilienmakler anrief und einen Termin nach Geschäftsschluss vereinbarte. In Bell Grove verkauften sich Häuser nicht gerade wie geschnitten Brot, aber mit der Unterzeichnung des Vertrages kam wenigstens Bewegung in die Sache.

An Jacob dachte Daisy nur noch alle zehn Minuten, ein Fortschritt im Vergleich zur vergangenen schlaflosen Nacht.

Wut und Empörung hatten sich allmählich gelegt, während sie sich ruhelos im Bett herumwarf, und gegen Morgen war eigentlich nur Trauer geblieben. Natürlich auch Selbstvorwürfe, eine gutgläubige Idiotin gewesen zu sein, aber in erster Linie blieb Trauer.

Sie führte den Immobilienmakler durchs Haus, einen Mann in mittleren Jahren, der sich darin gefiel, schlechte Witze zum Besten zu geben. Er schlug eine Menge Veränderungen vor, um das Objekt für Interessenten attraktiver zu gestalten. Neue Wandfarben, neue Armaturen in Bad und Küche, Fenster und Türen lackieren. Er hörte nicht auf, ihr einzureden, wie wichtig es sei, diese Renovierungen vorzunehmen, um einen höheren Preis zu erzielen.

In ihrem Schlafzimmer redete er wieder von einem neuen Anstrich. Daisy konnte sich keine neue Farbe an den Wänden vorstellen. Stattdessen sah sie Jacob in ihrem Bett, sah sich mit ihm nachts bei leiser Musik eng umschlungen tanzen. Energisch verdrängte sie ihre sehnsüchtigen Gedanken. Es würde Wochen, vielleicht Monate dauern, um all die Veränderungen vorzunehmen. Sie wollte diesen quälenden Zustand nicht länger hinauszögern als unbedingt nötig.

Seit dem Tod ihrer Eltern hatte sie so gut wie nichts in dem Haus verändert. Die neuen Besitzer sollten es nach ihren Wünschen gestalten.

„Bieten Sie das Haus an, wie es ist", sagte sie, als sie mit dem Mann am Küchentisch saß mit einem Stapel Papieren vor sich.

„Aber Sie erzielen einen wesentlich höheren …"

„Das interessiert mich nicht", unterbrach sie ihn schroff, mit ihrer Geduld am Ende. Sie wollte die Sache hinter sich bringen. Eine grässliche Vorstellung, jedes Wochenende hier mit Farbe und Pinsel zu hantieren. Nein, sie wollte alle Erinnerungen loswerden, die guten wie die schlechten. „Setzen Sie den Preis fest und bringen Sie das Haus auf den Markt."

Er schüttelte resigniert den Kopf und schob ihr die Papiere hin. Sie unterzeichnete und blinzelte lästige Tränen fort.

Jacob war daran gewöhnt, in Hotels zu übernachten, doch das Zimmer, in dem er am Samstagmorgen erwachte, entsprach nicht seinem Standard. Das Bett war hart, der Verkehr der nahen Autobahn rauschte unentwegt, durch die dünnen Wände drangen Geräusche eines laufenden Fernsehers und Gesprächsfetzen. Er hatte das Hotel gewählt, weil es zwischen Bell Grove und Atlanta lag. Am liebsten wäre er aus dem Bett gesprungen und nach Atlanta gefahren, um die nächste Maschine nach San Francisco zu erreichen.

Er besann sich und dachte nach. Es wäre feige, wegzulaufen, sich in Arbeit zu stürzen und einen Schlussstrich zu ziehen. Daisy war es wert, um sie zu kämpfen. Das war ihm völlig klar. Allerdings war ihm keineswegs klar, ob er sie gewinnen könnte. Wenn er den Versuch allerdings nicht wagte, würde er es sein ganzes Leben lang bedauern.

Er wollte nicht ohne Daisy nach San Francisco zurück, er musste um sie kämpfen. Das Leben, das er in den letzten sieben Jahren geführt hatte, seine Karriere, das große Geld, die weiten

Reisen, der Erfolg, das alles hatte seinen Reiz verloren. Im Rückblick erschien ihm dieses Leben unerfüllt und leer.

Daisy hatte ihre Schwestern und tausend Freunde, die für sie da waren, wenn sie gebraucht wurden. Was immer auch in diesen letzten Wochen geschehen war, er wollte sie nicht wieder verlieren. Diesmal wäre die Trennung schmerzlicher als beim ersten Mal, und sie wäre endgültig.

Jacob sprang aus dem Bett, ging unter die Dusche und zog sich an. Nach dem Frühstück setzte er sich an den schäbigen Plastikschreibtisch und beantwortete einige E-Mails.

Als Ted am Nachmittag anrief, war Jacob nicht verblüfft zu erfahren, dass Grandma Eunice den Gebäudekomplex in Bell Grove gekauft hatte. Und er, der Idiot, hatte sich die ganze Zeit Sorgen um ihren Geisteszustand gemacht …

„Danke, Ted." Jacob fuhr sich nervös mit den Fingern durchs Haar, unschlüssig, was er tun sollte. Normalerweise wusste er genau, was zu tun war, allerdings im Geschäftsleben, nicht im Privatleben. Sein eintöniges Privatleben stellte keine großen Forderungen an ihn, keine persönlichen Entscheidungen.

Bevor er auflegte, sagte er: „Ach ja, Ted, da wäre noch etwas …"

Eunice saß an ihrem Lieblingsplatz am Fenster und schaute in den strahlenden Sommertag, in der stillen Hoffnung, Jacobs Mietwagen die lange Auffahrt herankommen zu sehen. Vergeblich!

Er hasste sie, was sie ihm nicht verdenken konnte. Aber wieso konnte er nicht verstehen, dass sie in bester Absicht gehandelt hatte? Würde er ihr je Gelegenheit geben, ihm alles zu erklären? Würde er ihr verzeihen?

Nach dem Lunch bemerkte sie in der Ferne eine Staubwolke. Mit verengten Augen spähte sie in die Ferne, schickte ein Stoßgebet zum Himmel, Jacob möge nach Hause kommen und alles werde wieder gut. Aber schließlich erkannten ihre müden Augen einen uralten Pick-up. Die Klapperkiste fuhr Schlangenlinien, kam immer wieder von der Straße ab und riss Erdreich und Steine hoch.

Ein Betrunkener, dachte Eunice, der sich verfahren hatte. Und dann hielt der verrostete Pick-up vor dem Haus.

Der Motor wurde stotternd abgestellt, die quietschende Fahrertür geöffnet, und – Überraschung – Vivian kletterte vom Fahrersitz.

Ein Stich der Eifersucht durchbohrte Eunice, weil ihre alte Freundin noch so gelenkig war und auch noch fahren konnte. Zugleich empörte sie sich, dass eine so schlechte Fahrerin sich hinters Steuer setzen durfte. Eine Gefahr für sich und andere!

Dann sprang ein brauner struppiger Hund aus dem Auto. Eunice war entsetzt. Diese Flohfalle hatte nichts in ihrem Haus zu suchen!

Sie hörte die Klingel, rollte vom Fenster weg und spielte die Überraschte, als Lurlene anklopfte und Besuch ankündigte.

Der Hund folgte Vivian ins Zimmer, rannte schnurstracks zu Eunice und sprang ihr auf den Schoß.

„Oh Gott, oh Gott!" Eunice versuchte vergeblich, das Gesicht abzuwenden und sich vor seiner schlabbernden Zunge zu retten.

„Nimm ihn weg! Nimm dieses Vieh weg!"

„Hab dich nicht so", sagte Vivian schmunzelnd. „Buster ist ein sehr freundlicher Hund. Im Übrigen kannst du froh sein, dass dich überhaupt noch jemand mag."

Vivian nahm ihr seelenruhig den Hund ab, der sie augenblicklich mit seinen Liebesbezeugungen bedachte.

„Was ist das überhaupt für eine Rasse?", fragte Eunice abfällig.

„Ein Straßenköter."

„Aha!"

„Hör auf, die Nase zu rümpfen. Er hat einen liebenswürdigen Charakter, und nur das zählt. Vergiss endlich mal deinen Dünkel, Eunice." Vivian setzte sich aufs Bett und den Hund neben sich.

Eunice verkniff sich den Befehl, sie solle diesen *Köter* gefälligst von ihrer Bettdecke nehmen. Aber der Schaden war bereits angerichtet, das Vieh machte keine Anstalten, noch mehr Unheil anzurichten, also schwieg sie.

„Hast du dich bei Jacob entschuldigt?", fragte Vivian.

Eunice' Lippen wurden schmal. „Nein. Er hat gestern Abend das Haus verlassen, ohne sich zu verabschieden, und an sein Handy geht er nicht."

„Hast du Daisy angerufen?"

Eunice nestelte nervös an ihrer Bluse. „Nein. Ich … was soll ich denn sagen? Wie soll ich ihr am Telefon erklären, was und aus welchem Grund ich es getan habe? Sie wird mir nicht glauben, dass ich es nur gut gemeint habe."

„Du könntest sagen, dass es dir leidtut."

Solche Worte waren Eunice fremd.

„Überwinde dich endlich, die Wahrheit zu sagen. Beweis deiner Familie, dass du im hohen Alter an Einsicht und Weisheit gewonnen hast", riet Vivian ungerührt.

Niemand sprach in diesem Ton mit Eunice Tasker! Sie sollte Vivian und ihren Köter aus dem Haus werfen lassen. Andererseits war sie froh, ihre alte Freundin wiedergefunden zu haben, die auch früher jedem unverblümt ihre Meinung gesagt hatte. Hätte Eunice sich vor Jahren dazu überwinden können, sich bei Vivian zu entschuldigen, wäre ihre Freundschaft nicht in die Brüche gegangen.

„Das fällt mir sehr schwer."

Vivian gab einen verächtlichen Laut von sich. Wenig damenhaft! „Weißt du eigentlich, wie schwer es ist, wirklich unter Demenz zu leiden? Erinnerst du dich an Jean aus unserer Schulklasse? Sie starb vor einem Jahr in geistiger Umnachtung, litt viele Jahre unter Demenz, erkannte niemanden mehr und war völlig auf die Pflege ihrer Familie angewiesen. Das nenne ich ein schweres Schicksal! Und du hast allen vorgespielt, dement zu sein, nur um deinen Willen durchzusetzen, ohne daran zu denken, was du deiner Familie damit antust."

Eunice verkniff sich eine schneidende Entgegnung. Sie erinnerte sich an Jean als hübsche junge Frau mit einem liebevollen Ehemann und einer Handvoll lebhafter Kinder. Plötzlich brannten ihr Tränen in den Augen.

„Ich wollte niemandem wehtun … darüber habe ich nicht nachgedacht … war es wirklich so schlimm?" Ihren Gedächtnisverlust vorzutäuschen, war Eunice nützlich erschienen und hatte ihr gelegentlich sogar Spaß gemacht. Aber die Vorstellung, wirklich an dieser Krankheit zu leiden, war grauenhaft.

„Sehr schlimm." Vivian streichelte das zottige Fell ihres Hundes und wandte den Blick ab. Das Schweigen war unerträglich.

„Du bleibst zum Dinner", erklärte Eunice, die sich wieder unter Kontrolle hatte.

Vivian sah sie mit gehobenen Brauen an. „Wie bitte?"

Eunice holte tief Luft. Grundgütiger, war das schwierig. „Vivian, würdest du bitte zum Dinner bleiben?"

„Ich weiß nicht. Ich fahre nicht gerne bei Nacht."

„Was ich gesehen habe, solltest du auch nicht bei Tag fahren", entgegnete Eunice spitz.

Vivian warf einen Blick zum Fenster hinüber. „Du hast mich kommen sehen und die Überraschte gespielt? Wieso?"

„Ich weiß nicht", gestand Eunice kleinlaut. War ihr das Lügen zur Gewohnheit geworden? „Vielleicht weil keiner wissen soll, dass ich ständig am Fenster sitze und beobachte, wie das Leben draußen vorbeizieht."

Vivian nickte. „Ich fahre nicht mehr oft. Und zugegeben, die alte Karre lässt sich nur noch schwer steuern."

„Ich bitte Caleb, mal nachzuschauen. Er kennt sich mit Autos aus. Jacob auch, aber er ist ja nicht hier." Sie räusperte sich. „Caleb kann dich später nach Hause bringen." Und mit leiser Stimme fügte sie hinzu: „Natürlich nur, wenn es dir recht ist."

„Einverstanden." Vivian beäugte den Rollstuhl. „Da ich schon mal hier bin, möchte ich ein paar Turnübungen mit dir machen."

„Turnübungen?", wiederholte Eunice bestürzt. „Ich mache keine Turnübungen."

Vivian hob wieder die Brauen. „Vermutlich sitzt du deswegen im Rollstuhl."

Der Straßenköter, Turnen, Entschuldigungen. Eunice freute sich, ihre alte Freundin wiedergefunden zu haben, befürchtete allerdings, dass nichts mehr so wäre wie früher. Turnen! Wie grauenvoll!

„Heute Nachmittag spielen die Braves", verkündete Vivian und trat an den Fernseher, den Eunice nur selten einschaltete. „Du hast doch Kabelanschluss, oder?"

Baseball? Welche Opfer musste sie noch bringen?

„Natürlich", bestätigte Eunice.

„Zwischen den Innings machen wir Gymnastik, und nach dem Spiel erledigen wir ein paar Telefonate."

So lästig Eunice der Gedanke auch war, sich bei Jacob und Daisy für ihr schändliches Verhalten zu entschuldigen, wusste sie, dass ihre alte Freundin, die vielleicht ihre neue Freundin wurde, recht hatte.

*N*achdem Lily sich verabschiedet hatte, trübte sich Daisys Stimmung mehr und mehr ein. Vergeblich bemühte sie sich, zuversichtlich in die Zukunft zu blicken, und begann, Dinge einzupacken, von denen sie sich nicht trennen wollte. Jeder Gegenstand, den sie zur Hand nahm, war mit Erinnerungen behaftet: die kitschige Porzellanfigur, die alle drei Schwestern von ihrem Taschengeld Mom zum Muttertag geschenkt hatten, die einen Ehrenplatz im Bücherregal erhalten hatte; die Vase mit dem Haarriss, die Lily als Vierjährige umgestoßen hatte, stand mit der Bruchstelle zur Wand, damit der Riss nicht zu sehen war; die Porzellankatze, die Mari so liebte, ein Erbstück ihrer Großmutter. Jede Schale, jeder Teller, jede bestickte Tischdecke war mit Erinnerungen verbunden.

Daisy brachte es nicht übers Herz, all diese wertlosen Schätze wegzuwerfen. Aber wohin mit dem ganzen Zeug?

Sie machte drei Stapel: mitnehmen – wegwerfen – für Mari oder Lily. Dann sortierte sie die Stapel um, machte neue Stapel, die sie wieder umsortierte. Irgendwann gab sie entmutigt auf. Mari und Lily mussten ihr helfen, die Entscheidungen zu treffen. Sie hockte auf dem Fußboden im Wohnzimmer mit drei gerahmten Fotos vor sich. Mari, Lily und Daisy als Babys. Davon wollte sie sich auf keinen Fall trennen.

Daisy horchte auf. Ein Wagen fuhr in ihre Einfahrt. Das Motorgeräusch kannte sie nicht. Wenn der Makler einem Interessenten das Haus zeigen wollte, dann hätte er vorher anrufen müssen. Ein Wohnzimmer voller Krimskrams und Umzugskartons war nicht gerade verkaufsfördernd.

Sie trat ans Fenster. Hinter ihrem Wagen parkte eine schwarze Limousine älteren Baujahrs, sorgsam gepflegt, der schwarze Lack und die Chromteile auf Hochglanz poliert.

Caleb Tasker stieg aus, und Daisys Herz machte einen ängstlichen Satz. Kam er in Jacobs Auftrag? Nein, es passte nicht zu ihm, andere vorzuschieben.

Caleb öffnete die hintere Wagentür, und Miss Vivian stieg aus, im Sonntagsstaat und ordentlich frisiert.

Hatte Miss Vivian Caleb gebeten, sie in die Stadt zu fahren? Dachte sie, Daisy würde weggehen, ohne sich von ihr zu verabschieden?

Die große Überraschung kam, als Caleb die Beifahrertür öffnete und der etwas ungelenken Eunice Tasker beim Aussteigen half.

Daisy wich vom Fenster zurück. Von allen Menschen, die sie im Moment nicht sehen wollte, kam Miss Eunice gleich hinter Jacob.

Es dauerte einige Zeit, bis es klingelte. Daisy blieb wie angewurzelt mitten im Zimmer stehen, wollte nicht öffnen, so wie sie den ganzen Tag nicht ans Telefon gegangen war.

Als es erneut klingelte, ging sie zögernd zur Tür mit dem Vorsatz, die ungebetenen Besucher auf der Veranda zu begrüßen und fortzuschicken.

„Gott sei Dank", ächzte Miss Eunice, als Daisy öffnete. „Ich muss mich dringend setzen."

Von Caleb und Vivian gestützt, wankte die alte Dame zum nächsten Sessel, in den sie stöhnend sank und die Augen schloss. Nachdem sie sich etwas erholt hatte, flog ihr unsteter Blick zu Daisy.

„Vivian bestand darauf, dass ich *gehe*", sagte sie vorwurfsvoll.

„Sie hat keine Kraft in den Beinen", erklärte Vivian.

„Das Gehen fällt mir sehr schwer", entgegnete Eunice gekränkt.

„Es wird nur schlimmer, wenn du dich nicht bewegst."

„Sie zwingt mich zu turnen, und ich musste mir *Baseball* anschauen", brummte Eunice griesgrämig.

„Die Übungen tun dir gut, und an Baseball wirst du dich gewöhnen."

Die alten Damen zankten sich wie Schulmädchen. Höchst merkwürdig. Und wieso zankten sie sich ausgerechnet *hier*?

„Was kann ich für Sie tun?", fragte Daisy höflich.

Eunice schaute zu ihrem Enkelsohn auf. „Warte bitte im Wagen."

Mit einem verlegenen Lächeln in Daisys Richtung machte Caleb sich schleunigst auf den Rückzug. Miss Eunice fixierte Daisy mit einem durchdringenden Blick.

„Ich bitte um Verzeihung!" Knapp, ohne jede Regung ausgesprochen.

Daisy wusste nicht, was sie darauf erwidern sollte, also schwieg sie.

„Für …", half ihr Vivian sanft auf die Sprünge.

„Für meine Einmischung, für meine Lügen und weil ich meine Nase in Dinge gesteckt habe, die mich nichts angehen." Sie sprudelte die Worte heraus wie auswendig gelernt. Um Verzeihung bitten, war eine völlig neue Erfahrung für Miss Eunice. Und dann holte sie Luft und fügte hinzu: „Aber das heißt nicht, dass ich mich geirrt habe. Du und Jacob, ihr habt immer noch Gefühle füreinander, und ohne mich hättet ihr das nie gewusst."

Ich will es nicht wissen.

„Sag ihr den Rest", drängte Vivian.

„Wenn du bleibst, überlasse ich dir die Geschäftsräume in der Stadt mietfrei."

„Eunice!"

„Gut, ich schenke sie dir. Ich überschreibe dir den gesamten Gebäudekomplex in Bell Grove, und du kannst damit tun und lassen, was du willst. Natürlich nur, wenn du bleibst. Ich hatte vor, den Kauf rückgängig zu machen, aber wie ich höre, ist das nicht in deinem Sinn."

Daisy schüttelte den Kopf. „Ich verlasse die Stadt. Nichts, was Sie sagen oder tun, wird meine Meinung ändern." Sie wollte von den Taskers nichts geschenkt bekommen. „Es ist mir einerlei, was Sie mit den Häusern machen." Den Gedanken, *meinetwegen ersticken Sie daran*, behielt sie für sich.

Und zu Miss Vivian, die offenbar an diesem lächerlichen Plan beteiligt war, sagte sie: „Keine Sorge, Miss Vivian, es gibt genügend freiwillige Helfer, die sich um Sie kümmern. Ich finde jemanden, der für Sie einkauft und Sie zum Arzt fährt."

„Ich kann selbst fahren."

Daisy schüttelte den Kopf. „Miss Vivian, ich habe gesehen, wie Sie Auto fahren. Ich finde eine bessere Lösung für Sie."

„Das wird nicht nötig sein", meldete Eunice sich barsch zu Wort. „Vivian zieht demnächst zu mir nach Tasker House."

„Kommt nicht infrage", grummelte Vivian.

Eunice ließ sich nicht beirren. „Lurlene kommt in die Jahre und muss entlastet werden. Wenn Vivian bei mir wohnt, hat Lurlene etwas mehr Freizeit. Und ich habe eine Gesellschafterin, die mich dazu anspornt, Dinge zu tun, die ich sonst nicht tue."

„Gymnastik zum Beispiel", warf Vivian ein.

„Und um Entschuldigung bitten", setzte Eunice hinzu. „Es gibt genügend Männer im Haus, die Auto fahren, um unschuldige Menschen nicht durch Vivians grässlichen Fahrstil in Gefahr zu bringen. Außerdem empfangen wir die Spiele der Braves in HD, die Vivian so gerne sieht ... wegen der knackigen Hintern der Spieler in den engen Hosen."

„Eunice!" Vivian wurde tatsächlich rot.

„Das stimmt doch. Außerdem gefällt mir die Vorstellung nicht, dass du mutterseelenallein in der Wildnis lebst."

„Ich bin nicht allein. Ich habe Buster."

Daisy fühlte sich nicht länger bemüßigt, die beiden Streithähne mit Samthandschuhen anzufassen. „Ich dachte, ihr zwei hasst euch!"

„Das ist vorbei", antwortete Vivian. „Das Leben ist zu kurz, um einander spinnefeind zu sein. Wir haben beide Fehler gemacht und uns versöhnt. Also, Schwamm drüber! Vergeben und vergessen."

Eunice wandte sich wieder an Daisy. „Willst du also bleiben?"

Daisy schüttelte den Kopf.

„Denken Sie darüber nach", bat Vivian. „Sie werden uns fehlen. Sie sind die Letzte der Bells, und das hat doch etwas zu bedeuten."

Eunice fixierte Daisy scharf und durchdringend. „Sag mir, dass du Jacob nicht liebst. Wenn du das übers Herz bringst, gehe ich und belästige dich nie wieder."

Daisy machte den Mund auf in der festen Absicht, die Worte auszusprechen, um Miss Eunice und sich selbst zu sagen, dass sie Jacob nicht liebte. Aber die Worte blieben ihr im Hals stecken, die Kehle war wie zugeschnürt.

Die alte Dame nickte zufrieden.

Vivian rief Caleb herbei, und gemeinsam hoben sie Eunice aus dem Sessel, begleiteten sie aus dem Haus und halfen ihr, in die Limousine zu steigen.

Daisy kümmerte sich nicht um die Unordnung im Haus und die halb gepackten Kartons. Sie setzte sich in den Schaukelstuhl auf der Veranda. In Atlanta würde sie diese Momente beschaulicher Stille vermissen. Atlanta war eine geschäftige Großstadt, die nie zur Ruhe kam. Aber sie wusste auch, dass sie die richtige Entscheidung getroffen hatte, obwohl sie sich widerstrebend eingestand, Jacob immer noch zu lieben. Das war auch der Grund, warum sie das Leben in der Großstadt ängstigte.

Jacob kehrte nach Tasker House zurück, begab sich in sein Zimmer, ohne die Familie zu begrüßen, und machte sich an die Arbeit. Zwischen Telefongesprächen und langen E-Mails holte er die Gitarre aus dem Kasten, wo sie sieben Jahre gelegen hatte. Er hatte keine Übung mehr, seine Finger waren steif, aber die Griffe beherrschte er noch einigermaßen.

Früher hatte er oft für Daisy gespielt, und sie hatte dazu gesungen, ebenso schlecht, wie er gespielt hatte, die richtige Tonhöhe nicht gefunden und den Text vergessen. Und dennoch hatten sie eine wunderschöne Zeit damit verbracht.

Als seine Fingerkuppen schmerzten, legte er die Gitarre in den Kasten zurück, griff in das schmale Fach mit den neuen Saiten und fand etwas, das er dort aufbewahrt hatte und beinahe vergessen hätte.

Es war fast dunkel, als er das Haus verließ und nach Bell Grove fuhr, um den wichtigsten Schritt in seinem Leben zu tun.

Daisy saß wie betäubt im Halbdunkel auf der Couch und starrte ins Leere, unfähig, Ordnung zu schaffen in dem Durcheinander halb gepackter Umzugskartons.

Das Haus war verkauft. Wesentlich schneller, als erwartet und zu einem weit höheren Preis, als sie zu hoffen gewagt hätte. Der Käufer hatte es nicht einmal der Mühe wert befunden, sich das Objekt anzusehen.

Und Jacob war mit Sicherheit wieder in Kalifornien, ging seiner gewohnten Arbeit nach, schob die unerquicklichen Vorkommnisse bei seinem Besuch in Tasker House weit von sich und würde sie bald vergessen. Sie hatte nicht einmal Gelegenheit gehabt, sich von ihm zu verabschieden. Hätte sie den Mut aufgebracht, ihm ihre wahren Gefühle zu gestehen?

Sinnlose Gedanken. Es war endgültig vorbei. Alles hatte in einer Katastrophe geendet …

Als sie den Wagen hörte, der in ihre Auffahrt einbog, setzte ihr Herzschlag einen Moment aus. Sie horchte auf. Jacobs Mietwagen. Was wollte er? Hatte er etwas vergessen? Seinen Rasierapparat? Die Zahnbürste? Sollte sie öffnen? Banalitäten schossen ihr wirr durch den Kopf.

Ihre Nerven waren zum Zerreißen gespannt, sie wartete reglos, aber die Türklingel blieb stumm.

Nach einer Ewigkeit drangen zaghafte Gitarrenklänge durch das geschlossene Fenster. Eine vage an Mariachimusik erinnernde Melodie. Schlecht gespielt.

Es dauerte eine Weile, bis sie aufsprang, losstürmte und die Haustür aufriss.

Auf den Verandastufen hockte Jacob in Jeans und T-Shirt, völlig versunken in seine stockend gespielte, musikalische Darbietung.

Beim Anblick seines zerzausten Haars, seiner breiten Schultern wurde Daisy von einer Flut der Gewissheit durchströmt. Überzeugung und Erleichterung und ein Gefühl der Verbundenheit, wie sie es lange Zeit nicht verspürt hatte.

Sein klägliches Spiel endete, und er stimmte eine andere Melodie an. Sie erkannte das Lied, obwohl jede zweite Note falsch war. Zu dieser Melodie hatten sie letzte Woche getanzt.

„Du hast früher schlecht gespielt, aber ich muss sagen, jetzt spielst du noch schlechter", sagte sie und näherte sich ihm.

„Ich weiß. Ich muss mehr üben." Er warf ihr einen Blick über die Schulter zu, der ihr das Herz weitete. „Ich muss wieder eine Menge Dinge lernen, die ich vernachlässigt habe."

Daisy setzte sich in einigem Abstand neben ihn auf die Stufe. Sie war nicht nur vor Miss Eunice' Lügengeschichten weggelaufen, nicht nur vor einem Leben, das eintönig geworden war, sie war auch vor Jacob geflohen. Sie hatte nie aufgehört, ihn zu lieben, und nun saß er vor ihrer Tür. Ihre erste Liebe. Ihre vergangene Liebe. Vielleicht ihre Zukunft?

Sie gab ihm und seiner Familie die ganze Schuld an diesem Fiasko, aber auch sie trug Schuld daran. Als sie den Namen Tasker gehört hatte, war sie felsenfest davon überzeugt gewesen, dass Jacob hinter dem Kauf des Häuserblocks in Bell Grove steckte. Sie hatte ihn verurteilt, ohne ihm die Gelegenheit einer Erklärung gegeben zu haben.

Sie hatte die Trennung herbeigeführt, bevor er ihr wieder das Herz brechen konnte. Sie hatte viel über ihr Leben und ihre Fehler nachgedacht. Und nach Miss Eunices Besuch hatte sie erkannt, dass ihr Leben zum Stillstand gekommen war, weil sie ihn verloren hatte. Sie hatte an ihrem Leben und ihren Erinnerungen gehangen, weil sie immer noch auf Jacob wartete. Das war ihr erst heute klar geworden.

„Frag mich noch einmal, ob ich mit dir nach San Francisco gehe", flüsterte sie. Diesmal würde sie Ja sagen und alles hinter sich lassen.

„Ich kann nicht", sagte er und legte die Gitarre beiseite.

Daisys Herz zerbrach in tausend Stücke. Er hatte ihr nicht verziehen, kein Vertrauen zu ihm gehabt zu haben und das Schlimmste von ihm zu denken. Was konnte sie anderes erwarten? Gott sei Dank ließ er sie nicht lange leiden.

„Ich gehe nicht nach San Francisco zurück. Jedenfalls nicht für lange Zeit. Aber ich fürchte, es gibt noch einiges zu regeln."

„Wovon redest du?"

„Ich habe meinen Job gekündigt." Jacob sah ihr zum ersten Mal direkt in die Augen, und ihr Herz schlug Purzelbäume. Sie liebte ihn. Sie konnte ihm sogar verzeihen, ein Tasker zu sein …

„Was hast du?"

„Na ja, ich versuchte zu kündigen. Ich habe den ganzen Tag am Telefon gehangen und durchgesetzt, dass ich als freier Mitarbeiter für die Firma arbeite. Als Berater. Das bedeutet, dass ich leben kann, wo ich will. Mein Boss ist nicht glücklich über diese Lösung, aber er wird damit leben müssen. Wir schaffen es."

Jacob klang gelassen und sachlich, und dann dämmerte ihr die Wahrheit. „Du hast mein Haus gekauft."

Jacob nickte. „So ist es. Ich habe auch das alte Hamilton-Haus gekauft. Wir brauchen ein Heim, Daisy, für uns beide. Aber ich dachte auch, dass du an diesem Haus hängst und deine Schwestern hier wohnen wollen, wenn sie zu Besuch kommen."

Das alte Hamilton-Haus war ein stattliches Herrenhaus im Kolonialstil am Stadtrand. Sie hatte dieses Haus immer bewundert, das wusste Jacob. Wieso hatte er das nicht vergessen?

„Ein Heim nur für uns beide?", wiederholte sie verdattert.

„Ich habe auch eine Wohnung in Buckhead gekauft. Das Hamilton-Haus muss renoviert werden, und das dauert eine Weile. Ich war mir nicht sicher, ob du lieber hier oder in Atlanta wohnen möchtest. Wir können leben, wo wir wollen, und wenn ich verreisen muss, begleitest du mich, wenn du möchtest. Du bist mir das Wichtigste im Leben, Daisy, und du kommst immer an erster Stelle. Das werde ich nie wieder vergessen."

Daisys Gedanken wirbelten wirr durcheinander. „Du hast ein Haus und eine Wohnung gekauft? Für *uns*?"

„Wenn du mich haben willst." Jacob holte eine kleine Samtschatulle aus dem Gitarrenkasten und ließ sich auf ein Knie nieder. Daisys Herz begann heftig zu schlagen. Das ging zu schnell! Sie war nicht bereit. Es war zu früh.

Sie atmete tief durch und bemühte sich, die Fassung zu bewahren. Nein, es war keineswegs zu früh. Es war höchste Zeit. Beide hatten lange genug gewartet.

Jacob öffnete die Schatulle und hielt sie ihr auf der flachen Hand hin. Ein klassisch geschliffener Diamant, in einen Goldreif gefasst, blitzte ihr entgegen. „Daisy Bell, ich liebe dich. Ich habe dich immer geliebt. Willst du mich heiraten?"

Ein Knoten schnürte ihr die Kehle zu, ihr Mund wurde trocken. Endlich brachte sie ein leises „Ja" über die Lippen.

Lächelnd steckte Jacob ihr den Ring an den Finger. „Hoffentlich gefällt er dir."

„Sehr sogar. Er ist wunderschön." Und dann küsste sie ihn zärtlich.

Jacob beendete den Kuss und blickte ihr tief in die Augen. „Das freut mich. Der Ring lag sieben Jahre in diesem Gitarrenkasten." Er küsste sie wieder.

„Sieben Jahre? Jacob!"

„Sieben Jahre. Ich habe den Ring bei einem Juwelier gesehen, fand ihn passend für dich und kaufte ihn. Ich wollte den richtigen Augenblick für meinen Antrag abwarten, aber irgendwie klappte es nie. Ich hatte ja auch keine Eile, wir hatten alle Zeit der Welt. Wir waren so jung, und ich sah nichts als eine rosige Zukunft für uns."

„Und dann kamen meine Eltern ums Leben", flüsterte Daisy.

Jacob nickte. „Danach stürzte alles in sich zusammen. Kurz nach dem Tod deiner Eltern konnte ich dir keinen Verlobungsring anstecken, wollte dir keinen Antrag machen und anschließend am anderen Ende der Staaten einen Job annehmen. Meine Pläne, Weihnachten nach Hause zu kommen, klappten nicht. Aber ich glaubte immer noch, es würde sich nichts zwischen uns ändern. Den Rest kennst du. Es tut mir leid, dass ich so lange gebraucht habe, um dir diesen Ring anzustecken, Daisy. Ich liebe dich, ich brauche dich. Mir ist es egal, wo ich lebe, solange du an meiner Seite bist."

Daisy schlang ihm die Arme um den Hals. „Ich liebe dich, Jacob."

Sie besiegelten ihre Liebe mit einem tiefen Kuss, dann lehnte Daisy ihre Stirn gegen seine. Beide hatten lange auf diesen glückseligen Moment gewartet.

„Hoffentlich planst du keine lange Verlobungszeit …"

„Ich habe es dir immer gesagt", raunte Eunice Vivian zu. Die beiden alten Damen saßen erwartungsvoll in zwei bequemen Sesseln. Der Rollstuhl stand abseits, falls er später gebraucht wurde.

„Prahle nicht, Eunice", flüsterte Vivian, „das schickt sich nicht."

Vivian war vor wenigen Tagen mitsamt Buster in Tasker House eingezogen. Der Köter war gar nicht so lästig und schien erstaunlich klug zu sein. Buster durfte am Fußende des Bettes sitzen, wenn die Freundinnen Kirschpralinen aßen und sich ein Baseballspiel anschauten. Caleb hatte den Damen versprochen, sie demnächst nach Atlanta zu fahren, um sich ein Spiel im Stadion anzusehen, sobald Eunice etwas sicherer auf den Beinen war. Mit Vivians Hilfe wurde sie jeden Tag etwas kräftiger.

Eunice musste sich im Stillen gestehen, dass sie nicht in allem recht gehabt hatte. Maddy hatte ihr zwar noch nicht verziehen, aber sie hatte an der Familienfeier teilgenommen. Die Verwandtschaft schien von ihr sogar ziemlich angetan zu sein. Sie trug zwar zu viel Make-up, kleidete sich zu schrill und war weiß Gott keine Intelligenzbestie, aber sie hatte ein sonniges Gemüt. Ben und sie hatten am Wochenende die große Neuigkeit verkündet: Sie erwarteten ein Baby. Die Familie Tasker wuchs endlich wieder. Eunice hatte nicht aufgegeben, Vergebung von ihr zu erhalten … eines Tages.

Endlich setzte die Musik ein. Nicht vom Band. Ein echtes Streichquartett. Eunice hatte ein unnachahmliches Organisationstalent, auch wenn Eile geboten war.

Lily und Mari schritten gemessen in zartgelben langen Kleidern die breite Treppe herunter. Jacob versetzte seinem Bruder einen Rippenstoß, als Caleb anerkennend durch die Zähne pfiff. Die in der Nähe stehenden Hochzeitsgäste lachten leise.

Eunice war nicht erfreut. Keine der jungen Bell-Mädchen wäre die Richtige für Caleb! Mari war zu jung und Lily zu forsch. Nein, sie würde sich anderswo um eine Braut für Caleb umsehen. Und zwar bald.

Und dann erschien Daisy auf der Treppe. Eunice lächelte. Ihr Brautkleid passte Daisy wie angegossen, nicht die geringste Veränderung war nötig gewesen – es wäre ja auch kaum Zeit dafür gewesen. Die Braut trug ihr Haar offen, in den Händen hielt sie einen Strauß weißer und gelber Rosen.

In der großen Eingangshalle drängten sich die festlich gekleideten Hochzeitsgäste, aber Daisys lächelnder Blick galt nur Jacob. Als sie vor dem Bräutigam stand, flüsterte sie, noch ehe der Priester ein Wort gesagt hatte. „Ja, ich will. Ja, ich will."

Eunice wandte sich wieder lächelnd an ihre Freundin: „Ich hab's dir doch gesagt."

– ENDE –

Beverly Barton

Eine sinnliche Affäre

Roman

Aus dem Amerikanischen von
Elisabeth Schwarz

1. KAPITEL

*S*ie war perfekt. Absolut perfekt. Sie zu verführen würde kinderleicht sein. Miss C.C. Collins wirkte so unschuldig wie eine Jungfrau.

Gardner Kegan lächelte. Die Frau war noch nicht geboren, die er nicht um den Finger wickeln konnte, wenn er es darauf anlegte. Und das, was er von Miss Collins wollte, konnte ihm nur sie und keine andere geben.

Er spürte die neugierigen Blicke und wusste, dass die Kassiererinnen ihn im Vorbeigehen einer genauesten Inspektion unterzogen. Da nur zwei Bankkunden anwesend waren, hatten sie auch genug Muße dazu. Gardner konnte aus dem unterdrückten Gemurmel sogar ein paar Wortfetzen auffangen. „… ein richtiger Kleiderschrank … sieh dir nur mal diese … Schultern wie … weißt du, wer? … stell dir nur vor …" Es folgte ein vielsagendes Kichern.

Gardner scherte sich nicht darum. Die Frau, die ihn interessierte, saß hinter ihrem Schreibtisch in einem kleinen, mit Glaswänden abgetrennten Büro direkt vor ihm. Er warf einen Blick auf das mit Goldbuchstaben geprägte Namensschild. C.C. Collins. Er hatte sich wohl hundertmal gefragt, wie sie aussehen mochte, und musste nun zugeben, dass er sich völlig verschätzt hatte. Seiner Vorstellung nach hätte die sechsundzwanzigjährige Vizepräsidentin dieser Bank irgendwie beeindruckender sein müssen. Und da ihre Familie im Geld schwamm, vielleicht auch eine Spur mondäner.

Wie sie dort hinter ihrem großen Schreibtisch saß, die schmalen Schultern leicht gebeugt und den Telefonhörer am Ohr, wirkte sie viel jünger als sechsundzwanzig. Mit ihrem klaren Gesicht und den rosigen Wangen sah sie fast zehn Jahre jünger aus. Auf ihrer makellosen Haut schimmerte nur ein Hauch von Make-up, und ein blassrosa Lippenstift unterstrich sehr dezent ihren weichen Mund. Gardner war fast sicher, dass der rosige Schimmer ihrer Wangen natürlichen Ursprungs war und keinerlei Rouge erforderte.

Er beobachtete sie, während sie sich ein paar Notizen machte. Trotz ihres relativ strengen marineblauen Kostüms wirkte C.C. Collins ausgesprochen zart, beinahe zerbrechlich. Bei diesem Gedanken regte sich sein Gewissen. Er schob dieses Gefühl jedoch sofort beiseite. Je unbedarfter sie war, desto einfacher würde es sein, sie zu verführen.

Er durfte sich durch nichts und niemanden von seinem Weg abbringen lassen. Er würde nicht dulden, dass sich irgendetwas zwischen ihn und sein Ziel schob. Und diese Frau, gleichgültig wie zerbrechlich und weltfremd sie auch wirken mochte, war der einzige Mensch auf Erden, der ihm beim Erreichen dieses Ziels helfen konnte.

Während er sie aufmerksam beobachtete, beschloss er im Stillen, seinen Plan geringfügig zu ändern. Ursprünglich hatte er eine heiße Liebesaffäre für das wirksamste Mittel gehalten. Jetzt jedoch fragte er sich, ob C.C. Collins wohl schon jemals einen Mann gehabt hatte.

Nachdem sie den Hörer aufgelegt hatte, überflog sie rasch ihre Notizen. Dann schaute sie auf, als hätte sie seine Gegenwart gespürt. Sie lächelte – und sein Gewissen meldete sich wieder. Diesmal noch nachdrücklicher. Was für ein warmes, von Herzen kommendes Lächeln!

Noch immer lächelnd stand sie auf und reichte ihm die Hand. „Guten Tag. Ich bin Cecilia Collins. Kann ich irgendetwas für Sie tun?"

Einen Augenblick schaute er auf ihre schmale, zarte Hand, bevor er sie ergriff. Sie verschwand fast völlig in seiner. Sie war warm und weich und zitterte leicht.

Ihr Blick glitt von seinem Gesicht hinab auf seine Hand und dann wieder zurück. Der rosige Hauch ihrer Wangen vertiefte sich.

„Ich bin Gardner Kegan", sagte er. „Sehr erfreut, Sie kennenzulernen."

Als sie versuchte, ihm ihre Hand zu entziehen, hielt er sie fest. Er trat noch einen Schritt näher, sodass ihre Körper sich fast berührten. Er hätte sich nur noch ein wenig vorzubeugen brauchen, und seine Brust hätte die ihre berührt. Ein verlockender Gedanke, fand er. Ihre Brüste unter dem maßgeschneiderten Kostüm schienen rund und fest zu sein – und mehr als nur eine Handvoll.

Sie sah ihn noch immer an. Trotz ihrer hohen Absätze war sie fast einen Kopf kleiner als er. Ihre großen blauen Augen waren sehr ausdrucksvoll. Sie verrieten ihm, dass sie sich zwar von ihm angezogen fühlte, aber trotzdem ganz entschieden auf der Hut war. Gardner fragte sich unwillkürlich, welcher Art die Erfahrungen sein mochten, die sie so vorsichtig gemacht hatten.

„Kann ich Ihnen irgendwie behilflich sein, Mr. Kegan?", wiederholte sie. Ihre Stimme war fest, aber die Worte kamen irgendwie gehetzt und atemlos.

„Ich bin der neue Polizeichef und werde mich in ein paar Wochen hier in Cold Water niederlassen. Deshalb wollte ich die Runde machen und in den kommenden Tagen möglichst viele der hier ansässigen Geschäftsleute kennenlernen." Lächelnd sah er ihr in die Augen. Ihre Hand, noch immer in seiner, bebte wieder. „Und wenn alle Geschäftsfrauen in Cold Water so charmant sind wie Sie, Miss Collins, wird mein Besuch das reinste Vergnügen sein."

Ihr Lächeln verschwand, und sie zog abrupt ihre Hand aus seiner. Oh, verflixt! War es am Ende ein Fehler gewesen, ihr zu schmeicheln? Womöglich gehörte sie zu diesen Emanzen, die in jedem Kompliment eine sexuelle Belästigung witterten.

Er schaute auf ihr Namensschild und beschloss, eine andere Taktik anzuwenden. „Sie müssen beruflich sehr erfolgreich sein, Miss Collins. Sonst hätten Sie es nicht in so jungen Jahren schon zur Vizepräsidentin gebracht."

Sie wies mit der Hand auf den Ledersessel, der vor ihrem Schreibtisch stand. „Bitte, nehmen Sie doch Platz, Mr. Kegan. Oder sollte ich lieber Chief Kegan sagen?"

Ihm gefiel die Art nicht, wie sie das Wort „Chief" betonte, und auch nicht der frostige Ausdruck in ihren Augen. Noch vor ein paar Sekunden waren ihre Augen so blau wie der Sommerhimmel gewesen. Jetzt dagegen hatten sie einen eisigen Gletscherton. Auf keinen Fall durfte seine Bekanntschaft mit Cecilia Cornelia Collins auf dem falschen Fuß beginnen. Sie war der Schlüssel, der ihm die Tür zu der einflussreichen Hammond-Familie öffnen sollte.

Gardner nahm Platz, entspannte sich so gut es ging, und gab sich betont freundlich. „Habe ich etwas gesagt, das Sie in irgendeiner Weise gekränkt hat, Miss Collins?"

Sie setzte sich in den dunkelgrünen Ledersessel hinter ihrem Schreibtisch und sah ihn kalt an. „Gewiss nicht. Wie kommen Sie darauf?"

„Weil Sie nicht mehr lächeln." Mit einem mutwilligen Grinsen beugte er sich vor. „Die meisten Frauen wären geschmeichelt, wenn ein Mann bemerkt, wie jung und anziehend sie sind."

„Ich gehöre nicht dazu, Mr. Kegan."

Nein, das tust du offensichtlich nicht. Aber du bist meine Eintrittskarte in die Welt des Hammond-Clans. „Sagen Sie mir, was ich falsch gemacht habe, und ich werde mich auf der Stelle entschuldigen."

„Dazu besteht keine Veranlassung."

Sie faltete die Hände und tippte nervös die Daumen gegeneinander. „Ich weiß zufällig genau, dass ich keine aufregende Schönheit bin, und ich lege keinen Wert auf Schmeicheleien. Wir werden gut miteinander auskommen, wenn Sie mir gegenüber offen und ehrlich sind."

Offen und ehrlich? Keine Chance. Das konnte er weder zu ihr sein, noch zu einem Mitglied ihrer Familie oder überhaupt zu irgendjemandem in Cold Water. Er musste sein dunkles Geheimnis bewahren, bis er sein Ziel erreicht hatte und diese verdammte Stadt wieder verlassen konnte.

Gardner erhob sich. Er beugte sich über den Schreibtisch, bis sein Gesicht direkt vor ihrem war. „Da muss Sie jemand belogen haben, C.C. Collins."

Mit steifem Rücken richtete sie sich auf. Ihre Augen schossen Blitze, und sie ballte die Hände. „Was wollen Sie damit sagen?"

„Wer immer Ihnen weisgemacht hat, dass Sie keine Schönheit sind, hat gelogen", erklärte er ruhig.

Er sah sie fest an, und sein Gesicht wirkte völlig unbewegt. Er spürte die Spannung, die sich in ihr aufbaute, und wusste, dass sie zwischen Zweifel und dem Wunsch, ihm glauben zu können, schwankte.

Als sie beharrlich schwieg, fuhr er fort: „Ich halte auch nichts von falschen Schmeicheleien." Er richtete sich wieder auf, ging um den Schreibtisch herum und blieb neben ihrem Stuhl stehen. „Ich habe keinen Grund Sie anzulügen. Ich bin ein Neuankömmling in dieser Stadt, in der mir noch alle fremd sind. Ich wollte lediglich zum Ausdruck bringen, dass ich Sie attraktiv finde und Sie gern näher kennenlernen würde."

Er umspannte ihr Kinn mit Daumen und Zeigefinger. Helle Röte schoss in ihre Wangen, und sie senkte unwillkürlich die Lider.

Als sie die Augen wieder öffnete und zu ihm aufsah, erkannte er darin freudige Überraschung. „Ich weiß nicht, was ich sagen soll, Mr. Kegan ... Chief Kegan. Ich ..."

„Nennen Sie mich Gardner." Lächelnd ließ er ihr Kinn los und strich flüchtig über ihre Wange. „Ich denke, ich werde Sie Celia nennen, wenn es Ihnen recht ist."

„Miss Eula nennt mich auch so."

„Miss Eula?" Er wusste genau, wer Miss Eula war, durfte es ihr jedoch nicht verraten.

„Meine Großmutter", erklärte sie. „Genauer gesagt, die Mutter meines Stiefvaters. Miss Eula und ich stehen uns aber so nahe, dass sie für mich immer wie eine richtige Großmutter war."

„Aha. Und Miss Eula nennt Sie also Celia, ja?"

„Ja, solange ich denken kann."

Gardner bemerkte, wie ihr Gesicht sich erhellte, als sie von Miss Eula sprach. Gut. Das bedeutete, dass eine enge Bindung zwischen ihr und der alten Dame bestand. Was immer Celia zustieß, würde demnach nicht nur ihren Stiefvater tief treffen, sondern auch die Matriarchin des Hammond-Clans.

Gardner hörte ein diskretes Hüsteln. Er wandte sich um und sah sich Boyd Hammond gegenüber, dem Mann, den er zu hassen gelernt hatte. Um diesen Mann zu vernichten, war er nach Cold Water gekommen.

„Entschuldige bitte, Cecilia, ich möchte nicht stören, aber ich brauche dich für einen kurzen Augenblick." Boyd Hammond nickte Gardner zu und musterte ihn kurz, aber gründlich. „Ich glaube, wir kennen uns noch nicht."

„Oh, Daddy, das ist Gardner Kegan." Hastig schob Celia ihren Stuhl zurück und stand auf. „Er ist der neue Polizeichef von Cold Water. Er hat nur vorbeigeschaut, um sich vorzustellen."

Boyd streckte die Hand aus. Gardner überwand seinen Widerwillen und ergriff lächelnd die Rechte des Mannes. Wenn er diese Charade durchziehen wollte, musste er lernen, seine Gefühle zu verbergen. Auch wenn er Boyd Hammond zutiefst verachtete, musste er sich ihm gegenüber freundlich geben.

„Ich bin Boyd Hammond, Cecilias Vater und Präsident dieser Bank."

Gardner und Celias Stiefvater schüttelten sich die Hand. Gardner war über alle Details genau im Bilde. Er hatte jede Information über die Hammond-Familie, die er sich selbst und sein Vater durch seine Position bei der Polizei von Birmingham ihm verschaffen konnte, verinnerlicht. Celias leiblicher Vater war gestorben, als sie noch ein Säugling war, und ihre Mutter hatte den ältesten Hammond-Sohn geheiratet, als Celia knapp fünf Jahre alt war. Boyd Hammond hatte keine eigenen Kinder. Er betete seine Frau an und liebte ihr einziges Kind, als wäre es sein eigenes. Wenn Gardner Cecilia Collins benutzte, verschaffte ihm das nicht nur Zugang zur Familie, sondern würde auch ein probates Mittel sein, Boyd Hammond zu verletzen.

„Freut mich, Sie kennenzulernen, Sir. Ich habe Miss Collins gerade erzählt, dass ich vor meinem Umzug nach Cold Water schon mal zu einer Stippvisite hergekommen bin, um die wichtigsten Leute am Ort kennenzulernen. Wie Ihre Tochter ja bereits erwähnte, übernehme ich den Posten des aus dem Amt scheidenden Chief Maddox." Gardner unterbrach sich und versuchte abzuschätzen, wie Hammond auf diese Neuigkeit reagierte. Der Mann machte einen durchaus freundlichen

Eindruck. „Ich würde Sie und Ihre Tochter gern zum Lunch einladen."

„Großartige Idee", sagte Boyd und schaute von Gardner zu Celia. „Leider habe ich selbst schon eine Verabredung zum Lunch, doch ich bestehe darauf, dass Sie mit Cecilia gehen."

„Aber Daddy ..."

„Wir wollen dem neuen Polizeichef gegenüber doch nicht ungastlich sein, Liebes. Geh mit ihm ins ‚Primrose Path'. Du kannst das Essen auf deine Spesenrechnung setzen."

„Das ist sehr freundlich von Ihnen, Mr. Hammond." Gardner frohlockte im Stillen. Celias Vater schien ihn zu mögen.

„Die Wahrheit ist, dass Cecilia viel zu hart arbeitet." Boyd warf einen Blick auf seine goldene Rolex. „Es ist schon fast zwölf. Mach Schluss für heute, Kind. Esst in aller Ruhe zu Mittag, und dann kannst du Chief Kegan durch die Stadt führen. Zeig ihm alles, was für ihn von Interesse sein könnte."

„Aber Daddy, ich bearbeite gerade die McBryar-Akte, und um eins habe ich einen Termin mit Mr. Davidson."

„Die McBryar-Sache kann warten, und den Termin mit Mr. Davidson kann Jim wahrnehmen." Boyd reichte Celia einen Schnellhefter. „Wirf hier nur schnell noch einen Blick hinein. Dann bist zu für heute frei."

Celia nahm die Mappe, öffnete sie und überflog den Inhalt. „Das wird mindestens zehn Minuten dauern."

„Ich zeige Gardner inzwischen die Bank und mache ihn mit den Leuten bekannt. Du hast also Zeit genug."

„Gut, dann treffen wir uns in deinem Büro."

„Kommen Sie, Chief." Boyd legte Gardner die Hand auf den Rücken.

Gardner erstarrte innerlich. Obwohl er Hammonds Berührung kaum ertragen konnte, zwang er sich zu einem Lächeln und ließ sich hinausführen.

Nachdem Gardner die Bekanntschaft des Bankpersonals gemacht hatte, folgte er Hammond in dessen Büro, wo Boyd ihm eine Zigarre anbot, die er ablehnte, und eine Tasse Kaffee, die er akzeptierte. Auf dem großen Schreibtisch standen mehrere goldgerahmte Fotos. Gardner griff nach einem, auf dem eine Frau mit einem halbwüchsigen Mädchen abgebildet war. Das Mädchen erinnerte ihn sofort an Celia.

„Meine Frau und meine Tochter", sagt Boyd warm. Sowohl seine Stimme als auch seine Augen verrieten die Liebe, die er diesen beiden entgegenbrachte. „Das Foto wurde an Cecilias sechzehntem Geburtstag aufgenommen."

Celias Mutter war eine auffallend attraktive Frau, eine regelrechte Reklameschönheit. Abgesehen von dem hellblonden Haar und den blauen Augen sah Celia ihrer Mutter kaum ähnlich. Ihre Schönheit war subtiler, nicht so augenfällig. So mancher würde Cecilia Collins auf den ersten Blick unscheinbar finden. Gardner dagegen gefiel die natürliche Frische, die von ihr ausging. Celia war eine willkommene Abwechslung verglichen mit den Frauen, die er sonst bevorzugte – Frauen wie Celias Mutter. „Sie sind beide bezaubernd."

„Ich bin auch stolz auf sie. Ich glaube, ich bin ein Glückspilz."

„Das sind Sie, Mr. Hammond. Sie haben wirklich Glück." Aber damit wird es bald vorbei sein, dachte Gardner grimmig. Heute ist der schwärzeste Tag in deinem Leben, denn heute sind wir uns begegnet.

„Wie lange werden Sie in der Stadt bleiben?" Boyd schenkte zwei Tassen Kaffee ein. Er reichte Gardner eine, stellte die zweite auf den Schreibtisch und machte es sich in seinem Ledersessel bequem.

„Nur bis Sonntag. Ich muss mir eine Bleibe suchen, bevor ich umziehen kann."

„Ich würde Sie gern für Samstagabend zum Dinner einladen. Dann können Sie gleich meine ganze Familie kennenlernen." Boyd nahm einen Schluck Kaffee und sah Gardner über den Rand der Tasse hinweg an. „Es gab eine Zeit, da gehörte diese Stadt praktisch meiner Familie. Aber auch heute haben wir noch beträchtlichen Einfluss."

Gardner lächelte. Alles lief wunschgemäß. Er war erst einen Tag in der Stadt und hatte bereits eine Lunch-Verabredung mit der einzigen Tochter und eine Dinner-Einladung im Kreis der

Familie. „Es wird mir ein Vergnügen sein, am Samstagabend mit Ihnen zu essen. Ich nehme an, Miss Collins wird auch da sein?"

„Cecilia? Ja, natürlich." Er warf Gardner einen scharfen Blick zu. „Ich sollte Sie vielleicht vorwarnen. Cecilia hat mit Männern nichts im Sinn. Sie hatte vor ein paar Jahren eine sehr unerfreuliche Beziehung. Wie es eben manchmal vorkommt. Jeder Versuch wäre vergeudete Zeit."

Das war ein Wink mit dem Zaunpfahl, und Gardner nahm ihn auch als solchen. Celias Vater hatte ihm soeben klargemacht, dass sie für ihn tabu war. Dass sie schon einmal verletzt worden war und er eine Wiederholung nicht dulden würde. Im Klartext: Lass die Finger von meiner Tochter, und wir können Freunde sein.

„Ich verstehe, Sir." Gardner trank seinen Kaffee, wobei er Boyd Hammond nicht aus den Augen ließ.

„Nach dem Lunch und der Stadtrundfahrt kann Cecilia Sie zu einer guten Immobilienmaklerin bringen. Sie ist eine Freundin von ihr. Vergessen Sie nicht, sie daran zu erinnern."

„Ich werde daran denken." Gardner leerte seine Tasse. Sie war aus kostbarem, hauchdünnem Porzellan und für Männerhände viel zu zart. Er zog derbe Steinguttassen vor.

Die Tür ging auf, und Cecilia Collins trat ein, eine kleine Umhängetasche über der Schulter. „Ich bin fertig, Mr. Kegan."

„Ich auch, Miss Collins." Und zu jeder Schandtat bereit ... Seit Jahren hatte er dies alles geplant und auf eine günstige Gelegenheit gewartet, nach Cold Water zu kommen und die Hammonds für ihre Missetaten büßen zu lassen.

Das „Primrose Path" war ein teures, exklusives Restaurant in der Innenstadt. Hierher pflegte die High Society von Cold Water zum Essen zu gehen. Auch Celia war mindestens einmal pro Woche hier.

Die Speisekarte bot eine Vielzahl verschiedenster Salate und Fleisch-, Geflügel- und Fischspezialitäten an. Celia hatte sich ihr Leibgericht bestellt – Geflügelsalat. Gardner hatte ein großes T-Bone-Steak gewählt. Blutig. Celia konnte beim besten Willen nicht begreifen, wie jemand sein Fleisch in diesem fast rohen Zustand genießen konnte. Nachdem sie dem neuen Polizeichef bei dieser Tätigkeit zugeschaut hatte, fragte sie sich im Stillen, was für eine Art Wilder unter dieser zivilisierten Fassade verborgen sein mochte.

Der Kellner kam und legte die Rechnung zwischen ihnen auf den Tisch. Celia wartete ab, ob Gardner danach greifen und darauf bestehen würde, für sie beide zu bezahlen. Alle Männer, mit denen sie essen ging, taten das grundsätzlich. Vermutlich wollten sie damit etwas beweisen – dass sie Kavaliere der alten Schule und an Celias Geld nicht interessiert waren. Celia hatte jedoch aus bitterer Erfahrung gelernt, dass solche Aktionen bei den meisten Männern reine Berechnung waren. Es gab nur sehr wenig echte Kavaliere, und allen Männern, mit denen sie bislang ausgegangen war, hatte mehr an ihrem Reichtum gelegen als an ihr selbst. Das traf insbesondere auf ihren Exverlobten zu.

Gardner warf einen desinteressierten Blick auf die Rechnung, während er lässig seine dritte Tasse Kaffee trank. Er machte keine Anstalten, danach zu greifen. Interessant. Und was besagte das? Dass es ihm nichts ausmachte, sich von einer Frau einladen zu lassen? Dass er nicht das Bedürfnis hatte, irgendetwas zu beweisen?

Er hatte sich als charmanter Tischgenosse erwiesen, mit allen Wassern gewaschen, was seine Fähigkeit betraf, eine Frau zu unterhalten und ihr das Gefühl zu geben, begehrenswert zu sein.

Celia hob ihr Weinglas an die Lippen. Ein Mann wie Gardner Kegan war ihr noch nie begegnet. Ein wirklicher Mann, kein Gentleman. Er wirkte völlig unkonventionell, selbstsicher, und er sparte keineswegs mit seinem erotischen Charme. Celia wehrte sich dagegen, ihn zu mögen. Sie wehrte sich ganz entschieden dagegen, dem verführerischen Blick seiner braunen Augen zu erliegen. Der reinste Schlafzimmerblick. Seine Augen waren hellbraun, mit goldenen und grünen Pünktchen. Sie bildeten einen lebhaften Kontrast zu seinem schwarzen Haar und dem dunklen Teint.

„Sie sind nicht übermäßig gesprächig, Celia, nicht wahr?" Er stellte seine Tasse ab, beugte sich vor und schaute ihr fest in die Augen.

Celia spürte, wie ihr Herz schneller schlug, und war auf der Hut. Dieser Mann war gefährlich, brandgefährlich! „Sie haben doch für uns beide genug gesprochen", meinte sie. „Trotzdem haben Sie so gut wie nichts über sich selbst verraten."

„Sie machen nicht gerade den Eindruck, als interessierten Sie sich für Privatangelegenheiten."

„Dies ist ein Arbeitsessen, Chief. Ich habe nicht die Absicht, Sie mit privaten Dingen zu langweilen." Sie stellte das Weinglas auf den Tisch, nahm die Rechnung und zog ihre Brieftasche heraus. „Sind Sie bereit für eine Tour durch Cold Water?"

„Jederzeit." Er griff über den Tisch und berührte ihre Hand. Ruckartig fuhr sie herum und sah ihn an, versuchte jedoch nicht, ihre Hand wegzuziehen. „Ein Gespräch über persönliche Dinge würde mich ganz und gar nicht langweilen. Schon gar nicht, wenn es um Sie geht, Celia."

Sie entzog ihm ihre Hand und stand auf. „Gehen wir." Als Dank für die aufmerksame Bedienung ließ sie ein ansehnliches Trinkgeld zurück.

Der kühle Aprilwind fuhr in ihr Haar und löste ein paar Strähnen. Sie hob die Hand und schob sie hinters Ohr. Gardner ging neben ihr her und bemühte sich, seine langen Schritte ihren anzupassen.

„Wie ich hörte, ist Cold Water eine der ältesten Städte in Alabama", sagte er und betrachtete die aus dem achtzehnten Jahrhundert stammenden Häuser, die die Hauptstraße säumten. „Und Ihre Familie gehörte zu den ersten, die sich hier niederließen, stimmt's?"

Celia nickte. „Die Hammonds gehörten zu den ersten Siedlern." Sie wusste genau, dass er sie gleich berühren würde. Trotzdem konnte sie ein Zittern nicht verhindern, als seine Handfläche sich auf ihren Rücken legte. „Auch die Collins, meine Vorfahren, gehörten dazu." Sie spürte die Wärme seiner Hand durch ihr Kleid.

„Boyd Hammond ist Ihr Stiefvater?" Gardner wusste, dass sie ihm jede Menge Informationen über seine Feinde liefern konnte. Er brauchte sie nur zu fragen und sich dumm zu stellen. Der Rest ergab sich von selbst.

„Ja, aber ich sehe ihn nicht so. Für mich ist er der einzige Vater, den ich je gekannt habe." Celia blieb vor einer Bank stehen, die der Cold Water Savings and Loan-Bank, der Hammond-Bank, direkt gegenüber lag. „Dies ist unser größter Konkurrent. Möchten sie, dass ich Sie dem Direktor vorstelle?"

„Nicht heute", wehrte Gardner ab. Zeigen Sie mir nur einfach die Stadt und berichten Sie mir in gestraffter Form alles, wovon Sie glauben, dass ich es wissen müsste. Heute Nachmittag werde ich versuchen, noch ein paar Leute zu treffen." Er wollte keinen Augenblick dieses Tête-à-tête mit Celia dadurch vergeuden, dass andere dazukamen, auch wenn sie noch so wichtig waren.

„Sicher waren Sie schon im Rathaus und haben dort alle kennengelernt", sagte Celia. Die Ampel sprang auf Grün, und sie überquerten die Straße. „Wir sind sehr stolz auf unser altes Rathaus. Wir haben es zwar modernisiert, aber die ursprüngliche Architektur so weit wie möglich beibehalten."

„Es ist ein schönes altes Gebäude. Der Gefängnistrakt ist sehr modern, und ich war ziemlich beeindruckt. Die Beamten, mit denen ich heute gesprochen habe, scheinen sehr viel von Chief Maddox zu halten. Ich hoffe, es wird ihnen nicht allzu schwer fallen, sich an mich zu gewöhnen."

„Der Umstand, dass Sie noch so jung sind, könnte für einige der Älteren problematisch sein", gab Celia zu bedenken. Sie blieb an der Straßenecke stehen. „Dort drüben ist eine kleine Grillstube, wo es die besten Hamburger im ganzen Distrikt gibt."

„Warum sind wir zum Lunch nicht dorthin gegangen?"

„Daddy hat darauf bestanden, dass ich Sie ins ‚Primrose Path' führe."

„Tun Sie immer, was Ihr Daddy von Ihnen verlangt?"

Ohne ihn einer Antwort zu würdigen, ging Celia mit raschen, kleinen Schritten weiter. Er folgte. Da sie offenbar nicht die Absicht hatte, ihren Schritt wieder zu verlangsamen, ergriff er ihren Arm. Sie fuhr herum und blitzte ihn wütend an.

„Was ist denn jetzt wieder los?", fragte er.

Wortlos fixierte sie ihn. Ein kaum wahrnehmbares Zittern überlief ihren Körper.

„Ich trete offenbar dauernd ins Fettnäpfchen." Was war nur los mit ihr? Irgendwie schien alles falsch zu sein, was er sagte. „Wieso sind Sie denn jetzt schon wieder beleidigt? Was habe ich nur an mir, dass Sie mich nicht leiden können?"

„Ich kenne Sie gar nicht gut genug um zu entscheiden, ob ich Sie leiden kann oder nicht."

„Keine Ausflüchte, Miss Collins. Irgendetwas habe ich an mir, das Sie auf die Palme bringt, das Sie absolut nicht ausstehen können."

„Wie ich schon sagte …"

Gardner legte ihr mit festem Griff die Hände auf die Schultern und zog sie zu sich heran. „Haben Sie einfach nur Angst vor mir, weil ich ein Mann bin? Oder gar weil ich ein Mann bin, der Sie attraktiv findet?"

„Machen Sie hier keine Szene, Mr. Kegan." Verlegen schaute Celia sich um und stellte erleichtert fest, dass sich keiner der Passanten für sie zu interessieren schien.

Anstatt sie loszulassen, zog Gardner sie noch näher an sich und schob sie dann rückwärts in eine Einfahrt zwischen zwei Häusern, wo sie von den Vorbeigehenden nicht gesehen werden konnten.

„Was soll das?", fragte Celia nervös.

„Ich versuche herauszufinden, weshalb ich mit Ihnen nicht klarkomme." Er ließ die Hände über ihren Rücken abwärts gleiten und schloss die Arme um sie.

Celia blieb völlig passiv, obwohl der Wunsch, den Kopf an seine Brust zu legen und sich an ihn zu schmiegen, sie fast überwältigte. „Ich gehöre nicht zu dem Typ Frau, der auf Männer wie Sie fliegt. Lassen Sie also das Süßholzgeraspel, und legen Sie die Karten auf den Tisch."

„Was meinen Sie damit?" Er senkte den Kopf und rieb seine Nase an ihrer.

Celia zog hörbar den Atem ein. „Was wollen Sie von mir?"

„Wollen Sie das wirklich wissen?"

„Ja. Mir ist die Wahrheit allemal lieber als all die falschen Schmeicheleien, die sie mir serviert haben, seitdem Sie heute Morgen mein Büro betraten."

„Was glauben Sie denn, was ich von Ihnen will?", fragte er.

„Keine Ahnung. Warum sagen Sie es mir nicht einfach?"

Er grinste, und Celias Knie wurden weich.

„Ich möchte mit Ihnen schlafen … irgendwann … wenn wir uns erst ein wenig besser kennen."

Fast wie in Trance hob Celia die Hände und legte sie gegen seine Brust. „Das kann doch nicht Ihr Ernst sein."

„Oh doch. Ich möchte mit Ihnen schlafen." Er fragte sich, was die scheue, prüde Miss C.C. Collins tun würde, wenn er ihr gestand, dass er nicht nur mit ihr schlafen wollte, sondern dass er die Absicht hatte, das immer und immer wieder zu tun, bis sie einander völlig erschöpft in den Armen liegen würden. In diesem Augenblick, als Gardner in ihre unschuldigen, arglosen Augen sah, wusste er, dass der Tag kommen würde, an dem sie ihn darum bitten würde.

Celia spürte eine Hitze in ihrem Körper aufsteigen, die sie wie ein plötzliches Fieber einhüllte. Kein Mann hatte je so etwas zu ihr gesagt. Kein Mann hätte es gewagt. Und dieser Mann, den sie erst vor ein paar Stunden kennengelernt hatte, trieb es praktisch hier mitten auf der Hauptstraße mit ihr! Und sie ließ es auch noch geschehen.

„Sie dürfen so nicht …"

Er legte ihr den Finger auf die Lippen. „Schsch … Sie haben mich gefragt, was ich von Ihnen will, und eine ehrliche Antwort erhalten. Ich habe Ihnen ganz genau gesagt, was ich will."

„Ich glaube Ihnen nicht." Sie versuchte sich loszumachen, doch er hielt sie fest.

„Warum sollte ich lügen? Stimmt, Sie sind nicht der Typ Frau, den ich normalerweise bevorzuge. Aber Sie haben so etwas Liebes und Anziehendes an sich, Celia, das in mir den Wunsch weckt, über Sie herzufallen und Sie gleichzeitig zu beschützen."

„Ich bin eine sehr wohlhabende Frau, Mr. Kegan, und Sie wären nicht der Erste, den dieser Gedanke beflügelt."

Lächelnd fuhr er mit der Fingerspitze über ihre Unterlippe, übers Kinn und dann am Hals hinab bis zu dem obersten Knopf ihrer Bluse. „Ich bitte Sie ja nicht, meine Frau zu werden, und ebenso wenig um ein Darlehen. Glauben Sie mir, meine Süße, ich interessiere mich nicht im Geringsten für Ihr Geld. Nur für Sie."

Durfte sie ihm glauben? Ihr Verstand verneinte entschieden. Ihr Herz jedoch sagte vielleicht. Sie hatte noch nie so empfunden – niemals. Ganz gewiss nicht während ihrer kurzen Verlobungszeit mit Randall Landers. Ihre Eltern hatten Randall sehr gemocht. Er entstammte ebenfalls einer alteingesessenen Familie aus Alabama, die allerdings ihr Vermögen verloren hatte. Drei Wochen vor der Hochzeit hatte Celia herausgefunden, dass der Mann, der vorgab sie zu lieben, sie nur ihres Geldes wegen wollte.

„Warum sollte ich Ihnen glauben?" Angriffslustig hob Celia das Kinn und sah Gardner offen ins Gesicht. Vielleicht konnte sie ja in seinen Augen erkennen, ob er die Wahrheit sagte.

„Wer war es, Süße?"

„Wer war was? Wovon reden Sie?"

„Der Bursche, der Ihnen den Glauben an die Männer genommen hat. Wer war er?"

Celia hatte keine Lust, über diesen größten Fehlgriff ihres Lebens zu sprechen. Wenn sie Gardner von Randall erzählte, würde er wissen, wie leichtgläubig sie gewesen war. Er würde sie für eine Närrin halten.

„Meine Vergangenheit hat nichts mit Ihnen zu tun, Mr. Kegan."

„Wenn das stimmt, warum beweisen Sie es dann nicht?" Er nahm ihre Hände und hob sie an die Lippen. Dann drehte er eine Hand um, drückte einen Kuss aufs Handgelenk und strich mit den Lippen über ihre Finger.

Celia hielt den Atem an. Ihre Wangen brannten wie Feuer, und sie spürte, wie es heiß in ihr aufwallte. „Wie soll ich es denn beweisen?"

„Geben Sie mir eine Chance, Celia. Geben Sie uns eine Chance." Er legte ihre Hand an seine Wange, und sein Blick tauchte tief in ihren. „Lernen Sie mich erst kennen, bevor Sie sich ein Urteil über mich bilden. Bevor Sie mich zu einem Mann abstempeln, der zu beschränkt ist, um zu erkennen, was für eine wundervolle Frau Sie sind."

„Wir werden zweifellos die Möglichkeit haben, uns besser kennenzulernen", sagte sie steif. Sie musste weg von ihm, weg von diesem maskulinen, harten Körper. Sonst würde sie bestimmt einen Narren aus sich machen. „Schließlich kommen Sie ja am Samstagabend zum Essen. Und wenn Sie nach Cold Water ziehen und hier Polizeichef werden, werden wir uns sicher dann und wann sehen."

„Ich will mehr als das."

Celia befreite sich aus seinem Griff, und er versuchte nicht, sie daran zu hindern. Irgendwie begriff sie gar nicht, was hier eigentlich geschah. Der Tag hatte ganz normal begonnen, und jetzt stand sie plötzlich einem umwerfend attraktiven Mann gegenüber, der ganz offen zugab, mit ihr ins Bett zu wollen. Wie war es nur möglich, dass ausgerechnet ihr so etwas passierte? Einem simplen, schüchternen kleinen Mauerblümchen, das noch nie im Leben ein Rendezvous gehabt hatte, das nicht von den Eltern oder wohlmeinenden Freunden arrangiert worden war.

Celia trat auf den Bürgersteig, während Gardner in der Einfahrt stehen blieb. „Ich fürchte, ich werde Sie enttäuschen, Mr. Kegan. Sie sagten ja selbst schon, dass ich nicht der richtige Typ Frau für Sie bin."

Er zuckte mit den Schultern, und ein unwiderstehliches Lächeln flog über sein Gesicht. „Mit dem Alter kommt die Weisheit. Ich bin bereit, mich umzustellen, beispielsweise auf eine Frau mit Klasse und Köpfchen."

Oh, dieser Mann wusste wirklich, wo es langging! Obwohl Celia wild entschlossen war, sich nicht von ihm einwickeln zu lassen, fühlte sie sich von seiner Beurteilung geschmeichelt. Zuerst hatte er ihr Charme attestiert, und jetzt auch noch Klasse und Köpfchen. Vielleicht meinte er es ja wirklich so. Vielleicht war sie aber auch nur unbelehrbar.

„Ich weiß nicht, ob auch ich bereit bin, mich auf einen Mann wie Sie umzustellen."

Gardner trat aus der Einfahrt, und Celia setzte sich rasch in Bewegung. Er ging neben ihr her, versuchte jedoch nicht mehr, sie zu berühren.

„Wollen Sie morgen Abend mit mir essen?"

„Geht nicht. Ich bin schon verabredet." Das stimmte sogar. Sie hatte Miss Eula versprochen, mit ihr ins Kino zu gehen. Miss Eula war ein Fan von Kevin Costner, und im Kino lief gerade sein neuster Film.

„Na schön. Können wir uns dann morgen wieder zum Lunch treffen?"

„Geht auch nicht. Da habe ich schon ein Arbeitsessen." Celia konnte gar nicht glauben, dass sie tatsächlich ein Wiedersehen mit Gardner Kegan ins Auge fasste.

Er streifte sie mit einem fragenden Blick. „Wenn ich nicht so ein gesundes Selbstvertrauen hätte, müsste ich denken, dass Sie mir einen Korb geben wollen."

Celia blieb stehen und wandte sich ihm zu. Vielleicht war sie wirklich unbelehrbar, aber sie konnte doch nicht den Rest ihres Lebens damit verbringen, vor den Männern auf der Flucht zu sein. Auch sie war älter und weiser geworden. Warum sollte es ihr nicht möglich sein, sich wie eine erwachsene Frau zu verhalten? „Machen Sie mir ein anderes Angebot."

„Schon besser." Gardner seufzte erleichtert. Für einen Augenblick hatte er befürchtet, sein oft erprobter Charme hätte ihn im Stich gelassen. „Ihr Vater erzählte mir, dass Sie mit einer Immobilienmaklerin befreundet sind. Ich brauche ein Haus. Treffen Sie doch eine Verabredung mit ihr, und dann schauen wir uns zusammen die Häuser an."

„Einverstanden." Celia konnte nicht verhindern, dass ein Lächeln sich über ihr Gesicht breitete, und in ihren Augen blitzte es zufrieden auf. Diese Art Verabredung war nun wirklich ganz unverfänglich. „Janie Sue Malone ist eine Schulfreundin von mir. Ich rufe sie nachher an."

„Malone? Ich habe da einen Officer Malone in meiner Truppe."

„Rory ist Janie Sues Mann."

„Wollen Sie mitkommen und mir bei der Suche nach einem Haus helfen?"

„Wenn Sie das wirklich möchten."

Das Lächeln, das Celia Gardner schenkte, war praktisch ein Eingeständnis ihrer Niederlage. Sie würde diesem Mann nicht lange widerstehen können. Sie war nicht einmal sicher, dass sie das wollte. Vielleicht war eine Affäre mit ihm ja genau das, was sie brauchte … falls es ihr gelang, ihr Herz außen vor zu lassen. Eine Affäre mit einem Mann, der ihr nichts vormachte, der nicht vorgab sie zu lieben. Wenn sie schon dazu bestimmt war, ihr Leben als Single zu beschließen, stand ihr dann nicht wenigstens eine heiße, leidenschaftliche Affäre zu? Schließlich wollte sie ja nicht als Jungfrau sterben.

„Das möchte ich wirklich." Er nickte. „Und wenn ich mich dann einrichte, werde ich ebenfalls Ihren Rat brauchen. Aus einem Haus wird ohne die Hilfe einer Frau nie ein gemütliches Heim."

„Jetzt muss ich aber los." Nach einem kurzen Zögern streckte Celia die Hand aus, und er ergriff sie. Sie tauschten einen kurzen Händedruck. „Ich werde für morgen Nachmittag einen Termin mit Janie Sue machen. Holen Sie mich gegen halb fünf bei der Bank ab."

„Abgemacht", sagte er.

Gardner nahm das Gas weg und fuhr langsam um die Kurve der Landstraße. Der Tankwart in Cold Water hatte ihm den Weg zu Wayne Michaels' Haus genau beschrieben. Es lag ein paar Meilen außerhalb der Stadt, gehörte aber noch zum Stadtgebiet. Der junge Mann an der Tankstelle hatte auch nicht mit guten Ratschlägen gespart und Gardner darauf hingewiesen, dass er als neuer Polizeichef Typen wie Wayne Michaels gut im Auge behalten sollte. Offenbar gehörte Wayne zu den Leuten, die dauernd in Schwierigkeiten steckten.

Von dem heruntergekommenen hölzernen Farmhaus blätterte die Farbe ab, und die Fensterläden hingen windschief in den Angeln. Neben einem verrosteten Auto ohne Reifen lag schlafend ein Mischlingshund.

Gardner hielt seinen schwarzen Mustang an, ließ den Motor jedoch weiterlaufen. Hier also lebte Wayne Michaels. Eigentlich sollten ihn die Schäbigkeit und der Schmutz überall nicht überraschen, aber es machte ihn trotzdem traurig, wenn er daran dachte, dass Gail Michaels unter so erbärmlichen Bedingungen hatte leben müssen.

Nichts an dem Haus oder der Umgebung kam ihm bekannt vor, doch das war auch kein Wunder. Gardner hatte überhaupt keine Erinnerung an sein Leben, bevor Ernie und Lois Kegan ihn vor einunddreißg Jahren adoptiert hatten.

Eine üppige Wasserstoffblondine kam auf die Veranda herausgerannt, gefolgt von einem bärtigen, grauhaarigen Mann. Die Frau trug hautenge knallrote Hosen und einen lila Angorapullover. Der Mann war barfuß und vom Gürtel aufwärts nackt. Sein Bierbauch schwabbelte, als er die Frau am Arm packte.

Gardner war zu weit entfernt, um zu verstehen, was sie sagten. Er schnappte nur hier und da ein Wort auf, wenn sie ihre Stimmen hoben. Er beobachtete, wie der Mann die Blondine gegen die Wand stieß und auf sie einbrüllte. Laut und deutlich hörte er das Wort ‚Hure‘.

Das also war Wayne Michaels. Er hätte es sich denken können. Alles, was er über den Mann gehört hatte, war zweifellos wahr. Da er nicht entdeckt werden wollte, legte Gardner den Gang ein und entfernte sich langsam von dem Farmhaus.

Was hatte er damit bezweckt, hier herauszukommen? Hatte er wirklich geglaubt, sich erinnern zu können? Schließlich war er damals erst drei Jahre alt gewesen. Hatte er tatsächlich gehofft, sich an das Leben bei seiner leiblichen Mutter erinnern zu können? Nein, eigentlich nicht. Er hatte einfach herkommen müssen. Irgendwann wäre es sowieso fällig gewesen, und dann lieber gleich.

Die ersten Hürden hatte er geschafft. Er hatte den Job als Polizeichef bekommen, er hatte Boyd Hammond kennengelernt und eine Verabredung mit Celia. Nun hatte er auch einen Blick auf das Haus seiner Mutter geworfen und auf das, was von ihrem Bruder übrig geblieben war.

Ohne Vorwarnung spürte er einen heftigen Stich im Kopf, und ihm wurde schwarz vor Augen. Er fuhr an den Straßenrand und stellte den Motor ab. Vor seinem geistigen Auge entstanden Bilder, verschwommene, undeutliche Bilder.

… Die Frau stand direkt vor dem Kamin, Todesangst in den dunkelbraunen Augen. Sie schrie, einmal, zweimal. Plötzlich war überall Blut. Sie hörte auf zu schreien …

Gardner sank über dem Steuer zusammen. Diese Visionen hatte er sonst nie, wenn er wach war. Bisher hatten sie sich nur in seinen Träumen eingestellt. Was hatte das zu bedeuten, dass er sie jetzt auch im Wachzustand erlebte?

Vor acht Jahren hatte er sich einer Hypnose unterzogen, in der Hoffnung, sich an etwas zu erinnern – etwas, das ihn von den Albträumen befreite, die ihn seit seiner Kindheit quälten. Der Polizeipsychiater war zu dem Schluss gekommen, dass das, was Gardners Albträume auslöste, zu tief in seinem Unterbewusstsein verschüttet war, um es mit einer Hypnose ans Tageslicht zu bringen.

Nach diesem Misserfolg hatte Gardner begonnen, Recherchen über seine Vergangenheit anzustellen. Wer waren seine leiblichen Eltern? Warum hatte man ihn mit drei Jahren zur Adoption freigegeben? In den folgenden Jahren hatte er weit mehr herausgefunden, als ihm lieb war.

Würde er sich hier in Cold Water an weitere Einzelheiten erinnern? Hatten seine Träume eine bestimmte Bedeutung? Waren sie echte Erinnerungen oder nur die Folgen eines Kindheitstraumas, das sein Unterbewusstsein nicht bewältigen konnte? Vielleicht wusste er in Wirklichkeit überhaupt nichts über den Mord an Gail Michaels. Vielleicht aber doch.

Wie auch immer, er hatte die Grundfakten. Nachdem er herausgefunden hatte, wer seine leibliche Mutter war, hatte er auch von dem unaufgeklärten Mord an ihr erfahren. Er wusste nun, dass er ein uneheliches Kind war, und dass sein Vater – der jüngste Hammond-Sohn – fast neun Monate vor seiner Geburt gestorben war.

Gardner hegte nicht den leisesten Zweifel daran, dass die Hammonds für den Tod seiner Mutter verantwortlich waren, und dass Boyd Hammond dafür gesorgt hatte, dass Gail Michaels' unehelicher Sohn, der kleine Tommy, aus dem Weg geschafft wurde, um keinen Anspruch auf das Familienvermögen erheben zu können.

Aber Tommy Michaels war zurückgekommen. Er war jetzt kein hilfloser Dreijähriger mehr. Er war ein Mann von vierunddreißig Jahren und der neue Polizeichef von Cold Water.

Beim ersten Blick, den Gardner auf das Haus warf, wusste er, dass er genau dieses wollte. Er hielt in der halbrunden Auffahrt direkt vor dem anderthalbgeschossigen Fachwerkhaus und wandte sich Celia zu, die ebenfalls das Haus betrachtete.

Gardner wusste nicht, wie lange er in Cold Water bleiben würde, wie lange es dauern würde, die Wahrheit über den Tod seiner Mutter herauszufinden und Rache zu nehmen. Es war ihm jedoch völlig gleichgültig, wie lange es dauerte. Seit dem Augenblick, da er von dem Mord erfahren hatte, war es bei ihm zur fixen Idee geworden, den Mörder zu finden. Er musste jedoch darauf achten, dass er während dieser Zeit einen völlig normalen Eindruck machte. Dazu gehörte es, ein Haus zu mieten und sich wohnlich darin einzurichten.

„Das ist es", sagte Gardner. „Vorausgesetzt, es hält von innen, was es von außen verspricht." Er löste seinen Sicherheitsgurt, legte den Arm auf die Lehne des Beifahrersitzes und beugte sich zu Celia hinüber.

„Es ist wunderschön, nicht wahr?" Celia öffnete ebenfalls den Gurt und griff nach dem Türöffner. „Dieses Haus passt zu Ihnen."

Gardner legte seine Hand auf ihre, und seine Brust stieß gegen ihre Schulter. Lächelnd wandte sie sich zu ihm um.

„Was wollen Sie damit sagen?", fragte er.

Irgendwie gefiel es ihm, wie verlegen und fahrig sie immer wurde, sobald er ihr nahekam – wie auch jetzt. Er spürte, wie ihre Hand unter seiner bebte.

„Das Haus wirkt rau und ausgesprochen männlich. Fest, verlässlich und irgendwie urwüchsig." Sie sah ihn an, und in ihren klaren Augen mischten sich Staunen, Zweifel und das unverhohlene Eingeständnis, dass sie sich zu ihm hingezogen fühlte.

Gardner hätte nicht sagen können, warum, aber in diesem Augenblick empfand er den schier unwiderstehlichen Wunsch, Celia in die Arme zu schließen, sie fest an sich zu drücken und zu versprechen, dass er ihr niemals wehtun würde. Sie wirkte so jung und verletzlich. Aber das durfte nicht sein. Wie kam er nur auf die absurde Idee, dass diese Frau seinen Schutz brauchte? Er durfte sich ihr gegenüber keine Schwäche leisten, und schon gar keine Sympathie. „Sehen Sie mich tatsächlich so? Rau, männlich und urwüchsig?"

„Ja, ich glaube schon." Ihre Augenlider flatterten und schlossen sich dann, als wollte sie ihm keinen weiteren Einblick in ihre Seele gewähren.

Hinter ihnen hupte es laut. Celia fuhr zusammen und lachte dann über ihre Schreckhaftigkeit. Gardner fiel in ihr Lachen ein. Noch nie war ihm eine Frau begegnet, die so natürlich und ungekünstelt war.

„Es ist nur Ihre Freundin, Mrs. Malone", sagte er und lehnte sich zurück. „Sie ist ein richtiger Wirbelwind, oder?" Er sah in den Rückspiegel und beobachtete, wie Janie Sue Malone die Tür ihres Kombiwagens zuwarf.

„Sie war schon immer ziemlich … mobil. Auf der High School war sie Cheerleader und Rory, den sie später heiratete, in der Footballmannschaft." Celia öffnete die Wagentür und stieg aus.

Gardner folgte ihr und hatte gerade noch Zeit, einen Blick auf das Haus zu werfen, bevor Janie Sue loslegte. „Also, dies ist wirklich das perfekte Haus für Sie. Groß genug, aber nicht zu groß. Es liegt am Stadtrand und trotzdem noch nah genug." Sie klopfte ihm auf den Arm. „Kommen Sie doch mit hinein."

Gardner legte die Hand leicht auf Celias Rücken, während sie zusammen hineingingen. Sie betraten das riesige Wohnzimmer, das von einem großen gemauerten Kamin beherrscht wurde.

„Dies ist wirklich die ideale Bleibe für einen Junggesellen", erklärte Janie Sue und wuselte geschäftig durch den Raum. „Großes Wohnzimmer, Küche mit Essecke und Gästezimmer mit Bad hier unten. Oben befindet sich ein geräumiges Doppelschlafzimmer und noch ein Bad."

Gardner schaute durch eine Glastür, die auf die Terrasse führte. „Ein schöner, großer Garten", bemerkte er. „Und eingezäunt. Das ist gut."

„Sage ich doch." Eilfertig schob Janie Sue die Tür auf und winkte ihren Kunden nach draußen. „Da Sie keine Kinder haben, handelt es sich vermutlich um ein Haustier."

„Ich habe einen Hund. Einen Boxer", bestätigte Gardner. Henry würde von diesem Haus begeistert sein, besonders von dem Garten.

„Ich hatte als Kind auch einen Boxer namens Sinner", sagte Celia. „Letztes Jahr ist er gestorben, aber Miss Eula hat eine seiner Töchter."

„Miss Eula hat Boxer gezüchtet, nicht wahr?", fragte Janie Sue.

„Ja." Celia nickte. „Bis vor vier Jahren. Aber sie hat versprochen, Goldie noch einmal decken zu lassen, damit ich mir einen Welpen aus dem Wurf aussuchen kann."

„Dafür würde mein Henry sich bestens eignen", sagte Gardner. „Er hat ein Zuchttauglichkeitszeugnis. Ich habe ihn übrigens geschenkt bekommen, damit ich nicht einsam bin."

Er spürte, wie Celia sich bei seinen Worten sofort verspannte. Sie ging wohl automatisch davon aus, dass es ein Geschenk von einer Frau war, womit sie auch recht hatte. Er und Karen, eine aufstrebende junge Anwältin, hatten fast acht Monate lang zusammengelebt. Im Bett hatten sie sich gut verstanden, aber ansonsten hatten sie vom Naturell her nicht zusammengepasst. Sie war schlampig, er ordentlich; sie war eine Nachteule, er ein Frühaufsteher; sie liebte harten Rock, er weichen Jazz; bei ihr musste alles nach ihrem Kopf gehen und bei ihm ebenfalls. Sie hatten sich in Freundschaft getrennt, und als Abschiedsgeschenk hatte sie ihm Henry gegeben.

Janie Sue, die die plötzliche Spannung zu spüren schien, legte den Arm um die Schultern ihrer Freundin. „Chief … ich meine Gardner, sehen Sie sich doch einfach mal auf eigene Faust um. Celia und ich lassen uns inzwischen hier draußen die Sonne auf die Nase scheinen."

Gardner warf Celia einen fragenden Blick zu. Hatte sie vielleicht Lust, ihn zu begleiten?

„Gehen Sie nur und schauen Sie sich um", sagte Celia. „Wenn

Sie sich für das Haus entscheiden, können Sie mich später noch herumführen, und ich werde versuchen, der Einrichtung den weiblichen Touch zu geben."

Sie brachte ein mühsames Lächeln zustande, während sie sich im Stillen wünschte, auf dem Absatz kehrtzumachen und zu Fuß in die Stadt zurückzulaufen. Was tat sie eigentlich hier, und wem versuchte sie etwas vorzumachen? Gardner Kegan war ein Mann, der daran gewöhnt war, eine Frau um sich zu haben. Eine Frau, die ihm bei der Einrichtung half. Eine Frau, die sein Bett wärmte. Eine Frau, die ihm einen Hund schenkte, damit er Gesellschaft hatte, wenn sie gerade nicht da war. Dieser Mann wünschte sich eine lockere, rein sexuelle Beziehung. Celia wusste genau, dass sie da nicht mitspielen konnte.

„Ich will nur rasch einen Blick ins Schlafzimmer werfen. Dann können wir Nägel mit Köpfen machen." Lächelnd verschwand er im Haus.

„Ich glaube, Gardner wird das Haus mieten", meinte Celia beiläufig. Warum in aller Welt versteifte Gardner Kegan sich ausgerechnet auf sie? Sie glaubte ihm, wenn er behauptete, dass er nicht an ihrem Vermögen interessiert sei. Doch was für einen anderen Grund konnte ein Mann wie er haben? Sie war weder attraktiv noch sexy, und er war beides.

Janie Sue legte Celia die Hand auf den Arm. „Hör mal, was läuft da eigentlich zwischen euch beiden?"

Celia fuhr herum. „Nichts", schnappte sie. „Er ist unser neuer Polizeichef, und Daddy meinte, ich müsste ihm die gebotene Gastfreundschaft erweisen."

„Aha, ich verstehe. Du nimmst dir den halben Tag frei und hast die Absicht, unserem neuen Polizeichef bei der Einrichtung seines Hauses zu helfen … und alles nur, weil Daddy es so möchte?"

„Stimmt genau." Dabei wusste Celia, dass sie Janie Sue nichts vormachen konnte. Obwohl die beiden sehr unterschiedlich waren, bestand seit der Grundschule eine enge Freundschaft zwischen ihnen. Sie waren ein Musterbeispiel für die Gegensätze, die sich bekanntlich anziehen.

„Cecilia Cornelia Collins, du kannst mir doch nicht weismachen, dass du nicht auf diesen Mann abfährst. Ich habe dich noch nie so gesehen, so … aufgeregt und verhuscht." Janie Sue lächelte verschmitzt. „Ich kann's dir nicht einmal übel nehmen. Der Mann ist ein Kracher. Und er mag dich, mein Schatz, er mag dich wirklich. Da bin ich mir sicher."

Celia atmete tief ein. Es störte sie, dass Janie Sue Gardner mochte, denn ihre Freundin hatte immer gute Menschenkenntnis bewiesen. Randall hatte sie von Anfang an abgelehnt und immer versucht, ihn Celia auszureden. Und jetzt dies!

„Er ist wie ein Taifun", sagte Celia. „Ich weiß einfach nicht, wie ich mit ihm umgehen muss. Und er weckt Gefühle in mir, mit denen ich nicht klarkomme."

„Aufgeregt und verhuscht", wiederholte Janie Sue lachend. „Nach deinem Anruf gestern Abend habe ich Rory gefragt, was er über Chief Kegan weiß und wie sein erster Eindruck war."

„Und was hat Rory gesagt?"

„Na ja, du weißt ja, wie der Klatsch auf dem Revier blüht. Gardner scheint ein überzeugter Junggeselle zu sein. Nie verheiratet gewesen, keine Kinder, zumindest offiziell nicht."

Celia gab Janie Sue einen Rippenstoß. „Was noch?"

„Aufgewachsen ist er in Birmingham, nach dem zur Polizei gegangen, wo er zum Sondereinsatzkommando gehörte."

„Nichts Privates, außer dass er ein Single ist?"

„Rory mag ihn. Er glaubt, dass Kegan sich nichts gefallen lassen wird. Er wird tun, was er für richtig hält, und jeden fair behandeln. Du weißt ja, dass Rory Chief Maddox für einen Befehlsempfänger hält."

„Rory glaubt, dass mein Vater und seine Freunde die Polizei kontrollieren, nicht wahr?" Celia hätte gern abgestritten, dass Boyd Hammond und seine betuchten Freunde enormen Einfluss in Cold Water und auch auf die Polizei hatten, aber das konnte sie nicht.

„Rory fragt sich, wie ein Mann wie Gardner Kegan diesen Job bekommen konnte. Bei der Polizei von Birmingham ist er als eine Art Rebell bekannt."

„Ich bin sicher, der Stadtrat hat seinen Background genau durchleuchtet und ihn für qualifiziert gehalten. Wer weiß, vielleicht ist die alte Garde der Meinung, dass frisches Blut her muss."

„Dann liegen sie mit Gardner genau richtig", versicherte Janie Sue. „Du solltest eines nicht vergessen, mein Schatz. Dein Daddy mag ja vielleicht frisches Blut bei der Polizei gutheißen, aber wenn es um seine Tochter geht, kann das Blut gar nicht alt genug sein."

„Um Himmels willen, Janie Sue, zwischen Gardner und mir kann es niemals wirklich ernst werden. Ich glaube, er sieht in mir so eine Art Kuriosität."

„Was?"

„Er sagte mir selbst, dass ich ganz und gar nicht sein Typ wäre. Ich glaube, er sieht in mir eine Herausforderung." Vielleicht war es ja wirklich nur das. Gardner war noch nie mit einem Mauerblümchen ausgegangen, und der Gedanke reizte ihn vermutlich. Er hatte ihr Klasse und Köpfchen bescheinigt, und damit hatte er wohl recht.

„Glaubst du, er weiß Bescheid?"

„Worüber?", fragte Celia verdutzt.

„Dass du noch Jungfrau bist", flüsterte Janie Sue mit Verschwörermiene.

Celia errötete. „Wie sollte er?"

„Männer wie Gardner haben da einen sechsten Sinn. Deine Unschuld könnte genau der Grund sein, weshalb er dich so attraktiv findet."

„Soll das eine Warnung sein?"

„Ganz und gar nicht", gab Janie Sue zurück. „Du sollst nur auf der Hut sein und dich nicht in ihn verlieben. Wenn er dir nichts verspricht, darfst du auch nichts erwarten."

„Du meinst, ich soll mit einem Mann schlafen, den ich nicht liebe?" Dieser Gedanke war Celia noch nie zuvor gekommen. Selbst als sie mit Randall verlobt war, hatte sie sich nie dazu überwinden können, mit ihm zu schlafen. Gardner Kegan jedoch war etwas anderes, eine ganz andere Sorte Mann. Wann immer er sie ansah, fragte sie sich im Stillen, wie es wohl sein mochte, wenn er ihr erster Liebhaber würde.

„Es gibt nun einmal so etwas wie gute alte, kreuzgesunde Sinneslust, weißt du?"

„Ist es das, was euch verbindet, dich und Rory?"

„Wir haben beides, Liebe und Lust. Darum haben wir geheiratet, und darum hält unsere Ehe. Ich brauche nur an Rory zu denken, und schon geht es mit mir durch."

„Ich kenne Gardner doch kaum, und …"

„Dazu braucht man sich nicht lange zu kennen, Cecilia. Ein Blick genügt."

Beide lachten, als Gardner auf die Terrasse heraustrat. Die Art, wie sie lachten, verriet ihm sofort, dass sie über Männer gesprochen hatten.

„Okay, Janie Sue, wo ist der Vertrag? Dieses Haus ist wie für mich gestrickt." Gardner trat zu Celia und legte ihr den Arm um die Schultern. „Ich zähle auf Sie, Süße. Ich habe nicht annähernd genug Mobiliar für dieses Haus, und meine Vorhänge passen vermutlich auch nicht. All das werde ich Ihnen überlassen."

„So möchte ich immer Geschäfte machen." Janie Sue zog einen Schlüsselbund aus der Tasche. „Sie brauchen nur noch den Mietvertrag zu unterschreiben, und das auch erst, wenn Sie einziehen. Dann wird die erste Monatsmiete fällig und die übliche Kaution."

„Henry und ich werden in zwei Wochen einziehen. Meinen Posten als Polizeichef trete ich dann am ersten Mai an."

Janie Sue warf ihm die Schlüssel zu. „Willkommen in Cold Water, Chief Kegan. Wenn Sie sich häuslich niedergelassen haben, möchten Rory und ich Sie und Cecilia zum Dinner einladen."

Celia wollte schon protestieren, darauf hinweisen, dass sie und Gardner kein Paar seien, aber bevor sie noch ein Wort herausbrachte, hatte Gardner bereits akzeptiert. „Wir kommen gern, nicht wahr Celia?"

„Celia?" Janie Sue hob lächelnd die Brauen. „Ich sehe schon, Gardner, es wird Ihnen gefallen in unserer kleinen Stadt."

„Es gefällt mir bereits", versicherte Gardner und drückte Celias Schultern.

„So, Leute, jetzt muss ich weiter. Macht's gut."

Janie Sue war kaum aus der Haustür, als Gardner Celia in die Arme zog, sie fest an sich drückte und mit der Nase ihren Hals liebkoste.

„Ich dachte schon, sie würde uns nie allein lassen", flüsterte er, und sein warmer Atem strich über Celias Ohr.

Sie erschauerte unwillkürlich und schmiegte sich an ihn, wobei sie sich fragte, ob sie wohl von allen guten Geistern verlassen war. „Wie können Sie nur so etwas sagen?" Sie lächelte zu Gardner auf.

„Verstehen Sie mich nicht falsch, ich mag Janie Sue. Andererseits kann ich nicht über Sie herfallen, solange sie dabei ist."

Celia wusste, dass er nur Spaß machte. Blanker Übermut blitzte aus seinen braunen Augen. „Ich erlaube Ihnen aber nicht, über mich herzufallen."

Gardner legte ihr die Hände auf die Schultern und schob sie ein wenig von sich ab. „Schätze, ich kann noch einen Augenblick damit warten. Versprechen Sie mir, mir zu sagen, wenn Sie bereit sind?"

Heißes Verlangen schoss durch Celias Körper. Sie hatte plötzlich Schmetterlinge im Bauch und wilde erotische Vorstellungen, wie es wohl sein mochte, wenn Gardner über sie herfiel. „Versprochen."

Er nahm sie bei der Hand und zog sie mit sich. „Kommen Sie, Süße, ich will Ihnen die Küche zeigen. Sagen Sie, können Sie eigentlich kochen?"

„Was?" Verblüfft sah sie ihn an.

„Na ja, ich hoffe, dass wir beide in Zukunft so manches gemütliche Essen miteinander teilen werden." Er setzte dieses unverschämt männliche Grinsen auf, von dem Celia sicher war, dass keine Frau ihm widerstehen konnte. „Intime kleine Abendessen zu zweit, hier in meiner Küche zubereitet. Und das wird Ihre Aufgabe sein. Mit der Mikrowelle bin ich zwar ein Weltmeister, aber damit hat sich's schon."

„Ich kann kochen. Ich bin zwar keine Meisterköchin, aber verhungern werden wir nicht."

Gardner führte sie in die Küche, einen hohen, luftigen Raum. „Nun, was halten Sie davon?"

Celia hielt den Atem an. „Du meine Güte, das ist ja fast wie eine Hotelküche."

„Zum Glück haben die Vorbesitzer die ganze Kücheneinrichtung hiergelassen."

„Haben Sie überhaupt genug Möbel, um das Haus einigermaßen einzurichten?"

„Bei Weitem nicht. Ich werde Ihre Hilfe brauchen."

„Ach ja?" Der Gedanke, mit ihm Möbel zu kaufen, machte Celia befangen. So etwas taten Brautleute, die kurz vor der Hochzeit standen. Schlag dir das aus dem Kopf, schalt sie sich im Stillen. Du kennst den Mann ja kaum. Das Letzte, woran er denkt, ist heiraten. Und du solltest es ihm gleichtun.

„Ich denke, Sie haben sich schon bereit erklärt, diesem Haus den weiblichen Touch zu geben", sagte Gardner. „Dazu gehört schließlich auch der Möbelkauf."

„Haben Sie schon jemals in einer Kleinstadt gelebt?"

„Nein, warum? Was hat das mit der Einrichtung zu tun?"

„In so kleinen Städten wie Cold Water wissen alle über alles Bescheid."

„Und?"

„Und das bedeutet, dass die Leute sich lebhaft für ihre Nachbarn interessieren. Auf den neuen Polizeichef sind sie natürlich besonders neugierig. Da ich zur Hammond-Familie gehöre, findet mein Leben praktisch in der Öffentlichkeit statt."

„Sie meinen den Klatsch? Sie glauben, die Leute würden sich über uns das Maul zerreißen?"

Celia gab sich Mühe, nicht zu erröten. „In so kleinen Städten ist der gute Ruf lebenswichtig. Ich finde, Sie sollten bedenken, dass die Leute unter gewissen Umständen gewisse Dinge von uns erwarten."

„Wollen Sie damit sagen, dass der Polizeichef und Boyd Hammonds Tochter keine Affäre miteinander haben dürfen, es sei denn, sie führt zu ... einer seriösen Verbindung?"

„Ja, so ähnlich."

„Und was erwarten Sie, Celia?"

Mit großen Augen sah sie ihn an. „Ich weiß nicht genau, was ich erwarte. Sie sind ein Fremder für mich. Ich kenne Sie nicht. Woher soll ich auch nur ahnen, was Sie von mir wollen?"

„Das habe ich Ihnen doch schon gesagt. Die Frage ist jetzt nur, wissen Sie, was Sie von mir wollen?"

Sie wollte, dass er sie in die Arme nahm und küsste, dass er sie liebte und all ihre Träume wahr machte. Sie wollte mit diesem Mann das Glück ihres Lebens finden. Das konnte sie ihm freilich nicht sagen. „Ich will, dass Sie aufrichtig sind, Gardner. Keine Lügen, keine Vorspiegelungen. Ich habe mich schon einmal zum Narren gemacht. Ein zweites Mal würde ich es nicht ertragen."

Bevor er noch irgendwie reagieren konnte, drehte sie sich um und floh aus der Küche. Sie floh nicht nur vor ihm, sondern auch vor dem eigenen Verlangen, das sich so heftig in ihr regte.

Gardner lief ihr nach und fasste sie bei den Schultern. Er spürte, wie sie sich verkrampfte.

„Laufen Sie nicht vor mir weg, Süße." Er wünschte, er brauchte sie nie anzulügen, ihr nie wehzutun, aber das war unmöglich. Sein ganzes Leben hier in Cold Water würde eine Lüge sein, und er würde Celia benutzen, um sein Ziel zu erreichen. Er konnte ihr gegenüber nicht aufrichtig sein, ohne all seine Pläne zunichtezumachen. Celia Collins bedeutete ihm nichts. Sie war lediglich ein Mittel zum Zweck. Er gab ja zu, dass sie ganz anders war, als er erwartet hatte, und die süße Unschuld, die sie ausstrahlte, nagte an seinem Gewissen. Aber nichts und niemand, nicht einmal Celia würde ihn davon abbringen, die Wahrheit herauszufinden und den Tod seiner Mutter zu rächen.

Celia stand mit dem Rücken zu ihm. Ihr Inneres war in hellem Aufruhr, obwohl sie versuchte, nicht zu zittern. „Ich habe Angst vor Ihnen, Gardner Kegan, und vor den Gefühlen, die Sie in mir wecken."

Langsam drehte er sie zu sich um. Sie schaute zu Boden. Er hob ihr Kinn, sodass sie ihn ansehen musste. „Wenn es Sie irgendwie beruhigt, will ich Ihnen gestehen, dass Sie mir auch Angst einjagen."

„Ich … Ihnen?" Wie wäre das möglich? Wie sollte ausgerechnet sie einem Mann wie Gardner Angst einjagen?

„Ich habe noch nie eine Frau wie Sie gekannt. So süß, so rückhaltlos aufrichtig."

„Interessieren Sie sich deshalb für mich? Weil ich ein Kuriosum für Sie bin?" Sie riss sich von ihm los. „Was ist los, Mr. Kegan? Hatten Sie noch nie zuvor eine unerfahrene Frau im Bett? Reizt es Sie, eine auszuprobieren?"

„Wie unerfahren sind Sie denn?"

„Das geht Sie nichts an."

„Wenn ich Ihr Liebhaber werde, geht es mich schon etwas an."

„Nicht ‚wenn', Mr. Kegan, sondern ‚falls'."

„Machen Sie sich nichts vor, Süße, wir werden ein Paar sein. Früher oder später. Und ich bin fast sicher, dass ich für Sie der Erste sein werde."

Celia wäre am liebsten im Boden versunken. Wie hatte sie sich nur auf ein solches Gespräch einlassen können! Sie war Gardner nicht gewachsen. Ihr Instinkt sagte ihr, dass eine solche Verbindung ihr nur Kummer und Leid bringen konnte. Wieso wünschte sie sich trotzdem, sogar jetzt in diesem Augenblick, dass er sie in die Arme nahm?

Tränen traten ihr in die Augen. Gott, wie Sie sich dafür hasste! Warum war sie nur so ein Sensibelchen?

Als hätte er ihre Gedanken gelesen, zog Gardner sie in die Arme. Willig ließ sie es geschehen, obwohl ihr Verstand sich dagegen sträubte. Gardner küsste sie zärtlich auf die Stirn. „Ich will dich, Celia. Ich will mit dir schlafen. Ich bin bereit, dir so viel Zeit zu lassen, wie du brauchst. Und ich werde so aufrichtig sein, wie ich nur kann. Erwarte nicht mehr von mir als eine Affäre, denn dies ist kein Eheversprechen."

„Und wenn ich das Angebot nicht annehmen kann?"

„Du bist eine erwachsene Frau, Celia, reif für die Liebe. Falls du dich für die Ehe aufsparen willst, könnte es gut sein, dass du als alte Jungfer endest. Willst du das?"

„Ich habe mich für die Liebe aufgespart, aber wir lieben einander nicht."

„Ich bin nicht auf der Suche nach der großen Liebe. Falls du es bist, ist das eben nicht zu ändern. Wenn du zu einer Affäre mit mir nicht bereit bist, könnten wir dann nicht wenigstens Freunde sein?"

„Das ist ein Trick, oder?" Um ihre Mundwinkel zuckte es. „Erst Freundschaft und dann Sex."

„Sieh an, du liest bereits in mir wie in einem offenen Buch."

„Gardner Kegan, Sie sind wirklich der schockierendste Mann, der mir je untergekommen ist."

„Und der mit dem meisten Sex-Appeal?" Er presste sie fest an sich, senkte den Kopf und fuhr mit der Zunge über ihre Unterlippe.

Celia hielt den Atem an. „Nein, so etwas werden Sie von mir bestimmt nicht hören. Sie sind auch so schon eingebildet genug."

„Geh heute Abend mit mir essen." Er ließ die Hand über ihren Rücken abwärts gleiten, bis sie auf ihrer Hüfte lag. Dann drückte er sie so fest an sich, dass sie spürte, wie erregt er war.

Sie wehrte sich, um sich aus seinem Griff zu befreien, bewirkte damit jedoch nur eine Steigerung seiner Erregung. „Ich sagte doch bereits, dass ich nicht kann. Ich bin schon verabredet."

Schmeichelnd rieb er seine Wange an ihrer. „Du kannst absagen."

„Das kann ich nicht."

Er küsste sie. Was als warme, zärtliche Liebkosung begann, endete in einem wilden, leidenschaftlichen Kuss. Celia klammerte sich an ihn, als hätte sie ein Leben lang darauf gewartet, dass ein Mann sie so fordernd und gierig küsste.

Das Blut schoss wie Feuer durch ihre Adern. Celia ergab sich diesem Feuer, dessen Name Gardner Kegan war, und verlor sich darin. Sie ignorierte alle Warnungen, die ihr Unterbewusstsein ausschickte. Als die Vernunft sie schließlich doch einholte, machte sie sich widerstrebend von ihm los.

„Ich ... auf Wiedersehen, Gardner", stieß sie atemlos hervor und trat einen Schritt zurück. „Wir sehen uns morgen Abend bei meinen Eltern."

Nein, so etwas! Nicht im Traum hatte Gardner in Miss Cecilia Cornelia Collins so viel aufgestaute Leidenschaft vermutet. In dem Augenblick, als ihre Lippen sich berührten, war sie in seinen Armen entflammt. Wie würde es erst sein, wenn er sie zum ersten Mal nahm? Allein die Vorstellung erregte ihn fast bis zur Schmerzgrenze.

„Wie willst du denn in die Stadt zurückkommen?" Grinsend wies er mit dem Kinn nach draußen, wo nur sein Mustang stand. „Ich habe dich doch hergefahren."

„Oh, ich ..."

Er lachte. „Keine Panik, Süße. Ich mache ja nur Spaß. Komm, ich bringe dich zurück ... und in Sicherheit ... für heute."

Celia wartete nicht, bis Gardner die Tür für sie öffnete. Sie hastete hinaus. Draußen atmete sie tief ein und hoffte, damit ihre aufgewühlten Sinne zu beschwichtigen.

Als er hinter sie trat und die Handfläche auf ihren Rücken legte, fuhr sie zusammen. „Nach morgen Abend bist du mich für zwei Wochen los. Dann hast du Zeit genug, um dir zu überlegen, wie du dich entscheiden willst."

Celia ließ sich von ihm in den Wagen helfen. Zwei Wochen ohne ihn! Sie kannte ihn erst seit vierundzwanzig Stunden, und doch hatte sie zugelassen, dass er bereits jetzt zum Mittelpunkt ihres Lebens geworden war. Diese zwei Wochen würden ihr hoffentlich zu der Einsicht verhelfen, dass eine Affäre mit Gardner Kegan das Letzte war, was sie brauchte.

Sie musste jetzt nur noch die Dinnerparty morgen Abend hinter sich bringen, sich von ihm verabschieden und die Sache ein für alle Mal beenden. Wenn er nach zwei Wochen zurückkam, würde sie für ihn nicht mehr zu sprechen sein.

Kein Problem, versicherte sie sich und wusste doch, dass sie sich etwas vormachte.

Gardner trank die Cola aus, warf die Dose in den Papierkorb und ließ sich rückwärts aufs Bett fallen. Mit offenen Augen starrte er zur Decke empor und versuchte, nicht mehr an Celia Collins zu denken. Er durfte sich in keine gefühlsmäßige Bindung verstricken. Er musste einen Schlussstrich ziehen, und zwar sofort. Bevor ihre Beziehung sich weiter vertiefte. Er hatte erwartet, dass sie weltgewandt und hochnäsig sein würde, eine Frau, die er benutzen und dann wegwerfen konnte.

Er brauchte Celia, um Zutritt zu den Hammonds zu bekommen. Auch wenn sie damals noch gar nicht geboren war, konnte sie ihm doch Insiderkenntnisse über die Familie verschaffen, die sonst keiner wusste.

Und wenn sie am Schluss erfuhren, dass er Gails unehelicher Sohn war und mit Boyd Hammonds heiß geliebter Tochter eine Affäre hatte und dadurch dem Mann das Herz brach, umso besser.

Seitdem Gardner die Wahrheit über seine leiblichen Eltern herausgefunden hatte, hatte er über den Mord an seiner Mutter so viele Einzelheiten zusammengetragen, wie er nur konnte. Obwohl das Bild noch immer sehr lückenhaft war, musste selbst sein Adoptivvater zugeben, dass die ganze Sache stark nach Vertuschung stank. Nur eine so einflussreiche Familie wie die Hammonds wäre dazu in der Lage gewesen. Das bedeutete, dass sie einen der ihren schützte. Aber wer hatte ein Motiv? Wer von ihnen war daran interessiert, Gail Michaels umzubringen und ihren Sohn zur Adoption freizugeben?

Ein inneres Gefühl sagte Gardner, dass Boyd Hammond Gail getötet hatte. Hatte sie zu beweisen versucht, dass ihr kleiner Tommy ein Hammond war, Thomas Hammonds Sohn und somit der Erbe der Hammond-Millionen? Boyd, der einzige überlebende Sohn, hätte dabei am meisten zu verlieren gehabt.

Das Telefon auf dem Nachttisch läutete schrill und riss Gardner aus seinen Gedanken. Er hob den Hörer ab. „Hallo?"

„Wie laufen die Dinge in Cold Water, mein Sohn?"

Gardner erkannte die Stimme seines Vaters. „Hallo, Dad. Alles bestens. Ich habe bereits Boyd Hammond und seine Stieftochter Celia Collins kennengelernt. Die Sache lässt sich gut an. Morgen Abend bin ich bei den Hammonds zum Dinner eingeladen."

„Hör zu, Sohn, ich halte deine Idee für verrückt. Du stocherst da in einem Hornissennest herum. Das kann ins Auge gehen."

„Du hast gesagt, du verstehst, warum ich dies tun muss." Gardner lag sehr viel daran, dass sein Vater ihn verstand und unterstützte. Ernie Kegan war ein äußerst fähiger Bilderbuchpolizist. Und er war ein starker, warmherziger Vater, auf den man sich immer verlassen konnte.

„Ich verstehe dich ja. Du willst einen Mord aufklären, der über dreißig Jahre zurückliegt. Du willst den Mörder hinter Gitter bringen, aber …"

„Nicht irgendeinen Mord, sondern den Mord an der Frau, die mich zur Welt gebracht hat."

„Ich wünschte, Lois wäre noch am Leben. Sie wüsste, wie man dich zu Verstand bringt. Auf sie hast du immer gehört."

„Mom würde verstehen, warum ich dies tun muss. Sie wäre auf meiner Seite."

„Aber sie hätte auch Angst um dich. Angst, dass du Geister rufst, die du dann nicht mehr kontrollieren kannst. Dieser Hammond-Clan wird nicht ruhig zusehen, wie du ihnen einen Mord aufs Auge drückst. Wir wissen doch, dass Boyd Hammond einflussreiche Freunde hat. Wenn es ihm gelungen ist, einen Mord zu vertuschen, wieso sollte er es dann nicht auch mit einem zweiten tun können?"

Darauf brauchte Gardner nicht erst hingewiesen zu werden. Er wusste selbst, in welcher Gefahr er schwebte, wenn seine Tarnung aufflog. „Ich werde vorsichtig sein. Ich bin ja kein Anfänger."

„Hattest du schon eine Möglichkeit, Einsicht in die alten Akten zu nehmen?"

„Nein. Damit warte ich lieber, bis ich hier der Chief bin."

„Das ist auch gut so. Was ist mit Wayne Michaels? Hast du etwas über ihn herausgefunden?"

„Ich war gestern draußen bei seinem Haus. Er hat sich mit einer Frau auf der Veranda gestritten. Er lebt in einer Bruchbude und sieht aus wie ein Penner."

„Der Mann ist ein kleiner Gauner. Er war schon ein paarmal im Gefängnis, scheint aber immer ausreichend Geld zu haben, obwohl er nicht arbeitet. Diesen Punkt würde ich an deiner Stelle mal näher untersuchen."

„Weißt du, Dad, am Anfang ist mir auch der Gedanke gekommen, dass Gail Michaels von ihrem Bruder getötet worden ist. Zuzutrauen wäre es ihm."

„Schon möglich, aber niemand kann an zwei Orten zugleich sein, und es gibt dutzendweise Zeugen, die Wayne Michaels auf der Rennbahn gesehen haben, als seine Schwester getötet wurde."

„Damit bleiben nur die Hammonds."

„Boyd Hammond?"

„Er hat doch meine Adoption veranlasst, oder? Mein besorgter Onkel, der mich stehenden Fußes aus der Stadt und so weit wie möglich vom Hammond-Vermögen wegschaffte."

„Bist du ganz sicher, dass du nicht doch ein Auge auf dieses Vermögen geworfen hast, Junge? Wenn du erst mal bewiesen hast, wer Gail Michaels umgebracht hat, ist es nur noch ein kleiner Schritt zum Beweis, dass Thomas Hammond dein Vater war. Immerhin steht sein Name auf deiner Geburtsurkunde."

„Ich will keinen Cent von dem verdammten Geld. Ich will nur, dass diese Leute dafür bezahlen, was sie meiner ... was sie Gail Michaels angetan haben. Sie haben sie sich vom Hals geschafft und mich auch, als wären wir Unrat, den man einfach von der Türschwelle kehrt."

„Sie bloß vorsichtig, Junge, und ruf mich an, wenn du etwas brauchst. Ich habe selbst ein paar Freunde da oben, wie du weißt."

Ein Teil der Spannung begann von Gardner abzufallen. Das Gespräch mit seinem Vater tat ihm gut. Der Gedanke, dass es jemanden gab, der sich um ihn sorgte, gab ihm neue Kraft.

„Komm, Dad, mach dir keine Sorgen. Ich rufe dich wieder an und berichte dir von der Dinnerparty bei den Hammonds."

Vater und Sohn verabschiedeten sich. Gardner legte den Hörer auf und trat ans Fenster des Hotelzimmers. Morgen Abend würde er all seine Feinde kennenlernen. Er wünschte, Celia Collins würde nicht zu ihnen gehören. Er wollte ihr nicht wehtun. Er wusste, dass solche Skrupel eigentlich fehl am Platz waren, aber irgendwie hatte er das Gefühl, dass er es ewig bereuen würde, wenn er Celia verletzte.

ie Morgendämmerung schickte ihren ersten rosigen Schimmer über das Land. Celia stand in ihrem weißen Bademantel am Fenster ihres Schlafzimmers und schaute hinaus auf das alte Collins-Anwesen. Das noch aus der Zeit vor dem Bürgerkrieg stammende Herrenhaus war von hier aus nicht zu sehen. Celia hatte sich die alte Remise umbauen lassen und sie zu ihrem Heim gemacht.

Als sie ein Jahr nach ihrem College-Abschluss aus dem Hammond-Haus ausgezogen war, hatte ihre Mutter ihr vorgeschlagen, das alte Herrenhaus wieder zu öffnen. Das riesige leere Gebäude war Celia jedoch wie ein Mausoleum vorgekommen. Schon als Kind hatte sie die Remise geliebt, und als sie sie nach so vielen Jahren wiedersah, wusste sie sofort, dass sie ein perfektes Refugium für sie abgeben würde. Das Collins-Anwesen lag gut sieben Meilen von den Hammonds entfernt. Nah genug, um mit der Familie in Kontakt zu bleiben, und weit genug, um nach Lust und Laune kommen und gehen zu können. Nachbarn gab es nicht. Celia wohnte auf einem Grundstück von rund dreieinhalb Hektar, das sie von ihrem verstorbenen Vater geerbt hatte.

Ein nagender Schmerz pochte in Celias Hinterkopf. Sie konnte sich nicht erinnern, je eine so unruhige Nacht verbracht zu haben. Ruhelos hatte sie sich im Bett hin und her geworfen, heimgesucht von Visionen von Gardner Kegan und ihr im Bett. Schließlich hatte sie es aufgegeben, war aufgestanden und hatte den Tagesanbruch am östlichen Horizont beobachtet.

Kaffee. Sie brauchte einen Kaffee, die Morgenzeitung und dann eine heiße Dusche.

Celia ging hinunter in ihre blitzsaubere Küche, die im Landhausstil gehalten war. Sie setzte den Kaffee auf und öffnete die Hintertür, auf deren Schwelle der Cold Water Herald lag. Sie gab dem Zeitungsjungen immer ein großzügiges Trinkgeld, damit er ihr die Zeitung den ganzen Weg bis herauf zur Haustür brachte. Schon vor langer Zeit hatte Celia herausgefunden, dass

Geld zu nichts nütze war, wenn man sich und anderen nicht damit das Leben erleichtern konnte.

Die kühle Morgenluft ließ sie frösteln. Rasch hob sie die Zeitung auf, schloß die Tür wieder und legte den Herald auf den Tisch.

Celia genoß diese kleinen Bequemlichkeiten, die sie sich gönnte, gab ansonsten jedoch keine großen Summen für sich aus. Sie spendete freigebig für soziale Zwecke, aber im Gegensatz zu ihrer in zahlreichen Wohltätigkeitsorganisationen engagierten Mutter trat sie nicht öffentlich in Erscheinung. Sie zog es vor, anonym zu bleiben. Früher hatte ihre Mutter oft versucht, sie ins Rampenlicht zu rücken, aber Celia hatte sehr bald herausgefunden, dass sie ihrer schönen, lebhaften Mutter in keiner Weise glich. Monica Lindsey Collins Hammond war der personifizierte Charme. In ihrer Gegenwart war Celia sich immer wie ein zerknittertes Veilchen neben einer prachtvollen Rose vorgekommen.

Celia wusste, dass sie für ihre Mutter eine Enttäuschung war. Sie war nicht die anmutige, lebenssprühende Tochter, die Monica sich immer gewünscht hatte, sondern ein ruhiges, in sich gekehrtes, schlichtes Kind, das viel mehr seinem Vater glich. Cecil Collins war fünfzehn Jahre älter gewesen als seine Frau, ein bebrillter Wirtschaftsprofessor, der letzte Sproß seiner Familie und Erbe eines großen Vermögens. Celia kannte ihren Vater kaum, da er so früh gestorben war.

Boyd Hammond dagegen liebte sie von ganzem Herzen. Er hatte in seine Liebe zu Monica auch ihr einziges Kind eingeschlossen, und als ihm eigene Kinder versagt blieben, war ihm Celia umso mehr ans Herz gewachsen. Es gab nichts auf der Welt, das er nicht für sie tun würde. Als er hinter den wahren Charakter und die unehrlichen Absichten von Randall Landers gekommen war, hätte Boyd ihn am liebsten umgebracht. Celias distinguierter, kultivierter Stiefvater hatte Randall windelweich geprügelt. Monica war damals entsetzt gewesen. Was würden die Leute dazu sagen! Miss Eula dagegen hatte ihren Sohn beglückwünscht und betont, dass dies zu ihrer Zeit durchaus üblich gewesen sei.

Wie würde Boyd wohl reagieren, wenn sie sich in eine Affäre mit dem neuen Polizeichef einließ? Und was würde ihre Mutter sagen? Der Polizeichef mochte zwar gut genug sein, um gelegentlich zum Essen gebeten zu werden, aber bei Weitem nicht gut genug für ihre Tochter.

Es spielte jedoch keine Rolle, was irgendjemand denken oder sagen mochte. Trotz der Liebe und des Respekts, den Celia ihren Eltern entgegenbrachte, war sie schon lange daran gewöhnt, ihre eigenen Entscheidungen zu treffen. Sie legte es nicht darauf an, ihrer Familie Kummer zu machen, aber sie war auch nicht bereit, ihr Leben nach deren Wünschen zu richten. Wenn ihr der Sinn nach einer Affäre mit Gardner Kegan stand, dann würde sie eine haben, basta!

Der köstliche Duft, der die Küche durchzog, erinnerte Celia daran, dass der Kaffee fertig war. Sie schenkte sich eine Tasse ein, setzte sich an den Küchentisch und schlug die Zeitung auf. Gleich auf der ersten Seite war ein großes Foto von Gardner Kegan, wie er Chief Maddox die Hand schüttelte.

Celia zeichnete mit der Fingerspitze die Konturen seines Gesichts nach. Auf dem Foto wirkte er genauso hart und rau, so attraktiv und sexy und so geheimnisvoll und gefährlich wie in natura. Wenn sie ihren Gefühlen für diesen Mann nachgab – Gefühlen, die zugegebenermaßen nicht sehr ladylike waren – wusste sie genau, dass sie die Kontrolle verlieren würde. Gardner würde der Boss sein. Er würde sie unterwerfen, ihren Körper und ihre Seele. Celia war nicht sicher, ob sie dazu bereit war. Der Mann versprach ihr nichts Bleibendes, nur die flüchtigen Freuden des Fleisches. Freuden, die sie nie gekannt hatte ... auf die sie neugierig war ... die sie ergründen wollte.

Ein Mann wie Gardner war ihr nie zuvor begegnet. Sie konnte noch immer nicht recht glauben, dass er sie wirklich wollte. Er hatte ihr versichert, dass er nicht an ihrem Geld interessiert sei, nur an ihr selbst. Durfte sie ihm glauben? Wie gern sie ihm doch vertrauen würde! Allein der Gedanke, von Gardner Kegan in die Geheimnisse der Liebe eingeführt zu werden, setzte ihren Körper in Flammen.

Nach der Dinnerparty heute Abend würde sie ihn zwei Wochen lang nicht sehen. Vielleicht würden in dieser Zeit diese neuen, erschreckenden Gefühle wieder verschwinden. Vielleicht würde sie ihn nach seiner Rückkehr mit ganz anderen Augen betrachten und ihrer selbst wieder sicher sein. Vielleicht.

Das Haus der Hammonds war genauso, wie Gardner es sich vorgestellt hatte. Vornehm und gediegen, genau die Art Haus, wie nur reiche, alteingesessene Familien es sich leisten konnten.

Gardner stellte seinen Mustang ab und war beinahe darauf gefasst, dass ein Diener auftauchen und ihn für ihn wegfahren würde. Er streckte sich und atmete tief die kühle Abendluft ein. Obwohl er daran gewöhnt war, seine Uniform zu tragen, mied Gardner in seiner Freizeit Schlips und Kragen. Er besaß nur einen schwarzen Anzug, und der hing zu Haus in Birmingham im Schrank. Da er eine Einladung bei den Hammonds nicht erwartet hatte, war er natürlich auch nicht darauf vorbereitet. Das spielte jedoch keine Rolle. Diese Leute wussten auch so, dass er nicht zu ihren Kreisen gehörte, dass er nur ein Angestellter war. Dies würde vermutlich die erste und einzige Dinner-Einladung sein, und er war fest entschlossen, das Beste daraus zu machen.

Ein sehr würdiger Butler unbestimmbaren Alters öffnete die Haustür und führte Gardner in den großen Salon. Dieses Haus war kein Heim; es war eine Sehenswürdigkeit. Ohne viel von den Dingen zu verstehen, zweifelte Gardner nicht daran, dass die Gemälde Originale waren, die Möbel schier unbezahlbare Antiquitäten, und der Teppich war ein echter Aubusson. In seinem ganzen Leben hatte er sich noch nie so fehl am Platz gefühlt.

Arme Gail Michaels! Falls sie dieses Haus je betreten hatte, war sie gewiss vor ehrfürchtiger Scheu erstorben. Hatte sie Thomas Hammond wirklich geliebt, oder hatte das goldene Leben sie geblendet?

„Kommen Sie, Gardner! Kommen Sie herein, damit ich Sie mit der Familie bekannt machen kann." Boyd Hammond in dunkelblauer Hose und grauem Jackett wirkte genauso elegant wie sein Haus.

Mit gemessenem Schritt betrat Gardner den Raum und fasste Boyds ausgestreckte Hand. Unter anderen Umständen wäre es ihm schwergefallen, Boyd Hammond nicht zu mögen. Es war gut zu verstehen, weshalb Celia ihren Stiefvater anbetete.

Gardner fühlte die Blicke der Anwesenden auf sich und zwang sich zu einem Lächeln. „Vielen Dank für die Einladung. Ich habe mich schon sehr drauf gefreut, Ihre Familie kennenzulernen." Meines Vaters Familie. Meine Familie.

Boyd wandte sich zu der alten Dame, die majestätisch in einem Queen Anne-Sessel thronte, und sagte: „Mutter, dies ist Gardner Kegan, und …"

„Ich bin Eula Hammond. Kommen Sie näher, junger Mann, damit ich Sie richtig ansehen kann."

Gardner gehorchte ohne zu zögern und hoffte inständig, dass man ihm seine Anspannung nicht ansah. Er wollte nicht, dass seine Hände bei der ersten Begegnung mit seiner Großmutter zitterten. „Es ist mir ein Vergnügen, Ma'am."

Sie war genauso, wie er es erwartet hatte. Klein und grazil, mit nachtschwarzen, unergründlichen Augen. Ein Schauer überlief ihn. Ihr weißes Haar war in der Mitte gescheitelt und im Nacken zu einem Knoten geschlungen. Sie trug lavendelfarbene Seide, und an jedem Finger steckte ein Ring – Brillanten, Rubine und Perlen, die den gleichen Schimmer hatten wie ihre Ohrringe und die Halskette.

„Mr. Kegan, wir sind entzückt, dass Sie heute Abend unser Gast sind." Lächelnd reichte sie ihm die Hand.

Fast hätte Gardner eine tiefe Verbeugung gemacht, so königlich war ihre Haltung. Für eine so winzige Frau war ihr Händedruck erstaunlich fest. Entgegen ihrem Äußeren schien Eula Hammond durchaus nicht zerbrechlich zu sein. Vermutlich war sie zäh wie Leder.

Boyd zog Gardner zum Kamin, an dem – sehr wirkungsvoll vom warmen Schein des Kaminfeuers umflossen – eine auffallend schöne Blondine stand. „Dies ist Monica, meine Frau. Darling, hier bringe ich dir unseren neuen Polizeichef."

Gardner wusste, dass die Frau siebenundvierzig Jahre alt war. Dennoch wirkte sie keinen Tag älter als fünfunddreißig. Er fühlte sich sofort von ihr angezogen, wie es vermutlich allen Männern ging. Für den Bruchteil einer Sekunde war er versucht, sie zu berühren, sich zu vergewissern, dass sie echt war. Er war davon überzeugt, dass jeder Mann auf der Welt diesem Lächeln erliegen musste.

„Was für eine wundervolle Idee von Ihnen, zu uns nach Cold Water zu kommen. Unsere kleine Stadt kann einen so gut aussehenden Junggesellen gut gebrauchen." Monicas Stimme wirkte ausgesprochen erotisch. „Die Frauen werden die schlimmsten Verbrechen begehen, nur um von Ihnen verhaftet zu werden."

„Wie kannst du nur so etwas sagen, Monica." Boyd lachte, und sein Blick hing anbetend an seiner Frau.

Ein großer, massiger Mann im grauen Nadelstreifenanzug stand auf, während die Frau an seiner Seite auf dem beigefarbenen Seidensofa sitzen blieb. „Um die Sache ein wenig abzukürzen, ich bin Ned McAllister", sagte er lächelnd. „Boyds Schwager."

Gardner tauschte einen Händedruck mit ihm. Ned McAllister war größer als Boyd, beinahe so groß wie Gardner. In seiner Jugend war er vermutlich muskulös gewesen, neigte jetzt jedoch zur Fülle. Sein einst schwarzes Haar war nun meliert.

„Diese reizende kleine Dame hier ist meine Frau Lorna, Boyds Schwester." Die Frau nickte mit einem abwesenden Lächeln. In Größe und Statur ähnelte sie ihrer Mutter, aber Gardner vermisste in ihrem Blick diese durchdringende Schärfe.

„Mich kennen Sie ja schon."

Gardner wandte sich Celia zu. Sie lächelte. Während das Lächeln ihrer Mutter gefährlich zum Verführerischen tendierte, wirkte Celias Lächeln frisch wie der junge Frühling, unschuldig und verwundbar – vielleicht eine Spur verlockend. Gardner fand ihren Anblick schlichtweg erregend.

Das Haar trug sie in einer Art Pferdeschwanz und wirkte damit sehr mädchenhaft. Das schlichte schwarze Kleid aus Seidenjersey hätte ihren schlanken Körper aufreizend modelliert – wäre es nicht eine Winzigkeit zu weit gewesen.

„Sie sehen zauberhaft aus, Celia", sagte Gardner, trat auf sie zu und nahm ihre Hand. Celia versteifte sich bei seiner Berührung und sah sich unwillkürlich im Zimmer um, als wollte sie prüfen, wie die Familie auf sein Kompliment reagierte.

„Danke."

Obwohl sie versuchte, ihre Hand wegzuziehen, hielt er sie fest. Die Hammmonds sollten ruhig wissen, dass mit ihm zu rechnen war. Celia würde ihm gehören, solange wie er sie wollte, und nichts und niemand würde etwas daran ändern. Sein Instinkt sagte ihm, dass Celia eine Frau war, die zu ihrem Partner stand und für ihn durch dick und dünn ging. Der Gedanke gefiel ihm.

Das Dinner war bereit. Celia erlaubte Gardner, sie zu Tisch zu führen. Sie hatte gehofft, dass ein Wiedersehen mit ihm ihr beweisen würde, dass sie die Dinge mit Gardner und ihre eigene Reaktion auf ihn durchaus im Griff hatte. Wie sehr sie sich doch geirrt hatte! Sie war zwar nicht verliebt in Gardner Kegan – noch nicht – aber sie hatte Verlangen nach ihm. Sie begehrte ihn. Das war es. Alle weiblichen Instinkte in ihr reagierten auf seine Männlichkeit.

Die Familie nahm ihre gewohnten Plätze ein, wobei Miss Eula mit unnachahmlicher Majestät den Vorsitz führte.

Die Unterhaltung bei Tisch interessierte Celia nur mäßig. Gesellschaftsklatsch langweilte sie. Ihre Mutter – wie immer im Mittelpunkt – unterhielt alle mit Charme und Esprit. Boyd besprach geschäftliche Dinge mit Miss Eula, die gelegentlich versuchte, Celia mit in die Unterhaltung einzubeziehen. Ab und zu wandte sie sich auch zu Gardner und fragte um seine Meinung.

Celia bemerkte, dass Gardner jedes Familienmitglied mit gespannter Aufmerksamkeit beobachtete. Vielleicht war es der Polizist in ihm, der Bestandsaufnahme machte. Ganz offensichtlich war er lebhaft an ihrer Familie interessiert. Sie spürte ein leises Unbehagen in der Magengegend. Worauf beruhte dieses Interesse?

Ganz besonders schien Miss Eula ihn zu fesseln. Celia hatte plötzlich den Eindruck, als wollte Gardner etwas von ihrer Großmutter, das nichts, aber auch gar nichts mit ihrem Reichtum zu tun hatte.

„Ach herrje!" Lorna McAllister starrte entsetzt auf das umgeworfene Glas.

„Schon gut, Liebling, nichts passiert", sagte Ned hastig. „Pearl wird sich gleich drum kümmern."

Celia schaute ihre Tante an, die neben ihr saß. Lorna versuchte ungeschickt, das weindurchtränkte Tischtuch mit ihrer Serviette zu trocknen. Ihre Hände zitterten, und Tränen stiegen ihr in die blassbraunen Augen.

„Mir ist gar nicht gut heute Abend." Lornas gehetzter Blick glitt von ihrem Mann zu ihrem Bruder und dann zu ihrer Mutter. „Es ist schrecklich heiß hier drinnen. Ich glaube, Yates hätte kein Feuer im Kamin machen sollen."

„Vielleicht hast du recht, Lorna", sagte Miss Eula, und ihr Gesicht drückte Mitgefühl und Sorge aus. „Ned, warum bringst du Lorna nicht schon mal in den Salon? Wir kommen gleich nach und trinken dann zusammen unseren Kaffee."

„Komm, Darling." Ned stand hastig auf, half seiner Frau vom Stuhl hoch und legte behutsam den Arm um sie. Man spürte, dass seine liebevolle Besorgnis nicht gespielt war.

Celia hatte Tante Lorna und Onkel Ned schon immer für ein seltsames Paar gehalten. Er, der massige, ungeschlachte Sohn eines texanischen Ölbarons, hatte Jura studiert und als Anwalt Karriere gemacht. Er hatte jedoch ein Alkoholproblem, das diese Karriere beinahe zerstört hätte. Lorna dagegen war klein und ein wenig mollig, aber sehr fragil in jeder Beziehung – eine dieser zarten Blumen des Südens, die nur in Treibhäusern gediehen.

Ned und Lorna gingen hinaus, und kurz darauf erhob auch Miss Eula sich und verkündete, dass im Salon Brandy serviert würde. Alle gingen hinüber, setzten sich in zwanglosen Grüppchen zusammen, wobei Gardner Celia nicht von der Seite wich. Lorna wirkte noch immer sehr bestürzt und verwirrt.

„Stimmt etwas nicht mit deiner Tante?", fragte Gardner leise.

„Die Frage an sich ist schon eine Frechheit", zischte Celia. Sie hasste den Klatsch, der sich um ihre Tante rankte und ihr auf Schritt und Tritt folgte.

„Tut mir leid." Er streifte Celias Arm, und es durchfuhr sie wie ein elektrischer Schlag. „Es ist nur … sie wirkt so unglücklich."

„Ich glaube, Tante Lorna war schon immer leicht erregbar. Dann, es war noch vor meiner Geburt, verloren sie und Onkel Ned ihr einziges Kind. Es war ein kleiner Junge, und er war schwerbehindert. Mutter sagt, dass Teddys Tod Tante Lorna … nun ja, fast um den Verstand gebracht hat."

„Und sie hat sich nicht mehr davon erholt?"

„Ach, im Grunde ist sie ganz in Ordnung, solange man sie nicht überfordert." Celia schaute hinüber zu ihrer Tante, die sich Schutz suchend an ihren großen, schweren Mann lehnte. „Ich glaube, es ist ein Glück, dass sie Onkel Ned hat. Sie ist völlig abhängig von ihm, und er ist gut zu ihr."

„Sieht aus, als wollte er sie beschützen", sagte Gardner. „Zu dumm, dass er sie nicht vor sich selbst beschützen kann."

„Er tut, was er kann. Und sie ist ja auch nicht völlig hilflos. Sie engagiert sich sogar in der Sozialarbeit. Sie beschäftigt sich mit behinderten Kindern. Sie und Onkel Ned haben schon Unsummen gespendet, um diesen Kindern zu helfen."

Monica Hammond trat zu ihnen, schob die Hand unter Gardners Arm und ließ ihr kehliges Lachen erklingen. „Also wirklich, Cecilia, du belegst Gardner ja völlig mit Beschlag. Wir wollen auch etwas von ihm haben."

In Augenblicken wie diesen hasste Celia ihre Mutter beinahe. Niemals, nicht für einen einzigen Augenblick, konnte Monica es ertragen, nicht der Mittelpunkt männlicher Aufmerksamkeit zu sein. Es erstaunte Celia, dass ihr Vater nie eifersüchtig zu sein schien, aber vermutlich hatte er auch keinen Grund dazu. Monica liebte den Flirt. Sie brauchte die männliche Bewunderung wie die Luft zum Atmen. Doch soweit Celia wusste, hatte sie ihren Mann noch niemals betrogen.

„Komm, setz dich zu mir", befahl Miss Eula und winkte Celia heran.

Celia gehorchte, beobachtete Gardner und ihre Mutter jedoch weiter aus dem Augenwinkel.

„Dieser junge Mann erinnert mich an jemanden", sagte Miss Eula, ohne die Stimme zu dämpfen. Gardner hörte es und wandte sich stirnrunzelnd um.

Als er merkte, dass Celia und Miss Eula ihn ansahen, lächelte er. Celia war das kurze Stirnrunzeln jedoch nicht entgangen, und sie hätte zu gern den Grund dafür gekannt.

„An wen erinnert er dich, Miss Eula?", fragte sie.

„Ich weiß nicht, aber irgendwann wird es mir einfallen. Er hat irgendetwas an sich … Ein überaus anziehender Mann, findest du nicht?"

„Sehr." Celia nickte.

„Es sind seine Farben. So dunkles Haar, und trotzdem sind seine Augen beinahe grün. Eine auffallende Kombination. Hat er dich schon um ein Rendezvous gebeten?"

„Ja, das hat er. Warum?"

„Weil er an dir interessiert ist, dessen bin ich sicher. Man merkt es an der Art, wie er dich anschaut. Wenn deine Mutter im Zimmer ist, können die Männer normalerweise den Blick nicht von ihr losreißen. Mr. Kegan allerdings kann den Blick kaum von dir wenden."

„Irgendwie traue ich ihm nicht ganz", gestand Celia.

„Beurteile nicht alle Männer nach Randall Landers", sagte Miss Eula, wieder ohne die Stimme zu senken.

„Ach, Miss Eula", rief Monica herüber, ohne die Hand von Gardners Arm zu nehmen. „Musst du den Namen dieses grässlichen Mannes aufs Tapet bringen?"

„Ich habe nicht mit dir gesprochen, Monica", gab Miss Eula zurück.

Monica wandte sich Gardner zu. „Randall Landers war mit Cecilia verlobt. Wir waren alle entzückt, dass unser kleines Mädchen endlich einen Mann gefunden hatte. Auf der High School, ja selbst am College hatte sie kaum Verabredungen, wissen Sie?

Ich hatte die Hoffnung schon aufgegeben, dass es ihr je gelingen würde, einen Ehemann zu finden."

„Randall Landers war ein Miststück", sagte Boyd böse. „Celia war viel zu gut für ihn, und ich bedaure nur, dass wir das nicht herausgefunden haben, bevor er Gelegenheit hatte, ihr das Herz zu brechen."

„Randall hat mir keineswegs das Herz gebrochen." Celia sprang auf. „Und ich würde es begrüßen, wenn ihr meine Privatangelegenheiten nicht vor Fremden diskutieren würdet."

„Ach komm, Cecilia." Monica lächelte kokett zu Gardner auf. „Übertreibst du jetzt nicht ein bisschen?"

„Ich glaube, für mich wird es langsam Zeit zu gehen", sagte Celia. Sie küsste Miss Eula auf die Wange, ging dann zu ihrer Tante und umarmte sie herzlich. „Wir sehen uns ja morgen."

Dann trat sie zu ihrem Stiefvater, der sie liebevoll in die Arme schloss. „Musst du wirklich schon gehen?"

„Ich fürchte, ja, Daddy." Sie bedachte ihre Mutter mit einem flammenden Blick.

„Fahr vorsichtig, mein Liebes." Monica lächelte selbstzufrieden.

Celia konnte nicht schnell genug aus dem Zimmer kommen. Ihr Leben lang hatte sie im Schatten ihrer schönen, perfekten Mutter gestanden, und noch nie hatte sie versucht, mit ihr zu konkurrieren. Allerdings war sie auch noch nie an einem Mann so interessiert gewesen wie an Gardner Kegan. Vermutlich hatte Monica die Sprache nur deshalb auf Randall Landers gebracht, um Gardner zu zeigen, was für ein armseliges Mauerblümchen sie war. Mit Sicherheit war es ihr nicht entgangen, dass Gardners Aufmerksamkeit Celia galt und nicht ihr.

Hätte sie nicht einmal – ein einziges Mal in ihrem Leben – zulassen können, dass eine andere Frau sie ausstach? Nur für einen Abend? Und ganz besonders dann, wenn diese andere Frau ihre eigene Tochter war?

Celia bemerkte den Wagen, der ihr folgte, erst als sie in die Einfahrt zu ihrem Grundstück bog. Im Rückspiegel erkannte sie den schwarzen Mustang.

Sie hielt vor dem Haus, und Gardner brachte seinen Wagen hinter ihr zum Stehen.

Celia zögerte einen Moment. Tausend Fragen schossen ihr durch den Kopf. Warum war Gardner ihr gefolgt? Hatte er der Familie gesagt, wo er hin wollte? Wie war es ihm gelungen, den Fängen ihrer Mutter so rasch zu entschlüpfen, ohne sie vor den Kopf zu stoßen? Oder hatte er es etwa gewagt, die schöne Monica Hammond zu brüskieren?

Celia öffnete die Wagentür und stieg aus. Sie drehte sich um und sah Gardner im Mondlicht auf sich zukommen.

Sie erschauerte unwillkürlich. Mit dem dunklen, windzerzausten Haar, dem gebräunten Gesicht und den hellen Augen sah Gardner Kegan aus wie ein Pirat. Er wirkte entschlossen und irgendwie zum Fürchten.

Obwohl er heute Abend keinen Anzug trug, hatte er neben ihrem eleganten Vater und ihrem Onkel durchaus nicht deplatziert gewirkt. Die helle Hose, das rostbraune Jackett und der schwarze Rollkragenpulli wirkten zwar recht leger, aber das hatte seine Männlichkeit nur noch unterstrichen.

Celia straffte den Rücken und sah ihm gefasst entgegen.

„Was tun Sie hier?", fragte sie und gab sich Mühe, das Zittern in ihrer Stimme zu unterdrücken.

„Ich bin dir gefolgt." Er lächelte breit und ließ sich von ihrer nach wie vor äußerst reservierten Haltung nicht im Mindesten beirren.

„Das sehe ich. Aber warum? Was haben Sie den anderen gesagt, als Sie so kurz nach mir aufbrachen?"

„Dass ich Cold Water morgen in aller Frühe verlasse und deshalb zurück ins Hotel muss." Langsam streckte er die Hand aus und umspannte ihr Kinn.

Seine Berührung war warm und fest, und trotzdem sehr sanft. Celia sah in seine Augen, und der Gedanke an Flucht stieg in ihr auf. Dennoch fühlte sie sich von seinem Blick fast hypnotisiert.

„Willst du mich nicht zu einem Drink einladen?", fragte er.

„Es ist schon spät … und außerdem müssen Sie morgen ja früh aus den Federn." Sie konnte doch diesen Mann nicht mit ins Haus nehmen! Das wäre ja fast wie eine Aufforderung. Wenn er eine Beziehung zu ihr aufbauen wollte, dann sollte er sich gefälligst in Geduld fassen.

„Ich habe vorhin ein bisschen übertrieben. In Wirklichkeit fahre ich nicht vor Mittag ab." Er fuhr mit der Fingerspitze über ihren Hals. Als er ihr Zittern spürte, wurde sein Lächeln noch breiter, und er legte die Hand um ihren Nacken. „Lass mich mit hineinkommen, Celia. Wir werden uns jetzt für ein paar Wochen nicht sehen. Dies ist unsere letzte Gelegenheit, zusammen zu sein."

Zusammen zu sein! Seine Worte lösten unwillkürlich eine Vorstellung in ihr aus: Lippen, die sich fanden, umschlungene Körper, atemlose Seufzer.

Celia räusperte sich und sagte: „Versprechen Sie, dass Sie sich benehmen werden? Dass Sie ein guter Junge sein werden?"

Er lachte, und sie errötete.

„Ich verspreche, dass ich gut sein werde. Lässt du mich jetzt herein?"

Wie kam es nur, dass sie hinter allem, was Gardner Kegan sagte, einen Doppelsinn witterte? Bildete sie sich das alles nur ein?

„Nichts Stärkeres als Kaffee, und in einer halben Stunde müssen Sie gehen", erklärte sie.

„Zu Befehl."

Sie ging mit ihm die Stufen hinauf, steckte den Schlüssel ins Schloss und öffnete die Haustür. Dann schaltete sie das Licht in der Diele an und sagte: „Dort ist das Wohnzimmer. Machen Sie es sich bequem, während ich den Kaffee aufsetze. Mögen Sie Musik?"

„Und wie, besonders guten Jazz."

„Leider habe ich fast nur Kassetten und CDs mit klassischer Musik."

Das Wohnzimmer wirkte sehr sehr elegant und sehr geschmackvoll. Gardner wusste gleich, dass er sich in keinem der zerbrechlichen kleinen Brokatsesselchen wohlfühlen würde. Sie hatten einfach nicht das Format für einen Mann seiner Größe.

Celia knipste eine Stehlampe an. „Machen Sie es sich bequem. Wenn Sie wollen, können Sie eine Kassette oder CD einlegen. Sie sind drüben in dem Schränkchen neben dem Kamin. Ich schalte inzwischen die Kaffeemaschine ein."

Bevor er noch antworten konnte, hatte sie das Zimmer verlassen. Sie hatte Angst vor ihm. Das gefiel ihm nicht. Sie sollte ihn nicht fürchten, sondern mögen.

Vorsichtig ließ Gardner sich in dem größten Sessel nieder und sah sich im Zimmer um. Es überraschte ihn nicht, dass es sehr sauber und ordentlich wirkte – wie seine Besitzerin selbst.

Der heutige Abend war eine Offenbarung für Gardner gewesen. Das Zusammentreffen mit Thomas Hammonds Familie war leichter gewesen, als er gedacht hatte. Er wünschte, sie hätten sich als die Monstren entpuppt, die er sich vorgestellt hatte. Aber das waren sie nicht. Sie waren normale Menschen – zwar reich und ein bisschen versnobt, aber mit den gleichen menschlichen Schwächen wie andere Leute auch.

Miss Eula hatte er ganz besonders gemocht, obwohl er sich eigentlich wünschte, die alte Frau hassen zu können. Wusste sie, wer Gail Michaels getötet hatte? Hatte sie sich an dem Komplott beteiligt? War sie einverstanden gewesen, dass man ihren Enkel zur Adoption freigab?

Lorna McAllister war zu bedauern. Sie war nervös und zappelig und hatte offenbar den Bezug zur Realität verloren. Wie sollte man eine so arme Kreatur hassen? Und dann Ned, ihr Mann. Groß und breit, polternd und selbstbewusst. Ein reicher Mann, der Anwalt spielte. Aber er liebte seine Frau, daran gab es keinen Zweifel. Er war so geduldig und sanft mit ihr umgegangen.

Und Boyd Hammond. Stark und selbstsicher. Ein Mann, der offensichtlich Reichtum und Machtstellung genoss. Dennoch wirkte er überaus tolerant und ausgesprochen ergeben, wenn es um seine schillernde, kokette Frau ging.

Gardner hatte die Hammonds unmittelbar nach Celia verlassen. Er hätte Monica Hammond in dem Augenblick am liebsten erwürgt. Die Frau war ein typisches Luxusgeschöpf, ein bildschönes, Charme sprühendes Weib und ein egoistischer Snob.

Die Gefühle ihrer Tochter schienen sie keinen Deut zu scheren. Er hatte Frauen wie Monica gekannt, Frauen, die in jeder anderen Frau die Rivalin sahen.

Was für eine Jugend musste Celia neben einer Mutter wie Monica gehabt haben!

Er empfand Mitleid mit Cecilia Collins, mit der Frau, die ihm bei der Rache an den Hammonds helfen sollte. Verdammt, wie sollte er sie benutzen, wenn er von Minute zu Minute mehr für sie empfand? Gab es eine Möglichkeit, sein Ziel ohne sie zu erreichen? Nein, ohne Celia hatte er keine Chance. Als ihr Liebhaber würde er gewissermaßen zur Familie gehören, ob es den Hammonds nun passte oder nicht. Und wenn Boyd der Mörder war, für den Gardner ihn hielt, wäre es eine Wonne, ihm über Celia wehzutun.

Musik. Sie hatte ihn gefragt, ob er Musik mochte. Gardner stand auf, ging zu dem Schränkchen und musterte den Inhalt. In der ganzen Sammlung gab es nicht eine Kassette oder CD, für die er sein Geld ausgegeben hätte. Er wählte eine CD mit dem Titel „Intime Kammermusik". Er hatte keine Ahnung, was es war; ihm gefiel lediglich das Wort „intim".

Celia erschien mit einem silbernen Kaffee-Service auf einem Silbertablett. Das warme Lampenlicht schimmerte auf dem Goldrand der hauchdünnen Tassen. Wie aufs Stichwort setzte die Musik ein, ein getragenes, romantisches Violinkonzert. Die Musik passte hervorragend zu Cecilia Cornelia Collins und dem ganzen Ambiente. Noch nie hatte Gardner eine Frau gekannt, die auf eine gewisse altmodische Art so feminin und anziehend war. Sie gehörte zu den Frauen, die Beschützerinstinkte bei den Männern weckten. Dabei war sie im Grunde weder schwach noch zerbrechlich.

„Sie haben etwas gefunden." Celia nickte in Richtung der Stereoanlage. „Ich liebe die alten Klassiker."

„Das dachte ich mir schon." Gardner nahm ihr das Silbertablett ab und stellte es auf den Marmortisch vor dem Sofa.

Celia setzte sich auf das schmale Zweisitzer-Sofa, und er nahm neben ihr Platz. Sie schenkte Kaffee ein, reichte ihm eine Tasse und füllte dann die andere. „Ich frage Sie wohl am besten gar nicht, was Sie von meiner Familie halten. Ich bin sicher, unsere kleinen Fehler sind Ihnen nicht entgangen."

„Deine Tante Lorna ist gar nichts so Außergewöhnliches. In den meisten Familien gibt es jemanden, der …"

„Sie ist eine liebe, gutherzige Frau, nur eben nicht besonders stabil."

Er trank einen Schluck Kaffee. „Hmm, gut", lobte er.

Celia lächelte. Wieso hatte das Lächeln einer Frau ihn noch nie so berührt wie ihres? Es war wie die Inkarnation von Liebe, Wärme und Vertrauen.

„Warum lässt du dir die Art gefallen, wie deine Mutter dich behandelt?" Er wusste nicht, ob Celia das als Beleidigung auffasste. Ihr Blick jedenfalls verriet nichts.

„Mutter ist nun einmal so. Ich glaube, sie fühlt sich bedroht, wenn sie einmal nicht im Mittelpunkt der Aufmerksamkeit steht. Sie haben mich den ganzen Abend angestarrt. Mutter ist nicht daran gewöhnt, ignoriert zu werden. Schon gar nicht, wenn ausgerechnet ich ihr die Aufmerksamkeit stehle."

Gardner stellte seine halb geleerte Tasse auf das Tablett zurück, streckte die Hand aus und berührte Celias Gesicht mit den Fingerspitzen. Ihre Haut war warm und weich, und er verspürte den Wunsch, ihren Hals zu berühren, ihre Brüste, ihre Hüften, ihren ganzen Körper. Er wusste, dass sie überall warm und weich sein würde. „Dann muss es in dieser Stadt von ausgemachten Narren nur so wimmeln."

„Warum sagen Sie so etwas?" Ihre Stimme zitterte. Verwirrt sah sie ihm in die Augen.

„Weil du eine Schönheit ausstrahlst, der zumindest ich nicht widerstehen kann." Urplötzlich kam ihm zu Bewusstsein, dass er die Wahrheit sagte, und der Gedanke, Celia unwiderstehlich zu finden, machte ihn ganz konfus. Wenn er zuließ, dass diese Frau mehr für ihn wurde als nur ein Werkzeug, würde er die Oberhand verlieren und angreifbar sein. In Bezug auf Frauen war Gardner Kegan noch nie ein Sklave seiner Gefühle gewesen. So weit durfte er es nicht kommen lassen.

„Gardner?"

Der Blick in ihren Augen entwaffnete ihn völlig. Er erkannte Hunger darin. Celia Collins hungerte nach ihm! Zum Teufel mit der ganzen Strategie! Er wollte diesen Hunger stillen.

Er nahm ihr die Tasse aus den bebenden Fingern und stellte sie aufs Tablett. Dann zog er Celia an sich und fuhr mit den Fingern durch ihr blassgoldenes Haar. Als er den Kopf neigte und den Mund auf ihre Lippen legte, protestierte sie nicht. Sie hielt nur den Atem an und schloss die Augen.

Er küsste sie so sanft, wie er nur konnte, wobei er all seine Selbstbeherrschung aufbieten musste. Eine so unerfahrene Frau wie Celia würde zurückschrecken, wenn er seinem Begehren freien Lauf ließ. Er wollte sie nicht erschrecken, er wollte sie gewinnen.

Sie reagierte mit einem Ungestüm, das ihn überraschte. Sie öffnete die Lippen, und heftige Lustschauer ließen ihren Körper erbeben. Er schlang den Arm um ihre Taille, zog sie noch fester an sich, und seine Zunge drang tief in die Wärme ihres Mundes. Aufseufzend schlang sie die Arme um seinen Nacken und klammerte sich an ihn. Ihre Brüste pressten sich an seinen Oberkörper.

Gardners Körper reagierte heftig. Er konnte gar nicht genug von Celia kriegen, von ihrer Süße, ihrer unverfälschten, reinen Hingabe.

Wenn es schon so schön war, sie nur zu küssen, wie würde es sein, sie zu lieben? Wenn sie unter ihm lag und er ihren Körper in Besitz nahem?

Er umfasste ihre Hüften und setzte sie auf seinen Schoß. Mit hastigen Bewegungen knöpfte er ihre Bluse bis zur Taille auf, schob die Hand hinein und legte sie über ihren Spitzen-BH. Er umschloss ihre volle, feste Brust, und Celia stöhnte auf. Als er die Knospe zwischen Daumen und Zeigefinger nahm, stieß sie einen erstickten Schrei aus.

Er strich mit den Lippen über ihren Hals hinab zu ihren Brüsten. Seine Lippen umschlossen die aufgerichtete Knospe.

Celia presste sich an ihn, und heiße Schauer der Lust überliefen ihren Körper. „Du kannst dir gar nicht vorstellen, was ich alles mit dir machen möchte", raunte er.

„Oh, Gardner, bitte …"

„Bitte was? Willst du mehr, oder soll ich aufhören?"

„Ich … ich will mehr … Aber du musst trotzdem aufhören. Ich kann nicht …"

Er ließ ihre Brust los, legte die Stirn an ihre und atmete tief ein. „Es ist mein Spiel, Süße, aber deine Regeln."

Obwohl ihre Augen in Tränen schwammen, gelang ihr ein Lächeln. „Du hast versprochen, dich zu benehmen, wenn ich dich auf einen Kaffee hereinbitte."

„Nein, ich habe versprochen, gut zu sein." Frech grinste er sie an. „Und gut war ich doch, oder?"

„Zu gut", gab sie zu und glitt von seinem Schoß. „Du bist viel zu gut in diesem Spiel, und ich fürchte, ich kenne die Regeln nicht."

„Oh doch, das tust du. Zumindest wirst du sie bald kennen. Es wird gar nicht mehr lange dauern."

„Und du bist einverstanden, nach meinen Regeln zu spielen?"

„Du wirst mich wollen, Celia. Schon in allernächster Zeit wirst du mich so sehr wollen, dass du es kaum ertragen wirst, einen Tag von mir getrennt zu sein. Wenn das geschieht, wirst du bereit sein, mit mir zu schlafen. Ich kann warten, Süße. Das Warten wird es nur noch köstlicher machen."

„Und was, wenn es nie geschieht?"

„Es wird geschehen. Du willst mich ja jetzt schon, jetzt, in diesem Augenblick. Aber nicht genug, um dich hinzugeben." Er stand auf und schaute auf sie hinab. „Ich werde zwei Wochen fort sein. Das gibt dir genug Zeit, um über uns nachzudenken, und über das, was du willst."

Celia erhob sich ebenfalls. Er nahm ihre Hand und ging mit ihr zur Haustür. „Musst du wirklich schon fort?"

„Ja. Wenn ich bleibe, werde ich dich nur drängen. Ich möchte dich am liebsten heute Nacht schon lieben, aber du bist noch nicht bereit."

„Oh."

„Ja, oh." Er gab ihr einen raschen, harten Kuss, öffnete die Haustür und trat hinaus. Dann drehte er sich noch einmal um und lächelte ihr zu. „Ich rufe dich an, sobald ich wieder in Cold Water bin. Sag alle Verabredungen für die nächsten Monate ab. Ich bin nämlich nicht bereit, eine Frau zu teilen. Solange wir zusammen sind, wird es keinen anderen geben, weder für dich noch für mich."

Damit drehte er sich um und ging. Ohne sich umzusehen, wusste er, dass sie an der Tür stand und ihm nachschaute.

Er begehrte Celia Collins so sehr, dass es wehtat, aber sie würde ihn noch viel mehr begehren. Wenn der Tag kam, würde er sie nehmen, ihr seinen Stempel aufdrücken und sie für immer zeichnen.

Das würde seinen Rachedurst zumindest teilweise stillen.

4. KAPITEL

*G*ardner Kegan streckte seine langen Beine aus, verschränkte die Hände hinterm Kopf und betrachtete sein neues Büro. Sein Stuhl war groß, gut gepolstert und bequem. Trotzdem würde er vermutlich nicht allzu viel Zeit darin verbringen. Er hatte die feste Absicht, der beste Polizeichef zu werden, den die Stadt bislang gehabt hatte. Mit anderen Worten, er würde nicht auf seinen vier Buchstaben sitzen und Anweisungen ausgeben, sondern er würde selbst aktiv sein.

Wenn er das Ziel, das er hier in Cold Water verfolgte, erreicht hatte, wollte er zu seinem alten Leben zurückkehren. Sein Vater war noch immer bei der Polizei in Birmingham, und alle seine Freunde lebten dort.

Gardners Blick wanderte durch den Raum. Klein, sauber, frisch gestrichen. Der Schreibtisch, auf dem sein weißer Stetson lag, war ein riesiges hölzernes Trumm, schätzungsweise genauso alt wie das Gebäude, in dem er stand.

Rory Malone hatte ihn durch die ganze Polizeiwache geführt, bis hinunter in den Keller. Die meisten Mitarbeiter hatten sich Gardner gegenüber freundlich gezeigt, außer T.J. Sanders, einem untersetzten Mann in den Fünfzigern, der, wie Rory erklärte, selbst scharf auf den Job des Polizeichefs gewesen war. Bei ihm musste Gardner mit Problemen rechnen.

Es klopfte, und Gardner setzte sich auf. „Herein."

Becky Overton öffnete die Tür. Ihr voller, rot geschminkter Schmollmund lächelte, und ihre schokoladenbraunen Augen blickten ihn lockend an. „Hi, Boss."

„Was kann ich für Sie tun, Officer Overton?" Gardner stand auf, kam um den Schreibtisch herum, lehnte die Hüfte an die Schreibtischkante und verschränkte die Arme vor der Brust.

Schon vor zwei Wochen war Becky ihm aufgefallen. Sie hatte eine ausgesprochen erotische Ausstrahlung. Als er Rory nach ihr fragte, hatte der nur gelacht und erklärt, dass Becky allen Polizistenfrauen ein Dorn im Auge sei. Und das umso mehr, seit sie sich kürzlich hatte scheiden lassen. Andererseits war sie als

Polizistin eine Klasse für sich, und obwohl sie keinem Flirt abgeneigt war, hatte sie den Sex nie als Trittbrett auf ihrer Karriereleiter missbraucht.

Becky schloss die Tür hinter sich. Ein wissendes Lächeln umspielte ihre Lippen, ein Lächeln, das Gardner verriet, dass sie ihn attraktiv fand. „Ich mache heute um zwölf Mittagspause, und ich dachte, vielleicht hätten Sie Lust, das gebratene Hähnchen mit mir zu teilen, das ich von zu Haus mitgebracht habe."

Gebratenes Hähnchen, hm. Wenn Gardner Becky richtig einschätzte, bot sie mehr an als ein Hähnchen. Unter anderen Umständen hätte er ihr Angebot vielleicht angenommen, aber Celia gehörte vermutlich nicht zu den Frauen, die bereit waren, einen Mann zu teilen. Außerdem wusste Gardner, dass Büro-Affären selten funktionierten. „Das würde ich gern, dummerweise habe ich schon andere Pläne. Wie wäre es mit morgen?"

„Da kann ich aber kein gebratenes Hähnchen versprechen."

„Wir lassen uns etwas kommen, und ich werde Officer Malone dazubitten." Gardner wollte Becky nicht kränken, aber sie sollte auch keinen falschen Eindruck bekommen. Für ihn gab es in Cold Water nur eine Frau, und das war nicht Becky Overton.

Das Lächeln auf Beckys Gesicht verblasste ein wenig. „Gibt es da jemanden in Birmingham?"

„Nein, aber hier in Cold Water."

„Alle Achtung, Chief Kegan, Sie sind ja von der ganz schnellen Truppe!" Becky lachte und brach damit die Spannung zwischen ihnen.

„Wenn ich etwas sehe, das mir gefällt, verliere ich meistens keine Zeit."

„Die Frau ist zu beneiden. Keine Sorge, ich werde jetzt nicht fragen, wer sie ist. Die halbe Stadt weiß es wahrscheinlich sowieso schon, und ich werde spätestens heute Nachmittag wissen, ob Sie mit ihr zum Lunch waren."

„Cecilia Collins." Gardner war gespannt auf Beckys Reaktion.

Ungläubig starrte sie ihn an. Dann brach sie in Lachen aus. „Das ist nicht Ihr Ernst, oder? Cecilia Collins, Boyd Hammonds Tochter? Aus dieser versnobten Familie mit einem Haufen Geld?"

„Genau die Cecilia Collins."

„Für die Sorte Mann hätte ich Sie nicht gehalten, Chief."

„Für welche Sorte?"

„Die hinter dem Geld einer Frau her ist. Ich war der Meinung, sie suchen sich Ihre Frauen nach Aussehen und Charakter aus, nicht nach dem Bankkonto."

Gardner richtete sich aus seiner lässigen Stellung auf. „Ich interessiere mich nicht für das Geld der Dame, nur für sie selbst."

„Verstehe." Becky trat zurück und tastete hinter sich nach dem Türknauf. „Nach dem Motto: Gegensätze ziehen sich an. Na, das wird ein Fressen für die Klatschspalte. Die Leute hier lieben so was über alles. Und für den Fall, dass Sie noch keiner gewarnt hat, ihr Daddy wird nicht begeistert sein."

„Celia ist schon ein großes Mädchen. Sie braucht sein Einverständnis nicht."

Becky öffnete die Tür und trat auf den Flur hinaus. Dann drehte sie sich noch einmal um und stemmte die Hand in die Hüfte. „Sollte es Sie je nach der Gesellschaft einer richtigen Frau gelüsten, Chief, dann rufen Sie mich ruhig an." Ohne eine Antwort abzuwarten, ging sie den Flur hinab, wobei sie sich verführerisch in den Hüften wiegte.

Rory Malone begegnete ihr im Flur, blieb stehen und sah ihr nach. Dann nickte er Gardner zu. „Kann ich Sie eine Minute sprechen, Chief?"

„Kommen Sie nur herein, Rory. Ich wollte ohnehin zu Ihnen. Ich brauche ein paar Informationen."

Rory trat ein, schloss die Tür und nahm Platz. „Nun, meine Frage ist schnell gestellt. Janie Sue hat mich gebeten Sie zu fragen, ob Sie nicht an einem der nächsten Abende mit Cecilia zu uns zum Essen kommen wollen."

„Was mich betrifft, gern. Sagen Sie Ihrer Frau, sie soll sich mit Celia in Verbindung setzen."

„Gebongt." Rory nickte. „Nun zu den Informationen, die Sie von mir wollen."

„Ich möchte einen Blick auf die Akten aller ungelösten Mordfälle in Cold Water werfen."

Rory runzelte die Brauen. „Morde kommen bei uns nicht häufig vor, und wenn, werden sie im Allgemeinen irgendwann aufgeklärt."

„Wissen Sie von einem, bei dem das nicht der Fall war?" Rory war erst Ende Zwanzig. Möglicherweise hatte er noch nie etwas von dem Mord an Gail Michaels gehört.

„Mal sehen. Lassen Sie mich einen Augenblick nachdenken. Alle unsere Fälle sind jetzt im Computer gespeichert, wissen Sie? Wir können nachsehen. Aber ich kann mich an keinen Fall aus den letzten fünfzehn Jahren erinnern."

„Und was ist mit dreißig oder vierzig Jahren?"

„Warum sollten Sie sich für einen so alten Fall interessieren?"

„Reine Neugier", log Gardner. „Ich möchte mir alle alten Fälle ansehen und aufs Geratewohl ein paar herauspicken. Das verschafft mir vielleicht einen Einblick hinter die Kulissen dieser Stadt, wie die Leute sind, und wie effektiv die Polizei in der Vergangenheit hier gewirkt hat."

Draußen hörte man Schritte, die direkt vor Gardners Büro anhielten.

„Also, wenn Sie sich für die zurückliegenden Verbrechen interessieren, müssen Sie ins Verlies hinunter. Dort werden solche Sachen aufbewahrt. Den Schlüssel finden Sie in Ihrem Schreibtisch."

Gardner bemerkte einen großen Schatten durch die Milchglasscheibe seiner Tür. „Danke, Rory. Ich werde die ersten Wochen dazu benutzen, so viele Informationen wie möglich zu sammeln."

Gardner hatte keine Ahnung, wer draußen vor seiner Tür stand, aber wer immer es war, er ging weder weiter, noch kam er herein. Es irritierte Gardner, dass der Lauscher draußen jedes Wort hören konnte, das zwischen Rory und ihm gesprochen wurde.

„Also gut, Rory, vielen Dank. Ich sehe mich nachher unten ein wenig um. Falls Celia kommt, bevor ich wieder im Büro bin, lassen Sie mir Bescheid sagen, ja?"

„Sicher, Chief."

Die Schattenfigur vor Gardners Bürotür verschwand, und hastige Schritte verhallten auf dem Flur.

Da schien jemand entweder besonders neugierig zu sein, oder er war angewiesen worden, ein Auge auf den neuen Chief zu werfen. Gardner fragte sich, ob er wohl schon unter Verfolgungswahn litt. Niemand in der Stadt wusste, wer er wirklich war, oder weshalb er nach Cold Water gekommen war. Warum also sollte man ihn beobachten?

Rory Malone hatte die Wahrheit gesagt, als er den Keller der Polizeiwache mit „Verlies" bezeichnet hatte. Hier unten war es dunkel, feucht, und es roch nach Staub und Moder.

Gardner hatte schon fast zwei Stunden in den alten Akten gestöbert, bis er endlich auf den Michaels-Mord stieß. Er setzte sich auf einen wackligen Klappstuhl und schlug die Akte auf. Sein Herz schlug schneller, und seine Handflächen wurden feucht. Diese muffigen Blätter enthielten all die Informationen, die den Tod seiner leiblichen Mutter betrafen. Als Erstes stieß er auf die Fotos eines leblosen Körpers, der auf einem Teppich lag. Blut bedeckte die eine Hälfte des Gesichts und verklebte das lange, dunkle Haar.

Heiß stieg es Gardner in die Kehle. Er hatte schon Schlimmeres als dies gesehen, aber nie war das Opfer die Frau gewesen, die ihn geboren hatte. Man konnte auf dem Foto nicht viel erkennen, doch das war auch gar nicht nötig. Gardner wusste genau, wie Gail Michaels ausgesehen hatte. Er hatte alle Zeitungsausschnitte gesammelt, die über Gails Tod berichteten. Eines der Fotos stammte aus ihrem High School-Jahrbuch. Sie war ein ungemein anziehendes Mädchen gewesen, und er hatte in ihrem Gesicht Ähnlichkeiten mit sich selbst festgestellt – den vollen Mund, das pechschwarze Haar und das angedeutete Grübchen im Kinn.

Gardner blätterte weiter, bis er zu dem offiziellen Bericht kam. Er überflog ihn rasch. Alles dürre Fakten, die er bereits kannte. Gail Michaels' Todesursache waren mehrere heftige

Schläge auf den Kopf gewesen. Bei der Mordwaffe handelte es sich um einen eisernen Feuerhaken. Keine Fingerabdrücke. Der Feuerhaken war abgewischt worden.

Wut wallte in ihm auf, je weiter er las. Zum Teufel, jeder blutige Anfänger hätte den Fall sorgfältiger untersucht. Gardner zweifelte nicht einen Augenblick daran, dass die Sache absichtlich vertuscht worden war. Jemand hatte nicht gewollt, dass man Gail Michaels' Mörder fand. Niemand hatte die Nachbarn befragt. Außer dem Feuerhaken war nichts im Haus nach Fingerabdrücken untersucht worden. Man hatte auch draußen nicht nach Reifenspuren gesucht. Der einzige Mensch, der überhaupt in der Sache verhört worden war, war der Bruder des Opfers, Wayne Michaels. Sein wasserfestes Alibi hatte ihn rausgehauen.

Die Hammonds wurden mit keinem Wort erwähnt, was Gardner jedoch nicht überraschte. Selbst wenn sie in den Fall verwickelt waren, sie waren viel zu einflussreich, um verdächtigt zu werden. Der damalige Polizeichef war ein Mann namens Harold Markett. Sicher hatte er seine Anweisungen von Boyd Hammond bekommen. Gardner konnte ihn allerdings nicht mehr befragen, denn er war schon seit zehn Jahren tot.

Enttäuscht schloss er die Akte. Wie in aller Welt sollte er je beweisen, dass Boyd Hammond für Gail Michaels' Tod verantwortlich war? Der Fall lag nun schon einunddreißig Jahre zurück. Offenbar hatte sich niemand einen Deut darum geschert, wer Gail umgebracht hatte. Warum sollte man es jetzt tun?

Aber ihn scherte es. Seine Mutter hatte das Kind ihres toten Geliebten zur Welt gebracht. Sie hatte es gewollt und geliebt. Er schuldete ihr etwas. Er schuldete ihr Boyd Hammonds Kopf und den Ruin der Hammond-Familie.

All die Jahre, seitdem er die Wahrheit über seine leiblichen Eltern herausgefunden hatte, hatte Gardner Informationen über Gails Tod gesammelt. Es gab keine echten Beweisstücke, nur ein Durcheinander von Hinweisen und Vermutungen. Wayne Michaels hatte seine Schwester mit eingeschlagenem Schädel vorgefunden. Er hatte sofort die Polizei gerufen. Es gab keinen Bericht darüber, was er den Polizisten erzählt hatte. Tommy

Michaels, Gails dreijähriger Sohn, war aus der Stadt gebracht und in ein staatliches Waisenhaus gesteckt worden. Weitere Einzelheiten waren nicht bekannt.

Auf Gardners Geburtsurkunde stand der Name seines Vaters: Thomas Hammond. Wie war es nur möglich, dass dieses Detail den Hammonds entgangen sein sollte? Oder war es ihnen gleichgültig? Wieso hatten sie zugelassen, dass Gail Thomas als Vater angab? Thomas war fast genau neun Monate vor der Geburt des kleinen Tommy bei einem Wasserskiunfall ums Leben gekommen. Die Familie hätte jedweden Anspruch Gails abweisen können. Gails Wort gegen die Hammonds wäre in Cold Water nichts wert gewesen.

Es fehlten so viele Teile dieses Puzzles, die nur die Hammonds liefern konnten. Und Celia sollte ihm den Zugang dazu verschaffen.

Gardner sah auf die Uhr. Zwanzig nach zwölf. Celia hatte versprochen, ihn um halb eins zum Lunch mit Miss Eula abzuholen. Am besten ging er jetzt wieder hinauf in sein Büro. Hier unten gab es für ihn ohnehin nichts mehr zu holen.

„Gardner? Gardner, wo bist du?" Celias Stimme klang hohl in dem dunklen Flur. Dieser düstere Keller erinnerte sie an den Weinkeller ihres Vaters, nur dass dort die Beleuchtung besser und die Räume sauberer waren.

Celia strich sich eine Spinnwebe aus dem Gesicht und lief auf das Licht zu, das aus einer offenen Tür fiel. Sie schaute hinein. Gardner stand auf, wobei eine Akte auf den Fußboden fiel.

„Du meine Güte, was tust du denn hier unten?" Sie sah die Stapel alter Akten und fragte sich, wieso Gardner die Unterlagen nicht in sein Büro hatte schaffen lassen.

„Ich habe ein paar alte Vorgänge durchgeforstet. Ich dachte, vielleicht lerne ich Cold Water auf diese Weise besser kennen." Er bückte sich, hob die Akte auf und schob sie in einen der Stapel.

„Ich bin ein paar Minuten zu früh. Wenn du noch nicht fertig bist, kann ich warten."

Celia hatte den ganzen Morgen wie auf heißen Kohlen verbracht. Sie hatte immer wieder auf die Uhr geschaut und die Minuten gezählt, bis sie Gardner endlich abholen konnte. Er war erst seit zwei Tagen wieder in der Stadt und hatte seine Pflichten als neuer Polizeichef an diesem Morgen übernommen. Gleich nach seiner Rückkehr hatte er sie angerufen, und sie hatten am Samstagabend zusammen gegessen. Gestern hatte sie ihm dann beim Auspacken seiner Habseligkeiten geholfen, und sie hatten eine Einkaufsliste gemacht, was ihm zur Einrichtung noch fehlte.

„Gib mit nur ein paar Minuten, damit ich das Zeug wegpacken kann. Dann bin ich fertig." Lächelnd ging er auf sie zu. „Aber zuerst komm her und gib mir einen Kuss."

Da war es wieder, dieses warme, erregende Gefühl, und es durchflutete Celia heiß. Gardners Küsse waren tödlich für ihre Selbstbeherrschung. Dieser Mann ließ ihre Knie weich werden und ihren Widerstand dahinschmelzen. Sie zögerte nur den Bruchteil einer Sekunde und lief dann in seine geöffneten Arme.

Seine Lippen, fest und feucht, legten sich auf ihre. Als er ihren lustvollen Seufzer hörte, umschlang er sie fest und drückte sie an sich. Der Kuss wurde fordernder, und Gardners Hände strichen über ihren Körper, ihren Rücken, ihre Taille und die Hüften. Celia wollte mehr, und er wusste es.

Er löste die Lippen von ihrem Mund und raunte: „Am liebsten würde ich dich gleich hier nehmen. Wann immer ich dich ansehe, möchte ich dir die Kleider vom Leibe reißen und dich nehmen."

„Wir können doch nicht … Ich meine, wir sind doch auf der Polizeiwache. Jeden Augenblick kann jemand hereinkommen." Celia entzog sich ihm, und er ließ sie gewähren.

„Willst du damit sagen, du wärst einverstanden, wenn wir irgendwo anders wären?"

„Das habe ich nicht gesagt." Gardner brachte sie nicht nur völlig aus dem Konzept, er drehte ihr auch die Worte im Munde um, bis sie selbst nicht mehr wusste, was sie meinte.

„Du stehst auf verlorenem Posten, Celia. Aber glaub mir, ich genieße jedes Scharmützel dieser Schlacht."

Celia warf einen Blick auf die gestapelten Akten. „Soll ich dir helfen, sie wieder einzuordnen?"

„Wie du willst, Süße. Wenn du nicht möchtest, dass ich dich da drüben an die Wand lehne, deinen Rock hebe und dir das Höschen ausziehe, dann kannst du mir helfen, damit wir zum Lunch gehen können."

Celia schnappte nach Luft und riss die Augen auf. Sie konnte sich einfach nicht an diese rüde Sprache gewöhnen. Sie hätte nie geglaubt, dass ein Mann eine Frau ausschließlich mit Worten so erregen könnte.

Sie hörte ihn lachen und fragte sich, ob er sie auslachte. Er streckte die Hand aus, legte ihr die Finger unters Kinn, senkte den Kopf und küsste sie noch einmal. Dann tätschelte er ihr den Po. Die Akten fielen ihr aus der Hand.

„Willst du wissen, was ich mit dir tun würde, wenn du ohne Höschen dort an der Wand ständest?" Er fuhr mit der Hand unter ihren Rock und schob ihn hoch.

„Ich ... ich denke, ich weiß es schon." Es bedurfte Celias ganzer Selbstbeherrschung, nicht das Bein zu heben und es um seins zu schlingen.

„Stell dir vor, wie es wäre ... Wir beide völlig angezogen, aber du ohne Höschen. Unsere Körper würden sich aneinanderpressen. Ich würde dich hochheben, dich nehmen ..."

„Hör auf, Gardner, bitte! Sag nichts mehr." Ihr Atem kam in hastigen Stößen. Sie schrie leise auf, als er die Finger unter den Rand ihrer Strumpfhose schob.

„Ruf Miss Eula an, und sag unseren Lunch ab." Er presste sie an sich. „Komm mit mir nach Haus."

Die Versuchung war fast übermächtig. Celia hätte es nie für möglich gehalten, allein durch Worte und Berührungen einem Mann fast völlig zu verfallen. „Bitte, Gardner, nicht."

„Was ist los, Celia? Fürchtest du dich davor, einen Lunch mit dem Boss des Hammond-Clans abzusagen?" Er zog die Hand aus ihrer Strumpfhose, und ihr Rock fiel wieder hinab.

„Nein, das weißt du genau. Warum unterstellst du mir immer, dass meine Familie mein Leben bestimmt? Erst behauptest du,

Daddy träfe meine Entscheidungen, und jetzt behauptest du, ich hätte Angst, mich meiner Großmutter zu widersetzen."

„Dann beweis mir das Gegenteil." Er hob die zu Boden gefallenen Akten auf und stellte sie in die Regale zurück.

„Ich brauche weder dir noch sonst jemandem zu beweisen, dass ich mein Leben selbst bestimme. Zugegeben, es ist mir wichtig, was meine Familie von mir hält. Ich möchte sie nicht verletzen oder enttäuschen, aber ich richte mein Leben nicht nach ihnen aus."

„Bist du da ganz sicher?" Skeptisch musterte er sie.

„Wieso würde ich mich sonst mit dir treffen? Mutter hat es klar und deutlich zum Ausdruck gebracht, dass… na ja, dass sie und Daddy dich nicht für den richtigen Umgang für mich halten."

„Werden sie dir das Leben schwer machen, wenn du dich weiter mit mir triffst?"

„Daddy nicht. Auch wenn er es nicht gerade billigt, wird er sich raushalten. Er wird abwarten und am Schluss die Scherben aufsammeln."

Gardner stellte den letzten Stapel ins Regal. Dann drehte er sich um und legte Celia die Hände auf die Schultern. „Es ist nicht meine Absicht, aus dir einen Scherbenhaufen zu machen." Er wollte Celia wirklich nicht verletzen. Obwohl es anfangs zu seinem Plan gehört hatte, ihr das Herz zu brechen, wünschte er jetzt, dass es einen anderen Weg gäbe, sein Ziel zu erreichen. Aber wie? Celia war und blieb nun einmal die Schlüsselfigur in diesem Spiel.

„Dann darfst du mich nie anlügen und nichts versprechen, was du nicht halten wirst."

„Ein fairer Handel", sagte er und drückte ihre Schultern. „Du darfst dich eben nicht in mich verlieben, Süße. Dann geht alles in Ordnung."

Sich nicht in ihn verlieben? Seine Freundin und Geliebte sein, aber sich nicht in ihn verlieben? Wie sollte sie das anstellen? Sie kannten sich erst so kurze Zeit, und doch war sie ja schon in ihn verliebt!

„Es wird schon gut gehen", sagte sie. „Komm jetzt, wir wollen Miss Eula nicht warten lassen. Im Gegensatz zu meinen Eltern hat sie sich keineswegs gegen dich ausgesprochen. Ich glaube, sie mag dich."

Seine Großmutter mochte ihn! Er hasste das warme Gefühl, das dieser Gedanke in ihm auslöste. Es durfte ihn nicht im mindesten beeindrucken, was Eula Hammond von ihm hielt. Wenn ihr Enkel ihr etwas bedeutet hätte, dann hätte sie seiner Adoption nicht zugestimmt. Sie hätte ihn akzeptiert und in die Familie aufgenommen. Offensichtlich hatte sie kein illegitimes Enkelkind gewollt, dessen Mutter aus den falschen Kreisen kam.

„Oh nein, Miss Eula dürfen wir nicht warten lassen", bekräftigte Gardner mit leiser Ironie.

Gardner versuchte, sich in dem hochlehnigen weißen Korbstuhl auf der Terrasse des Hammond-Hauses zu entspannen. Miss Eula führte den Vorsitz bei diesem zwanglosen Essen so hoheitsvoll wie eine Königin bei einem offiziellen Bankett.

„Sie sagten, Ihre Mutter starb, als Sie in der Army waren?", fragte Miss Eula. „Hat Ihr Vater wieder geheiratet?"

Gardner stellte sein Glas mit Eistee ab. „Nein. Dad meinte, dass es keine zweite Frau gäbe, die es mit all seinen Marotten aufnehmen könnte."

Miss Eula schmunzelte. „Ich glaube, Ernie Kegan würde mir gefallen. Ich weiß genau, was er damit meint. Als Lewis starb, wusste ich auch, dass es nie wieder einen Mann für mich geben würde. Er war die große Liebe meines Lebens. Ein starker Mann, der sich nicht davor fürchtete, eine ebenso starke Frau zu heiraten."

„Ich wünschte, ich hätte ihn kennengelernt, Miss Eula." Celia legte die Hand auf die ihrer Großmutter.

„Er hätte dich geliebt. Er hatte so große Pläne mit seinen Enkelkindern."

Gardner bemerkte die Trauer in den Augen der alten Frau und empfand gleichzeitig Mitleid und Hass. „Celia ist Ihr einziges Enkelkind?"

Miss Eula drehte ihre Hand um und verflocht ihre Finger mit Celias. „Ich hatte drei Kinder, und trotzdem gibt es keinen männlichen Erben. Wir hatten Lornas kleinen Sohn sehr lieb, aber er starb als Baby. Wenn Lorna doch nur die Kraft gehabt hätte, nach Teddys Tod weitere Kinder zu bekommen."

„Sie hatten drei Kinder, Miss Eula?" Gardner wollte wissen, was seine Großmutter über ihren jüngsten Sohn zu sagen hatte.

„Ach ja, Sie können ja gar nichts von Thomas wissen. Er war mein Jüngster. Er starb bei einem Bootsunfall vor fast fünfund- dreißig Jahren." Miss Eulas Augen wurden feucht, aber sie lä- chelte. Sie sah Gardner an. „Wissen Sie, irgend etwas an Ihnen erinnert mich an Thomas."

Ein Hoffnungsstrahl durchfuhr Gardner, doch dann rief er sich zur Ordnung. Er war doch wohl nicht so dumm, sich zu wünschen, dass diese alte Frau ihn als ihren Enkel erkannte? Wenn sie auch nur ahnte, wer er war, würde er nie die Chance bekommen, Gail Michaels' Mörder zu entlarven.

„Wirklich?", fragte Celia. „Gardner erinnert dich an Onkel Thomas?"

„Vom Äußeren her eigentlich nicht." Miss Eulas Blick um- fasste Gardner noch intensiver. „Thomas hatte meine dunklen Augen und Lewis' blondes Haar, aber er wirkte genauso ernst und grüblerisch wie unser neuer Chief. Er war ein sehr leiden- schaftlicher Junge und unbeirrbar, wenn er sich ein Mädchen in den Kopf gesetzt hatte."

„Du lieber Himmel, willst du damit sagen, dass Onkel Tho- mas ein Frauenheld war?"

„Und ob!" Miss Eula nickte. „Die Mädchen waren ganz ver- rückt nach ihm."

„Wie alt war Thomas, als er starb?" Gardner fragte sich, ob sein Vater seine Mutter geliebt hatte, oder ob Gail nur die vorüberge- hende Laune eines Playboys gewesen war. Was er seine Großmut- ter in Wirklichkeit fragen wollte, war, ob sie von seiner Liaison mit Gail Michaels und dem gemeinsamen Kind gewusst hatte.

„Zwanzig. Noch ein Junge, aber schon an der Grenze zum Mann." Miss Eula musste sich räuspern. „Er und Boyd standen sich sehr nahe, obwohl Boyd sechs Jahre älter war. Er hat sich immer um Thomas gekümmert, ihn verteidigt und herausgehauen, wenn er etwas angestellt hatte."

„Daddy kommt mir auch heute immer noch wie eine Glucke vor, so wie er Mutter und mich verhätschelt. Ganz zu schweigen von Tante Lorna", sagte Celia. „Und der Himmel weiß, wie oft er Onkel Ned aus der Klemme geholfen hat."

„Findest du, dass wir das ausgerechnet dem neuen Polizeichef auf die Nase binden sollten?" Miss Eula zwinkerte mutwillig. „Er kriegt am Ende einen falschen Eindruck von Ned."

„Gibt es etwas von Ned McAllister, das ich wissen sollte?", fragte Gardner.

„Nun, wahrscheinlich wird Boyd eines Tages bei Ihnen im Büro vorbeischauen und alles mit Ihnen besprechen." Miss Eula hob ihr Glas an die Lippen, nahm einen Schluck und stellte es dann wieder ab. „Unser Ned hat ein kleines Alkoholproblem, das ihn ab und zu in Schwierigkeiten bringt. Chief Maddox hatte Verständnis dafür, und ich bin sicher, Sie werden es auch haben."

Gardner begriff. Ned McAllister gehörte zum Hammond-Clan, und demzufolge war die Polizei verpflichtet, ein Auge bei ihm zuzudrücken. Gardner war jedoch nicht bereit, sich nach solchen Regeln zu richten. Wie Ernie Kegan war er ein unbestechlicher Polizist, auch wenn er seine Position hier in Cold Water im Grunde dazu missbrauchte, einen lange zurückliegenden Mord aufzuklären.

„Hat die Familie je versucht, Mr. McAllister bei diesem Problem zu helfen?", fragte Gardner.

„Natürlich haben wir das", sagte Celia rasch, als wollte sie ihre Großmutter vor Gardners Fragen schützen. „Er bleibt oft monatelang trocken, aber dann …"

„Mein Schwiegersohn ist sehr lieb und geduldig mit meiner Tochter, doch die Ehe mit ihr ist nicht ganz einfach für ihn." Miss Eula straffte den Rücken und sah Gardner offen in die Augen. „Als Teddy starb, hat Ned mehr verloren als nur seinen einzigen Sohn. Er verlor auch die Frau, die er geheiratet hatte.

Wenn er gelegentlich über die Stränge schlägt, was den Alkohol betrifft und … nun ja, auch andere Dinge, dann haben wir Verständnis dafür."

„Die Hammonds halten zusammen." Gardner erwiderte Miss Eulas Blick, ohne mit der Wimper zu zucken.

„Ja, das tun wir. Immer." Miss Eulas Blick glitt zu ihrer Enkelin. „Es ist ein wenig kühl geworden, Celia. Holst du mir bitte meinen Schal?"

„Sollen wir lieber hineingehen, Miss Eula?", fragte Celia. „Gardner und ich müssen sowieso bald wieder los."

„Ich mag die Sonne und die frische Luft. Hol mir nur meinen Schal. Dann kann ich noch ein Weilchen draußen sitzen, wenn ihr weg seid."

Celia wechselte einen Blick mit Gardner. Sie wussten beide, dass der Schal nur ein Vorwand war. Miss Eula wollte mit Gardner allein sprechen.

Sobald ihre Enkelin außer Hörweite war, stand Miss Eula auf. Auf ihren Wink hin erhob Gardner sich ebenfalls, und sie nahm seinen Arm."

„Lassen Sie uns ein paar Schritte gehen. Meine alten Knochen sind ganz steif geworden."

Sie gingen hinunter in den schönen, gepflegten Garten. „Ich hänge sehr an Celia", sagte Miss Eula und drückte Gardners Arm. „Sie ist ein aufrichtiger, besonders lebenswerter Mensch. Und sie hat ein Herz aus Gold."

„Da bin ich ganz Ihrer Meinung." Gardner verlangsamte seinen Schritt und blieb stehen, als Miss Eula sich ihm zuwandte. „Trotz ihres Reichtums hatte Celia kein leichtes Leben. Ihr leiblicher Vater starb, als sie noch klein war. Er war ein guter Mann, ein brillanter Kopf. Er hat ihr ein Vermögen hinterlassen."

„Ich interessiere mich nicht für Celias Geld, wenn es das ist, weshalb Sie sich Sorgen machen, Miss Eula."

„Das glaube ich Ihnen sogar." Miss Eula lächelte. „Aber Celia ist verwundbar, wenn es um Sie geht. Ich brauche Ihnen wohl nicht zu sagen, dass Sie ihr den Kopf verdreht haben. Sie ist schon einmal sehr verletzt worden, von Randall Landers, diesem Strolch. Er hat uns allen etwas vorgemacht. Zum Glück hat Celia das begriffen, bevor sie verheiratet waren. Sie hat ihn mit einer anderen Frau erwischt, wissen Sie?"

„Nein, das wusste ich nicht. Celia spricht nicht mit mir über Landers."

„Boyd hätte ihn am liebsten am nächsten Baum aufgeknüpft. Dann hat er sich damit begnügt, ihn windelweich zu prügeln. Mein Sohn ist Celia immer ein guter Vater gewesen."

„Es ist nicht zu übersehen, dass Ihr Sohn Celia sehr liebt."

„Das tut er." Miss Eula nickte. „Und seine Frau trägt er auf Händen. Monica ist für meinen Sohn die perfekte Ehefrau, aber für ein Mädchen wie unsere Celia eine miserable Mutter."

Gardner wusste nicht, was er darauf antworten sollte. Für ihn war Monica Hammond ebenfalls der Inbegriff einer Rabenmutter.

„Sie ist eine wirkliche Schönheit, unsere Monica, lebhaft und charmant. Die Männer liegen ihr zu Füßen, und die Frauen beneiden sie. Aber Celia ist völlig anders, und ich fürchte, Monica hat nie begriffen, wie man mit so einem ruhigen, gescheiten Kind umgeht, das in seiner äußeren Erscheinung eher unscheinbar wirkt."

„Celia ist im Grunde gar nicht unscheinbar, Miss Eula, das wissen wir doch beide, oder?"

Miss Eula sah Gardner scharf an. „Also … entweder sind Sie ein ausgebuffter Lügner, Gardner Kegan, oder Sie gehören zu den seltenen Männern, die hinter die Fassade blicken und wahre Schönheit erkennen können."

Leichte Schritte auf der Terrasse kündeten Celia an. Gardner und Miss Eula drehten sich um und lächelten ihr entgegen.

„Glücklich der Mann, der sie einmal bekommen wird", flüsterte Miss Eula. „Sie ist ein wahrer Schatz. Sie ist mein einziges Enkelkind. Tun Sie ihr niemals weh, oder Sie bekommen es mit mir zu tun. Wenn Sie das für eine leere Drohung halten, dann fragen Sie nur Randall Landers."

„Hoffentlich ist er warm genug", sagte Celia und legte den Schal um die Schultern ihrer Großmutter.

Gardner fragte sich im Stillen, was die alte Dame Landers wohl angetan hatte. Er zweifelte keinen Augenblick daran, dass ihre Bestrafung Celias Exverlobten noch härter getroffen hatte als die Prügel ihres Stiefvaters.

Gardners Gedanken wanderten zu Boyd Hammond. Offenbar neigte er zu Wutanfällen. Machte ihn das auch fähig, einen Mord zu begehen? Hatte er Gail Michaels getötet, damit sie keine Forderungen für ihren Sohn stellen konnte? Hatte Miss Eula davon gewusst und Boyd all die Jahre geschützt? Oder hatte Miss Eula aus Gründen, die er nicht kannte, selbst jemanden bezahlt, um Gail aus dem Weg zu schaffen? Er zweifelte nicht daran, dass Miss Eula zu einem Mord fähig war, wenn sie glaubte, einen der Ihren nur so beschützen zu können.

„Ihr seid ja so still", sagte Celia. „Was ist los?"

„Wir haben über dich gesprochen." Miss Eula ging an Gardners Arm zur Terrasse zurück. „Ich habe diesem jungen Mann gerade gesagt, wenn er dein Herz bricht, werde ich ihm das seine aus dem Leib reißen und an die Bussarde verfüttern."

„Aber Miss Eula!" Celias Blick glitt zwischen ihrer Großmutter und Gardner hin und her. „Du machst Witze, oder?"

„Natürlich tut sie das", warf Gardner ein. „Aber immerhin, sie hat mich gewarnt."

„Wie du siehst, hat ihn das nicht verscheucht." Miss Eula setzte sich wieder auf ihren Platz. „Jetzt gib mir einen Kuss, und dann macht, dass ihr wegkommt. Die Arbeit wartet."

Celia gehorchte. „Ich besuche dich bald wieder."

„Das will ich doch hoffen. Nur weil du einen gut aussehenden jungen Mann kennengelernt hast, ist das noch längst kein Grund, deine arme alte Großmutter zu vernachlässigen."

„Das würde ich nie wagen."

Celia lachte, und Gardner hätte sie am liebsten in die Arme genommen. Dabei wusste er selbst nicht, warum. Vielleicht weil er sich in einem Winkel seines Herzens danach sehnte, von ihrer gemeinsamen Großmutter ebenfalls geliebt zu werden. Was für ein abwegiger Gedanke! Er konnte ja gar nicht sicher sein, ob

Miss Eula nicht an dem Mord beteiligt war oder ihn zumindest gedeckt hatte.

„Gehen wir?", fragte Celia.

„Ja." Er nickte Miss Eula zu. „Ich freue mich schon darauf, Sie wiederzusehen, Mrs. Hammond."

„Nennen Sie mich Miss Eula, junger Mann." Sie wies mit ihrem knochigen Zeigefinger auf ihn. „Spielen Sie Ihre Karten richtig aus, dann könnten Sie vielleicht ein Mitglied dieser Familie werden. Ich möchte gern noch ein paar Urenkel sehen, bevor ich sterbe."

„Hör auf, Miss Eula", schalt Celia. „Komm jetzt, Gardner, bevor sie den Pfarrer ruft."

Gardner musste sich zusammenreißen, um sich nichts anmerken zu lassen. Am liebsten hätte er Miss Eula ins Gesicht geschrien, dass er schon ein Mitglied dieser verdammten Familie war.

„Gardner, alles in Ordnung?", fragte Celia, als sie beide in ihrem Mercedes saßen. „Ist Miss Eula dir irgendwie auf den Schlips getreten?"

„Keine Sorge wegen Miss Eula. Ich verstehe, weshalb sie dich beschützen will. Schließlich bist du ihr einziges Enkelkind."

Er beobachtete Celia hinterm Steuer. Vertrauensvoll lächelte sie ihm zu. Warum war sie nicht der aufgeblasene, verwöhnte Snob, den er erwartet hatte? In dem Fall wäre alles so viel leichter gewesen. Aber sie war es nun einmal nicht, damit musste er fertig werden. Mit seinem Gewissen würde er sich später auseinandersetzen.

5. KAPITEL

G ardner bog mit seinem Mustang auf den Kiesweg neben dem Farmhaus ein. Er wusste, dass es ein Risiko war, herzukommen, aber er hatte keine Wahl. Er hatte sich alle Aufzeichnungen über den Michaels-Mord angesehen, allerdings hatte ihn das nicht weitergebracht.

Er zweifelte keinen Augenblick daran, dass die Hammonds die Wahrheit kannten, aber was half ihm das? Sie hatten seit Jahren gelogen und würden bestimmt nicht mit der Wahrheit herausrücken, nur weil er sich über einen ungelösten Mordfall wunderte.

Es bestand durchaus die Möglichkeit, dass Wayne Michaels auch etwas über den Mord an seiner Schwester wusste und aus bestimmten Gründen bis jetzt geschwiegen hatte. Ob er allerdings eher bereit war, sein Schweigen zu brechen, stand in den Sternen.

Gardner öffnete die Wagentür und stieg aus. Der Hund auf der Holzveranda spitzte die Ohren, hob den Kopf und sah den Mann an, der sich dem Haus näherte. Gardner sprach ruhig auf den Hund ein, der schwanzwedelnd aufstand und sein Bein beschnüffelte.

Als Gardner gerade an die Vordertür klopfen wollte, hörte er von drinnen laute Stimmen. Durch die schmutzige Glasscheibe in der Tür sah er Wayne Michaels, der mit einer Bierdose in der Hand auf die Couch zutaumelte.

„Halt endlich die Klappe, Weib. Mir steht deine Lügerei bis obenhin. Ich weiß, dass du ihn wieder getroffen hast."

Die Blondine trug weiße Hosen und ein passendes Oberteil. Arbeitete sie irgendwo als Krankenschwester?

„Als du das letzte Mal von deiner Sauftour nach Haus kamst, habe ich dir doch gesagt, dass ich ihn getroffen habe. Trotzdem bin ich zurückgekommen, wie du siehst. Beweist dir das gar nichts?" Sie stemmte die Hand in die Hüfte, und zwei auffallende Brillantringe blitzen an ihren Fingern auf.

„Es beweist mir, dass du genug Grips hast, um zu begreifen, dass er sich nie scheiden lässt. Aber auch wenn er frei wäre, würde er dich nie im Leben heiraten."

Wayne Michaels ließ sich auf die Couch fallen, trank den letzten Rest aus seiner Bierdose und warf sie dann quer durch den Raum.

„Zum Teufel mit dir, Wayne. Ich werde nie verstehen, weshalb ich immer noch bei dir bleibe."

„Weil ich gewisse Dinge weiß und den Mund halte. Mein Schweigen ist eine Menge wert, Dana, und du bist doch so scharf drauf, dass ich Geld für dich ausgebe."

Dana Aston schüttelte den Kopf und warf das schulterlange blonde Haar zurück. „Ich war es doch, die dir die Informationen über das Kind gegeben hat, schon vergessen? Ich weiß genauso viel wie du. Wegen des Geldes brauche ich also nicht bei dir zu bleiben. Wenn ich damit drohen würde, den Mund aufzumachen, müssten sie mir genauso viel Geld geben wie dir."

„Du weißt nicht alles", schrie Wayne Michaels sie an. „Längst nicht alles."

Dana setzte sich neben Wayne auf die Couch und schmiegte sich an ihn. „Es tut mir weh, dass du mir nicht traust, Schätzchen. Ich weiß eine Menge und habe so meine eigenen Vorstellungen, wen sie decken."

„Du hast ja keine Ahnung." Wayne schlang die Arme um Dana und ließ die Hände über ihren Körper wandern. „Ich will nicht, dass du dich wieder mit ihm abgibst, hörst du? Er hat genug Geld, um sich eine Frau zu besorgen, wenn er eine braucht. Mein Mädchen soll er nicht haben."

Wayne drückte Dana auf die Couch nieder, und sie leistete keinen Widerstand. Gardner fühlte sich wie ein Voyeur. Am liebsten wäre er umgekehrt und in die Stadt zurückgefahren. Aber zum Kuckuck, er wollte den Weg nicht umsonst gemacht haben.

Er hob die Hand und klopfte laut an die Tür.

„Wer, zum Teufel …" Wayne Michaels schob Dana von sich fort und starrte auf die Tür. „Erwartest du jemand?", fragte sie.

„Nein, du?" Wayne setzte sich auf und versuchte aufzustehen. Der Versuch misslang, und er fiel auf die Couch zurück. Beim zweiten Versuch kam er endlich auf die Beine.

„Er ist es nicht. Er kommt nicht mehr her, es sei denn, er hätte etwas mit dir zu regeln." Dana strich sich die Bluse glatt und fuhr sich durchs Haar.

Gardner klopfte noch einmal. Er beobachtete, wie Wayne zur Tür kam. Als er öffnete, musterte Gardner ihn angewidert. Der Mann stank nach Bier, kaltem Zigarettenrauch und Schweiß.

„Ja, was wollen Sie?"

„Sind Sie Wayne Michaels?"

„Wer will das wissen?"

„Gardner Kegan, Polizeichef von Cold Water." Gardner rang sich ein freundliches Lächeln ab. Als er den überraschten Ausdruck auf Waynes Gesicht sah, vertiefte sein Lächeln sich.

„Na gut, was wollen Sie? Ein Polizeichef hat mich noch nie besucht. Was ist, Chief Kegan? Hat Ihnen jemand gesteckt, Sie sollten den bösen Wayne Michaels mal unter die Lupe nehmen?"

Gardner betrachtete den dicken, halb kahlen Mann mit dem Stoppelbart. „Man erzählt sich, Sie seien ein mieser Gauner, der sein halbes Leben hinter Gittern verbracht hat."

„Was will er, Schätzchen?" Dana trat zu ihm.

„Das ist der neue Polizeichef, Dana. Er ist den ganzen Weg hier herausgekommen, nur um meine Bekanntschaft zu machen. Ist das nicht richtig nett von ihm?"

Dana legte den Arm um Wayne und sah Gardner abweisend an. „Wayne ist sauber. Seit er vor sechs Monaten aus dem Bau kam, hat er sich nichts zuschulden kommen lassen. Wenn Sie ihm etwas anhängen wollen, hole ich einen Freund von mir. Der ist Anwalt und wird Sie wegen Belästigung drankriegen."

„Ich bin nicht hier, um Mr. Michaels zu belästigen", sagte Gardner. „Ich will ihm nur ein paar Fragen stellen. Darf ich hereinkommen?"

„Fragen? Worüber?" fragte Dana.

„Ich weiß von nichts", erklärte Wayne. „Abgesehen von ein paar kleinen Rangeleien im ‚Red Rooster' bin ich der reinste Musterknabe."

„Ich habe ein paar Fragen zum Mord an Ihrer Schwester", sagte Gardner.

Waynes Gesicht wurde aschgrau. Dana zog scharf die Luft ein, und ihre Wangen röteten sich.

„Über den Mord ... an ... meiner Schwester?"

„Das ist über dreißig Jahre her. Warum will die Polizei ihm jetzt Fragen stellen?"

„Dies ist kein offizielles Verhör." Gardner zögerte. Er spürte, dass Wayne und Dana etwas zu verbergen hatten. War es bei ihrem Gespräch vorhin um diese Sache gegangen? War das Schweigen über den Mord der Grund, weshalb jemand Wayne bezahlte?

„Ich verstehe nicht." Wayne schwankte, und sein saurer Atem streifte Gardner.

„Darf ich hereinkommen?" wiederholte Gardner und stellte den Fuß auf die Türschwelle.

„Ja, sicher, kommen Sie nur rein." Wayne machte sich von Dana los und stützte sich an der Wand ab.

„Ich würde gern unter vier Augen mit Ihnen sprechen." Gardner sah Wayne Michaels fest an.

„He, Freundchen, ich lasse nicht zu, dass Sie Wayne in die Mangel nehmen."

„Halt's Maul, Weib. Ich kann für mich selbst reden." Er warf seiner Freundin einen vernichtenden Blick zu und wandte sich dann an Gardner. „Haben Sie etwa vor, Gails Fall wieder aufzurollen?"

„Als neuer Polizeichef habe ich mir die alten Akten angesehen und festgestellt, dass es in Cold Water nur zwei unaufgeklärte Morde gibt. Einer davon ist der an Ihrer Schwester. Ich will nur ein paar Punkte klären, die mir beim Studium der Akte aufgefallen sind."

„Sprich nicht mit ihm, Wayne. Es gibt kein Gesetz, das dich dazu zwingen kann."

Gardner schaute auf das Namensschild an Danas Bluse. „Haben Sie beide etwas zu verbergen, Miss Aston?"

„Himmel, nein." Wayne stieß sich von der Wand ab, trat einen Schritt vor und klopfte Gardner auf den Rücken. „Kommen Sie nur herein, Chief, und fragen Sie mich, was Sie wollen. Dana, geh inzwischen ein Stück spazieren. Oder besser noch, geh in die Küche und mach mir was zu essen."

„Ich glaube nicht …"

„Du willst doch nicht, dass der Chief glaubt, wir hätten etwas zu verbergen, oder?"

„Ich bin in der Küche, wenn du mich brauchst." Zögernd zog Dana sich zurück, nachdem sie Gardner einen kalten Blick zugeworfen hatte.

„Setzen Sie sich, Chief." Wayne schwankte zur Couch zurück und ließ sich darauf fallen.

Gardner setzte sich in einen stabilen Lehnstuhl und sah sich im Zimmer um. Das Mobiliar bestand aus einem Sammelsurium von alt und neu. Gardner nahm den Stetson ab, legte ihn auf seinen Schoß und schlug die Beine übereinander.

Wayne kratzte sich an seinem bärtigen Kinn. Dabei bemerkte Gardner die teure goldene Uhr an Waynes Handgelenk und den blitzenden Brillantring an seinem Finger.

„Sie kommen mir bekannt vor", sagte Wayne und starrte Gardner aus blutunterlaufenen Augen an. „Kennen wir uns irgendwoher?"

Er musste sich sehr zusammenreißen, um sich nicht zu verraten. Erkannte Wayne die Ähnlichkeit zwischen ihm und Gail?

„Soweit ich weiß, sind wir uns nie begegnet", sagte Gardner.

„Irgendwie kommen Sie mir bekannt vor. Ich komm' jetzt nicht drauf, aber es wird mir schon einfallen."

„Ich finde es seltsam, dass nach dem Mord an Ihrer Schwester so wenig Recherchen angestellt wurden, Mr. Michaels. Es ist fast so, als wäre die Polizei an einer Aufklärung nicht sonderlich interessiert gewesen. Können Sie sich das erklären?"

Wayne sackte vornüber und ließ die Hände zwischen den Knien baumeln. „Hören Sie, Mann, wenn Sie Ihren Job behalten wollen, sollten Sie keine Fragen stellen. Vergessen Sie die alten Geschichten."

„Wollen Sie damit sagen, dass meine Neugier in dieser Sache mich meinen Job kosten könnte? Der Stadtrat hat mich angestellt, und nur er könnte mich wieder entlassen."

„Die Leute im Stadtrat haben einflussreiche Freunde." Wayne leckte sich die Lippen. „Ich könnte noch ein Bier vertragen. Wollen Sie auch eins? Dana kann es uns bringen."

„Nein, danke, Mr. Michaels."

„Nennen Sie mich Wayne, Chief."

„Könnten Sie mit dem Bier noch einen Augenblick warten? Ich habe nur noch ein paar Fragen. Es wird nicht lange dauern." Gardner hatte bemerkt, dass Wayne noch nicht richtig betrunken war, sondern gerade genug, um ihm die Zunge zu lösen. Noch ein Bier, und er wäre vermutlich nicht mehr ansprechbar.

„Ja, sicher, wenn Sie schnell machen. Was wollen Sie noch wissen?"

„Wer sind diese einflussreichen Freunde?"

„Sie sind doch nicht auf den Kopf gefallen, Mann. Sie wissen schon, wer in dieser Stadt das Sagen hat. Man erzählt sich, dass Sie die Tochter von einem der reichen Pinsel hier schon einkassiert haben. Er ist natürlich nicht der Einzige. Alle Geldleute in Cold Water haben die Fäden in der Hand. Lassen Sie sich da nur nichts anderes einreden."

„Sie meinen also, einer von diesen Geldleuten wollte, dass Gail Michaels' Mörder davonkam?"

„Das hab' ich nicht gesagt. Ich sage nur, dass Gails Mörder nie erwischt wird. Also wecken Sie keine schlafenden Hunde."

„Und es macht Ihnen nichts aus, dass dieser Mörder frei herumläuft und nicht bestraft wird?" Gardner hörte hinter sich ein Rascheln und schaute zu der Tür, durch die Dana Aston verschwunden war. Sie war einen Spaltbreit offen, und direkt dahinter stand Dana und beobachtete ihn. Als sie sah, dass Gardner es bemerkt hatte, zog sie die Tür zu.

„Sie können sich nicht vorstellen, wie das läuft bei Leuten wie mir und Gail. Niemand kümmerte sich drum, was ihr passiert war. Und wenn ich den Mund zu weit aufgemacht hätte, hätte sich auch niemand darum gekümmert, wenn der Fluss mich eines Tages als Wasserleiche angeschwemmt hätte."

Gardner gab es nicht gern zu, aber es stimmte schon, was sein Onkel sagte. „Wayne, wissen Sie, wer Ihre Schwester getötet hat? Waren Sie Zeuge des Mordes?"

Tränen stiegen Wayne in die Augen. Es waren müde, traurige Augen. „Es gab nur einen Zeugen."

Einen Zeugen! In den Unterlagen hatte nichts darüber gestanden. Gardner spürte, wie die Hitze ihm ins Gesicht stieg. „Wer war dieser Zeuge?"

„Gails kleiner Junge." Jetzt rannen die Tränen über Waynes lederne Wangen. „Tommy war damals drei Jahre alt."

Gardners Kopf begann zu schmerzen. Er war tatsächlich dabei gewesen! Obwohl er schon immer vermutet hatte, dass das der Grund für seine immer wiederkehrenden Albträume war, war er doch nie sicher gewesen. Jetzt wusste er es. Aber warum in aller Welt konnte er sich nicht daran erinnern? Wieso hatte die Hypnose nichts ergeben? Wenn er sich doch nur erinnern könnte! Dann wäre Gails Mörder geliefert.

Wayne schien Gardner nichts anzumerken. „Diese einflussreichen Freunde, von denen ich sprach, haben den Kleinen aus der Stadt gebracht und ins Waisenhaus gesteckt. Ich hab' keine Ahnung, wo er jetzt ist. Spielt auch keine Rolle. Tommy war noch viel zu klein, um sich zu erinnern."

Da täuschst du dich aber gewaltig, hätte Gardner am liebsten gesagt. Tommy Michaels mag sich zwar nicht an den Mörder seiner Mutter erinnern, aber er hat sein Leben lang deswegen Albträume gehabt. Und manchmal kommen Erinnerungsfetzen auch am Tage.

Alles in Gardner drängte zur Flucht. Er konnte nicht länger in diesem Zimmer bleiben. In dem Zimmer, wo Gail Michaels mit einem Feuerhaken erschlagen worden war. Er schaute zum Kamin hinüber. Es gab keinen Feuerhaken mehr – nur in seiner Erinnerung. Vor seinem inneren Auge stieg die Vision wieder auf: weiße Vorhänge ... flammendes Feuer ... rotes Blut.

Hastig stand Gardner auf. „Entschuldigen Sie, Wayne. Ich wollte keine traurigen Erinnerungen wecken." Es gab noch Dutzende weiterer Fragen, die er seinem Onkel gern gestellt hätte, aber er wagte es nicht. Nicht jetzt. Erst musste er sich beruhigen und wieder ganz unter Kontrolle haben.

„Hören Sie, Mann, ich rate Ihnen gut, vergessen Sie die ganze Chose. Kümmern Sie sich darum, was jetzt passiert. Da haben Sie genug zu tun."

„Nun ja, vielleicht haben Sie recht." Gardner ging zur Tür, trat hinaus auf die Veranda und ging die Stufen hinab. Als er zurückschaute, sah er, wie Dana Aston die Tür hinter ihm schloss.

Neben seinem Wagen blieb er stehen und stützte beide Hände auf die Kühlerhaube. Er fürchtete, sich übergeben zu müssen, so stark waren die Bilder der Erinnerung. Er sah eine schreiende Frau und überall Blut. Dann hörte er den Schrei eines Kindes.

Bisher hatte er noch nie ein Kind schreien hören. Es war sein eigener Schrei. Der dreijährige Tommy Michaels schrie, während er hilflos zusehen musste, wie seine Mutter brutal ermordet wurde.

Erinnerungsfetzen überfluteten ihn und verschwanden wieder, so schnell sie gekommen waren. Erschöpft atmete Gardner tief durch und versuchte sich zu sammeln. Aus dem Haus hörte er plötzlich einen lauten Krach und dann eine Flut von Schimpfwörtern, konnte jedoch nicht verstehen, worum es ging.

Gardner wischte sich den Schweiß von der Stirn und setzte den Hut auf. Dann ging er zurück zum Haus und blieb direkt vor der Tür stehen.

„Dem Himmel sei Dank, dass er weg ist", sagte Dana Aston. „Wenn er noch länger geblieben wäre, hättest du besoffener Trottel ihm alles erzählt."

„Ich hab' ihm nichts erzählt, was er nicht schon wusste. Er trifft sich mit dieser Collins. Also weiß er auch genau, wer in dieser Stadt schon immer am Drücker war."

„Du hast dem neuen Chief viel zu viel verraten. Du hast praktisch zugegeben, dass der Mord vertuscht worden ist. Wie sieht denn das aus? Was ist, wenn er die Sache nicht ruhen lässt?"

„Halt endlich die Klappe. Der ist doch nicht blöd. Er war nur neugierig. Ich wette, er wollte bloß sehen, ob ich den Hammonds gegenüber loyal bin oder nicht."

„Loyal!" Dana lachte spöttisch auf. „Deine Loyalität gilt einzig und allein dem Geld, das Mr. Hammond dir gibt. Was glaubst du, was er sagen wird, wenn er erfährt, was du dem neuen Chief alles aufgetischt hast."

„Ich hab' gar nichts aufgetischt."

„Mr. Hammond wird dir keinen lausigen Dollar mehr geben, wenn du das Familiengeheimnis ausplauderst. Was wird dann aus uns? Sollen wir vielleicht von meinem Hungerlohn leben?"

„Ach was, du regst dich mal wieder wegen nichts auf."

„Ich finde, du solltest Mr. Hammond erzählen, dass der neue Chief dich besucht hat", sagte Dana. „Wetten, dass ihn das interessiert? Vielleicht rückt er diesen Monat dann noch einen kleinen Extra-Bonus heraus."

„Warum erzählst du es nicht lieber McAllister, wenn du das nächste Mal mit ihm ins Bett steigst?"

„Seit du aus dem Knast gekommen bist, ist mit Ned nichts mehr gelaufen. Aber wenn du mich weiter verdächtigst, überlege ich es mir vielleicht anders."

„Vergiss McAllister. Du hast mit mir genug zu tun."

Das Gespräch endete abrupt. Als Gardner durch die Scheibe schaute, sah er, dass Wayne und Dana sich gegenseitig entkleideten. Da wusste Gardner, dass es für ihn Zeit war, sich zurückzuziehen.

Er ging zurück zum Wagen und fuhr los. Sein Besuch bei Wayne Michaels hatte mehr gebracht, als er zu hoffen gewagt hatte. Sein Onkel hatte den Verdacht erhärtet, dass die Hammond-Familie etwas mit Gail Michaels' Tod zu tun hatte. Er hatte durch sein Lauschen erfahren, dass Boyd Hammond von Wayne erpresst wurde. Außerdem wusste er nun, dass Ned McAllister seine Frau betrog.

Ob Celia auch nur die leiseste Ahnung hatte, welche Art Menschen die Mitglieder ihrer Familie waren? War ihr klar, dass der liebe, treu sorgende Onkel Ned ihre arme Tante Lorna hinterging? Und was würde sie denken, wenn sie erfuhr, dass ihr geliebter Stiefvater seit einunddreißig Jahren Schweigegeld zahlte, um einen Mord zu vertuschen?

Gardner war mehr denn je davon überzeugt, dass Boyd Hammond Gail Michaels getötet hatte. Hatte er es getan, um den kleinen Tommy vom Erbe der Hammonds auszuschließen, oder gab es noch ein anderes Motiv?

Wieder war Gardner seinem Ziel um einen Schritt nähergerückt.

Celia drückte die prall gefüllte Einkaufstüte an die Brust und klingelte an der Haustür. Sie war direkt nach der Arbeit heimgefahren, hatte rasch geduscht und das neue Kleid angezogen, das sie eigens für heute Abend gekauft hatte. Sie hatte beschlossen, ihr Haar offen zu tragen, und hoffte, dass Gardner es attraktiv finden würde.

Als niemand öffnete, klingelte Celia noch einmal. Gardner war zu Haus; sein Wagen stand in der Garage. Vielleicht war er oben und duschte. Celia sah auf die Uhr: halb sieben. Sie hatte sich schon den ganzen Tag auf diesen Abend mit ihm gefreut. Zum ersten Mal in ihrem Leben wollte sie für einen Mann das Dinner kochen.

Sie wartete ein paar Minuten. Die Einkaufstüte wurde immer schwerer, und der Riemen ihrer Umhängetasche schnitt in ihre Schulter. Sie klingelte noch einmal, lange und nachdrücklich.

„Was, zum Teufel, ist hier los?" Gardner riss die Haustür auf, und seine braunen Augen blitzten Celia an. Ohrenbetäubende Saxofonmusik tönte aus dem Wohnzimmer.

Celia trat einen Schritt zurück. Gardner hatte seine Uniform gegen verwaschene Jeans und ein dünnes Sweatshirt vertauscht. Ein paar Haarsträhnen hingen ihm in die Stirn, und in der rechten Hand hatte er eine Bierdose.

„Es ist halb sieben." Vorwurfsvoll sah Celia ihn an. „Hast du unsere Verabredung vergessen?"

„Ich habe gar nicht gewusst, dass es schon so spät ist."

Celia bemerkte seine sprießenden Bartstoppeln. Gardner hatte einmal erwähnt, dass er sich zweimal am Tag rasieren musste, um präsentabel zu sein.

„Ich stehe schon eine ganze Weile hier draußen. Wahrscheinlich hast du mein Klingeln wegen der lauten Musik nicht gehört."

„Die hochwohlgeborene Miss Celia mag keinen Jazz?" Grinsend nahm Gardner ihr die Einkaufstüte ab. „Komm rein, falls du es dir nicht anders überlegt hast."

„Stimmt etwas nicht, Gardner?" Celia trat ein und ging ins Wohnzimmer. Er schloss die Tür und folgte ihr. „Du siehst ziemlich mitgenommen aus."

„Ich bin zumindest sauber. Ich habe geduscht, bevor ich mir ein Bier geholt habe. Willst du auch eins?"

„Gardner, bist du betrunken?" Die schrille Musik riss an Celias Nerven. „Können wir das ein bisschen leiser stellen?"

Gardner ging zum CD-Player und drosselte die Lautstärke. „Besser so? Ich muss in Zukunft daran denken, dass du keine laute Musik magst."

Celia musterte ihn bestürzt. Sie hatte ihn noch nie so gesehen – angetrunken, mürrisch und grob. „Ich muss mich beeilen, wenn wir rechtzeitig essen wollen."

Gardner stellte die Tüte ab, fuhr mit der Hand unter ihr schulterlanges Haar und streichelte ihren Nacken. „Immer aufs Beste organisiert, nicht wahr, Miss Celia? Pünktlich und präzise. Alles zur rechten Zeit und am rechten Ort. Hast du jemals etwas spontan getan? Hältst du es mit dem Sex genauso? Akkurat eingeplant zwischen zwei Terminen?"

„Was auch immer dich aus dem Tritt gebracht hat, lass es nicht an mir aus. Ich lasse mich nicht von dir beleidigen."

Er nahm einen langen Zug aus seiner Bierdose, hustete und wischte sich dann den Mund mit dem Handrücken ab. „Ich habe schon ein paar davon intus", sagte er und hielt die leere Dose hoch. „Ein gutes Mittel gegen Schmerzen. Schmerzen sind etwas sehr Unerfreuliches, Miss Celia. Darum tue ich immer etwas dagegen, du nicht auch?"

„Ich glaube, ich gehe jetzt besser. Dir ist offenbar nicht nach Gesellschaft zumute." Sie versuchte sich loszumachen, aber er verstärkte seinen Griff in ihrem Nacken und zog sie an sich. „Sei nicht so grob."

„Was ist los, Cecilia Cornelia? Habe ich dich erschreckt?" Er legte seine Stirn an ihre, und sein warmer Atem strich über ihren Mund. „Männer sind nicht immer Kavaliere, meine Süße. Dein Stiefvater hat vermutlich nie erlaubt, dass ein richtiger Mann in deine Nähe kam."

„Warum benimmst du dich so? Was ist los mit dir?" Celia stemmte die Hände gegen seine Brust.

„Ich hatte einen lausigen Tag." Er küsste sie. Es war ein rauer, fordernder Kuss ohne jede Zärtlichkeit.

Celia zitterte, spürte jedoch, wie ihre Sinne erwachten. „Was immer dir passiert ist, es war nicht meine Schuld. Wenn du darüber reden willst, werde ich zuhören. Aber ich habe keine Lust, mir dein Macho-Gehabe weiter anzusehen."

Gardner lachte. „Du willst den Abend lieber allein verbringen, als es mit mir aufzunehmen?"

„Genau." Sie versuchte, ihn von sich wegzuschieben, und schließlich gab er nach. Er ließ sie los.

„Dann geh doch. Lauf heim zu Mommy und Daddy. Und zu Miss Eula. Zu all den verdammten Hammonds. Was geht es mich an. Du passt sowieso nicht zu mir. Du bist viel zu weich und zu wenig Frau."

Celia biss die Zähne zusammen. Am liebsten hätte sie ihn geohrfeigt, um dieses dumme Grinsen aus seinem Gesicht zu wischen. Irgend etwas Schreckliches musste Gardner heute widerfahren sein. Etwas, das ihn total verändert hatte. Oder war dies am Ende der wahre Gardner Kegan?

Celia hastete zur Tür. Tränenblind tastete sie nach der Klinke. Er sollte sie nicht weinen sehen. Er sollte nicht merken, wie sehr er sie verletzt hatte.

Sie riss die Tür auf, rannte hinaus zu ihrem Wagen und durchsuchte fieberhaft ihre Tasche nach dem Schlüssel. Der Schmerz in ihrer Kehle nahm ihr fast den Atem. Kraftlos lehnte sie sich an den Wagen, schlug die Hände vors Gesicht und begann verzweifelt zu schluchzen.

Wie hatte sie nur je glauben können, dass Gardner Kegan sich wirklich etwas aus ihr machte? Aus einem unerfindlichen

Grund hatte der Mann sie verfolgt und sie glauben lassen, dass der sie unwiderstehlich fand. Warum hatte er das getan? Warum nur?

Gardner stand im Türrahmen und sah, wie Celias Körper vom Schluchzen geschüttelt wurde. Er hatte ihr das angetan.

Wie hatte er nur so weit gehen können! Als er Wayne Michaels heute verlassen hatte, war er endgültig von der Schuld der Hammonds überzeugt gewesen. Den ganzen Nachmittag im Büro war er kaum ansprechbar gewesen, und die Verabredung mit Celia hatte er völlig vergessen. Als sie dann plötzlich vor ihm stand, hatte seine ganze Wut auf die Hammonds sich ausgerechnet auf sie entladen. Auf sie, die am wenigsten damit zu tun hatte.

Er konnte sie so nicht gehen lassen. Er folgte ihr zum Wagen und legte ihr sanft die Hand auf den Rücken. Celia fuhr zusammen, hob den Kopf, und als sie ihn sah, schluchzte sie: „Lass mich in Ruhe. Ich will nach Haus."

Sie wollte die Tür öffnen, aber Gardner legte seine Hand auf ihre. „Geh nicht, Celia. Bitte bleib bei mir." Er hob ihre Hand an seine Lippen. „Es tut mir leid. Ich habe nichts von dem gemeint, was ich vorhin gesagt habe. Verzeihst du mir?"

Celia schluckte die Tränen hinunter. „Warum sollte ich dir verzeihen? Warum willst du, dass ich bleibe? Du hast doch selbst gesagt, dass ich zu weich und nicht genug Frau für dich bin."

Er schloss sie in die Arme und drückte sie fest an sich. „Ja, du bist zu weich, Celia, viel zu weich für einen Mann wie mich. Aber ich brauche dich."

Celia fühlte sich hin und hergerissen zwischen dem Wunsch, ihm zu glauben, und dem Schmerz, den seine Worte in ihr ausgelöst hatten. „Warum hast du das getan? Warum hast du so schreckliche Dinge gesagt?"

Er drückte sie noch fester an sich und sagte leise: „Ich hatte einen furchtbaren Tag, Süße. Es war einer der schlimmsten in meinem Leben. Dann habe ich einen über den Durst getrunken, und als du plötzlich vor mir standst, hat sich mein ganzer Frust auf dich entladen. Ich kann dir nicht verübeln, wenn du mich jetzt verlässt."

„Ich kann nicht … ich lasse mir so ein Benehmen nicht noch einmal gefallen."

Gardner lächelte und küsste sie auf den Hals. „Verzeihst du mir?"

„Versprichst du, dass so etwas nie wieder vorkommt? Wenn doch, werde ich …"

Er verschloss ihr die Lippen mit einem zärtlichen Kuss. Es war eine Bitte um Vergebung und gleichzeitig ein Versprechen. Sie schlang die Arme um seine Hüften und lehnte sich an ihn.

Er ließ sie los und nahm ihre Hand. „Komm, ich helfe dir beim Kochen."

„Willst du mir nicht sagen, was mit dir los ist? Hat es etwas mit deinem Dienst zu tun?"

Hand in Hand gingen sie zurück ins Haus.

„Ich kann nicht darüber reden." Er wünschte, es wäre anders, aber so, wie die Dinge lagen, konnte er nicht mit Celia sprechen. Immerhin gehörte sie zur Hammond-Familie.

Nach dem Essen setzte Gardner sich zu Celia aufs Sofa, stellte leise Musik ein und drehte das Licht ein wenig herunter.

„Das Essen war köstlich." Er legte den Arm um ihre Schultern.

„Keine Kunst, wenn man ein gutes Stück Fleisch hat." Entspannt lehnte Celia sich an ihn. Sie wünschte sich so sehr, dass alles zwischen Gardner und ihr wieder in Ordnung wäre. „Wir kennen uns nun schon einige Wochen, aber ich weiß immer noch nicht viel über dich."

„Da gibt es nicht viel zu erzählen, Süße. Ich bin als einziges Kind von Lois und Ernie Kegan aufgewachsen, habe das College besucht und dann die Polizeiausbildung absolviert."

„Das alles ist mir bekannt. Aber ich weiß nicht, wie du als kleiner Junge warst. Wie war das Verhältnis zu deinen Eltern? Bist du gern zur Schule gegangen? Wie viele Herzen hast du gebrochen?" Celia schmiegte sich an ihn.

Er küsste sie auf die Wange. „Als kleiner Junge war ich ein ziemlich wilder Bursche. Mein Fahrrad war mein Ein und Alles.

Zu meinen Eltern hatte ich ein gutes Verhältnis. Meine Mutter war Lehrerin, eine starke, warmherzige Frau. Mein Vater war und ist noch immer Polizist. Er redet zwar nicht darüber, aber ich weiß, dass er mich von Herzen liebt. Und er war immer für mich da."

Celia fragte sich im Stillen, wie sich trotz dieser behüteten Kindheit so viel Wut in ihm aufstauen konnte. Obwohl er sich nach außen hin gelassen gab, war Gardner Kegan ein verschlossener Mann, in dem es brodelte. Was für ein geheimer Schmerz quälte ihn? „Haben Sie viele Herzen gebrochen, Mr. Kegan?"

„Nicht dass ich wüsste. Ich mache den Frauen keine Versprechungen, die ich nicht halten kann. Ich sorge immer für klare Verhältnisse."

„Ich will nicht, dass du mein Herz brichst."

„Dann mach nicht den Fehler, dich in mich zu verlieben." Er hob ihr Kinn und sah in ihre vertrauensvollen blauen Augen. „Nimm mich so, wie ich bin, Süße. Ich bin einfach nur ein Mann, der mit dir schlafen möchte."

„Und wenn ich mehr will?"

„Tu es nicht."

Celia bog den Kopf zurück und entzog sich seinem Griff. Sie wollte, dass er ehrlich zu ihr war, doch diese Ehrlichkeit tat weh. Was er anbot, war ein Verhältnis auf Zeit. Würde ihr das genügen? Er hatte sie davor gewarnt, sich in ihn zu verlieben, aber seine Warnung kam zu spät.

Gardner schloss sie erneut in die Arme, senkte den Kopf und legte die Lippen auf ihren Mund. Die leise Musik im Hintergrund war zärtlich und liebkosend wie eine streichelnde Hand.

Celia wehrte sich nicht, als er sie auf das Sofa niederdrückte und sich auf sie legte. Er stützte die Hände zu beiden Seiten ab und schaute auf Celia nieder. Ihre Lippen waren feucht und von seinen Küssen leicht geschwollen. Ihre langen Wimpern überschatteten die verträumten blauen Augen. Sie hob die Arme und schlang sie um seinen Nacken. Dann ließ sie sie über seinen Rücken abwärts gleiten, bis sie den Saum seines Sweatshirts erreichten. Sie fuhr mit den Händen darunter und strich über seinen bloßen Rücken. Er küsste sie auf den Hals und öffnete ihr Kleid so weit, dass der weiße Spitzen-BH sichtbar wurde. Dann liebkoste er mit den Lippen die Mulde zwischen ihren Brüsten.

Er schob die Hand unter ihre Hüften und hob sie ein wenig an, sodass sie die Erregung seines Körpers spüren konnte. Mit der anderen Hand öffnete er den Vorderverschluss ihres BH's.

Celia versteifte sich. „Gardner?"

„Schon gut, Süße", raunte er. „Hab keine Angst."

Celia wollte sich loslassen, dem Verlangen nachgeben, das sie erfasst hatte. Aber sie konnte es nicht. Sie war noch nicht bereit, nicht, nachdem er sie vorhin so rüde behandelt hatte. Sie vertraute ihm noch nicht genug, um seine Geliebte zu werden, zumal sie wusste, dass er sie nicht liebte. Dass es ihm nur um eine Affäre ging.

Als sie seinen Mund auf ihrer Brust spürte, schrie sie leise auf. Seine heißen Lippen schlossen sich um eine der rosigen Knospen. Celia bäumte sich auf, voller Verlangen nach … etwas, das sie gar nicht kannte. Wenn sie ihm jetzt nicht Einhalt gebot, würde sie es nie mehr tun.

„Gardner, bitte nicht."

Er hob den Kopf und sah sie an. „Habe ich dir wehgetan?"

„Nein. Es ist nur … ich bin noch nicht bereit."

„Willst du mich für meinen Ausrutscher vorhin bestrafen?" Er setzte sich auf und zog sie mit sich hoch. „Ich dachte, du hättest begriffen, dass ich das alles nicht so gemeint habe."

„Ich will dich nicht bestrafen. Ich bin einfach noch nicht bereit, mit dir zu schlafen."

„Na gut, dann heute Abend nicht."

Celia seufzte tief auf und versuchte ein Lächeln. „Gardner, ich …"

Das Telefon läutete. Er beugte sich vor und nahm den Hörer ab. „Hallo? Chief Kegan hier."

„Ist etwas passiert?", fragte Celia.

„Weshalb belästigen Sie mich wegen einer simplen Rauferei im Red Rooster? Können Sie sich nicht selbst darum kümmern?"

„Hören Sie, Chief", sagte Officer Wilkes am anderen Ende der Leitung. „Wenn gewisse Leute darin verwickelt sind, hat Chief Maddox sich immer selbst eingeschaltet."

„Was für gewisse Leute?" Gardner warf einen Blick auf Celia, die gerade ihren BH schloss und ihr Kleid glatt strich.

„Es geht um Ned McAllister, wenn Ihnen das etwas sagt. Er hat sich mit einem anderen Burschen wegen einer Frau angelegt. McAllister hat hier in der Bar einen ziemlichen Schaden angerichtet."

„Ich komme sofort." Gardner legte auf und wandte sich Celia zu. „Dein Onkel Ned nimmt gerade die Red Rooster-Bar auseinander."

„Ach du lieber Gott, nicht schon wieder!"

„Was meinst du damit? Hat er das schon öfter getan?"

„Onkel Ned ist ein Quartalstrinker. Die meiste Zeit hat er sich unter Kontrolle, aber ... nun ja, ab und zu dreht er durch. Lass mich mitkommen, bitte. Manchmal kann ein Mitglied der Familie ihn beruhigen."

„Falls er gewalttätig wird, hältst du dich von ihm fern, verstanden?"

„Ja." Celia nickte.

„Also los, dann wollen wir mal."

6. KAPITEL

Im Red Rooster ging es hoch her. Ohrenbetäubende Country-Musik drang aus der offenen Tür, laute Stimmen und das Krachen von splitterndem Holz drangen in die sonst stille Nacht hinaus.

Gardner stellte seinen Mustang hinter zwei geparkten Polizeiautos ab. Rory Malone stand auf dem Bürgersteig neben der offenen Tür, die zu der beliebtesten Bar von Cold Water führte.

„Bleib im Wagen", sagte Gardner und griff nach dem Türöffner.

Celia legte ihm die Hand auf den Arm. „Lass mich mit hineingehen und mit Onkel Ned reden. Bitte."

„Warst du schon mal im Red Rooster?" Gardner öffnete die Tür und stieg aus.

„Natürlich nicht, aber was hat das damit zu tun?"

„Ich lasse nicht zu, dass du dich unter einen Haufen betrunkener Kerle mischst, die mit den Fäusten aufeinander losgehen. Bleib im Wagen." Er warf die Tür zu.

Kopfschüttelnd kam Rory auf Gardner zu. „Ich habe Sanders gesagt, dass es keinen Grund gibt, Sie mit dieser Sache zu behelligen, aber er hat darauf bestanden."

„Wo ist Sanders?"

„In der Bar. Er passt auf."

„Hat er versucht, den Streit zu schlichten?", fragte Gardner.

„Nein. Sanders doch nicht. Er lässt den Dingen seinen Lauf, genau wie Hardwick und Wilkes, die draußen im Streifenwagen abwarten."

„Was, zum Teufel, geht hier eigentlich vor? Ich will, dass die Schlägerei auf der Stelle gestoppt wird und die Beteiligten festgenommen werden. Haben Sie mich verstanden, Malone?"

„Ja, Sir, aber … nun ja …"

„Was ist?"

„Sie wissen doch, wer sich da schlägt, oder?"

„Wilkes sagte, dass Ned McAllister betrunken und in eine Schlägerei verwickelt sei." Gardner ging an Rory vorbei und blieb erst stehen, als er die offene Kneipentür erreichte. „Kommen Sie mit, Malone, und rufen Sie auch Hardwick und Wilkes."

„Ja, Sir."

Gardner entdeckte Sanders direkt neben der Tür. Er lehnte an der Wand, die eine Hand in die Hüfte gestemmt und die andere auf dem Pistolenhalfter. Dicke Rauchschwaden behinderten die Sicht, und Gardner sah nur undeutlich die Barbesucher, die einen Halbkreis um die beiden Kampfhähne bildeten. Ned McAllister stand schwer atmend da und beobachtete seinen Gegner, der am Boden lag. Das Gesicht des Mannes war aufgeschrammt und blutverschmiert, genau wie das von McAllister.

Gardner stieß Sanders an. „Sanders, sorgen Sie dafür, dass diese beiden Männer so schnell wie möglich in die beiden Streifenwagen verfrachtet werden."

„Nicht nötig, Chief, der Kampf ist schon vorbei. Sobald Ned sich etwas abgekühlt hat, bringe ich Michaels ins Gefängnis, damit er seinen Rausch ausschlafen kann."

Gardner bahnte sich einen Weg durch die Menge, und die anderen Polizisten folgten ihm. In dem am Boden zusammengekrümmt liegenden Mann erkannte Gardner Wayne Michaels. Dana Aston beugte sich über ihn und rief seinen Namen.

„Ach Ned, es war nicht nötig, ihn niederzuschlagen", jammerte Dana. „Du bist fast doppelt so groß wie er und viel stärker."

„Er hat angefangen." Ned taumelte zur Bar. „Erst wirft er mir vor, dass ich dich ihm wegnehmen will, und als ich ihn einer neuen Freundin vorstellen wollte, hat er sie beleidigt."

Aus dem sich langsam auflösenden Zuschauerkreis löste sich Becky Overton, schlenderte zu Ned McAllister und legte den Arm um seine Taille. „Bist du okay, Schatz? Sei jetzt lieber friedlich. Der neue Chief ist da und hat ein paar von unseren Jungs mitgebracht."

Gardner traute seinen Augen kaum. Becky Overton in hautengen Jeans und einem knappen Oberteil schmiegte sich lasziv an den biederen Gatten von Lorna Hammond-McAllister.

„Kommen Sie, Chief Kegan." Mit einem breiten Grinsen winkte Ned Gardner heran. „Ich lade Sie zu einem Drink ein."

„Hardwick! Wilkes! Schauen Sie sich den Mann an." Gardner wies zu Boden. „Wenn er nicht zu sich kommt, rufen Sie den Krankenwagen. Falls Sie ihn auf die Beine kriegen, bringen Sie ihn hinaus in den Streifenwagen."

„Ja, Sir", antworteten die beiden wie aus einem Munde.

„Malone!", bellte Gardner. „Bringen Sie Mr. McAllister hinaus in Ihren Wagen."

„Nun mal langsam, Kegan", sagte Ned. „Ist doch nichts passiert, was nicht wieder in Ordnung gebracht werden kann. Stimmt doch, Barney, oder?"

Ein langer, hagerer Bursche mit einer weißen Schürze kam hinter der Bar hervor. „Stimmt genau, Mr. McAllister."

„Das ist Barney. Ihm gehört die Bar. Er erhebt keine Anzeige, stimmt's, alter Junge?" Ned zog die Börse aus seiner Gesäßtasche und warf ein Bündel Banknoten auf die Bar. „Sehen Sie, es ist für alles gesorgt."

„Ich fürchte, Sie müssen Officer Malone zum Streifenwagen begleiten. Er wird Ihnen Ihre Rechte vorlesen und dann mit Ihnen zur Wache fahren."

Becky drückte Ned aufmunternd an sich und trat dann zu Gardner. „Hören Sie, Chief, Sie machen einen großen Fehler."

„Ich erledige nur meinen Job, Officer Overton. Sie dagegen scheinen nicht zu wissen, was professionelle Polizeiarbeit bedeutet. Malone sagte mir, dass Sie eine verdammt gute Polizistin seien. Hat er vergessen zu erwähnen, dass Sie bei guten Bekannten Ausnahmen machen?"

„Ich bin nicht im Dienst, und somit ganz privat hier."

„Was für eine Beziehung haben Sie zu McAllister?"

„Eifersüchtig, Chief?" Becky lachte kehlig. „Keine Sorge, wir sind nur Freunde. Gute Freunde."

„Es stört Sie nicht, dass er verheiratet ist?"

„Ich sagte doch, dass Ned und ich nur gute Freunde sind. Er ist ein einsamer Mann mit einer spinnerten Frau zu Haus. Sie können ihm doch keinen Vorwurf machen, wenn er sich ab und zu woanders umsieht."

„Es ist mir völlig schnuppe, mit wem Ned McAllister schläft, aber es ist mir ganz und gar nicht schnuppe, wenn er gegen das Gesetz verstößt. Unabhängig von Rang und Namen wird McAllister zur Wache gebracht und wegen Trunkenheit und öffentlicher Ruhestörung angeklagt."

Becky schaute über Gardners Schulter an ihm vorbei. „Mr. Hammond wird nicht sehr erfreut sein, wenn Sie Ned einsperren. Wer weiß, vielleicht verbietet er Ihnen, seine Tochter wiederzusehen."

Gardner wandte den Kopf und sah, wie Boyd Hammond mit T.J. Sanders sprach. Er ließ Becky stehen und ging zu Ned, der gerade wieder ein Bier hinuntergoss.

„Mr. McAllister, ich möchte, dass Sie Officer Malone begleiten, und würde es begrüßen, wenn Sie keine Schwierigkeiten machten."

Neds Lächeln erstarb. Er musterte Gardner mit einem harten Blick. „Sicher. Ich will niemandem Schwierigkeiten machen."

„Moment noch", warf Boyd Hammond ein. „Es ist nicht nötig, Ned zu verhaften. Ich nehme ihn mit nach Haus."

„Das können Sie tun, nachdem er dem Revier einen kleinen Besuch abgestattet hat", sagte Gardner.

In diesem Augenblick betrat Celia Collins die Red Rooster-Bar. Noch nie war sie in so einem zwielichtigen, verräucherten Lokal gewesen, und sie fühlte sich äußerst unwohl. Sie entdeckte ihren Vater, der mit Gardner sprach, und Rory Malone, der ihrem Onkel Ned Handschellen anlegte. Um nichts in der Welt wollte sie eine Konfrontation zwischen Gardner und ihrem Vater. Warum machte Gardner einen solchen Aufstand? Chief Maddox hatte Onkel Ned immer mit Samthandschuhen angefasst und dafür gesorgt, dass er nach Haus kam, wenn er mal wieder irgendwo versackt war. Sie war sicher, dass Gardner die Situation einfach nicht überblickte.

Als sie den Raum durchqueren wollte, spürte Celia einen festen Griff an ihrem Handgelenk. Sie schaute auf und direkt in Becky Overtons süffisant lächelndes Gesicht.

„Einen Augenblick, Miss Collins."

„Was wollen Sie, Becky?" Mit einer schroffen Bewegung machte Celia sich los.

„Nach heute Abend wird Ihr Daddy Ihnen nicht erlauben, Gardner wiederzusehen. Sieht aus, als würde unser neuer Chief sich nicht an die Hammond-Regeln halten. Sie werden sich wohl zwischen Gardner und Ihrer Familie entscheiden müssen."

„Meine Beziehung zu Mr. Kegan geht Sie nichts an." Celia hatte den Eindruck, Becky zum ersten Mal wirklich zu sehen. Die Frau hatte einen Körper, von dem jeder Mann nur träumen konnte. Neben Becky kam Celia sich klein, blass und geschlechtslos vor.

„Da irren Sie sich gewaltig", gab Becky zurück. „Ich warte nur ab, bis die Sache zwischen Ihnen schiefgeht. Dann bin ich bereit und durchaus in der Lage, Gardner all das zu geben, was er braucht."

„Warum erzählen Sie mir das?"

„Nennen wir es einfach eine faire Warnung. Ich habe Sie immer gemocht, Cecilia. Sie sind besser als die meisten Frauen Ihres Schlages. Ich halte es nur für Recht und billig, Sie wissen zu lassen, dass ich auch hinter Gardner her bin." Noch immer lächelnd drehte Becky sich um und ging.

Celia hatte jetzt keine Zeit, sich über ihre Beziehung zu Gardner den Kopf zu zerbrechen. Sie ging rasch hinüber zu ihrem Vater und legte ihm die Hand auf den Arm. Er fuhr herum.

„Cecilia! Was, zum Teufel, tust du hier?", frage er scharf.

„Ich war mit Gardner zusammen, als man ihn wegen Onkel Ned anrief. Ich bin mit ihm hergekommen."

„Du gehörst nicht in ein solches Lokal, Liebes."

„Finde ich auch", sagte Gardner. „Habe ich nicht gesagt, du sollst im Wagen warten?"

„Gardner, du willst Onkel Ned doch nicht wirklich verhaften, oder?", fragte Celia.

„Dein Onkel kommt mit aufs Revier, und man wird ihn wegen der gleichen Vergehen anklagen wie Wayne Michaels. Anschließend kann dein Vater ihn mit nach Haus nehmen."

„Hören Sie, Chief Kegan", warf Boyd ein. „Mir ist klar, dass Sie noch neu sind in Cold Water, und ich bin bereit, dem Rechnung zu tragen. Aber Ned McAllister geht auf keinen Fall ins Gefängnis. Habe ich mich klar ausgedrückt?"

„Das haben Sie, klar und deutlich." Gardner war sicher, dass T.J. Sanders Boyd Hammond angerufen hatte, wie er es in der Vergangenheit wohl zahllose Male getan hatte, wenn Ned in eine Prügelei geraten war. Er war auch ziemlich sicher, dass es T.J. gewesen war, der neulich vor seiner Bürotür gelauscht hatte. Der Mann wurde offenbar von Hammond geschmiert.

„Dann gehe ich jetzt und nehme Ned mit nach Haus", sagte Boyd. „Lorna hat schon nach ihm gefragt."

„Ich kann nicht zulassen, dass Ihr Schwager frei ausgeht, während Wayne Michaels verhaftet wird", erklärte Gardner.

„Wieso nicht? Dieser Michaels ist ein aktenkundiger Krimineller. Es gibt sicher Zeugen, die bestätigen können, dass Michaels angefangen hat."

Celia ließ den Arm ihres Vaters los und trat zögernd zu Gardner. „Ich fürchte, du verstehst nicht. Wenn du Onkel Ned verhaftest, werden sich die Zeitungen darauf stürzen. Und wenn Tante Lorna davon erfährt, rastet sie aus."

„Willst du etwa sagen, sie hat keine Ahnung, dass ihr Mann ein Alkoholiker ist?", fragte Gardner. „Dass er auf Sauftour geht, sich in Prügeleien einlässt und Lokale auseinandernimmt?"

„Wir wissen um Onkel Neds Alkoholproblem. Normalerweise hält er es unter Kontrolle. So etwas wie heute passiert nur selten."

„Cecilia will damit nur sagen, dass Ned niemandem wirklich schadet, wenn er betrunken ist." Boyd straffte die Schultern, legte den Kopf zurück und sah Gardner entschlossen ins Gesicht. „Ned wird der Bar jeden Schaden ersetzen, und der Besitzer wird nicht auf einer Anklage bestehen."

„Und was ist mit Mr. Michaels? Da Ihr Schwager ihn zu Boden geschlagen hat, könnte er doch auf einer Anklage bestehen." Gardner beobachtete Boyd Hammond scharf. Er wollte sehen, wie der andere reagierte.

„Ich versichere Ihnen, dass Wayne Michaels das nicht tun wird", knurrte Boyd.

„Wieso sind Sie so sicher?"

„Warum fragen Sie ihn nicht selbst?"

Gardner schwankte zwischen dem Wunsch, sich mit Boyd Hammond gutzustellen, und seiner Pflicht als Polizist. Er konnte jetzt nachgeben und sich damit etwas Zeit erkaufen, oder es zur unvermeidlichen Konfrontation kommen lassen. Früher oder später musste er ja doch gegen die Hammonds vorgehen, wenn sie sich nicht an die Gesetze hielten. Es hatte also gar keinen Sinn, Kompromisse einzugehen.

„Michaels und McAllister kommen beide mit aufs Revier. Es stimmt, dass ich neu bin in Cold Water, und Chief Maddox mag die Dinge anders gehandhabt haben, aber meine Pflicht ist es, für Recht und Ordnung zu sorgen. Und genau das werde ich tun. Das Gesetz macht keinen Unterschied zwischen Ned McAllister und Wayne Michaels."

„Das werden Sie bereuen, Kegan." Boyd ergriff Celias Arm und zog sie von Gardner weg.

Gardner griff nach ihrem anderen Arm. „Dein Wagen steht noch bei mir. Ich bringe dich zurück, damit du ihn holen kannst."

„Nicht nötig, Kegan. Ich sorge dafür, dass Cecilias Wagen abgeholt wird. Komm, mein Liebes."

Celia entzog Gardner ihren Arm. Ihre Augen flehten um Verständnis. Für einen Moment sah er sie stumm an. Dann wandte er sich ihrem Vater zu.

„Machen Sie Ihrem Schwager klar, dass er sich künftig aus derartigen Auftritten heraushalten soll. Wenn nicht, landet er im Gefängnis, auch wenn er zum Hammond-Clan gehört."

Steifbeinig verließ Boyd die Bar. Celia folgte ihm. Sie wusste, dass Gardner von ihr enttäuscht war, dass er von ihr erwartet hatte, sich auf seine Seite zu stellen. Sie war mit ihm gekommen und hätte auch mit ihm wieder gehen müssen. Sie wollte jedoch ihren Vater nicht noch mehr aufbringen, als er bereits war. Es würde auch so schwer genug sein, Miss Eula und ihrer Mutter alles zu erklären, ganz zu schweigen von Tante Lorna, wenn sie in der Zeitung von Onkel Neds Verhaftung las. Sie verstand ja, dass Gardner ihrem Onkel und diesem schrecklichen Michaels gegenüber fair sein wollte, aber sie wünschte, er hätte ihren Vater nicht so schroff abgefertigt und noch dazu in aller Öffentlichkeit.

„Steig ein, Kind", sagte Boyd. „Ich bringe dich nach Haus, bevor ich zur Polizei fahre und dafür sorge, dass man Ned entlässt. Du kannst deiner Mutter inzwischen alles erklären."

„In Ordnung." Celia sah Gardner aus der Bar kommen. Becky Overton folgte ihm eilig und sprach ihn an. Was wollte diese Frau von Gardner? Nun, das wusste sie ja. Becky hatte ihr klipp und klar gesagt, dass sie nur darauf wartete, ihr Gardner ausspannen zu können.

Tränen traten ihr in die Augen. Sie schluckte mühsam und wandte den Kopf ab, um Gardner nicht mit dieser anderen Frau zu sehen. Würde er Becky mit nach Haus nehmen? Sie würde ihn sicher nicht abweisen.

Celia hatte nicht gewusst, dass Liebe so weh tun konnte. Als sie dahintergekommen war, dass Randall sie nur des Geldes wegen heiraten wollte, war nur ihr Stolz verletzt gewesen. Ihr Herz war unberührt geblieben. Gardner Kegan zu verlieren würde ihr das Herz brechen. Sie durfte ihn nicht verlieren, egal was heute geschehen war. Sie musste einen Weg finden, die Dinge mit ihm wieder in Ordnung zu bringen, ohne sich mit ihrer Familie zu überwerfen.

Wahrscheinlich hatte Gardner die Situation einfach missverstanden. Er würde sicher bald einsehen, dass er unrecht hatte, und den ersten Schritt tun.

Tagelang hatte Gardner den Vorfall im Red Rooster in Gedanken Revue passieren lassen. Mit Sicherheit hatte er jetzt ganz schlechte Karten bei Boyd Hammond, aber ebenso sicher hatte er sich Respekt bei seinen Kollegen verschafft. T.J. Sanders allerdings hatte ihm ins Gesicht gesagt, dass seine Tage als Polizeichef gezählt seien – ein Umstand, der T.J. zu freuen schien, da er ja nur darauf wartete, Gardners Job zu ergattern.

Es hatte Gardner überrascht, dass er nicht vor den Stadtrat zitiert worden war. Ob Celia wohl ihren Einfluss auf ihren Stiefvater geltend gemacht hatte? Was für eine andere Erklärung konnte es geben? Er hatte seinen Job noch immer, und niemand außer T.J. und Becky hatte ihn kritisiert. Becky allerdings hatte ihm gleichzeitig eine unmissverständliche Einladung zukommen lassen, und er musste gestehen, dass ein Teil von ihm dieser Einladung gern Folge geleistet hätte. Er hatte schon lange keine Frau mehr gehabt, und allem Anschein nach hatte er es sich mit Celia gründlich verdorben.

Er hatte auf ihren Anruf gewartet, aber der war nicht gekommen. Er wusste nicht, wie er mit ihr dran war. Wie sie selbst zugegeben hatte, war sie keine berauschende Schönheit, und die Verehrer standen nicht gerade Schlange bei ihr. Und ohne zu prahlen, war er sicher, der bisher aufregendste Mann in ihrem Leben gewesen zu sein. Wieso lenkte sie dann nicht ein?

Schließlich war Gardner zu der Überzeugung gekommen, dass Celia darauf wartete, dass er einlenkte. Er sollte zu Kreuze kriechen. Teufel auch, das hatte er noch nie getan, und schon gar nicht bei einer Frau. Abgesehen davon war sein Plan, Celia für seine Rache zu benutzen, ganz und gar nicht aufgegangen. Vielleicht war das ja auch überhaupt nicht nötig. Vielleicht würde es ihm ja auch genügen, einfach nur zu beweisen, dass Boyd Hammond der Mörder seiner Mutter war.

Als Gardner seinen Mustang vor Rory Malones Haus parkte, entdeckte er den Kollegen auf der Terrasse. Rory winkte ihm zu. Gardner nahm den Sechserpack Bier, stieg aus und ging die Stufen zur Terrasse hinauf, wo Rory mit seinem Holzkohlegrill beschäftigt war.

„Halten Sie ein Auge auf meine Hamburger", sagte Rory und nahm ihm das Bier ab. „Ich bringe das nur eben in den Kühlschrank."

Gardner hatte noch nicht oft gegrillt. Mit skeptischen Blicken beäugte er das brutzelnde Fleisch und hoffte, dass Rory bald wieder auftauchte.

„An deiner Stelle würde ich die Dinger jetzt umdrehen." Ein beladenes Tablett in der Hand, trat Celia Collins heraus auf die Terrasse.

Überrascht schaute Gardner auf. Was tat sie hier? Hatte sie dieses Zusammentreffen arrangiert? „Hallo, wie geht's?"

Celia stellte das Tablett ab. „Bestens. Und dir?"

„Auch gut. Ich nehme an, du hattest viel zu tun." Gardner wusste nicht, ob er ihr entgegenkommen sollte. Sie hatte ihn tagelang schmoren lassen. Vielleicht sollte er es ihr jetzt nicht zu leicht machen.

„Nicht mehr als sonst." Celia war klar, dass Janie Sue diese Grillparty inszeniert hatte, um zwischen ihr und Gardner zu vermitteln. Als Janie Sue sie angerufen und eingeladen hatte, wollte sie zuerst nicht, als ihre Freundin sagte, dass Gardner auch da sein würde. Sie hatte auf seinen Anruf gewartet, jedoch vergeblich. Er war im Unrecht und sie im Recht. Es war an ihm, sich zu entschuldigen.

„Ich wusste gar nicht, dass du auch hier sein würdest", sagte Gardner und drehte das Fleisch um.

„Ich dachte, Rory hätte es dir mitgeteilt. Janie Sue sagte mir, dass du auch eingeladen bist."

„Dann war dies nicht deine Idee?"

„Nein, es war Janie Sues Idee. Sie versucht, uns …"

„… zusammenzubringen, damit wir einsehen, dass wir uns wie die Idioten aufgeführt haben."

„Etwas in der Art." Verlegen sah Celia Gardner an. Er hatte nie besser ausgesehen als an diesem Abend in seinen engen, verwaschenen Jeans, in denen er so unwahrscheinlich sexy wirkte.

„Hast du mich vermisst?", fragte er.

„Ja." Sie strich die Papierservietten auf dem Tisch glatt. „Du mich auch?"

Er wünschte, er könnte Nein sagen, doch obwohl er sich dagegen gewehrt hatte, hatte sie ihm gefehlt. Sie hatte ihm sogar sehr gefehlt. „Ja, Süße, ich habe dich vermisst."

Das Kosewort erwärmte ihr Herz und ließ sie gleichzeitig frösteln. Wenn er sie „Süße" nannte, war es, als wenn sie ihm wirklich etwas bedeutete. Aber sie konnte jene Nacht nicht vergessen, als er ihr eröffnet hatte, dass sie für ihn nicht genug Frau sei.

Janie Sue brachte Eistee heraus, und Rory folgt ihr mit dem Bier.

„Alles klar?", fragte Rory und reichte Gardner ein Bier.

„Kommt, lasst uns essen", sagte Janie Sue. „Das Fleisch ist gar, oder? Ich bin schon halb verhungert." Sie griff nach einem Brötchen, machte ihren Hamburger fertig und biss hinein.

Mit fortschreitendem Abend wurde Celia klar, dass Gardner nicht die Absicht hatte, sich zu entschuldigen. Offenbar war er der Meinung, dass das ihre Sache sei. Sie würde es nicht tun. Sie durfte nicht. Wenn sie ihm jetzt die Oberhand ließ, würde er sie für schwach und manipulierbar halten.

Es wurde immer später. Celia war schon länger geblieben, als sie eigentlich vorgehabt hatte. Sie hoffte auf ein Wunder. Wenn sie und Gardner heute Abend ohne eine Versöhnung auseinandergingen, gab es vermutlich keine Chance mehr, dass einer von ihnen seinen Stolz überwinden würde.

„Es ist schon spät." Celia stand auf. „Ich glaube, ich mache mich jetzt auf den Heimweg."

Janie Sue gähnte. „Aber du hast noch nicht … ich meine, es besteht doch kein Grund zur Eile."

„Es war ein langer Tag." Celia verabschiedete sich von Janie Sue mit einer herzlichen Umarmung.

„Vielleicht könnte Gardner dich heimbringen", schlug Janie Sue vor.

„Ich habe meinen Wagen dabei."

„Ach ja, aber eigentlich bräuchte der Abend für euch ja noch gar nicht zu enden." Janie Sue schaute von Celia zu Gardner. „Warum geht ihr nicht noch ein bisschen tanzen?"

„Nun, Celia?" Gardner wartete auf ihre Antwort. Er wollte nicht, dass die Dinge so zwischen ihnen endeten.

„Dafür bin ich nicht angezogen." Celia schaute vielsagend auf ihre Shorts.

Gardner fragte sich, ob Celia den Abend tatsächlich so beschließen wollte, ohne dass sie ihre Probleme gelöst hatten. Wollte sie wirklich Schluss machen? Er hatte inzwischen beschlossen, ihr auf halbem Wege entgegenzukommen. Andere Frauen mochten zwar bereitwilliger sein, aber er wollte nun mal Celia Collins. Nur sie und keine andere.

Er verstand selbst nicht, was ihn an dieser scheuen, fast altmodischen jungen Frau so anzog.

„Du könntest nach Haus fahren und dich umziehen", schlug er vor. „Ich folge mit meinem Wagen."

„Also … ich weiß nicht recht. Na gut, warum nicht." Sie reckte das Kinn vor und wagte ein scheues Lächeln.

Auf dem Heimweg machte Celia sich Vorwürfe. Sie hatte viel zu schnell zugestimmt, noch mit Gardner auszugehen. Vor ihrem Haus wartete sie nicht, bis er seinen Wagen geparkt hatte, sondern stieg hastig aus und lief zur Haustür.

Sie suchte noch in ihrer Tasche nach dem Schlüssel, als Gardner sie schon eingeholt hatte. Er nahm ihr das Bund aus der Hand und öffnete die Tür.

Celia hastete ins Haus und machte sofort das Licht im Wohnzimmer an. Als sie sich zu Gardner umwandte, stellte sie fest, dass er dicht hinter ihr stand. Sie blickte direkt in seine grünen Augen.

„Willst du einen Drink, während du wartest, bis ich mich umgezogen habe?" Er war zu nah, viel zu nah.

„Wozu umziehen? Es sei denn, du willst wirklich noch tanzen gehen." Er machte einen Schritt auf sie zu, sodass ihre Körper sich berührten."

„Aber wenn wir nicht ausgehen wollen, warum bist du dann …?"

Er legte ihr die Hände auf die Schultern. „Ich will, dass wir aus dieser Sackgasse wieder herauskommen. Ich habe auf deinen Anruf und deine Entschuldigung gewartet. Vermutlich hast du das Gleiche getan."

„Neulich abends im Red Rooster … du hast getan, was du

tun musstest, und ich ebenfalls", sagte Celia. „Wir waren beide davon überzeugt, uns richtig zu verhalten."

„Ja, ich weiß. Vielleicht hast du von mir erwartet, dass ich von deinem Vater Anweisungen akzeptiere, wie Chief Maddox es getan hat. Und ich habe erwartet, dass du meine Entscheidung, deinen Onkel zu verhaften, verstehen würdest." Er zog sie langsam an sich.

Celias Unterlippe zitterte, und Tränen traten ihr in die Augen. „Wir haben einander enttäuscht. Keiner tat das, was der andere erwartete."

„Ich bin Polizeichef. Es ist meine Pflicht, dem Gesetz Geltung zu verschaffen. Ich habe getan, was ich musste. Ned McAllister hat gegen das Gesetz verstoßen, und nicht zum ersten Mal. Es war mir unmöglich, Wayne Michaels einzusperren und deinen Onkel laufen zu lassen."

„Ich glaube, ich habe die Sache zu einseitig gesehen. Mir ging es nur um meine Familie, vor allem um Tante Lorna und Miss Eula."

„Ich lasse mir von niemandem Vorschriften machen, nicht einmal von Boyd Hammond." Vor allem nicht von Boyd Hammond, dem Mann, den ich für einen Mörder halte.

Celia hob die Hand und legte sie an seine Wange. „Ich weiß. Glaub mir, Gardner, ich verstehe deinen Standpunkt jetzt besser. Neulich habe ich vorschnell geurteilt. Ich war außer mir, weil du Onkel Ned verhaftet hast. Er ist noch nie verhaftet worden, und ich musste nur immer daran denken, wie Tante Lorna reagieren würde."

„Interessiert es dich gar nicht, dass deine Familie diese Stadt mit eiserner Faust regiert?" Er legte seine Hand auf ihre und drückte sie gegen seine Wange.

„Ich habe nie darüber nachgedacht. Irgendwie war es wohl selbstverständlich für mich."

„Ich hatte erwartet, dass der Stadtrat mich nach diesem Vorfall feuern würde. Hast du etwas damit zu tun, dass ich meinen Job behalten habe?"

„Vielleicht. Ich habe Daddy erklärt, dass deine Entlassung die Familie in ein schlechtes Licht rücken würde, in ein viel schlechteres als Onkel Neds Verhaftung. Miss Eula war meiner Meinung."

„Boyd auch?" Gardner legte den Arm um ihre Taille, nahm ihre Hand von seiner Wange und drückte einen Kuss in ihre Handfläche.

Celia hielt den Atem an und lächelte zu ihm auf. „Jedenfalls bist du immer noch Polizeichef, oder?"

„Ja, aber nur weil ein Mitglied des Hammond-Clans dafür gesorgt hat, nicht wahr?"

„Zwei Mitglieder", stellte Celia richtig. „Miss Eula mag dich, obwohl du Onkel Ned verhaftet hast und wir ziemliche Mühe hatten, Tante Lorna die Wahrheit zu verschweigen."

Der Gedanke, dass seine Großmutter ihn mochte, löste gemischte Gefühle in Gardner aus. Wenn er sicher wäre, dass Miss Eula nie von seiner Existenz gewusst und an dem Mord keinen Anteil hatte, dann könnte er die alte Dame ebenfalls gernhaben. „Freut mich, dass Miss Eula mich mag. Aber dein Vater steht auf einem anderen Blatt. Ich bin sicher, es passt ihm nicht, dass du mich triffst, oder?"

„Daddy hat es mir nicht ausdrücklich verboten, aber er hat mich gefragt, ob ich genau wisse, was ich tue."

„Und was hast du geantwortet?"

„Dass ich es nicht genau weiß. Dass ich aber eine erwachsene Frau und für eventuelle Fehler selbst verantwortlich bin." Sie legte Gardner die Arme um den Nacken und lehnte den Kopf an seine Brust. „Ich möchte dich weiter treffen."

„Ich habe dich wirklich vermisst, Süße. Ich bin in den letzten Tagen schrecklich einsam gewesen." Er küsste sie auf die Schläfe.

„Ich dachte … vielleicht … triffst du dich mit einer anderen Frau." Sie schmiegte sich an ihn. Sie wartete auf seine Antwort und fürchtete sich gleichzeitig davor.

„Es gibt keine andere Frau, Celia. Das müsstest du eigentlich wissen." Er strich mit der Hand über ihre Hüfte und drückte sie an sich, damit sie sein Verlangen spürte.

„Und was ist mit Becky Overton?"

„Was soll mit ihr sein?"

„Neulich abends im Red Rooster hat sie mir gesagt, dass sie an dir interessiert ist und nur darauf wartet, dass wir uns trennen."

Gardner legte die Hand unter Celias Kinn und hob ihr Gesicht. „Um die Wahrheit zu sagen, Becky hat mir tatsächlich Avancen gemacht, aber ich habe ihr einen Korb gegeben."

„Oh Gardner." Mit tränenfeuchten Augen sah sie ihn an. Es gab keinen Zweifel mehr: Sie hatte sich unsterblich in Gardner Kegan verliebt. „Ich hatte solche Angst. Becky ist eine schöne Frau und so sexy."

„Ich will Becky nicht. Ich will dich. Für mich bist du schön und sexy und …"

„Ich bin nicht schön und ganz gewiss nicht sexy."

Gardner lächelte in ihr emporgewandtes Gesicht. „Wenn du dich durch meine Augen sehen könntest, würdest du wissen, wie schön und liebenswert du bist." Er hob die Hand und fuhr liebkosend über ihr langes blondes Haar. „Dein Haar ist wie goldene Seide." Er strich mit der Hand über ihren Hals und an ihrem Arm hinab. „Deine Haut ist so weich und glatt. Ich möchte dich überall berühren. Überall. Ich möchte dich fühlen und sehen und schmecken."

Celia zitterte. Seine Worte lösten Empfindungen in ihr aus, die ihr ganz fremd waren. Nur Gardner konnte solche Gefühle in ihr wecken, ein drängendes Verlangen, das gestillt werden wollte. „Du gibst mir fast das Gefühl, wirklich schön zu sein."

„Daran darfst du nie zweifeln. Du hast zu lange im Schatten deiner Mutter gelebt, Celia. Tritt heraus in den Sonnenschein deiner eigenen Schönheit."

Gardner hob sie hoch und sah sich im Zimmer um. Er wagte nicht, sie die Treppe hinauf ins Schlafzimmer zu tragen. Dazu war sie noch nicht bereit – noch nicht – und er wollte sie nicht dadurch erschrecken, dass er sie zu sehr drängte. Sein Instinkt sagte ihm, dass Celia es wert war, auf sie zu warten.

Er durchquerte das Zimmer, kniete vor dem Kamin nieder und ließ Celia auf den dicken Teppich gleiten. Dann griff er hinter sich, zog die Samtkissen vom Sofa und bettete sie darauf.

„Bleib liegen", sagte er.

Dann stand er auf und machte die Deckenbeleuchtung aus, sodass der Raum im Dunkeln lag. Er hörte, wie Celia die Luft einsog. „Entspann dich. Ich öffne die Vorhänge. Wir haben heute Vollmond." Er wollte, dass sie sich gut fühlte, wenn er sie liebte. Ihre Nacktheit sollte sie nicht befangen machen.

Er zog die schweren Vorhänge zurück. Silberhelles Mondlicht flutete ins Zimmer und fiel auf die Möbel, den Boden und die Frau, die auf den Samtkissen lag.

Als Gardner sich neben sie legte, rückte sie ein wenig von ihm ab. „Gardner, ich bin nicht sicher, ob ich das will. Ich meine …"

Er legte ihr den Finger auf die Lippen. „Ich werde nichts tun, was du nicht willst. Ich weiß, dass du unerfahren bist." Er fuhr mit der Hand unter ihr Haar, legte sie um ihren Nacken und zog Celia an sich.

„Du brauchst eine Frau, die dich nicht dauernd abweist. Es tut mir so leid, dass ich …"

„Ich brauche *dich*, Cecilia Cornelia Collins, und ich bin bereit zu warten, bis du Ja sagst. Heute … heute erwarte ich gar nichts von dir außer deinem Vertrauen." Seine Augen hatten sich an das Dämmerlicht gewöhnt, und er konnte deutlich sehen, dass ihre großen Augen ihn angstvoll und fragend ansahen. „Vertrau mir, Celia. Ich werde dir geben, wonach du verlangst. Und ich will nichts für mich selbst haben, bevor du bereit bist, es mir zu geben."

Celia konnte nicht antworten. Worte wollten ihr einfach nicht über die Lippen. Sie nickte nur und öffnete die Arme. Er kam zu ihr, zu ihrer einladenden Wärme. Celia hielt ihn umfangen. Sie genoss das Gefühl seines großen, harten Körpers an ihrem, die Hitze seiner Haut, seine aufregende Nähe.

Ihre Lippen fanden sich wie von selbst, getrieben von dem gegenseitigen Verlangen. Gardner ließ die Hand über Celias Körper gleiten, berührte sie zärtlich, liebkoste ihre Brüste, ihre Hüften und Beine. Auch ihre Hände glitten in wachsender Erregung über ihn.

Er presste die Lippen auf ihren Hals. Dann knöpfte er langsam ihre Bluse auf und streifte sie ihr ab. Als er ihren BH öffnete, bedeckte sie ihre Brüste erschrocken mit den Händen. Sanft schob er sie fort.

„Versteck dich nicht vor mir, Celia. Ich will dich sehen."

Würde er sie unattraktiv finden? Nicht so, wie er es erwartet hatte?

„Du bist wunderschön." Er berührte zart ihre Brüste.

Celia sog scharf den Atem ein, und die Spitzen richteten sich auf. „Gardner?"

„Sei ganz ruhig und vertrau mir."

Er umschloss beide Brüste mit seinen Händen und lächelte. Ihre Brüste waren nicht groß, doch sie passten perfekt in seine Hände. Er senkte den Kopf und umschloss eine Knospe mit den Lippen. Ein lustvolles Stöhnen entrang sich ihr. Während Gardner sie mit den Lippen liebkoste, rieb er die andere mit Daumen und Zeigefinger. Celia wand sich unter ihm, und ihr Körper bäumte sich auf.

Er ließ die Hand an ihr hinabgleiten, schob sie zwischen ihre Schenkel und feuerte durch seine intimen Liebkosungen ihr Verlangen noch stärker an. Eine Welle der Lust überspülte Celia. Ihr Körper erbebte. Sie schrie auf und presste sich an ihn.

Gardner liebkoste sie mit zärtlichen Küssen auf Hals und Brust. „Meine wunderschöne, süße Celia", flüsterte er. „Du bist so aufregend, so sexy."

Er öffnete den Bund ihrer Shorts, zog den Reißverschluss herab und streifte ihr die Hose ab.

„Oh!" So weit war Celia noch nie gegangen. Angst mischte sich in ihre Erregung.

Gardner warf die Shorts beiseite und schob die Hand unter ihr Spitzenhöschen. „Denk daran, Süße, heute Nacht gebe ich nur. Ich nehme nicht."

Mit selbstvergessener Hingabe streichelte, liebkoste und küsste Gardner Celia von Kopf bis Fuß. Ihre Brüste schwollen an und schmerzten vor Verlangen. Ihr ganzer Körper war von einer Spannung erfasst, die im Wechsel stieg, abflaute, um gleich darauf noch stärker anzusteigen. Sie hatte das Gefühl, von der Erde abzuheben, immer höher, einem geheimnisvollen, unbekannten Gipfel entgegen. Gardners Hände hatten Zauberkraft. Sie streichelten sie, während er sie küsste und ihr leise, erregende Wort ins Ohr raunte, die ihr Mond und Sterne versprachen.

Sie bäumte sich auf. Heiße Wellen der Wonne überfluteten sie auf dem Höhepunkt der Ekstase. Ein Lustschrei löste sich aus ihrer Kehle. Gardner sah das namenlose Erstaunen in ihrem Gesicht. Dies war für sie das erste Mal gewesen, dessen war er sicher. Er fuhr fort sie zu streicheln und zu liebkosen, bis das heftige Beben ihres Körpers verebbte und sie mit geschlossenen Augen zurücksank.

Er umfing sie mit beiden Armen und drückte sie an sich. „Wunderschön und sexy", raunte er. „Und mein."

Celia wusste nicht, was sie sagen sollte. Sie hatte Gardner Kegan erlaubt, sie zu entkleiden und sie mit Lippen und Händen zu lieben. Er hatte ihr die erste sexuelle Erfüllung ihres Lebens geschenkt. Sie hatte nie geglaubt, dass es so sein könnte. Wenn er sie jetzt nahm, sie wäre unfähig ihn aufzuhalten.

„Gardner, ich … du must doch … Wenn du möchtest …"

Er küsste sie. Es war ein harter, rascher Kuss. „Wenn du wissen willst, wie es um mich steht …" Er nahm ihre Hand und führte sie, sodass Celia sich von seiner Erregung überzeugen konnte. „Ich sterbe vor Verlangen. Ich möchte in dir sein. Oh, ich wünsche es mir so sehr, aber ich werde es nicht tun."

„Nein?"

„Ich will nicht, dass du dich mir aus Dankbarkeit gibst. Du hattest noch niemals einen Höhepunkt, nicht wahr?"

„War das so offensichtlich?"

„Ich bin froh, dass kein anderer Mann dich vor mir befriedigt hat. Der Gedanke, der Erste zu sein, gefällt mir."

„Es macht dir nichts aus, dass ich so unerfahren bin? Und du bist nicht böse, dass ich …"

„Wenn du bereit bist, wirst du es mir sagen. Ich kann warten. Wenn die Zeit gekommen ist, wirst du so sehr nach mir verlangen, dass du mich bitten wirst, zu dir zu kommen."

Er sah ihr rosig überhauchtes Gesicht und wusste, dass sexuelle Erregung gepaart mit altmodischer Scheu der Grund dafür war. Sie schmiegte sich noch enger an ihn. Als sie gähnte, stand er auf und hob sie von Boden hoch.

„Ich bringe dich jetzt hinauf ins Bett und mache dann, dass ich fortkomme."

Celia schlang die Arme um seinen Hals und legte den Kopf auf seine Schultern. „Gardner, du musst mir etwas versprechen."

Er blieb am Fuß der Treppe stehen. „Was soll ich dir versprechen?"

„Versprich mir, dass wir nie wieder etwas zwischen uns kommen lassen. Nicht deine Arbeit und auch nicht meine Familie."

Wie sehr er sich wünschte, ihr dieses Versprechen geben zu können! Sie war so süß in seinen Armen, so unschuldig und liebebedürftig. Er sehnte sich nach ihr mit einer Macht, die er kaum noch unter Kontrolle hatte. Wie hatte es nur so weit kommen können?

„Gardner, was ist los?"

„Nichts, Süße. Ich halte nur nicht viel von großen Versprechungen, aber … nun ja, ich brauche dich, und ich will dich. Ich verspreche, dass das keine Lüge ist. Du bist eine ganz besondere Frau, Celia. Viel zu gut für mich."

„Und du bist ein wunderbarer Mann, Gardner Kegan. Was habe ich getan, um dich zu verdienen?"

Ein schweres Schuldgefühl drückte ihn nieder und nahm ihm fast den Atem. Sein Gewissen bestürmte ihn, diese Beziehung zu Celia auf der Stelle zu beenden, bevor er ihr das Herz brach. Doch das brachte er einfach nicht fertig. Mit jeder Faser seines Körpers verlangte er nach ihr, mehr als er je nach einer Frau verlangt hatte.

Er trug sie hinauf in ihr Schlafzimmer und legte sie ins Bett. Dann gab er ihr einen Kuss und ging. Die Heimfahrt war kurz, die schlaflose Nacht endlos.

7. KAPITEL

*E*igentlich hätte es ihr peinlich sein müssen, was in der vergangenen Nacht geschehen war. Vielleicht war es das auch ein wenig, aber trotzdem bereute Celia nichts. Gardner hatte ihr eine Seite seines Wesens gezeigt, die sie sonst vielleicht nie kennengelernt hätte – den gefühlvollen, zärtlichen Liebhaber. Den Mann, der fähig war, zu geben ohne zu nehmen.

Kein Zweifel, sie liebte ihn über alles. Sie hatte die Stunden und Minuten gezählt, bis sie Miss Eula und Goldie abholen konnte, um sie hierher in Gardners Haus zu bringen. Die Hündin ihrer Großmutter war läufig und sollte mit Henry gepaart werden.

Celia schaute in den eingezäunten Hinterhof, wo Goldie und Henry sich lustig um die Wette jagten. Für diese beiden war der Sex eine so simple Angelegenheit. Moralische Bedenken gab es für sie nicht.

„Ich bin sicher, wir kriegen einen Fünfer- oder Sechserwurf", sagte Miss Eula, die in einem hochlehnigen Schaukelstuhl saß und ein Glas Eistee von dem Tablett nahm, das Gardner ihr reichte. „Henry ist ein prächtiges Tier, und eine hübschere Hündin als meine kleine Goldie gibt es weit und breit nicht."

Nachdem auch Celia sich ein Glas Eistee genommen hatte, stellte Gardner das Tablett ab. „Sieht aus, als würde es eine Weile dauern, bis Henry zum Zug kommt", sagte er. „Wäre es Ihnen recht, Goldie über Nacht hierzulassen, Miss Eula?"

„Warum nicht?" Miss Eula lächelte, und ihre scharfen Augen musterten Gardner. „Wenn ich nicht mal dem Polizeichef trauen kann, wem sonst?"

„Da haben Sie recht." Gardner setzte sich neben Celia.

„Hatten Sie schon immer einen Hund, Gardner?", fragte Miss Eula. „Schon als Junge?"

„Nein. Henry ist mein erster Hund. Meine Mutter hatte einen Wellensittich, der mir aber nicht besonders grün war."

Lachend schüttelte Miss Eula den Kopf. „Das erinnert mich an Boyd und meine Hunde. Ich züchte seit Jahren Boxer, aber sie und mein ältester Sohn waren noch nie die besten Freunde."

„Daddy und Goldie kommen doch ganz gut miteinander aus", warf Celia ein.

„Ach woher. Sie tolerieren einander." Miss Eulas Lächeln wurde wehmütig, und sie senkte die Stimme. „Mit Thomas war das ganz anders. Er liebte meine Hunde, und sie liebten ihn."

„Thomas war Ihr jüngerer Sohn?" Gardner wollte mehr über seinen Vater erfahren. Was für ein Mensch war Thomas Hammond gewesen? Hatte er Gail Michaels geliebt? Wenn er am Leben geblieben wäre, hätten sie dann geheiratet und ihrem Kind ein behütetes Leben geboten?

Miss Eulas Hand zitterte, und sie stellte ihr Teeglas ab. „Ja, Thomas war mein kleiner Junge. Jünger als Lorna. Er liebte meine Hunde. Einmal hat er seiner Freundin einen geschenkt. Ich weiß gar nicht, was aus dem Hund geworden ist. Als Thomas starb …"

„Wenn es dich traurig macht, über Onkel Thomas zu sprechen, sollten wir vielleicht das Thema wechseln", meinte Celia.

„Unsinn. Die Zeit hat den Schmerz geheilt. Aber die Erinnerungen … ach, die Erinnerungen sind so bittersüß." Seufzend schloss Miss Eula die Augen.

„Wer war denn die Freundin Ihres Sohnes?", fragte Gardner.

„Oh, das war Gail Michaels. Ich habe seit Jahren nicht an sie gedacht. Thomas war ganz verrückt nach ihr. Verliebt bis über beide Ohren. Und Gail war ein bezauberndes Ding. Sie hatte schwarzes Haar und große braune Augen, fast wie eine Indianerin. Sie und Thomas waren ständig draußen auf dem Wasser."

„Ich habe Fotos von ihr und Onkel Thomas auf seinem Boot gesehen", sagte Celia.

„Ach ja, sie liebten das Boot über alles." Miss Eula lächelte, versponnen in ihren Erinnerungen. „Boyd war auch ganz vernarrt in Gail, weißt du? Aber ich glaube, das waren alle jungen Männer. Wenn Ned nicht verheiratet gewesen wäre, wäre er Gails Charme sicher auch erlegen."

„Waren Thomas und diese Gail Michaels miteinander verlobt?", fragte Gardner.

„Das nicht, und ich fürchte, es war meine Schuld. Gail war keine passende Partie für Thomas. Dieser schreckliche Wayne Michaels war ihr Bruder. Die Familie war indiskutabel. Aber wenn ich so zurückdenke … Manchmal wünschte ich …" Tränen traten in ihre traurigen Augen.

Celia ergriff die Hand ihrer Großmutter. „Was wünschst du dir?"

„Ich wünschte, ich hätte ihnen nicht so viele Steine in den Weg gelegt. Wenn sie geheiratet hätten … Wenn Thomas ein Kind gehabt hätte …"

Schweißtropfen bildeten sich auf Gardners Oberlippe. Sein Magen verkrampfte sich. War es möglich, dass Eula Hammond nichts von Gails Kind wusste? In einer so kleinen Stadt wie Cold Water war es doch ausgeschlossen, ein uneheliches Kind der Hammonds zu verheimlichen.

„Du darfst dir keine Vorwürfe machen. Du konntest ja nicht wissen, dass Onkel Thomas bei diesem Bootsunfall sterben würde." Celia drückte Miss Eulas Hand.

„Ich redete mir ein, dass sie Thomas nicht liebte, dass sie nur hinter seinem Geld her wäre, aber ich hatte unrecht. Ich sah sie nach Thomas' Tod. Sie trauerte genauso um ihn wie ich. Sie liebte meinen Sohn, da bin ich ganz sicher."

„Was geschah mit Gail Michaels?", fragte Gardner.

„Oh, es war eine Tragödie", sagte Miss Eula. „Das arme Mädchen wurde umgebracht, fast vier Jahre nach Thomas' Tod. Sonderbarerweise hat man ihren Mörder nie gefunden. Gewiss, sie stammte aus zwielichtigen Kreisen. Ich glaube, die Polizei hat ihren eigenen Bruder zeitweise verdächtigt, aber er konnte wohl ein Alibi vorweisen."

Liebend gern hätte Gardner Miss Eula nach dem Kind gefragt. Sicher hatte jeder von Gails unehelichem Sohn gewusst. Hatte Miss Eula nicht erfahren, dass Thomas auf der Geburtsurkunde als Vater genannt war? Hatte Gail damit gedroht, es Miss Eula zu sagen? War sie deshalb getötet worden?

„Glauben Sie auch, dass Wayne Michaels seine Schwester getötet hat?", fragte Gardner.

„Ich habe keine Ahnung." Miss Eula stützte sich auf die Armlehnen und stand auf. „Schluss jetzt mit den alten Geschichten. Ihr jungen Leute langweilt euch sicher dabei. Reden wir lieber über andere Dinge. Gefällt Ihnen Ihre Arbeit als neuer Polizeichef, Gardner?"

„Miss Eula", sagte Celia warnend.

„Wir brauchen nicht um den heißen Brei herumzureden. Jeder weiß, dass er Boyd auf die Zehen getreten ist, als er Ned verhaftete." Sie sah Gardner offen an. „Boyd hätte Sie am liebsten gefeuert, aber Celia und ich haben es ihm ausgeredet. Wer weiß, vielleicht war es für Ned ja sogar eine Lehre. Der Mann bringt sich dauernd in Schwierigkeiten. Das macht natürlich der Alkohol."

„Trinken führt immer zu Problemen." Gardner fragte sich, wie viel Miss Eula wohl von Neds Ausschweifungen wusste. Vermutlich alles. Dieser Frau schien kaum etwas zu entgehen. Deshalb verwirrte es ihn ja auch so, dass sie nichts von Tommy Michaels' Existenz zu wissen schien.

„Als Ned und Lorna heirateten, waren sie sehr glücklich. Damals hat Ned weder getrunken noch … Und Lorna war so lebendig und quirlig. Als dann der kleine Teddy starb, wurde alles anders. Er war mein einziges Enkelkind, bis Boyd Monica heiratete und Celia in unser Haus brachte."

„Mutters zweite Ehe hat mir eine wunderbare neue Familie beschert", sagte Celia warm.

„Meine alten Knochen werden langsam steif." Miss Eula reckte die Schultern. „Ich muss mich ein bisschen bewegen. Hätten Sie etwas dagegen, wenn ich mir Ihr Haus einmal anschaue, Gardner?"

„Nicht im Geringsten."

„Ihr jungen Leute werdet froh sein, wenn ihr ein Weilchen allein sein könnt. Wir sollten dann auch bald nach Haus fahren, Celia. Ich will mich vor dem Dinner noch ein wenig frisch machen." Damit verließ Miss Eula die Terrasse und ging ins Haus.

„Sie hat dich gern", sagte Celia zufrieden.

„Sie ist schon ein seltsamer alter Vogel, deine Großmutter."

„Wie kannst du nur so etwas sagen! Ich weiß, dass du sie auch magst, aber manchmal kommt es mir vor, als kämpftest du dagegen an. Warum eigentlich?"

Celia war der Wahrheit gefährlich nahegekommen. Sie schien für seine Gefühle und Gedanken eine Antenne zu haben. Er musste aufpassen, wenn er sich nicht verraten wollte. „Ich weiß nicht, ob es gut für mich ist, Miss Eula zu mögen", sagte er. „Ich habe so eine Ahnung, dass sie mir das Herz mit bloßen Händen aus dem Leibe reißt, wenn ich dir wehtue."

Celia musste bei dem Gedanken an ihre zarte kleine Großmutter lachen. „Was für eine schreckliche Vorstellung! Außerdem würde Miss Eula das niemals selbst tun. Sie würde jemanden anheuern."

Gardner schmunzelte. Celia schien ihre Großmutter richtig einzuschätzen. Er zog sie in die Arme. „Du hast recht. Genau das würde sie tun."

Celia schlang ihm die Arme um den Hals. „Ich möchte, dass du meine Familie magst, und dass sie dich auch mögen. Ich weiß zwar, dass ihr euch ins Gehege gekommen seid, Daddy und du, aber …"

Gardner gab ihr einen Kuss auf die Nase. „Dein Vater ist mir egal, solange du mich magst. Und du magst mich doch, Miss Cecilia, oder?"

Sie schmiegte sich an seine Brust. „Ja, Chief Kegan, ich mag dich sehr."

„Besonders nach gestern Nacht?" Er sah ihr lächelnd in die Augen. Er wollte, dass sie sich an die Lust erinnerte, die er ihr geschenkt hatte.

Ein leises Beben überlief ihren Körper, und ihre Wangen färbten sich rosig. „Ich wollte so gern mit dir allein sein, aber Miss Eula hat darauf bestanden, dass heute der richtige Tag für Goldie und Henry ist. Und wenn Miss Eula ‚heute' sagt, dann ist das Gesetz."

„Wir haben ja noch die ganze Nacht für uns." Liebkosend strich er mit den Lippen über ihren Hals.

„Ich fürchte, nein. Miss Eula gibt heute Abend ein offizielles Essen für die Freunde und Kollegen von Onkel Ned. Da muss die Familie geschlossen antreten. Miss Eula duldet keine Ausnahme."

„Und du gehorchst? Obwohl du lieber bei mir wärst?" Gardner lehnte seine Stirn an ihre. Er spürte das schnelle Schlagen ihres Herzens.

„Ja, trotzdem." Celia legte die Hand an seine Wange. „Das geht nicht gegen dich, Gardner. Heute braucht meine Familie mich. Morgen Abend kommst du zu mir, und ich lade dich zum Essen ein. Nur wir zwei."

„Nur wir zwei." Sein warmer Atem strich über ihre Lippen.

„Bring du den Wein mit. Ich mache ein Hähnchengericht, das dir auf der Zunge zergehen wird."

„Du sollst mir auf der Zunge zergehen." Heiß und hungrig pressten seine Lippen sich auf ihren Mund.

Celia erwiderte den Kuss mit selbstvergessener Inbrunst. Morgen Nacht würde sie mit Gardner Kegan schlafen. Auch wenn er ihr nichts von Dauer versprach, sollte er ihr erster Liebhaber sein. Sie hatte sich aufgespart, darauf gewartet, sich zu verlieben. Ob er sie nun liebte oder nicht, sie konnte ihre Gefühle für ihn nicht ändern. Zum ersten Mal im Leben war sie unsterblich verliebt, und gleichgültig, was die Zukunft für sie bereithielt, sie wollte jedes Quäntchen Glück genießen, das sich ihr bot. Heute und morgen und so lange, wie Gardner ein Teil ihres Lebens war.

Atemlos lösten sie sich voneinander, und Celia lehnte den Kopf an seine Brust. „Ich will, dass du morgen die ganze Nacht bleibst."

„Du willst, dass ich …"

„Dass du die ganze Nacht bei mir bleibst. Wenn du möchtest."

„Oh, und ob ich will! Du hast keine Ahnung, wie sehr ich will." Er küsste sie wieder und presste sie fest an sich.

Ein diskretes Hüsteln kam von der Terrassentür. Nur widerstrebend ließ Gardner Celia los.

„Ein hübsches Haus haben Sie", sagte Miss Eula.

„Danke. Freut mich, dass es Ihnen gefällt. Celia hat mir sehr bei der Einrichtung geholfen." Gardner beugte sich zu ihr hinab und flüsterte ihr ins Ohr: „Während du heute Abend bei der High Society von Cold Water die Honneurs machst, denk daran, was morgen Nacht geschehen wird."

Celia schluckte. Lächelnd ging sie auf ihre Großmutter zu und nahm ihren Arm. „Gehen wir, Miss Eula."

Gardner brachte sie hinaus zu Celias Mercedes. Sein Lächeln verriet ihr, woran er dachte. Er dachte an morgen Nacht. In vierundzwanzig Stunden würden sie ein Paar sein.

Celia warf die Akte auf den Schreibtisch, strich ihr Haar zurück und schloss die Augen. Wenn sie weiter ständig an den kommenden Abend dachte, würde sie nichts getan kriegen.

Sie sah auf die Uhr. Es war fünf vor neun. Gleich würde ihr Vater an die Tür klopfen, und sie würden gemeinsam eine Tasse Kaffee trinken. Es war ein Ritual, das sich jeden Morgen pünktlich um neun abspielte.

Als ihr Vater zur gewohnten Zeit nicht auftauchte, schenkte Celia zwei Tassen Kaffee ein und ging damit zu Boyds Büro. Aber er war nicht da.

„Stimmt etwas nicht, Miss Collins?", fragte Dolores Dunlop, die Sekretärin ihres Vaters.

„Ist Daddy noch nicht da?", fragte Celia erstaunt.

„Ich bin auch gerade erst gekommen. Offenbar ist er wirklich noch nicht da. Sicher kommt er gleich."

„Dann warte ich hier auf ihn." Celia stellte die eine Tasse auf Dolores' Schreibtisch und setzte sich. Sie nippte an ihrem Kaffee, und während sie wartete, tauschte sie mit Dolores den neusten Klatsch aus.

Celia sah auf die Uhr. Es war schon zwölf nach neun. Wo blieb ihr Vater nur?

„Wie ich höre, treffen Sie sich nicht mehr mit Chief Kegan?", sagte Dolores. „Was ist passiert? Haben Sie sich getrennt, weil er Mr. McAllister verhaftet hat?"

„Nein. Heute Abend beispielsweise sind wir verabredet. Gardner hat neulich nur seine Pflicht getan."

„Mr. Hammond hat das aber anders gesehen." Dolores stand auf. „Ich brühe mir mal eben meinen Tee auf. Wenn Ihr Vater kommt, bevor ich zurück bin, erinnern Sie ihn bitte an seinen Termin um halb zehn."

Als Boyd Hammond um zwanzig nach neun immer noch nicht da war, wurde Celia unruhig. In diesem Augenblick läutete das Telefon. Celia nahm ab. Es war ihr Vater.

„Daddy, was ist los?", fragte sie besorgt.

„Reg dich nicht auf, Cecilia, es wird sich sicher alles aufklären."

„Daddy!"

„Lorna ist verschwunden." Boyds normalerweise feste Stimme schwankte ein wenig.

„Was soll das heißen, sie ist verschwunden? Wahrscheinlich macht sie nur ein paar Besorgungen."

„Kein Geschäft öffnet vor neun", gab Boyd zurück. „Monica versucht, Mutter zu beruhigen. Vermutlich hat Neds Reise nach Texas zu seinem Bruder Lorna so aus dem Gleichgewicht gebracht. Du weißt ja, wie sie sich immer aufregt, wenn Ned nicht da ist."

„Ich glaube, wir haben keinen Grund zur Panik", sagte Celia beschwichtigend. „Schließlich ist Tante Lorna kein kleines Kind. Sie hat ihren eigenen Wagen und kommt und geht, wie sie will."

Obwohl Lorna McAllister emotional zu Überreaktionen neigte, führte sie doch ein relativ normales, wenn auch sehr behütetes Leben. Celia glaubte, dass Boyds Sorge übertrieben war. „Soll ich nach Haus kommen?"

„Nein, Liebes, das ist nicht nötig. Deine Mutter und ich werden sie suchen. Miss Eula wird inzwischen ein paar Freundinnen von Lorna anrufen."

„Sag Miss Eula, dass sie mich sofort anrufen soll, wenn ihr Tante Lorna findet. Ich bin sicher, dass sie okay ist."

„Ist etwas passiert?", fragte Dolores, nachdem Celia aufgelegt hatte. „Ist Mrs. McAllister wieder verschwunden?"

„Du lieber Himmel, Sie sagen das, als ob Tante Lorna dauernd verschwinden würde."

„Na ja, in den letzten Jahren ist das ja auch mehrfach vorgekommen."

„Normalerweise findet Daddy sie immer auf dem Friedhof. Dort ist sie vermutlich auch heute. Wenn Onkel Ned verreist, reagiert sie manchmal unvernünftig. Ein Besuch an Teddys Grab scheint sie dann zu beruhigen."

„Ich nehme an, Mr. Hammond wird vorläufig nicht ins Büro kommen."

Celia nickte. „Sagen Sie seine Termine ab."

Um halb zwölf hatte Celia die erste freie Minute an diesem Morgen. Sie war zu beschäftigt gewesen, um an Gardner zu denken. Ihr Vater war noch immer nicht im Büro erschienen, und niemand hatte angerufen. Wahrscheinlich hatten sie Tante Lorna inzwischen gefunden.

Das Telefon läutete, und Celia fuhr zusammen. Sie nahm den Hörer ab.

„Celia, mein Liebes", meldete sich Miss Eula. „Ich möchte, dass du mit Gardner sprichst. Er soll eine Suchaktion nach Lorna in die Wege leiten. Aber bitte diskret."

„Soll das heißen, dass ihr sie noch nicht gefunden habt?", fragte Celia.

„Ich bin schrecklich in Sorge. Deine Eltern haben die ganze Stadt nach ihr abgesucht. Sie waren auch auf dem Friedhof, aber sie haben Lorna nirgendwo gefunden. Wenn sie … wenn sie sich etwas angetan …"

„Sag doch nicht so etwas, Miss Eula", fiel Celia ihr ins Wort. „Mit Tante Lorna ist bestimmt alles in Ordnung. Sicher ist sie nur wütend, weil Onkel Ned weggefahren ist. Wahrscheinlich versteckt sie sich vor uns und hofft, dass wir Onkel Ned anrufen, damit er sofort zurückkommt." Celia wusste, dass ihre Tante das schon einmal getan hatte.

„Ich habe bei Neds Bruder angerufen. Die beiden sind zum Fischen gefahren und können nicht erreicht werden. Ned hätte nicht fahren dürfen. Ich hätte es verhindern müssen. Ich fürchte, Lorna hat von seiner Verhaftung erfahren."

„Aber Tante Lorna weiß doch, dass Onkel Ned manchmal trinkt."

„Es ist ja nicht das Trinken, das sie so aufregt. Es sind … die anderen Frauen …" Miss Eulas Stimme erstarb, als brächte sie es nicht fertig, die Tatsachen auszusprechen.

„Oh Gott!" Celia seufzte tief.

„Ruf Gardner an", drängte Miss Eula. „Ich würde ihn ja selbst anrufen, aber gegen Anordnungen der Hammond-Familie scheint er allergisch zu sein."

„Ich gehöre auch dazu", wandte Celia ein. „Außerdem ist es doch Sache der Polizei, wenn Tante Lorna tatsächlich verschwunden ist."

„Es ist aber noch keine vierundzwanzig Stunden her. Ruf ihn an, Celia. Er wird etwas unternehmen, wenn du ihn darum bittest."

„Also gut, ich spreche mit ihm."

„Danke."

Nachdem Celia sich von ihrer Großmutter verabschiedet hatte, rief sie auf der Wache an und wurde sofort zu Gardner durchgestellt. „Hallo, hier ist Celia."

„Ich habe deine Stimme gleich erkannt. Rufst du an, um mir zu sagen, dass du mit mir zum Lunch willst?"

„Nein, ich fürchte, ich rufe an, um dich um einen Gefallen zu bitten." Einen Gefallen für die Hammond-Familie. Wie würde er reagieren?

„Klar, was immer du willst."

„Es geht eigentlich weniger um mich, als um Miss Eula. Um die Familie."

„Ich verstehe." Seine Stimme veränderte sich. Sommerwärme verwandelte sich in Winterkälte. „Welchen Gefallen soll ich der Familie tun?"

„Tante Lorna ist verschwunden. Sie hat heute Morgen das Haus verlassen und ist seitdem nicht mehr aufgetaucht. Mutter und Daddy haben sie überall gesucht, und Miss Eula hat herumtelefoniert."

„Offiziell können wir erst nach vierundzwanzig Stunden etwas unternehmen", sagte Gardner.

„Ich weiß, aber … Ich wollte nur fragen, ob du nicht trotzdem etwas tun könntest. Inoffiziell."

„Nun, ich könnte die Streifen bitten, nach dem Wagen deiner Tante Ausschau zu halten."

„Könntest du nicht noch mehr tun?" Begriff er denn nicht, wie gefährdet Tante Lorna in ihrem Gemütszustand war?

„Was erwartest du? Soll ich jedes Haus nach ihr absuchen? Besteht nicht die Möglichkeit, dass deine Tante etwas vorhatte und nur vergessen hat, euch Bescheid zu sagen? Vielleicht ist sie mit ihrem Mann …"

„Onkel Ned ist verreist", unterbrach Celia ihn. „Das ist ja gerade das Problem. Wann immer er verreist, regt Tante Lorna sich auf. Sie ist schon öfter weggelaufen, aber dann haben wir sie immer nach ein paar Stunden gefunden. Miss Eula fürchtet, dass Tante Lorna von Onkel Neds Verhaftung erfahren hat."

„Willst du damit sagen, deine Tante hat keine Ahnung, was ihr Mann treibt? Die ganze verdammte Stadt weiß es doch. So etwas lässt sich nicht geheim halten."

„Wir versuchen Tante Lorna zu schützen", sagte Celia.

„Verflixt!" Gardner wollte nicht zugeben, dass Celia recht hatte. Lorna McAllister war wirklich so hilflos wie ein Kind. „Also gut. Ich fahre selbst los und versuche sie zu finden. Außerdem rufe ich im Krankenhaus an, bei Bus und Bahn und auf dem Flughafen."

„Danke, Gardner. Bitte, finde sie. Sie wird sich schrecklich fürchten, so ganz allein."

„Alles klar, Süße. Ich tue, was ich kann."

Celia sah auf die Uhr. Es war Viertel vor vier. Sie legte die Hände vors Gesicht und rieb die geschlossenen Augen mit den Fingerspitzen. Der Tag war ihr endlos erschienen. Sie hatte gerade mit ihrem Vater telefoniert. Er wartete auf einen Anruf von Ned, den man inzwischen erreicht hatte. In der Bank tuschelten alle über das Verschwinden von Lorna McAllister.

Als Celia Schritte hörte, schaute sie auf. Gardner. Sie sah ihn an und versuchte, in seinem Gesicht zu lesen.

„Ich denke, wir haben sie gefunden", sagte er.

Celia stieß einen tiefen Seufzer der Erleichterung aus und stand auf. „Wo? Geht es ihr gut?"

„Hardwick hat mich gerade angerufen. Er glaubt, den Wagen deiner Tante entdeckt zu haben."

„Dem Himmel sei Dank! Hat er sie angesprochen? Wenn er nicht vorsichtig ist, könnte er sie furchtbar erschrecken." Celia konnte sich gut vorstellen, dass Tante Lorna hysterisch wurde, wenn Officer Hardwick irgend etwas tat, das sie erschreckte.

„Er hat nichts getan, außer mich anzurufen. Ich habe ihm gesagt, er soll an Ort und Stelle bleiben und den Wagen beobachten, bis wir kommen. Ich dachte mir, dass du hinfahren willst."

Celia warf sich in seine Arme. „Ich danke dir, Gardner."

Er drückte sie fest an sich, nahm dann ihre Hand und zog sie mit sich. „Komm, Süße."

„Ich muss erst Daddy anrufen."

„Wir sollten uns zunächst vergewissern, dass deine Tante auch dort ist. Du kannst Boyd von meinem Wagen aus anrufen, wenn wir sicher sind."

Celia nickte und folgte Gardner hinaus zu seinem Mustang. Nach zehn Minuten hatten sie die Außenbezirke von Cold Water erreicht, und Gardner bog in einen ausgefahrenen Wirtschaftsweg ein. Dort trafen sie Officer Hardwick, der an seinem Streifenwagen lehnte.

Gardner hielt an und stieg aus. „Wo steht der Wagen?"

„Gleich hinter der Kurve dort, hinter dem Kiefernhain. Es ist Mrs. McAllister. Ich bin hingegangen und habe mich davon überzeugt. Sie hat mich nicht gesehen. Sie sitzt einfach nur im Wagen und starrt das alte Farmhaus dort hinten an."

Gardner schaute zu dem Gebäude hinüber, auf das Hardwick wies, und es überrieselte ihn kalt.

„Warum in aller Welt hockt Mrs. McAllister hier in dieser Einöde und beobachtet das alte Michaels-Haus?", fragte Hardwick.

„Ich glaube, Mrs. McAllister weiß gar nicht, wo sie ist. Wie haben Sie den Wagen überhaupt gefunden?"

Hardwick grinste verlegen. „Na ja, Chief, um die Wahrheit zu sagen, ich hatte ein menschliches Bedürfnis und bin deshalb von der Hauptstraße abgebogen, um mir ein geeignetes Plätzchen zu suchen."

„Zum Glück für Mrs. McAllister", sagte Gardner. „Danke, Johnny. Sie können jetzt fahren. Miss Collins wird ihre Tante nach Haus bringen."

„Alles klar, Chief."

Nachdem Johnny Hardwick gewendet hatte und losgefahren war, öffnete Gardner die Beifahrertür seines Wagens und half Celia beim Aussteigen. „Sie sitzt in ihrem Wagen und starrt ins Leere."

Zusammen gingen sie den Wirtschaftsweg entlang. „Ich begreife nicht, was sie hier draußen will", sagte Celia. „Hier haben wir sie noch nie gefunden."

Ob Lorna wohl wusste, dass Boyd Wayne Michaels seit Jahren Schweigegeld zahlte? Wusste sie etwas von dem Mord an Gail?

„Hardwick sagt, sie sitzt einfach nur da und starrt das Michaels-Haus an. Gibt es irgendeinen Grund für sie, herzukommen und Wayne Michaels einen Besuch abzustatten?"

„Himmel, nein! Ich bezweifle, dass Tante Lorna überhaupt weiß, wer Wayne Michaels ist."

Als sie um die Kurve bogen, entdeckten sie den hellblauen BMW. Darin saß Lorna McAllister und starrte wie gebannt auf das Farmhaus.

„Hat deine Tante vielleicht von der Schlägerei zwischen deinem Onkel und Wayne Michaels erfahren? Dass sie sich wegen einer Frau geprügelt haben?"

„Selbst wenn sie davon erfahren hätte, was ich übrigens nicht glaube, warum sollte sie dann herkommen und das alte Farmhaus anstarren?"

„Vielleicht wollte sie einen Blick auf Dana Aston werfen. Vielleicht sitzt sie hier und wartet, bis Dana nach Haus kommt."

„Vielleicht, aber ich bezweifle es." Celia griff nach dem Türöffner des BMW. „Bitte, überlass dies mir, Gardner. Du erschreckst sie womöglich."

„Einverstanden." Er trat zurück.

Celia öffnete die unverschlossene Tür. „Tante Lorna."

Lorna wandte kaum merklich den Kopf und streifte ihre Nichte mit einem kurzen Blick. „Hallo, Cecilia. Wie nett, dich zu sehen."

Celia bückte sich und lächelte ihrer Tante zu. „Ich freue mich auch, dich zu sehen, Tante Lorna. Wir haben uns Sorgen um dich gemacht, Miss Eula und Daddy und Mutter."

„Und Ned? Hat Ned sich auch Sorgen gemacht?"

Das war es also! Es ging um Neds Reise. „Ja, Onkel Ned macht sich auch Sorgen. Er ist schon auf dem Heimweg. Ich denke, er möchte, dass du zu Haus bist, wenn er ankommt."

„Er hat mich wieder allein gelassen."

„Er ist doch nur zu seinem Bruder gefahren", sagte Celia beschwichtigend.

„Ich habe ihn gebeten, nicht zu fahren, aber er hat es trotzdem getan. Ich habe ihm gesagt, dass ihm das noch leidtun wird. Sie ist nicht gut für ihn."

Daher wehte der Wind! Irgendwie hatte Tante Lorna von Dana Aston erfahren. Gardner hatte also recht. „Rutsch rüber, Tante Lorna, damit ich dich nach Haus fahren kann."

„Ich kann jetzt hier nicht weg. Ich warte auf ihn. Früher oder später wird er herkommen, um sich mit ihr zu treffen. Er kann nicht von ihr wegbleiben."

Celia beugte sich noch tiefer und legte den Arm um die Schultern ihrer Tante. „Wer wird früher oder später herkommen?"

„Ned. Um sie zu sehen." Lorna wies auf das Michaels-Haus.

„Aber Tante Lorna, Onkel Ned kommt nicht her, um eine Frau zu sehen. Er ist in Texas und besucht seinen Bruder, erinnerst du dich nicht?"

„Ich habe ihn gewarnt." In Lornas Stimme mischte sich ein schriller Unterton. „Er liebt sie gar nicht, weißt du? Das habe ich ihr auch gesagt." Lornas Augen glänzten fiebrig, und ihre

Hände, die das Steuerrad umklammerten, zitterten. „Er liebt nur mich. Ned liebt mich, mich und unseren kleinen Teddy."

„Natürlich liebt er dich."

Gardner stand nur einen Schritt entfernt und hörte das zerfahrene Gefasel von Celias Tante. Lorna wusste demnach Bescheid über die Untreue ihres Mannes. Sie machte den Eindruck, als wäre sie kurz vor einem Nervenzusammenbruch. Obwohl sie eine Hammond war, tat sie ihm leid."

„Bitte, lass mich dich heimfahren, Tante Lorna", sagte Celia.

„Nein, nein, ich kann hier nicht weg. Nicht bevor Ned kommt."

„Also gut, dann warten wir zusammen auf Onkel Ned." Celia richtete sich wieder auf und wandte sich Gardner zu. „Ruf Daddy an und sag ihr, dass wir Tante Lorna gefunden haben. Sag ihm, dass es ihr schlecht geht, und dass wir Dr. Tippie brauchen."

„Gut, ich rufe deinen Vater an und bleibe dann hier, bis er kommt."

„Danke."

Eine knappe halbe Stunde später trafen Boyd Hammond und Dr. Tippie ein. Celia stieg aus dem BMW, und der Arzt nahm ihren Platz ein. Celia umarmte ihren Vater flüchtig und ging dann zu Gardner, der neben seinem Wagen auf sie wartete.

„Ich danke dir." Sie wollte ihn bitten, sie mitzunehmen, sie in die Arme zu schließen und irgendwo hinzubringen, wo sie beide allein sein konnten.

Er fuhr mit der Fingerspitze über ihre Wange. „Alles okay, Süße? Ich weiß, dass du genauso gern mit mir zusammen sein möchtest wie ich mit dir."

„Ja, aber ich kann nicht. Tante Lorna ... die Familie ..."

„Geh du nur zu deiner Sippe und kümmere dich um sie." Langsam schüttelte er den Kopf. „Ich habe mich in dir geirrt. Ich dachte immer, du lässt dir von deiner Familie Vorschriften machen, aber in Wirklichkeit ist es ganz anders. Du bist es, die sich um den ganzen verdammten Clan sorgt. Sie alle verlassen sich auf deine Stärke."

Celia lächelte. „Ich wünschte, ich könnte dich auf der Stelle küssen, aber …" Sie sah hinüber zu ihrem Vater, der neben Lornas BMW stand und finster zu ihnen herüberstarrte.

„Was glaubst du, wie lange wird es dauern, bis die Hammonds sich wieder so weit beruhigt haben, dass sie dich für ein paar Tage nicht brauchen?"

„Für ein paar Tage?"

„Verbring das Wochenende mit mir", bat Gardner. „Lass uns irgendwo hinfahren, wo ich dich mit niemandem teilen muss."

„Das kommende Wochenende wäre fein. Mach du die Pläne. Ich gehe mit dir, wohin du willst."

Ihre Worte gingen ihm durch und durch und weckten all seine männlichen Instinkte. Er wollte sie besitzen und mit seinem Leben verteidigen.

Wie hatte das nur alles geschehen können? Er hatte Celia benutzen und dann ganz einfach wegwerfen wollen. Die plötzliche Erkenntnis, dass er sie für immer in seinem Leben haben wollte, dass sie brauchte, wie er nie zuvor eine Frau gebraucht hatte, traf ihn mit voller Wucht.

Je näher er der Aufklärung des Mordes an Gail Michaels kam, desto näher rückte auch der Augenblick, an dem er Celia verlieren würde. Würde er dann bereit sein, einfach fortzugehen, ohne noch einen Blick zurückzuwerfen? Er würde keine andere Wahl haben. Wenn Celia erst einmal herausfand, wer er war und warum er nach Cold Water gekommen war, würde sie ihn hassen.

*I*ch kann nicht glauben, dass du tatsächlich das Wochenende mit ihm verbringen willst." Kopfschüttelnd musterte Janie Sue die Freundin.

Celia stand neben ihrem Schreibtisch und schob gerade ein paar Unterlagen in ihre Ledermappe. „Hältst du mich für verrückt? Diese Sache mit Gardner hat sich einfach so schnell entwickelt."

„Du bist in ihn verliebt, nicht wahr?" Janie Sue lehnte sich zurück und sah die Freundin fragend an.

„Ist das so offensichtlich?"

„Das sieht selbst ein Blinder mit dem Krückstock. Liebe kann man nun mal nicht verbergen."

„Ich weiß, dass er mich will, aber …"

„Und ob er das tut! Er schmachtet dich an wie ein Verdurstender."

Es klopfte, und Patsy Benson, Celias Sekretärin, stürzte herein. „Oh mein Gott", keuchte sie. „Kommen Sie schnell in den Aufenthaltsraum. Es ist furchtbar, ganz furchtbar!"

Erschrocken sah Celia auf. „Beruhigen Sie sich, Patsy. Was ist denn los?"

„Im Aufenthaltsraum läuft der Fernseher. Sie haben gerade das normale Programm für eine Sonderdurchsage unterbrochen."

„Was für eine Durchsage?", fragte Janie Sue.

„Die Polizei von Cold Water … Officer Malone … Chief Kegan … Sie bringen eine Übertragung vom Schauplatz. Es war eine reine Routinesache, aber dann ist etwas schiefgegangen …"

Celia überlief es eiskalt. „Komm, Janie Sue, sehen wir selbst."

Sie hasteten hinunter in den Aufenthaltsraum. Ein paar Kollegen saßen da, starrten gebannt auf den Bildschirm und diskutierten erregt. Als Celia und Janie Sue eintraten, schwiegen sie abrupt.

Jetzt hörte man nur noch die Stimme des Nachrichtensprechers. „Die routinemäßige Überprüfung einer Anzeige wegen

Ruhestörung im Four Points-Apartmenthaus eskalierte, als der jugendliche Täter floh, nachdem er zwei Polizisten niederge-schossen hatte."

Janie Sue keuchte. Sie umklammerte Celias Hand. „Bitte, Lie-ber Gott, lass es nicht Rory sein!"

„Der Schütze hat sich in der Nachbarwohnung verbarrika-diert und die Mieterin und ihre beiden Kinder als Geiseln ge-nommen. Ich konnte kurz mit Chief Kegan sprechen. Er hat versichert, dass alles Menschenmögliche getan wird, um die Geiseln zu schützen. Die beiden verletzten Polizisten sind ins County General Hospital gebracht worden. Ihre Namen sind noch nicht bekannt."

„Ich rufe auf der Wache an", sagte Janie Sue. „Dort weiß man die Namen vielleicht."

„Soll ich anrufen?" erbot sich Celia.

„Nein. Pass du hier weiter auf. Vielleicht bringen sie weitere Einzelheiten. Ich rufe von deinem Büro aus an."

Die Kamera machte einen Schwenk und zeigte das Apart-menthaus, einige Streifenwagen und Polizisten mit angelegten Waffen. T.J. Sanders, geschützt durch eine kugelsichere Weste, stand hinter seinem Wagen und hielt ein Megafon in der Hand.

Wo mochte Gardner wohl sein? Wieso versuchte er nicht, den Kidnapper zur Aufgabe zu bewegen?

„Ich erfahre gerade, dass einer der angeschossenen Polizisten nur leicht, der andere jedoch schwer verletzt wurde", fuhr der Sprecher fort.

Janie Sue erschien im Türrahmen. Sie war kreidebleich, und Tränen standen in ihren Augen. „Es ist Rory", flüsterte sie. „Sie wissen noch nicht, wie es um ihn steht, aber er ist einer der bei-den verletzten Polizisten. Der andere ist Becky Overton."

„Komm." Celia legte Janie Sue die Hand auf den Arm. „Ich bringe dich ins Krankenhaus."

Dort sagte man ihnen, dass einer der Polizisten mit einer leich-teren Verletzung in der Notaufnahme sei und gerade versorgt würde. Der andere sei im OP.

Sie liefen zur Notaufnahme und fanden dort Becky Overton mit einer Schwester.

„Cecilia!", rief Becky.

„Sind Sie so weit in Ordnung?", fragte Celia.

„Aber sicher. Ich habe nur einen Streifschuss am Arm. Ich bin okay und kann gehen, vorausgesetzt, diese Florence Nightingale hier lässt mich aus ihren Fängen."

„Wir wussten nicht, wer von Ihnen die schweren Verletzungen hat", sagte Celia. „Dann ist es also Rory, der gerade operiert wird." Sie warf einen Blick auf Janie Sue, die totenblass an der Wand lehnte.

Becky stand auf. „Ich komme mit Ihnen, wenn es Ihnen recht ist."

„Aber Sie müssen sich noch schonen, Officer Overton", mahnte die Schwester. „Sie haben eine Menge Blut verloren."

„Fühlen Sie sich wirklich stark genug?", fragte Celia.

„Ich halte große Stücke auf Rory", sagte Becky ernst. „Außerdem hätte es genauso gut mich treffen können. Ich kann hier einfach nicht weg, bevor ich nicht weiß, wie Rory die Operation überstanden hat. Wenn Sie und Janie Sue aber nicht wollen, dass ich bleibe, kann ich ja …"

„Seien Sie nicht albern, Becky. Kommen Sie nur. Wir werden jede Unterstützung brauchen können, um diesen Albtraum durchzustehen."

Schweigend gingen die drei Frauen zum Lift. Celia hatte den Arm tröstend um Janie Sue gelegt.

„Bitte, Celia, versuch etwas zu erfahren", drängte Janie Sue, als sie in den Lift traten.

„Mache ich. Geh du mit Becky schon mal ins Wartezimmer. Ich suche inzwischen eine Schwester, die ich fragen kann."

Als Celia kurz darauf das Wartezimmer betrat, reichte Becky Janie Sue gerade einen Becher Kaffee. Janie Sue wandte den Kopf und sah Celia fragend an. Ihre Hand zitterte so sehr, dass etwas Kaffee überschwappte. „Was hast du erfahren?"

Celia zog einen Stuhl neben das Sofa, auf dem Becky und Janie Sue saßen, und nahm die Hand der Freundin. „Das Geschoss ist in seinen Hals gedrungen. Zum Glück hat es die Arterie nicht verletzt."

Janie Sue stöhnte. Es widerstrebte Celia, die Freundin zu belügen, doch sie konnte ihr einfach nicht die ganze Wahrheit sagen. Die Ärzte gaben Rory nur eine Chance von fünfzig Prozent. Die Operation würde noch Stunden dauern, und auch wenn Rory sie überlebte, mussten sie noch weitere vierundzwanzig Stunden um sein Leben bangen.

„Rorys Zustand ist ernst", sagte Celia sanft. „Aber er ist jung, stark und kerngesund. Dr. Lawson ist ein hervorragender Chirurg. Rory wird es sicher schaffen."

Janie Sue drückte Celias Hand. „Rory hat immer gesagt, so etwas passiert nicht in Cold Water. Ich bräuchte mir keine Sorgen zu machen. Er hat behauptet, hier würde nie etwas passieren."

„Damit hat er auch recht", versicherte Becky. „Cold Water ist ein äußerst friedliches Nest. Dies ist ein Ausnahmefall."

„Trotzdem, es ist passiert, und Rory ist … er ist …"

„Janie Sue, soll ich nicht lieber einen Arzt rufen, damit er dir ein Beruhigungsmittel gibt?", fragte Celia.

„Nicht nötig." Janie Sue ließ Celias Hand los und schlang die Arme um ihren Körper. „Mir ist nur ein bisschen übel. Ich glaube, ich muss in den Waschraum."

„Soll ich dich begleiten?", bot Celia an.

„Nein, bitte, ich möchte einen Augenblick allein sein."

Nur widerstrebend ließ Celia die Freundin gehen. Als Janie Sue den Raum verlassen hatte, sagte Becky: „Ich glaube, es gibt da etwas, das Sie wissen sollten."

„Was?" Celia wusste sofort, dass es um Gardner ging. Angst stieg in ihr auf, kalte, nackte Angst.

„Der Typ, der Rory und mich angeschossen hat … also, er ist total voll mit Drogen. Völlig abgedreht. Ich glaube nicht, dass er die Frau und ihre Kinder freilassen wird."

„Was kann Gardner tun? Ich konnte ihn bei der Fernsehübertragung nirgendwo entdecken. T.J. Sanders schien den Einsatz zu leiten."

„T.J. ist damit beschäftigt, die Gaffer aus dem Weg zu halten und die anderen Polizisten zu koordinieren, damit keiner aus der Reihe tanzt und womöglich eine Dummheit macht. Gardner gehörte in Birmingham zum Sondereinsatzkommando. Wir haben zwar selbst ein paar Scharfschützen im Team, aber Gardner ist der beste. Er hat die Entscheidung selbst getroffen, obwohl feststeht, dass er gar keine andere Wahl hat."

„Wovon reden Sie?"

„Gardner muss den Kidnapper ausschalten, sobald sich ihm eine Chance bietet. Das ist die einzige Hoffnung für die Frau und die Kinder."

„Gardner will den Mann erschießen?" Der Gedanke entsetzte Celia. Was war das für ein Gefühl, einen anderen Menschen zu töten?

„Sie werden abwarten, ihm jede Chance zur Aufgabe geben. Trotzdem wird es irgendwann passieren, denn dieser Bursche wird sich nicht ergeben."

„Ich habe nie darüber nachgedacht, dass Gardner Menschen töten könnte. Aber das ist es wohl, wozu er ausgebildet wurde, nicht wahr? Wie kann man lernen, jemanden zu töten?"

Becky packte Celia bei den Schultern und schüttelte sie. „Jetzt hören Sie mir mal zu, Cecilia Collins. Falls Gardner diesen Strolch töten muss, und ich bin sicher, dass es so kommen wird, dann wird er innerlich ganz zerrissen sein. Er wird mit sich und der Welt hadern. Dann wird er jemanden brauchen, der zu ihm steht. Haben Sie mich verstanden?"

„Ja, ich glaube schon." Celia hatte das Gefühl, als würde ihr Körper ganz taub.

„Glauben reicht nicht. Sie müssen sicher sein. Aus irgendeinem unerfindlichen Grund scheinen Sie die Frau zu sein, die Gardner will. Aber wenn Sie nicht stark genug sind, nicht Frau genug, um ihm beizustehen, dann gehen Sie aus dem Weg, Schwester. Ich bin es nämlich." Becky ließ Celia los, ging zum Fernseher, der in einer Ecke stand, und stellte ihn an.

Janie Sue kam zurück. Sie sank auf das Sofa, lehnte den Kopf zurück und schloss die Augen. „Es geht schon wieder", sagte sie.

Becky drehte den Ton etwas lauter. Der Nachrichtensprecher erschien auf dem Bildschirm und erklärte, dass die Geiselnahme beendet sei. Die drei Frauen im Wartezimmer starrten atemlos auf den Bildschirm.

„Die erwachsene Geisel wurde von dem Kidnapper angeschossen und ist ins Krankenhaus gebracht worden. Beide Kinder sind in Sicherheit. Gardner Kegan, Polizeichef von Cold Water und früheres Mitglied des SEK in Birmingham, hat den Geiselnehmer erschossen, als er mit den Geiseln herauskam."

Janie Sue brach in krampfhaftes Schluchzen aus. Becky drehte den Fernseher ab. Celia zitterte.

„Becky, ich …" Sie ergriff Beckys Handgelenk. „Ich werde Gardner beistehen. Ich werde ihm da durchhelfen."

„Ja, das habe ich mir schon gedacht." Becky lächelte spöttisch, drehte sich um und verließ das Wartezimmer.

„Was sollte das?" Janie Sue schaute auf und wischte sich die Tränen ab.

„Nichts Besonderes. Becky hat mich nur daran erinnert, dass auch ein starker Mann manchmal anlehnungsbedürftig sein könnte."

Die Sonne ging bereits unter, und Rory war immer noch im OP. Die vergangenen Stunden waren Celia wie eine Ewigkeit vorgekommen. Vor ein paar Minuten war eine Schwester gekommen und hatte ihnen berichtet, dass die Dinge ganz gut ständen. Janie Sues Eltern waren vor einer Stunde aus Huntsville eingetroffen, und es schien sie zu beruhigen, ihre Mutter in der Nähe zu haben. Celia hatte die Freundin schon immer um ihre warmherzige, liebevolle Mutter beneidet.

Plötzlich hörten sie draußen Schritte, und Celia schaute gespannt zur Tür. Gardner betrat den Raum. Sein Körper wirkte verspannt, und seine Kleidung war zerknittert.

Er sah sich im Zimmer um, und sein Blick blieb an Celia hängen. Ihr Herz begann schneller zu klopfen. Sie wollte zu ihm hinlaufen, ihm sagen, dass sie ihn liebte. Er sah sie nur an. Seine Hände waren zu Fäusten geballt, und die Zähne fest zusammengebissen. Seine Augen schienen sie zu rufen, zu fragen, um ihr Verständnis zu flehen.

Zögernd machte Celia ein, zwei Schritte. Dann lief sie durch das Zimmer und warf sich in seine Arme. Er umschlang sie und presste sie mit aller Kraft an sich. Celia drückte das Gesicht an seine Brust und streichelte seinen Rücken. Tränen der Liebe, des Mitleids und der Erleichterung stiegen ihr in die Kehle und brannten in ihren Augen.

Gardner senkte den Kopf und sagte leise: „Du ahnst nicht, wie froh ich bin, dich zu sehen, Süße."

„Ich war verrückt vor Sorge", flüsterte sie mit erstickter Stimme.

„Ich bin okay." Seine Stimme klang rau. „Was ist mit Rory?"

„Er ist noch im OP, aber die Schwester sagt, es sieht gut aus." Celia bog den Kopf zurück und schaute in Gardners müdes Gesicht. Er wirkte abgespannt. „Du hast getan, was du tun musstest", sagte sie.

„Ja." Gardner nickte freudlos.

In diesem Augenblick betrat Dr. Lawson das Wartezimmer. Er trug noch immer seine grüne OP-Kleidung.

Celia und Gardner halfen Janie Sue beim Aufstehen. Sie wischte sich die Tränen ab, straffte den Rücken und sah den Arzt fragend an.

„Es geht ihm gut, Mrs. Malone", sagte Dr. Lawson. „Rory hat Glück gehabt. Er ist jetzt auf der Intensivstation, aber ich erwarte keine Komplikationen."

Janie Sue schrie auf. Sie schwankte, und Gardner stützte sie. „Wann kann ich ihn sehen?", fragte sie.

„Sie können nachher kurz zu ihm. Wenn alles gut verläuft, kann er morgen schon in ein Zimmer verlegt werden." Dr. Lawson tätschelte Janie Sues Hand. „Wenn Sie bei Ihrem Mann waren, sollten Sie nach Haus fahren und sich etwas ausruhen. Morgen früh können Sie ja wiederkommen."

„Ich kann ihn doch nicht allein lassen." Hilfe suchend sah Janie Sue Celia an.

„Ich kann auch bei dir bleiben", bot Celia an.

„Nein." Janie Sue streifte Gardner mit einem Blick. „Ich bleibe bei meinem Mann, und du gehst mit deinem. Gardner muss total erschöpft sein. Bring ihn nach Haus. Mom und Dad sind ja hier, und ich rufe dich an, wenn ich dich brauche."

„Versprochen?" Celia umarmte Janie Sue.

„Versprochen. Jetzt macht, dass ihr wegkommt." Janie Sue rang sich ein Lächeln ab.

„Wir kommen morgen früh wieder", sagte Gardner. Dann nahm er Celias Hand und verließ mit ihr das Wartezimmer.

Auf der Fahrt sagte Gardner kein Wort. Auch Celia schwieg. Als sie vor ihrem Haus hielten, wandte er sich ihr zu.

„Es tut mir so leid wegen unseres Wochenendes, Süße."

„Es wird noch andere Wochenenden für uns geben." Sie legte die Hand an sein Gesicht. „Außerdem bauchen wir gar nicht wegzufahren, um zusammen zu sein."

Er atmete tief durch. „Ich möchte mit hineinkommen, Celia. Ich möchte die ganze Nacht bleiben. Ich brauche dich."

Celia schluckte die aufsteigenden Tränen hinunter. „Und ich brauche dich."

Er nahm ihre Hand und küsste sie. Dann öffnete er die Wagentür, und sie stiegen aus. Als sie neben dem Auto standen, nahm Gardner Celia in die Arme und vergrub das Gesicht in ihrem Haar.

Sie klammerte sich an ihn. „Es wird alles wieder gut", sagte sie erstickt.

9. KAPITEL

*C*elias Kopf ruhte an Gardners Brust, und sie hörte den gleichmäßigen Schlag seines Herzens. Er hielt sie fest umschlungen. Eine Hand lag auf ihrem Rücken und die andere auf ihrer Hüfte. Es waren zärtliche Hände, starke Hände, aber auch Hände, die eine Waffe gehalten und einen Menschen getötet hatten. Der Gedanke ließ Celia erschauern.

„Alles in Ordnung?", fragte Gardner. Sie spürte seine Lippen an ihrem Hals.

Celia wusste plötzlich, dass die Stunde gekommen war, in der ihr Schicksal sich erfüllen würde. Sie war für Gardner bestimmt. Sie war dazu bestimmt, sich ihm hinzugeben und sein zu werden. Und dafür gab es keinen besseren Augenblick als diese Nacht, in der er sie so dringend brauchte.

„Celia?" Er legte ihr den Finger unters Kinn und hob ihr Gesicht.

Sie lächelte zu ihm auf. „Mir geht es gut. Wollen wir hineingehen?"

Er nickte. „Ja, gehen wir hinein."

Mit unsicheren Fingern kramte sie in ihrer Tasche nach dem Schlüssel. Als sie ihn fand, schloss sie die Tür auf, und sie gingen hinein. Gardner spürte ihre Nervosität, die zitternde Spannung, die sie erfasst hatte. Als Celia auf die Treppe zusteuerte, die hinauf ins Schlafzimmer führte, hielt er zurück und zog sie in die Arme. Fragend sah sie zu ihm auf.

„Wir haben noch die ganze Nacht, mein Herz." Sein Körper verlangte schmerzhaft nach ihr. Am liebsten hätte er sie auf der Stelle genommen. Sex würde seine Verkrampfung lösen, aber nicht den Schmerz in seinem Herzen lindern. Celia zu lieben sollte mehr sein als eine hastige Vereinigung. Deshalb wollte er ihr und sich selbst noch ein wenig Zeit lassen.

„Sieh mich an, Celia. Ich sehe aus wie ein Landstreicher."

„Du siehst wunderbar aus", widersprach sie.

„Ich bin verdreckt und verschwitzt." Er küsste sie auf die Nasenspitze. „Ich brauche ein Bad, mein Schatz." Wie aufs Stichwort begann sein Magen zu knurren. „Außerdem habe ich seit dem Frühstück nichts gegessen. Ein guter Liebhaber muss vorher gefüttert werden."

Celia lachte befreit auf. Sie war froh, dass Gardner ihr noch etwas Spielraum ließ. „Du kannst ja schon mal hinaufgehen und baden, während ich uns etwas zu essen richte. Ich bringe das Abendbrot dann auf einem Tablett hinauf. Was hältst du davon?"

„Eine Menge." Er gab ihr einen raschen Kuss und ging die Treppe hinauf. Celia sah ihm nach. Auf halber Höhe blieb er stehen und drehte sich um. „Falls ich noch unter der Dusche bin, wenn du heraufkommst, könntest du mir ja Gesellschaft leisten."

Celia errötete. Die Vorstellung, nackt mit Gardner unter der Dusche zu stehen, war gleichermaßen erschreckend wie verlockend. „Ich habe gar keine Dusche. Nur eine Wanne."

„Keine Dusche? Ich bade nie in der Wanne!"

„Heute wirst du es wohl tun müssen."

„Dann beeil dich wenigstens mit unserem Abendessen. Wenn es nicht zu lange dauert, kannst du mir ja noch den Rücken schrubben."

Da sie ihn keiner Antwort würdigte, drehte er sich um und ging hinauf. Er öffnete eine der beiden Türen, tastete nach dem Schalter und machte das Licht an.

Gardner blieb an der Tür stehen und schaute sich in Celias Schlafzimmer um. So etwas hatte er noch nie gesehen. Es war ein mit typisch weiblichem Geschmack eingerichtetes Zimmer, und es passte zu Celia. Spitzengardinen hingen vor den Fenstern, und ein Spitzenbaldachin wölbte sich über dem großen Mahagonibett. Auf dem Boden lag ein Wollteppich, der in warmen Pastelltönen gehalten war.

Gardner schaute zum Bett hinüber. Eine cremefarbene Tagesdecke und Spitzenkissen. Es war ein Bett, in dem er sich Celia gut vorstellen konnte.

Aber zuerst kam das Bad. Die Tür zum Badezimmer stand offen. Er machte das Licht an, zog sich aus und warf seine Sachen auf einen Haufen.

Dann ging er zur Wanne und drehte den Hahn auf. Auf einem Regal fand er einen Waschlappen und Handtücher. Sie waren hellblau und hatten ebenfalls eine Spitzenkante.

Noch während das Wasser einlief, stieg er in die Wanne. Er griff nach der Seife. Sie duftete nach Lavendel. Nach dem Bad würde er wie eine Nutte riechen! Falsch, er würde wie Celia riechen. Unwillkürlich musste er grinsen. Ihm gefiel der Gedanke, in ihrer Wanne zu baden, ihre Handtücher zu benutzen und sich mit ihrer duftenden Seife zu waschen.

Unten in der Küche ließ Celia sich Zeit. Als sie alles vorbereitet und auf das Tablett gestellt hatte, ging sie langsam die Treppe hinauf. Inzwischen würde Gardner sicher fertig sein.

Als sie das Schlafzimmer betrat, konnte sie ihn nirgendwo entdecken. Dann hörte sie ihn nebenan im Wasser planschen. Er war noch immer in der Wanne!

Sie stellte das Tablett ab und zog ihre Jacke aus. Sie schaute an ihrem beigefarbenen Seidenkleid hinab. Es war schrecklich zerknittert. Sie streifte die Schuhe ab und zog ihre Strumpfhose aus.

„Celia?", rief Gardner aus dem Badezimmer.

„Ja?"

„Kommst du mir den Rücken schrubben?"

„Bist du denn immer noch nicht sauber?", fragte sie. „Du bist doch schon fast zwanzig Minuten im Bad."

„Ich habe auf dich gewartet. Was hast du so lange gemacht?"

„Das Abendessen. Trockne dich ab, zieh dir etwas an und komm essen, während ich schnell in die Wanne steige."

„Nicht bevor du mir den Rücken geschrubbt hast", beharrte er.

Celia zögerte. Wieso eigentlich nicht? Immerhin hatte sie ja die Absicht, mit Gardner zu schlafen. Folglich würde sie ihn früher oder später sowieso nackt sehen.

Sie knöpfte die langen Ärmel ihres Kleides auf und schob sie bis zu den Ellbogen hinauf. Dann ging sie ins Badezimmer. Gardner saß in der Wanne und drehte ihr seinen muskulösen Rücken zu. Der Anblick ließ ihr Herz schneller klopfen.

„Hier hast du den Waschlappen", sagte er und hielt ihn hoch.

„Ich nehme lieber meinen Schwamm." Celia nahm einen großen Naturschwamm von dem Regal und kniete sich auf den Flauschteppich neben der Wanne.

Gardner reichte ihr die Seife. „Gib mir den Schwamm, damit ich ihn nass machen kann."

Nervös nahm sie die Seife und ließ den Schwamm in seine offene Hand fallen. Er entglitt ihm, und Celia sah, wie der Schwamm über seine behaarte Brust und den festen Bauch in das Wasser fiel, das seine Schenkel nur knapp bedeckte.

Celia umklammerte die Seife und schloss die Augen. Sie wagte nicht hinzusehen, nicht auf diesen männlichen Körperteil, der sie doch so faszinierte. Sie lauschte auf das Plätschern des Wassers, während er den Schwamm ausdrückte.

„Hier, mein Schatz." Celia öffnete die Augen, heftete den Blick fest auf den Schwamm und seifte ihm den Rücken ein.

Als Celia fertig war, packte Gardner ihr Handgelenk und zog sie auf den Wannenrand. Sie sah ihm ins Gesicht und achtete darauf, bloß keinen Zentimeter tiefer zu schauen.

„Da du meinen Rücken so sauber geschrubbt hast, könntest du mir jetzt eigentlich auch die Brust waschen."

„Gardner, ich …"

„Komm schon, Celia. Ich würde deine Brust auch waschen, wenn du mich darum bitten würdest."

Sie kicherte. „Du bist schrecklich, weißt du das eigentlich?"

Mit einer raschen Bewegung packte Gardner sie um die Taille und zog sie über den Wannenrand auf seinen Schoß. Sie quietschte auf und versuchte sich loszumachen, sah dann jedoch ein, dass sie gegen seine Kraft keine Chance hatte.

„Was soll denn das?", schimpfte sie atemlos.

Er lächelte, dieses freche, verführerische Lächeln, das ihre Knie weich machte. „Ich will, dass du mit mir badest."

„Du hättest mich vorher fragen können. Dann hätte ich erst mein Kleid ausgezogen." Sie fühlte seine nassen, nackten Beine unter sich und spürte seine Erregung.

„Du hättest Nein gesagt." Er hielt sie fest, als sie sich am Wannenrand hochziehen wollte. „Tut mir leid wegen deines Kleides. Ich kaufe dir ein anderes."

„Das Kleid ist mir egal." Celia gab den Kampf auf und blieb sitzen.

Er knabberte an ihrem Ohrläppchen und flüsterte ihren Namen. Sie erschauerte. „Komm, wir wollen dieses nasse Zeug ausziehen."

Celia wehrte sich nicht mehr. Langsam knöpfte Gardner ihr Kleid auf und schob es von den Schultern auf ihre Hüften hinab. Sie bewegte sich nicht. Er hakte ihren BH auf und warf ihn auf den Boden. Dann legte er die Hände um ihre Brüste. „Ach, Celia, weißt du eigentlich, wie wunderbar du dich anfühlst?"

Ihr Kopf sank zurück auf seine Schultern, und sie lehnte den Rücken an seine Brust. „Nein … ich weiß es nicht. Ich weiß überhaupt nichts."

„Dann lass mich dein Lehrer sein, Celia. Lass mich dir zeigen, wie es sein kann zwischen einem Mann und einer Frau … zwischen dir und mir." Er fuhr mit der Hand unter das nasse Kleid und berührte ihre Haut. Er streichelte sie, drückte sanft ihre Beine auseinander und liebkoste die Innenseite ihrer Schenkel. Celia seufzte vor Lust.

Er schob die Hand unter ihr Höschen, und Celias Körper bäumte sich auf. Willenlos überließ sie sich seiner streichelnden, ihr höchste Wonne bereitenden Hand.

„Du bist so begehrenswert", flüsterte er. Von seinen Fingerspitzen schienen magische Kräfte auszugehen. Celia stöhnte. Sie wusste, was geschehen würde, denn es war ja schon einmal geschehen. Während ihre Erregung wuchs und wuchs, klammerte sie sich an seine Arme, und ihre Fingernägel drangen in sein Fleisch. Und dann explodierte ein erotisches Feuerwerk, und ein heftiges Beben erfasste ihren Körper.

Gardner presste das Gesicht an ihren Hals, und seine Lippen liebkosten ihre Haut. „Du bist wunderbar", flüsterte er.

Noch immer zitternd drehte Celia sich in seinen Armen um und presste sich an seine nasse Brust. „Weißt du, was du mir antust? Ich bin ganz schwach und kann mich kaum bewegen, und trotzdem will ich noch mehr. Ich will es wieder und wieder und ..."

Er küsste sie. Es war ein heißer, fordernder, leidenschaftlicher Kuss. Celia schlang die Arme um seinen Nacken und grub die Finger in sein Haar. Sie küssten sich, als gäbe es kein Morgen.

Kraftvoll hob er sie hoch. „Komm, lass uns aus der Wanne steigen. Wenn wir uns lieben, soll es in einem großen, trockenen Bett geschehen."

Er stand auf und half ihr aus der Wanne. Wasser troff aus ihrem durchweichten Kleid. Mit einem jungenhaften Grinsen packte Gardner die nasse Seide und zog sie an ihrem Körper herab. Dann nahm er ein großes blaues Badetuch, legte es ihr um und rubbelte sie ab. Anschließend trocknete er sich selber ab.

Celia stand da und sah ihn an. Sie betrachtete seinen ganzen kraftstrotzenden Körper: seine breite Brust und seine schmalen Hüften. Jetzt traute sie sich auch, den Blick noch tiefer wandern zu lassen ... Unwillkürlich trat sie einen Schritt zurück. Er kam auf sie zu und streifte ihr das Spitzenhöschen ab.

Als er die Arme nach ihr ausstreckte, schmiegte sie sich willig hinein. Er hob sie auf, trug sie hinüber ins Schlafzimmer und legte sie aufs Bett. Dann streckte er sich neben ihr aus. Ihre Blicke tauchten ineinander, und in ihren Augen brannte das Verlangen.

„Du hast ja keine Vorstellung, wie sehr ich mich nach dir sehne." Er strich mit der Hand an ihrem Arm hinab und hob ihre Hand an die Lippen.

„So sehr wie ich mich nach dir?" Sie seufzte leise, als er ihre Fingerspitzen küsste.

„Viel mehr. Ich verzehre mich nach dir." Er führte ihre Hand hinab zu dem sichtbaren Beweis seines Verlangens. Als sie ihn berührte, stöhnte er leise, und ein Zittern überlief seinen Körper.

Celia hielt den Atem an. Er fühlte sich so gut an, so überwältigend männlich.

Gardner legte sich auf sie und schaute in ihre Augen. Er sah das Staunen in ihrem Blick, das Staunen über diese neue Erfahrung. Wie konnte er ihr sagen, dass dies alles für ihn ebenfalls neu war, denn noch nie hatte er für eine Frau so empfunden. Er stützte sich mit den Ellbogen ab, senkte den Kopf und umschloss eine der aufgerichteten rosigen Knospen mit den Lippen. Celia erschauerte unter ihm. Scheu strich sie mit den Händen über seinen Rücken. Als seine Lippen an ihrem Körper abwärts glitten, lag sie ganz still. Er küsste ihren Bauch, liebkoste mit der Zunge ihren Nabel und glitt immer weiter abwärts.

Er öffnete ihre Schenkel, hob ihre Hüften und küsste sie. Seine Zunge suchte und fand ihr Ziel. Celia schrie auf und krallte die Hände in seine Schultern. Er ließ eine Hand an ihrem Körper hinaufgleiten, umfasste ihre Brust und knetete sie sanft. Dann rieb er die Knospe mit Daumen und Zeigefinger, während seine Zunge ihr magisches Spiel fortsetzte.

Celia konnte es kaum noch ertragen. Sie spürte, wie sie sich dem Höhepunkt näherte. Und dann durchzuckte sie ein weißglühender Blitz. Sie bäumte sich auf, und die Wogen der Lust schlugen über ihr zusammen.

Noch ehe das Beben ihres Körpers verebbte, glitt Gardner über sie und drang in sie ein. Langsam erst, um sie nicht zu erschrecken. Sie stöhnte auf. Er wartete. Sie griff nach ihm und presste ihn an sich. Die Tatsache, dass Celia noch Jungfrau war, ließ ihn beinahe innehalten. Aber nur beinahe.

„Liebe mich, Gardner. Bitte, komm!"

Nun gab es kein Halten mehr für ihn. Tief drang er in sie ein. Wieder stöhnte sie auf. Tränen sammelten sich in ihren Augenwinkeln und rollten langsam über ihre Wangen. Es tat weh, doch der Schmerz war erträglich. Celia spürte Gardner in sich und staunte, wie bereitwillig ihr Körper ihn aufnahm.

Er bewegte sich nicht, wartete, bis sie sich an ihn gewöhnt hatte. Er wollte etwas sagen, sie wissen lassen, was dieser Augenblick ihm bedeutete, aber er fand keine Worte. Das Gefühl, sich diese Frau endlich ganz zu eigen gemacht zu haben, überwältigte ihn.

Schließlich begann er sich zu bewegen. Er fand den uralten Rhythmus der Liebe und übertrug ihn auf die Frau in seinen

Armen. Celia presste ihn an sich. Ihr Körper brannte vor Verlangen, und der Schmerz war vergessen.

Als Gardner ihre Bereitschaft spürte, konnte er sich nicht mehr bezähmen. Er nahm sie mit einer entfesselten Leidenschaft, die er nicht mehr unter Kontrolle hatte.

Celia kam ihm mit gleicher Inbrunst entgegen. Ihr Körper reagierte instinktiv, und sie gab sich rückhaltlos hin. Sie passte sich seiner Führung an, spürte, wie die Leidenschaft sie mit sich fortriss, wie das Feuer in ihr immer heller loderte, bis ihr fast die Sinne schwanden. Plötzlich spannte sich Gardner an.

Jeder Nerv in ihrem Körper war zum Zerreißen gespannt. Sie spürte, wie eine mächtige Woge sie hochhob. Ein letztes Mal drang Gardner tief in sie ein. Sie schrie seinen Namen heraus und versank in einem Wirbel erotischer Empfindungen. Auch er stieß einen heiseren Schrei aus, und ein heftiges Zittern überlief ihn auf dem Höhepunkt der Ekstase.

Sie klammerten sich aneinander, als könnten sie nie mehr voneinander lassen. Es gab keine Worte, die beschreiben könnten, was Celia empfand. Vor ihrer Vereinigung hatte sie sich klein, hilflos und ihm völlig ausgeliefert gefühlt. Jetzt spürte sie eine sonderbare neue Macht in sich. Sie wusste, dass ihre Kraft diesen großen, starken Mann bis zum Äußersten gefordert hatte, dass er sich in sie verströmt hatte, und dass er nun genauso erschöpft und verwundbar neben ihr lag wie sie selbst.

„Ich liebe dich", sagte sie leise und schmiegte den Kopf in seinen Arm.

Er hätte wissen müssen, dass sie diese Worte sagen würde. Er hatte es geschehen lassen. Er hatte zugelassen, dass sie ihn liebte und an seine Liebe glaubte. War es denn Liebe, was er für sie empfand?

„Ich weiß, dass du mich liebst, Celia. Sonst hättest du dich mir nicht hingegeben." Seine Hand glitt streichelnd über sie hin.

„Ich habe mein ganzes Leben lang auf dich gewartet, Gardner. Es existiert kein anderer Mann für mich. Nur du." Sie presste die Lippen auf seine Brust. Sie spürte, wie sein Körper sich verspannte, und wusste sofort, weshalb. „Schon gut, Liebster. Ich erwarte keine blumige Liebeserklärung von dir. Du bist von Anfang an ehrlich zu mir gewesen. Ich will nur diesen Augenblick und alle Augenblicke, die du mir zu schenken bereit bist."

Gott im Himmel! Sie glaubte an seine Ehrlichkeit. Dabei hatte er sie von Anfang an belogen. Sie hatte auf den richtigen Mann gewartet, den Mann, dem sie das kostbare Geschenk ihrer Liebe machen wollte, und er hatte alles genommen, was sie zu geben hatte.

Heute Nacht hatte er sie so sehr gebraucht, und sie war für ihn da gewesen. Ihre Liebe und Zärtlichkeit hatte ihn die Schrecken des Tages vergessen lassen. In ihren Armen hatte er Verständnis und Hingabe gefunden. Celia brachte etwas in sein Leben, wovon er gar nicht gewusst hatte, dass es ihm fehlte. Etwas, das er nicht beim Namen nennen konnte. Es war nur ein Gefühl. Ein Gefühl der Vollendung, der Erfüllung.

Er drückte sie an sich und küsste sie zärtlich. „Ich möchte, dass du etwas weißt und immer daran denkst. Was die Zukunft auch für uns bringen mag, diese Nacht war etwas ganz Besonderes. Jeder Augenblick mit dir ist etwas Besonderes."

Das war nicht das, was sie gern hören wollte, aber es musste genügen. Sie liebte ihn, und er verlangte nach ihr. Er hielt sie für etwas Besonderes. Celia wagte nicht, mehr zu fordern.

10. KAPITEL

*E*in lautes Schrillen weckte Gardner und Celia. Schlaftrunken tastete sie nach dem Telefon.

Gardners Blick ruhte zärtlich auf ihr. Es war eine wunderbare Nacht gewesen, und sie hatten sich bis zur Erschöpfung geliebt. Noch nie war es mit einer Frau so schön gewesen.

„Ja, T.J., er ist hier. Einen Moment, bitte."

Celia reichte ihm den Hörer. „Er sagt, es sei dringend. Hoffentlich geht es Rory nicht schlechter."

Gardner griff nach dem Hörer. „Hallo, hier Kegan."

Celia setzte sich auf und zog das Laken über ihre Brust.

„Wann ist es passiert? Ja, ich will ihm ein paar Fragen stellen. Ich komme, so schnell ich kann."

Gardner hängte ein und schwang die Beine aus dem Bett. „Ich muss ins Krankenhaus, Celia. Es ist mir zuwider, dich verlassen zu müssen, aber …"

„Ist etwas mit Rory?"

„Nein, es geht nicht um Rory." Er küsste sie. „Es hat eine Schießerei gegeben. Das Opfer ist noch am Leben und wird gerade operiert."

Celia sprang aus dem Bett. „Du hast noch nicht gefrühstückt." Ihr Blick fiel auf das unberührte Tablett. „Du hast seit gestern Morgen nichts gegessen."

„Dazu ist jetzt keine Zeit mehr. Ich muss sofort ins Krankenhaus." Gardner ging ins Bad und fuhr hastig in seine Kleider.

„Auf wen wurde geschossen?", rief Celia aus dem Schlafzimmer.

„Als Dana Aston heute Morgen von der Nachtschicht kam, fand sie Wayne Michaels im Wohnzimmer am Boden. Jemand hatte zweimal auf ihn geschossen, einmal in den Arm und einmal in den Bauch. Er lebt noch. Wenn er die Operation übersteht, will ich an Ort und Stelle sein, um ihm ein paar Fragen zu stellen."

„Wie fürchterlich! Was glaubst du, wer auf ihn geschossen hat?"

„Keine Ahnung." Er ging ins Schlafzimmer zurück und nahm sie die Arme. Zur Hölle mit Wayne Michaels! Wie gern hätte er den Tag mit Celia verbracht.

„Ich rufe dich später an. Dann können wir Pläne für heute Abend machen."

„Bis dann." Sie reckte sich auf die Zehenspitzen und küsste ihn. Splitternackt stand sie im Schlafzimmer und sah ihm nach, während er hinauseilte. Sie schlang die Arme um ihren Körper und atmete tief durch. Gardner Kegan war ihr Liebhaber. In der vergangenen Nacht hatte er sie gelehrt, wie wundervoll die Liebe zwischen Mann und Frau sein konnte.

Als Gardner im Krankenhaus ankam, erfuhr er von T.J. Sanders, dass die Operation noch mindestens eine Stunde dauern würde, und dass Dana Aston im Wartezimmer saß.

Als Gardner den Raum betrat, fand er Dana Aston auf dem Sofa. Sie hatte die Füße hochgezogen und die Arme um die Knie geschlungen.

„Hallo, Miss Aston." Gardner ging auf sie zu.

Dana wandte den Kopf und sah zu ihm auf. Ihre Augen waren rot und verquollen. Sie richtete sich auf und stellte die Füße auf den Boden. Gardner bemerkte die roten Flecken auf ihrer weißen Bluse. Wayne Michaels' Blut.

„Ich muss Ihnen ein paar Fragen stellen", sagte Gardner und setzte sich neben sie.

„Ich habe T.J. schon alles gesagt, was ich weiß."

„Ich wäre Ihnen sehr dankbar, wenn Sie es mir noch einmal sagen würden."

„Als ich heute Morgen gegen halb acht nach Haus kam, sah ich Wayne im Wohnzimmer auf dem Boden liegen. Zuerst habe ich mir nichts dabei gedacht, weil Wayne öfter mal zu Boden geht, wenn er zu viel getrunken hat."

„Sie hatten keinen Verdacht?", fragte Gardner.

„Erst als ich das Blut auf dem Boden sah." Danas Hände zitterten. Sie ballte sie zu Fäusten. „Ich habe sofort den Krankenwagen gerufen. Ich hatte Angst, er könnte sterben, bevor wir ihn ins Krankenhaus bringen. Ich wusste ja nicht, wie lange er schon da gelegen hatte. Er hat viel Blut verloren."

„War er bewusstlos, als Sie ihn fanden?"

„Ja, aber auf dem Weg ins Krankenhaus kam er ein paarmal zu sich." Dana wandte Gardner das Gesicht zu und sah ihn zum ersten Mal richtig an. „Hören Sie, ich weiß, dass nicht viel los ist mit ihm, aber ich liebe ihn nun mal." Sie senkte den Kopf und schaute zu Boden. „Es gab auch andere Männer. Wenn Wayne im Knast war, habe ich mich einsam gefühlt, doch die anderen haben mir alle nichts bedeutet."

„Hat Wayne etwas gesagt, als er bei Bewusstsein war? Hat er einen Namen genannt?"

Dana schüttelte den Kopf. „Er hat nur undeutlich gemurmelt."

„Könnte es ein Raubüberfall gewesen sein?"

„Glaube ich nicht", sagte Dana rasch.

Zu rasch, fand Gardner. Er hätte ein ganzes Monatsgehalt darauf verwettet, dass Dana etwas wusste. Wieso schützte sie seinen Angreifer, wenn sie Wayne doch liebte? „Können Sie sich irgendeinen Grund denken, weshalb jemand auf Wayne geschossen hat?"

„Eigentlich nicht. Zugegeben, er hat ein paar Feinde, aber … Ich wüsste keinen, der ihn gleich umbringen würde." Danas blasses Gesicht rötete sich, und ihr Blick glitt unstet durchs Zimmer.

Sie lügt, dachte Gardner. Sie kennt einen Grund für einen Mordversuch an Wayne. Sie denkt an die Person, die Wayne seit dreißig Jahren erpresst. Andererseits, weshalb sollte Boyd Hammond nach so langer Zeit plötzlich auf Wayne schießen? Das ergab keinen Sinn. Trotzdem war Gardner sicher, dass dies irgendwie mit den Hammonds und dem Mord an Gail zusammenhing.

„Hallo, Chief." T.J. Sanders stand im Türrahmen.

Gardner schaute auf. „Ja, was ist los?"

„Ich habe gerade mit einer Schwester gesprochen. Sie sagt, es dauert noch mindestens zwei Stunden, bis wir Michaels sehen können. Und selbst dann ist es fraglich, ob er uns etwas sagen kann."

„Okay, danke." Gardner wandte sich wieder Dana zu. „Ich komme später noch einmal wieder. Vielleicht fällt Ihnen bis dahin etwas ein, das uns weiterhilft."

Gardner gab T.J. Anweisung, im Krankenhaus zu bleiben und ihn anzurufen, sobald der Arzt die Erlaubnis erteilte, mit Wayne Michaels zu sprechen. Dann fuhr er nach Haus, um zu duschen.

Drei Stunden später – er schlang gerade hastig sein Frühstück hinunter – läutete das Telefon.

„Hallo?"

„Chief, hier ist Sanders. Michaels hat die Operation überstanden, aber die Ärzte geben ihm keine große Chance. Wenn wir ihn befragen wollen, sollten wir es lieber gleich tun."

„Okay, ich komme sofort. Gehen Sie schon mal zu ihm und versuchen Sie, ob Sie etwas aus ihm herausbekommen."

Frisch gewaschen und umgezogen betrat Gardner kurze Zeit später die Intensivstation. Eine Schwester führte ihn zu Wayne Michaels. T.J. stand am Fußende seines Bettes. Als Gardner eintrat, schaute er auf.

„Er verliert immer wieder das Bewusstsein. Ich habe ihn nach der Schießerei gefragt, aber er verlangt immer nur nach Dana."

„Wo ist sie?"

„Sie wartet draußen."

„Gehen Sie hinaus und leisten Sie ihr Gesellschaft. Bei der Gelegenheit können Sie sich auch nach Rory erkundigen und fragen, ob wir irgend etwas für Janie Sue tun können."

„Rory geht es ganz gut", sagte T.J. „Janie Sues Vater ist bei ihm. Ihre Mutter ist mit ihr nach Haus gefahren, damit sie sich frisch machen kann."

„Gut. Ich sehe nach Rory, wenn ich mit Wayne Michaels fertig bin."

Als T.J. das Zimmer verlassen hatte, trat Gardner an Waynes Bett. Er sah hinab auf die reglose Gestalt seines Onkels. „Wayne? Ich bin's, Gardner Kegan. Können Sie mir sagen, wer auf Sie geschossen hat?"

Wayne öffnete die Augen, starrte einen Moment an Gardner vorbei und schloss sie dann wieder.

„Wayne, hat dieser Anschlag auf Sie etwas mit dem Mord an Ihrer Schwester zu tun?"

Mühsam öffnete Wayne die Augen. Obwohl er künstlich beatmet wurde, schien er nach Luft zu ringen. „Ja ... selbe ... sie war so ... zu viel Geld ... Macht ..."

Gardner spürte, wie ihm kalt wurde. Bestätigte sich sein Verdacht? Hatten die Hammonds wieder einmal das Gesetz in die eigenen Hände genommen? „Wer hat auf Sie geschossen, Wayne? War es dieselbe Person, die Ihre Schwester getötet hat?"

„Arme Gail. So ein ... gutes Mädchen."

„Wer hat sie getötet, Wayne? Und wer hat auf Sie geschossen?"

„Was kümmert ... es Sie?" Wayne schnappte nach Luft, und sein Körper zitterte.

„Verdammt, Mann, ich vertrete das Gesetz. Es ist mein Job, mich darum zu kümmern. Man erwartet von mir, dass ich die Mörder finde, damit sie bestraft werden."

„Das Gesetz tut nichts ... für Leute ... wie mich. Wie Gail."

„Ich will wissen, wer Gail getötet und auf Sie geschossen hat. Sagen Sie es mir, und ich verspreche Ihnen, dass der Mörder dafür bezahlen wird." Gardner beugte sich über das Bett und starrte in das verhärmte Gesicht seines Onkels.

„Wieso ... sollte ich ... Ihnen glauben?"

Gardner wusste, was er jetzt tun musste. Es war die einzige Möglichkeit, Wayne Michaels' Vertrauen zu erlangen. Er ging ein großes Risiko ein, aber vielleicht war dies seine letzte Chance, Boyd Hammond festzunageln.

„Sie können mir glauben, weil ich bin, wer ich bin."

„Wer sind Sie denn?", fragte Wayne. „Einer von ihnen. Sie schlafen ... mit Hammonds Tochter."

„Als Ihre Schwester starb, ließ sie ein Kind zurück, einen dreijährigen Jungen, der zur Adoption freigegeben wurde." Nur mühsam brachte Gardner die Worte heraus. „Ich bin dieses Kind, Wayne. Ich bin Tommy Michaels, Gails Sohn."

Waynes Augen weiteten sich, und sein Unterkiefer fiel herab. Er ergriff Gardners Hand und drückte sie, so fest er konnte. „Sie lügen … mich nicht an … oder?" Er zog Gardner zu sich herab. „Ja … Sie erinnern mich … an Gail. Das selbe Haar … selben Mund." „Wieso haben … die anderen … bemerkt?"

„Warum sollten sie? Sie haben es ja auch nicht bemerkt."

„Sie wissen von … ihnen, oder?"

„Wayne, hat Boyd Hammond Gail getötet?"

Waynes Hand wurde schlaff. „Du warst … da, Junge. Hast es gesehen … nicht ich."

In Gardners Ohren dröhnte es, und ihm wurde schwarz vor Augen. Er ließ Waynes Hand los und hielt sich am Bettrahmen fest. Wieder hörte er im Geiste seine Mutter schreien, sah den Feuerhaken, mit dem auf sie eingeschlagen wurde, und das Blut. Doch er konnte den Mörder nicht sehen. Verdammt! Verdammt! Warum gelang es ihm nie, die Person zu erkennen, die auf Gail Michaels einschlug?

„Ich kann mich nicht erinnern", stieß er hervor. „Wenn Sie es wissen, sagen Sie es mir. Oder wenigstens, wer auf Sie geschossen hat."

„Ist Danas Schuld." Wayne hustete krächzend. „Geld … immer noch mehr. Hätte sich … raushalten. Habe sie … gewarnt. Man kommt … nicht an gegen sie."

„Wayne, hören Sie mir zu. Ich komme gegen sie an. Ich kann sie schlagen, aber Sie müssen mir helfen. Es ist wichtig für mich. Ich bin der Sohn von Gail und Thomas. Ich will den Mörder meiner Mutter hinter Gitter bringen. Helfen Sie mir, Mann! Um Gottes willen, helfen Sie mir!"

Wayne schloss die Augen, und sein Körper sank zusammen. Gardner wusste nicht, was er noch tun konnte, um zu diesem Mann durchzudringen. Warum schützte er die Hammonds? Sorgte er sich um sein Schweigegeld?

„Nicht Thomas …", flüsterte Wayne.

„Was?"

„Nicht Thomas."

„Ich weiß, dass Thomas mit dem Mord nichts zu tun hat, dass er noch vor meiner Geburt gestorben ist."

Dana Aston kam herein und eilte an Waynes Bett. „Hören Sie doch auf ihn zu quälen", fuhr sie Gardner an. „Verschwinden Sie, und lassen Sie ihn endlich in Ruhe."

„Wovor haben Sie Angst, Miss Aston?", fragte Gardner.

„Sehen Sie nicht, dass er im Sterben liegt? Warum können Sie ihm nicht seinen Frieden lassen? Was er Ihnen auch gesagt haben mag, vergessen Sie nicht, in welchem Zustand er ist. Er weiß ja gar nicht, was er sagt."

Eine Schwester trat ein. „Ich muss Sie jetzt beide bitten, das Zimmer zu verlassen. Wir sind hier auf der Intensivstation. Hier wird nicht herumgebrüllt, haben Sie mich verstanden?"

„Wayne, wer hat auf Sie geschossen?", fragte Gardner noch einmal. „Wer hat Gail getötet?"

„Verdammt, können Sie nicht hören?" Dana stieß Gardner vor die Brust. „Wenn er Ihnen bis jetzt noch nichts gesagt hat, dann wird er es auch nicht mehr tun. Lassen Sie ihn zufrieden."

Wayne hob mit sichtlicher Mühe die Arme und streckte sie aus. Dana umschlang ihn und drückte ihn an sich.

„Schon gut, Schätzchen", gurrte sie. „Es wird alles gut."

Und dann, mit einer letzten Anstrengung, stieß Wayne Michaels noch ein Wort hervor: „Ned."

Dana starrte Gardner hasserfüllt an. „Sind Sie jetzt zufrieden? Er ist tot, und Sie haben nichts erfahren!"

Mehrere Schwestern kamen herein. Dana Aston begann zu weinen. Gardner drehte sich um und ging hinaus, wo er auf T.J. traf, der mit Rorys Schwiegervater sprach.

„Er ist tot", sagte Gardner. Dann sah er Janie Sues Vater an. „Wie geht es Rory?"

„Er hält sich wacker. Die Ärzte haben gesagt, dass er wieder ganz gesund wird."

„Gott sei Dank", sagte Gardner, bevor er sich an T.J. wandte. „Bleiben Sie hier und kümmern Sie sich um alles. Spätestens heute Nachmittag möchte ich einen vollständigen Bericht auf meinem Schreibtisch haben. Hier läuft ein Mörder frei herum, und den will ich haben."

Gardner ging zum Lift. Wayne Michaels' letztes Wort war „Ned" gewesen. Ned! Was hatte Ned McAllister mit all dem zu tun? Vielleicht nichts. Vielleicht hatte Wayne nur an Danas Affäre mit Ned McAllister gedacht. Wusste Ned von dem Schweigegeld? Hatte er Boyd bei der Vertuschung der Sache geholfen?

Als der Lift unten ankam, eilte Gardner hinaus auf den Parkplatz. Er war mit Celia verabredet. Wie sollte er sich ihr gegenüber verhalten? Wie würde Celia reagieren, wenn sie erfuhr, dass ihr Stiefvater und möglicherweise auch ihr Onkel für zwei Morde verantwortlich waren? Wie sollte er sie schützen, wenn sie es erfuhr? Aber verdammt noch mal, weshalb machte er sich eigentlich Sorgen um ihre Gefühle? Celia war erwachsen, und hinter ihr stand eine einflussreiche Familie. Warum sollte er sich für sie verantwortlich fühlen?

Weil sie für ihn wichtig geworden war. Viel wichtiger, als er es je hätte zulassen dürfen.

Wenn die Wahrheit herauskam, würde sie verletzt sein. Wenn sie erfuhr, dass er Tommy Michaels war, würde sie ihn als den Lügner erkennen, der er war. Celia Collins würde herausfinden, dass ihr Liebhaber ein Betrüger war.

Gardner hielt vor dem Hammond-Haus. Celia hatte ihn gebeten, sie hier abzuholen.

Den ganzen Tag hatte er damit verbracht, die Fakten immer und immer wieder durchzugehen. Er hatte Dana Aston und die Nachbarn befragt. Seine Leute hatten die Alibis von Dana Aston, Boyd Hammond und Ned McAllister überprüft. Dana hatte Wayne kurz nach sieben gefunden, und der Arzt hatte festgestellt, dass Wayne irgendwann zwischen zwei und fünf Uhr morgens angeschossen worden war. Die ballistische Untersuchung hatte ergeben, dass die Mordwaffe ein 32er Revolver gewesen war. Dana besaß keine Waffe. In Waynes Schlafzimmer hatte man mehrere Waffen gefunden, aber die Mordwaffe war nicht darunter.

Gardner wusste, dass T.J. jeden seiner Schritte an die Hammonds weiterleitete, vor allem die Tatsache, dass er Boyds und Neds Alibis überprüft hatte.

Boyd Hammond besaß eine 9 mm Automatik, die auf ihn registriert war. Ned McAllister, ein passionierter Jäger, hatte mehrere Waffen, darunter eine 32er, die er vor einer Woche als gestohlen gemeldet hatte. Gardner war ziemlich sicher, dass dies die Mordwaffe war. Aber wer hatte damit geschossen?

Gardner stieg aus und ging die Stufen zur Haustür hinauf. Der Butler führte ihn ins Wohnzimmer, wo die ganze Hammond-Familie versammelt war. Als Celia ihn sah, kam sie sofort auf ihn zu, nahm seinen Arm und führte ihn zu Miss Eula.

„Wie Celia uns sagte, hatten Sie einen ereignisreichen Tag, Gardner." Sie reichte ihm die Hand. „Offenbar hat es hier in Cold Water einen Mord gegeben."

Gardner schüttelte die zarte Hand der alten Dame. „Ja, Ma'am. Jemand hat heute in den frühen Morgenstunden auf Wayne Michaels geschossen. Er starb kurze Zeit später im Krankenhaus."

Miss Eula runzelte die Stirn. „Gail Michaels' Bruder wurde ermordet. Was für ein sonderbares Zusammentreffen."

Monica Hammond saß auf dem Brokatsofa neben ihrem Mann, und Ned McAllister stand neben dem Sessel seiner Frau. Ihre Gesichter waren völlig ausdruckslos.

„Möchten Sie einen Drink?" Ned McAllister hob sein Glas. „Ich habe mir gerade einen genehmigt."

„Nein, danke", lehnte Gardner ab.

Celia hängte sich ostentativ bei Gardner ein, um der ganzen Familie zu zeigen, dass sie zusammengehörten. Trotzdem fühlte Gardner sich wie ein Ausstellungsstück in einer Vitrine.

„Ich war im Krankenhaus", sagte Celia. „Ist es nicht wunderbar, dass Rory wieder ganz gesund wird?"

„Tut mir leid wegen Officer Malone", ließ Monica sich vernehmen und nippte an ihrem Weinglas.

Als Celia und Gardner zu Boyd Hammond traten, beugte er sich vor und fragte mit gesenkter Stimme: „Gibt es schon irgendwelche Anhaltspunkte über den Mord an diesem Michaels?"

„Ein paar." Gardner wusste genau, dass Boyd Zugang zu den Polizeiakten hatte, und dass er auch wusste, dass Gardner die Hammonds verdächtigte. „Ich glaube, Michaels hat jemanden erpresst."

Ein lastendes Schweigen senkte sich über den Raum. Lorna hatte die Hände im Schoß gefaltet. Jetzt sah sie zu ihrem Mann auf. „Wayne Michaels?", fragte sie. „Gail Michaels' Bruder?"

Ned beugte sich zu ihr hinab und nahm ihre Hand. „Es ist alles in Ordnung, Darling." Vorwurfsvoll sah er Gardner an und warf dann seinem Schwager einen warnenden Blick zu. „Wir sollten so etwas nicht in Gegenwart der Damen diskutieren."

„Unsinn", widersprach Miss Eula. „Glaubt ihr denn, wir Frauen wüssten nicht, dass täglich Morde passieren? Du lieber Gott, Ned, in welchem Jahrhundert lebst du eigentlich?"

Gardner sah seine Großmutter an. Sie benahm sich nicht wie jemand, der etwas zu verbergen hatte. War es möglich, dass sie wirklich nichts mit all dem zu tun hatte?

„Ach, diese Michaels-Sippe war doch nur Abschaum", sagte Lorna verächtlich. „Ist der Vater nicht im Gefängnis gestorben? Und Gail war nur eine billige kleine Nutte. Der arme Thomas hat sich von ihrem hübschen Gesicht einwickeln lassen, so wie alle Männer." Auf Lornas Wangen hatten sich hektische Flecken gebildet.

„Reg dich nicht auf, Lorna." Ned ging neben ihrem Sessel in die Knie und tätschelte ihre Hände.

„Warum sagt denn niemand etwas?" begehrte Lorna auf. „Ihr wisst doch alle genauso gut wie ich, was mit dieser Familie los war. Wir haben alle versucht, Thomas davon zu überzeugen, was für einen Fehler er macht. Aber er wollte ja nicht hören." Lorna sah ihre Mutter an. „Sag ihnen doch, was Gail tat, als Thomas noch nicht mal einen Monat unter der Erde war."

„Das ist doch alles längst vorbei", wehrte Miss Eula ab. „Thomas ist tot, und Gail auch."

Lorna krallte die Finger in ihre Leinenhose. „Warum gebt ihr nicht zu, was sie war, was sie Thomas und allen anderen Männern angetan hat? Sie hat sie verhext. Sie ..."

„Guter Gott, Lorna, halt doch endlich den Mund", herrschte Boyd Hammond seine Schwester an.

„Ich glaube, Gail hat Thomas geliebt", sagte Miss Eula ruhig. „Aber es stimmt, dass sie sich kurz nach Thomas' Tod mit einem anderen Mann eingelassen und ein Kind von ihm bekommen hat."

Gardner erstarrte, plötzlich total verunsichert. War das wahr? Hatte Gail Michaels sich tatsächlich mit einem anderen Mann eingelassen? War er der Vater ihres Kindes? Aber warum hatte sie dann Thomas als Kindsvater angegeben?

Gardner wusste, dass er als Tommy Michaels zur Welt gekommen war. Was er nun nicht mehr wusste, war, ob Thomas Hammond sein Vater war oder nicht.

Monica sprang auf. „Das ist doch alles Schnee von gestern. Wieso lassen wir uns den Abend von diesen alten Geschichten verderben? Weder Gails Tod noch der ihres Bruders hat irgend etwas mit uns zu tun."

„Du hast recht, Darling." Boyd zog seine Frau an sich. „Gail war völlig unwichtig. Sie hat nur Thomas etwas bedeutet, und beide sind seit einer Ewigkeit tot. Ich schlage vor, wir wechseln das Thema."

„Gail Michaels war ganz und gar nicht unwichtig für diese Familie", sagte Miss Eula laut und nachdrücklich.

Alle Augen wandten sich ihr zu. „Was meinst du damit, Miss Eula?", fragte Celia.

Gardners Herz schlug laut, und der Pulsschlag dröhnte in seinen Ohren.

„Wenn er am Leben geblieben wäre, hätte Thomas das Mädchen geheiratet." Miss Eula umklammerte die Armlehnen ihres Stuhls. „Mein Gott, Boyd, du warst doch selbst ganz vernarrt in sie. Und Ned ..." Miss Eula unterbrach sich nach einem Blick auf Lornas gerötetes Gesicht. „Ihr habt ja keine Ahnung, wie oft ich mir gewünscht habe, dass Thomas der Vater von Gails Baby wäre. Dann wäre der kleine Tommy mein Enkelkind und ein Hammond gewesen."

„Aber Mutter!" Boyds Gesicht hatte sich gerötet.

Gardner wusste, dass er nicht länger in diesem Haus bleiben konnte. Wenn er es tat, würde er Miss Eula gestehen, wer er war, und sie fragen, was sie so sicher machte, dass der kleine Tommy Michaels nicht ihr Enkel war.

„Ich glaube, wir sollten jetzt gehen, Celia", sagte Gardner. „Es war ein harter Tag für mich."

Celia nickte. Sie sah ihren Vater an und dann Miss Eula. „Wir fahren jetzt. Wenn ihr mich braucht, komme ich sofort."

„Ja, Kind, geh nur", sagte Miss Eula. „Entschuldige, dass wir vor deinem Gast so aus der Rolle gefallen sind." Sie sah Gardner an. „Ich fürchte, Gail Michaels ist noch immer ein wunder Punkt in dieser Familie. Und der Mord an ihrem Bruder hat viele unselige Erinnerungen geweckt."

Gardner schwieg, denn er war sich seiner Stimme nicht sicher. Er nickte Miss Eula zu, vermied es, die anderen anzusehen, und verließ mit Celia das Zimmer.

„Ich habe sie noch nie so erlebt", sagte Celia, als sie im Wagen saßen. „Es überrascht mich, welche Emotionen die Erinnerung an Onkel Thomas' Freundin freigesetzt hat."

Gardner ließ den Motor an und fuhr los. Wie gern hätte er Celia die ganze Wahrheit gestanden. Er wollte ihr sagen, dass er Tommy Michaels war, dass er nach Cold Water gekommen war, um den Mörder seiner Mutter zu finden und sich an der Familie zu rächen, die dafür verantwortlich war. Celias Familie.

11. KAPITEL

Celia konnte die Reaktion ihrer Familie auf den Mord an Wayne Michaels nicht verstehen, und auch nicht die Bitterkeit gegenüber seiner längst verstorbenen Schwester. Sie schaute hinüber zu Gardner, dessen Gesicht im Schatten lag. Er hatte während der ganzen Fahrt bisher kein Wort gesprochen. Sie hatte sein Schweigen respektiert, denn sie wusste ja, dass die letzten achtundvierzig Stunden für Gardner nicht gerade leicht gewesen waren.

Er bog von der Hauptstraße ab und in den Weg ein, der zu Celias Haus führte.

„Hat deine Großmutter schon früher einmal über Gail Michaels' Kind gesprochen, Celia?" fragte Gardner ohne den Blick von der Fahrbahn zu nehmen.

„Nein, warum?", fragte Celia überrascht.

„Weißt du, was aus dem Kind geworden ist?"

„Nein." Celia spürte die Anspannung, unter der er stand. „Was ist los, Gardner? Was hat Gail Michaels' Kind mit dem Mord an ihrem Bruder zu tun?"

Gardner wand sich innerlich. Ach, wie gern hätte er Celia die ganze Wahrheit gestanden. „Vergiss es. Ich habe nur laut gedacht."

Sie legte ihm die Hand auf den Arm. „Entspann dich doch, Gardner. Du bist ja völlig am Ende. Die vergangenen zwei Tage haben dich regelrecht ausgelaugt."

Er hielt vor ihrem Haus. „Ja, du hast recht. Es war eine Tortur ohne Ende."

„Denk nicht mehr daran. Vergiss es wenigstens heute Abend."

„Ich will es versuchen, Süße, wenn du mir dabei hilfst." Er stieg aus, ging um den Wagen herum und half Celia beim Aussteigen. Sie schmiegte sich in seine Arme. Er umschlang sie, drückte sie an sich und küsste sie hungrig und fordernd. Sie klammerte sich an ihn und erwiderte seinen Kuss mit rückhaltloser Hingabe.

Er hob den Kopf. „Ich brauche dich, Celia. Ich brauche deine Liebe und deine Wärme. Heute Abend brauche ich dich mehr denn je."

„Ich bin ja hier, Gardner. Ich will dir alles geben, was du brauchst." Sie sah zu ihm auf, und ihre ganze Liebe lag in ihrem Blick.

„Dann lass uns hineingehen, bevor ich dich hier auf die Motorhaube lege."

Sechs Stunden später – sie hatten sich mit einer fast an Verzweiflung grenzenden Leidenschaft geliebt und waren dann in einen erschöpften Schlaf gesunken – wurden sie vom Schrillen des Telefons geweckt.

„Verdammt!", knurrte Gardner und griff über Celia hinweg zum Hörer. „Hallo?"

„Wer ist es?", fragte Celia verschlafen.

„Wo haben Sie sie gefunden?" Ruckartig setzte Gardner sich auf. „Irgendwelche Fingerabdrücke? Gut, lassen Sie sie untersuchen."

„Ist es das Revier?", fragte Celia.

Gardner legte die Hand über die Sprechmuschel. „Sie haben die Mordwaffe gefunden. Jemand hatte sie im Wald hinter dem Haus versteckt." Er nahm die Hand wieder weg. „Ist die Waffe registriert?" Er kannte die Antwort noch bevor Officer Hardwick sie aussprach. „Ja, gut, rufen Sie ihn an. Ich will ihn sofort in meinem Büro sprechen."

Gardner legte auf und schlug das Deckbett zurück. „Ich muss ins Büro."

„Sie haben die Waffe gefunden? Heißt das, ihr habt jetzt einen Verdächtigen?"

„Ja, sie haben die Waffe gefunden, Süße, und ich fürchte, es wird dich nicht freuen zu hören, wem sie gehört." Gardner griff nach seiner Hose.

„Was willst du damit sagen?"

„Die Waffe ist auf deinen Onkel Ned registriert." Gardner fuhr in sein Hemd.

„Onkel Ned?" Celia zuckte zusammen. „Wie ist das möglich?"

„Dein Onkel hat die Waffe vor einer Woche als gestohlen gemeldet."

„Dann hat derjenige, der sie gefunden oder gestohlen hat, auf Wayne Michaels geschossen?"

„Ich werde deinen Onkel befragen, Celia. Ich glaube, er weiß etwas über diesen Mord." Gardner setzte sich auf die Bettkante und zog Socken und Schuhe an.

„Diese Frau, Dana Aston! Glaubst du, es ging um sie? Denkst du, Onkel Ned und Wayne Michaels haben sich ihretwegen gestritten?" Sie packte Gardners Arm. „Onkel Ned würde niemals jemanden umbringen. Auch dann nicht, wenn er betrunken ist."

„Mag sein. Das wird sich ja herausstellen."

„Ich komme mit dir." Celia sprang aus dem Bett und lief ins Bad. „Gib mir nur ein paar Minuten."

„Du brauchst nicht mitzukommen, Celia. Ich bin sicher, dein Vater wird McAllister begleiten."

„Bitte, Gardner, wenn meine Familie irgend etwas mit der Sache zu tun hat, dann sollte ich auch da sein."

Wenn ihre Familie etwas damit zu tun hatte? Und ob sie das hatte! Er würde es schon beweisen.

Celia stand in einer Ecke von Gardners Büro und verfolgte die Diskussion zwischen ihrem Vater und ihrem Liebhaber. Sie fühlte sich ganz zerrissen, als ob sie für eine Seite Partei ergreifen müsste. Aber wieso eigentlich? Sie liebte Gardner und würde immer zu ihm stehen. Andererseits wusste sie, dass ihr Onkel Ned Wayne Michaels nie und nimmer getötet hatte. Gardner kannte Onkel Ned nicht so gut wie sie. Onkel Ned hatte ein ernst zu nehmendes Alkoholproblem und dauernd Weibergeschichten, aber er hatte ein gutes Herz. Es gab sicher nicht viele Männer, die bei Tante Lorna geblieben wären, und des Geldes wegen hatte er es bestimmt nicht nötig. Er war selbst mehrfacher Millionär.

„Zum Teufel, Kegan, Ned hat Ihnen doch gesagt, dass seine Waffe vor über einer Woche verschwunden ist." Erregt stapfte Boyd im Zimmer auf und ab und fuhr sich mit der Hand durch das dichte graue Haar. „Sie haben sich selbst davon überzeugt, dass er sie als gestohlen gemeldet hat. Das verdammte Ding lag immer im Handschuhfach seines Wagens. Jeder hätte sich bedienen können."

„Genauso gut könnte Mr. McAllister sie vorsorglich als gestohlen gemeldet haben, weil er die Absicht hatte, Wayne Michaels damit zu töten." Gardner wünschte, Celia wäre zu Haus geblieben. Es störte ihn, dass sie dies alles mit anhören musste.

„Warum sollte Ned Wayne Michaels umbringen?", fragte Boyd, und seine Stimme vibrierte vor Wut.

„Vielleicht können Sie es mir sagen." Gardner hätte ihm zu gern gesagt, dass er von Waynes Schweigegeld wusste. Wenn er Boyd doch nur ohne Umschweife hätte fragen können, was Michaels gewusst hatte, dass so wertvoll war, um dreißig Jahre lang Schweigegeld dafür zu beziehen!

„Wir hätten doch lieber Harris anrufen und herbitten sollen", sagte Boyd zu seinem Schwager, der mit übergeschlagenen Beinen lässig auf einem Stuhl saß.

„Ich bin selbst Anwalt und brauche keinen Rechtsbeistand. Chief Kegan hat nicht den geringsten Beweis gegen mich, stimmt's?" Neds Blick richtete sich auf Gardner.

„Wo waren Sie an dem Morgen, als Wayne Michaels niedergeschossen wurde?", fragte Gardner. „Zwischen zwei und fünf Uhr?"

„Das möchte ich lieber nicht sagen." Ned schob die Hände in die Hosentaschen. „Darüber schweigt ein Gentleman."

Celia und ihr Vater tauschten einen wissenden Blick. Arme Tante Lorna. Armer Onkel Ned.

„Cecilia, ich weiß gar nicht, weshalb du unbedingt hier sein musst", knurrte Boyd. „Dies ist nicht der rechte Ort für dich. Kegan, Sie hätten sie nicht mitbringen sollen."

Bevor Gardner noch darauf hinweisen konnte, dass keine zehn Pferde Celia davon abgehalten hätten, geschweige denn ein einzelner Mann, sagte Celia: „Ich weiß nicht genau, was hier eigentlich vorgeht, aber wenn Onkel Ned in Schwierigkeiten ist, dann muss ich ihm doch helfen."

„Aber genau das ist ja der Punkt", entgegnete Boyd. „Du kannst nicht helfen. Ned hat nicht auf Wayne Michaels geschossen, und es ist einfach lächerlich, dass Kegan ihn zum Verhör herzitiert hat. Ned hat überhaupt kein Motiv."

„Und was ist mit Dana Aston?", wandte Gardner ein.

„Was soll mit ihr sein?"

„Es ist noch gar nicht lange her, dass ich Mr. McAllister und Mr. Michaels verhaften musste, weil sie sich wegen Miss Aston geprügelt haben."

Ned hob die Hände und drehte die Handflächen nach oben. „Hören Sie, Chief, ich habe in den vergangenen Jahren mit Dana ab und zu was gehabt. Aber immer nur dann, wenn Michaels gerade brummte. Neulich abends im Red Rooster hatte ich ein paar zu viel getrunken. Nur deshalb habe ich dem Burschen eine geknallt."

Es klopfte, und alle schauten zur Tür.

„Herein", sagte Gardner.

Officer Hardwick erschien mit einem Schnellhefter in der Hand. „Wir haben die Fingerabdrücke gesichert." Er reichte Gardner die Unterlagen.

„Haben Sie sie schon verglichen?"

„Ja, aber nichts gefunden." Hardwick streifte Boyd und Ned mit einem Blick und nickte Celia zu.

„Es sind also nicht Mr. McAllisters Finderabdrücke?", fragte Gardner.

„Nein, Sir."

„Und Mr. Hammonds?"

„Mr. Hammonds Fingerabdrücke sind nicht registriert, Sir."

„Hören Sie, Kegan, Sie können meine Fingerabdrücke jederzeit abnehmen", bot Boyd an. „Damit diese leidige Angelegenheit endlich abgehakt werden kann."

„Nicht nötig." Gardner wusste genau, dass er Boyd Hammonds Fingerabdrücke aus den Militärakten anfordern konnte.

„Finden Sie es denn nicht eigenartig, dass Mr. McAllisters Fingerabdrücke nicht auf der Waffe sind, obwohl sie ihm gehört?", fragte Gardner.

„Der Mörder wird die Waffe abgewischt haben", meinte Boyd.

„Dann war er aber ziemlich nachlässig, denn wir haben ja Fingerabdrücke gefunden." Gardner sah erst Boyd und dann Ned an, doch beide Männer schwiegen.

„Falls Sie keine weiteren Fragen mehr haben ..." Boyd sah Celia an. „Kommst du mit?"

In diesem Augenblick flog die Bürotür auf, und Becky Overton stürmte herein. Sie trug Zivilkleidung. „Chief, Sie können Ned nicht verhaften. Er hat nicht auf Wayne Michaels geschossen. Er war zur Tatzeit nicht mal in der Nähe des Michaels-Hauses."

Ned stand auf. „Das ist nicht nötig, Becky."

„Ned war in der fraglichen Nacht bei mir. Die ganze Nacht. In meiner Wohnung."

„Dann liefern Sie ihm ein Alibi?" Gardner war nicht überrascht. Wenn Becky nicht log, und Gardner war sicher, dass sie es nicht tat, konnte Ned nicht auf Wayne Michaels geschossen haben. Warum hatte Wayne dann Neds Namen genannt, unmittelbar bevor er starb?

„Wir gehen jetzt", sagte Boyd. „Cecilia, ich finde, du solltest mit uns nach Haus kommen."

„Ihr habt meine volle Unterstützung, du und Onkel Ned. Ich weiß, dass keiner von euch mit diesem Mord zu tun hat." Sie sah erst Gardner und dann wieder ihren Vater an. „Wenn Gardner hier fertig ist, wird er mich nach Haus bringen."

Gardner atmete langsam aus. Ihm war gar nicht aufgefallen, dass er den Atem angehalten hatte, während er auf Celias Antwort wartete.

Dunkle Röte schoss Boyd Hammond ins Gesicht. In seinen Augen glomm unterdrückte Wut. „Überlege dir genau, wem du dein Vertrauen schenkst, meine Liebe. Und vergiss nicht, wem du Loyalität schuldest."

Das Büro hatte sich wieder geleert. Bevor Hardwick ging, gab Gardner ihm noch ein paar Anweisungen: „Schicken Sie Wilkes ins Krankenhaus, und überprüfen Sie noch einmal Dana Astons Alibi. Vergewissern Sie sich auch, ob ihre Fingerabdrücke registriert sind."

„Ja, Sir."

Sobald sie allein waren, wandte Gardner sich Celia zu. Sie hätte mit ihrem Stiefvater und ihrem Onkel mitfahren können, aber sie war bei ihm geblieben.

„Danke, dass du geblieben bist." Er hätte nie geglaubt, dass ihm das so viel bedeuten könnte. In gewisser Weise hatte sie Partei ergriffen, vielleicht nicht direkt gegen ihre Familie, aber doch entschieden für ihn.

„Gardner?"

„Ja?"

„Du glaubst doch nicht wirklich, dass Onkel Ned oder Daddy etwas mit dem Mord zu tun haben, oder?"

Zögernd sah er Celia an. In ihren Augen sah er nur Liebe und Vertrauen, und er kam sich in diesem Augenblick wie der größte Schuft auf Erden vor.

Er konnte sie jetzt einfach nicht anlügen. Deshalb sagte er ausweichend: „Ich werde herausfinden, wer Wayne Michaels getötet hat." *Und auch Gail Michaels.* „Wenn dein Onkel und dein Vater nichts damit zu tun haben, wird sich das herausstellen."

Nachdem Gardner alles Notwendige veranlasst hatte, fuhren sie wieder nach Haus.

„Darf ich mit hineinkommen?", fragte er.

„Wenn du möchtest."

Hand in Hand gingen sie die Treppe hinauf. Im Schlafzimmer begann Gardner Celia langsam zu entkleiden. Er tat es mit besonderer Zärtlichkeit. Jede Berührung, jeder Kuss war ein Ausdruck seiner Dankbarkeit, dass sie bei ihm war und nicht bei ihrer Familie.

„Warum bist du nicht mit deinem Vater und deinem Onkel gegangen?", fragte er.

„Ich weiß genau, warum Daddy mich gebeten hat, mit ihm zu fahren." Celia fuhr mit den Fingern durch Gardners dichtes Haar. „Es war eine Aufforderung, dich zu verlassen, dir zu zeigen, dass du mir nicht so viel bedeutest wie meine Familie."

„Aber du hast mich nicht verlassen."

„Nein." Mit tränenfeuchten Augen sah sie ihn an.

„Wenn es je zu einem echten Showdown zwischen mir und deiner Familie kommt … was wirst du dann tun?"

„Warum sollte das geschehen? Meine Familie mag dich. Alle außer Daddy. Und der ist nur sauer auf dich, weil er dich nicht so unter Kontrolle hat wie Chief Maddox."

„Du glaubst, der Rest deiner Familie mag mich?"

„Miss Eula ganz besonders." Celia schmiegte sich an ihn.

„Sie mag mich nur, weil es dem guten alten Henry gelungen ist, Goldie in andere Umstände zu bringen."

„Miss Eula hat eine ausgeprägte Menschenkenntnis. Sie mag dich, weil sie weiß, dass du ein guter Mann bist."

„Bin ich ein guter Mann, Celia?"

„Du bist der Beste, Gardner Kegan. Der Allerbeste."

Er hob sie hoch und trug sie durchs Zimmer. „Ich bin froh, dass du so denkst, Süße. Und damit du deine hohe Meinung von mir behältst, werde ich dir jetzt gleich beweisen, *wie* gut ich bin."

Und das tat er – mit Inbrunst, Leidenschaft und sehr viel Zärtlichkeit.

Ein Dutzend Trauergäste umstanden unter ihren Schirmen das Grab, während der Pfarrer für die Seele des Verblichenen betete.

Als die Zeremonie vorbei war, beobachtete Gardner, wie die Trauergemeinde sich langsam zerstreute. Nur Dana Aston stand noch am offenen Grab. Sie warf eine Rose hinein, sagte dem Pfarrer ein paar Dankesworte und kam dann direkt auf Gardner zu.

„Ich bin nicht überrascht, Sie hier zu sehen."

„Es tut mir leid wegen Mr. Michaels", sagte er. Ich verspreche Ihnen, dass ich alles in meiner Macht Stehende tun werde, um seinen Mörder dingfest zu machen."

„Ja, darauf wette ich", gab sie ironisch zurück und fuhr dann fort: „Ich habe gehört, was Sie zu Wayne gesagt haben, bevor er starb. Ich stand direkt hinter der Tür, als Sie ihm sagten, dass Sie der Sohn seiner Schwester Gail sind."

Gardner erstarrte. Was würde dies für seine Pläne bedeuten? Äußerlich ließ er sich nichts anmerken. „Dann haben Sie Ihren Auftritt ja gut abgepasst, nicht wahr? Sie sind hereingeplatzt, damit Wayne den Namen seines Mörders nicht mehr preisgeben konnte."

Dana lächelte süffisant. „Denken Sie, was Sie wollen. Ich weiß nur, dass ich jetzt eine wertvolle Information habe, für die gewisse Leute sicher eine Menge springen lassen. Sind Sie interessiert an einem kleinen Deal, Chief Kegan?"

„Versuchen Sie etwa, den Polizeichef zu erpressen?"

„Erpressen? Jesus, nein! Ich dachte nur, Sie möchten vielleicht nicht, dass Cecilia Collins Ihre wahre Identität erfährt. Sie verliert am Ende ihr Interesse an Ihnen, wenn sie erfährt, dass sie sich von Gail Michaels' Bastard bumsen lässt."

„Lassen wir Miss Collins aus dem Spiel. Sie wissen, wer auf Wayne geschossen hat, nicht wahr, Dana?"

„Falsch. Ich weiß es nicht. Ich habe zwar einen gewissen Verdacht, aber das ist auch alles."

„Wollen Sie mir diesen Verdacht nicht mitteilen?"

„Nur wenn es sich für mich lohnt. Umsonst ist der Tod." Sie drückte kurz seinen Arm, drehte sich um und ging.

Gardner folgte ihr. „Dann haben Sie wohl mit Ned McAllister auch nicht umsonst geschlafen?"

„Ned McAllister?" Sie streifte ihn mit einem Blick. „Sie sollten Ned besser kennen. Ich habe so ein Gefühl, als hättet ihr beide eine Menge gemeinsam." Ihr Blick glitt hinab zu Gardners Schritt.

Dann ging sie zu ihrem Wagen, stieg ein und fuhr fort. Gardner sah ihr nach. Wie sollte er nur einen Weg finden, Celia zu schützen, wenn die Wahrheit herauskam? Und das konnte sehr bald geschehen, wenn Dana Aston ihre Drohung wahr machte.

Celia saß an ihrem Schreibtisch und starrte blicklos auf den Darlehensantrag, der vor ihr lag. Sie hatte an diesem Morgen große Schwierigkeiten, sich auf ihre Arbeit zu konzentrieren.

„Miss Collins?"

Celia schaute auf. Im Türrahmen stand Dana Aston. „Ja?"

„Ich muss etwas mit Ihnen besprechen." Dana kam herein und schloss die Tür hinter sich.

„Bitte, nehmen Sie Platz, Miss Aston. Was kann ich für Sie tun?" Brauchte Dana etwa ein Darlehen, um die Kosten für Wayne Michaels' Beerdigung bestreiten zu können?

„Es geht nicht darum, was Sie für mich tun können, Herzchen, sondern was ich für Sie tun kann." Dana setzte sich und schlug die Beine übereinander.

„Ich fürchte, ich verstehe nicht ganz."

„Ich bin da auf eine Information gestoßen, die für Ihre Familie äußerst interessant sein dürfte. Wer auch immer Wayne umgelegt hat, könnte es jetzt auf mich abgesehen haben. Deshalb brauche ich ein paar Piepen – und zwar nicht zu knapp – damit ich die Stadt verlassen kann und für eine Weile flüssig bin."

„Erwarten Sie etwa, dass meine Familie für Ihre Information bezahlt?"

„Ich bin zu Ihnen gekommen, anstatt zu Boyd oder Ned zu gehen, weil ich mir dachte, dass es Sie am meisten interessieren dürfte."

„Worum geht es denn bei dieser so wertvollen Information?", fragte Celia skeptisch.

„Wenn ich Ihnen das sage, ist sie nicht mehr wertvoll."

„Ich habe nicht die leiseste Absicht, Ihnen auch nur einen Dollar zu geben."

„Vielleicht überlegen Sie es sich noch mal, Herzchen. Die Information betrifft nämlich Ihren Liebsten."

Celia erschrak, und sie spürte, wie es sie kalt überlief. „Gardner?"

„Ja, Gardner. Zufällig habe ich erfahren, dass er nicht der ist, als den er sich ausgibt. Er hat Sie und Ihre Familie belogen. Der Mann hat Sie aufs Kreuz gelegt, Herzchen."

„Sie lügen!" Celia sprang auf und stützte die Handflächen auf den Schreibtisch. Eine schreckliche Angst kroch in ihr hoch.

„Ich will hunderttausend Dollar, und zwar noch heute Nachmittag. Dann gebe ich Ihnen die Information und verlasse die Stadt. Sie werden mich nie wiedersehen."

„Ich sagte Ihnen schon, dass ich für irgendeine lächerliche Information kein Geld hinauswerfe … für Lügen über Gardner."

„Rufen Sie Ihren Daddy her. Ich wette, er wird entgegenkommender sein."

Obwohl Celia sich immer wieder sagte, dass Dana log, meldete sich doch ein winziger Zweifel in ihr.

„Also gut, gehen wir ins Büro meines Vaters. Reden Sie mit ihm. Wir werden ja sehen, ob er Sie nicht sofort vor die Tür setzt."

„Einverstanden." Dana folgte ihr zu Boyds Büro. Celia klopfte an, trat ein und ging schnurstracks bis vor einen Schreibtisch. Überrascht schaute er auf.

„Cecilia, was ist los? Du bist ja weiß wie die Wand!" Erst jetzt bemerkte er Dana Aston. „Was machen Sie denn hier?"

„Ich habe gerade Ihrer Tochter erzählt …"

„Was haben Sie erzählt?" Boyd schob seinen Stuhl so heftig zurück, dass er fast umkippte.

„Keine Panik, Boyd. Ich habe ihr gar nichts erzählt, außer dass ich zufällig eine wertvolle Information über unseren neuen Chief aufgeschnappt habe. Ich glaube nämlich, dass diese Information die Hammond-Familie außerordentlich interessieren dürfte."

Celia trat zu ihrem Vater und legte ihm die Hand auf den Arm. „Ich habe ihr schon gesagt, dass ich keinen Cent dafür bezahle, mir einen Haufen Lügen über Gardner anzuhören."

Boyd legte ihr den Arm um die Schultern. „Schon gut, Cecilia. Du gehst jetzt besser wieder zurück in dein Büro. Ich regle das mit Miss Aston."

„Wirf sie raus", sagte Celia beschwörend.

„Ich will hunderttausend Dollar", sagte Dana. „Noch heute. Ich weiß nicht mit Sicherheit, wer Wayne und damals seine Schwester umgebracht hat. Aber ich habe einen gewissen Verdacht. Ich will die Stadt verlassen. Ich will gar nicht wissen, wer auf Wayne geschossen hat. Alles, was ich will, ist genug Geld, um einen neuen Anfang zu machen."

„Cecilia, bitte, geh zurück in dein Büro und lass mich nur machen."

„Ich bleibe", sagte Celia fest.

„Also gut." Er wartete, bis sie sich gesetzt hatte, und wandte sich dann Dana zu. „Wenn Ihre Information hunderttausend Dollar wert ist, werde ich zahlen."

„Nein, Daddy!", rief Celia.

„Ich rede erst, wenn ich das Geld in der Hand habe", erklärte Dana.

„Ich denke gar nicht daran, im Voraus für eine Information zu bezahlen, die am Ende vielleicht wertlos ist", entgegnete Boyd.

„Da wir ja bereits Geschäfte miteinander gemacht haben, beziehungsweise Sie mit Wayne, mache ich Ihnen einen Vorschlag: Ich gebe Ihnen die Information – umsonst. Dann können Sie sich selbst davon überzeugen, dass sie jeden einzelnen Cent wert ist, den ich dafür verlange. Sie bezahlen mich, und dann sehen die Hammonds mich nie wieder. Abgemacht?"

„Abgemacht." Boyd nickte.

„Nein, Daddy!" Celia sprang auf. „Wieso gehst du darauf ein? Gibt es etwas, das ich nicht weiß?"

„Es gibt eine Menge, wovon Sie nichts wissen, Herzchen", grinste Dana. „Ach, Mädchen, Sie sind ja so dämlich."

„Halten Sie den Mund!" Boyds Gesicht war dunkelrot angelaufen, und er ballte die Hände.

„Gardner Kegan wurde vor einunddreißig Jahren adoptiert", sagte Dana und ließ Boyd Hammond nicht aus den Augen.

Celias Blick hetzte zwischen der grinsenden Dana und ihrem Vater hin und her. Seine Fäuste zitterten. Sein ganzer Körper zitterte. Sie hatte noch nie erlebt, dass ihr Vater Angst hatte, aber jetzt hatte er Angst.

„Gardner hat Wayne einen Haufen Fragen gestellt, bevor er gestorben ist", fuhr Dana fort. „Ich stand direkt hinter der Tür und konnte alles mit anhören."

„Wayne hat Kegan nicht gesagt, wer auf ihn geschossen hat", sagte Boyd mit heiserer Stimme. „Sonst hätte es schon eine Verhaftung gegeben."

„Stimmt, hat er nicht. Ich glaube, er wollte es gerade tun. Deshalb bin ich hineingeplatzt, um ihn daran zu hindern. Aber viel interessanter ist für Sie, was Gardner Kegan zu Wayne gesagt hat."

„Was hat er ihm denn gesagt?" Boyd horchte auf.

„Dass er der Sohn von Thomas Hammond und Gail Michaels ist. Er ist der kleine Tommy Michaels, inzwischen erwachsen und nach Cold Water gekommen, um den Mörder seiner Mutter zu finden."

Celia sah die Schadenfreude in Dana Astons Gesicht. Die Frau genoss ihren Auftritt in vollen Zügen. Celias Blick glitt zu ihrem Vater. Er litt sichtlich. Großer Gott, was ging hier vor? Was war es, das sie einfach nicht begriff? Weshalb hatte Gardner dieses Geheimnis nicht mit ihr geteilt? Hatte er gedacht, es würde ihr etwas ausmachen, dass er ein uneheliches Kind war? Und warum hatte er sich Miss Eula nicht offenbart? Sie wünschte sich doch so sehnlichst, dass Onkel Thomas der Vater von Gail Michaels' Kind wäre.

„Verdammt!" Boyd legte die Hand über die Augen und fasste sich dann an den Hals. „Wenn er glaubt, Thomas' Sohn zu sein, dann hält er sich wahrscheinlich für erbberechtigt."

„Ja, ich denke auch, dass er hinter dem Geld her ist." Dana streifte Celia mit einem Blick. „Er hat sie benutzt, um sich in die Familie einzuschleichen."

„Nein, das ist nicht wahr." Kraftlos sank Celia auf ihren Stuhl zurück.

„Ach, Mädchen, denken Sie doch mal nach", sagte Dana. „Warum sonst sollte so ein Klasse-Mann wie Gardner Kegan, dem die Frauen reihenweise nachlaufen, sich ausgerechnet so ein fades Mauerblümchen wie Sie aussuchen?"

„Jetzt reicht's aber!" Boyd ging zu Dana, zerrte sie von ihrem Stuhl hoch und schob sie aus der Tür. „Du bleibst hier, Celia. Ich bin gleich fertig mit Miss Aston."

Celia nickte. Ihre Augen schwammen in Tränen. Minutenlang saß sie reglos da. Dann stand sie langsam auf, verließ das Büro ihres Vaters und ging wie in Trance an Dana und Boyd vorbei, die noch im Vorzimmer waren. Ihr Vater sprach sie an, doch sie reagierte nicht.

Sie ging in ihr Büro, nahm ihre Tasche und verließ das Gebäude durch einen Hintereingang. Sie musste fort, fort von der Wahrheit in Dana Astons Worten. Fort von der Erkenntnis, dass Gardner sie vom ersten Tag an belogen hatte.

Celia schloss ihren Mercedes auf, setzte sich ans Steuer und ließ den Motor an. Sie wollte nach Haus, sich in einer Ecke verkriechen und sich das Herz aus dem Leibe weinen. Wie hatte sie nur so dumm sein können, Gardner zu glauben – zu glauben, dass er sie unwiderstehlich fand?

Sie hatte sich ihm hingegeben, weil sie ihn so sehr liebte, und dabei hatte er sie die ganze Zeit nur benutzt.

Zum dritten Mal las Gardner den Laborbericht durch. Er war enttäuscht. Der Fingerabdruck auf der Mordwaffe stammte von

Dana Aston, aber er war ziemlich sicher, dass sie Wayne Michaels nicht getötet hatte. Hatte die Waffe auf dem Boden neben Michaels gelegen? Hatte Dana sie aufgehoben, war dann in Panik geraten und hatte sie versteckt?

Wenn Gardner Dana Aston richtig einschätzte, würde sie für Geld so ziemlich alles tun. Deshalb gab es auch noch eine andere Möglichkeit: Sie hatte Wayne verletzt am Boden vorgefunden und sofort kalkuliert, dass etwas dabei für sie heraussprang, wenn sie den Mörder schützte. Sie wusste ja, dass die Hammonds Wayne schon lange Schweigegeld zahlten. Vielleicht hatte sie gehofft, den Betrag ein wenig aufstocken zu können.

Er musste Dana ins Verhör nehmen. Vielleicht fand er genug Beweise, um sie einzusperren. Er musste ihr Angst machen, damit sie endlich etwas mitteilsamer wurde.

Die Tür zu seinem Büro ging auf, und Boyd Hammond stapfte herein, etwas langsamer gefolgt von Ned McAllister. Gardner legte den Laborbericht auf den Schreibtisch und stand auf.

„Was kann ich für Sie tun, meine Herren?"

Ned McAllister schloss die Tür und blieb daneben stehen. Er betrachtete Gardner von Kopf bis Fuß. Boyd stand unmittelbar vor dem wuchtigen Schreibtisch und wirkte außerordentlich nervös.

„Wir haben etwas Privates mit Ihnen zu bereden", sagte Boyd schwer atmend.

„Was könnte das sein?", fragte Gardner, obwohl sein Instinkt ihm sagte, dass Celias Vater und ihr Onkel nun wussten, wer er war. Dies war die Stunde der Wahrheit.

„Hören Sie, Junge", sagte Ned beherrscht. „Wir wissen jetzt, wer Sie sind, und warum Sie nach Cold Water gekommen sind. Wir sind hier, um Sie davon abzuhalten, unschuldige Menschen zu vernichten."

„Ausgerechnet mich wollen Sie davon abhalten, unschuldige Menschen zu vernichten?" fuhr Gardner auf. „Ihre Familie hat zwei Menschenleben auf dem Gewissen, das meiner leiblichen Mutter und nun auch noch das ihres Bruders."

„Dafür haben Sie keinen Beweis", stieß Boyd hervor.

„Nicht genug, um Sie zu verhaften", gab Gardner zu. „Aber früher oder später werde ich Sie festnageln." Gardner sah Boyd offen in die Augen.

„Sie müssen als Polizeichef zurücktreten", erklärte Boyd. „Sie haben den Posten unter falschen Voraussetzungen erschlichen. Ich sorge dafür, dass der Stadtrat Sie feuert."

„Dann müssen Sie ihm auch sagen, wer ich bin. Wäre das in Ihrem Sinne? Dann würde man sich nämlich auch daran erinnern, dass der Mord an Gail Michaels nie aufgeklärt wurde." Der erschrockene Ausdruck, der in Boyds Augen trat, tat Gardner gut.

„Sie können in beiden Mordfällen gar nicht objektiv urteilen. Sie sind voller Hass und Rachedurst." Boyd sah Gardner grimmig an. „Was kostet es, Sie dazu zu bringen, Cold Water zu verlassen, aus unserem Leben zu verschwinden und Cecilia von Ihnen zu befreien?"

Bei der Erwähnung ihres Namens zuckte Gardner zusammen. Wenn Boyd und Ned die Wahrheit kannten, dann traf das vermutlich auch auf Celia zu. Oh Gott, wie hatte sie wohl reagiert?

„Wollen Sie mich bestechen?", fragte Gardner.

„Wahrscheinlich glauben Sie, ein Recht auf Thomas' Erbe zu haben, nicht wahr?", fragte Boyd. „Nun, da liegen Sie falsch. Dass Thomas' Name auf Ihrer Geburtsurkunde steht, bedeutet noch lange nicht, dass er auch Ihr Vater ist."

„Weshalb hätten die Hammonds sonst zulassen sollen, dass Gail Michaels ihn als Kindsvater benennt?"

Boyds Gesicht verhärtete sich, und Ned senkte den Blick. „Geben Sie es doch zu", sagte Boyd. „Der wirkliche Grund für Sie nach Cold Water zu kommen und die Vergangenheit wieder auszugraben, ist Geld. Sie wollen sich das holen, wovon Sie glauben, dass es Ihnen zusteht."

„Haben Sie deshalb meine Mutter umgebracht? Weil sie verlangt hat, dass man mich als Thomas' Sohn anerkennt? Hatten Sie Angst, ich würde etwas von Ihrem verdammten Geld bekommen?"

„Sie sind nicht Thomas' Sohn!", schrie Boyd. „Ihnen steht überhaupt nichts …"

„Wenn Sie Geld wollen, Junge, dann sagen Sie Ihren Preis, und ich sorge dafür, dass Sie so viel bekommen, wie Sie für richtig halten." Ned McAllister wirkte plötzlich viel älter als seine Jahre.

„Ich will Ihr verfluchtes Geld nicht! Bei mir können Sie sich nicht so einfach loskaufen wie bei Wayne Michaels oder Dana Aston."

„Was unterstellen Sie da?" fauchte Boyd. „Behaupten Sie nichts, was Sie nicht beweisen können."

„Ich weiß, dass Sie Wayne Michaels über dreißig Jahre lang Schweigegeld gezahlt haben."

„Können Sie es auch beweisen?", fragte Boyd mit der Arroganz des Geldmannes.

„Ich habe eine Zeugin. Dana Aston. Um ihre eigene Haut zu retten, wird sie Sie verraten, egal, wie viel Geld Sie ihr schon gezahlt haben."

Ned durchquerte das Zimmer und trat dicht vor Gardner. „Sie graben und graben und werden damit einen Haufen Probleme für uns heraufbeschwören. Nicht nur für mich und Boyd ..."

„Sei still, Ned!", fuhr Boyd seinen Schwager an.

„Zum Teufel, der Junge hat ein Recht, es zu erfahren." Ned legte Gardner die Hand auf die Schulter. „Weder Boyd noch ich haben auf Wayne geschossen. Es stimmt, dass wir ihm in den vergangenen Jahren etwas Geld gegeben haben, doch wir hatten keinen Grund, ihn umzubringen."

Gardner entzog sich Neds Hand. „Was hat Wayne Michaels benutzt, um die Hammonds zu erpressen? Er wusste, wer seine Schwester getötet hatte, nicht wahr? Und Sie wollten, dass der Name des Mörders nicht herauskommt."

„Diese Unterhaltung ist doch lächerlich." Boyd gab Ned ein Zeichen, es gut sein zu lassen. „Überlegen Sie genau, bevor Sie uns an die Karre fahren, Kegan."

„Wenn Wayne Michaels wusste, wer Gail getötet hat, dann weiß Dana Aston es auch", sagte Gardner. „Und dann bringe ich sie früher oder später zum Reden."

„Sie weiß es nicht", sagte Ned. „Michaels wusste es auch nicht, jedenfalls nicht mit Sicherheit."

„Und wofür haben die Hammonds ihn dann bezahlt?"

„Dafür haben Sie keinen Beweis", wiederholte Boyd. „Die einzigen Hinweise, die unsere Familie mit Gail oder Wayne in Verbindung bringen, ist Thomas' Name auf Ihrer Geburtsurkunde, Neds Affäre mit Dana und Neds Waffe, die er als gestohlen gemeldet hat."

„Tun Sie nichts Unüberlegtes", sagte Ned und folgte Boyd zur Tür. Dort drehte er sich noch einmal um und sah Gardner an. „Treten Sie als Polizeichef zurück, verlassen Sie Cold Water, und ich schreibe Ihnen einen Scheck über jeden beliebigen Betrag aus. Wollen Sie fünf Millionen? Oder sechs?"

„Es ist noch zu früh für mich, Cold Water zu verlassen. Wenn ich die beiden Morde an Gail und Wayne aufgeklärt habe, werde ich nur zu gern verschwinden, aber keinen Tag früher."

„Das werden wir ja sehen." Boyd riss die Tür auf und stürmte hinaus.

Ned blieb an der Tür stehen. „Wir dachten nicht, dass wir Sie je wiedersehen würden." Er räusperte sich. „Tun Sie sich das doch nicht an, Junge. Das Einzige, was dabei herauskommt, ist sehr viel Kummer für Menschen, die schon genug geschlagen sind. Vielleicht zerstören Sie sich sogar selbst dabei. Denken Sie auch an Cecilia."

Gardner antwortete nicht. Er und Ned hatten die Blicke gekreuzt und fochten einen stummen Kampf miteinander aus, den Gardner irgendwie nicht ganz verstand. Er hatte den flüchtigen Eindruck, als versuchte Ned McAllister ihm etwas mitzuteilen. Dann brach Ned den Blickkontakt ab, wandte sich um und verließ das Büro.

Gardner drückte auf die Klingel und wartete. Als er in der Bank angerufen hatte, hatte man ihm mitgeteilt, dass Miss Collins heute nicht mehr ins Büro zurückkäme. Dann hatte er sie zu Haus angerufen, aber es hatte sich jedes Mal nur der Anrufbeantworter gemeldet.

Er war sicher, dass Celia nun auch wusste, wer er war. Wie hatte sie reagiert? Wie sollte er ihr begreiflich machen, weshalb er sie getäuscht hatte? Wenn sie ihn jedoch wirklich liebte, würde sie ihm eine Chance geben, ihr alles zu erklären.

Wieder klingelte er. Vergebens. Er wusste, dass sie zu Haus war, denn ihr Mercedes stand in der Auffahrt. Warum machte sie nicht auf? War sie so böse? So verletzt?

Aber er konnte nicht gehen, ohne mit ihr gesprochen zu haben. Er schlug mit der Faust an die Tür und rief ihren Namen. Schweigen. „Celia, Süße, ich weiß, dass du da bist. Bitte, mach doch auf! Wir müssen miteinander reden."

Er hörte drinnen eine Bewegung. „Celia, mach die Tür auf, damit wir reden können."

Wieder ein leises Geräusch unmittelbar hinter der Tür. „Geh weg, Gardner, ich will dich nicht sehen."

„Ich gehe erst, wenn du mir die Chance gegeben hast, dir alles zu erklären."

„Was gibt es da zu erklären?"

„Celia, ich weiß, dass du wütend bist, weil ich dir nicht gesagt habe, wer ich bin. Das ist ja auch dein gutes Recht. Aber wenn du mir die Möglichkeit gibst, dir alles zu erklären, wirst du mich sicher verstehen."

„Was macht es schon, ob ich dich verstehe oder nicht. Du hast bekommen, was du von mir wolltest."

Gardner hörte sie schluchzen, und es zerriss ihm fast das Herz. „Du bedeutest mit so viel, Celia. Ich wollte dir nicht wehtun."

Celia schloss die Tür auf und öffnete sie einen Spaltbreit. „Ich will, dass du gehst, Gardner, und mich nicht länger belästigst. Ich will dich nie wiedersehen … niemals."

Als sie die Tür wieder schließen wollte, stellte Gardner den Fuß dazwischen und gab der Tür einen Stoß. Erschrocken trat Celia in die Diele zurück. Ihre Augen waren verschwollen, ihr Haar zerzaust und ihr pfirsichfarbenes Kleid völlig zerknittert.

Als er die Tür hinter sich zuwarf, wich sie noch weiter zurück. „Ich kämpfe gegen deine Familie, nicht gegen dich", sagte Gardner. „Ich weiß, ich hätte dir die Wahrheit sagen müssen, aber ich konnte es einfach nicht."

Celia schluckte und wich bis zur Wand zurück. „Du hast mich benutzt, um Zugang zu meiner Familie und Informationen über deine Mutter zu bekommen. Du hast dir nie wirklich etwas aus mir gemacht. Du hast mich auch nie attraktiv gefunden. Es waren alles Lügen, nur Lügen." Tränen strömten ihr über die Wangen.

Langsam und vorsichtig ging Gardner auf sie zu. „Das ist nicht wahr, Süße. Ich finde dich sehr attraktiv. Ich halte dich für wunderschön."

Celia presste sich die Hände auf die Ohren. „Ich will nichts mehr davon hören."

Gardner streckte die Arme nach ihr aus, aber sie schlug seine Hände fort. „Ich gebe ja zu, dass ich ursprünglich nichts mit dir im Sinn hatte, doch nachdem ich dich kennengelernt hatte, war alles plötzlich ganz anders. Du bedeutest mir sehr viel, Celia, viel mehr, als ich je gewollt habe."

Heftiges Schluchzen schüttelte ihren Körper. Wieder streckte Gardner die Hände nach ihr aus. Als er sie berührte, schrie sie auf und sank in die Knie.

„Nicht doch, Süße, das bin ich gar nicht wert." Gardner ging ebenfalls in die Knie, schlang die Arme um ihren bebenden Körper und drückte sie an sich. Sie weinte herzzerreißend.

Celia wehrte sich nicht mehr gegen ihn. Sie hatte einfach keine Kraft mehr. Gardner wiegte sie in seinen Armen, sagte ihr, wie schön sie sei. „Du bedeutest mit so unendlich viel, und es tut mir furchtbar leid, dich verletzt zu haben."

Nach einer Weile hob Celia den Kopf. „Gardner?"

Er legte die Hände um ihr Gesicht. „Was ist, Süße?"

„Ich will, dass du gehst." Sie versuchte sich von ihm loszumachen, doch er hielt sie fest.

„Wir müssen miteinander reden. Ich werde ganz aufrichtig zu dir sein und dir alles sagen."

„Dafür ist es zu spät." Sie stemmte die Hände gegen seine Brust. „Bitte, lass mich los."

„Es ist nicht zu spät", widersprach er.

„Du hast mich vom ersten Tag an belogen. Warum sollte ich dir jetzt glauben? Lass mich los und geh."

Er gehorchte, stand auf und half auch ihr auf die Beine. „Du hast jetzt keinen Grund mehr vorzugeben, dir läge etwas an mir", sagte Celia mit erstickter Stimme. „Ich kann ja nichts mehr für dich tun."

„Ich verdiene die Verachtung, die du jetzt für mich empfindest. Aber ich ertrage es nicht, dass du glaubst, dass alles, was wir miteinander geteilt haben, mir nichts bedeutet hätte."

„Verstehst du denn nicht?" Sie sah ihn aus verweinten Augen an. „Ich würde dir kein Wort mehr glauben. Seit dem Tag, als du in mein Büro gekommen bist, hast du mich nur benutzt und betrogen." Sie lachte bitter auf, und das Geräusch ging ihm durch Mark und Bein. „Ich wette, du hast gleich auf den ersten Blick gesehen, was für ein leichtes Spiel du mit mir haben würdest. Cecilia Collins, das hässliche kleine Entlein, unerfahren und naiv!"

„Ach, Celia." Wie konnte er ihr widersprechen? Genau das hatte er ja wirklich gedacht. Damals hatte er nicht ahnen können, dass alles ganz anders kommen würde.

„Es ist noch nicht vorbei mit uns", sagte er beschwörend. Er hätte sie so gern in die Arme genommen, aber er durfte es nicht. Nicht in diesem Augenblick.

Gardner verließ Celias Haus, und sein Herz war schwer wie ein Stein. Noch nie hatte ihm etwas so weh getan, wie mit ansehen zu müssen, wie Celia sich quälte, und zu wissen, dass er der Grund dafür war. Er musste einen Weg finden, um ihr Vertrauen wiederzugewinnen. Sie musste ihm zuhören, ihm verzeihen, ihm noch einmal eine Chance geben. Sie musste einfach!

13. KAPITEL

*A*ls Celia beim Haus ihrer Eltern ankam, traf sie draußen auf der Terrasse Miss Eula und Goldie, der man ihre Trächtigkeit bereits ansah.

„Du bekommst einen der Welpen", sagte Miss Eula.

Celia legte ihre Tasche auf den runden Korbtisch und schenkte sich ein Glas Eistee ein. „Darf ich mir den schönsten aussuchen?"

„Natürlich darfst du." Miss Eula beugte sich nieder und streichelte Goldies Rücken. „Deinem Aussehen nach zu urteilen hattest du einen harten Tag. Setz dich hin und erzähl." Einladend klopfte sie auf einen gepolsterten Korbstuhl.

Celia nahm Platz und sah ihre Großmutter an. „Ich nehme an, Daddy und Onkel Ned haben dir erzählt, was passiert ist. Dass Gardner in Wirklichkeit Gail Michaels' Sohn ist, das Kind, das nach ihrem Tod zur Adoption freigegeben wurde."

„Ja. Boyd und ich haben uns lange darüber unterhalten, weshalb Gardner wohl nach Cold Water zurückgekommen ist. Boyd glaubt, er sei auf Thomas' Anteil am Hammond-Vermögen aus."

Celia lehnte sich zurück und hielt das kühle Glas an ihre Wange. „Gardner sagt, er sei zurückgekommen, um den Mörder seiner Mutter zu finden. Er glaubt, unsere Familie sei verantwortlich für ihren Tod."

„Unsinn." Miss Eula kratzte Goldie zwischen den Ohren. „Niemand in dieser Familie hatte ein Motiv, das arme Mädchen umzubringen. Sie hat von uns nie auch nur einen Cent verlangt. Ich weiß, dass sie Thomas als Kindsvater angegeben hat, obwohl sie wusste, dass er es nicht war."

„Wieso?", fragte Celia.

„Gardner kam genau neun Monate nach Thomas' Tod zur Welt. Deshalb glaubten alle, dass Thomas sein Vater sei." Miss Eulas Blick glitt hinaus in den Garten. „Als ich erfuhr, dass Gail schwanger war, bin ich zu ihr gegangen. Sie sagte mir, dass das Kind möglicherweise nicht von Thomas sei. Es habe nach Thomas' Tod noch einen anderen Mann gegeben. Sie erzählte mir, der Mann habe sie gezwungen. Ich weiß nicht, ob sie die Wahrheit gesagt hat. Jedenfalls wünschte sie sich, dass es Thomas' Kind sei, und ich wünschte es mir auch. Aber leider war es nicht so."

„Wieso bist du so sicher?"

„Tommy Michaels war eine Frühgeburt. Er wog bei seiner Geburt nur vier Pfund und musste wochenlang im Brutkasten liegen." Miss Eula blinzelte, denn ihre Augen waren feucht geworden. „Selbst damals hoffte ich noch ..." Ihre Stimme brach. Sie schluckte mühsam und wandte sich dann wieder Celia zu. „Gail erklärte sich mit einem Bluttest einverstanden. Wir schlossen einen Pakt, dass das Ergebnis ein Geheimnis zwischen ihr und mir bleiben würde. Außerdem kamen wir überein, dass sie Thomas als Kindsvater angeben durfte, egal, wie der Test ausfiel. Gail hat nie etwas von uns verlangt. Boyd und Ned haben von sich aus die gesamten Krankenhauskosten übernommen."

„Und der kleine Tommy war nicht Onkel Thomas' Sohn?"

„Nein."

„Weißt du, wer Gardners wirklicher Vater ist?"

Miss Eula schüttelte den Kopf und wischte sich eine Träne von der Wange. „Nein, ich weiß es nicht. Ich habe Gail nie gefragt, und von sich aus hat sie es auch nicht gesagt. Wer immer es war, er hat das Kind nicht anerkannt."

Celia legte die Hand auf die ihrer Großmutter. „Du sagtest, dass Daddy sich auch zu Gail Michaels hingezogen fühlte. Ist es möglich ... ich meine, könnte er ..."

„Natürlich ist es möglich, dass Boyd Gardners Vater ist, aber ich bezweifle es. Trotz all seiner Fehler würde Boyd sich zu seinem Sohn bekannt haben."

„Was ist mit Onkel Ned?", fragte Celia. „Es ist schließlich kein Geheimnis, dass er Tante Lorna seit Jahren betrügt."

„Ja, auch das wäre möglich. Ned ist zwar bei Lorna geblieben und hat sich rührend um sie gekümmert, aber daneben hatte er immer auch andere Frauen und den Alkohol." Miss Eula stand auf. „Ich habe keine Ahnung, wer Gardners Vater ist. Doch eines weiß ich ganz sicher: Weder mein Sohn noch mein Schwiegersohn ist eines Mordes fähig. Boyd hat Gail Michaels und ihren Bruder nicht getötet, und Ned auch nicht."

„Warum ist Gardner dann so sicher, dass unsere Familie in die Sache verwickelt ist? Warum glaubt er, dass die Hammonds Wayne Michaels Schweigegeld gezahlt haben?"

„Da er glaubte, Thomas' Sohn zu sein, war er der Überzeugung, dass unsere Familie ihn nicht wollte, dass wir für seine Adoption gesorgt und ihn damit um sein Erbe gebracht haben. Rache ist ein sehr starkes Motiv. Zweifellos hat er sich eine Theorie zurechtgelegt, weshalb unsere Familie Gails Tod wünschte."

„Aber er wirkt so sicher." Celia nahm Miss Eulas Arm und ging mit ihr ins Haus.

„In welchem Maße hat all das deine Beziehung zu Gardner beeinflusst? Hast du ihm vergeben, dass er dich belogen hat?"

„Nein. Er hat mich belogen und benutzt. Er hat nur vorgegeben, dass ich ihm etwas bedeute."

„Ich bin nicht so sicher, dass er in diesem Punkt gelogen hat. Ich habe ihn mit dir zusammen gesehen und hatte den Eindruck, dass er ziemlich vernarrt in dich ist. Mein Gefühl sagte mir, dass er sehr wohl der richtige Mann für dich sein könnte."

„Aber inzwischen hast du deine Meinung doch wohl revidiert, oder?", sagte Celia und blieb stehen.

„Wenn ihr zwei euch liebt, werdet ihr all das verkraften. Insbesondere dann, wenn Gardner einsieht, dass die Hammonds nicht seine Feinde sind."

„Er liebt mich aber nicht", sagte Celia traurig.

Miss Eula umarmte sie und klopfte ihr begütigend auf den Rücken. „Geh und sprich mit Boyd. Sag ihm, dass du ein paar Antworten brauchst. Er soll Gardner beweisen, dass er unschuldig ist. Und Ned auch."

„Daddy wollte heute mit mir über Gardner sprechen, aber ich war nicht in der Lage. Ich weiß genau, was er mir sagen wird. Dass ich Gardner vergessen soll, und dass meine Beziehung zu ihm ein Fehler war."

„Boyd ist in der Bibliothek. Er und Ned hatten etwas zu besprechen. Deshalb ist deine Mutter allein zu den Washburns zum

Dinner gefahren. Geh hinein und sprich mit deinem Vater. Ich bin müde. Ich denke, ich gehe hinauf und lege mich ein bisschen hin."

Als Celia sich der geschlossenen Tür zur Bibliothek näherte, hörte sie laute Stimmen. Zögernd blieb sie stehen und horchte. Sie wartete auf einen geeigneten Augenblick, um hineinzugehen und die beiden zu unterbrechen.

„Was sollen wir machen?", fragte Ned gerade. „Irgendwer wird auf der Strecke bleiben. Ich möchte noch einmal zu Gardner gehen, mit ihm reden und ihm die Hälfte meines Vermögens anbieten, damit er die Stadt verlässt und die Vergangenheit ruhen lässt."

Kalte Angst kroch in Celia hoch. Warum wollte Onkel Ned Gardner die Hälfte seines Vermögens geben?

„Wenn es ihm nur um Geld ginge, könnten wir es mit ihm genauso halten wie mit seinem Onkel. Aber Kegan will Rache", sagte Boyd.

„Verdammt, ich habe gedacht, wir sehen ihn nie wieder, nachdem er adoptiert worden war", sagte Ned. „Kannst du dir vorstellen, wie mir zumute war, als ich erfuhr, dass Gardner Tommy Michaels ist?"

„Wir müssen die Familie schützen", sagte Boyd. „Du weißt, was es für Mutter und Lorna bedeuten würde, wenn die Wahrheit ans Licht käme. In Mutters Alter könnte so etwas leicht zu einem Herzanfall führen. Und Lorna … mein Gott, Lorna könnte den Rest ihres Lebens in einer Anstalt verbringen."

„Wie in aller Welt sollen wir Gardner aufhalten?", fragte Ned.

„Die Wahrheit können wir ihm nicht sagen, denn er hätte kein Verständnis dafür. Er hasst diese Familie ohnehin schon. Nein, ich muss mir etwas anderes einfallen lassen, um mit ihm fertig zu werden."

„Ich will nicht, dass du ihm etwas antust", sagte Ned. „Es sind bereits zwei Morde geschehen. Gott im Himmel, wie konnten wir nur zulassen, dass es noch einmal geschah?"

„Nicht *wir*. Wenn du deine Hose geschlossen lassen würdest …"

„Hör auf damit."

Celia konnte nicht glauben, was sie da hörte. Gardner hatte recht. Ihre Familie hatte tatsächlich etwas mit den Morden an Gail und ihrem Bruder zu tun. Aber warum? Was hatten sie für ein Motiv? Und wer hatte es getan?

„Komm morgen früh in mein Büro", sagte Boyd. „Dann treffen wir eine Entscheidung. Ich muss jetzt los. Ich habe Monica versprochen nachzukommen."

Celia hörte Schritte, die sich der Tür näherten. Sie lief den Flur hinab und versteckte sich in einem Nebenzimmer. Als Boyd und Ned fort waren, ging sie in die Bibliothek und nahm den Telefonhörer ab.

Sie ließ es läuten und läuten, aber niemand nahm ab. Dann wählte sie eine zweite Nummer. „Ist Chief Kegan noch da?"

„Darf ich fragen, wer da spricht?"

„Hier ist Cecilia Collins. Stellen Sie mich bitte zu Chief Kegan durch. Es ist dringend."

Mit feuchten Handflächen wartete sie. Sie wusste genau, was sie zu tun hatte. Sie hatte sich entschieden.

„Celia, Süße, was ist los?", fragte Gardner.

„Wir müssen miteinander sprechen."

„Ja, das müssen wir. Wann?"

„Machst du bald Feierabend?"

„Ich könnte sofort aufbrechen", sagte er.

„Dann treffen wir uns bei dir zu Haus."

„Fahr den Wagen in die Garage und geh schon mal hinein. Du hast ja noch den Schlüssel, oder?"

„Ja."

„Celia?"

„Ja?"

„Danke, dass du mir die Chance gibst, dir alles zu erklären."

Sie antwortete nicht. Was sollte sie auch sagen? Dass sie, obwohl er ihr das Herz gebrochen und sie ihm noch nicht vergeben hatte, auf dem Wege war, ihre Familie für ihn zu verraten?

*G*ardner parkte den Mustang in der Doppelgarage. Er war noch vor Celia gekommen und erwartete ihr Eintreffen jede Minute. Er wusste nicht, woher ihr Sinneswandel kam, aber das war ihm auch gleichgültig. Wichtig war nur, dass sie überhaupt kam. Ihre Stimme hatte am Telefon sonderbar geklungen. Gewiss hatte sie ihm noch nicht verziehen.

Er wollte Celia nicht verlieren. Erst als es schon fast zu spät war, hatte er begriffen, wie viel sie ihm bedeutete.

Als Celia ihren Mercedes in die Garage fuhr, ging Gardner zur Fahrerseite, öffnete die Tür und half ihr heraus. Sie sah zu ihm auf: mit klaren Augen und festem Blick. Er wollte sie in die Arme nehmen, doch er spürte, unter welcher Spannung sie stand. Sie wich vor ihm zurück.

„Ich bin hier, weil ich dir etwas sagen muss", sagte sie.

Gardner sah sie an. Sie wirkte sehr blass.

„Komm, gehen wir hinein, Süße. Du siehst aus, als könntest du einen Drink vertragen." Er machte einen Schritt auf sie zu, aber sie wich ihm wieder aus.

„Du hast mich belogen und ausgenutzt. Du hast mich glauben lassen, dass ich dir etwas bedeute. All das habe ich nicht vergessen."

„Celia …"

„Unabhängig von deinen wahren Gefühlen für mich liebe ich dich immer noch." Als er wieder einen Schritt auf sie zu machte, hob sie die Hand und stoppte ihn. „Aber gleichzeitig hasse ich dich für alles, was du mir angetan hast."

„Hör mich an, Celia. Mag sein, dass ich dir bei unserer ersten Begegnung wirklich etwas vorgemacht habe. Doch bevor ich noch wusste, wie mir geschah, fingst du plötzlich an mir etwas zu bedeuten. Ich wollte das gar nicht." Er legte ihr die Hände auf die Schultern, und die unausgesprochenen Zweifel in ihrem Blick machten ihn ganz elend. „Als ich dachte, dich verloren zu haben, kam mir erst richtig zum Bewusstsein, wie viel du mir bedeutest."

„Sag mir, wie viel ich dir bedeute, Gardner." Steif und angespannt stand sie vor ihm. „Es würde mir so sehr helfen, wenn ich wüsste, dass du wirklich etwas um mich gibst. Überzeug mich davon."

„Was kann ich tun? Was kann ich sagen? Als ich in diese Stadt kam, erwartete ich, dass Cecilia Collins eine versnobte, hochnäsige Ziege sei, die ich benutzen und dann ohne Weiteres fallen lassen könnte. Was ich dann fand, war etwas ganz anderes."

„Was hast du gefunden?"

Er ließ seine Hand an ihrem Arm hinabgleiten, legte sie dann auf ihren Rücken und zog sie an sich. Mit der anderen Hand fasste er sanft ihr Kinn und hob ihr Gesicht. „Ich fand ein bezauberndes, unschuldiges Geschöpf, das mir vertraute, mich liebte und sich mir hingab. Mir ist noch nie jemand wie du begegnet, Celia, so süß und liebenswert."

„Dann war nicht alles gelogen?"

„Die einzige Lüge zwischen uns war meine wahre Identität. Alles andere, was ich gesagt habe, war die reine Wahrheit."

„Ob ich dir nun glaube oder nicht, ich bin hergekommen, um dir etwas zu sagen, worauf du ein Recht hast." Sie sah ihm in die Augen und atmete tief ein. „Ich fürchte, du hattest recht mit deiner Vermutung, dass meine Familie etwas mit den beiden Morden zu schaffen hat."

„Was meinst du damit?", fragte Gardner überrascht.

„Ich verrate meine Familie für dich, Gardner Kegan. Ich hoffe nur, dass ich es nie bereuen werde."

„Sag es mir." Seine Hände umschlossen ihre Oberarme.

„Onkel Thomas war nicht dein Vater. Miss Eula hat mir heute erzählt, dass du eine Frühgeburt warst, und dass Gail Michaels einem Vaterschaftstest zugestimmt hat."

„Hat Miss Eula dir auch gesagt, wer mein wirklicher Vater ist?"

„Sie hat keine Ahnung. Ich wollte mit Daddy darüber sprechen, aber als ich zur Bibliothek kam, sprachen er und Onkel Ned gerade über dich. Sie machten sich Gedanken darüber, wie sie dich dazu bringen könnten, die Stadt zu verlassen, bevor jemand verletzt wird." Celia legte die Hände auf Gardners Brust. „Was, fürchten sie, könntest du herausfinden?"

„Sie wollen nicht, dass ich herausfinde, wer Gail und Wayne getötet hat."

Celia atmete mühsam. Das Sprechen fiel ihr sichtlich schwer. „Daddy sagte, er würde schon einen Weg finden, um dir beizukommen … Aber Onkel Ned bestand darauf, dass Daddy dir nichts antut." „Oh, Gardner, was wirst du tun? Was sollen wir tun?"

Er legte ihr den Arm um die Schultern und ging mit ihr die Treppe hinauf, die in die Wohnung führte. „Wir machen uns einen Drink, setzen uns hin und überlegen."

„Aber Daddy und Onkel Ned wollen sich morgen früh treffen und einen Entschluss fassen", sagte Celia, während sie durch die Küche ins Wohnzimmer gingen.

Er drückte sie aufs Sofa nieder. „Entspann dich, Süße. Ich bin gleich mit den Drinks zurück."

Celia schloss erschöpft die Augen. Plötzlich hörte sie leise Saxofonmusik. Gardner hatte den CD-Player angestellt. Sie öffnete die Augen und sah ihn mit zwei Gläsern Whisky kommen.

„Trink das", sagte Gardner. „Es wird dich beruhigen."

„Ich hasse Whisky."

„Runter damit."

Celia gehorchte zögernd. Sie nahm einen Schluck, schüttelte sich und hustete. „Ekelhaft!"

Gardner leerte sein Glas und setzte sich neben Celia. Er nahm ihr das Glas aus der Hand und stellte es auf den Tisch. Dann legte er ihr den Arm um die Schultern und zog sie an sich. „Was immer dein Vater und dein Onkel auch tun mögen, ich verlasse Cold Water erst, wenn ich beweisen kann, wer Gail und Wayne Michaels getötet hat. Es könnte ziemlich hart werden. Es könnte zu einem totalen Krieg zwischen mir und den Hammonds kommen."

Angstvoll sah Celia ihn an. „Du glaubst wirklich, dass entweder Daddy oder Onkel Ned deine Mutter getötet hat?"

„Ich werde beweisen, wer es getan hat. Diese Sache frisst mich innerlich auf, seitdem ich herausgefunden habe, dass sie umgebracht wurde. Seit meiner Kindheit habe ich Albträume. Ich höre sie schreien, sehe sie zu Boden stürzen, und überall ist Blut."

Celia schlang die Arme um Gardner. Sie spürte den Schmerz seiner Erinnerungen und wollte ihn lindern. „Du warst dabei? Du musstest zusehen, wie deine Mutter umgebracht wurde?"

Gardner genoss Celias Wärme und ihr Mitgefühl. „Ich war der einzige Augenzeuge, aber ich kann mich an den Mörder nicht erinnern. Ich kann sein Gesicht nicht erkennen. Ich habe mich deswegen sogar einer Hypnose unterzogen, aber ohne Erfolg."

„Es muss ein traumatisches Erlebnis für ein dreijähriges Kind gewesen sein." Celia empfand tiefes Mitleid, und sie begann Gardners Verhalten besser zu verstehen.

Gardner hielt sie in den Armen und strich ihr übers Haar. „Du wirst dich entscheiden müssen, Celia, entweder für deine Familie oder für mich."

„Ich habe mich schon entschieden", sagte sie ruhig. „Nachdem ich das Gespräch zwischen Daddy und Onkel Ned gehört hatte, wusste ich, was ich tun musste … Was ich tun wollte. Es mag ein Fehler sein, aber ich bin hier, Gardner. Und ich werde zu dir stehen, was auch geschieht."

Gardner senkte den Kopf und küsste sie. Mit jeder Faser seines Herzens verlangte er nach dieser Frau. Er durfte gar nicht daran denken, dass er sie durch eigene Dummheit um ein Haar verloren hätte.

Celia erwiderte seinen Kuss. Sie brauchte Gardner so nötig wie die Luft zum Atmen. Wenn es ein Fehler war ihm wieder zu vertrauen, dann konnte sie es auch nicht ändern.

Gardner löste die Lippen von ihrem Mund. Er atmete tief ein und legte seine Stirn an ihre. „Ich hätte es nie für möglich gehalten, jemanden so zu lieben, wie ich dich liebe."

Seine Worte lösten in Celia einen wahren Gefühlssturm aus. Ihr wurde heiß und kalt, und ein heftiger Schauer überlief sie. Durfte sie ihren Ohren trauen? Hatte Gardner Kegan ihr gerade seine Liebe erklärt?

„Gardner?"

„Ich verspreche, dich nie wieder zu belügen." Er legte die Hände um ihr Gesicht und küsste sie zärtlich auf Stirn, Wangen und Kinn. „Ich weiß nicht, wann es passierte oder wie es passierte. Ich habe nicht einmal begriffen, dass ich dich liebe, bis ich glaubte, dich verloren zu haben. Oh, Celia, du weißt gar nicht, wie krank es mich gemacht hat zu wissen, dass ich dir solchen Schmerz zugefügt habe."

„Dann lösch den Schmerz aus, Gardner. Mach, dass ich ihn vergesse." Sie sah ihm in die Augen, und in ihrem Blick lag eine stumme Verheißung.

Er nahm sie in die Arme, trug sie die Treppe zum Schlafzimmer hinauf und legte sie aufs Bett. Lächelnd sah sie zu ihm auf und öffnete einladend die Arme …

Im ersten Augenblick glaubte Gardner zu träumen, als es an der Haustür klingelte. Celia und er hatten sich bis zur Erschöpfung geliebt und waren dann eng aneinandergeschmiegt in einen tiefen Schlaf gesunken.

Es fiel ihm schwer, die Augen zu öffnen und auf die Uhr auf dem Nachttisch zu schauen. Es war Viertel nach zwölf. Wer klingelte zu so nachtschlafender Zeit an seiner Haustür? Wenn es etwas Dienstliches wäre, hätte man angerufen. Vielleicht war es Boyd Hammond oder Ned McAllister, die nach Celia suchten.

„Gardner?" Celia öffnete die Augen, machte aber keine Anstalten, das Bett zu verlassen.

„Bleib liegen, Süße. Ich schaue nach, wer da ist, und sehe zu, dass ich ihn möglichst schnell wieder abwimmeln kann."

„Wer könnte es denn sein, mitten in der Nacht?" Verschlafen rieb sie sich die Augen.

„Wäre es möglich, dass Boyd oder Ned dich hier suchen?"

„Nein." Celia setzte sich auf. „Sie haben keine Ahnung, dass ich ihr Gespräch mitgehört habe. Es sei denn …"

Gardner fuhr in seine Hose. „Es sei denn?"

„Es sei denn, Miss Eula hat Daddy gegenüber erwähnt, dass ich in die Bibliothek wollte, um mit ihm zu reden." Celia schwang die Beine aus dem Bett. „Ich komme mit. Wenn es Daddy ist, können wir die Sache jetzt ein für alle Mal hinter uns bringen."

„Du bleibst hier", widersprach Gardner. „Ich komme schon klar. Warten wir erst mal ab, wer es ist. Sollte es wirklich dein Vater sein, dann kannst du immer noch herunterkommen."

Es läutete wieder und wieder. Barfuß und mit bloßem Oberkörper lief Gardner hinunter in die Diele. Er machte von innen die Lampe über der Haustür an und spähte durch den Spion.

„Mein Gott", murmelte er.

Er öffnete die Tür und starrte ungläubig auf die Frau, die auf seiner Schwelle stand.

„Ist etwas passiert, Mrs. McAllister? Was machen Sie hier draußen so ganz allein und noch dazu um diese Zeit?"

„Ich muss mit Ihnen sprechen, Chief Kegan." Lorna McAllisters Stimme war leise und ein wenig zittrig.

„Kommen Sie herein."

„Danke." Sie trat ein. Gardner führte sie ins Wohnzimmer und machte Licht. „Möchten Sie nicht Platz nehmen?"

„Nein, ich … nein." Sie musterte Gardner von Kopf bis Fuß. „Es stimmt. Ich begreife gar nicht, dass wir es nicht früher bemerkt haben. Sie sind ihr Sohn. Sie sehen ihr auffallend ähnlich."

„Mrs. McAllister, wollen Sie wirklich nicht Platz nehmen?" Arme Frau, dachte Gardner. Hatte man ihre Abwesenheit im Hammond-Haus denn gar nicht bemerkt? Er wünschte, Celia würde sich beeilen und herunterkommen. Sie konnte viel besser mit ihrer Tante umgehen als er.

„Sie hat sie verführt, wissen Sie? Thomas allein genügte ihr nicht. Sie musste sie alle drei haben."

„Mrs. McAllister …"

„Sie waren alle verrückt nach ihr. Thomas hätte sie geheiratet, wenn er nicht gestorben wäre. Dann wären Sie sein kleiner Sohn gewesen, und alles wäre in Ordnung." Lornas Blick glitt gehetzt durch den Raum. Sie presste die Hände an die Brust. „Ich dachte, Sie wären Thomas' Kind. Ich konnte gar nicht verstehen, dass die Familie Sie dieser schrecklichen Frau nicht weggenommen hat, aber Mutter sagte mir, dass Thomas nicht Ihr Vater sei."

Man merkte Lorna McAllister deutlich an, dass sie am Rande eines Nervenzusammenbruchs stand. Gardner wollte nichts tun oder sagen, was sie in Panik versetzen könnte. Offensichtlich kannte sie das Familiengeheimnis. „Nein, Tommy Michaels ist nicht Thomas' Sohn", sagte Gardner.

„Ich bin lange nicht dahintergekommen, obwohl ich einen Verdacht hatte. Ich hoffte, Sie wären Boyds Sohn, aber der hätte Himmel und Hölle in Bewegung gesetzt, um Sie zu kriegen."

Guter Gott, was sagte sie da? Wenn er weder Thomas' noch Boyds Sohn war ... War dann womöglich Ned sein Vater? Und hatte die arme, bemitleidenswerte Lorna das all die Jahre gewusst?

„Ich begann Ned zu folgen." Rastlos ging Lorna im Zimmer auf und ab. „Es hat immer andere Frauen gegeben, aber ich wusste, dass er mich dieser Frauen wegen nie verlassen würde. Ich hatte ihm ein Kind geschenkt, die anderen nicht." Lorna drückte ihre Handtasche an die Brust.

Gardner schaute hinaus in die Diele und erkannte Celia, die im Schatten stand und zuhörte. Sie trug nichts außer seinem Hemd.

„Ned liebt Sie, Lorna", sagte Gardner.

„Ja, er liebt mich. Aber für sie hätte er mich verlassen."

„Für wen?"

„Für Gail Michaels. Sie hat ihm auch ein Kind geschenkt. Mein kleiner Teddy ist gestorben. Ihr Kind hätte sterben müssen, nicht meins."

Lautlos kam Celia auf Zehenspitzen bis an die Tür. Gardner hielt den Atem an.

„Eines Nachts bin ich Ned gefolgt", sagte Lorna. „Er fuhr zur Michaels-Farm. Er wollte sie besuchen, und Sie auch." Lorna starrte Gardner an, und ihre Augen wirkten glasig. „Gail sagte ihm, er solle verschwinden, und dass Thomas der Vater ihres Kindes sei. Aber er sagte, dass er alles über den Bluttest wisse, und dass er und Boyd sämtliche Krankenhauskosten bezahlt hätten."

Gardner schloss die Augen, doch es nützte nichts. Er konnte vor der Wahrheit nicht davonlaufen. „Lorna …"

„Ned sagte ihr, dass Tommy sein Sohn sei, und dass er ihn gelegentlich sehen wolle." Lornas Augen füllten sich mit Tränen. „Ich wartete in einer Seitenstraße, bis Ned fort war. Dann ging ich hinein zu ihr. Ich konnte doch nicht zulassen, dass sie mir Ned wegnimmt. Ich konnte ihren kleinen Jungen nicht am Leben lassen, nachdem mein kleiner Junge gestorben war. Das war einfach nicht fair, begreifen Sie das nicht?"

Ja, er begriff. Nun endlich sah er klar. Einunddreißig Jahre lang hatte er sich nicht erinnern können, aber jetzt fiel ihm alles wieder ein. An jenem Abend war Lorna McAllister hereingestürzt und hatte auf seine Mutter eingeschrien. Die beiden hatten gestritten. Dann hatte Lorna den Feuerhaken ergriffen und war auf ihn zugekommen. Gail hatte sich dazwischengeworfen und ihm zugeschrien, wegzulaufen und sich zu verstecken. Der kleine Tommy hatte dagestanden, vor Schreck wie erstarrt, und zugesehen, wie Lorna mit dem Feuerhaken seiner Mutter auf den Kopf schlug. Seine Mutter hatte aufgeschrien und ihn erneut angefleht, wegzulaufen. Dann hatte Lorna wieder zugeschlagen, wieder und wieder. Tommy war durch die offene Haustür gerannt, hinunter in den Garten und dann in das kleine Wäldchen hinter dem Haus. Dort hatte er die ganze Nacht gekauert, frierend, allein und völlig verängstigt, bis sein Onkel Wayne ihn dann am nächsten Morgen dort fand.

Als Gardner Lorna wieder ansah, bemerkte er den Revolver in ihrer Hand. Wo hatte sie ihn her? Er schien vom Kaliber 9 mm zu sein. Hatte sie ihn in der Tasche versteckt, die jetzt am Boden lag?

Gardner warf einen Blick auf Celia, die ein paar Schritte von ihrer Tante entfernt stand. „Was haben Sie vor, Mrs. McAllister?"

„Was wohl? Ich werde Sie töten, Tommy Michaels, so wie ich es schon tun wollte, als Sie noch ein kleiner Junge waren. Als man Gail fand, wusste keiner, wer sie getötet hatte. Boyd und

Ned waren beide zu Tode betrübt. Als ich ihnen sagte, dass ich Gail getötet hätte, wollten sie mir nicht glauben. Aber als ich damit drohte, Tommy auch umzubringen, schafften sie ihn schleunigst aus der Stadt. Damals bin ich Sie losgeworden. Warum sind Sie zurückgekommen? Ich lasse nicht zu, dass Sie mir Ned wegnehmen. Er gehört mir."

Leise ging Celia auf ihre Tante zu. Als Lorna Celia sah, schrie sie auf, und die Waffe wackelte bedrohlich in ihren Händen. „Was machst du hier, Cecilia?"

„Ich verbringe die Nacht mit Gardner, Tante Lorna. Wir sind ein Liebespaar."

„Oh, mein Kind, du hast einen schrecklichen Fehler gemacht." Lorna hielt die Waffe jetzt mit beiden Händen und zielte direkt auf Gardner. „Dieser Mann ist der kleine Tommy Michaels. Jetzt ist er erwachsen. Er ist nach Cold Water zurückgekommen, um mir meinen Ned wegzunehmen. Er ist Neds Sohn, weißt du? Diese unmögliche Gail Michaels hat meinem Ned einen Sohn geschenkt."

„Tante Lorna." Celia streckte die Arme nach ihrer Tante aus, die jedoch kopfschüttelnd zurückwich. „Gardner ist nicht nach Cold Water gekommen, um dir Onkel Ned wegzunehmen. Er wusste nicht einmal, dass Onkel Ned sein Vater ist."

„Aber jetzt weiß er es, und Ned auch. Die anderen Frauen haben mir nicht viel ausgemacht. Ned hat sie nicht geliebt. Er liebt mich. Er hat mich immer geliebt. Aber ein Kind … Ich kann nicht zulassen, dass er ein Kind mit einer anderen Frau hat."

„Tante Lorna, bitte gib mir den Revolver", sagte Celia. „Du willst doch gar nicht auf Gardner schießen. Du willst niemanden verletzen."

Lorna lächelte, ohne die Waffe von Gardner zu wenden. „An jenem Abend sagte Gail mir, dass sie nie einen anderen als Thomas geliebt hätte. Dass sie Ned hasste und ihn nicht wollte. Aber ich konnte ihr nicht glauben. Sie behauptete, Ned wäre betrunken gewesen und hätte sie gezwungen. Sie behauptete allen Ernstes, Ned hätte sie vergewaltigt. Ausgerechnet mein lieber, süßer Ned!"

Celia streckte wieder die Hand aus und versuchte sie auf die Schulter ihrer Tante zu legen. Lorna fuhr herum und zielte nun auf Celia. Gardner machte einen Satz, packte Lornas Hände mit der Waffe und richtete den Lauf zur Decke. Lorna begann wild zu schießen. Die Kugeln durchschlugen die Terrassentür, eine Stehlampe, und eine streifte Gardners Schulter.

Als Celia das Blut auf seinem Arm sah, schrie sie auf. Lorna hielt die Waffe fest in beiden Händen und stützte sie gegen ihren Magen. Die Mündung zeigte in den Raum.

Celia hörte einen Wagen draußen in der Auffahrt und wünschte, es wäre die Polizei. Die Tür flog auf, und Boyd kam hereingestürzt, gefolgt von Ned.

„Gott im Himmel, was hat sie getan?" keuchte Ned.

„Ich brauche euch beide nicht", sagte Lorna. „Ich bin durchaus in der Lage, die Sache allein zu regeln."

„Lorna, Darling, gib mir die Waffe", sagte Ned beschwörend.

„Noch nicht. Ich musste mir diese auch von dir ausleihen, Ned. Ich fürchte, die andere habe ich draußen auf der Michaels-Farm gelassen. Ich habe sie aus deinem Handschuhfach genommen, nachdem ich gehört hatte, dass dieser Mann noch mehr Geld von dir verlangte. Ich bin dir gefolgt, um zu sehen, ob du wieder mit Dana Aston zusammen bist, aber sie war nicht da. Dann bin ich zu Wayne Michaels gegangen und habe ihm gesagt, dass er keine Gelegenheit mehr haben würde, irgendeiner Menschenseele zu erzählen, dass du der Vater von Gails Baby bist."

„Lorna, bitte, gib uns die Waffe." Boyd machte einen Schritt auf seine Schwester zu. „Es kommt alles in Ordnung. Ned und ich werden uns um dich kümmern, wie wir es immer getan haben."

„Wayne wusste nicht, dass Lorna meine Mutter getötet hat, nicht wahr?", fragte Gardner. „All die Jahre haben Sie ihm Schweigegeld zahlen müssen, damit er nicht verrät, dass Ned McAllister Tommys Vater ist."

„Er hatte einen von uns beiden im Verdacht", sagte Boyd.

„Dana Aston arbeitete in dem Krankenhaus, in dem Gail entbunden hat. Sie hat sich die Ergebnisse des Vaterschaftstests angesehen. Als Wayne dann kurz nach Tommys Geburt aus dem Gefängnis kam, hat er seine Schwester mit der Wahrheit konfrontiert. Daraufhin hat Gail ihm von Ned erzählt."

„Ich hatte keine Ahnung, dass Gails Bruder die Wahrheit kannte", sagte Lorna. „Sonst hätte ich uns schon viel früher von ihm befreit."

Ned sah auf Gardners blutenden Arm. „Alles in Ordnung, mein Sohn?"

„Nenn ihn nicht ‚Sohn'!", kreischte Lorna.

Ned drehte sich zu ihr um und streckte die Hand aus. „Gib mir das Ding, Lorna."

„Vorsicht!", rief Celia.

Neds große Hand schloss sich um die Waffe. Lorna hielt sie fest. Ihr Finger berührte den Abzug. Die Waffe ging los, und der Schuss traf Ned mitten in die Brust. Lorna schrie auf. Ned presste die Hände auf die Wunde, fiel vornüber und riss Lorna mit zu Boden.

Boyd und Celia sprangen hinzu. Boyd hob Ned hoch. Seine ganze Brust war über und über voll Blut. Celia kniete neben ihrer Tante und hielt ihren Kopf in ihrem Schoß.

„Ned", flüsterte Lorna. „Ist er okay?"

Boyd sah zu Gardner hoch, der schweigend neben ihm stand, und schüttelte den Kopf. „Er schläft, Lorna. Es wird alles wieder gut."

Gardner schaute hinab auf den am Boden liegenden Mann. Er wusste, dass Ned McAllister tot war. Ned McAllister – sein Vater. Er wandte sich ab. Er spürte plötzlich einen bitteren Geschmack im Mund. Er ging zum Telefon und wählte die Nummer der Polizeiwache.

„Der Krankenwagen wird gleich kommen", sagte er.

Boyd hob seine Schwester hoch und nahm sie in die Arme. „Es wird alles wieder gut, Lorna", sagte er noch einmal.

Celia stand auf und sah hinüber zu Gardner, der vor der Terrassentür stand und die Scherben betrachtete. Sie ging zu ihm hin, berührte seinen Arm und sagte leise seinen Namen. Als er sich zu ihr umdrehte, schlang sie die Arme um ihn und legte den Kopf an seine Brust.

Er presste sie an sich, aus tiefstem Herzen dankbar, dass er sie nicht verloren hatte.

Celia hielt die Hand ihrer Großmutter, als die beiden Lorna McAllisters Krankenhauszimmer verließen. Officer Wilkes stand vor der Tür Wache.

„Wenn ich es nur gewusst hätte!" Miss Eulas Stimme zitterte. „Die Vorstellung, dass Boyd und Ned all die Jahre lang versucht haben, sie zu schützen … Armer Ned! Er war kein übler Mann, auch wenn er so viele Schwächen hatte."

Celia führte ihre Großmutter in den Warteraum, wo Boyd und Monica nebeneinander auf einer Bank saßen. Gardner stand am Fenster. Er hatte einen frischen Verband, trug aber noch sein blutbesudeltes Hemd. Miss Eula, die sich schwer auf Celia stützte, ging zu ihm hinüber.

„Nun, junger Mann, jetzt haben Sie das Ziel erreicht, das Sie sich gesteckt hatten, als Sie nach Cold Water kamen. Sie haben Gail Michaels' Mörder gefunden und beinahe meine Familie zerstört."

„Miss Eula, bitte, komm und setz dich." Celia zupfte ihre Großmutter am Ärmel. Sie sah Gardner an, und ihre Augen flehten um Verständnis.

„Es tut mir leid, dass es so gekommen ist", sagte Gardner. „Wenn Boyd und Ned vor einunddreißig Jahren die Wahrheit gesagt hätten, hätte kein Gericht der Welt Lorna für schuldig erklärt. Es wäre allen völlig klar gewesen, dass Ihre Tochter psychisch labil war. Sie hätte die ärztliche Hilfe bekommen, die sie eindeutig braucht."

„Sie ist im Laufe der Jahre bei diversen Psychiatern gewesen, aber keiner von ihnen hat ihr geholfen." Miss Eula straffte den Rücken, schob Celias Arm beiseite und ergriff Gardners Handgelenk. „Was wird nun mit Lorna geschehen? Sie hat keine Ahnung, dass sie Ned getötet hat. Sie könnte den Gedanken auch nicht ertragen. Der Mann war ihr ganzes Leben."

„Es liegt nicht bei mir, was mit Lorna geschieht." Gardner kämpfte das Mitleid nieder, das er für diese alte Frau empfand, die er einmal für seine Großmutter gehalten hatte. Doch er war machtlos dagegen. Am liebsten hätte er ihr den Arm um die schmalen Schultern gelegt und sie getröstet. „Ich gehe davon aus, dass Lorna den Rest ihres Lebens in einem Sanatorium verbringen wird."

Er spürte, dass Miss Eulas Griff um sein Handgelenk noch fester wurde. Nun legte er doch den Arm um sie und führte sie zu einem Stuhl.

„Was geschieht mit Boyd?" An diesem Morgen wirkte Monica ihrem Alter entsprechend. Die tiefen Linien, die Sorge und Müdigkeit in ihr Gesicht gegraben hatten, ließen sich auch mit Make-up nicht verdecken. „Werden Sie ihn verhaften, weil er seine Schwester gedeckt hat?"

Gardners Blick richtete sich nicht auf Monica, sondern direkt auf Boyd. „Ich werde meinen Rücktritt einreichen, mit Wirkung vom heutigen Tag an. Was immer mit Ihnen geschieht, liegt nicht mehr bei mir. Ich bezweifle allerdings, dass Distriktstaatsanwalt Miller, der ja ein guter Freund von Ihnen ist, Anklage gegen Sie erheben wird. Sie und Ned haben Informationen zurückgehalten und eine Mörderin gedeckt, aber das Verbrechen liegt einunddreißig Jahre zurück. Wenn der Staatsanwalt der Meinung ist, dass es sich nicht lohnt, seine Zeit und das Geld des Steuerzahlers an so einen alten Hut zu verschwenden, wird er die Sache vermutlich niederschlagen."

„Ned und ich taten, was wir für richtig hielten", sagte Boyd.

„Richtig für wen?", gab Gardner zurück.

Celia trat an seine Seite und schob ihren Arm unter seinen. Er schaute auf sie hinab, und sie schmiegte sich an ihn.

„Wir haben versucht, uns alle zu schützen", sagte Boyd. „Die ganze Familie. Ned hat sich schwere Vorwürfe gemacht. Er hielt es für seine Schuld, dass Lorna versucht hatte, Tommy umzubringen, und dann Gail tötete, als sie versuchte, den Jungen zu retten." Boyd sah hinüber zu seiner Mutter. „Und wir wollten Mutter schützen." Er stand auf, ging zu Gardner und sah ihm direkt ins Gesicht. „Wir haben auch Sie geschützt, als wir Sie so schnell wie möglich aus der Stadt brachten. Es ist Ned schwergefallen, Sie gehen zu lassen. Er wollte sich zu Ihnen bekennen, Sie bei sich behalten, aber er wusste, dass das unmöglich war. Wir kamen überein, dass es für Sie die einzige sichere Lösung war, von einer guten Familie adoptiert zu werden."

„Da ist noch etwas, das ich wissen muss", sagte Gardner. „Wenn ich Lorna richtig verstanden habe, hat Gail Michaels behauptet, von Ned vergewaltigt worden zu sein. Stimmt das? Hat Ned meiner Mutter Gewalt angetan?"

Celia spürte die Spannung in Gardner und drückte begütigend seinen Arm. Konnte er denn noch mehr ertragen? Ja, ihre Großmutter hatte recht gehabt. Gardner hatte nun die Rache, nach der es ihn so gedürstet hatte, doch Celia wusste nur zu genau, wie bittersüß diese Rache war.

„Ich glaube nicht, dass Ned es so genannt haben würde", sagte Boyd. „Ned war schon lange hinter Gail her gewesen, und ich auch." Boyd warf einen Blick über die Schulter zu Monica, die ihn mit großen Augen und offenem Mund anstarrte. „Nachdem Thomas verunglückt war, haben wir beide gelegentlich bei ihr reingeschaut. Wir wollten ihr helfen. Sie und Thomas waren so verliebt gewesen. Damals hoffte ich, dass sie sich nun mir zuwenden würde, aber sie tat es nicht. Ich habe es akzeptiert, Ned offenbar nicht."

„Wie könnte Ned Gail Michaels gezwungen haben?", fragte Monica. „Ich kann mir einfach nicht vorstellen, dass Ned zu so etwas fähig wäre. Er ist immer so sanft und lieb zu Lorna gewesen."

„Arme Tante Lorna", seufzte Celia. „Sie hat Onkel Ned geliebt, und er hat sie während ihrer ganzen Ehe betrogen. Dabei war sie doch nicht sehr belastbar. Er hätte wissen müssen, was seine Untreue ihr antat."

„Ich will nicht gutheißen, was Ned machte, aber ich weiß mit absoluter Sicherheit, dass er sich den anderen Frauen erst zugewandt hat, nachdem Teddy gestorben war und Lorna ihre Schlafzimmertür vor ihm verschloss." Boyd schüttelte den Kopf und räusperte sich. „Ich glaube, Gail war die erste Frau, die Ned … na ja, ich glaube nicht, dass es vor ihr eine andere gegeben hat.

Gail war so bezaubernd, so sexy. Sie hatte etwas an sich, das die Männer einfach um den Verstand brachte."

Gardner konnte kaum glauben, dass ihm alle, die in diese Sache verwickelt waren, wahrhaftig leidtaten. Nicht nur Gail Michaels, die schöne junge Frau, die ihn geboren hatte, sondern auch die Hammond-Familie. Was er für Ned McAllister empfand, konnte er nicht mit Sicherheit sagen. Die Enthüllung, dass der Mann sein Vater war, war noch zu frisch, die Wunden der Wahrheit noch nicht geschlossen.

„Ned erzählte mir, dass er an dem Abend, als er mit Gail schlief, ein paar getrunken hatte, und dass Gail selbst nicht ganz nüchtern war", fuhr Boyd fort. „Sie waren beide allein und traurig und haben sich vermutlich gegenseitig getröstet. Am nächsten Morgen schämte Gail sich für das Geschehene und warf Ned vor, er habe ihre Verzweiflung ausgenützt."

„Die Wahrheit hat eben immer zwei Gesichter", sagte Gardner. „Es kommt immer darauf an, aus welchem Blickwinkel man eine Sache betrachtet. Doch ich glaube, das spielt jetzt auch keine Rolle mehr. Gail Michaels ist tot, und Ned McAllister auch."

„Warum hat Onkel Ned Gail nicht geholfen, als er erfuhr, dass sie schwanger war?", fragte Celia.

„Sie sagte Ned und mir, dass es Thomas' Kind sei", erklärte Boyd. „Dass das nicht stimmte, erfuhren wir erst nach der Geburt des Jungen."

„Wusste Wayne, wer Gail getötet hat?", fragte Gardner.

„Er hat Ned verdächtigt." Boyd schloss die Augen und schüttelte langsam den Kopf. „Arme Gail. Sie hat die Tatsache, dass Tommy Neds Sohn war, nie wirklich akzeptiert."

„Es fällt mir selbst schwer, es zu akzeptieren." Gardner machte sich von Celia los, wandte sich um und verließ das Wartezimmer.

„Gardner?", rief Celia ihm nach, doch er antwortete nicht.

„Wenn du ihn liebst, solltest du ihm besser nachlaufen", sagte Miss Eula.

„Aber Mutter!", rief Boyd vorwurfsvoll.

„Celia kann die Schäden nicht flicken, die diese Familie genommen hat", sagte Miss Eula ruhig. „Versuch also nicht, sie zurückzuhalten. Sie trifft keine Schuld an dem Geschehenen."

„Aber Miss Eula, wie kannst ausgerechnet du Celia ermuntern, diesem Mann nachzulaufen?", fragte Monica stirnrunzelnd.

„Ach, sei still, Monica." Miss Eula wies mit dem Zeigefinger auf Celia. „Wir werden es auch ohne dich schaffen, mein Mädchen. Lass gelegentlich von dir hören, und eines Tages … wenn wir alle gelernt haben einander zu vergeben, kommst du mit Gardner und euren Kindern her, damit sie ihre Urgroßmutter besuchen können."

Celia lief zu Miss Eula und drückte sie fest an sich. „Ich hab' dich lieb."

Celia holte ihn auf dem Parkplatz ein. „Gardner, warte!"

Er blieb stehen, drehte sich langsam um und sah sie an. „Es überrascht mich, dass dein Vater dich gehen ließ. Ich weiß doch, dass die Familie dich jetzt braucht."

„Sie kommen auch allein zurecht", erwiderte Celia. „Die Hammonds können ohne mich auskommen, aber ich glaube, du nicht."

„Hör zu, Süße, auch wenn wir es nicht wahrhaben wollen, keiner von uns wird je all den Hass und die Lügen, die Geheimnisse und Täuschungen vergessen können, die zwischen uns gestanden haben."

„Hast du gelogen, als du sagtest, dass du mich liebst?"

„Nein, da habe ich nicht gelogen." Gardner machte zögernd einen Schritt auf sie zu. „Als ich nach Cold Water kam, wusste ich, dass ich jemanden brauchte, der mich in die Hammond-Familie einschleuste. Dafür habe ich dich benutzt. Damals dachte ich noch, Boyd hätte Gail Michaels getötet. Und als die Wahrheit ans Licht kam und ich dachte, dich verloren zu haben, begriff ich, dass ich mich in dich verliebt hatte."

„Wann verlässt du Cold Water?"

„Noch heute." Er machte noch einen Schritt. „Sowie ich meine Kündigung getippt, die Koffer gepackt und Henry in den Wagen gescheucht habe."

Celia ging auf Gardner zu, und er öffnete die Arme. „Nimm mich mit", sagte sie schlicht.

„Aber du gehörst nach Cold Water und zu den Hammonds." Gardner presste sie fest an sich und streichelte ihren Rücken.

„Ich gehöre zu dir."

„Ich habe gerade die Wahrheit über meine Herkunft herausgefunden. Ich bin das Ergebnis einer Vergewaltigung. Die Frau meines Vaters hat meine Mutter getötet, weil sie versuchte, mich zu verteidigen. Süße, ich habe Wunden davongetragen, die vielleicht niemals heilen." Gardner hielt Celia in den Armen, und während er ihr all die Gründe aufzählte, die einer Verbindung entgegenstanden, betete er aus tiefstem Herzen, dass sie ihn nicht verlassen möge.

„Mit der Zeit werden alle Wunden heilen. Meine Liebe wird dir dabei helfen und ein gemeinsames glückliches Leben." Celia schaute auf in sein Gesicht, das Gesicht, das sie so innig liebte. Ich gehe mit dir fort. Noch heute."

„Das würdest du wirklich tun? Du würdest deiner Familie den Rücken kehren?" Gardner wünschte sich so sehr, von ihr geliebt zu werden, obwohl er wusste, dass er eine Frau wie Celia nicht verdiente. Und jetzt schon gar nicht, nachdem er ihr und ihrer Familie so viel angetan hatte.

„Weißt du denn nicht, dass du mir viel mehr bedeutest als irgend jemand sonst? Du brauchst mich, Gardner Kegan, und ich lasse nicht zu, dass du die Stadt ohne mich verlässt." Drohend sah sie ihm in die Augen. „Ist das jetzt endlich klar?"

„Ja, Süße, das ist jetzt klar", grinste Gardner.

„Ich breche nicht alle Brücken zu meiner Familie ab", sagte Celia. „Das sollst du von vornherein wissen. Ich werde mit ihnen in Verbindung bleiben und helfen, wo immer ich kann. Ich werde sie auch manchmal besuchen, aber sie werden für mich nie an erster Stelle stehen. Dieser Platz ist für dich reserviert."

„Damit kann ich leben. Vielleicht werde ich nie nach Cold Water zurückkommen oder mit den Hammonds auf freundschaftlichem Fuß stehen, aber ich werde nie versuchen, dich von ihnen fernzuhalten."

„Schön." Celia lächelte. „Ich bin froh, dass wir uns darin einig sind."

„Du musst wissen, wenn du jetzt mit mir kommst, hast du keinen besonderen Fang gemacht. Ich habe ein neues Auto, das noch nicht bezahlt ist, Möbel, für die noch Raten ausstehen, weniger als fünftausend Mäuse auf der Bank und keinen Job."

„Wenn du versuchst, mir beizubringen, dass du mich nicht heiraten willst, weil du mich nicht ernähren kannst, dann vergiss es. Ich bringe uns schon durch, bis du einen neuen Job hast."

„Ich will nicht einen Cent von diesem Hammond-Geld, hast du mich verstanden?"

„Ja, Gardner, laut und deutlich."

„Dann willst du also tatsächlich heute mit mir die Stadt verlassen?", fragte Gardner noch einmal. „Du willst alles hier in Cold Water aufgeben? Deinen Job? Deine gesellschaftliche Stellung? Deine Familie? Das Vermögen der Hammonds?"

„Wenn du mich liebst, gebe ich alles auf und folge dir überall hin." Celia ließ die Hände an seiner Brust hinaufgleiten und schlang sie um seinen Nacken.

„Wenn ich dich liebe? Verdammt, Weib, du weißt, dass ich dich liebe." Er hob sie hoch, wirbelte sie herum und stellte sie dann wieder auf die Füße, wobei er sie langsam an seinem Körper hinabgleiten ließ. „Willst du mich heiraten, Celia?"

„Ja, oh, ja!" Sie stellte sich auf die Zehenspitzen und küsste ihn mit all der Liebe, die ihr das Herz weit machte.

Er öffnete die Tür seines Wagens und half ihr hinein.

„Ich kam nach Cold Water erfüllt mit Hass und Bitterkeit und voller Rachedurst. Und ich fand die Liebe."

„Vielleicht war es Vorsehung, dass alles so geschehen musste."

„Wenn ich alles noch einmal tun könnte ..."

„Schon gut." Mit tränenfeuchten Augen lächelte sie ihm zu. „Du hast noch ein ganzes Leben lang Zeit, mich für alles zu entschädigen. Und ich erwarte eine Menge von dir, Gardner Kegan. Jeden Tag wirst du mir aufs Neue beweisen müssen, dass du mich liebst."

„Das wird eine meiner leichtesten Übungen."

„Dann sieh zu, dass du diesen Wagen endlich zum Laufen kriegst. Du musst deine Kündigung schreiben, wir müssen packen, und dann … Wohin fahren wir eigentlich, Gardner?"

„Wie wär's mit Birmingham? Ich möchte, dass du meinen Vater kennenlernst. Du wirst Ernie Kegan mögen, und er wird sich für dich in der Luft zerreißen. Seit Jahren liegt er mir in den Ohren, dass ich mir endlich die richtige Frau suchen soll."

„Und ich bin die richtige Frau für dich?", fragte Celia.

Gardner streckte die Hand aus und legte sie unter Celias Kinn. „Du, Cecilia Cornelia Collins, bist die *einzige* Frau für mich."

– ENDE –

Laura Wright

Mein sexy Nachbar

Roman

Aus dem Amerikanischen von
Sarah Heidelberger

1. KAPITEL

... überweisen Sie eine Million Dollar auf ein Offshore-Konto auf den Kaimaninseln ... oder die düsteren Geheimnisse Ihrer Vergangenheit werden enthüllt ...

*T*rent Tanford saß in seinem in Edelstahl und schwarzem Leder gehaltenen Büro und seufzte tief. Dann lehnte er sich in seinem luxuriösen Designer-Bürostuhl zurück, knüllte den Brief zusammen und warf ihn in den Papierkorb. Er empfand weder Zorn noch Besorgnis. Eigentlich wollte er einfach nur in Ruhe weiterarbeiten. Drohungen waren nichts Neues für ihn. Sie kamen per E-Mail, per Post oder wurden ihm einfach auf den Schreibtisch gelegt. Sein Vater sprach regelmäßig welche aus; ansonsten stammten sie meist von kürzlich gefeuerten und deswegen aufgebrachten Angestellten des Familien-Medienimperiums AMS – oder von Frauen, mit denen er geschlafen hatte und die das Ende der Beziehung einfach nicht wahrhaben wollten.

Keine Frage, die Drohungen waren lästig. Aber das hieß noch lange nicht, dass er auf sie reagierte.

Der einunddreißigjährige Medienmogul wusste genau, wer er war und was er wollte, ganz gleich, ob es um sein Privatleben oder um seinen Beruf ging. Keine Drohung würde daran jemals etwas ändern können.

Trent unterzeichnete einen Stapel Verträge, während vor dem Panoramafenster zu seiner Linken die Sonne über den Horizont stieg. Sie markierte den Beginn eines neuen heißen Augusttages, an dem das AMS-Gebäude wie stets geschäftig summen würde wie ein Bienenstock.

„Guten Morgen, Mr. Tanford."

Trents Tür stand offen, wie immer vor sieben Uhr morgens. Er nickte der neuen Assistentin, die gerade an seinem Büro vorbeiging, beiläufig zu. Die junge rothaarige Frau war hübsch und brillant. Im letzten Jahr hatte sie die Universität von New York mit summa cum laude abgeschlossen. Trent warf einen Blick auf die Uhr an seinem Bildschirm. „Sechs Uhr dreißig. Alle Achtung."

„Danke, Sir." Sie schenkte ihm ein professionelles Lächeln und lief weiter.

Trent wandte seine Aufmerksamkeit wieder seiner Arbeit zu. Seine Assistentin war hübsch, aber er trennte Beruf und Privatleben nun einmal strikt voneinander. Abgesehen davon war sie sowieso viel zu jung. Andererseits mochte er Rotschöpfe. Genauer gesagt hatte er heute Abend sogar eine Verabredung mit einem. Sein Date war mindestens so hübsch wie seine Angestellte, aber nicht annähernd so klug – und das war *genau* das, was er wollte.

Trent lachte leise auf, als er sich an den Vorabend erinnerte, an dem er seine neueste Eroberung zum letzten Mal gesehen hatte. Die junge Frau hatte zwanzig Minuten darauf verschwendet, ihn darüber aufzuklären, wie wichtig es war, dass Nagellack- und Schuhfarbe exakt aufeinander abgestimmt waren.

Trent grinste zufrieden. Er liebte Frauen; liebte, wie sie lachten, rochen und sich bewegten. So unterschiedlich sie auch alle waren, so ähnlich waren sie sich in der festen Überzeugung, dass sie ihn ändern könnten. Jede Einzelne von ihnen hielt sich für die eine Frau, die Trent Tanford so unendlich glücklich machen würde, dass er seine strikten Dating-Regeln vergaß. Doch seit inzwischen zehn Jahren hielt er sich erfolgreich an seine Grundsätze: vier Wochen Maximum, dann ein klarer Schlussstrich.

Warum wollten sie das nicht begreifen? War es wirklich so schwer, einzusehen, dass er einfach nicht der Typ Mann war, der sich angeln ließ wie ein ahnungsloser Fisch? Keine Frau der Welt würde ihn jemals in einen braven Ehemann verwandeln! Die Vergangenheit hatte ihn gelehrt, dass vier Wochen schon reichten, um aus einer Geliebten mehr werden zu lassen als ein netter Zeitvertreib. Aber etwas anderes als eine Affäre konnte und wollte er sich in dieser Phase seines Lebens einfach nicht leisten.

Trent wandte sich wieder seinem Computer und dem Finanzplan für das kommende Jahr zu. Seine Einstellung zu Beziehungen machte ihn noch lange nicht zu einem unsensiblen Fiesling.

Er war immer ehrlich, was die Vier-Wochen-Regel betraf, und sprach offen darüber, dass er keine feste Beziehung wollte. Seine Einstellung richtete sich gegen niemanden persönlich und sagte nichts über die Schönheit oder den Charakter einer Frau aus. Sie war nichts weiter als eine Regel, nach der er lebte und die es ihm ermöglichte, sich zu nehmen, was er wollte, ohne mit unangenehmen Konsequenzen rechnen zu müssen. Für Liebeskummer war in seinem dicht gedrängten Zeitplan kein Platz. Seine Arbeit und seine beruflichen Ziele gingen vor, so einfach war das. Nicht mehr lange, und sein Vater würde zurücktreten und seinen Sohn zum Vorsitzenden von AMS machen.

Doch zu Trents Verdruss hatte sein Vater eine vollkommen andere Einstellung zu Beziehungen. Wenn man James Tanford glauben wollte, waren Frau und Kinder der Dreh- und Angelpunkt des Lebens eines Mannes und machten ihn stärker. Eine Familie schenkte einem Mann in seinen Augen genau den Rückhalt, den er brauchte, um Macht ausüben zu können. Außerdem, da war James Tanford sich sicher, erlangte nur ein verheirateter Mann den nötigen Respekt seiner Gegner und Angestellten. In James' überholtem Weltbild kümmerte eine Ehefrau sich um den Kleinkram, während der Mann sich mit den wirklich wichtigen Angelegenheiten auseinandersetzte.

Leider war James Tanford so überzeugt von seinen Ansichten, dass er mehrfach versucht hatte, Trent heimlich zu verkuppeln. Als keine seiner Bemühungen gefruchtet hatte, war er dazu übergegangen, seinem Sohn Memos über das Thema zu schreiben. Das aktuellste hielt Trent gerade in der Hand. Einer der treuen Untergebenen seines Vaters hatte es ihm auf den Schreibtisch gelegt. „Memo" war allerdings eine viel zu freundliche Umschreibung. Vielmehr handelte es sich um den zweiten Drohbrief, den Trent an diesem Tag lesen musste: Sein Vater kündigte an, dass er seinen Sohn auf keinen Fall zum Nachfolger erklären würde, wenn er sich weiterhin weigerte, in den trauten Hafen der Ehe einzulaufen.

Oder vielmehr in die abscheuliche Hölle der Ehe, grübelte Trent düster.

Nun ja, Drohungen aller Formen und Inhalte waren für Trent nun einmal nichts Neues. Sie gehörten zum Tagesgeschäft.

Er warf das Memo in den Papierkorb zu dem Brief, der ihn aufforderte, eine Million Dollar auf ein Geheimkonto auf den Kaimaninseln zu überweisen, und grinste. Der Erpresser konnte lange warten. Ebenso wie sein Vater und die Scharen von unverheirateten Frauen. Trent Tanford, der begehrteste und eingefleischteste Junggeselle New Yorks, würde in nächster Zeit ganz sicher nicht heiraten.

Im Big Apple war es Zeit für den Sonntags-Brunch – ein geradezu heiliges Ereignis für die Bewohner von Manhattan, die sechzig Stunden die Woche arbeiteten. Der Sonntagvormittag war die einzige Zeit, zu der die New Yorker Workaholics eine Pause einlegen konnten, bevor der Alltagstrott am Montag wieder von vorne losging.

In der Regel zelebrierte Carrie Gray den Brunch mit Bergen von Backwaren, Eiern, Bagels, Frischkäse und ab und an einem Glas Sekt. Aber an diesem Morgen war sie einfach zu müde, um solch ein Festgelage für ihre Freundinnen zu organisieren. Sie hatte gerade noch genug Zeit, um ihre langen braunen Haare zu einem Zopf hochzubinden. Ihre Kontaktlinsen einzusetzen schaffte sie beim besten Willen nicht mehr. Egal, dann musste es heute eben die Brille tun.

Carrie hatte bis spät in der Nacht an den Entwürfen für ein Logo gearbeitet. Wenn ihr Vorschlag auf allgemeine Zustimmung traf, war ihr nächster Monat gerettet – wenigstens in finanzieller Hinsicht. Aber kaum war sie endlich ins Bett gegangen, als ein Mitglied von „Trents Truppen" an ihrer Wohnungstür geklingelt hatte.

Trent, genauer gesagt Trent Tanford, ein dunkelhaariges, blauäugiges Bild von einem Mann mit einem faszinierenden Grübchen in der Wange, lebte in der Wohnung nebenan. Doch so gut er auch aussehen mochte, die Horden von Frauen, die zu den unmöglichsten Zeiten in seiner Wohnung aus und ein gingen, sprachen eindeutig gegen ihn.

Den Spitznamen „Trents Truppen" hatte Carrie gemeinsam mit ihren beiden Freundinnen Amanda Crawford und Julia Prentice erfunden, mit denen sie über alles und jeden lästern konnte – zum Beispiel über ihren umtriebigen Nachbarn.

Das eigentliche Problem war, dass einige seiner Eroberungen zu blöd zum Lesen waren und regelmäßig bei 12B klingelten, dem schicken Apartment des europäischen Geschäftsmannes und Prinzen Sebastian, das Carrie derzeit hütete. Trent selbst wohnte in 12C. Letzte Nacht hatte eine weitere seiner gertenschlanken Eroberungen, eine Rothaarige mit aufgespritzten Lippen, bei Carrie geklingelt – und zwar um ein Uhr nachts.

„Es tut mir ehrlich leid, dass es nichts Anständiges zu essen gibt", versicherte Carrie ihren beiden blonden Freundinnen, nachdem sie sich gemeinsam an dem Designer-Couchtisch niedergelassen hatten, der das Zentrum von Prinz Sebastians Wohnzimmer bildete. Die Einrichtung war minimalistisch, aber teuer, geschmackvoll und außerordentlich exklusiv.

Amanda musterte die Freundin mit einem humorvollen Funkeln in den stahlgrauen Augen und schlug die langen, schlanken Beine übereinander. „Keine Sorge. Kaffee und Donuts sind doch ein echter Klassiker."

Julia streichelte sanft ihren sich rundenden Bauch und fügte hinzu: „Das Baby mag die glasierten am liebsten." Julia war im vierten Monat schwanger und hatte in Apartment 9B des Hauses in der Park Avenue gewohnt, bis sie im letzten Monat mit ihrem Verlobten Max Rolland zusammengezogen war. Amanda war ihre Mitbewohnerin gewesen und hatte Nummer 9B jetzt ganz für sich alleine.

Carrie verspürte Erleichterung, dass ihre Freundinnen es ihr nicht übel nahmen, was für eine schlechte Gastgeberin sie heute war. Zufrieden beobachtete sie, wie die beiden sich vergnügt mit Donuts vollstopften. Der Anblick der beiden brachte sie zum Lächeln. Ihre Freundinnen stammten aus einer vollkommen anderen Welt als sie: Beide blickten auf lange und illustre Stammbäume zurück, hatten beste Privatschulen besucht und hüllten sich stets von Kopf bis Fuß in teure Kleider.

Carrie wusste, dass sie selbst sich neben ihnen nicht gerade elegant ausnahm – was allerdings weniger an ihren grünen Augen und ihrer üppigen Figur, sondern an ihren ungebändigten braunen Haaren und ihrem gebatikten Hippie-Outfit lag, das keineswegs der aktuellen Designermode entsprach.

Carrie fand sich selbst in Ordnung, keine Frage. Unter Umständen hätte man sie vielleicht sogar als „süß" bezeichnen können. Aber im Vergleich zu ihren umwerfenden Freundinnen war sie ein Nichts. Carrie störte das nicht im Geringsten. Sie schämte sich ihres Äußeren und ihrer Herkunft nicht. Sie war, was sie war. Julia und Amanda sahen das ebenso. Der Society-Schönheit und der Event-Planerin war es ganz egal, woher Carrie kam oder wie viel Geld sie hatte. Das Einzige, das den beiden etwas bedeutete, war Carries Freundschaft.

„Abgesehen von einer Hühnchen-Quiche und einem Rucolasalat wollte ich eigentlich auch noch Zimtrollen machen", erzählte Carrie den beiden Frauen und nippte an ihrem Kaffee. „Aber der Teig braucht einfach zu lange."

„Das macht doch nichts, Carrie. Ehrlich!", versicherte Amanda. „Ist es gestern spät geworden?" Sie warf ihrer Freundin ein Lächeln zu, das sie vollends so aussehen ließ wie ein Top-Model. „Sag bloß, du hattest ein Date?"

„Nein", antwortete Carrie lachend, ganz so, als wäre das die albernste Idee der Welt. Dann verging ihr das Lachen. Stattdessen fragte sie sich, was *genau* an dieser Vorstellung eigentlich so abwegig war und wann sie zum letzten Mal mit einem Mann ausgegangen war. War es schon in diesem Jahrtausend gewesen? Sicher. Vor einem Jahr vermutlich, ehe ihre Mutter die Diagnose bekommen hatte …

Julia warf ihr einen scharfen Blick zu und unterbrach ihre Grübelei. „Lass mich raten: Du hattest mal wieder mitten in der Nacht unerbetenen Besuch?"

„Sie hat doch gesagt, dass sie kein Date hatte, Julia", bemerkte Amanda und griff nach einem weiteren Donut.

„Ich meinte auch keinen Mann", stellte Julia klar. „Ich spreche von den *Truppen*."

Amanda verschluckte sich fast an ihrem Donut. „Oh nein! Eine von Trents Eroberungen ist vorbeigekommen?"

„Allerdings", erwiderte Carrie und ließ sich in den wunderschönen antiken Sessel sinken.

„Mal wieder die Blondine?"

„Nein, diesmal war's ein Rotschopf."

Amanda zuckte mit den Achseln. „Immerhin ist der Typ vielseitig."

Aber Julia sah das Ganze nicht so entspannt. Sie war zwar ein zierliches Persönchen, aber wenn sie eine Ungerechtigkeit witterte, zeigte sie das Temperament einer Löwin. „Carrie, das wird dich doch früher oder später in den Wahnsinn treiben! Du musst unbedingt mit ihm reden!"

„Ich weiß ja", erwiderte Carrie ruhig. Und das stimmte. Nur, dass …

„Oder ihm wenigstens einen Zettel an die Tür hängen", schlug Amanda vor, während sie sich Kaffee nachschenkte.

Julia schüttelte den Kopf. „Du hast geschworen, dass du ihm die Hölle heiß machst, wenn es noch mal passiert."

„Du hast recht", seufzte Carrie. Es war ihr peinlich, dass sie es nicht fertigbrachte, sich gegen diesen Tanford zu wehren. „Normalerweise habe ich keine Probleme mit solchen Konfrontationen, aber dieser Typ … er ist … ich weiß auch nicht, er sieht einfach zu gut aus. Allein schon die Kombination von supermännlichem Gesicht und den niedlichen Grübchen macht mich ganz schwach. Er erinnert mich an meinen Schwarm aus Highschool-Zeiten. Ich habe damals ein Jahr lang keinen Schritt vor die Tür gesetzt, ohne vorher zwanzigmal in den Spiegel zu sehen. Jeden einzelnen Tag habe ich gehofft, dass ein Wunder geschieht und er mich endlich beachtet."

Julia hob eine Braue. „Trent erinnert dich an einen Typen, in den du mal verknallt warst, Carrie?"

„Ich meine doch nur, dass er auch gut aussieht und charismatisch ist …"

„Du wünschst dir, dass Trent dich beachtet?", unterbrach Julia sie mit einem Grinsen.

„Nein!", protestierte Carrie und seufzte tief. Wieso rechtfertigte sie sich eigentlich? „Ich meine – doch! Aber nur, damit ich ihm sagen kann, dass ich seinen Harem nie wieder vor meiner Wohnungstür sehen will!"

„Wenn du mit ihm reden willst, musst du einfach nur bei ihm klopfen."

„Ja, Julia, das weiß ich auch", erwiderte Carrie trocken.

Amanda, die dem Gespräch ihrer Freundinnen nicht weiter gefolgt, sondern mit träumerischer Miene in ihre eigene Welt abgetaucht war, nippte an ihrem Kaffee und seufzte dann: „Ich hatte auch so einen Schwarm. Aber bei mir waren es *zwei* Jahre …"

Carrie und Julia starrten sie einen Augenblick lang verblüfft an, dann brachen sie in schallendes Gelächter aus. Als Carrie sich wieder beruhigt hatte, sagte sie: „Ich wette allerdings, dass deine Jugendliebe dich beachtet hat. Bei mir war das nicht der Fall. Abgesehen von einem Mal, als er mich freundlicherweise darauf hingewiesen hat, dass ich einen nicht sehr attraktiven Pickel hätte."

„Schätzchen", mischte Julia sich ein, „ich wette, der Typ ist mittlerweile ein richtiger Versager. Bestimmt ist er Verkäufer in einer Imbissbude."

„Um ehrlich zu sein, habe ich gehört, dass er Football-Profi ist."

„Aber ich wette, die Cheerleader lassen ihn allesamt abblitzen."

Carrie seufzte. „Das bezweifle ich. Männer wie er und dieser Tanford bekommen einfach alles, was sie wollen." Sie zuckte mit den Achseln. „Ich verstehe das nicht. Warum sind die Frauen nur so verrückt nach solchen Typen? Was will man schon mit so einem arroganten Frauenhelden, der nichts als Sex im Kopf hat?"

„Sie sind groß, dunkelhaarig und reich. Das wirkt eben", stellte Julia fest.

Amanda nickte. „Die drei Erfolgsgaranten schlechthin."

Carrie verdrehte die Augen. „Ich meine das ernst, Mädels."

„Wir auch", erwiderte Julia. „Für viele Frauen gibt es nichts Wichtigeres als Aussehen und Geld."

Carrie nahm einen Schluck von ihrem lauwarmen Kaffee und dachte über das nach, was ihre Freundinnen gerade gesagt hatten. Manchmal wunderte sie sich, wie naiv sie noch immer war. Eigentlich wusste sie ganz genau, wie die Welt funktionierte. Andererseits wollte sie aber einfach nicht glauben, dass das alles war, was sich viele Frauen von Männern erhofften. Sicher, Geld und Aussehen waren nett, aber beides hielt nicht ewig vor. Die reichen, superattraktiven Männer massierten einem nicht die Füße, wenn man einen harten Tag hinter sich hatte. Sie freuten sich nicht für einen, wenn man einen kleinen, aber wichtigen Job bekam. Sie würden nicht bei einem sitzen und einem die Hand halten, wenn man Alzheimer bekam ...

Carrie verdrängte diesen Gedanken sofort. Sie wollte ihren entspannten Sonntagvormittag nicht mit ihren Problemen und schlechter Stimmung ruinieren. Stattdessen stand sie auf und ging in die Küche, um frischen Kaffee aufzusetzen.

Eine Stunde später standen die zwei Besucherinnen gesättigt und zufrieden vor der Wohnungstür, um sich zu verabschieden. Amanda und Julia dankten Carrie für den Brunch. Sie verabredeten sich lose, an einem der kommenden Abende ins Kino zu gehen, und umarmten einander kurz zum Abschied. Als die beiden Blondinen den Flur entlang in Richtung Aufzug gingen, stolperte Julia nach wenigen Schritten über ein Hindernis.

Sie bückte sich und hob den Gegenstand auf. „Hier, bitte." Sie hielt eine Tageszeitung in der Hand.

Carrie nahm sie zwar, schüttelte aber den Kopf. „Das ist nicht meine." Sie warf einen Blick auf den Aufkleber mit dem Empfängernamen.

Amanda grinste breit. „Mr. Tanford, nehme ich mal an."

Carrie schüttelte wieder den Kopf. „Unglaublich. Jetzt muss ich nicht nur seine Frauen, sondern auch die Zeitung an seine Wohnungstür bringen. Das bedeutet Ärger."

„Hey, Julia, ich glaube, sie ist auf Hundertachtzig", flüsterte Amanda, deren Lächeln noch breiter geworden war.

„Na endlich", erwiderte Julia, drückte Carries Arm und raunte ihr zu: „Schnapp ihn dir! Sei eine Tigerin!"

„Ich werde mir Mühe geben!" Lachend winkte sie den beiden Frauen nach, die zum Fahrstuhl gingen.

Trent hatte gerade seine neuen Laufschuhe zugebunden und durchforstete seinen iPod nach passender musikalischer Untermalung zum Joggen, als er ein Klopfen an der Tür hörte.

„Sekunde!", rief er und ging in den Flur. Während er grübelte, wie zum Teufel klassische Geigenmusik auf seinen MP3-Player gekommen war, öffnete er geistesabwesend die Tür. Vor ihm stand eine kleine, zierliche Frau Mitte zwanzig. Sie trug ein Batik-T-Shirt in Grasgrün – der Farbe ihrer Augen, soweit man das hinter der Schildpattbrille erkennen konnte. Ihr langes, braunes Haar war zu einem Pferdeschwanz zusammengebunden, und ihre vollen Lippen waren missmutig zusammengezogen. Eigentlich bedauerlich, dass sie sich hinter der Brille und diesen scheußlichen Klamotten versteckte. Trotz ihres nicht gerade schmeichelhaften Outfits war nicht zu übersehen, dass ihr Körper aufregende Kurven hatte. Die junge Frau gefiel ihm, und sie kam ihm vage bekannt vor. Trent begrüßte sie mit einem fragenden: „Hallo?"

„Hi", antwortete sie ohne den leisesten Hauch eines Lächelns.

„Ich kenne Sie", antwortete Trent und legte den Kopf schief, um sie genauer zu mustern. „Aber ich weiß nicht, woher."

Die junge Frau verdrehte die Augen, schüttelte den Kopf und hielt ihm die Zeitung hin. „Bitte schön."

„Ist das meine?"

„Allerdings."

Sie redete nicht sonderlich viel, aber sie hatte eindeutig das gewisse Etwas. Vielleicht war es die aufreizende Art, wie sie ihre Lippen bewegte … Sehr hübsche Lippen.

Er nahm ihr die *New York Post* aus der Hand. „Sind Sie die Zeitungsbotin?"

„Nein."

„Gut, denn es ist zwei Uhr nachmittags, und wenn Sie die Zeitungsbotin wären, müsste ich Sie wegen der Verspätung bei Ihrem Chef verpetzen."

„Das ist nicht sonderlich nett von Ihnen."

„Stimmt. Ich bin ganz allgemein nicht unbedingt für meine Nettigkeit bekannt."

„Gut zu wissen."

„Wohnen Sie hier im Haus?"

Die Frage zauberte ein Lächeln auf das Gesicht der jungen Frau. Nein, sinnierte Trent, während er sie musterte, nicht direkt ein Lächeln. Eher ein spöttisches Grinsen, so als hätte sie nichts anderes von ihm erwartet. „Ja. Um genau zu sein: direkt neben Ihnen."

Ach ja, richtig! Trent grinste. „Jetzt erinnere ich mich. Und warum wurde meine Zeitung zu Ihnen geliefert?"

„Vermutlich ist das üblich so", erwiderte die Frau trocken. Sie zögerte einen Moment und schien zu überlegen, wie sie fortfahren sollte. Ihre aufregenden Lippen, von denen Trent seinen Blick kaum losreißen konnte, blieben dabei ein wenig geöffnet.

Als die Nachbarin sich weiterhin in Schweigen hüllte, fragte er nach: „Wieso üblich?"

„Ihre Zeitung ist nicht das Einzige, was ich regelmäßig vor meiner Wohnungstür aufsammeln muss, Mr. Tanford."

Mr. Tanford. Oh, oh! Das war kein gutes Zeichen. Nur Frauen, die für ihn arbeiteten, nannten ihn so. Er durchforstete sein Gehirn nach einem möglichen Grund, warum diese Frau ihn nicht mögen könnte. Er brauchte eine Weile, dann dämmerte es ihm. Seine weiblichen Gäste, die spät nachts das falsche Apartment erwischten! Er lehnte sich gegen den Türrahmen und verschränkte die Arme vor der Brust. „Sie wohnen in 12B, richtig?"

Sie nickte. „Mieterin Nummer 12B steht leibhaftig vor Ihnen."

Leibhaftig … das konnte man wohl sagen – und was für ein Leib! Trent musterte seine Nachbarin eingehend und kam zu dem Schluss, dass das weite Batikhemd nicht einfach nur hässlich war. Nein – es war schlichtweg ein Verbrechen, dass die junge Frau ihren aufregenden Körper in diesem Sack versteckte. Sie sah allerdings nicht so aus, als würde sie sich über diese Art von Komplimenten freuen. „Sie sind also die Lebensgefährtin von Sebastian?", hakte er nach.

„Ich passe auf seine Wohnung auf", stellte sie mit blitzenden Augen klar.

Frauen mit Feuer, die ihn nicht mochten und sich kein bisschen von ihm beeindrucken ließen, waren äußerst rar gesät. Trents Jagdtrieb war geweckt. Sie war zwar nicht sein Typ, aber trotzdem wollte er sie unbedingt wiedersehen.

„Danke für die Zeitung", sagte er. „Und das mit den nächtlichen Störungen tut mir leid. Ich wollte eigentlich schon persönlich vorbeikommen, um mich zu entschuldigen."

„Na klar." Ihr unverhohlener Spott machte sie für Trent nur umso reizvoller.

„Ich hatte bisher einfach zu viel zu tun."

„Wir haben *alle* viel zu tun, Mr. Tanford."

„Natürlich. Ich entschuldige mich erneut. Ich werde dafür sorgen, dass es nie wieder vorkommt. Sollte es dennoch zu weiteren ungebetenen Besuchen kommen, zögern Sie nicht, zu klopfen und mich zur Schnecke zu machen."

„Sie finden das also lustig", erwiderte die Frau mit hochgezogenen Brauen. Ihr Tonfall wurde zunehmend verärgert.

Trent reagierte sofort auf ihren Stimmungswechsel und versicherte ernsthaft: „Aber nein, alles andere als das!"

„Sicher doch. Und ich bin der Papst."

„Glauben Sie mir, ich fände es auch kein bisschen lustig, mitten in der Nacht geweckt zu werden", erklärte er.

Seine Nachbarin hob kampfbereit ihr Kinn und sah ihn skeptisch an.

„Außer es gibt einen wirklich guten Grund", fuhr er fort.

Ihre Augen wurden schmal, und sie sah so aus, als würde sie ihm jeden Moment in die Magengrube boxen. „Ich erwarte, dass Sie noch heute Abhilfe schaffen."

„Ich habe heute Abend sowieso kein Date."

Sie atmete hörbar durch. „Vielleicht sollten Sie Ihren Besucherinnen einen Grundriss des Hauses zukommen lassen." Sie machte eine Pause und fuhr dann mit leisem Sarkasmus in der Stimme fort: „Oder vielleicht auch nicht. Die Damen haben nicht so gewirkt, als ob sie rechts von links unterscheiden könnten."

Diese Frau gefiel ihm – und zwar sehr. Vielleicht war sie ja doch sein Typ? „Tatsächlich?", fragte er.

Sie nickte. „Eine von ihnen musste ich bis zu Ihrer Haustür bringen, weil sie meine Erklärung nicht begriffen hat: dass sie einfach nur nach rechts gehen und an der nächsten Tür klopfen muss."

Trent grinste. „Was soll ich sagen? Kluge Frauen stehen nicht auf Männer wie mich. Und Männer wie ich stehen nicht auf kluge Frauen."

Seine Nachbarin rümpfte die Nase und wich seinem herausfordernden Blick aus. „Das glaube ich gerne", murmelte sie leise.

„Wie bitte?" Er hatte sie ganz genau verstanden, aber er wollte, dass sie noch ein wenig blieb und weiterredete. Er war noch lange nicht so weit, den Blick von diesen sinnlichen Lippen loszureißen …

„Ach, nicht so wichtig. Ich muss jetzt los." Sie salutierte spöttisch, drehte sich um und marschierte davon.

„Danke noch mal", rief er ihr hinterher.

Sie warf einen Blick über ihre Schulter zurück. „Unter normalen Umständen würde ich jetzt mit ‚gern geschehen' antworten, aber in diesem Fall wäre das schlichtweg gelogen."

Er lachte leise in sich hinein. Diese Frau war wirklich nicht ohne. „Hey! Warten Sie mal einen Moment!"

„Was ist denn noch?"

„Wenn ich Ihnen im Flur oder im Aufzug begegne …"

„Ja?"

„Muss ich Sie dann 12B nennen?"

Endlich hatte er seiner Nachbarin ein echtes Lächeln entlockt – und was für eines! „Nicht, wenn Sie wollen, dass ich reagiere."

„Wie heißen Sie denn?"

„Carrie Gray."

„Sind Sie eine kluge Frau, Carrie Gray?"

Wieder dieses Lächeln … „Ich fürchte ja."

Sie drehte sich um und verschwand in Richtung Aufzug. Trent beobachtete, wie ihr fester, runder Po sich bei jedem Schritt verführerisch bewegte. Halb Frau, halb junges Mädchen, war seine Nachbarin auf ihre ganz eigene Art hübsch und irgendwie … wahnsinnig sexy. Natürlich war sie nicht der Typ, den er normalerweise bevorzugte. Aber das lag nicht daran, dass er ein Problem mit ihrer Schlagfertigkeit hatte.

Als er sagte, dass ihn kluge Frauen nicht interessierten, hatte er gelogen. In Wahrheit mochte er es, wenn eine Frau ihm gewachsen war und ihn herausforderte. Es war nur einfach so, dass seine Arbeit im Augenblick Herausforderung genug war. Sein Liebesleben war einfach und unkompliziert, und das sollte auch so bleiben.

Er kehrte in seine Wohnung zurück, ließ sich auf die Couch fallen und schlug die Zeitung auf. Zum Laufen war es dank des Auftrittes von Carrie Gray jetzt sowieso schon zu spät, also konnte er es sich genauso gut in seinem Wohnzimmer bequem machen.

Er las die wichtigsten Artikel quer, erst den Politik-, dann den Sportteil. Die Yankees waren kurz vor dem Abstieg. Enttäuscht von den Niederlagen seiner Lieblingsmannschaft, blätterte er erneut um – und wurde fast vom Schlag getroffen.

„Verdammt", murmelte er, während er auf ein riesiges Foto von sich selbst und Marie Endicott starrte, einer Frau, mit der er ein paarmal ausgegangen war, bevor sie sich vor etwas mehr als einem Monat hier im Haus vom Dach gestürzt hatte.

Über dem Foto prangte die Schlagzeile: *Selbstmordopfer beim Stelldichein mit AMS-Playboy kurz vor ihrem Tod?*

Trent stöhnte auf, warf die Zeitung beiseite und schnappte sich seinen Blackberry vom Tisch. Wie erwartet, war seine Mailbox überflutet mit Anfragen von neugierigen Reportern.

„Oh, verdammt!"

Zehn Minuten später klingelte sein Telefon. Es war die Polizei, die eine ganz andere Art von Anfrage hatte: „Mr. Tanford, bitte kommen Sie auf unser Revier. Wir hätten gerne ein paar Informationen von Ihnen."

2. KAPITEL

Zwischen seinem vierzehnten und seinem siebzehnten Lebensjahr hatte Trent sich nicht gerade in bester Gesellschaft herumgetrieben. Vielleicht hatte es an seinen Lebensumständen gelegen: der fürsorglichen Kinderfrau und seinen Eltern, die niemals da waren, ihm aber aus schlechtem Gewissen jeden Wunsch von den Augen ablasen. Als er in die Pubertät kam, zog er Ärger an wie ein Magnet.

Nachts steckte er Kissen unter seine Bettdecke und sagte seiner Nanny gute Nacht, um sich dann aus dem Fenster zu stehlen. Er hing mit den Jungs aus der Stadt herum und versuchte, auf jede erdenkliche Art zu beweisen, wie sehr er alles verachtete, wofür seine Eltern standen. Er trank Alkohol, verwüstete Vorgärten und schloss Autos für Spritztouren kurz.

Es dauerte nicht lange, bis er seine erste Nacht auf der Polizeistation verbringen musste.

James Tanford war selbstverständlich alles andere als stolz darauf gewesen, seinen kriminellen Sohn aus dem Gefängnis zu holen. Solange Trent gehofft hatte, eine Beziehung zu ihm aufbauen zu können, hatte er die Heimfahrten von der Wache als Chance gesehen, Zeit mit seinem Vater zu verbringen. Auch wenn er sich dabei nichts als geharnischte Strafpredigten und die eine oder andere Ohrfeige abholte.

Doch mittlerweile gehörte das der Vergangenheit an. Trent hatte sein Leben geändert. Er wollte nichts mehr zerstören, er wollte sich etwas aufbauen: eine Karriere.

Als er an diesem Sonntagnachmittag das Polizeirevier betrat, hatte er sich nichts vorzuwerfen und nichts zu verbergen. Zur Sicherheit hatte er aber dennoch seinen Anwalt mitgebracht. Trent war selbstsicher, aber nicht dumm.

„Vielen Dank, dass Sie sich Zeit für uns genommen haben, Mr. Tanford."

„Das ist doch selbstverständlich." In Wahrheit war es eine absolute Zumutung, einen Sonntagnachmittag auf der Polizeistation zu verbringen, aber Trent hatte Marie Endicott wirklich gemocht. Es hatte zwar nicht zwischen ihnen gefunkt, aber sie war eine anständige junge Frau gewesen, und was ihr geschehen war, tat ihm leid. Wenn er irgendwie helfen konnte, würde er es tun.

Trent und sein Anwalt Evan Wallace wurden in einen Raum von Schuhkartongröße geführt, dessen abgeschabte Wände früher einmal gelb gewesen sein mussten. Im grellen Neonlicht setzten sie sich einem müde aussehenden Polizisten in den Mittvierzigern gegenüber.

Detective Arnold McGray musterte Trent neugierig aus hellgrünen Augen. Er machte keinen Hehl daraus, dass sein Gegenüber ihm unsympathisch war und Misstrauen einflößte.

Unvermittelt begann er, Trent schnell und emotionslos mit Fragen zu bombardieren. Er hob die Ausgabe der *New York Post* hoch, in der Trent das Bild von sich und Marie entdeckt hatte „Haben Sie selbst dieses Bild an die Zeitung geschickt?"

„Nein."

„Sind Sie mit Marie Endicott ausgegangen?"

„Ja."

„Und wie oft?"

„Ein paarmal."

„Geht das auch genauer?"

Trent machte eine Denkpause, dann antwortete er: „Zweimal."

„Warum haben Sie Schluss gemacht?"

„Wir waren nie zusammen."

„Warum? Stand sie nicht auf Sie?"

„Wir standen nicht aufeinander."

„Es ist hart, zurückgewiesen zu werden. Das muss Sie ziemlich wütend gemacht haben, Mr. Tanford."

Wallace unterbrach ihn. „Das ist lächerlich. Mr. Tanford ist zweimal mit der Dame ausgegangen. Weiter, Detective."

Trent beruhigte seinen Anwalt. „Ist schon in Ordnung, Wallace."

McGray starrte Trent an. „Sie sind daran gewöhnt, alles zu bekommen, was Sie wollen, Mr. Tanford."

„War das eine Frage oder eine Feststellung?"

„Männer wie Sie reagieren nicht gerade freundlich auf Abweisungen."

Trent versuchte, es so einfach wie möglich zu machen. „Marie und ich hatten nichts gemeinsam. Weder auf ihrer noch auf meiner Seite wurden irgendwelche Gefühle verletzt."

„Woher wissen Sie das so genau?"

„Als wir uns zum zweiten Mal trafen, haben wir offen darüber gesprochen. Wir haben sogar gemeinsam darüber gelacht. Sie sagte, dass sie nicht mit einem karrieresüchtigen Workaholic zusammen sein wolle."

Danach ergab ihr Gespräch nicht mehr viel Neues. McGray fragte Trent nach seinen Gefühlen für Marie und ihre für ihn, wohin sie bei ihren Dates gegangen waren und so weiter. Wie erwartet unterbrach Wallace den Detective hin und wieder, um seinen Klienten zu schützen, was McGray aber nicht davon abhielt, in regelmäßigen Abständen zu versuchen, Trent zu provozieren.

Als der Polizist auch auf diese Weise nicht die Antworten bekam, die er sich erhofft hatte, stellte er plötzlich eine Frage, die Trent wie eine Salzsäule erstarren ließ.

„Haben Sie in letzter Zeit Drohungen erhalten? E-Mails? Anrufe? Briefe?"

„Ja."

Wallace sah alarmiert von seinem Blackberry auf. „Was? Davon wusste ich ja gar nichts!"

Trent fuhr rasch fort. „Ich habe einen Brief bekommen."

Detective McGray sog scharf die Luft ein. „Was stand darin?"

„Der Absender wollte, dass ich eine Million Dollar auf ein Bankkonto auf den Kaimaninseln überweise. Er hat gedroht, Geheimnisse aus meiner Vergangenheit publik zu machen."

„Und worum könnte es sich bei diesen Geheimnissen handeln?"

Wallace warf Trent einen scharfen, warnenden Blick zu. Aber Trent hatte nichts zu verbergen.

„Ich hatte keine Ahnung. Deswegen habe ich den Brief weggeworfen. Ich dachte, es wäre ein Scherz."

„Glauben Sie das noch immer?"

„Ich glaube, jemand will, dass ich hier sitze und mit Ihnen über Maries Tod spreche."

Der Detective entschuldigte sich für einen Augenblick und verließ das Zimmer. Trent starrte ins Leere und dachte nach. Was genau hatte noch mal in dem Brief gestanden?

Während er auf die Rückkehr des Polizisten wartete, klingelte sein Handy. Er nahm das Gespräch an.

„Herzlichen Glückwunsch für das, was du da wieder angerichtet hast, Trent."

Sein Vater. Trent drehte sich um und warf Wallace einen Hilfe suchenden Blick zu. Aber der Anwalt hob nur die Brauen und konzentrierte sich wieder auf seinen Blackberry. Was dieses Thema anging, war Trent auf sich allein gestellt. Wallace war der Firmenanwalt und damit in erster Linie James Tanford verpflichtet.

Trent atmete durch. „Hallo, James." Trent hatte ihn seit über fünfzehn Jahren nicht mehr „Vater" genannt, und das Wort „Dad" war ihm in seinem ganzen Leben noch nicht über die Lippen gekommen.

„Ich hatte gehofft, das Thema Gefängnis wäre ausgestanden", wetterte James.

„Ich bin nicht verhaftet worden, ich beantworte nur einige Fragen."

„Über die Frau, mit der du eine Affäre hattest?"

„Über die Frau, mit der ich mich zweimal verabredet habe", stellte Trent mit schlecht verhohlener Ungeduld klar.

„Eine Frau, die letzten Monat unter äußerst mysteriösen Umständen ums Leben kam. Und jetzt gehen Fotos von euch beiden durch alle Medien!"

Trent hielt es für sinnlos, seinem Vater klarzumachen, dass es sich um einen unglücklichen Zufall handelte. „Was willst du von mir, James?"

„Ich will wissen, wie du so dumm sein konntest!"

„Ich bin mit einer Frau ausgegangen, die selbstmordgefährdet war, was ich nicht wusste! Was soll daran bitte dumm sein?"

Aber mit Fakten konnte man James in solchen Situationen wenig beeindrucken. „Ich will, dass dieser Skandal unterbunden wird, und zwar sofort."

Zähneknirschend murmelte Trent ein knappes „Ich auch. Sonst noch was?" Er hatte Marie nur zweimal getroffen, aber ihr Selbstmord belastete ihn. Die eiskalte Art, wie sein Vater ihren Tod betrachtete, widerte ihn an.

James seufzte. „Ich weiß, dass es keinen Sinn hat, mit dir zu diskutieren, Junge. Reden bringt uns nicht weiter."

„Da hast du allerdings recht."

„Du musst eine Entscheidung treffen. Du hast vierundzwanzig Stunden Zeit."

Wann würde dieser verdammte Detective endlich zurückkommen und ihn erlösen? Trent hatte keine Zeit für dieses alberne Gespräch. „Ultimaten und Drohungen beeindrucken mich nicht, James."

„Ich denke, *dieses* Ultimatum wird dich sehr wohl zum Nachdenken bewegen. Es geht um AMS."

Trent lachte bitter auf. Immer dieselbe alte Leier.

Der alte Mann sprach langsam und bedächtig. „Es gibt einen Ausweg, Trent. Eine Möglichkeit, den Ruf unserer Familie und unseres Unternehmens wiederherzustellen."

„Und welche? Willst du mich feuern?"

„Nein. Ich will, dass du heiratest."

Trent fluchte. „So groß ist der Skandal dann auch wieder nicht."

„Eine Hochzeit in Weiß, mit allem Drum und Dran."

„Das kann doch nicht wahr sein, James." Als ob eine Ehefrau Trents Image einfach so ändern würde!

„Es geht hier um mein Unternehmen", stellte James fest. „Um mein Lebenswerk. Ich werde nicht zulassen, dass diese Situation außer Kontrolle gerät. Unsere Werbekunden werden sich das Maul zerreißen! Ich habe nicht vor, einen von ihnen zu verlieren, nur weil du nicht denkst, bevor du handelst. Wenn dir AMS so am Herzen läge, wie du behauptest, dann würdest du alles Menschenmögliche tun, um das Unternehmen aus den Schlagzeilen herauszuhalten!"

Trent schwieg.

„Mein Angebot ist einmalig, Junge. Ich ernenne dich zu meinem Nachfolger. Aber nur, wenn du bis Ende der Woche heiratest."

Trent erwiderte scharf: „Ich werde deine Nachfolge antreten, weil ich verdammt gut bin in dem, was ich tue. Du kannst mir nicht drohen, und das weißt du genau."

„Es ist mir gerade egal, wie gut du bist. Verdammt noch mal, Trent, bedeutet dir das Ansehen deiner Familie denn gar nichts?"

„Meine Antwort würde dir nicht gefallen."

James schwieg eine Sekunde, dann erwiderte er drohend: „Ich erwarte, dass du bis morgen Nacht um zwölf deine Verlobung bekannt gibst. Als Gegenleistung werde ich dem Betriebsrat und den Medien deine neue Position mitteilen. Solltest du meinem Wunsch nicht Folge leisten, verstehe ich das als mündliche Kündigung."

Wut pulsierte durch Trents Adern. Er fühlte sich so benommen, dass er kaum bemerkte, wie McGray an den Sichtfenstern entlang auf die Bürotür zukam. Als Trent ihn schließlich wahrnahm, murmelte er: „Ich muss jetzt auflegen."

„Eins noch, Trent. Die Frau, die du heiratest, sollte keines von deinen üblichen Flittchen sein. Ich erwarte, dass du dir eine Lebenspartnerin suchst, kein Spielzeug mit aufgespritzten Lippen und Brustimplantaten. Sie muss kein Geld besitzen, das hatte ich früher auch nicht. Aber sie muss was im Köpfchen und Klasse haben. Wähle eine Frau, die des Namens Tanford würdig ist, Trent."

„Auf Wiederhören, James."

Gerade als Trent auflegte, betrat McGray das Zimmer. Er setzte sich wieder auf seinen Stuhl und musterte Trent eingehend.

„Sie hatten als Jugendlicher einige Einträge ins Strafregister, Mr. Tanford."

Wallace unterbrach ihn sofort. „Diese Einträge gehören der Vergangenheit an und sollten eigentlich gelöscht sein."

Trent winkte ab und wandte sich dann an den Detective. „Was wollen Sie wissen?"

Der Mann starrte ihn ungerührt an. „Wie schlimm waren Sie früher?"

„Nicht sonderlich, aber ich habe mir alle Mühe gegeben."

Trents offene Antwort entlockte dem Detective ein schwaches Grinsen. McGray nickte ihm zu und schien zu überlegen, welchen Weg er nun einschlagen sollte. Schließlich senkte er den Blick und lehnte sich in seinem Stuhl zurück.

„Sie sind nicht der Einzige, der einen solchen Brief erhalten hat."

Trent war vollkommen überrascht. „Wer noch?"

„Jemand aus dem Haus, in dem Sie wohnen."

„Sie können mir vermutlich nicht verraten, um wen es sich handelt."

„Das ist nicht wichtig. Wichtig ist, dass Sie mir alles über diesen Brief erzählen, woran Sie sich erinnern können!"

Um kurz vor fünf stand Carrie an der Ecke 77. und Second Avenue. Seit zehn Minuten versuchte sie verzweifelt, ein Taxi zu erwischen. Eigentlich konnte sie sich diesen Luxus gar nicht leisten, aber es herrschten schwüle sechsunddreißig Grad, und die U-Bahnen waren überfüllt. Außerdem war sie zu spät dran und musste unbedingt zum Haus ihrer Mutter, um die Pflegerin abzulösen. Überstunden zu bezahlen konnte sie sich nicht leisten.

Endlich hielt ein Taxi. Carrie sprang hinein und nannte die Adresse in Tribeca. Sie hatte schon hundertmal versucht, ihre Mutter zu überreden, zu ihr zu ziehen. Prinz Sebastian hatte großzügig versichert, das sei kein Problem für ihn. Aber Rachel Gray wollte nichts davon wissen. Ihre winzige Wohnung in Tribeca war ihr Ein und Alles. Sie lebte dort, seit sie und Carrie vor fast zwanzig Jahren aus dem Umland in die Stadt gezogen waren. Rachel regte sich schnell auf, wenn man sie zu lange von ihrer

Wohnung und ihren Besitztümern trennte. Carrie konnte sie zu nichts zwingen.

Ihr blieb nichts weiter übrig, als ihrer Mutter die Begleitumstände der Krankheit so angenehm wie möglich zu gestalten.

Das Taxi hielt, Carrie bezahlte seufzend den Fahrer und betrat die Wohnung. An den Wänden prangten Rachels Kunstwerke. Die teils kühnen, teils sehr einfachen Arbeiten bedeckten fast jeden Quadratzentimeter der Wohnung. Die Kunst ihrer Mutter war der Hauptgrund gewesen, aus dem sie in die Stadt gezogen waren.

Fünfzehn Jahre lang hatte Rachel Gray eine ansehnliche Karriere hingelegt. Aber wie bei jedem Künstler war der Geldfluss versiegt, als sie aufhören musste zu malen. Sie erhielt zwar noch immer hin und wieder eine kleine Summe, wenn eines ihrer älteren Werke verkauft wurde, und hatte ihre bescheidenen Ersparnisse klug angelegt, aber Manhattan war teuer.

Carrie winkte der Pflegerin Wanda, die in der Küche das Abendessen zubereitete, freundlich zu und betrat das Schlafzimmer. Es sah genauso aus wie eh und je: antike Lampen, der Weichholzkleiderschrank, den Rachel aus Albany mitgebracht hatte, Fotografien, Nippes und überfüllte Bücherregale. An den Wänden hingen mehrere abstrakte Kunstwerke, einige von ihr selbst, andere von ihren Künstlerfreunden. In der Mitte des Raumes stand ein riesiges schmiedeeisernes Bett mit leuchtend roter Bettwäsche und lila Zierkissen.

Carrie setzte sich neben das Bett und betrachtete ihre Mutter. Dunkelbraunes Haar rahmte ein bleiches, verhärmtes Gesicht ein. Rachel war immer schlank gewesen, aber jetzt sah sie unnatürlich dürr aus. Carrie erschrak jedes Mal wieder, wenn sie ihre Mutter so sah. Die Erinnerung an alte Zeiten, in denen ihre früher so lebensfrohe Mutter mit dem Pinsel in der Hand und Farbklecksen auf den Armen zu Songs von Depeche Mode durch die Wohnung getanzt war, war noch frisch.

Rachel starrte sie mit unruhigem Blick an. „Sie sehen wie meine Tochter aus."

„Ich *bin* deine Tochter."

„Wie heißen Sie?"

„Carrie."

Rachel schenkte ihr ein warmes Lächeln. „Wie das Mädchen aus meinem liebsten Kinderbuch."

„Stimmt. Daher stammt auch mein Name."

„Wie schön."

„Finde ich auch."

Rachel räusperte sich und richtete sich auf. „Ich habe Durst."

„Ich hole dir was zu trinken. Bin gleich wieder da."

Carrie verließ schweren Herzens das Schlafzimmer. Als ihre Mutter ihr das erste Mal mitgeteilt hatte, dass sie wie ihre Tochter aussähe, war sie ins Badezimmer geflüchtet, weil ihr schlecht geworden war. Es gab Dinge, die Töchter einfach nicht von ihren Müttern hören sollten.

Zum Glück gab es auch gute Tage. Manche waren sogar toll. Es kam vor, dass Rachel ganz genau wusste, wer Carrie war. An solchen Tagen hatte Carrie das Gefühl, dass die Sonne heller strahlte als sonst.

Sie goss ein Glas Eistee ein und kehrte ins Schlafzimmer zurück. „Bitte schön."

Rachel beäugte das Glas, als handelte es sich um eine Handgranate. „Das will ich nicht."

„Aber du magst Eistee."

Rachel runzelte die Stirn. „Tatsächlich?"

Carrie nickte.

„Na dann ist ja gut." Rachel trank das Glas in einem Zug aus und begann dann, wie ein kleines Mädchen auf den Eiswürfeln herumzukauen. Schließlich sah sie auf und musterte Carrie mit zusammengezogenen Brauen. „Wer sind Sie?"

Carrie nahm die Hand ihrer Mutter. „Ich bin Carrie, deine Tochter."

„Gut." Rachel kaute weiter auf dem Eis herum und fragte dann nach längerem Zögern: „Lesen Sie mir etwas vor?"

Manche Tage waren eben schlechter als die anderen.

Carrie nahm ein Buch vom Nachttisch und schlug es auf. Sie las, während ihre Mutter zu Abend aß, und hörte erst auf, als Rachel schlummerte.

Um kurz vor neun stieg Trent in den Aufzug. Sein Mantel war klitschnass und klebte ihm am Körper. Als er das Revier einige Stunden zuvor verlassen hatte, war er nicht direkt nach Hause gefahren, sondern hatte noch eine Kleinigkeit gegessen. Auf dem Heimweg war er dann von einem unerwarteten Sommergewitter überrascht worden.

Die Aufzugtür schloss sich, aber im letzten Moment steckte jemand einen Regenschirm zwischen die Metalltüren. Die Türen stoppten und öffneten sich wieder.

Trent nickte der Frau, die den Fahrstuhl betrat, zu. „Hallo, 12B."

Seine hübsche Nachbarin hob den Kopf und sah ihn an. Als sie ihn erkannte, warf sie ihm ein halbherziges, müdes Lächeln zu. „Hallo."

Trent musterte Carries erschöpften Gesichtsausdruck und die tropfenden Haarsträhnen, die ihr wirr ums Gesicht hingen. „Hat das Gewitter Sie auch erwischt?"

„Kann man wohl sagen", kam die scharfe Antwort.

„Ist alles in Ordnung bei Ihnen?"

Carrie nickte stumm und zögerlich.

Trent beobachtete, wie sie versuchte, ihr nasses Haar mit einem Taschentuch zu trocknen. Sie war nicht der Typ Frau, der einem sofort ins Auge stach. Aber ihre vollen Lippen, ihr zierlicher, aber wohlgerundeter Körper und ihre herausfordernde Art waren reizvoll und ungewöhnlich. Aus irgendeinem Grund wollte Trent sie an sich ziehen und sie küssen, bis sie sich entspannte und aufhörte, so wütend zu sein.

Vielleicht würde ein anständiger Kuss auch ihm helfen, das eine oder andere zu vergessen. Beispielsweise seinen grauenhaften Nachmittag.

Er lehnte sich gegen die Wand des Aufzugs. Wenigstens konnte er versuchen, ihre schlechte Laune zu vertreiben. „Es tut mir leid."

Sie sah ihn verwirrt an. „Was denn?"

„Dass ich Sie 12B genannt habe. Ich wollte nur lustig sein."

Sie senkte den Blick, dann sah sie ihn wieder an und schüttelte den Kopf. „Machen Sie sich keine Gedanken. Sie waren heute einfach nur nicht der Erste, der meinen Namen vergessen hat."

„Ärger bei der Arbeit?"

„Nein. Eine persönliche Angelegenheit."

„Eine Männerangelegenheit?"

Ein Anflug von Lächeln umspielte ihre faszinierenden Lippen. „Nein. Viel, viel schlimmer."

Aha. Trent verschränkte die Arme. Sie schien nicht vergeben zu sein. Warum interessierte ihn all das eigentlich so? „Ich wollte Sie jedenfalls nicht kränken. Es war nur ein Versuch, ein wenig Humor in einen ansonsten vollkommen trüben Tag zu bringen."

„Sie hatten auch einen miesen Tag?"

„Allerdings."

Carrie fühlte sich in dem makellosen Ambiente des Aufzugs wie ein nasser, schmuddeliger Putzlappen, und sie befürchtete, dass sie auch so aussah. Und das, während dieser umwerfende Mann neben ihr stand. Sie beschloss, die erstbeste Gelegenheit zur Flucht zu ergreifen. Es war schwierig, Trent nicht anzustarren. Er war genauso durchnässt wie sie selbst, mit dem Unterschied, dass er nicht wie ein begossener Pudel, sondern sogar noch besser aussah als sonst. Wie schaffte dieser Mann es nur, stets so zu wirken, als wäre er gerade dem Cover der *Men's Health* entsprungen?

Sie verbot sich, nach dem Grund für seine schlechte Laune zu fragen. Immerhin kannte sie Trent kaum, und ihre eigenen Probleme belasteten sie schon mehr als genug. Vermutlich bestanden seine Sorgen sowieso nur darin, dass seine neueste Blondine ihn versetzt hatte, weil ihr ein wichtiger Modeljob dazwischengekommen war.

Als sich die Edelstahltür endlich wieder öffnete, winkte Carrie ihm kurz angebunden zu und ging zu ihrer Wohnungstür. Ihr Nachbar lief direkt hinter ihr, und seine Nähe schien sie wie ein Kaminfeuer zu wärmen.

„Haben Sie Lust auf ein Glas Wein?"

Sie drehte sich nicht um, um den fassungslosen Ausdruck auf ihrem Gesicht zu verbergen. „Nein, danke."

„Sie sehen aber so aus, als ob Sie eine Stärkung vertragen könnten."

Das konnte sie allerdings. Aber es gab da so einiges, was ihr lieber gewesen wäre als Alkohol. Carrie fühlte sich in den letzten Tagen einsam. Sie kannte diesen Zustand zur Genüge, denn er kehrte in regelmäßigen Abständen wieder, immer dann, wenn ihr Leben nicht so verlief wie geplant. Am besten bekämpfte sie ihre Einsamkeit mit einem Becher Schokoladeneis. Vielleicht konnte es sie davon ablenken, dass sie keinen Job hatte, ihre Mutter nie wieder genesen und sie selbst vermutlich für den Rest ihres Lebens einsam bleiben würde. Später würde sie dann zu Chips übergehen und daran denken, wie gut es sich anfühlte, das Gewicht eines Mannes auf sich zu spüren, kräftige Hände auf ihrer Haut zu fühlen, unter der sanften Berührung männlicher Lippen zu erschauern.

Endlich erreichte sie ihre Wohnungstür. Trent war ihr gefolgt und stand jetzt dicht hinter ihr.

Sie winkte ihm nochmals zu und murmelte ein „Gute Nacht".

„Moment, warten Sie."

Sie wusste, dass es ein Fehler war, sich nach ihm umzudrehen, aber sie tat es dennoch. Der Türknauf bohrte sich schmerzhaft in ihren Rücken. „Was denn?"

„Ich weiß auch nicht." Wie er dastand, wirkte er trotz seiner Größe genauso verloren wie sie selbst. Seine blauen Augen verrieten Unsicherheit. „Wir könnten uns doch einfach ein bisschen unterhalten."

„Ich bin nicht in der Stimmung für Geplauder."

„Dann gehen wir eben aus! Worauf hätten Sie denn Lust?"

„Auf nichts."

„Ach, kommen Sie schon."

Carrie seufzte. „Hören Sie, ich möchte wirklich nicht unhöflich sein, aber meine Planung für diesen Abend steht schon: eine heiße Dusche, ein Riesenbecher Schokoladeneis und, wenn mir bis dahin noch nicht schlecht ist, eine Tüte Tortilla-Chips mit Chilisauce."

Er lächelte. Carrie versuchte verzweifelt, seine umwerfenden Grübchen zu ignorieren.

„Das klingt ja sehr spannend!"

„Trent, ich bin müde und nass und …"

„Und was?"

Sie seufzte. „Ach, nichts." Abwehrend schüttelte sie den Kopf, drehte sich um und schloss die Wohnungstür auf. „Bis dann."

Er beugte sich vor und griff nach ihrer Hand. Carrie hielt inne, erstarrte und bemerkte, dass ihr Herz wild zu pochen begann. Wenn seine Hand sich schon so gut anfühlte, wie würde sich dann erst …

Sie hatte keine Chance, ihren Gedanken zu Ende zu bringen, weil Trent sie umdrehte und an sich zog. Im nächsten Moment hatte er die Arme um sie gelegt, sodass ihre Brüste an seinen muskulösen Oberkörper gedrückt wurden. Carrie hielt die Luft an und beobachtete, wie Trent den Kopf senkte, fühlte, wie sein Haar ihre Wange kitzelte, seine Bartstoppeln über ihre empfindliche Haut kratzten.

Sie war wie gelähmt. Mit allem hätte sie gerechnet, nur hiermit nicht! Trent schob mit der Nase zärtlich ihr nasses Haar zur Seite und senkte seine Lippen auf die weiche Stelle zwischen Schulter und Nacken. Es war ein sanfter, zurückhaltender Kuss, aber er reichte, um einen Damm in Carrie brechen zu lassen. Nachdem sie so lange ihre leidenschaftliche Art unterdrückt hatte, stieg nun eine unaufhaltsame Flut von Gefühlen in ihr auf.

Ihre Beine begannen zu zittern, und ein unfassbares Verlangen schoss durch ihre Adern. Carrie schloss die Augen und hob ihr Kinn, bot ihrem Nachbarn die Lippen zu einem warmen, weichen, genießerischen Kuss. Als sie sich gegen Trent sinken ließ, genoss sie das Gefühl, von starken Armen gehalten zu werden, ihre zitternden Beine in dieser schützenden Umarmung vergessen zu können. Es war lange her, dass sie von jemandem beschützt und gehalten worden war.

Dieser Kuss war ganz nach Carries Geschmack. Trent knabberte sanft an ihrer Unterlippe, saugte neckisch an der weichen

Haut, ehe er sie wirklich küsste. Carrie liebte dieses Spiel ihrer Zungen, das Gefühl seiner Hände in ihrem Haar.

Trent fuhr mit einer Hand ihren Arm hinab über ihren Bauch, schob sie unter ihr Shirt und tastete sich vorsichtig nach oben vor. Carrie legte ihre Hand auf die seine, doch anstatt ihn aufzuhalten, führte sie ihn bis zu der Stelle, unter der ihr Herz klopfte wie wild.

Atemlos und ohne nachzudenken flüsterte sie: „Willst du mit reinkommen?"

Er nickte. „Ja."

Sie warf ihm ein Lächeln zu.

Doch dann fuhr er fort: „Aber ich kann nicht."

Carrie erstarrte bei seinen Worten, und ihr Herz setzte für einen Augenblick aus. Sie schluckte mühsam und sah zu Trent auf.

„Wie bitte?"

„Ich muss gehen. Jetzt sofort."

Sie starrte ihn fassungslos an. Was für eine Idiotin war sie doch gewesen! Eine masochistische Superidiotin! Was, bitte schön, hatte sie sich von diesem Typen erhofft? „Dann scher dich doch zum Teufel", erwiderte sie schnippisch. Sie drehte sich um, murmelte kaum hörbar „Trottel!" und ging in ihre Wohnung.

Carrie war alles andere als melodramatisch veranlagt, aber in diesem Moment war sie so wütend, dass sie lautstark die Tür zuknallte. Sie legte die Kette vor und ließ sich gegen das Holz sinken.

Nachdem sie sich einen Augenblick lang gesammelt hatte, wurde ihr Kopf wieder klarer. Ja, sie hatte einen Fehler gemacht. Aber nein, sie würde nicht in Selbstmitleid versinken.

Gut, dann hatte sie eben einen gut aussehenden Mann geküsst. So etwas kam häufig vor. Vielleicht nicht in *ihrem* Leben, aber die Welt würde davon ganz sicher nicht untergehen. Es hatte sich gut angefühlt und sie daran erinnert, was sie vermisste. Vielleicht sollte sie sich wieder öffnen, mit jemandem ausgehen, Leute kennenlernen.

Wen interessierte schon Trent Tanford?

Ein leises Klopfen unterbrach ihre Gedanken. Sie spürte, wie ihre Kehle eng wurde. Tief durchatmend drehte sie sich um und öffnete die Tür. Schließlich konnte sie trotzdem höflich bleiben.

Mit hochgezogenen Brauen starrte sie Trent an.

„Sag jetzt bitte nicht, dass du es dir anders überlegt hast." Ihre Stimme triefte vor Sarkasmus. Gleichzeitig verfluchte sie ihren verräterischen Körper, der einen eigenen Willen zu besitzen schien, denn alles in ihr schrie danach, einen Schritt auf Trent zuzugehen und ihn zu küssen.

Er lehnte sich gegen den Türrahmen und sah sie bekümmert an. „Ich bin so ein Mistkerl."

Eine Sekunde lang erwog sie, ihm die Tür vor der Nase zuzuknallen. Dann besann sie sich auf ihre Würde. Carrie Gray wehrte sich mit Worten, nicht mit großen Gesten. Sie seufzte. „Einigen wir uns auf *Riesensuper*mistkerl."

Er lachte und schüttelte den Kopf. „Hör mal, ich hatte wirklich einen grauenhaften Tag."

„Ich auch."

Er legte den Kopf schief. „Es tut mir sehr, sehr leid."

Ein Teil ihrer Wut verflog, und sie nickte. „Entschuldigung angenommen."

„Kann ich es irgendwie wiedergutmachen?"

„Danke, aber es gibt nichts, was jemand wie du für mich tun könnte."

Er lächelte. „Aber ich bestehe darauf, es wenigstens zu versuchen, Miss Gray." Er stieß sich vom Türrahmen ab. Gütiger Gott, er sah einfach zu gut aus! So groß und muskulös, und dann diese Grübchen und die blitzenden blauen Augen ... Er war atemberaubend. „Vermutlich weißt du über mich und meinen Ruf bestens Bescheid. Dann weißt du auch, dass ich mich kaum von etwas abhalten lasse, das ich mir in den Kopf gesetzt habe."

„Das mag ja stimmen, aber ..."

Er nahm ihre Hand, und ihre Beine drohten erneut nachzugeben. Trent sah Carrie ernst an und murmelte: „Ich mag dich. Und zwar genug, um nichts überstürzen zu wollen. Irgendetwas hast du an dir, Carrie Gray, das mich um den Verstand bringt. Und damit meine ich nicht nur Sex-Appeal. Ich will dich wiedersehen."

Nun war Carrie endgültig verwirrt. Was dachte dieser Typ sich bloß dabei?

„Geh mit mir aus."

„Wann?"

„Freitagabend."

Sie hob ihre Brauen. „Ein Date?"

Er nickte. „Ein ganz besonderes Date. Ich hole dich um halb acht ab", sagte er abschließend, ohne ihre Antwort abzuwarten.

Carrie versuchte, ihren gesunden Menschenverstand wieder einzuschalten. „Ich erinnere dich ja nur ungern daran, Trent, aber ich bin nicht dein Typ."

Er starrte sie an, dann schüttelte er den Kopf und lächelte. „Vielleicht ja doch. Vielleicht sollte ich es mal mit schön *und* intelligent versuchen."

Wenn das so ist, schoss es Carrie durch den Kopf, kann mein gesunder Menschenverstand ruhig für eine Weile in Urlaub fahren.

Sie lächelte. „In Ordnung." Dann fiel ihr ein, dass sie den Freitagnachmittag bei ihrer Mutter verbringen würde. „Du kannst mich nicht abholen, weil ich nicht hier sein werde. Es wäre besser, wenn wir uns gleich in der Stadt treffen."

„Auch gut. Dann um halb acht vor der Lexington-Kirche."

Sie warf ihm einen verblüfften Blick zu. „Eine Kirche?"

Trent hielt einen Augenblick inne und warf ihr einen verlegenen Blick zu. „Ich möchte dich gerne etwas fragen."

Oh Gott. Was kam denn jetzt? „Du willst Priester werden?", versuchte sie zu raten.

Er lächelte. „Nein, alles andere als das."

„Wäre ja auch zu schön gewesen", murmelte Carrie.

„Genauer gesagt, möchte ich dich etwas sehr Wichtiges fragen."

Carrie starrte Trent verwirrt an. Eine leise Stimme in ihr riet dringend, in die Wohnung zu flüchten, die Tür hinter sich abzusperren und sich die nächsten zwei Wochen lang nicht mehr im Flur blicken zu lassen.

„Carrie ‚12B' Gray?"

„Ja?"

„Du wirst mich sicher für verrückt halten."

„Kein guter Anfang für eine Frage."

Er kniete vor ihr nieder. „Ich kenne dich erst seit einem Tag."

„Es wird nicht besser, Trent."

„Aber ich denke, dass du die Richtige bist."

Die Richtige? In Carries Kopf schrillten die Geigenklänge aus *Psycho*. Tat dieser Wahnsinnige gerade das, was sie befürchtete?

Trent lächelte, und auf seinen Wangen bildeten sich wieder diese verdammten Grübchen. „Willst du mich heiraten?"

3. KAPITEL

assungslos" war nicht ganz der richtige Ausdruck für Carries Gefühle.

„Von den Socken" traf es auch nicht so recht.

Stinksauer, ja, das war es! Genauer gesagt war sie wütend wie eine Furie.

Es war genau wie damals in der achten Klasse, als der Schulschwarm Stuart Kaplan sie mit auf die Abschlussparty der Football-Saison genommen hatte. Er hielt den ganzen Abend lang ihre Hand und küsste sie wie ein Staubsauger. Schließlich stellte er sie sogar allen seinen Freunden vor. Aber nicht etwa, weil er sie gemocht hätte. Er hatte sich einfach nur mit ihr anlegen wollen, was ihm auch bestens gelang, nachdem er ihr plötzlich Kautabak ins Haar gespuckt hatte.

Sie würde diesen grauenhaften Abend niemals in ihrem Leben vergessen. Niemand wusste so gut wie Carrie Gray, was für Konsequenzen es hatte, wenn man sich mit den falschen Typen einließ.

Trotzdem versuchte sie, ihre Stimme unter Kontrolle zu halten, als sie Trent antwortete. „Ich bin kein kleines Mädchen mehr und habe keine Lust auf alberne Spielchen."

Er richtete sich wieder auf. „Was?"

Sie fixierte ihn mit hochgezogenen Brauen. „Du solltest jetzt besser gehen."

„Ich weiß ja, wie verrückt das alles klingt, aber …"

„Dann gehe eben *ich*." Sie machte auf dem Absatz kehrt und versuchte, die Tür hinter sich zu schließen. Aber Trent schob seinen Fuß dazwischen und hielt sie zurück.

„Carrie, warte doch einen Augenblick!"

„Nein!"

„Ich war ein Mistkerl, und zwar nicht zum ersten Mal heute. Ich hätte das alles ganz anders aufziehen sollen. Bitte beruhige dich und hör mir einen Augenblick lang zu, damit ich dir alles erklären kann. Ich wollte dich nicht auf den Arm nehmen, glaub mir! Um ehrlich zu sein, brauche ich deine Hilfe. Bitte gib mir noch eine Chance."

Sie schoss ihm einen giftigen Blick zu. „Wag es ja *nie* wieder, bei mir anzuklopfen." Mit diesen Worten schob sie ihn aus dem Weg und knallte ihm die Tür vor der Nase zu.

Diesmal wehrte sie sich nicht gegen ihre Gefühle. Stattdessen marschierte sie schnurstracks in die Küche und holte ihren Eisbecher aus dem Gefrierfach.

Sie liebte New York, aber hier liefen einfach zu viele Wahnsinnige frei herum. Wie hatte sie sich nur von diesem Mistkerl angezogen fühlen können? Einen Moment lang hatte sie tatsächlich geglaubt, dass es zwischen ihnen gefunkt hatte!

Jedenfalls, bis er seine grausame Seite gezeigt hatte.

„Die Gerüchteküche brodelt wie ein Hexenkessel, Mr. Tanford."

Trent sah auf. Der Laufbursche Danny lehnte in der Bürotür und grinste seinen Chef aus seinem runden, sommersprossigen Gesicht frech an. Er war dreist und unverfroren wie immer, wenn er den stellvertretenden Chef von AMS ansprach. Trent ließ es zu, auch wenn er sonst niemandem erlaubt hätte, so mit ihm zu reden. Er fand Danny unterhaltsam und fühlte sich ein bisschen verantwortlich für ihn. Der Junge arbeitete nun seit über zwei Jahren für AMS und war für Trent zu dem kleinen Bruder geworden, den er sich immer gewünscht hatte.

Keiner in der Firma wusste es, aber Trent finanzierte Danny seit geraumer Zeit das Jura-Studium. Der Junge war ungewöhnlich clever und würde eines Tages einen fantastischen Anwalt abgeben.

„Ich habe keine Zeit für Geplauder, Danny. Das wissen Sie doch."

Danny schloss die Tür und ging auf Trent zu. „Auch nicht, wenn es um Sie geht?"

„*Ganz besonders* dann nicht, wenn es um mich geht."

„In Ordnung, aber wenn Sie heiraten, erwarte ich, eingeladen zu werden."

Trent runzelte die Stirn. „Haben Sie eigentlich gar keinen Funken Anstand?"

„Nicht vor zwei Uhr mittags."

„Müssen Sie nicht die Post verteilen?"

Danny grinste unverschämt. „Wie Sie wissen, bin ich der beste Laufbursche, den Sie jemals hatten. Sie können also davon ausgehen, dass ich schon lange mit meiner Arbeit fertig bin. Raus mit der Sprache: Wer ist die Glückliche?"

Trent hüllte sich in Schweigen.

„Supermodel oder Schauspielerin?"

„Sollten Sie sich nicht auf Ihre Vorlesungen vorbereiten?"

„Ich darf es nicht übertreiben, sonst halten meine Kommilitonen mich am Ende noch für einen Streber. Ich fasse es einfach nicht, dass Sie heiraten."

„Auf Wiedersehen, Dan!"

Danny warf einen Blick auf die Unterlagen, die Trents Schreibtisch bedeckten. „Was machen Sie da? Schreiben Sie Ihr Ehegelöbnis?"

Der Blick, den Trent dem Laufburschen zuwarf, war deutlich. Danny wich mit erhobenen Händen zur Tür zurück. „Schon okay, ich gehe ja!"

Als der junge Mann die Tür hinter sich geschlossen hatte, lehnte Trent sich in seinem Stuhl zurück und blickte auf die Informationen, die sein Detektiv für ihn zusammengetragen hatte. Carrie Claudette Gray, aufstrebende Grafikdesignerin, hütete die Wohnung für einen Prinzen. Öffentliche Schule, mit Auszeichnung abgeschlossen. Im Alter von vierzehn erster Job in einer Kunstgalerie. Ehrenamtliche Arbeit in einem Krankenhaus, unterrichtete Englisch als Fremdsprache. Mutter Künstlerin, Vater unbekannt. Nach dem Highschool-Abschluss Studium an der Kunsthochschule in Manhattan. Keine nennenswerten Beziehungen zu Männern.

Sehr interessant, besonders der letzte Punkt.

Sie war ohne Frage ein braves Mädchen: keine Skandale, keine Leichen im Keller. Aber das Beste war, dass sie in finanziellen Nöten steckte. Sie musste den Kredit für ihre Studiengebühren abbezahlen und hatte seit ihrem Abschluss noch keinen guten Job gefunden.

Er drehte sich mit seinem Stuhl herum und starrte aus dem Fenster auf die Skyline von New York. Konnte er das wirklich tun? Heiraten? Einmal war er schon kurz davor gewesen, mit neunzehn, als er noch nicht wusste, was er vom Leben wollte.

Auf dem College hatte er eine Frau kennengelernt, die er für die Liebe seines Lebens hielt. Sie war unglaublich beliebt, gehörte zur besseren Gesellschaft, war mit ihren fünfundzwanzig Jahren älter als er und wollte auf der Stelle heiraten und eine Familie gründen. Trent war so verliebt gewesen, dass er eingewilligt hatte. Eine Woche vor dem großen Tag rief sie an, um ihm mitzuteilen, dass sie einen anderen geheiratet hätte, mit dem sie gerade in den Flitterwochen sei. Sie hatte sich nicht einmal entschuldigt, sondern nur erklärt, der andere hätte ihr mehr zu bieten gehabt.

Danach war Trent ein Jahr lang am Boden zerstört gewesen. Schließlich aber begriff er: Heiraten war ein Geschäft, das man abschloss, wenn die Konditionen günstig waren und man sich bereit fühlte.

Aber war er denn bereit? Sollte er sich für eine Weile auf das Geschäft einlassen, um seinen Vater zufriedenzustellen und AMS zu übernehmen?

Ja. Die Leitung von AMS war ein Jahr Gefangenschaft wert – besonders wenn die Gefängniswärterin so küsste wie Carrie.

Er schnappte sich den Telefonhörer, drückte auf ein paar Knöpfe und wurde zu seinem Vater durchgestellt. Mit wenigen Worten teilte er ihm mit, dass er sich auf sein Angebot einlassen würde.

Jetzt musste er nur noch die zukünftige Mrs. Tanford überzeugen.

Das *Park Café* lag an der Ecke 71. und Park Avenue und grenzte direkt an das Apartmenthaus an, in dem Carrie und Trent wohnten. Der schicke, moderne Coffeeshop war beliebt und stets gut besucht, besonders früh morgens und am späten Nachmittag.

Als Trent das Café gegen fünf Uhr betrat, ließ er seinen Blick über die voll besetzten Tische wandern und entdeckte Carrie am

Fenster. Ihr gegenüber saß Elizabeth Wellington, eine rothaarige Schönheit, die gemeinsam mit ihrem Ehemann Reed, den Trent flüchtig kannte, im Penthouse lebte.

Während Trent sich zu ihrem Tisch durchschlängelte, bemerkte er, dass der hübsche Rotschopf weinte und heftig auf Carrie einredete. Ohne es zu wollen, bekam Trent einen Teil des Gespräches mit.

„Ich habe es ihm hundert Mal gesagt, aber du kennst ja Reed. Er ist nicht die Art Mann, die …"

Als Elizabeth Trent bemerkte, verstummte sie auf der Stelle. Sie fixierte ihn, begriff, dass er auf ihren Tisch zukam, lehnte sich vor und flüsterte Carrie etwas ins Ohr. Dann nahm sie ihre Handtasche und eilte aus dem Café, ohne Trent eines Blickes zu würdigen.

Carrie lehnte sich in ihrem Stuhl zurück und verschränkte abwehrend die Arme vor der Brust. „Trent Tanford, wer hätte das gedacht. Scheint, als wäre ich nicht die einzige Frau in Manhattan, die vor dir davonläuft."

Er nickte. „Ich hab's wohl nicht anders verdient."

Sie trank einen Schluck Kaffee. „Bist du zufällig hier, oder wolltest du uns belauschen?"

Trent setzte sich auf den Stuhl, den eben noch Elizabeth in Beschlag genommen hatte. „Ich bin hier, um mich zu entschuldigen."

„Schwamm drüber, das habe ich doch gestern schon gesagt."

„Um ehrlich zu sein, wirkst du nicht gerade so, als hättest du mir verziehen."

„Ach, nein?"

Er schüttelte den Kopf.

„Na dann." Sie atmete durch und erwiderte: „Entschuldigung gehört und widerwillig angenommen."

Trents Mundwinkel zuckten. Verdammt, diese Frau gefiel ihm wirklich. Er war noch nie jemandem wie ihr begegnet, jemandem, der ihn fast ununterbrochen zum Lachen brachte.

„Hör mal", setzte er an. „Der Vorschlag mit der Heirat …"

„Das Thema ist vergessen. Ehrlich."

„Die Sache ist, dass ich gar nicht *will*, dass du die Angelegenheit vergisst. Mir tut es nur leid, wie ich meinen Antrag verpackt habe, aber nicht, dass ich ihn *gemacht* habe."

Ehe sie ihn unterbrechen oder flüchten konnte, fuhr er fort: „Ich habe ein Problem, und ich brauche deine Hilfe. Ich bin ziemlich nahe dran, alles zu bekommen, was ich jemals wollte. Ich soll Chef von AMS werden. Ich habe mir seit Jahren den Buckel krumm gemacht für dieses Ziel. Aber um es zu erreichen, muss ich … heiraten."

Carrie sah ihn einen Augenblick lang entgeistert an, dann murmelte sie leise: „Ach, du meine Güte!" Im nächsten Moment stand sie auf und schnappte sich ihren Kaffeebecher. „Ich verschwinde hier."

„Carrie, warte!" Er lief ihr hinterher bis in die Lobby der Park Avenue 721, wo sie endlich ihren Schritt verlangsamte und sich zu ihm umdrehte.

„Du brauchst eine Therapie. Das meine ich ernst!"

Er stellte sich vor sie, um ihr den Fluchtweg abzuschneiden. „Da magst du ja recht haben, aber aus anderen Gründen!"

Sie drängte sich an ihm vorbei und eilte auf den Aufzug zu.

„Wohin gehst du? Ich will mit dir reden!"

Als er ihr in den Aufzug folgte, wirbelte Carrie herum und bedachte ihn mit ihrem bösesten „Hau-ab-Blick". Sie piekste ihm mit dem Zeigefinger in die Brust und sah mit blitzenden Augen zu ihm hoch. „Ich weiß, dass du ein Weiberheld bist. Die Frauen fahren scharenweise auf dein Geld und deinen Job und diesen ganzen Mist ab. Ich schätze mal, dass viele von ihnen es auch noch toll finden, wenn du fiese Psychospielchen mit ihnen treibst."

Ihr Ausbruch verdutzte Trent so sehr, dass er kein Wort herausbrachte.

Die Türen des Fahrstuhls schlossen sich, und Carrie drückte auf den Knopf für den zwölften Stock. Dann drehte sie sich wieder zu Trent um und fauchte: „Du kannst sicher unglaublich viele Frauen haben, aber mich nicht!"

Trent starrte sie einen Augenblick lang an, dann beugte er sich vor und drückte auf den Notfallknopf. So gern er sich auch mit seiner wortgewandten Nachbarin herumstritt – die Zeit lief ihm davon. Im Augenblick war ihm jedes Mittel recht, um sie umzustimmen. Der Fahrstuhl kam ruckartig zum Stehen.

„Was zur Hölle tust du da?"

„Ich sorge dafür, dass du in Ruhe mit mir redest."

Carrie hob wütend das Kinn und drohte: „Entweder du setzt diesen verdammten Aufzug wieder in Bewegung, oder ich schreie um Hilfe!"

„Ich weiß über deine Situation Bescheid."

„Welche Situation?"

„Deine finanzielle Lage."

Sie hielt inne. Es war nicht zu übersehen, dass sie um Fassung rang. Sie schloss einen Augenblick lang die Augen und atmete tief durch, dann fragte sie: „Wie bitte? Woher weißt du davon?" Ihre Stimme zitterte, und Trent erschrak, als er bemerkte, wie verunsichert Carrie plötzlich klang.

„Ich musste doch wissen, wen ich da heiraten will."

„Du hast mich *ausspioniert*?"

Er zuckte lässig mit den Achseln. „Rein beruflich. Wenn du eine Tanford werden sollst, muss ich deinen Hintergrund kennen."

„Du bist ja vollkommen wahnsinnig!", erwiderte Carrie ungläubig. „Ich *werde* keine Tanford. Eigentlich würde ich dich gerade lieber umbringen, als dich zu heiraten!"

„Ich finde, dass wir gut zusammenpassen. Ich mag Herausforderungen!"

„Nimmst du irgendwelche starken Medikamente? Hast du ein Drogenproblem?" Carrie schob Trent beiseite und drückte auf den Notfallknopf. Sofort setzte der Aufzug seine Fahrt fort.

Trent wusste, dass ihm nicht mehr viel Zeit blieb. Er zog sein letztes Ass aus dem Ärmel: Geld. „Heirate mich, Carrie. Du musst nur ein Jahr bei mir bleiben. Im Gegenzug decke ich all deine Schulden und lege noch fünfhunderttausend Dollar obendrauf."

Die Türen öffneten sich, aber er fuhr unbeeindruckt fort. „Ich bin mir sicher, dass du mit dem Geld etwas anfangen könntest."

„Auf Wiedersehen, Trent."

„Zum Beispiel eine Eigentumswohnung kaufen."

Sie ignorierte ihn weiter und trat aus dem Fahrstuhl.

„Oder jemand anderem helfen", rief er ihr hinterher.

Auf halbem Weg zu ihrer Tür hielt sie inne. Eine ganze Minute lang stand sie da wie versteinert. Dann schüttelte sie den Kopf und verschwand in ihrem Apartment.

*R*achel Gray war eine großartige alleinerziehende Mutter gewesen. Sie hatte Tag und Nacht an ihren Kunstwerken gearbeitet, Carrie aber niemals auch nur eine Sekunde lang vernachlässigt. Rachel hatte immer einen Weg gefunden, ihre Tochter und die Arbeit zu vereinbaren. An manchen Tagen malten sie einfach gemeinsam, an anderen mischte die kleine Carrie die Farben an. Eines Tages hatte Rachel ihrer Tochter sogar erlaubt, sich an den Wänden im Wohnzimmer ihres kleinen Apartments auszutoben.

Mit einem Lächeln auf den Lippen schloss Carrie den Kühlschrank. Sie war stolz auf ihre Mutter, und sie wusste, dass ihre Mutter ebenso stolz auf sie war.

Sie lehnte sich gegen die metallene Kühlschranktür und seufzte tief. Wäre ihre Mutter wohl auch stolz auf eine Tochter, die sich für Geld verkaufte?

Carrie goss sich ein Glas Orangensaft ein. Manchmal konnte sie kaum glauben, wie sehr sich die Zeiten verändert hatten. Ihre Mutter war einst eine starke Frau gewesen, eine geachtete Künstlerin, die genau das Leben führte, von dem sie geträumt hatte.

Aber heute besaß Rachel nicht einmal mehr ihre Träume, denn selbst an diese konnte sie sich an ihren schlechteren Tagen nicht mehr erinnern. Stattdessen musste sie rund um die Uhr betreut werden und sich von ihrer Tochter versorgen lassen. Es gab Momente, in denen Carrie einfach nicht mehr wusste, wie es weitergehen sollte.

Sie trank den Saft in einem Zug aus und verschwand in ihrem Schlafzimmer, um aus ihrem Hosenanzug zu schlüpfen. Es war der beste, den sie hatte, und er musste in Form bleiben für ihr nächstes Vorstellungsgespräch. Den Job, um den sie sich heute Vormittag beworben hatte, würde sie nie im Leben bekommen. Sie hatte zu wenig Erfahrung – ein Ablehnungsgrund, den sie im letzten Monat fünf Mal zu hören bekommen hatte.

Carrie bewarb sich ausnahmslos für gehobenere Positionen, die ein entsprechendes Gehalt mit sich brachten, aber eben auch einiges an Berufserfahrung verlangten – und die hatte sie nicht. Sie ging diesen Weg nicht etwa, weil sie sich für etwas Besseres hielt und sich zu schade dafür war, sich von unten hochzuarbeiten. Ganz im Gegenteil hätte sie ihren Beruf sehr gerne von der Pike auf gelernt. Das Problem war nur, dass ein Einstiegsgehalt für sie selbst und den Unterhalt ihrer Mutter nie im Leben reichen würde. Und so hoffte sie, dass eines Tages jemand über ihren Mangel an Erfahrung hinwegsehen, ihr Talent und ihre Motivation erkennen und ihr eine Chance geben würde.

Seufzend ließ sie sich auf das Bett fallen und zog ihre Schuhe aus.

Ganz gleich, wie verzweifelt sie war, sie würde Trents verrückten Vorschlag auf keinen Fall annehmen.

Während sie ihre Seidenstrümpfe herunterrollte, fragte sie sich, wie Trent nur auf eine so seltsame Idee verfallen war. Eine Ehe für ein Jahr ... als wären Ehen Geschäftsabkommen. Keine Liebe, kein Sex ...

Nun ja ... Sie hielt inne. Sie nahm zumindest an, dass Sex keine Rolle spielen würde. Aber wenn es um Trent Tanford ging, kam man mit Annahmen nicht weit.

Ein wohliger Schauer durchfuhr sie, als sie sich vorstellte, wie es wohl wäre, in Trents Bett zu liegen, ihn dabei zu beobachten, wie er sich auszog, über sie kam, ihr die Kleidung vom Leib riss ...

Carrie beugte sich vor, steckte ihren Kopf zwischen die Knie und versuchte, wieder einen klaren Kopf zu bekommen.

Sie könnte den Kredit für ihre Ausbildung abbezahlen! Sie könnte es sich leisten, einen Einsteigerjob in einer Werbeagentur anzunehmen. Sie könnte sich nach oben arbeiten und ihren Weg finden, ohne dabei ständig an die finanzielle Situation ihrer Mutter denken zu müssen. Und noch später könnte sie es sich leisten, weiterhin für Rachel zu sorgen.

Das Telefon klingelte und riss Carrie aus ihren Gedanken. Sie sprang auf und nahm den Hörer ab. Ein Teil von ihr hoffte, dass es Trent war, der sie fragen wollte, ob sie noch einmal über sein Angebot nachgedacht hatte.

Aber es war nicht Trent.

„Hallo Tessa." Carrie versuchte, unbekümmert zu klingen, als sie die Stimme von Prinz Sebastians Assistentin erkannte. „Wie geht es dir?"

„Gut, alles bestens." Tessa schwieg einen Augenblick. Carrie stellte sich vor, wie die hübsche, grünäugige Blondine hinter ihrem stets ordentlichen Schreibtisch saß.

„Carrie, ich habe Neuigkeiten. Der Prinz kommt bald wieder nach New York."

„Ist wirklich alles in Ordnung?"

„Im Großen und Ganzen ja." Tessa Banks klatschte nie, doch Carrie spürte instinktiv, dass etwas nicht stimmte. Aber vielleicht irrte sie sich ja auch.

„Tessa?"

Die junge Frau schwieg, dann seufzte sie. „Es gibt Probleme mit der Firma."

„Geht es Sebastian denn gut?"

„Du kennst doch den Prinzen. Wenn nicht alles nach Plan verläuft, wird er unglücklich."

„Allerdings, das kann ich mir vorstellen." Prinz Sebastian war ein guter Mensch, aber er war auch ein strenger Chef und berüchtigt für seine seltenen, aber sehr beeindruckenden Wutausbrüche.

„Ich rufe dich ein paar Tage vor seiner Rückkehr an", fuhr Tessa fort. „Ich werde dir dein übliches Zimmer im *Mercer Hotel* buchen."

Sebastian war es wichtig, dass Carrie eine Bleibe hatte, wenn er New York besuchte. Carrie wusste das sehr zu schätzen, aber Hotels waren ihr ein Graus. Die sterile, unpersönliche Atmosphäre des *Mercer* gab ihr das Gefühl, kein Zuhause zu haben. Vielleicht konnte sie ja bei ihrer Mutter unterkommen? Nein, die Wohnung war einfach zu eng. „Weißt du, wie lange der Prinz bleiben wird?"

„Nein, keine Ahnung, tut mir leid."

„Ist schon in Ordnung. Danke, Tessa."

Carrie legte auf und blieb eine Minute lang regungslos sitzen, während ihr die Gedanken nur so durch den Kopf rasten. Dann schnappte sie sich einen Stift und ein Blatt Papier. Ohne zu zögern schrieb sie einige Zeilen nieder und verließ das Apartment.

Sie war im Augenblick nicht in der Lage, diese Angelegenheit von Angesicht zu Angesicht zu klären. Im Moment fühlte sie sich so unsicher, dass sie vermutlich Reißaus nehmen würde, wenn sie nur Trents Nasenspitze sah.

Mit pochendem Herzen schlich sie zur Tür der Nachbarwohnung und schob den Zettel durch den Spalt.

Am nächsten Morgen betrat Trent um Punkt sieben Uhr das *Park Café*. Er ließ seinen Blick über die Tische schweifen und entdeckte Carrie schließlich in einer Ecke in der Nähe der Toiletten. Sie starrte in ihre Kaffeetasse und kaute nervös auf ihrer Unterlippe herum. Ihre Nachricht hatte nichts weiter besagt, als dass sie sich hier mit ihm treffen wolle. Trent schickte ein Stoßgebet zum Himmel, dass sie sich seinen Vorschlag noch einmal durch den Kopf hatte gehen lassen und diesmal zu einem anderen Ergebnis gekommen war.

Er schlängelte sich durch die Tische und vorbei an den breiten, gemütlichen Sofas und Sesseln. Carrie ließ er dabei keine Sekunde lang aus den Augen.

Bei ihrem Anblick stieg Hitze in ihm auf. Was er empfand, war mehr als nur das Begehren, das jede schöne Frau in ihm wachrief. Er hatte das Gefühl, Carrie besitzen zu müssen, sie mit niemandem teilen zu wollen. Als ihm klar wurde, wie untypisch dieser Trieb für ihn war, begann sein Herz heftig zu hämmern. Diese Frau gehörte ihm, ihm allein! Die Wildheit seiner Gefühle erschreckte ihn fast zu Tode. Während er noch versuchte, eine rationale Erklärung für seine Gedanken zu finden, erreichte er den Tisch, an dem Carrie saß.

Er setzte sich nicht. „Lohnt es sich, einen Kaffee zu bestellen, oder schickst du mich gleich wieder weg?"

Carrie atmete tief durch und erwiderte dann sachlich: „Ich nehme dein Angebot an."

„Das Angebot?" Er wusste genau, was sie meinte, aber er wollte es aus ihrem eigenen Mund hören.

Aus ihren schönen grünen Augen sah sie ihn an und erklärte: „Ich werde dich heiraten und ein Jahr lang mit dir zusammenbleiben."

Er nickte. „Abgemacht."

Sie nickte ebenfalls und streckte ihm die Rechte hin. Trent ergriff sie, und sie schüttelten sich ernsthaft die Hände, so als hätten sie gerade ein Vorstellungsgespräch beendet.

Dann drehte Trent sich um und winkte der Frau hinter der Bar zu. Er war ein Stammgast und bekannt dafür, dass er immer einen doppelten Espresso nahm. Die hübsche Kellnerin nickte ihm lächelnd zu.

Trent wusste, dass seine Fassade ganz ruhig wirkte, als er sich neben Carrie setzte, aber in ihm tobte wilde Freude darüber, dass er bekommen hatte, was er wollte. Diese Frau gehörte ihm. Für ein Jahr. Damit gehörte ihm auch AMS, und zwar für mehr als nur ein Jahr.

Er beobachtete, wie Carrie an ihrem Kaffee nippte, der sicherlich schon ganz kalt war. Neulich im Flur hatte er sie schon ohne Brille gesehen, aber der strenge Hosenanzug hatte damals nicht viel von ihren Körperformen preisgegeben. Heute trug sie enge Jeans und ein knappes schwarzes T-Shirt, das sich an ihre Brüste schmiegte. Trent schluckte und sah Carrie wieder in die Augen. Seine „Verlobte" schien von innen zu leuchten. Sie hatte sich das lange, dunkle Haar aus dem Gesicht gekämmt, was ihre Augen, die wie grünes Feuer glühten, nur noch betonte. Sein Blick wanderte zu ihren vollen Lippen hinab, die ebenfalls zu strahlen schienen.

Trent fühlte sich von ihr angezogen wie ein Nachtfalter vom Licht.

Endlich kam die Kellnerin mit seinem doppelten Espresso und lenkte ihn ab. Mit einem vielsagenden Lächeln stellte sie das kleine Tablett auf den Tisch. Trent hatte in der Vergangenheit häufig mit ihr geflirtet, aber heute hatte er kaum Augen für sie.

„Danke", murmelte er geistesabwesend.

Was interessierte ihn schon die Kellnerin, so hübsch sie auch sein mochte, wenn vor ihm eine Frau saß, die strahlte wie die Sonne?

Trents Gehirn setzte einfach aus. Er hörte sich selbst reden, ohne eine Ahnung zu haben, warum er all diese Dinge sagte: „Ich weiß, dass ich vorgeschlagen habe, dass das hier ein Geschäft sein soll, aber du musst wissen, dass ich dich unglaublich attraktiv finde. Es wäre nicht leicht für mich, dich nie wieder zu küssen, aber wenn du das nicht möchtest …"

„Ich möchte es nicht", unterbrach sie ihn kurz angebunden.

Mit einer so schnellen Abfuhr hatte Trent nicht gerechnet. Sie kratzte an seinem Ego, aber er riss sich zusammen und zuckte gleichgültig mit den Achseln. „In Ordnung. Ich werde das respektieren."

„Gut." Sie sah ihn einen Augenblick lang unsicher an, dann fuhr sie fort: „Aber ich könnte es verstehen, wenn du … das, was … du weißt schon …"

„Ja?"

„Sex. Es geht um Sex." Sie flüsterte plötzlich, so als wären sie in einer Kirche und nicht in einem Großstadtcafé.

Trent konnte sich ein Grinsen nicht verkneifen. „Aha."

„Du kannst mit anderen Frauen schlafen, das wollte ich sagen."

Er grinste nach wie vor. „Danke schön."

Sie nickte knapp. „Gern geschehen."

Trent betrachtete ihren Gesichtsausdruck. Ihre Wangen waren rosig, und in ihren Augen glomm unverhohlene Neugierde. Er war kein Idiot. Carrie Gray mochte ihn. Wenn er nicht vollkommen danebenlag, mochte sie ihn sogar sehr. Er hatte die vage Hoffnung, dass er sie dazu noch bewegen könnte, diese Enthaltsamkeitsregel in den Wind zu schlagen.

„Bisher hatte ich immer den Eindruck, dass Ehefrauen ihre Männer niemals freiwillig teilen."

„Stimmt." Ihre grünen Augen blitzten auf, als sie ihn über ihre Kaffeetasse hinweg musterte. „Aber du bist ja auch kein Ehemann im eigentlichen Sinne."

Schon wieder durchfuhr ihn dieser Wunsch, sie zu besitzen. Er nippte an seinem Espresso und hoffte, dass die heiße Flüssigkeit das wilde Tier in ihm fürs Erste besänftigen würde. „Hör mal, Carrie, ich befürchte, dass ich dir nicht dieselben Privilegien einräumen kann."

Wie vom Schlag getroffen spannte Carrie sich an. Kampfbereit und mit gestrafften Schultern starrte sie ihn herausfordernd an. „Einräumen?", wiederholte sie drohend.

„Richtig."

„Niemand sagt mir, was ich tun darf und was nicht, Trent. Kein Mann der Welt hat das Recht, mir irgendetwas ‚einzuräumen‘ oder zu verbieten!"

„Es ist Teil unserer Abmachung."

„Du kannst die Vertragsbedingungen nicht einfach ändern, wann und wie es dir passt."

„Wir werden ein Jahr lang verheiratet sein. Wenn einer von uns beiden beim Fremdgehen erwischt wird, schadet das meinem Ruf." Er stellte seine Tasse ab und warf Carrie einen ernsten Blick zu. „Ich schwöre dir hier und jetzt, dass ich dich nicht betrügen werde."

Sie starrte ihn ungläubig an. „Keine anderen Frauen?"

„Keine außer meiner Ehefrau."

Als ihr klar wurde, was er da gesagt hatte, schluckte sie schwer. Dann warf sie ihm die Andeutung eines Lächelns zu. „Ein Jahr im Zölibat? Und du glaubst ernsthaft, dass du das durchhältst?"

Nein, das bezweifelte er. Sehr sogar. Vor allem, wenn diese Frau Tag und Nacht durch seine Wohnung lief, in seiner Badewanne badete, neben ihm auf dem Sofa saß und tagein, tagaus so verführerisch aussah wie jetzt.

Er trank seinen Kaffee aus und sah Carrie nachdenklich an.

„Bekomme ich heute noch eine Antwort?", fragte sie.

Trent musterte fasziniert, wie ihre Lippen sich bewegten. „Wir werden sehen", murmelte er. „Wir werden sehen …"

Sie heirateten am Samstag darauf im *Lighthouse* am Chelsea Pier. Das angesagte Edel-Restaurant war wunderschön, aber viel zu groß für die kleine Feier. Die Tanfords hatten auf die Schnelle nur deswegen einen Raum reservieren können, weil sie über Geld und die nötigen Kontakte verfügten.

Carrie hatte darauf bestanden, dass es weder Ringe noch eine traditionelle Zeremonie geben würde. Seit ihrer Kindheit hatte sie von einer klassischen Hochzeit mit allem Drum und Dran geträumt. Und sie glaubte fest daran, dass diese Hochzeit auch eines Tages stattfinden würde – mit einem Mann, den sie liebte. Das *Lighthouse* war daher für sie die perfekte Wahl: Es war modern und unkonventionell genug, um Carries Träumen nicht in die Quere zu kommen, aber so bekannt und angesagt, dass sich die Neuigkeit von Trent Tanfords Hochzeit wie ein Lauffeuer in der ganzen Stadt verbreiten würde.

Carrie trug ein hübsches, sündhaft teures Kleid von Versace, das die von den Tanfords beauftragte Hochzeitsplanerin ausgesucht hatte. Selbst über ihre Frisur hatte Carrie nicht selbst entscheiden dürfen. Aber das hier war schließlich nicht „ihre" Hochzeit, also kümmerte sie all das wenig.

Alle Gäste waren Freunde und Bekannte der Tanfords. Carrie hatte niemanden einladen wollen. Ihrer Mutter und ihren Freundinnen wollte sie später erklären, dass sie geheiratet hatte. Ihr graute jetzt schon vor den unangenehmen Fragen, die man ihr stellen würde.

Um vier Uhr nachmittags stand sie neben Trent, der in seinem schwarzen Smoking absolut umwerfend aussah, vor den Panoramafenstern des *Lighthouse*, die auf den Hudson River hinausgingen. Vor den Gästen und Trents unterkühlter Familie gaben sie sich das Jawort. Im Anschluss unterhielt Carrie sich mit Trents Eltern, die beeindruckend souverän mit der Situation umgingen und mit der Wahl ihres Sohnes äußerst zufrieden zu sein schienen. Offen zeigen konnten sie ihre Gefühle, wie so viele reiche Paare, die Carrie in New York kennengelernt hatte, aber nicht. Sie schafften es nicht einmal, ihren Sohn und ihre frischgebackene Schwiegertochter zu umarmen.

Das Essen war absolut fantastisch, aber Carrie brachte kaum einen Bissen hinunter. Als sie sich nach dem Dinner gemeinsam mit Trent unter die Gäste mischte, fühlte sie sich einsam und verloren. Das einzig Vertraute an diesem Nachmittag, das Einzige, was sie in dieser kühlen Atmosphäre wärmte, waren Trents

Kuss nach der Trauung und seine Hand, die den ganzen Nachmittag über auf der ihren ruhte.

Um sieben Uhr abends war es endlich vorbei, und sie stiegen in Trents Limousine, um in die Park Avenue 721 zurückzukehren. Carrie fragte sich, wie es weitergehen sollte. Würde sie nur dem Namen nach Mrs. Tanford sein, oder würde sich ihr Leben durch ihre Ehe tiefgreifend verändern?

*C*arrie verbrachte ihre Hochzeitsnacht auf höchst romantische Weise: Sie packte ihre Besitztümer zusammen und zog aus Prinz Sebastians Apartment aus. Sie hatte ihn am Freitag angerufen, um ihre Kündigung mitzuteilen. Er fand es zwar schade, sie zu verlieren, hatte aber Verständnis dafür, dass sie sich verändern wollte. Carrie hatte ihm nicht näher erklärt, worin genau diese Veränderung bestand, ihm aber versprochen, dass sie sich bis zu seiner Rückkehr wie abgemacht um sein Apartment kümmern würde.

„Bist du fertig?"

Trent stand in der Tür zum Schlafzimmer. Er hatte seinen Smoking gegen ausgewaschene Jeans und ein schwarzes T-Shirt eingetauscht.

Carrie sah zu ihm auf und nickte. Trent weigerte sich, Carrie auch nur eine einzige der Taschen und Kisten selbst tragen zu lassen. Gemeinsam verließen sie Sebastians Wohnung. Eine Minute später betrat Carrie zum ersten Mal ihr neues Zuhause: eine hypermodern eingerichtete Junggesellenwohnung, an die ganz offensichtlich noch nie eine Frau Hand angelegt hatte.

Trents Apartment war fast genauso geschnitten wie das des Prinzen, aber was Farbwahl und Einrichtung betraf, hätten die beiden unterschiedlicher nicht sein können. An den grau gestrichenen Wänden hingen abstrakte Kunstwerke und einige gerahmte Schwarz-Weiß-Fotografien von New York. Im Wohnzimmer prangte neben einem weißen Marmorkamin ein riesiger Flachbildfernseher, und um einen Couchtisch aus Glas und Chrom standen schwarze Ledermöbel. Vor dem Fenster befanden sich ein Massagestuhl, ein High-Tech-Lautsprechersystem und anderer technischer Schnickschnack, dessen Funktion Carrie verborgen blieb.

Auf dem Weg in ihr neues Zimmer kamen sie an der Küche vorbei, die offen und geräumig war und aussah, als wäre sie gerade erst eingebaut worden. Auf den Granitarbeitsflächen standen überall sündhaft teure Design-Küchengeräte herum. Carrie lächelte und schüttelte den Kopf, als sie den Berg von schmutzigem Geschirr im Spülbecken sah.

Trent Tanford mochte ein stinkreicher Mann sein, aber trotzdem war er eben einfach ein Mann.

Er trug ihre Taschen in ein großzügig geschnittenes Zimmer, das sandfarben gestrichen war und von einem riesigen weiß lackierten Eichenschrank und einem großen grauen Deckenventilator beherrscht wurde. Unter dem Ventilator stand ein Doppelbett mit cremefarbenem Kopfteil, Metallfüßen und weißem Bettzeug. Auf den Nachttischchen sorgten zwei identische moderne weiße Lampen für warmes Licht. Neben ihnen hatte Trent Vasen aufgestellt, in denen jeweils ein Dutzend langstielige rote Rosen steckten.

Das Zimmer war wunderschön.

Trent stellte ihre Taschen und Kisten ab. „Früher war das mal mein Büro, aber ich finde, du passt viel besser hier hinein als ein Computer und ein Schreibtisch."

Sein Kompliment ließ ihr Herz heftig klopfen. Sie drehte sich um und sah zu ihm hoch. „Vielen Dank, das ist lieb von dir."

Er hob eine Braue. „Ich kann noch viel lieber sein!"

Sie lächelte und tat so, als hätte sie seine Anspielung überhört. „Tut mir leid, dass ich dich um dein Büro gebracht habe."

„Aber das macht doch nichts. Wenn dir dein schlechtes Gewissen schlaflose Nächte bereitet, kannst du allerdings gerne zu mir ins Schlafzimmer umziehen, und ich richte mir hier wieder ein Arbeitszimmer ein."

„Mein schlechtes Gewissen hält sich in Grenzen, aber danke für das selbstlose Angebot." Mein Gott, dieser Mann war so charmant, dass es schwierig war, ihm zu widerstehen. Dennoch musste sie sich zusammenreißen. Wenn sie ihm nachgab, würde das nur Ärger bedeuten. In einem Jahr würde er sie aus seinem Leben verbannen und nicht mehr Gedanken an sie verschwenden als an ein abgetragenes Hemd.

Bei der Vorstellung verspürte sie ein flaues Gefühl im Magen.

Trent schien ihr Unbehagen zu spüren, jedenfalls wechselte er galant das Thema und setzte die Besichtigung fort. Er wies auf eine Tür zu seiner Rechten, die von zwei Fotografien flankiert wurde. „Das Zimmer hat ein eigenes Bad. Frische Handtücher liegen bereit, und Hannah, meine Haushälterin, hat sich um einen Bademantel und … solchen Frauenkram gekümmert."

„Frauenkram?", wiederholte sie belustigt.

Er sah sie an und brach in Gelächter aus, das sie auf der Stelle ansteckte. „Du weißt schon. Lass mich nicht so auflaufen, immerhin bist du mein erster echter weiblicher Besuch!"

„Wer's glaubt, wird selig."

„Dann glaubst du es eben nicht."

„Du vergisst, mit wem du sprichst. Schließlich habe *ich* deine verlorenen Schäfchen regelmäßig bis zu deiner Wohnungstür begleitet."

Er ging einen Schritt auf sie zu und sah sie ernst an. „Sicher, ich hatte Frauen hier. Aber keine ist jemals länger als bis sieben Uhr morgens geblieben."

Seine Ehrlichkeit erstaunte sie. „Das ist ja schrecklich."

„Vielleicht, aber es war das Beste so."

Carrie hatte keine Ahnung, was sie dazu noch sagen sollte.

„Ich bin, wie ich bin, Carrie. Ich habe mir mein Leben so eingerichtet, wie ich es wollte. Aber keine dieser Frauen habe ich angelogen. Sie wussten immer genau, worauf sie sich einließen."

Carrie nickte. „Das glaube ich schon. Aber wieso ausgerechnet diese Sieben-Uhr-Regel?"

Trent zuckte die Achseln. „Wenn sie zum Frühstück bleiben, weckt das Hoffnungen."

„Frühstücken ist dir also zu intim?"

„Genau." Plötzlich ergriff Trent ihre Hand und führte sie an seine Lippen, um einen sanften Kuss auf ihre Handfläche zu drücken.

Carries Knie hätten fast nachgegeben, und die Wärme seiner Lippen schien Flammen über ihre Haut züngeln zu lassen. Carries Blick wanderte zu Trents Lippen. Sie waren voll, weich geschwungen und wie geschaffen für Küsse …

Im nächsten Moment rief sie sich ihren Entschluss, standhaft zu bleiben, in Erinnerung und wich zurück. „Ich möchte jetzt gerne auspacken."

„Dann lasse ich dich mal in Ruhe", erwiderte Trent ruhig, auch wenn seine Augen verrieten, dass es in ihm alles andere als gelassen zuging.

Als er schon fast aus der Tür war, bemerkte Carrie: „Es ist schon verrückt, was wir hier machen!"

Trent hielt inne und drehte sich zu ihr um. „Was genau meinst du? Unsere Hochzeit oder die Tatsache, dass wir uns voneinander angezogen fühlen?"

Carrie schwieg einen Moment und wurde rot. „Beides vermutlich", erwiderte sie zögernd.

Trent lächelte. „Du machst selten Verrücktheiten, oder?"

Sie nickte. „Stimmt. Nicht sonderlich oft."

„Dann sage ich dir eins: Wie verrückt sich die Dinge entwickeln, hängt vollkommen von dir ab."

Na toll, dachte sie düster. *Überlass die Entscheidung, was zwischen uns geschieht, ruhig mir. Geschickter Schachzug.*

„Ich mache Abendessen", fuhr er fort. „Wenn du fertig ausgepackt hast, kannst du mir gerne Gesellschaft leisten."

Nichts hätte sie lieber getan als das, aber sie brauchte Zeit, um nachzudenken und sich über ihre nächsten Schritte klar zu werden. Ablehnend schüttelte sie den Kopf und erwiderte: „Danke, aber ich bin zu müde. Das war wirklich ein langer und ereignisreicher Tag."

Er wirkte enttäuscht, aber er versuchte nicht, sie umzustimmen. „Dann gute Nacht", murmelte er und schloss die Tür hinter sich.

Kaum hatte er den Raum verlassen, spürte Carrie die Einsamkeit in sich aufsteigen.

Mit einem schweren Seufzer ließ sie sich auf das Bett sinken und starrte durch das Fenster auf die ungewohnte Aussicht. Sie versuchte, ihre Gedanken zu ordnen, aber eine ungewohnte Hitze, die sich zwischen ihren Schenkeln zu sammeln schien, ließ ihr einfach keine Ruhe.

Es war nur ein Traum. Aber sie wollte nicht aufwachen, wollte nicht, dass er endete. Ihr Blut schien zu kochen, während sich ihr Körper unter Trents harten Muskeln wand ...

„Carrie?"

Der warme Klang ihres Namens war nicht Teil ihres Traums, aber dennoch war das Trents Stimme, die sie da hörte ...

„Carrie?"

Mit einem Schlag erwachte sie, und anstelle von Trents warmem Körper fühlte sie weiche Laken auf ihrer Haut. Sie öffnete die Augen. Trent stand neben ihrem Bett und sah wie immer aus, als wäre er gerade einem Modemagazin entsprungen. Er trug einen Geschäftsanzug, war frisch rasiert, und seine Augen leuchteten so blau wie der Himmel an einem Sommertag.

Zum Anbeißen, schoss es ihr durch den Kopf, dann fragte sie verschlafen: „Wie viel Uhr ist es denn?"

„Sieben", klärte er sie auf. „Tut mir leid, dass ich einfach hereingekommen bin und dich geweckt habe, aber ich wollte nicht gehen, ohne mich zu verabschieden."

„Wie nett." Seine Fürsorge tat ihr gut, und sie warf ihm ein dankbares Lächeln zu.

Sie nahm den Duft seines Aftershaves wahr. Das herbe, männliche Aroma jagte eine Welle der Erregung durch ihren noch schlafwarmen Körper.

Was, wenn sie ihn bei der Krawatte packte, zu sich herabzog und einfach küsste? Wie würde er reagieren?

Ein neuer Duft stieg ihr in die Nase. Kaffee? Sie warf einen Blick zur Seite und bemerkte ein Tablett mit Kaffee, Toast und Obst auf ihrem Nachttisch.

Überrascht sah sie auf. „Das sieht ja fast nach Frühstück aus, Trent."

Lächelnd erwiderte er: „Kann ich nicht leugnen."

„Und was ist mit deiner Regel passiert?"

„Die Regel gilt nicht für dich."

Ein plötzliches Glücksgefühl durchströmte sie. Sie wünschte, dass dieser Moment ewig andauern möge. „Du gibst dir ehrlich Mühe, oder?"

„Womit?"

„Ein guter Ehemann zu sein."

„Ich bin eben Perfektionist."

„Es ist dir jedenfalls gelungen, mir das Gefühl zu geben, dass ich hier willkommen bin." Sie setzte sich auf. „Musst du sofort gehen?"

Augenblicklich spürte sie, wie Trent sich verspannte. „Warum fragst du?"

Sie trank einen Schluck Kaffee. „Ich musste an gestern Nacht denken, daran, was du über mich und meinen Mangel an Verrücktheit gesagt hast."

„Und weiter?"

„Ich denke, es ist an der Zeit, ein bisschen verrückt zu werden."

„Und was genau schwebt dir vor?"

Sie lächelte herausfordernd und wies auf das Tablett neben ihrem Bett. „Du könntest mich füttern."

Trent lachte auf und entspannte sich wieder. „Ich mag dich, Carrie. Sogar ziemlich." Er nahm den Obstteller. „Bitte schön, Bissen Nummer eins." Langsam ließ er eine saftige Brombeere in ihren Mund fallen.

Carrie schloss die Lippen darum, kaute genießerisch und sah lächelnd zu Trent auf. Kopfschüttelnd murmelte er: „Du Biest. Wie soll ich mich unter solchen Umständen bitte an unsere Regeln halten?"

Sie lachten beide, und Trent fütterte sie, bis keine Brombeeren mehr übrig waren.

„Danke, Trent", sagte sie schließlich und nippte an ihrem Kaffee. „Für all das hier. Das war wirklich süß."

„Das, was ich im *Park Café* gesagt habe, war mein Ernst, Carrie. Du bist die Einzige."

Bei diesen Worten machte ihr Herz einen gewaltigen Satz. Doch gleichzeitig meldeten sich Zweifel in ihr. Wieso interessierte sich dieser Mann, der so gut wie jede Frau in New York haben konnte, ausgerechnet für sie? Warum benahm er sich auf einmal wie das Musterbild des liebenden Ehegatten? Lag es wirklich nur daran, dass er sein Gelöbnis ernst nahm? Oder steckte noch mehr dahinter?

Trent beugte sich vor, bis seine Lippen nur noch einige Zentimeter von den ihren entfernt waren. Dann flüsterte er: „Du bist die Einzige, glaub mir."

Carrie vergaß alles, was sie gerade gedacht hatte, schloss die Augen und erwiderte leise: „Ich glaube dir."

Dann küsste er sie – und sie ließ es geschehen.

Zärtlich ließ er seine Lippen von ihrem Mund zu Kinn und Wangen wandern. Nachdem er ausgiebig an ihren Ohrläppchen geknabbert hatte, suchte er erneut ihre Lippen.

Seine Küsse waren nicht leidenschaftlich, sondern sanft und liebevoll. Dennoch empfand Carrie ein beinahe schmerzhaftes Verlangen. Sie sehnte sich danach, berührt zu werden, seine Hände auf ihrem Körper zu spüren.

Aber als sie die Augen öffnete, sah sie, dass er zurückgewichen war und sie angespannt musterte. „Ich muss gehen."

„Ich weiß."

„Essen wir heute Abend gemeinsam?"

„Ich koche für dich." Sie lächelte ihm zu. „Und dann werde ich *dich* füttern."

Er atmete scharf ein und wich ihrem Blick aus. „Du bist eine gefährliche Frau, Carrie Tanford."

Carrie Tanford. Es war das erste Mal, dass er sie so genannt hatte. Ihr neuer Name klang fremd in ihren Ohren, ungewohnt und falsch. Aber dennoch wünschte sie sich, dass er ihn wieder und wieder sagte, bis sie sich daran gewöhnt hatte.

Trent lächelte ihr zu. „Ich bin gegen acht Uhr zurück."

Kaum dass er gegangen war, ließ Carrie sich wieder in die Kissen zurückfallen und stöhnte laut auf. Sie fühlte sich frustriert und unbefriedigt. Sie verzehrte sich nach dem Mann, den sie geheiratet hatte, dem Mann, dem sie auf keinen Fall nachgeben wollte.

Die ganze Welt lag Trent zu Füßen.

Um halb zwei verkündete James Tanford vor der Führungsebene von AMS seinen Rücktritt mit sofortiger Wirkung. Die Geschäftsleitung würde sein Sohn Trent übernehmen. Niemanden schienen diese Neuigkeiten sonderlich zu überraschen. Allen war klar gewesen, dass es eines Tages so kommen würde. Aber Trent selbst konnte es erst glauben, als er es aus dem Mund seines Vaters hörte.

Nach der Ansprache seines Vaters ergriff Trent das Wort. Er verkündete, wer auf seinen früheren Posten nachrücken würde, und schilderte, was für Umstrukturierungen er für AMS plante. Er schloss mit den Worten, dass er das Unternehmen bis zum Ende des Jahres zum Marktführer der Medienbranche machen wolle.

Um halb acht am Abend war er glücklich, aber erschöpft und freute sich darauf, nach Hause zu seiner Frau zu fahren.

Mit einem zuversichtlichen Lächeln auf den Lippen verließ er das AMS-Gebäude. Es war ein strahlender, warmer Augustabend. Trents Chauffeur war bereits vorgefahren. Die schwarze Limousine glänzte im Licht der untergehenden Sonne.

Michael hielt seinem Arbeitgeber die Tür auf. „Guten Abend, Sir."

„Es ist tatsächlich ein guter Abend, ein *sehr* guter sogar", erwiderte Trent heiter.

„Stimmt, Sir."

Trent stieg in den Fond, wo ihn die Überraschung seines Lebens erwartete.

„Carrie, was um alles in der Welt …"

„Hallo."

Sie warf ihm ein warmes Lächeln zu, das augenblicklich Begierde in ihm aufsteigen ließ.

„Hallo."

Wer war nur diese fremde Frau in seiner Limousine? Vorbei waren die Zeiten von Jeans und Batikhemden. Ihm war immer klar gewesen, dass sie einen überaus weiblichen, begehrenswerten Körper besaß, aber *damit* hatte er nicht gerechnet.

Als er seinen Blick über sie gleiten ließ, lief ihm förmlich das Wasser im Mund zusammen. Carries Füße steckten in einem

Paar hochhackiger, silberner Sandaletten, aus denen perfekt lackierte Zehen hervorschauten. Sie trug ein langes, scharlachrotes, trägerloses Kleid, das ihre Kurven perfekt zur Geltung brachte und ihre Brüste auf eine Weise umschmiegte, dass Trent kaum mehr wusste, wo er hinsehen sollte.

Er wollte sie auf der Stelle verschlingen, Keuschheitsgelübde hin oder her.

In seinen Ohren rauschte das Blut, und er brachte kein einziges Wort heraus, während er Carrie hingerissen anstarrte.

„Willst du wissen, warum ich hier bin?"

„Ja", presste er hervor.

„Ich möchte dich gerne zum Essen einladen."

„Aha." Ihm war klar, dass er sich wie der letzte Idiot anhören musste.

„Um zu feiern."

Trent war hin und weg von ihrem schönen Gesicht und dem langen Haar, das wirkte wie ein Wasserfall aus dunklem Karamell.

„Es ist dein großer Tag!", fuhr sie enthusiastisch fort.

„Was?"

„Du bist doch heute befördert worden! Endlich hast du den Job, auf den du dein Leben lang gewartet hast! Erinnerst du dich wieder?"

Wie sollte er sich an irgendetwas erinnern, solange sie in diesem verdammten Kleid vor ihm saß?! Mühsam zwang er sich zurück in die Realität und nickte. „Klar. Ich bin nur ..."

„Nur was?"

Ja, was eigentlich? Verzweifelt? Überwältigt? Wahnsinnig?

„Überrascht", murmelte er schließlich.

„Das war ja auch Sinn der Sache." Sie wandte sich an den Fahrer. „Ins *Babbo* bitte, Michael."

„Selbstverständlich, Mrs. Tanford."

„Noch vor wenigen Tagen war ich ‚Miss'", murmelte sie kopfschüttelnd.

Trent hatte mittlerweile seine Fassung zurückgewonnen und sagte voller Bewunderung: „Du siehst absolut umwerfend aus."

Carrie wurde feuerrot. Sie sah verlegen weg und strich sich eine Strähne aus dem Gesicht. Dann sah sie schüchtern zu Trent hoch. „Danke schön."

Trent grübelte, wie um alles in der Welt er nach dem Essen mit ihr nach Hause fahren sollte, ohne ungehemmt über sie herzufallen. Was hatte ihn nur geritten, ihr zu versprechen, dass er sie nicht anrühren würde? Seufzend ließ er sich gegen den schwarzen Ledersitz sinken. „Was hältst du davon, das Essen auszulassen und gleich in die Park Avenue zu fahren?"

„Wenn du das ernst meinst, haben wir unseren ersten Ehekrach."

„Das will ich nicht."

„Ich auch nicht."

Er riss sich zusammen und bemühte sich, dankbar zu sein. „Das ist wirklich lieb von dir."

„Ich bin eben auch eine Perfektionistin. Und eine gute Freundin."

Freundin? Er wollte sie nicht als Freundin! Er wollte eine Geliebte, und zwar diese Geliebte! Den Rest der Fahrt über versuchte er, wieder einen klaren Kopf zu bekommen. Als sie wenige Minuten später vor dem Restaurant hielten, hatte er seine gute Laune zurückgewonnen.

Doch bevor Carrie aussteigen konnte, hielt er sie einen Augenblick zurück. „Ich hoffe, dass dir klar ist, dass man dich von oben bis unten inspizieren wird, wenn wir dieses Restaurant betreten."

„Weil ich die Frau bin, die sich Trent Tanford geangelt hat?"

„Genau." Er stieg aus dem Wagen und bot ihr die Hand. „Wobei sie dich auch mit Blicken verschlingen würden, wenn du *nicht* meine Frau wärst."

Sie warf ihm wieder dieses atemberaubende Lächeln zu, nahm seine Rechte und ließ sich von ihm aus dem Wagen helfen.

Hand in Hand betraten sie den schicksten Italiener von ganz Manhattan.

6. KAPITEL

Um zehn Uhr abends saß Carrie am Esstisch und grübelte. Nachdem sie vor einer halben Stunde nach Hause gekommen waren, war Trent unter der Dusche verschwunden. Sie dagegen hatte sich, wie so oft, auf ihre Bewerbungsunterlagen gestürzt und versuchte, ihren Lebenslauf weiter zu verbessern.

In einem dunkelblauen Bademantel kam Trent in die Küche. Carrie versuchte verzweifelt, sich auf ihre Papiere zu konzentrieren, um sich von seinem Anblick abzulenken. Ob ihm eigentlich klar war, wie schwer es ihr fiel, sich an die Regel „Kein Sex!" zu halten, wenn Trent fast nackt neben ihr stand? Während sie entschlossen auf ihren Lebenslauf starrte, stellte sie sich vor, wie kleine Wasserperlen Trents Nacken hinabbrannten und unter dem Bademantel verschwanden, wo sie …

„Möchtest du auch ein Bier?", unterbrach Trent ihre Tagträumereien.

„Ja, gerne, vielen Dank."

Er nahm zwei Flaschen aus dem Kühlschrank und setzte sich zu ihr an den Tisch.

„Was machst du da?"

„Ich habe eine interessante Stellenanzeige gefunden und überarbeite meinen Lebenslauf."

„Brauchst du Hilfe?"

„Nein, danke." Trents männlicher Duft stieg ihr in die Nase. Um nicht schon wieder auf dumme Gedanken gebracht zu werden, bemühte sie sich, durch den Mund anstatt durch die Nase zu atmen. „Ich versuche, meine spärlichen Erfahrungen ein bisschen aufzublähen."

„Lass mich mal sehen."

Er nahm ihr den Ausdruck aus der Hand.

Carrie straffte die Schultern, als wäre sie mitten in einem Bewerbungsgespräch. „Ich will bis zum Herbst einen richtigen Job als Grafikerin", erklärte sie. „Es wäre schon in Ordnung, ganz unten anzufangen, aber ich will zu einer renommierten Firma. Ich möchte von den Besten lernen."

Trent studierte den Lebenslauf eine Weile, dann gab er ihn ihr zurück. „Ich weiß, was dir helfen könnte."

„Und was?"

„Du solltest mit ‚Carrie Tanford' unterschreiben. Die Leute werden sich darum prügeln, dich einstellen zu dürfen."

Carrie sah ihn erschrocken an. „Das kann ich nicht!"

„Und warum nicht?"

Sie lehnte sich zurück und verschränkte abwehrend die Arme vor der Brust. „Weil ich diesen Job aufgrund meiner Leistungen bekommen möchte, nicht wegen meines Namens."

„Kein Arbeitgeber nimmt sich überhaupt die Zeit, deine Leistungen zu begutachten." Er trank einen Schluck Bier und fuhr fort: „Weißt du, wie viele Leute in Manhattan sich ein Bein ausreißen würden für einen Job als Grafiker? Und das gilt sogar für schlecht bezahlte Stellen!"

Carrie sah betreten und entmutigt auf ihre Fingernägel. „Bestimmt sehr viele."

„Tausende." Trent stellte sein Bier ab und nahm ihre Hand. „Die Leute aus der Personalabteilung sehen sich deinen Lebenslauf nicht einmal an, wenn sie nicht vorher schon durch irgendetwas aufmerksam werden."

„Wie durch den Namen Tanford."

Trent nickte.

„Aber der Name ist nicht gerade selten."

„Das stimmt, aber es gibt nur eine *Carrie* Tanford, und dank der Presse hat jeder mitbekommen, dass du meine Frau bist."

Sie seufzte. „Ich weiß nicht …"

„Es ist kein schlechter Name."

Zum ersten Mal hatte sie den Eindruck, dass Trent stolz auf seine Familie war. Sein Enthusiasmus brachte sie zum Lächeln. „Nein, das stimmt." Warum fiel es ihr dann so schwer, seinen Vorschlag anzunehmen?

Seit sie Trent geheiratet hatte, befand sie sich in einem Zustand andauernder Verwirrung, und das gefiel ihr nicht. Sie hasste es, ihre eigenen Gefühle nicht einordnen zu können und nicht zu wissen, was sie eigentlich wollte.

Und je länger sie Trent kannte, je näher er ihr war, desto verwirrter wurde sie.

„Wenn du den Job erst hast, kannst du immer noch allen beweisen, dass du ihn auch wirklich verdienst."

„Und das tue ich", sagte sie fest.

„Allerdings", bestätigte Trent.

Carrie war immer wieder erstaunt, als wie guter Freund Trent sich erwies. Mit jedem Tag wuchsen die Wärme und die Vertrautheit zwischen ihnen ein wenig mehr. Und das war gut so. Was ihr Sorgen bereitete, war die Anziehungskraft, die dieser Mann auf sie ausübte und die einer echten Freundschaft im Weg stand. Schon als sie zum ersten Mal mit ihm gesprochen hatte, hatte sie ihm nahe sein wollen, und das, obwohl sie damals eigentlich stinksauer auf ihn gewesen war …

Sie trank einen Schluck Bier und warf einen letzten Blick auf ihren Lebenslauf. Sie war Carrie Tanford, die Ehefrau von Trent Tanford. Warum sollte sie das nicht für sich nutzen? Sie war fleißig und lernte schnell. Ganz gleich, aus welchem Grund man sie einstellte: Sie war für jedes Unternehmen eine Bereicherung.

Sie legte den Lebenslauf auf den Tisch, atmete einmal tief durch und erklärte dann: „In Ordnung. Ich mach es."

„Gut." Sie sahen einander einen Moment lang ernst in die Augen, dann beugte Trent sich plötzlich vor und küsste sie.

Es war ein leidenschaftlicher, besitzergreifender Kuss, der keinen Hehl daraus machte, was Trent als Nächstes vorhatte.

Er löste seine Lippen von den ihren und sah Carrie an. Ihr Herz klopfte wie verrückt, während sie wartete, wie es weitergehen würde. Langsam fuhr sie sich mit der Zunge über die Oberlippe.

Trent streckte die Arme nach ihr aus, zog sie auf seinen Schoß und suchte erneut ihre Lippen. Hingebungsvoll erwiderte sie den Kuss, und als sie seine Härte an ihrem Oberschenkel spürte, stöhnte sie auf. Ihr Verstand hatte jegliche Kontrolle über ihren

Körper verloren. Sie hatte keine Chance mehr, ihrem Verlangen zu widerstehen. Über die Konsequenzen würde sie sich später Gedanken machen.

Jetzt *wollte* sie nicht an die Folgen denken, sondern nur für diesen Augenblick leben.

Sie veränderte ihre Position und setzte sich mit gespreizten Beinen rittlings auf Trents Schoß. Der Bademantel öffnete sich und enthüllte, wie erregt Trent war. Carrie schmiegte sich an ihn und ließ langsam und verführerisch ihre Hüften kreisen, während er ihren Rücken streichelte. Der Kuss wurde immer drängender.

Trent zog Carrie die Korsage über die Brüste nach unten, die sofort auf die Berührung und die kühle Luft der Klimaanlage reagierten. Als Trent seinen Kopf senkte und gierig an der rosigen, weichen Haut saugte, stockte Carrie der Atem. Sie nahm seine Hände und führte sie unter ihre Brüste. Trent stöhnte auf und begann, das Kreisen ihrer Hüften mit kleinen Stößen zu erwidern.

Carrie wollte Trent so sehr, dass es schmerzte, wollte ihn in sich spüren. Noch nie in ihrem Leben hatte sie einen Mann so begehrt und so viel Lust empfunden.

Keiner von ihnen hörte das Klopfen an der Tür, jedenfalls nicht gleich. Doch wer immer der Besucher auch war, er war hartnäckig. Das Geräusch wurde mit jedem Mal lauter und aufdringlicher, bis Carrie und Trent es schließlich nicht mehr ignorieren konnten.

Mit einem Fluch ließ er Carrie los. Sein Blick war vernebelt, so als wäre er betrunken.

„Es ist elf Uhr in der Nacht", schimpfte Carrie.

Auf dem Treppenhaus erklang das Kläffen des verwöhnten Schoßhündchens aus der Nachbarwohnung, begleitet von einer schrillen Frauenstimme.

Carrie seufzte. „Wehe, das ist Vivian Vannick-Smythe!"

Trent umschloss Carries Gesicht mit seinen großen Händen. „Ich bin gleich wieder da." Rasch schloss er seinen Bademantel und verschwand in Richtung Wohnungstür.

Carrie sah ihm nach und seufzte. Ihr ganzer Körper glühte förmlich vor Erregung. Wenn sie heute Nacht nicht mit Trent schlief, würde sie schlichtweg wahnsinnig werden!

Ihre Gedanken wurden von dem Klang einer schrillen Frauenstimme unterbrochen, die schnell und heftig auf Trent einredete. Als er etwas erwiderte, ließ sein ungewohnt verärgerter Tonfall Carries Alarmsirenen schrillen.

Eilig stand sie auf, zupfte ihr Kleid zurecht und folgte Trent. Als sie ankam, schloss er gerade die Tür und drehte sich zu Carrie um.

„Die Vergangenheit hat mir einen Besuch abgestattet“, erklärte er, ehe es erneut klopfte. Die fremde Frau klang jetzt weinerlich und bettelte: „Trent, bitte!“

Er schüttelte den Kopf und warf Carrie einen entschuldigenden Blick zu. „Es tut mir wirklich leid. Ich habe keine Ahnung, wie sie ins Gebäude gekommen ist. Sie hat uns vorhin bei *Babbo* gesehen und will ein klärendes Gespräch führen.“

Er drehte sich um und öffnete erneut die Tür. Carrie erkannte an seiner angespannten Haltung, dass es ihn große Kraft kosten musste, ruhig zu bleiben. Besänftigend redete er auf die Frau ein: „Madeline, bitte geh einfach nach Hause.“

Carrie warf einen Blick über seine Schulter. Die Unbekannte vor der Tür war groß, gertenschlank, rothaarig und mit Sicherheit Model. In diesem Augenblick machte sie einen wirklich reizenden Schmollmund. „Nein.“ Madeline schien so auf Trent fixiert zu sein, dass sie Carrie gar nicht bemerkte.

„Ich rufe dir ein Taxi.“

„Ich will aber kein Taxi. Ich will, dass du mir erklärst, warum du diesen kleinen Niemand durch das *Babbo* schleifst und behauptest, sie wäre deine Frau.“

Okay, dachte Carrie. Jetzt kommt der „kleine Niemand“.

Sie schlüpfte an Trent vorbei. „Warte, Carrie“, setzte er an, aber es war zu spät.

„Das ist eine Frauenangelegenheit, Trent“, erklärte sie und musterte die schöne, aber etwas verbraucht wirkende Frau, die ungefähr zwanzig Zentimeter größer war als sie selbst.

Madeline schien erstaunt zu sein, Carrie hier wiederzusehen, aber sie erholte sich schnell von dem Schock. „Sie sind also die Frau, die behauptet, Trent geheiratet zu haben?"

„Ich behaupte es nicht nur", erwiderte Carrie sachlich, „ich *bin* es. Und Sie sind also die atemberaubende Schönheit, die betrunken nachts um elf in Fluren randaliert."

Madelines Augenbrauen zogen sich verwirrt zusammen, während sie darüber nachzudenken schien, ob Carrie sie nun beleidigt oder ihr ein Kompliment gemacht hatte.

Carrie fuhr mit weicher, verständnisvoller Stimme fort: „Finden Sie nicht, dass das ein bisschen unter Ihrer Würde ist? Sehen Sie sich doch mal an! Sie haben das wirklich nicht nötig."

Das schien Madeline davon zu überzeugen, dass Carrie es gut mit ihr meinte. „Ja. Ja, da haben Sie recht."

„Na also. Gehen Sie nach Hause, nehmen Sie ein Bad und fangen Sie morgen einfach neu an." Carrie berührte sanft die knochige Schulter der Frau. „Das hier ist Manhattan, Schätzchen. Hier gibt es einigermaßen gut aussehende Millionäre an jeder Straßenecke."

Madeline lächelte und nickte bekräftigend. „Sie haben absolut recht. Ich danke Ihnen, äh …?"

„Ich heiße Carrie."

„Also, danke, Carrie."

„Soll ich Ihnen ein Taxi rufen?"

Das Model schüttelte den Kopf. „Der Portier erledigt das für mich. Er betet mich an. Schade, dass er nur Portier ist."

Carrie nickte verständnisvoll. „Ja, das ist wirklich bedauerlich. Gute Nacht, Madeline."

Als sie die Tür hinter sich schloss und sich zu Trent umdrehte, stellte sie fest, dass er sie mit offenem Mund und einem Ausdruck bodenloser Bewunderung anstarrte.

Sie schüttelte den Kopf. „Ich fasse es einfach nicht."

„Ich weiß. Wie gesagt, es tut mir unendlich leid."

„Du verstehst mich falsch. Ich fasse es nicht, dass eines deiner Betthäschen den Weg zu deiner Wohnung ganz ohne Hilfe gefunden hat!"

Er starrte sie erneut verblüfft an, dann breitete sich ein Lächeln auf seinem Gesicht aus, und ehe sie es sich versahen, brachen sie gemeinsam in schallendes Gelächter aus.

Als sie einige Minuten später ihre Fassung wiedergewonnen hatten, klopfte Carrie Trent freundschaftlich auf die Schulter. „Gute Nacht, mein Göttergatte."

„Warte einen Moment."

„Was ist denn noch?"

Er sah ihr tief in die Augen. Die Frage, ob sie dort weitermachen sollten, wo sie vor Madelines Auftritt aufgehört hatten, stand unausgesprochen zwischen ihnen.

Nach einer Weile beantwortete Carrie sie mit einem angespannten Lächeln und schüttelte den Kopf.

Trent reagierte mit einem verständnisvollen, aber deutlich enttäuschten Nicken. „Okay."

„Gute Nacht, Trent."

„Carrie?"

„Ja?"

Er hob eine Braue. „Als du von ‚einigermaßen gut aussehenden Millionären' gesprochen hast, meintest du da mich?"

„Gute Nacht, Trent!", erwiderte sie grinsend, drehte sich um und verschwand in ihrem Zimmer.

„Das hast du aber nur gesagt, um sie loszuwerden, oder?", rief Trent ihr hinterher.

Sie antwortete ihm nicht. Geschah ihm nur recht, wenn er sich ein bisschen blöd vorkam.

„Ich habe einen Job!", jubelte Carrie, als sie wenige Tage später in die Wohnung stürmte wie ein Wirbelwind. „Ich habe gerade meine Mailbox abgehört! Sie wollen mich wirklich! Ich drehe durch!"

Trent stand in der Küche und bereitete das Abendessen zu. Als Carrie sich zu ihm gesellte und neugierig auf seine selbst gemachten Sushirollen spähte, lächelte er ihr wohlwollend zu. „Herzlichen Glückwunsch!"

Carrie machte einen Knicks und erwiderte damenhaft: „Ich danke Ihnen für Ihre Güte, Mr. Tanford."

Er sah gut aus. Er hatte seinen Geschäftsanzug ausgezogen und trug eine alte Jeans und ein hellblaues Shirt, das seine leicht gebräunte Haut betonte und seinen durchtrainierten Bauch ahnen ließ.

„Wer sind denn die Glücklichen?", fragte er und reichte ihr ein Glas Weißwein.

„*Ebett & Gregg.*"

Er hob anerkennend die Brauen. „Nicht schlecht." Dann stieß er mit ihr an. „Auf dein Wohl und deinen neuen Job!"

Sie nippte an dem trockenen Chardonnay und sah ihn nachdenklich an. „Warte mal eine Sekunde."

„Was denn?"

„Ich frage mich, warum dich meine Neuigkeiten so wenig überraschen."

„Hast du nicht ‚Tanford' in deinen Lebenslauf geschrieben?"

„Doch."

„Na also. Ich war mir von Anfang an sicher, dass du mit deinem neuen Namen jeden Job haben kannst, den du willst." Er zog sie an sich und drückte ihr einen Kuss in den Nacken. „Und jetzt ab in dein Schlafzimmer. Guck mal in deinen Kleiderschrank!"

„Warum?" Es tat ihr gut, ihm so nahe zu sein, und sie wollte nicht schon wieder fort von ihm.

„Tu es einfach."

Sie verdrehte die Augen, machte auf dem Absatz kehrt und verließ die Küche. Trent folgte ihr in das Zimmer und zeigte lächelnd auf den Kleiderschrank. „Na los!"

Verwirrt und neugierig, aber auch ein wenig argwöhnisch, öffnete sie die Schranktür einen Spaltbreit und spähte hinein.

„Oh mein Gott! Was ist *das* denn!", rief sie aus, als sie den Inhalt sah, und riss die Tür ganz auf.

Trent lachte auf. „Interessante Reaktion, aber nicht ganz, was ich mir erhofft hatte."

Der Schrank war von oben bis unten gefüllt mit neuen Kleidern, Schuhen, Handtaschen und Accessoires. Jedes einzelne Stück hatte genau Carries Größe. Selbst die Farben hätte sie selbst nicht besser auswählen können. Sie nahm einen klassisch geschnittenen grauen Chanel-Anzug aus dem Schrank. „Hast du die gesamten Kollektionen aufgekauft?"

„Nicht die *ganzen*", erwiderte er ernst.

In diesem Moment kam ihr ein Verdacht. Sie drehte sich um und fixierte Trent mit zusammengekniffenen Augen. „Kann es sein, dass du *vor* mir von meinem Job wusstest?"

„Sie haben vor einigen Stunden auf den Anrufbeantworter gesprochen", gestand er ohne einen Hauch von Reue.

„Und du hast all das hier innerhalb von ein paar Stunden organisiert?"

„Ach, das war doch keine große Sache."

Keine große Sache? Carrie konnte sich beim besten Willen nicht vorstellen, wie man so etwas in ein paar Stunden hinkriegen sollte! Aber Trent wirkte kein bisschen gestresst. Vielleicht reichten ein paar Anrufe, wenn man nur genug Geld hatte.

Trotzdem war seine Geste ... Sie sah zu ihm auf. „Trent, das ist so liebevoll und fürsorglich von dir, ich weiß gar nicht, was ich sagen soll."

Er unterbrach sie. „Bevor du weitersprichst, solltest du vielleicht von dem eigennützigen Teil meiner Überraschung erfahren."

„Und der wäre?"

„Auf Grund meiner neuen Position werden wir gemeinsam viele offizielle Veranstaltungen besuchen müssen, und ..."

„... und meine Klamotten haben nicht so recht dazu gepasst", vervollständigte sie seinen Satz lächelnd.

„Genau. Abgesehen davon brauchtest du neue Outfits für deinen Job."

Sie stand auf, ging zu ihm und umarmte ihn. Ohne Zögern, ganz so, als wäre es das Natürlichste der Welt, schlang Trent seine Arme um sie und zog sie an sich. Sein Duft und sein harter, durchtrainierter Körper waren ihr mittlerweile fast schon vertraut.

Sie sah zu ihm auf. „Das sind beides gute Gründe. Hast du etwa heimlich gehofft, dass ich dein Geschenk ablehne, weil auch ein bisschen Eigennutz dahintersteckt?"

„Im Leben nicht!"

„Gut, denn das wird nicht passieren. Ich liebe schöne Kleidung, und du hast mir eine riesige Freude gemacht, Trent. Dankeschön!"

„Gern geschehen. Und jetzt rolle ich das Sushi fertig, bevor du zu viel auf nüchternen Magen trinkst, leichtsinnig wirst und mich am Ende noch verführst."

„Ich bin niemals leichtsinnig", rief sie ihm hinterher, als er das Zimmer verließ.

„Man wird ja wohl noch träumen dürfen", erwiderte er halblaut.

„Mr. Tanford, eine Mrs. Davis ist für Sie am Telefon."

Trent sah nicht einmal von seinen Unterlagen auf. Der Name war ihm unbekannt, und in zehn Minuten hatte er eine wichtige Konferenz.

„Schreiben Sie eine Notiz."

Aber seine Sekretärin blieb und räusperte sich. „Sie sagte, dass es sehr wichtig sei, Sir."

„Das sagen sie alle. Machen Sie eine Notiz."

„Es geht um Ihre Schwiegermutter."

„Ich habe keine ..." Er unterbrach sich mitten im Satz, als ihm klar wurde, was seine Sekretärin gerade gesagt hatte. Natürlich hatte er eine Schwiegermutter! Er griff nach dem Telefonhörer. „Stellen Sie sie durch."

„Gerne, Sir."

„Tanford", meldete er sich. Er war gespannt, worum es ging. Carrie hatte ihm nur sehr wenig über ihre Mutter erzählt. Er wusste, dass sie in der Stadt lebte und Künstlerin war, aber darüber hatte ihn bereits sein Detektiv informiert.

„Mr. Tanford, hier spricht Wanda Davis", hörte er eine raue ältere Frauenstimme sagen. „Ich bin Mrs. Grays Pflegerin."

„Pflegerin?" Wofür brauchte Mrs. Gray denn Hilfe?

„Wir haben hier ein Problem."

„Was für eins?"

Die Frau zögerte. „Wissen Sie, wo Carrie ist, Mr. Tanford?"

„Bei der Arbeit." Plötzlich war er beunruhigt, auch wenn er nicht wusste, weshalb. „Was ist denn geschehen?"

„Ich habe versucht, Carrie auf dem Handy und über Festnetz zu erreichen, aber sie geht nicht ans Telefon. Mrs. Gray hat einen Anfall. Meistens kann Carrie sie beruhigen, sodass wir keinen Krankenwagen rufen müssen."

„Mrs. Gray ist also krank?"

„Sie hat …" Wanda machte eine Verlegenheitspause. „Tut mir leid, ich dachte, Sie wissen es."

Einen Augenblick lang dachte Trent an die Konferenz und seine Verpflichtungen für diesen Tag, dann traf er eine Entscheidung. „Rufen Sie keinen Krankenwagen. Ich bin gleich da." Er suchte einen Stift. „Bitte nennen Sie mir die Adresse."

7. KAPITEL

Krank vor Sorge, fuhr Carrie zu der Wohnung ihrer Mutter. Sie hatte mit ihren Geschäftspartnern und einem neuen Kunden in einem Meeting gesessen und ihr Handy ausschalten müssen.

So etwas würde sie niemals wieder tun, egal wie sehr die Arbeitsatmosphäre darunter litt!

Als sie zurück in ihr Büro gegangen war, hatte sie die fünf Nachrichten von Wanda abgehört und mit rasendem Herzen auf der Stelle ihre Sachen gepackt. Dann hatte sie der Assistentin kurz mitgeteilt, dass es sich um einen Notfall handelte, und war aus der Agentur gestürmt.

Als sie die Wohnung ihrer Mutter betrat, lief sie zuerst Wanda über den Weg, die vollkommen aus dem Häuschen in der Küche auf und ab tigerte.

„Wanda? Was ist passiert?"

Als die Pflegerin die Tochter ihrer Patientin sah, breitete sich Erleichterung auf ihrer angespannten Miene aus. Sie eilte kopfschüttelnd auf sie zu. „Ich weiß es nicht. Sie hat die ganze Zeit von Ihrem Vater gesprochen."

„Oh Gott", stieß Carrie entsetzt hervor.

„Das ist auch vorher schon vorgekommen, aber es hat noch nie in einem Anfall geendet. Deswegen dachte ich auch diesmal, dass alles in Ordnung ist. Ich wollte ihr gerade eine Suppe machen, als sie plötzlich ganz wild geworden und in Tränen ausgebrochen ist. Dann hat sie erklärt, sie müsste sofort Ihren Vater finden und zu Ihnen zurückbringen."

„Das kann doch nicht wahr sein!"

„Sie ist aufgestanden und hat versucht, die Wohnung zu verlassen."

„Oh Gott!", flüsterte Carrie, während ihr Magen sich zusammenkrampfte. Ihre Mutter hatte das Haus seit sechs Monaten nicht mehr verlassen.

„Ich habe sie noch nie so durcheinander erlebt. Ich wusste nicht, was ich tun sollte. Also habe ich Ihren Mann angerufen."

Carrie hielt erschrocken inne. Trent hatte doch keine Ahnung, dass ihre Mutter krank war! Sie hatte ihm erst davon erzählen wollen, wenn sie sich vollkommen sicher war, dass sie ihm vertrauen konnte.

„Er ist schon seit einer halben Stunde bei ihr", erklärte Wanda.

„Was?!" Er war hier? Sie konnte keinen klaren Gedanken mehr fassen.

„Er hat es sofort geschafft, sie zu beruhigen." Carrie hörte Wandas Stimme wie durch Watte, während sie auf das Schlafzimmer ihrer Mutter zuging. „Keine Ahnung, wie er das geschafft hat."

Die Tür stand einen Spaltbreit offen. Carrie trat ein und sah ihre Mutter schlafend auf dem Bett liegen. Das Gesicht der Kranken war so entspannt, dass sie fast wieder wie ein junges Mädchen wirkte. Trent saß mit einem Buch in den Händen neben ihr auf einem Stuhl. Als er Carrie bemerkte, drehte er sich zu ihr um und legte einen Finger auf die Lippen.

„Sie ist gerade eingeschlafen", flüsterte er.

Carrie stellte sich hinter ihn, legte ihm die Hände auf die Schultern und betrachtete ihre Mutter. „Geht es ihr gut?"

„Ja. Sie wollte unbedingt aus dem Haus, um deinen Vater zu suchen."

Carrie stiegen die Tränen in die Augen. Ihre Mutter schien sich nicht mehr erinnern zu können, dass ihr Vater sie vor vielen Jahren verlassen hatte und dass das auch gut so war. Carrie hatte diese Zeiten in schrecklicher Erinnerung, und manchmal dachte sie, dass es vielleicht besser war, dass ihre Mutter sie vergessen hatte.

„Wie hast du es geschafft, sie zu beruhigen?"

„Ich habe ihr versprochen, dass ich ihn suche."

„Nein ... Trent ..."

„Ich hatte keine andere Wahl, Carrie."

Sie nickte verständnisvoll.

„Sie wollte wissen, wer ich bin", fuhr er fort und sah zu ihr auf. „Ich habe ihr gesagt, dass ich dein Mann bin."

„Und wie hat sie reagiert?"

„Zuerst wusste sie nicht mehr, wer du bist, aber vor dem Einschlafen hat sie sich kurz aufgesetzt, mit dem Finger auf mich gezeigt und gesagt: ‚Sie sind Carries Ehemann.'"

Carrie drückte seine Schultern. Sie konnte nicht fassen, dass er hier war und all das für sie tat. „Was für ein Buch liest du da?"

„*Stolz und Vorurteil.*"

„Eine Liebesgeschichte?"

„Deine Mutter wollte es hören." Er zuckte mit den Schultern. „Und für eine Schnulze ist es gar nicht so übel."

„Schön, dass ein Genie wie Jane Austen deine Zustimmung erfährt", erwiderte Carrie trocken. „Du kannst gerne wieder zur Arbeit fahren. Ich übernehme hier."

Er schüttelte den Kopf. „Nein."

„Was soll das heißen?"

„Es ist deine erste Woche in der Agentur!"

„Sie müssen das verstehen."

„Werden sie aber nicht. Stattdessen werden sie dich feuern."

Carrie erstarrte. Sie wusste, dass Trent recht hatte. Aber sie konnte ihre Mutter doch jetzt nicht alleine lassen!

Trent sah sie so ernst an, dass sie unwillkürlich einen Schritt zurückwich. „Ich bleibe."

Carrie schüttelte den Kopf. „Das kannst du nicht."

„Warum nicht?"

„Weil du auch einen Job hast."

Er warf ihr ein selbstsicheres Lächeln zu. „Ich bin der Chef der Firma. Ich kann tun und lassen, was ich will. Während meiner gesamten Karriere habe ich nur drei Tage gefehlt. Heute werde ich den vierten mit deiner Mutter verbringen."

„Trent …"

„Wir sehen uns heute Abend."

Sie konnte sich noch immer nicht bewegen. In ihrem Kopf rasten die Gedanken im Kreis. Wie konnte es sein, dass dieser Mann sich benahm wie … wie ein Ehemann?

„Ich rufe dich an", versicherte er.

Ihr Job war ihre Zukunft und die Lebensversicherung ihrer Mutter. Entschlossen drückte sie Trents Schultern ein letztes

Mal, dann ließ sie ihn los. „Ich bin gegen halb sechs hier, um dich abzulösen."

„Sicher. Jetzt geh schon, los!" Er winkte ihr zu und vertiefte sich wieder in das Buch. „Mal sehen, wie es mit Mr. Darcy weitergeht."

Carrie lächelte in sich hinein, warf ihrer Mutter einen letzten Blick zu und ging.

Trent lag schon im Bett und blätterte Bewerbungen für den Posten eines Anzeigenakquisiteurs für AMS durch, als er hörte, wie die Haustür aufgeschlossen wurde. Es war kurz nach elf, und er war schon vor Stunden nach Hause gefahren, nachdem Carrie ihn am Bett ihrer Mutter abgelöst hatte. Er hatte ihr angeboten zu bleiben, aber Carrie hatte abgelehnt.

Trent lauschte, wie sie in ihr Zimmer ging und die Tür hinter sich schloss. Vermutlich legte sie sich gleich ins Bett, schließlich hatte sie einen langen, anstrengenden Tag hinter sich.

Er konzentrierte sich wieder auf die Bewerbungen und versuchte, seine Enttäuschung zu unterdrücken. Doch im selben Moment öffnete sich die Tür zu seinem Schlafzimmer, und Carrie trat ein. Vor Verblüffung blieb Trent der Mund offen stehen: Carrie trug nichts als ein seidenes Nachthemd, das er bei La Perla für sie ausgesucht hatte.

Sie ging auf ihn zu und blieb vor seinem Bett stehen. Voller Bewunderung starrte er sie an. Ihr ungeschminktes, natürliches Gesicht war rosig, und ihr langes, dunkles Haar fiel ihr lose über die Schultern. Unter dem dünnen Stoff des Negligés zeichneten sich deutlich ihre vollen Brüste ab.

Er atmete tief durch und versuchte, die Kontrolle über seine Gedanken zu bewahren.

„Trent", flüsterte Carrie mit weicher Stimme.

„Stopp!"

Sein brüsker Tonfall ließ sie innehalten. „Was ist denn los?"

„Du kannst nicht einfach hier reinkommen mit … einem Hauch von Nichts am Körper!"

„Warum nicht?"

„Das weißt du ganz genau!"

Ihr Mund verzog sich zu einem wissenden Lächeln, und sie hob unverfroren den Saum des Nachthemdes, um Trent den dazu passenden Seidenslip zu zeigen.

„Ich meine es ernst, Carrie", stöhnte er. Sein Körper zitterte vor Begierde, und das dünne Laken, das ihn von der Hüfte an abwärts bedeckte, verbarg seine Erregung nur notdürftig. „Du hast fünf Sekunden, um zu verschwinden! Wenn du nicht auf der Stelle den Raum verlässt, kann ich für nichts mehr garantieren!"

Carries grüne Augen glitzerten abenteuerlustig. Sie bewegte sich keinen Millimeter.

„Eins", begann er zu zählen und setzte sich auf. „Zwei."

Sie bewegte sich noch immer nicht, aber der Anflug eines Lächelns huschte über ihr Gesicht.

„Drei."

Sie ging einen Schritt auf ihn zu.

„Vier."

Die Fünf verkniff er sich, weil er, nackt wie er war, schon längst aus dem Bett gesprungen war und Carrie in seine Arme geschlossen hatte.

Während sie in einem Kuss zu verschmelzen schienen, ließen sie sich auf das Bett fallen. Carrie landete rittlings auf Trent und sah ihm tief in die Augen. In diesem Moment fand etwas Unbeschreibliches zwischen ihnen statt, das ihn wie ein Pfeil mitten ins Herz traf. Diese Frau musste ihm gehören, und zwar für immer!

Dann ließ sie verführerisch ihre Hüften kreisen, und sein Verstand verabschiedete sich. Er war wie besessen von dem Bedürfnis, sie zu schmecken, ihren Duft aufzusaugen, in sie einzudringen und sie zu lieben, bis sie beide vor Erschöpfung zusammenbrachen. Mit einer kraftvollen Bewegung drehte er sie auf den Rücken und begann, sie mit Küssen zu liebkosen.

Als seine Lippen über ihren Nacken glitten, stöhnte sie leise auf und drehte den Kopf zur Seite, um ihm den Weg freizumachen. Trent legte die Hand unter ihren Hinterkopf, bog ihren

Hals nach hinten und verwöhnte die zarte Haut an ihrer Halsgrube. Augenblicklich begann Carrie, sich unter ihm zu winden. Sie wollte ihn, hier und jetzt.

Doch Trent schien fest entschlossen, es langsam angehen zu lassen, jeden Zentimeter ihres Körpers zu erobern, ehe er sie nahm.

Carrie glaubte, vor Begierde fast verrückt zu werden. Wie konnte es sein, dass dieser Mann einfach nur ihren Hals küsste und sie damit in den Wahnsinn trieb?!

Während sie die Hände über seine Schulter nach oben gleiten ließ, um sie in seinem dichten Haar zu vergraben, knabberte Trent an ihrem Ohrläppchen. „Küss mich", flüsterte sie und suchte ruhelos und gierig seine Lippen.

Trent schloss seine Hände um ihren Po und presste Carrie hart gegen seinen erregten Körper, während er ihrer Aufforderung nachkam.

Carrie reagierte auf der Stelle, indem sie die Schenkel um seine Hüften schlang, während sie sein Gesicht liebkoste. Niemals in ihrem Leben hatte sie sich so begehrt gefühlt, hatte ein Mann ihr mit jedem Kuss, mit jeder Berührung das Gefühl gegeben, dass er sie mehr wollte als alles andere auf der Welt.

Quälend langsam beschrieb Trent eine Spur von Küssen an ihrem Dekolleté hinab, um am Saum ihres dünnen Nachthemds innezuhalten. Mit sanften Bewegungen streifte er die zarten Träger über ihre Arme. Bereitwillig hob Carrie ihren Oberkörper an und half Trent, das Negligé bis zu ihren Hüften hinabzuziehen.

Trent verschlang sie förmlich mit gierigen Blicken, dann senkte er seinen Kopf über ihre Brüste, die sich seit Trents erstem Kuss nach der Berührung seiner Lippen sehnten. Carrie ließ ihren Kopf in die Kissen fallen und sog Trents männlichen Duft ein. Als seine Lippen ihre harten Knospen umschlossen, stöhnte sie auf und vergrub ihre Finger noch tiefer in seinem Haar.

Er ließ seine Hände zu ihren Brüsten hinaufwandern und umschloss das feste, zarte Fleisch.

Mit den Hüften drängte Carrie sich gegen seine Härte und wölbte ihm den Oberkörper entgegen, während sie ihm die Fingernägel in den Rücken bohrte.

Als sie seine pulsierende Männlichkeit zwischen ihren Schenkeln fühlte, verlor sie die Kontrolle, und ein atemberaubender Höhepunkt erfasste sie.

„Carrie", keuchte Trent und ließ seine Hand zwischen ihre Beine gleiten, während sie unter ihm erbebte. „Sag mir, was du willst, sprich mit mir …"

„Ich will dich in mir, jetzt sofort. Ich will dich ganz spüren, ich will fühlen, wie du mich ausfüllst." Die Stimme versagte ihr. Trent zog ihr rasch den Slip aus, und sie schloss ihre Hand um seine Männlichkeit und führte ihn zwischen ihre gespreizten Schenkel.

Augenblicklich stöhnte Trent auf und ließ sich auf sie sinken. Carrie hob ihre Hüften an und genoss atemlos den unvergleichlichen Augenblick, als er zum ersten Mal in sie glitt. Sie wusste, dass dieser Abend alles zwischen ihnen verändern würde, aber nichts konnte sie davon abhalten, ihr Verlangen zu stillen.

Plötzlich hielt Trent in seiner Bewegung inne und sah Carrie an.

Die rückhaltlose Bewunderung in seinem Blick schenkte ihr ein ungekanntes Selbstvertrauen. Sie sah ihm fest in die Augen, umschloss ihre Brüste und begann, sich selbst zu liebkosen.

Der Anblick gab Trent den Rest: Er stöhnte auf und schob sich mit einer geschmeidigen Bewegung ganz in sie.

Mit einem leisen Schrei schlang Carrie ihm die Schenkel um die Taille. Ihre Hände wanderten zu seinem muskulösen Po, und sie schob Trent tiefer, immer tiefer in sich. Als er sie ganz ausfüllte, umschloss er ihre Beine mit einem festen Griff und begann, sich zu bewegen. Carrie antwortete ihm, indem sie die Hüften kreisen ließ, und gemeinsam fanden sie in einen Rhythmus, in dem sie Raum und Zeit vergaßen. Wie durch Watte hörte Carrie ihn ihren Namen flüstern. Sie antwortete mit einem Stöhnen, das ihn so erregte, dass seine Bewegungen stürmischer wurden. Unwillkürlich krallte sie die Finger in die verknäulten Laken und erwiderte seine harten, kraftvollen Stöße. Trent ließ seine

Hände zu ihren Brüsten gleiten und grub leidenschaftlich seine Finger in ihre weiche Haut, während seine Bewegungen immer drängender wurden.

Endlich spürte Carrie, dass sie sich nicht mehr länger zurückhalten konnte. Sich unter ihm aufbäumend, schrie sie seinen Namen. Dann zündete ein Feuerwerk der Lust hinter ihren Augen, und ihr Körper erzitterte, als sie von den Wogen ihres Höhepunktes mitgerissen wurde. Trent drang ein letztes Mal tief in sie, dann sank auch er zitternd über ihr zusammen.

Es vergingen mehrere Minuten, ehe sie wieder sprechen konnten. Trent hatte das Laken über ihre erschöpften Körper gebreitet und hielt Carrie, die sich mit dem Rücken an ihn schmiegte, fest an sich gedrückt.

In diesem Augenblick fühlte Carrie sich so ruhig, entspannt und so friedvoll wie schon lange nicht mehr. Sie drehte sich zu Trent um, damit sie ihm in die Augen sehen konnte. Insgeheim hoffte sie, in seinem Blick ein Zeichen dafür zu finden, was er davon hielt, dass sie miteinander geschlafen hatten.

Aber seine Augen waren fest geschlossen, und er wirkte ebenso friedlich, wie Carrie sich fühlte.

Sie gab ihr Bestes, ihn zärtlich zu wecken. Sanft übersäte sie seine Augenlider, seine Nasenspitze und schließlich seine Lippen mit Küssen, bis er langsam die Augen aufschlug.

„Was gibt's, Weib?", neckte er sie. „Bist du fertig für die nächste Runde?" Er schlang den Arm um ihre Taille und gab ihr einen zärtlichen Klaps auf den Po.

Sie lachte, und Trent grinste sie frech an. „Das gefällt dir, hm? Muss ich mir merken."

Carrie umschloss sein Gesicht mit den Händen. „Ich mag dich, Trent Tanford."

Doch sobald sie diese Worte aussprach, wusste sie, dass sie log. Sie mochte ihn nicht, schon lange nicht mehr. Sie *verliebte* sich in ihn, und zwar Hals über Kopf.

Trent starrte sie stirnrunzelnd an. „Was ist los? Alles in Ordnung?"

Carrie nickte.

„Sicher?" Er drückte sie noch fester an sich. „Du siehst traurig aus. Ist es wegen deiner Mutter?"

Carrie küsste ihn, gerührt über seine Fürsorge. „Nein. Aber wo wir gerade beim Thema sind: Danke für das, was du heute für meine Mutter getan hast."

„Ich habe das für *dich* getan."

„Trotzdem danke."

Einen Augenblick schwieg er und drückte sie einfach fest an sich. Als er schließlich weiterredete, hatte seine Stimme einen weichen, vorsichtigen Tonfall angenommen. „Warum hast du es mir nicht gesagt?"

„Ich habe dir doch von ihr erzählt."

„Du hast gesagt, sie wäre eine viel beschäftigte Künstlerin."

Carrie fuhr mit ihren Lippen über seinen Arm. „Ich weiß selbst nicht genau, wieso ich nicht darüber sprechen wollte."

„Alzheimer ist eine ernste Krankheit, Carrie."

„Glaub mir, Trent, wenn irgendjemand das weiß, dann ich."

„Ich wollte dir keinen Vorwurf machen", sagte er zärtlich. „Ich mache mir einfach nur Sorgen um dich. Wenn ich es früher gewusst hätte, hätte ich dir auch früher helfen können."

Sie sah zu ihm auf, schob ihre Hand unter seinen Nacken und zog ihn an sich, um ihn zu küssen. Wie hatte sie sich nur so sehr in diesem Mann irren können? Er war vielleicht ein Playboy, aber tief in seinem Inneren war er ein guter Mensch.

„Carrie?", flüsterte er.

„Ja?"

„Kann ich dich noch etwas fragen?"

„Natürlich."

„Was ist mit deinem Vater?"

Mit einem Mal verkrampfte Carrie sich. Sie versuchte, sich aus Trents Umarmung zu lösen, aber er ließ sie nicht los. „Was soll mit ihm sein?"

„Warum hast du mir nicht erzählt, dass er euch verlassen hat?"

Also hatte ihre Mutter ein paar helle Momente gehabt, als Trent bei ihr war.

Carrie versuchte erneut, ihm zu entkommen, aber er hielt sie unbeeindruckt weiter fest. Schließlich gab sie auf, ließ sich gegen ihn sinken und erwiderte kurz angebunden: „Aus demselben Grund, aus dem ich dir nichts von Moms Krankheit erzählt habe: Diese Themen sind einfach zu persönlich."

„Zu persönlich? Wir sind verheiratet, Carrie!"

„Unsere Hochzeit war eine Geschäftsvereinbarung. Unsere Ehe sollte weder persönlich noch sexuell werden."

„Aber jetzt ist sie beides." Er ließ sie los, und sie setzte sich auf. „Und ich wünsche mir, dass es so bleibt, Carrie."

Überrascht sah sie ihn an, weil sie nicht sicher war, ob sie richtig gehört hatte. Er nickte, um seine Worte zu unterstreichen. „Und jetzt erzähl mir alles."

Sie wich seinem Blick aus. „Ich weiß nicht, ob ich das kann, Trent."

„Warum nicht?"

„Ein Jahr. Dann ist alles vorbei." Sie musste sich irgendwie selbst schützen. „Wir sind doch kein echtes Ehepaar. Wir kennen einander kaum, und wir haben so wenig gemeinsam. Ganz egal, was ich für dich empfinde …"

„Was empfindest du denn?", unterbrach er sie.

Sie schüttelte den Kopf. Sie konnte das hier nicht. Sie würde ihm auf keinen Fall sagen, dass sie sich in ihn verliebt hatte. Nicht, solange sie nicht wusste, dass er ebenso empfand.

Sie setzte erneut an. „Ganz egal, was ich für dich fühle, ich weiß einfach nicht, ob ich dir vertrauen kann."

„Carrie …"

Das Handy, das auf dem Nachttisch lag, unterbrach ihn mit einem schrillen Klingeln. Carrie und Trent starrten einander einen Augenblick lang an, dann murmelte sie: „Na, geh schon ran."

Trent nahm den Blackberry, während Carrie das Bettlaken fester um sich zog und dem Gespräch lauschte. „Tanford? … Ja … Wie bitte? … Na gut, ja."

Trent stand auf. „Ich muss los."

„Es ist kurz vor Mitternacht!", warf Carrie ein. Plötzlich wurde ihr fürchterlich kalt.

„Ich weiß."

„Was ist denn los?"

Trent zog sich bereits an. „Nichts. Alles in Ordnung. Mach dir keine Sorgen."

Carrie beobachtete ihn scharf. „Du traust mir auch nicht wirklich, oder?"

Als er zu ihr ans Bett trat, bemerkte sie, wie angespannt sein Gesicht plötzlich wirkte. Er beugte sich zu ihr hinab und küsste sie. „Bist du hier, wenn ich wiederkomme?"

Sie seufzte. Sie hatten noch einen langen Weg vor sich, sie und ihr Ehemann. Beide wollten sie genau das Eine, das der andere nicht zu geben bereit war: Vertrauen. Aber nach dieser Nacht würde nichts mehr sein wie zuvor. Alles würde sich ändern.

Und vielleicht war Vertrauen ein Teil dieser Veränderungen.

Ihre Vergangenheit, ihr Vater ... vielleicht würde sie eines Tages mit Trent darüber reden können. Vielleicht würde sie dann auch etwas über den Grund erfahren, aus dem Trent mitten in der Nacht Hals über Kopf davonstürzte.

Sie nickte. „Ich werde hier sein."

8. KAPITEL

*I*ch hoffe, dass Sie einen wirklich guten Grund dafür haben, mich mitten in der Nacht hierher zu beordern!"

Detective McGray saß in seinem chaotischen, schäbigen Büro hinter dem mit Aktenstapeln bedeckten Schreibtisch und warf Trent einen langen, nachdenklichen Blick zu. Dann nahm er den Zahnstocher, an dem er herumkaute, aus dem Mund und wandte sich Trent und dem neuen Anwalt Jerry Devlin zu, die auf der anderen Seite des Schreibtisches auf wackeligen Stühlen saßen.

„Ich will Ihre Zeit nicht verschwenden, Mr. Tanford, und ich habe nicht vor, Sie von Ihrer hübschen neuen Frau fernzuhalten."

Trent warf ihm einen verärgerten Blick zu. „Was wollen Sie dann?"

„Ich möchte Ihnen das hier zeigen."

Der Detective schob ihm über die Tischplatte einen Zettel zu. Trent und Devlin beugten sich neugierig vor.

„Sah der Drohbrief, den Sie erhalten haben, ähnlich aus?", fragte McGray.

Trent musterte den Zettel.

Eine Million. Ein Konto auf den Kaimaninseln. Sie haben eine Woche Zeit.

Der folgende Absatz war mit schwarzem Textmarker unkenntlich gemacht worden, vermutlich von der Polizei. Deswegen konnte Trent nicht erkennen, womit der Verfasser dem Empfänger drohte.

Trent sah auf. „Ja. Er sah fast genauso aus."

McGray nickte. „Okay, das ist gut. Das wäre dann alles."

„Das war es schon?"

„Wir mussten wissen, ob es sich um einen Brief von dieser Sorte handelte. Dies hier ist der erste."

Trent verlor die Fassung. „Wenn das hier der erste Drohbrief war, warum haben Sie ihn mir dann nicht gezeigt, als ich das letzte Mal hier war?"

„Damals waren wir uns noch nicht sicher, dass ein Zusammenhang besteht. Abgesehen davon wussten wir nicht, inwieweit wir Sie einweihen können."

„Und jetzt, mitten in der Nacht, wissen Sie es plötzlich?"

Devlin legte Trent abwiegend die Hand auf die Schulter. „Mr. Tanford, bitte."

„Hören Sie auf Ihren Anwalt, Mr. Tanford, und beruhigen Sie sich bitte", stimmte McGray ein. „Es kann Ihnen nur Nachteile bringen, sich in Gegenwart eines Polizeibeamten derart ..." Er unterbrach sich und sah durch das Sichtfenster auf den Gang hinaus. „Entschuldigen Sie mich bitte einen Augenblick."

„Na klar, sicher doch", grummelte Trent, während der Detective den Raum verließ. „Das ist einfach lächerlich."

„Da haben Sie recht", pflichtete Devlin bei. „Aber Sie scheinen aus dem Schneider zu sein. Entspannen Sie sich. Wir wollen doch nicht, dass sich das Gerücht verbreitet, der Geschäftsführer von AMS kooperiert nicht mit der Polizei."

„Ist ja gut", fuhr Trent ihn an.

Der Anwalt runzelte die Stirn. „Ich werde mich mal mit dem Detective unterhalten. Mal sehen, was sich herausfinden lässt."

„Gute Idee."

Devlin verließ das Büro, und Trent blieb, düster vor sich hinstarrend, alleine zurück.

Einige Minuten später steckte ein Mann Mitte fünfzig von gedrungener Statur seinen dunklen Lockenkopf durch die Bürotür.

„Trent? Wie geht es Ihnen?"

Mike, der Direktor des Reviers, war ein langjähriger Freund der Familie Tanford. Sein Anblick beruhigte Trent. Erleichtert stand er auf und schüttelte die Hand des Mannes. „Gut, Mike. Allerdings bin ich ein bisschen müde."

„Ich bedaure diese ganze Angelegenheit sehr. Es ging leider nicht anders."

„Na, wenn Sie das sagen."

„Der Fall geht einfach nicht voran, und wir werden von der Stadt stark unter Druck gesetzt." Mike beugte sich vor und sah sich geheimnisvoll um. „Kann ich Ihnen etwas unter vier Augen anvertrauen?"

Trent nickte.

Mike senkte seine Stimme und flüsterte: „Wir glauben, dass Marie Endicotts Tod kein Selbstmord war."

Trent runzelte die Stirn. „Wie bitte? Und was soll sonst passiert sein?"

Mike sah ihn verschwörerisch an. „Das kann ich Ihnen jetzt noch nicht sagen. Aber ich bin Ihnen wirklich sehr dankbar, dass Sie heute Nacht gekommen sind. Grüßen Sie Ihre Eltern von mir."

„Mach ich."

„Und Glückwunsch zur Hochzeit. Hätte nicht gedacht, dass ich diesen Tag jemals erleben würde." Er zwinkerte. „Sie muss jemand ganz Besonderes sein."

„Das ist sie auch", erwiderte Trent wortkarg. Er war nicht der Typ, der lästerte oder Tratsch über die Frauen verbreitete, mit denen er sich traf, und jetzt, wo er verheiratet war, würde er erst recht nicht damit anfangen.

Die beiden Männer schüttelten sich die Hände, und Mike verließ das Büro. Einige Augenblicke später kehrten McGray und Trents Anwalt zurück.

Der Detective blieb stehen und forderte Trent und Devlin auf, ihm zu folgen. Gemeinsam verließen die drei Männer das Büro, gingen den Flur hinunter und traten aus dem Revier.

„Danke, dass Sie gekommen sind. Ich lasse es Sie wissen, wenn ich Sie oder Mrs. Tanford noch einmal sprechen will."

Trent spürte, wie eine Sicherung in ihm durchbrannte. Mit ihm konnte McGray machen, was er wollte, aber Carrie durfte er nicht anrühren! Was zum Teufel hatte dieser Detective vor? Wollte er ihm drohen? Ihm zeigen, wer hier der Boss war?

„Ich rate Ihnen dringend, meine Frau aus dieser Sache herauszuhalten", fauchte er.

Devlin griff auf der Stelle ein. „Was Mr. Tanford sagen will, ist …"

„Nein, Jerry", unterbrach Trent ihn wütend. „Der Detective hat mich ganz richtig verstanden. Meine Frau hat *nichts* mit dieser Sache zu tun."

McGray zuckte nicht einmal mit der Wimper. „Ich bin mir sicher, dass Sie recht haben, aber man kann ja nie wissen."

„Ich *weiß* es", beharrte Trent. Seine Stimme klang scharf wie ein Rasiermesser. „Ich werde nicht zulassen, dass sie ein sinnloses Verhör über sich ergehen lassen muss."

Der Detective zuckte mit den Achseln und sagte beiläufig: „Ich verspreche, dass ich Ihre Frau nicht vorlade, wenn es sich vermeiden lässt. Aber ich erwarte von Ihnen, dass Sie mich über alle Neuigkeiten auf dem Laufenden halten."

Zwei Minuten später setzte Trent sich in seine Limousine und schmiss lautstark die Tür hinter sich ins Schloss.

Für diese dreißig Minuten Unsinn hatte er seine Frau alleine lassen müssen?

Als der Chauffeur anfuhr, lehnte Trent sich in dem Ledersitz zurück und atmete tief durch. Zum ersten Mal wurde ihm klar, dass er plötzlich ein Zuhause hatte, in das er zurückkehren konnte. Der Gedanke erfüllte ihn mit einer bisher ungekannten Zufriedenheit.

Als Trent sich zwanzig Minuten später in sein Bett kuschelte, stieg ihm Carries berauschender Duft in die Nase. Zärtlich betrachtete er die weiche Silhouette seiner schlafenden Frau.

Eigentlich hatte er sie nur sanft an sich ziehen wollen, doch sobald sie ihren weichen Körper an den seinen schmiegte, verspürte er eine vertraute Erregung, die er nicht ignorieren konnte. Carrie stöhnte im Halbschlaf leise auf und drückte ihren Po gegen seine Hüften.

„Hallo", flüsterte sie.

„Auch hallo." Er küsste ihren Nacken und empfand eine unendliche Erleichterung, bei ihr zu sein, zu Hause in seinem Bett, wo er seine Ehefrau in Armen halten konnte.

„Ist alles in Ordnung?", fragte sie.

„Ja."

„Willst du darüber reden?"

„Nicht jetzt."

„Okay, aber du bist sicher, dass …"

„Ja, es geht mir gut."

„Na dann."

Sie schmiegte sich enger an ihn, und er schlang den Arm um sie, sodass seine Rechte auf ihrem Bauch lag. Als sie fühlte, wie er zögerte, nahm sie seine Hand und führte sie zu ihren Brüsten. Augenblicklich begann er, ihre harten Knospen zu liebkosen, und ihr Atem ging schneller. Sie bog den Rücken durch, um Trent noch intensiver zu spüren.

Sie liebten sich bis in die frühen Morgenstunden und hießen die Dämmerung mit den unterdrückten Schreien ihrer Lust willkommen.

„Ich muss euch etwas beichten. Aber bitte versprecht mir, dass ihr nicht sauer werdet."

Einige Tage später saß Carrie, flankiert von ihren Freundinnen Amanda und Julia, in einem luxuriösen Pediküresessel und hielt ihre Füße in ein Sprudelbecken mit heißem, duftendem Wasser.

Amanda hatte sich die ganze Zeit über in New York aufgehalten, um eine Wohltätigkeitsveranstaltung zu organisieren. Sie hatte sämtlichen Klatsch und Tratsch mitbekommen und wusste deswegen genau, was für Neuigkeiten sie erwarteten. Julia hingegen hatte mit ihrem frischgebackenen Ehemann Urlaub auf den Bermudas gemacht und keine Ahnung von den neuesten Entwicklungen in Carries Leben.

Sobald Julia wieder zurückgekommen war, hatte Carrie ihre Freundinnen zu einer Pediküre in ein nobles Spa eingeladen. Sie hoffte, dass sie die Neuigkeiten in dieser Umgebung etwas gefasster aufnehmen würden.

Die schwangere Julia warf ihrer Freundin einen neugierigen Blick zu. „Sind deine Neuigkeiten der Grund dafür, weshalb du in den letzten Wochen auf keine einzige meiner E-Mails geantwortet hast?"

„Sozusagen."

„Ich finde es wirklich unfassbar, dass du uns E-Mails geschrieben hast, Julia", warf Amanda ein, die gerade mehrere Fläschchen Nagellack begutachtete. „Es waren deine *Flitterwochen*, verdammt noch mal!"

„Na und?"

Amanda warf ihr einen erstaunten Blick zu. „Normalerweise hat man da anderes zu tun, als E-Mails an die Freundinnen zu schicken."

Julia tätschelte ihren dicken Bauch und murmelte: „Das Baby ist im Weg, wenn du verstehst, was ich meine."

„Wirklich?"

„Wirklich."

„Und warum versucht ihr es nicht von hin…"

„Meine Güte, Amanda." Julia tat so, als wäre sie entsetzt über die Fantasien ihrer Freundin.

Carrie hielt es fast nicht mehr aus. Sie atmete tief durch, dann platzte es aus ihr heraus: „Ich habe Trent Tanford geheiratet."

Die beiden Frauen unterbrachen ihren Zank auf der Stelle. Während Amanda allerdings einfach grinsend den Kopf schüttelte, starrte Julia Carrie so verblüfft an, als wäre ihr gerade ein zweiter Kopf gewachsen.

„Wie bitte!?"

„Ich habe Trent geheiratet. Trent Tanford. Meinen Nachbarn."

„Oh, danke schön für die Aufklärung, Carrie, aber zufällig weiß ich *sehr* genau, wen du meinst." Julia musterte ihre Freundin eine lange Zeit kritisch, und Carrie fühlte sich wie auf dem heißen Stuhl. Unruhig rutschte sie in dem weißen Pediküresessel hin und her und versuchte, dem fragenden Blick ihrer Freundin auszuweichen. Nach einer schieren Ewigkeit fragte Julia: „Warum hast du das getan?"

Carrie blickte verlegen zu Boden. „Ich habe mich eben in ihn verliebt."

Aber mit dieser Antwort gab Julia sich nicht zufrieden. „Und wann genau soll das passiert sein?"

Carrie fühlte sich wie in einem Kreuzverhör. Sie hatte diese Art von Fragen schon erwartet, und sie wusste, dass Julia nur deswegen nachbohrte, weil sie sich um sie sorgte. Doch Carrie war nicht bereit, irgendjemandem zu erzählen, wie es zu ihrer Ehe gekommen war. Es war ihr unangenehm, dass sie aus finanziellen Gründen eingewilligt hatte. Aber noch viel weniger wollte sie zugeben, dass sie einen Mann geheiratet hatte, ohne ihn zu lieben.

Niemand sollte die Gründe für ihre Hochzeit erfahren. Sie selbst wollte diese Vorgeschichte so schnell wie möglich vergessen und sich darauf konzentrieren, wie ihre Ehe heute aussah.

„Hör mal", murmelte sie betreten. „Ich weiß, dass es total verrückt klingt, aber so ist es nun mal. Es kam alles ganz plötzlich. Ich liebe ihn einfach."

Mittlerweile jedenfalls. Und das war alles, was zählte.

Ja, so war es. Inzwischen gestand sie sich ein, dass sie Trent Tanford liebte. Ein warmes, angenehmes Gefühl breitete sich in ihrer Magengrube aus.

Sie ließ ihren Blick zwischen Amanda und Julia hin- und herwandern. „Eigentlich hatte ich mir Glückwünsche und Freudengejubel erhofft." Sie lächelte. „Natürlich nicht wegen der Hochzeit, sondern weil ich euch zu dieser Luxus-Pediküre eingeladen habe."

Julia sah nicht gerade so aus, als wären ihre Fragen zu ihrer Zufriedenheit beantwortet worden. Aber sie schien zu spüren, dass die Freundin nicht mehr darüber reden wollte, und so lächelte sie und lehnte sich seufzend in ihrem Sessel zurück. „Und du glaubst ernsthaft, dass du meine Neugierde mit einem Besuch im Spa stillen kannst?"

„Ich hatte die Hoffnung, ja."

Amanda stöhnte glücklich auf. „Also bei mir hat es funktioniert. Ich verzeihe dir, Carrie Gray."

Julia schnaubte. „Verräterin."

Die drei Frauen saßen einige Minuten lang schweigend da und genossen ihre Fußmassage, aber dann ging Julias Neugierde wieder mit ihr durch.

„Und, wie ist es, verheiratet zu sein?", fragte sie.

„Das solltest du eigentlich am besten wissen", stellte Amanda fest.

„Woher soll ich wissen, wie es ist, mit Trent Tanford verheiratet zu sein?"

Carrie lächelte. „Ziemlich überraschend, um ehrlich zu sein."

Julia hob ihre perfekt gezupften Brauen. „Interessante Wortwahl."

„Inwiefern überraschend?", fragte Amanda nach und reichte ihrer Kosmetikerin den Nagellack, für den sie sich nach langem Grübeln entschieden hatte. „Schreibt er dir kleine Liebesbotschaften an den Badezimmerspiegel? Oder hat er eine Sado-Maso-Ausrüstung im Schrank?"

Julia und Carrie lachten. „Eher Ersteres", erwiderte Carrie dann. „Er ist ein erstaunlicher Mensch, sehr fürsorglich und liebevoll. Irgendwie behandelt er mich wie eine Prinzessin. Das war wirklich das Letzte, womit ich gerechnet hätte." Besonders deshalb nicht, weil ihre Ehe ein Geschäft gewesen war.

Einen Augenblick lang fragte Carrie sich, was Trent wohl mittlerweile von ihrer Ehe hielt, nach all dem, was seit der Hochzeit geschehen war. Bedeutete sie ihm so viel wie er ihr? Saß er womöglich gerade beim Lunch und unterhielt sich mit seinen Freunden oder Kollegen über seine Ehefrau?"

Vermutlich nicht.

„Aber du musst etwas geahnt haben!", erklärte Julia. „Sonst hättest du ihn doch nie im Leben geheiratet! Wenn du nicht gespürt hättest, dass er im Herzen ein toller Typ ist, wäre es doch nie zu dieser Blitzhochzeit gekommen! Ich kenne dich, Carrie Gray … äh … Mrs. Carrie Tanford. Du bist nicht die Art Frau, die sich nur von ihren Gefühlen lenken lässt. Dafür bist du viel zu klug."

„Richtig", stimmte Carrie eilig zu. „Genauso war es. Ich wollte damit nur sagen, dass ich trotzdem misstrauisch war, weil ich doch wusste, was für ein Frauenheld er früher war. Ich hatte Angst, dass er sich nicht zusammenreißen würde." Carrie unterbrach sich, weil ihr das eigene Gerede unzusammenhängend und wirr vorkam.

„Aha, ich verstehe", sagte Julia. Doch ihr Gesichtsausdruck sprach Bände: Ihr schien vollkommen klar zu sein, dass an dieser Geschichte irgendetwas nicht stimmte.

Amanda hingegen machte sich nicht einmal die Mühe, ihren Argwohn zu verbergen. Aus ihren stahlgrauen Augen warf sie ihrer Carrie einen besorgten Blick zu. „Pass gut auf dich auf, Schätzchen."

„Wie meinst du das?"

„Bilde dir nicht ein, dass du einen Mann ändern kannst."

„Das tue ich nicht", versicherte Carrie. „Ich weiß, dass das hoffnungslos wäre."

„Wirklich, ich will dir keine Angst machen. Aber die Erfahrung hat mich gelehrt, dass …"

„Von welcher Erfahrung genau sprichst du?", hakte Carrie neugierig nach. So aufgeschlossen Amanda auch war, über ihre Vergangenheit wahrte sie stets Stillschweigen.

Und auch jetzt verriet sie nichts Stichhaltiges. Sie zuckte mit den Achseln und starrte auf ihre eingeölten Füße. Ihr Gesicht wirkte ausdruckslos, so als versuche sie, ihre Gefühle zu verbergen.

Taktvoll wie gewöhnlich, schien Julia zu spüren, dass es Zeit für einen Themenwechsel war. Sie kehrte zurück zu den Neuigkeiten, indem sie eine völlig neue Haltung vertrat: „Vielleicht war Trent ja nur deswegen ein Frauenheld, weil er die Richtige noch nicht gefunden hatte!"

Diese Möglichkeit gefiel Carrie ganz außerordentlich. Sie lächelte breit. „Ich glaube, das stimmt." Sie hoffte es jedenfalls.

Julia warf sich in eine divenhafte Positur. „Abgesehen davon möchte ich anmerken, dass *ich* es war, die vorgeschlagen hat, dass du bei ihm klopfen und ihm die Leviten lesen sollst, was ganz eindeutig die Ursache für eure atemberaubende Liebesgeschichte war."

Sofort sah Amanda auf und beäugte die Freundin gespielt kritisch. „Glaub ja nicht, dass du die Lorbeeren alleine einheimsen kannst, Julia. Wir haben sie beide ermutigt."

„Daran kann ich mich überhaupt nicht mehr erinnern."

„Schluss, meine Damen." Carrie lächelte und versuchte, Frieden zu stiften. „Ich bin euch beiden dankbar. Wenn ihr mich nicht gedrängt hättet, bei Trent zu klopfen, wäre ich nicht das, was ich heute bin: glücklich und verliebt."

„Gern geschehen, Carrie", beeilte Amanda sich zu sagen.

„Und meinen Glückwunsch", fügte Julia hinzu. Dann lehnte sie sich zurück und begutachtete ihre lackierten Zehennägel.

Carrie warf ihr einen hoffnungsvollen Blick zu. „Dann bist du mir nicht böse, dass ich nicht auf deine Mails geantwortet habe?"

Aber Julia hörte gar nicht mehr zu. Stattdessen musterte sie angelegentlich ihren gerundeten Bauch. Als Carrie sie fragend ansah, schreckte sie plötzlich auf. „Wie? Was? Hast du was gesagt? Äh, sicher, alles in Ordnung."

Carrie und Amanda warfen sich einen vielsagenden Blick zu und lachten still in sich hinein.

9. KAPITEL

Es gehörte zu Trents Arbeitsalltag, mit wichtigen Kunden zu plaudern. Er war es seit Jahren gewöhnt, mit solchen Situationen umzugehen. Bis heute hatte er niemals das Gefühl gehabt, von seinen Klienten weniger respektiert zu werden, weil er Single war. Aber heute Abend sah er die Welt erstmals mit anderen Augen – mit den Augen eines Ehemannes, genauer gesagt. Es fiel ihm schwer, es zuzugeben, aber sein Vater hatte offenbar doch recht gehabt: Die Frau an seiner Seite schien Trent in den Augen seiner Gesprächspartner zu einem besseren Menschen zu machen.

Vor etwa einer Stunde allerdings war Carrie von seiner Seite gewichen – allerdings nur, um sich auch um die anderen Gäste zu kümmern. Trent hätte niemals erwartet, dass sie das für ihn tun würde, als sie aus der schwarzen Limousine gestiegen waren und das *Nanni* in der 46. Straße betreten hatten.

AMS hatte für diesen Anlass das Restaurant gemietet. Die gesamte Führungsebene aller AMS-Tochterfirmen an der Westküste war geladen. Für Trent war das ein wichtiger Tag. Es war sein erster großer Auftritt, seit er AMS übernommen hatte. Sein Vater war im Urlaub – das Erbe der Tanfords zu repräsentieren war an diesem Abend alleine Trents und Carries Aufgabe.

Trent beobachtete, wie Carrie sich unter die Gäste mischte und sich einer Gruppe von Frauen zuwandte. Die Leichtigkeit, mit der sie sich in ihrer Rolle als Gastgeberin zurechtfand, beeindruckte ihn zutiefst. In ihrem rosafarbenen trägerlosen Seidenkleid sah sie einfach fantastisch aus. Der Stoff schmiegte sich eng um ihre Brüste und schmeichelte Carries zarter Figur. Ihr Haar hatte sie zu einem betont schlichten, aber eleganten Knoten hochgesteckt, und ihr Make-up war unprätentiös und jugendlich – ganz wie sie selbst.

Ein Kellner kam vorbei und bot Trent von den Hors d'œuvres an, aber er lehnte geistesabwesend ab. Er war viel zu beschäftigt damit, seine Frau zu beobachten.

Seit ein paar Tagen war ihm klar, dass er Carrie praktisch verfallen war. Sobald er das begriffen hatte, hatte sich seine Abneigung gegen die Ehe schlagartig in Luft aufgelöst. Seine Verlobung in der Vergangenheit war eine Schnapsidee gewesen, der Irrtum eines Grünschnabels. Damals hatte er Begierde und Lust mit Liebe verwechselt.

Und er wusste genau, wovon er redete, denn seit einer Weile hatte er eine sehr klare Vorstellung davon, wie Liebe sich anfühlte.

Jedes Mal, wenn er seine Frau ansah, wollte er sie bei der Hand nehmen und entführen, allein mit ihr sein, an einem Ort, an dem sie nur ihm gehörte. Und jedes Mal, wenn ein anderer Mann sie auch nur ansah, musste er sich zusammenreißen, um seiner Eifersucht keinen freien Lauf zu lassen.

Und es gab eine Menge Männer, die von Carrie förmlich bezaubert waren.

Natürlich wusste Trent genau, wie primitiv und irrational dieser Trieb war, aber er konnte nichts dagegen tun.

„Ich habe niemals in meinem Leben Neid verspürt, Mr. Tanford."

Jemand klopfte Trent kumpelhaft auf die Schulter und riss ihn aus seinen Gedanken. Er sah auf und erkannte Alan Dowd, den Vorsitzenden einer der größten AMS-Tochterfirmen in Los Angeles. Dowd war ein langjähriger Freund von James Tanford und schien absolut hingerissen von Carrie zu sein.

Auch jetzt sah er sie bewundernd an und beobachtete, wie sie mit einer Gruppe von Filialleitern aus Oregon und Washington plauderte. „Jedenfalls nicht bis heute", fuhr Alan fort. Der Gute schien ein bisschen zu viel Champagner erwischt zu haben, denn solche Vertraulichkeiten waren ansonsten ganz und gar nicht seine Art.

Trent nickte und erwiderte professionell: „Ich bin ein Glückspilz, keine Frage."

„Allerdings. Lassen Sie sie bloß nie wieder gehen."

„Auf keinen Fall. Sie ist immerhin meine Frau."

Alan hob seine Brauen. „Das heißt nicht viel. Meine Exfrau lebt mittlerweile mit ihrem neuesten Liebhaber in unserem Haus auf Tahiti, während ich mich mit den Beschwerden des Betriebsrats auseinandersetzen muss."

Trent hätte ihn für diesen Kommentar am liebsten geohrfeigt, aber er war ein Profi, und er würde sich nicht zu Unbedachtheiten hinreißen lassen. Alan würde sich schon genug schämen, wenn er wieder nüchtern war und sich an seine Taktlosigkeit erinnerte. Also ließ Trent das Thema fallen, lächelte breit und erwiderte: „Es ist schön, Sie wiederzusehen, Alan." Sie plauderten eine Weile über die Zukunft der Filiale in Los Angeles, dann verabschiedete Trent sich und ging zu dem Leiter der Tochterfirma in Utah hinüber.

Es war schon sehr spät, als er endlich Gelegenheit hatte, sich an Carries Seite zu begeben. Sie warf ihm ein strahlendes Lächeln zu, das ihm das Gefühl gab, dass sie ihn den Abend über ebenso vermisst hatte wie er sie.

Er schlang seinen Arm um ihre Taille und flüsterte ihr ins Ohr: „Wollen wir los?"

„Gerne."

Sie verabschiedeten sich von den wenigen verbliebenen Gästen und verließen das Restaurant. Eine Sekunde später fuhr Trents Limousine vor. Trent bedeutete dem Fahrer per Handzeichen, dass er sich nicht zu bemühen brauche, und öffnete Carrie selbst die Tür.

Als er sich neben sie auf die Rückbank setzte, ließ Carrie sich erschöpft in die Lederpolster sinken und atmete tief durch. „Ich sage dir das nicht gerne, Trent, weil es immerhin um deine Geschäftspartner geht, aber der heutige Abend war …"

„… nervtötend?", vervollständigte er ihren Satz grinsend.

Sie schnitt eine Grimasse. „Richtig. Tut mir leid."

„Das muss es nicht. So ist meine Arbeit eben manchmal."

„Aber ich meine doch nicht deine *Arbeit*."

Trents Grinsen wurde noch breiter. „Du meinst die Leute?"

„Die meisten waren eigentlich sehr nett. Aber einige von den Führungskräften …"

„Zum Beispiel Daniel Embry?"

Sie sah ihn anerkennend an. „Genau der war besonders schlimm. Was für ein Langweiler! Er angelt und sammelt Marmorstatuen!"

„Und wie lief es mit Megan Frost?"

„Nun ja, um ehrlich zu sein, halte ich sie für schlichtweg verrückt."

„Ihr neuer Freund kam mir auch ein wenig merkwürdig vor."

„Ich bezweifle, dass das ihr Freund war. Vermutlich hat sie ihn bei einem Begleit-Service bestellt. Ich glaube, er ist Schauspieler, jedenfalls hat er den ganzen Abend lang nur über sich selbst geredet und jeden gefragt, ob er Andrew Lloyd Webber kennt." Carrie verdrehte die Augen. „Am liebsten hätte ich ihn angebrüllt, dass die Achtziger vorbei sind!"

Trent lachte. „Aber seine Tätowierungen waren wirklich beeindruckend."

Carrie stimmte in sein Lachen ein. Das glockenhelle Geräusch durchfuhr Trent wie ein Pfeil. Überwältigt von seinen Gefühlen, zog er Carrie an sich und küsste sie. „Du warst heute Abend einfach großartig."

Sie schmiegte sich eng an ihn. „Danke schön."

„Du bist ein Naturtalent."

Scheinbar gleichgültig hob sie die Schultern. „Ich habe nur meine Pflicht erfüllt."

Seine Mundwinkel zuckten amüsiert. „Dann muss ich jetzt wohl meiner Pflicht nachkommen und mich angemessen bedanken."

Sie lächelte verführerisch. „Dann lasse ich mich mal überraschen."

Trent sah ihr tief in die Augen, dann klopfte er gegen die Scheibe, die die Fahrerkabine vom Fond trennte. Michael, der Chauffeur, ließ augenblicklich das Fenster herab.

„Ja, Sir?"

„Bitte fahren Sie um den Park, und zwar ... sagen wir ... drei Mal, bevor Sie uns zu Hause absetzen."

„Gerne, Sir."

„*Drei* Mal?", wiederholte Carrie mit erhobenen Brauen. „Was haben Sie vor, Mr. Tanford?"

Trent drückte auf einen schwarzen Knopf zu seiner Rechten, und die Sichtschutzscheibe fuhr hoch. Die Fenster waren zwar getönt und schalldicht, aber zur Sicherheit legte er dennoch Musik auf.

Zu den verführerischen Klängen von Barry White ließ Trent sich in den Fußraum gleiten und schob sich zwischen Carries Beine.

„Was machst du da?", fragte sie mit einem neckischen Glitzern in den Augen.

Langsam zog er ihr die Schuhe aus. „Du musstest den ganzen Abend über in diesen furchtbar unbequemen Schuhen herumlaufen ... deine armen Füße müssen schrecklich schmerzen." Er sah ihr unverwandt in die Augen und begann, ihr die Füße zu massieren.

Seufzend und mit genießerisch geschlossenen Augen ließ Carrie sich in den schwarzen Ledersitz sinken. Trent beobachtete sie mit hungrigen Blicken. Das Eheleben war wirklich eine Überraschung! Er fühlte sich glücklich und zufrieden, und es scherte ihn keinen Deut, dass sie drauf und dran waren, seine Vier-Wochen-Schallgrenze zu überschreiten. Mit Carrie war das etwas anderes, so wie alles plötzlich anders war, seit sie in sein Leben getreten war.

Seine Hände wanderten von ihren Füßen über ihre schmalen Fesseln bis zu ihren Waden. Trent hatte das Gefühl, dass sein Körper in Flammen stand, als er seine Hand unter Carries Rock wandern ließ. Sie öffnete langsam wie eine Katze die Augen und beobachtete, wie er die rosafarbene Seide über ihre Hüften schob.

Ihre Brust hob und senkte sich in immer kürzeren Abständen, während sie zusah, wie Trent mit seiner Hand die Innenseite ihres Schenkels emporfuhr und sich dem feinen Spitzengewebe ihres Slips näherte.

Carrie stöhnte auf und schob ihm auffordernd ihre Hüften entgegen. Im nächsten Augenblick zog er ihr den Slip mit einer quälend langsamen Bewegung hinunter.

Vor Begierde konnte er kaum noch atmen. Das Verlangen, sie endlich zu schmecken, ihren Duft die ganze Nacht über auf seiner Haut zu riechen, überwältigte ihn beinahe.

Er ließ den Slip in seiner Jacketttasche verschwinden und schob mit einer besitzergreifenden Bewegung ihre Schenkel auseinander. Seine Finger glitten so sanft und langsam in sie, dass Carrie gierig weiter nach unten rutschte, um ihm entgegenzukommen.

Als Trent spürte, wie bereit sie war, stöhnte er auf.

„Was ist?", flüsterte sie.

Er richtete sich auf, und sein warmer Atem streifte ihr Ohr, als er flüsterte: „Es macht mich ganz verrückt, wenn du so feucht bist."

Mit lustverhangenem Blick lächelte sie ihm zu. „Das liegt an dir. Daran, wie du mich berührst."

Carries Ehrlichkeit und das grenzenlose Vertrauen, mit dem sie ihm ihren Körper darbot, berührten Trent tief in seinem Inneren. Die nächsten Worte kamen ungefiltert und direkt aus seinem Herzen: „Du gehörst mir, Carrie. Niemand wird dich so berühren außer mir. Niemand, niemals. Hast du verstanden?"

Carrie hörte seine Worte, aber die sanften Berührungen seiner Finger verhinderten, dass sie ihre Bedeutung erkannte. Sie sah ihm einen Moment lang in die Augen, dann senkte er seinen Kopf, und seine Finger machten seiner Zunge Platz. Stöhnend warf Carrie den Kopf zurück. Sie fühlte sich ganz willenlos und schwach unter seinen Liebkosungen. Alles, was sie in diesem Augenblick wollte, war Trent – und sie genoss das Gefühl, ihm ausgeliefert zu sein.

Als der Rhythmus seiner Zunge schneller wurde, begannen ihre Hüften unkontrolliert zu zucken. Ihr ganzer Körper verzehrte sich nach seinen Berührungen, und Carrie ließ sich bereitwillig fallen. Trent schob seine Hände unter ihren Po, um die Bewegung ihrer Hüften besser steuern zu können, und vergrub seine Finger tief in das feste Fleisch, während er seine Zunge zärtlich und unglaublich aufregend zwischen ihren Schenkeln hin und her flattern ließ.

Als ihr Atem noch schneller wurde und im Rhythmus seiner Bewegungen leise Laute aus ihrer Kehle drangen, schob er einen Finger in sie und verstärkte den Druck seiner Zunge.

Carrie schrie auf und bäumte sich ihm entgegen. Mit seiner freien Hand hielt er sie fest, zwang sie, ihre fast schon schmerzhafte Erregung zu ertragen, bis sie schließlich einen Höhepunkt erreichte, wie sie noch niemals einen erlebt hatte. Ihr ganzer Körper bebte, und sie krallte sich an dem kühlen Leder der Sitze fest, während sie von immer neuen Wellen der Lust durchgeschüttelt wurde.

Es dauerte lange, bis sich ihr Atem und ihr zuckender Körper wieder beruhigt hatten. Trent löste seine Lippen erst von ihr, als ihr Höhepunkt verklungen war. Erschöpft lächelten sie einander an, während der Fahrer den Wagen ein drittes Mal um den Park lenkte.

Als der Chauffeur schließlich vor der Park Avenue Nr. 721 anhielt, stiegen Carrie und Trent zerzaust und kichernd wie Teenager aus der Limousine. Knutschend und Händchenhaltend traten sie durch die breite Mahagonitür ins Haus.

Sie waren noch lange nicht fertig miteinander. Ihr Quickie in der Limousine war nur der Anfang gewesen. Auch wenn Carrie es nicht gerne zugab: Langsam verstand sie, weswegen die Frauen auch nachts um zwei in Scharen vor Trents Apartment herumgelungert hatten.

Er war einfach unglaublich.

Und er gehörte ihr ganz allein.

Abgesehen von dem Nachtportier und Vivian Vannick-Smythe mit ihren beiden Schoßhündchen war die geräumige Lobby wie ausgestorben.

Der Schein des riesigen Kristallleuchters an der hohen Decke blendete Carrie nach dem Schummerlicht in der Limousine. Am liebsten hätte sie ihr Gesicht in Trents Jackett vergraben und sich vor Mrs. Vannick-Smythe versteckt, um nicht mit ihr reden zu müssen. Sie wollte einfach nur nach oben in Trents Apartment und alleine mit ihm sein.

Diesmal würde sie sich revanchieren, ihm zurückgeben, was er ihr gerade geschenkt hatte, bis er genauso zitterte und bebte vor Lust, wie sie es getan hatte.

Vivian stand neben dem massiven Mahagonitresen in der Mitte der Lobby und plauderte mit dem Nachtportier Henry Brown. Der farblose junge Mann und die unkonventionelle ältere Dame waren ganz in ihr Gespräch vertieft. Erst das laute Klacken von Carries Absätzen auf dem Marmorboden machte sie darauf aufmerksam, dass sie nicht mehr alleine waren.

„Hallo, Vivian", sagte Trent freundlich, während er Carrie zum Aufzug zog.

Vivian lächelte leicht panisch und erwiderte atemlos: „Hallo, Trent." Dann eilte sie von Henry weg. Doch ihre Hunde schienen Gefallen an dem Portier gefunden zu haben, denn sie blieben einfach sitzen und schnüffelten ungerührt an den Hosenbeinen des jungen Mannes herum.

Vivian zerrte ungeduldig an den Leinen, bis die Hunde nachgaben und ihrem Frauchen nach draußen hinterhertrotteten.

„Was war denn da los?", fragte Carrie, nachdem sich die Fahrstuhltüren geschlossen hatten.

„Das weiß man bei dieser Frau nie so genau."

Trent drückte auf den Knopf für den zwölften Stock und wartete eine Augenblick, bis sich die Türen geschlossen hatten. Dann schlang er die Arme um ihre Taille und drückte Carrie mit dem Rücken gegen die Wand. Seine blauen Augen leuchteten vor Begierde, während er sein Knie zwischen ihre Schenkel schob und ihr ins Ohr raunte: „Ich will dich die ganze Nacht lang schmecken."

Als er begann, an ihrem Ohrläppchen zu knabbern, fühlte Carrie sich, als jagten seine Lippen kleine Stromstöße durch ihren Körper. Sie schloss die Augen und ließ sich in seine Umarmung sinken. Wenn sie es irgendwie verhindern konnte, würde Trent Tanford diese Worte niemals wieder zu einer anderen Frau sagen.

Seine Zunge flatterte über die zarte Haut an ihrem Ohr, dann pustete er sanft auf die feuchte Stelle. Carrie bekam eine Gänsehaut und schlang ihre Arme um seinen Hals.

Als sich die Fahrstuhltüren wieder öffneten, stolperten sie eng umschlungen in den Flur. Kaum hatten sie Trents Wohnung betreten, begannen sie schon, sich gegenseitig die Kleider vom Leib zu reißen. Sie atmeten beide so schwer, dass sie das Schrillen des Telefons kaum wahrnahmen.

„Geh nicht ran", flehte Carrie nach dem dritten Klingeln.

Trent lachte in sich hinein. „Natürlich nicht! Was denkst du denn?"

Carrie lehnte sich gegen die Wand, während Trents Lippen nach unten wanderten und er das Oberteil ihres Kleides hinabschob.

Aber Carrie hatte nicht vor, ihm die Kontrolle zu überlassen. Sie wollte ihn fühlen, wollte seine Härte in ihren Händen, in ihrem Mund spüren, wollte, dass er sie dabei beobachtete, so wie sie ihn in der Limousine beobachtet hatte.

Sie fasste ihn bei den Hüften und drehte ihn um, sodass er mit dem Rücken zur Wand stand. Das Telefon begann erneut zu läuten, aber keiner von ihnen achtete darauf. Carrie kniete sich hin und öffnete verführerisch lächelnd Trents Gürtel, als der Anrufbeantworter ansprang.

„Mr. Tanford, hier spricht Detective McGray."

Carrie erstarrte mit der Hand an Trents Reißverschluss.

„Sie haben Ihren Blackberry hier auf dem Revier vergessen. Wenn Sie vorbeikommen, um ihn abzuholen, melden Sie sich doch bitte kurz bei mir. Ich habe noch ein paar Fragen bezüglich dieses Briefes und Ihrer …", der Detective machte eine zögerliche Pause, „… Ihrer Zeit mit Miss Endicott", fuhr er dann vielsagend fort. Dann legte er auf, ohne sich zu verabschieden.

Carrie stand auf und zog ihr Kleid wieder hoch. Sie fühlte sich benommen. „Wer ist Detective McGray?", fragte sie schließlich.

„Niemand." Trent folgte ihr und versuchte, sie zu küssen, aber Carrie hatte keinen Sinn für Romantik, bis diese Frage geklärt war. „Und was für eine Geschichte ist das mit Marie Endicott?"

Trent schien zu begreifen, dass Carrie keinesfalls dort weitermachen würde, wo sie gerade aufgehört hatte. Seufzend erwiderte er: „Wir sind ein paarmal miteinander ausgegangen."

Carrie spürte, wie Angst ihr die Kehle zuschnürte. „Da warst du also in dieser seltsamen Nacht: auf dem Polizeirevier!"

„Carrie, so beruhige dich doch!"

„Haben sie dich über ihren Tod befragt?"

„Ja."

„Aber es war doch Selbstmord", rief sie. Ihre Stimme kippte vor Panik.

Trents Blick wich ihr aus. „Da sind sie sich nicht mehr so sicher."

„Was?!" Sie starrte ihn an, während ihr Herz schmerzhaft gegen ihren Brustkorb hämmerte. „Mein Gott. Wirst du verdächtigt?"

10. KAPITEL

Trent hätte McGray am liebsten den Hals umgedreht. Ein einziger Anruf hatte gereicht, um seinen äußerst erfreulichen Abend in ein Desaster zu verwandeln! Es gefiel ihm nicht, wie Carrie ihn ansah. Ihr Blick war anklagend, und sie schien auf das Schlimmste gefasst zu sein. Als er antwortete, versuchte er kühl und beherrscht zu wirken. „Mehrere Bewohner aus dem Haus wurden aufs Revier gebeten, Carrie."

„Ich nicht", erwiderte sie streng.

„Du kanntest Marie ja auch nicht."

„Aber du schon."

„Wie gesagt, ich habe sie ein paarmal getroffen." Besänftigend hob er die Hände. Er hatte dieses Thema unendlich satt. „Es waren zwei Dates, nicht weiter erwähnenswert."

Carrie sah das offensichtlich ganz anders. „Die Polizei scheint es aber durchaus erwähnenswert zu finden, sonst würden sie dich schließlich nicht mitten in der Nacht aufs Revier bitten." Sie legte den Kopf schräg und sah Trent durchdringend an. „Worum ging es überhaupt? Muss ja ziemlich wichtig gewesen sein!"

Trent spürte, dass sein Geduldsfaden gleich reißen würde. Gleichzeitig verstand er nicht, warum er ihr nicht sagte, worum es ging, dass es einzig dieser Brief war, der Probleme bereitete. Eigentlich war doch alles ganz einfach!

Vielleicht verschwieg er Carrie den Brief, weil er die Erfahrung gemacht hatte, dass nichts einfach war, wenn es um Frauen ging. Und wenn es um diese spezielle Frau ging schon gar nicht. Er hatte den nagenden Verdacht, dass sie ihm nicht glauben würde, egal, was er sagte. „Sie hatten Fragen, Carrie. Sie wollten wissen, ob ich eine Ahnung habe, warum Marie sich das Leben nehmen wollte."

„Und, weißt du etwas?"

„Nein!", erwiderte er im Brustton der Überzeugung.

Einen Augenblick lang schwieg sie, und Trent schöpfte Hoffnung, dass sie das Thema fallenlassen würde. Aber dann suchte sie seinen Blick und fuhr mit ihrem Verhör fort: „Du verheimlichst mir etwas, nicht wahr?"

Trent versuchte, an ihr vorbeizugehen. „Ich erkläre dieses Gespräch für beendet."

„Moment mal. Du sagtest, dass sie vermuten, dass es sich gar nicht um Selbstmord handelt! Wieso sollten sie dich dann nach Maries Gründen ausfragen?"

„Gute Nacht, Carrie."

„Willst du ernsthaft einfach so gehen und diese Unterhaltung beenden?"

Er fuhr herum und musterte sie wütend. „Das hier ist keine Unterhaltung, es ist ein Verhör!"

„Daran solltest du ja mittlerweile gewöhnt sein."

Trent spürte, wie sein Temperament mit ihm durchging. „Du bist …"

„Ja, bitte?" Ihre Augen blitzten kampflustig auf.

„… unglaublich. Du benimmst dich wie …"

„Wie was?", unterbrach sie ihn. „Wie eine Ehefrau?"

Wütend starrte er sie an. „Ich wollte eigentlich sagen, wie eine Verrückte."

Er bemerkte, wie sie sich bei seinen Worten augenblicklich in sich selbst zurückzog. Sie blickte zu Boden und begann, betreten auf ihrer Unterlippe herumzukauen. Als sie wieder aufsah, standen ihr die Tränen in den Augen. Ihre Stimme klang rau und müde. „Vielleicht bin ich ja verrückt. Vielleicht war es Wahnsinn, zu hoffen, dass aus unserem Geschäft eine wirkliche Ehe werden könnte, in der zwei Menschen ihr Leben miteinander teilen."

Trents Kehle schnürte sich zusammen. „Meinst du so, wie du dein Leben mit mir teilst? Ich kenne nicht einmal deinen Vater, und die Krankheit deiner Mutter hast du mir auch verheimlicht."

Seine Worte schienen sie zu treffen, und er konnte beobachten, wie sie sich noch weiter in ihren Schutzpanzer zurückzog. „Ich bin müde", flüsterte sie. Dann ging sie an ihm vorbei in ihr Schlafzimmer.

Trent blieb kopfschüttelnd im Flur stehen. „Ich auch", murmelte er.

Zusammengesunken saß Carrie auf ihrem Bettrand und fühlte sich wie ein richtiges Miststück. Wieso war sie nur so unfair gewesen? Er hatte ja vollkommen recht: Sie konnte nicht erwarten, dass er offen mit seinen Problemen umging, solange sie selbst aus allem ein Geheimnis machte!

Was genau war gerade eigentlich geschehen? Sie konnte sich nicht erinnern, sich jemals in ihrem Leben so kindisch verhalten zu haben!

Trent hatte recht, sie war vollkommen verrückt.

Und abgesehen davon war sie bis über beide Ohren verliebt.

Warum sonst hätte sie so reagieren sollen? Sie war einfach auf ihn losgegangen, nur weil sie Angst hatte!

Vor ihrem Fenster zeichneten sich die grellen Lichter der Stadt gegen den dunklen Nachthimmel ab. Sie hatte ihn nach der Wahrheit gefragt, aber wenn sie ehrlich war, hatte sie die ganze Geschichte gar nicht hören wollen. Wenn er etwas Schlimmes getan hatte, etwas, für das sie ihn würde verlassen müssen, dann wollte sie es lieber einfach nicht wissen.

Tief durchatmend vergrub sie ihren Kopf in den Händen. Was war nur los mit ihr? Suchte sie etwa einen Vorwand, um ihn verlassen zu können, ehe er *sie* verließ?

Sie hörte, wie Trent den Fernseher im Wohnzimmer anschaltete und die Stimme eines Sportreporters den Raum erfüllte.

Plötzlich war ihr klar, dass sie das wieder geradebiegen musste. Sie musste mit Trent sprechen. Wenn sie es nicht tat, hatte ihre Ehe keine Chance mehr.

Kurz entschlossen nahm sie ihre Haarbürste vom Nachttisch und einen weißen Slip aus dem Schrank und ging aus dem Zimmer.

Wie erwartet, saß Trent im Wohnzimmer. Er hatte es sich auf der Couch gemütlich gemacht und starrte auf den Bildschirm, auf dem ein Baseballspiel lief.

Als sie hinter der Couch stand, klopfte ihr Herz wie verrückt. Sie hängte den Slip über die Bürste und ließ ihn wie eine weiße Flagge vor Trents Gesicht herumwedeln.

Er erstarrte, dann sah er über die Schulter und murmelte: „Ist das eine Anmache oder eine perverse Art von Waffenstillstandsangebot?"

Sie zog die Bürste zurück und zuckte mit den Achseln. „Keine Ahnung. Ein Versuch, uns in den Fahrstuhl zurückzubefördern und die Uhr eine Stunde zurückzudrehen."

Trents Blick wurde weicher und er zwinkerte amüsiert. „Setz dich."

Carrie umrundete die Couch, während Trent den Fernseher ausschaltete. Dann setzte sie sich vor ihn auf den Couchtisch.

„Soll ich anfangen?", fragte sie.

„Okay."

„Es tut mir leid."

Er nahm ihre Hand und nickte. „Mir auch."

Der Knoten in ihrem Magen lockerte sich ein wenig, als er ihre Entschuldigung annahm. Damit, dass er sich ebenfalls entschuldigte, hatte sie überhaupt nicht gerechnet. „Ich habe mich wirklich mies benommen. Ich habe noch nie in meinem Leben so mit jemandem gesprochen."

„Ich fühle mich geehrt", erwiderte er lächelnd.

Tief durchatmend, suchte Carrie einen Punkt, an dem sie anfangen konnte. „Ich war neun, als mein Vater ging", sagte sie schließlich. „Ich würde gerne sagen, dass es aus heiterem Himmel geschah, aber das war nicht der Fall. Er hat uns mehrfach gewarnt. Vielleicht gefiel ihm die Vaterrolle nicht, keine Ahnung. Jedenfalls sagte er immer: ‚Wartet es nur ab, eines Tages könnt ihr nicht mehr von meinem Gehaltsscheck leben. Eines Tages werde ich mich nicht mehr um euch kümmern und den ganzen Tag lang schuften, damit ihr euch ein schönes Leben machen könnt.' Und so weiter, und so fort. Irgendwann war er dann einfach weg."

Sie spürte, wie Trent ihr die Hand drückte, um sie zum Weitersprechen zu ermuntern. „Eigentlich war ich fast erleichtert. Seitdem bin ich vorsichtig, was Männer betrifft. Es fällt mir unglaublich schwer, ihnen zu vertrauen. Um ehrlich zu sein, habe ich noch nie eine ernsthafte Beziehung geführt." Sie zuckte mit den Achseln. „Ich habe immer vorher Schluss gemacht, damit es nicht zu ernst wurde, verstehst du?"

Trent nickte lächelnd. „Allerdings."

Sie lächelte vorsichtig. „Sah deine Taktik etwa ähnlich aus?"

„Ja, aber der Grund war ein anderer."

Sie drängte ihn nicht, fortzufahren und sich zu erklären. Jetzt war sie an der Reihe, und sie würde auspacken, ihm alles erzählen. „Ich habe dir nicht von meinem Vater erzählt, weil ich dir noch nicht wirklich trauen konnte."

Trent sah sie einen Augenblick lang schweigend an. Dann hob er ihre Hand an seine Lippen und küsste ihre kalten Finger. „Ich verstehe das, und ich respektiere es."

„Aber ich *will* dir vertrauen."

„Das will ich auch."

„Ich will dir vertrauen, weil ich …" Sie verstummte. Was sie jetzt sagen würde, war das Wichtigste, was sie jemals zu einem Mann gesagt hatte, und sie hatte Angst. Dennoch wusste sie, dass sie es vermutlich niemals über die Lippen bringen würde, wenn sie jetzt nicht den nötigen Mut fand. „Ich will dir vertrauen, weil ich dich liebe."

Sie wartete auf seine Reaktion, darauf, dass er sie entsetzt oder verständnislos ansah. Aber das geschah nicht. Seine Miene verriet nichts darüber, was er dachte oder empfand. Die Ungewissheit machte Carrie fast wahnsinnig, und als Trent die Lippen öffnete, um etwas zu sagen, unterbrach sie ihn: „Bitte nicht. Sag jetzt nichts. Du brauchst mir nicht zu antworten. Lass es einfach so im Raum stehen, in Ordnung?"

Sein Blick wurde warm und zärtlich. Trent nickte, drückte erneut ihre Hand und erwiderte: „In Ordnung. Lassen wir es dabei."

„Danke."

Aber er fügte hinzu: „Für heute Abend."

Sie nickte und atmete erleichtert durch. Dies war nicht der richtige Augenblick, um eine Zurückweisung zu ertragen.

Er lehnte sich vor. „Ich denke, jetzt bin ich dran."

„Okay", murmelte Carrie mit leisem Unbehagen.

„Vor einigen Monaten hatte ich ein Date mit Marie Endicott. Sie war eine nette, lustige Frau. Aber wir hatten nichts gemeinsam. Nach einem zweiten Date beschlossen wir, dass es kein drittes geben würde. Ich habe sie ein paarmal hier im Gebäude gesehen und gegrüßt. Das war alles." Seine Stimme wurde traurig. „Und dann kam die Nachricht von ihrem Selbstmord. Das war ein ganz schöner Schlag."

Sein Atem ging schwer. Das Thema schien ihn sehr zu belasten. „Vor einigen Wochen bekam ich einen anonymen Brief. Der Absender wollte, dass ich eine Million Dollar auf ein Geheimkonto auf den Kaimaninseln überweise. Er drohte mir, ansonsten Geheimnisse aus meiner Vergangenheit auszuplaudern. Erst später begriff ich, dass damit meine Dates mit Marie gemeint waren. Da ich sie nur zweimal getroffen und nichts zu verbergen hatte, warf ich den Brief einfach weg. Ich dachte, dass mir jemand eins auswischen wollte. Aber dann meldete sich die Polizei und befragte mich über mein Verhältnis zu Marie und ob ich etwas über ihren Tod wüsste. Plötzlich wollte der Detective dann wissen, ob ich in letzter Zeit einen Drohbrief erhalten habe. Ich erzählte ihm alles, und er sagte mir, dass ich nicht der Einzige hier aus dem Haus sei, der einen derartigen Brief erhalten hatte."

„Wer denn noch?", fragte Carrie neugierig.

Trent schüttelte den Kopf. „Dieser McGray wollte es mir nicht sagen. Aber als er mich erneut aufs Revier gebeten hat, hat er mir den zweiten Brief gezeigt und gefragt, ob meiner ähnlich aussah."

„Und?"

Trent nickte. „Fast genauso. Allerdings war der Teil mit der Drohung ausgestrichen, sodass ich keine Ahnung habe, worum es bei dem ersten Brief ging."

Carrie ging in Gedanken die Bewohner des Hauses durch. „Ich wüsste wirklich zu gerne, wer der Empfänger war." Ob wohl Julia und Amanda etwas über die Briefe oder Marie Endicott wussten? Konnte sie es wagen, ihre Freundinnen darauf anzusprechen? Immerhin war das eigentlich Trents Angelegenheit, und sie war sich nicht sicher, ob er wollte, dass irgendjemand davon erfuhr.

Trent riss sie aus ihren Gedanken. „Als ich das zweite Mal auf dem Revier war, kam der Direktor vorbei, Mike. Er ist ein alter Freund meiner Familie. Er erwähnte, dass sie nicht mehr sicher sind, dass Marie tatsächlich Selbstmord begangen hat. Aber er wollte nichts Genaueres sagen."

Bei dem Gedanken fühlte Carrie sich beklommen. „Mein Gott."

„Allerdings."

„Und das ist die ganze Geschichte?"

„Ja." Er führte erneut ihre Hand an seine Lippen und küsste ihre Fingerspitzen.

Carrie musterte ihn lächelnd. „Keine weiteren Leichen im Keller?"

„Ich weiß nicht! Wir können ja nachsehen."

Lachend setzte sie sich auf seinen Schoß und schlang ihm die Arme um den Nacken. „Das war wohl unser erster richtiger Streit."

„Mh-mh." Er zog sie näher. „Und weil das alles so schrecklich war, denke ich, dass wir uns eine Belohnung verdient haben, zum Beispiel superheißen …"

„Sex?", unterbrach sie ihn lachend.

„Richtig." Er schob sie von seinem Schoß und stand auf. „Aber nicht hier."

„Was!?"

Er nahm ihre Hand und führte sie aus der Wohnung.

„Wohin gehen wir?", fragte sie, als sie den Flur hinabliefen.

Trent blieb vor dem Aufzug stehen und drückte auf den Kopf. „Wir fahren in den Keller, um die Leichen zu begutachten." Er grinste und musterte sie spitzbübisch. „Außerdem wolltest du doch gerne die Uhr zurückdrehen und wieder in den Fahrstuhl steigen."

Carrie spürte, wie ihr heiß wurde. Die Türen zu der Kabine öffneten sich, und Trent zog sie hinein. „Aber was ist mit den Nachbarn? Wir können doch nicht einfach den Fahrstuhl beset…" Die Türen des Aufzugs hatten sich kaum geschlossen, da versiegelte Trent ihre Lippen schon mit einem gierigen Kuss.

Sobald der Fahrstuhl ruckelnd in Bewegung kam, drückte Trent auf den Notfallknopf.

„Aber …!" Carrie atmete scharf aus, als Trent sie gegen die Kabinenwand drückte, ihr die Träger ihres Kleides über die Schultern zog und ihre Brüste mit seinen kräftigen Händen umschloss.

„Wir werden nicht lange brauchen", versprach er und begann, ihre Brüste mit seinen Lippen zu liebkosen, bis sie aufstöhnte.

„Aber zu sehr sollten wir uns auch nicht beeilen", keuchte sie. Ihr ganzer Körper schrie danach, geliebt zu werden.

„Wir haben alle Zeit der Welt."

Er schob eine Hand unter ihren Rock und fuhr ihren Schenkel hinauf. „Mach schon", keuchte Carrie. Kurz entschlossen riss er ihr mit einer schnellen Bewegung den Slip vom Körper und tauchte seine Finger in ihre Lust.

Carrie klammerte sich an dem Metallgeländer fest und murmelte: „Wenn du so weitermachst, wird es *sehr* schnell gehen."

Zehn Minuten später funktionierte der Aufzug im Westflügel wie durch ein Wunder wieder, und der Page Henry stornierte den Auftrag an die Aufzugfirma.

Verliebt, verlobt, verheiratet! Carrie musste lachen, als sie an den Spruch dachte, mit dem sich die Nachbarskinder früher gegenseitig gehänselt hatten. In ihrem Fall musste es wohl eher heißen: Verlobt, verheiratet, verliebt …

Sie warf einen Blick auf die Uhr an ihrem Laptop. Verdammt, es war schon nach sechs! Sie hatte heute Abend eine Verabredung mit einer sehr wichtigen Dame, und wenn sie sich nicht beeilte, würde sie sie verpassen.

Hastig räumte sie ihren Schreibtisch auf, schaltete den Computer aus und schnappte sich ihre Handtasche. Ihr neuer Job lief fantastisch. Mit ihrer Kreativität und ihrem Einsatz hatte sie schon nach wenigen Tagen ihre ganze Abteilung beeindruckt.

Die meisten Angestellten waren bereits nach Hause gegangen. Nur ein paar Workaholics klebten noch hinter ihren Bildschirmen fest. Carrie wünschte ihnen fröhlich einen schönen Abend und lief zu den Aufzügen.

Sie hatte solch ein Glück – sie hatte einen Traumjob, und das nur dank Trent.

Trent, ihr Ehemann. Trent, ihr Geliebter.

Während sie mit dem Fahrstuhl in die Lobby hinabfuhr, dachte sie an die zehn Minuten im Himmel, die sie auf ewig mit Aufzügen in Verbindung bringen würde.

Doch dann musste sie an die drei Worte denken, die sie am Vorabend in einem Anflug von Wahnsinn zu Trent gesagt hatte, und ihre gute Laune verflog.

Sie trat aus dem Bürogebäude. Draußen war es noch immer fast genauso heiß wie zur Mittagszeit. Die Straße roch nach Urin und schwitzenden Passanten. Carrie hastete zur Bordkante und winkte sich ein Taxi. Wieso in Gottes Namen hatte sie Trent gesagt, dass sie ihn liebte? Was war sie nur für eine Idiotin? Immerhin war sie klug genug gewesen, zu verhindern, dass er antwortete.

Aber auch wenn sie die Antwort nicht hatte hören wollen, fragte sie sich, wie sie wohl gelautet hätte. Trent Tanford war ein zärtlicher und liebevoller Mann und, nebenbei bemerkt, ein fantastischer Liebhaber, aber er schien nicht der Typ zu sein, der „Ich liebe dich" sagte – oder auch nur dachte.

Mit quietschenden Reifen hielt ein Taxi vor ihr an. Carrie sprang hinein und nannte die Adresse. Dann ließ sie sich gegen den Sitz sinken und beobachtete den Fahrer dabei, wie er den Wagen durch den dichten Verlehr manövrierte, während ihre Gedanken verrückt spielten. Hätte sie Trent gestern Nacht antworten lassen, hätte er sich sicher mit etwas Freundlichem, aber Unverbindlichem aus der Affäre gerettet, wie zum Beispiel: „Danke, du bist wirklich toll, ich fühle mich geschmeichelt."

Bei dem bloßen Gedanken sackte Carrie in sich zusammen.

Oder vielleicht hätte er ihr ein strahlendes Lächeln geschenkt und eine lange Rede über sich selbst gehalten, darüber, wie er sich sein Leben vorstellte und wie nicht. Dann hätte er sie an ihr Geschäft erinnert und ihr mitgeteilt, dass er sie zwar sehr mochte, aber keine Pläne hatte, die über dieses eine Jahr hinausgingen.

Carrie fühlte sich benommen. Die Luft im Taxi war keinen Deut besser als draußen.

Verliebt zu sein war einfach Mist.

Na ja, genau genommen war es Mist, verliebt und damit alleine zu sein.

Als das Taxi vor dem Haus anhielt, in dem ihre Mutter wohnte, gab sie dem Fahrer ein ordentliches Trinkgeld und wünschte ihm einen schönen Abend. Dann lief sie die Treppen hinauf. Als sie vor der Wohnungstür ankam, war Carrie schweißgebadet.

Wanda stand in der Küche und studierte angelegentlich den Inhalt eines Schrankes. Als sie Carrie hörte, zog sie den Kopf aus seinen Tiefen hervor. „Hallo!"

„Hallo, Wanda." Lächelnd legte Carrie ihre Tasche auf dem Beistelltischchen im Flur ab. „Wie läuft es? Alles in Ordnung?"

„Alles prima", antwortete Wanda mit ihrer üblichen guten Laune.

Wanda war vor Kurzem hier eingezogen. Carrie hatte das immer für besser gehalten, es sich aber nicht leisten können. Abgesehen davon war ihre Mutter nicht gerade begeistert von dem Vorschlag gewesen. Rachel hätte selbst Carrie nicht so häufig in ihrer Nähe ertragen, geschweige denn jemanden, der nicht zur Familie gehörte. Doch seit sich der Zustand ihrer Mutter in den letzten Monaten verschlechtert hatte, fand Rachel die Idee, dass Wanda bei ihr einziehen könnte, zum Glück auf einmal gar nicht mehr so schlecht.

„Ich finde, wir sollten heute Abend mal etwas zu essen bestellen", schlug Carrie vor und warf einen Blick auf die Kühlschrankwand, wo die Speisekarten der Lieferservices hingen.

„Ist schon längst erledigt", erklärte Wanda. „Das Essen müsste gleich ankommen."

„Super! Was haben Sie denn bestellt?"

„Ich war das nicht."

„Wie bitte?", hakte Carrie verwirrt nach.

Wanda warf ihr einen schuldbewussten Blick zu. „Wir bekommen jeden Abend Essen geliefert. Es kommt immer pünktlich um sieben."

Carrie schüttelte den Kopf. „Das verstehe ich nicht."

Wanda schwieg einen Augenblick und deckte den Tisch für das Abendessen.

„Mr. Tanford hat sich darum gekümmert", sagte sie schließlich. „Er sagte, dass ich keine drei Mahlzeiten am Tag kochen sollte, weil ich hier so viel zu tun hätte. Ich habe ihm ja gesagt, dass es mir nichts ausmacht, aber er hat sich trotzdem um das Essen gekümmert."

Carrie konnte kaum glauben, was sie da hörte. „Wann war das denn?"

„Vor ein paar Tagen. Er hat uns während seiner Mittagspause eine Stippvisite abgestattet."

Carrie war vollkommen verblüfft. „Trent hat mir nichts davon erzählt!"

Wanda zuckte mit den Achseln. „Vielleicht sollte es eine Überraschung werden."

„Die ist ihm allerdings gelungen."

Trent war hier gewesen? In seiner Mittagspause?

Aber warum hatte er ihr das verschwiegen?

Einen kurzen Augenblick lang fühlte sie das altbekannte Misstrauen in sich aufsteigen, aber dann schob sie es beiseite. Was bedeutete es schon, dass er ihr nichts davon erzählt hatte? Er war hier gewesen. Das war das Einzige, was zählte.

„Das Essen kommt jeden Tag ungefähr um diese Zeit", erzählte Wanda fröhlich. „Ihre Mutter ist übrigens wach. Sie hat gebadet und ruht sich jetzt ein wenig aus."

„Danke, Wanda."

Carrie ging den Flur hinunter zum Schlafzimmer ihrer Mutter und öffnete die Tür. Rachels Gesicht war blass, aber sie sah dennoch gut aus. Sie schien einen der besseren Tage zu haben, denn ihr Ausdruck wirkte klar. Aber vielleicht sah Carrie ja auch nur das, was sie sehen wollte.

„Hallo, Mom."

Rachel hob den Blick und erkannte ihre Tochter. „Carrie?"

Carries Augen füllten sich mit Tränen. Diese Augenblicke waren in letzter Zeit so rar gewesen, dass Carrie gleichzeitig Dankbarkeit für dieses Geschenk und Zorn darüber verspürte, dass ihre Mutter nur noch so selten sie selbst war.

Sie setzte sich auf die Bettkante. „Mein Mann hat uns Essen liefern lassen. Möchtest du lieber reden oder fernsehen, während wir es uns schmecken lassen?"

„Carrie, mein Schatz?"

„Was ist, Mom?"

Rachel schüttelte den Kopf. „Ich habe ein Problem."

„Welches denn?"

„Schmerzen."

Carrie erschrak. „Wo denn? Zeig mal!"

Rachel wies auf ihr Herz.

„Wie schlimm ist es?", fragte Carrie panisch.

„Es tut weh, weil dein Vater gegangen ist."

Carries Panik verwandelte sich in eine unfassbare Traurigkeit. „Ich weiß, Mom. Aber das ist schon sehr lange her."

„Er ist meinetwegen gegangen."

„Darüber solltest du jetzt nicht nachdenken." Draußen im Flur schrillte die Klingel. „Das Essen ist da. Vielleicht gibt es sogar Knoblauchbrot, das magst du doch ..."

Rachel unterbrach ihre Tochter, indem sie ihren Arm packte und zudrückte, bis die Fingerknöchel weiß hervortraten. „Ich muss aber jetzt darüber nachdenken. Und ich muss darüber reden."

Carries Herz schmerzte noch mehr, als ihr bewusst wurde, wie verzweifelt ihre Mutter sein musste. Sie wollte nicht, dass sie sich aufregte, und hatte Angst, dass sie erneut einen schweren Anfall bekam, so wie neulich. Andererseits hatte sie Verständnis für die Dringlichkeit, die Rachel empfand. Ihre Mutter musste sagen, was gesagt werden musste, und zwar jetzt, denn es konnte sein, dass sie nie wieder Gelegenheit dazu hatte.

Carrie nickte. „Okay."

Rachel seufzte und warf ihrer Tochter einen dankbaren Blick zu. „Ich habe ihn gebeten zu gehen, Carrie. Das wusstest du nicht, oder?"

„Nein."

„Ich hatte seine Drohungen so satt. Jeden Tag dasselbe. Aber das Schlimmste war, was er dir damit antat. Du hättest dein Gesicht sehen sollen, als er wieder und wieder angedeutet hat, dass er uns verlassen würde, weil wir eine Belastung für ihn wären. Eines Nachts habe ich zu ihm gesagt, er solle einfach gehen, und zwar sofort." Rachel sah auf. In ihren Augen standen die Tränen. „Und das hat er getan."

Carrie nahm die Hand ihrer Mutter und hielt sie fest. „Ich bin dir dankbar, dass du ihn fortgeschickt hast."

„Aber er hat sich nicht von dir verabschiedet", erwiderte Rachel traurig. „Und das werde ich mir niemals verzeihen." Mit aufgerissenen Augen starrte sie Carrie an.

Carrie wollte diese Last von den Schultern ihrer Mutter nehmen, aber sie wollte auch ihr eigenes schlechtes Gewissen erleichtern. Deshalb erzählte sie *ihre* Version der Geschichte: „Ich konnte es selbst nicht mehr ertragen. Jede Nacht vor dem Einschlafen habe ich gebetet, dass er geht. An dem Morgen, als er weg war, war ich erleichtert und aufgeregt, weil ich das Gefühl hatte, dass jetzt ein neues Leben beginnt. Ich habe ihn vermisst, hin und wieder, aber ich weiß, dass meine Erinnerungen an ihn viel besser sind, als das Leben mit ihm tatsächlich war. Verstehst du das?"

Rachel nickte lächelnd. Einen Augenblick lang sah sie so aus, als wäre sie wieder gesund. „Ja, das verstehe ich voll und ganz."

Dann kamen Wanda und der Mann vom Lieferservice mit einem Tablett voller köstlich duftender Gerichte herein. Carrie dankte Trent in Gedanken dafür, dass er ihnen allen das Leben ein wenig leichter machte.

Sie bestand darauf, dass Wanda sich zu ihnen setzte und mit ihnen aß. Nach einer Weile schlug Rachel vor, dass sie einen Film ansehen könnten.

„Und was willst du sehen, Mom?", fragte Carrie und biss in eine rohe Karotte.

„*Junge Dornen?*"

Carrie lachte, stand auf und holte die DVD aus dem Schrank. „Das ist der Lieblingsfilm meiner Mutter. Wir werden uns jetzt zwei Stunden lang anhören müssen, wie wunderschön Sidney Poitier ist!"

Wanda grinste. „Kann ich verstehen. Poitier ist umwerfend."

Rachel warf ihrer Tochter ein Lächeln zu. „Keine Sorge, Schätzchen, die zwei Stunden vergehen wie im Fluge, solange man nur diesen Mann ansehen kann."

Ja, viel zu schnell, dachte Carrie, als sie die DVD einlegte und den Fernseher anschaltete. In zwei Stunden würde Sidney verschwunden sein, Wanda würde sich bettfertig machen, Carrie würde nach Hause fahren und Rachel Gray würde einschlafen und morgen nicht mehr wissen, dass es diesen Abend gegeben hatte.

11. KAPITEL

*E*r hatte eine Frau!
Sie schlief in seinem Bett!
Und es gefiel ihm!

Nein, korrigierte Trent sich selbst, während er Carrie über das Kissen hinweg musterte, es gefiel ihm nicht einfach nur. Er fand es großartig.

Die frühe Morgensonne kroch Zentimeter für Zentimeter den Horizont hinauf. Ihre blassen Strahlen strömten durch die Fenster und umschmeichelten die Silhouette seiner wunderschönen Frau. Sie sah aus wie ein Engel, ein Engel, der in sein Leben getreten war, um ihn vor sich selbst zu retten. Solange sie hier bei ihm war, würde er sie verwöhnen, sie beschützen und ihr das schenken, was von seinem Herzen noch übrig war.

Carrie bewegte sich im Schlaf und seufzte leise.

Trent war bereit für sie. Sie lag auf der Seite, ihre nackten Schenkel umschlangen das Laken. Er wollte wissen, wie ihre Haut sich anfühlte, wie sie schmeckte so früh am Morgen. Er beugte sich vor und küsste sie zart, erst ihre Schulter, dann ihren Oberarm.

Sie öffnete die Augen, blinzelte und versuchte offenbar zu begreifen, wo sie war und was mit ihr geschah. Als sie Trent sah, wurde ihr Blick klar, und sie lächelte verschlafen.

„Guten Morgen."

Trent kam näher, bis seine Nasenspitze die ihre fast berührte, und sah ihr in die Augen. „Guten Morgen." Er rieb sanft ihre Nasen aneinander.

„Hast du gut geschlafen?"

„Sehr gut. Und du?"

„Fantastisch." Sie streckte die Hand aus und berührte sein Gesicht. „Wie geht es meinem Ritter in Versace-Rüstung?"

Er lachte leise auf. „Wie bitte?"

„Danke."

„Für was denn?"

Sie schlang ein Bein um seine Taille und zog ihn noch dichter an sich. „Ich war gestern Abend bei meiner Mutter und hatte ein wunderschönes Abendessen mit ihr und Wanda – und einem jungen Mann, der ihnen jeden Abend in deinem Auftrag das Essen vorbeibringt."

Er lachte erneut. „Nicht der Rede wert. Sie soll es so schön haben wir irgend möglich." Und du auch, fügte er in Gedanken hinzu, während er mit seiner Hand ihren weichen Schenkel hinauffuhr. „Ich habe übrigens vergessen, dir etwas über deine Mutter zu erzählen."

„Und was?", fragte Carrie schläfrig.

„Ich habe sie neulich in der Mittagspause besucht. Ich habe es dir nicht erzählt, weil ich befürchtet habe, dass du dich dann schlecht fühlst."

Carrie war mit einem Schlag hellwach und stützte sich auf ihren Ellenbogen. „Warum hätte ich mich denn schlecht fühlen sollen?"

Achselzuckend antwortete er: „Ich weiß, dass du wegen deines neuen Jobs keine Zeit hast, deine Mutter so oft zu sehen wie früher. Ich wollte nicht, dass du dich unter Druck gesetzt fühlst, nur weil ich sie besuche. Ich nehme mal an, du arbeitest während deiner Mittagspause?"

Sie nickte.

„Wenn es dir nichts ausmacht, würde ich sie gerne auch weiterhin besuchen."

„Wenn es mir nichts ausmacht? Hast du noch alle Tassen im Schrank? Oder bist du einfach nur …", sie beugte sich herab und küsste ihn, „… unglaublich toll?" Sie drehte ihn auf den Rücken und setzte sich rittlings auf ihn. „Oder vielleicht beides zugleich?"

„Was ich bin", erwiderte er und stöhnte auf vor Begierde, „ist sehr glücklich, weil du auf mir sitzt."

Sie lächelte, verlagerte ihr Gewicht und sah ihn mit gespieltem Tadel an, als sie spürte, wie er sich gegen ihren Oberschenkel drückte. „Böser Junge. Riesiger böser Junge."

„Danke für das Kompliment!"

Sie verdrehte die Augen. „Du bist ein großer Freund von Doppeldeutigkeiten, oder?"

„Allerdings." Er lachte. „Komm schon, ich bin eben auch nur ein Mann." Als er bemerkte, dass sie nicht mit ihm lachte, wurde er wieder ernst. „Alles in Ordnung, Carrie?"

„Ich will dich, Trent."

„Das ist gut", versicherte er ihr.

„So meinte ich das nicht. Ich will dich. Nicht nur für ein Jahr." Sie atmete durch und sah einen Augenblick lang zur Decke. „Mein Gott, ich bin so eine Niete in Liebeserklärungen."

Trents Herz machte einen riesigen Satz. „Ich finde, du machst das ganz großartig."

Ihre Augen funkelten wie Smaragde, als sie auf ihn niederblickte. Auf einmal wirkte sie sehr verletzlich. „Ich will alles. Ich will dich, ich will diese Ehe."

Trent erstarrte. Er wusste nicht, was er sagen sollte. Eigentlich wusste er noch nicht einmal, was er fühlte.

„Jetzt habe ich dich erschreckt", stellte Carrie fest.

„Ein bisschen", gab er zu.

„Und vermutlich würdest du am liebsten aus diesem Bett steigen und mich daran erinnern, dass wir eine Vereinbarung getroffen haben, mir sagen, dass du mich magst und dich auch von mir angezogen fühlst, dass du aber …"

„Halt. Du steigerst dich da in etwas hinein, Carrie."

Sie konnte ihm nicht in die Augen sehen. „Ich sollte wohl besser unter die Dusche gehen."

Sie versuchte, von ihm herunterzusteigen, aber Trent ließ sie nicht so einfach gehen. „Sprich mit mir. Bleib und sprich mit mir."

Er hielt ihre Hüften fest, und nach kurzem Zögern sah sie ihm in die Augen. „In Ordnung."

„Dann schieß mal los."

Carrie atmete tief durch. „Ich finde einfach, dass wir toll zusammenpassen. Ich kann mir nicht mehr vorstellen, mit jemand anders zusammen zu sein. Nie wieder." Sie schluckte nervös. „Was hältst du davon?"

„Ich denke", sagte er, während er eine Hand ausstreckte und sich eine von Carries Locken um den Finger wickelte, „dass das nach einer guten Idee klingt."

„Nach einer guten Idee?", wiederholte sie ungläubig.

Trent sah ihr in die Augen und nickte.

Dann zog er sie an sich und gab ihr einen Kuss, der ihr das Gefühl gab, dass er es ernst meinte, und zwar für immer.

Um drei Uhr am Nachmittag wurde ein Blumenstrauß in Carries Büro geliefert. Die rosa Pfingstrosen waren so kunstvoll arrangiert, dass sich die Blüten auf ihrem Schreibtisch wie ein Stillleben ausnahmen. Carrie war sofort klar, dass der Strauß von Trent kam. Lächelnd öffnete sie die Karte.

Triff mich heute Abend.
Sieben Uhr
272. Straße Ecke 5th Avenue
Ich bin der Typ mit der hellblauen Schachtel.

Neugierig und ungeduldig suchte Carrie die Adresse bei Google heraus und fragte sich, wie das Leben wohl vor den Zeiten des Internets gewesen war, während sie darauf wartete, dass die Seite sich aufbaute.

Als sie sah, wo sie Trent heute Abend treffen sollte, bekam sie Herzklopfen vor Aufregung. Nur eine Frau konnte diese Art von Aufregung verstehen …

Sie warf einen Blick auf die Uhr und runzelte verärgert die Stirn.

Noch mehr als dreieinhalb Stunden, bis sie sich treffen würden …

Er sah sie, bevor sie ihn bemerkte. Auf sündhaft hohen schwarzen Sandaletten kam sie in ihrem schicken weißen Hosenanzug schnellen Schrittes die Straße hinunter.

Der Laden hatte gerade eben geschlossen, und seine Überraschung wurde bereits vorbereitet. Er hatte es kaum fassen können, dass sein Plan aufgegangen war. Aber letzten Endes war alles eine Frage des Geldes – auch die Möglichkeit, sich *Tiffany's* zu mieten.

Er beobachtete, wie der Sicherheitsmann Carrie durch die Stahltüren ließ und hinter ihr wieder abschloss. Und dann stand sie plötzlich vor ihm, ein leicht verunsichertes Lächeln auf den Lippen. „Ist das hier ein Einbruch?"

Er lachte leise auf. „Nein, alles andere als das. Wie du gesehen hast, wartet der Sicherheitsdienst draußen – und das ist nur die eine Hälfte. Im Obergeschoss bewachen uns weitere fünf Muskelpakete. Irgendwo müsste sich auch eine Verkäuferin herumtreiben, aber die sind hier ja bekanntlich sehr zurückhaltend."

Carrie sah sich um und ließ ihre bewundernden Blicke über die Vitrinen voller unbezahlbarer Schmuckstücke gleiten. „Was machen wir hier?"

„Hast du schon mal von *Frühstück bei Tiffany's* gehört?"

„Machst du Witze? Natürlich!"

Er nahm ihre Hand. „Nun ja, das hier wird *Dinner bei Tiffany's*."

Carrie machte große Augen. „Ist das dein Ernst?"

„Mein voller."

Trent führte sie in den Hauptraum, wo ein Esstisch aufgebaut worden war. Auf dem weißen Leinentuch lagen zwischen schwerem Silberbesteck unzählige weitere Pfingstrosen.

Carrie starrte Trent verzückt an. „Ich kann einfach nicht glauben, dass wir hier zu Abend essen! In diesem Laden! Umgeben von dem tollsten und teuersten Schmuck der Welt!"

Er nickte. „Nach dem Essen müssen wir übrigens noch ein bisschen einkaufen."

„Wie bitte?" Carrie schüttelte den Kopf und lachte hell auf.

„Ich finde, dass es an der Zeit ist."

„Für was denn?"

„Guck mal auf deinen Finger!"

Carrie grinste schelmisch, hob ihre Hände und wackelte mit den Fingern. „Welchen denn?"

Er zeigte auf den Ringfinger ihrer rechten Hand. „Da ist kein Ring dran!"

„An deinem auch nicht", erwiderte sie.

„Ich habe mir mal vorgenommen, dass ich niemals einen Ring tragen werde, auch nicht, falls ich jemals heiraten sollte."

Sie hob die Brauen. „Interessant. Und wie denkst du jetzt darüber?"

Er zog sie in seine Arme und küsste sie. „Ich denke, dass du einen Ring für mich aussuchen solltest."

Sie lächelte. „Nichts lieber als das."

„Und ich suche einen für dich aus."

Ihr Lächeln wurde noch strahlender. „Gerne!"

Hinter ihnen waren lautlos zwei Kellner aufgetaucht, die darauf warteten, servieren zu dürfen. Trent führte Carrie an den Tisch und rückte ihr den Stuhl zurecht.

Sie setzte sich mit einem anmutigen „Dankeschön" und legte sich mit schwungvoller Geste die Serviette in den Schoß. Trent lächelte ihr zu. Es freute ihn zutiefst, wie sehr sie das alles genoss.

Als die Kellner das Essen auftrugen, sah Carrie überrascht auf.

„Pizza?", rief sie.

„Na klar. Du hast gesagt, dass Pizza dein Lieblingsessen ist."

„Ist es auch! Pizza ist perfekt! Dieser ganze Abend ist perfekt!"

„Pizza bei *Tiffany's*. Besser kann man New York nicht beschreiben."

Während des Essens unterhielten sie sich angeregt über ihre Arbeit, Reisen, ihre Familien. Trent hatte Carrie bisher so gut wie nichts über seine Eltern erzählt, was vor allem daran lag, dass er so gut wie nichts über seine Eltern wusste. Stattdessen erzählte er ihr von seinem geliebten Kindermädchen und den verrückten Ausflügen, die sie gemeinsam unternommen hatten. Einmal waren sie gemeinsam nach Staten Island gefahren, hatten sich verlaufen und die letzte Fähre verpasst, sodass sie bei einer Cousine der Nanny übernachten mussten.

„Das war der schönste Tag meines Lebens", erklärte er Carrie. „Bis heute jedenfalls." Er lächelte ihr zu.

Als Trents Handy klingelte, waren sie gerade in ein Gespräch über die Kunstwerke von Carries Mutter vertieft, und Trent ignorierte den Anruf einfach. Aber schließlich sah er doch auf dem Display nach, wer ihn angerufen hatte, und murmelte leise: „Tut mir leid."

„Alles in Ordnung?", hakte Carrie nach.

Trent starrte auf den Bildschirm. „Es ist nichts Wichtiges. Nur eine meiner Assistentinnen, die mir mitgeteilt hat, dass sie jetzt nach Hause geht."

„Eine deiner Assistentinnen? Ich dachte, du hast nur eine!"

„Nein, es sind vier."

„Wow. Nicht schlecht."

„Ich weiß, dass es verrückt klingt, aber ich brauche sie alle sehr dringend. Seit meiner Beförderung hat sich mein Arbeitspensum vervielfacht. Nicht, dass ich mich beschweren würde. Na ja, wie auch immer, meine Assistentin hat heute Überstunden gemacht, um ein paar Papiere vorzubereiten, die ich morgen früh als Erstes durcharbeiten muss."

„Nett von ihr, dass sie sich bei dir abgemeldet hat. Sehr professionell."

Er nahm einen leicht unbehaglichen Unterton in ihrer Stimme wahr, schob das Handy zurück in seine Hosentasche und musterte Carrie eindringlich. „Ich wollte heute Abend eigentlich nicht gestört werden, aber als Geschäftsführer von AMS ist man niemals aus dem Dienst."

„Ich verstehe", erwiderte Carrie. Ihr Blick wanderte unruhig zwischen ihrem Teller und Trent hin und her.

„Manchmal ist das wirklich nervig. Bist du dir sicher, dass du das für den Rest deines Lebens ertragen kannst?"

Sie tat so, als würde sie gründlich darüber nachdenken. Dann lachte sie auf und antwortete: „Voll und ganz."

Er griff über den Tisch hinweg nach ihrer Hand. „In Gedanken bin ich trotzdem immer bei dir."

Es dauerte einen kurzen Moment, bis sie antwortete, dann

nickte sie schließlich und sagte: „Ich weiß." Sie sah sich, noch immer staunend, um und fuhr fort: „Es ist einfach so, dass ich nicht wirklich glauben kann, dass du all das hier für mich getan hast."

„Für dich würde ich alles tun."

Sie verschränkte ihre Finger mit den seinen und schenkte ihm ein strahlendes Lächeln.

„Bist du glücklich, Carrie?", fragte er.

„Ich bin bei dir, Trent. Und das macht mich immer glücklich. Darf ich jetzt ein Stück von deiner Pizza probieren?"

„Oh mein Gott!"

„Hast du vor, das Ding da die ganze Nacht über anzustarren?"

„Wag es nicht, ihn ein ‚Ding' zu nennen, du respektloser Banause!"

Sie lagen im Bett, und Carrie starrte ihren neuen Ring so verliebt an, als wäre er ein Neugeborenes.

„Ich entschuldige mich von ganzem Herzen."

„Zu spät, du hast seine Gefühle bereits verletzt."

Er lachte leise in sich hinein und nahm ihre Hand. „Du hast zwar einen Vogel, aber es ist schön, dass du dich so freust." Er begutachtete den schmalen Ring, der dicht mit Diamanten besetzt war. Er hatte ihn ausgesucht, als er bemerkt hatte, dass Carrie fast in Tränen ausbrach, als sie ihn in der Vitrine sah. „Er ist sehr unauffällig."

„Ich bin eben nicht der Typ für dicke Klunker. Dieser Ring ist wie ich, wie wir. Er ist einfach perfekt." Sie riss ihren Blick von ihrem Prachtstück los und sah Trent an, dann schob sie ihr Bein über seine Schenkel. „Du hast übrigens einen tollen Geschmack", lobte sie ihn.

Er schlang seinen Arm um sie. „Um ehrlich zu sein, hat dein Gesicht einfach Bände gesprochen, als du den Ring gesehen hast."

„Gefällt dir dein Ring denn auch?"

„Ja. Aber viel mehr noch gefällt mir, was du hast eingravieren lassen."

Carrie räusperte sich und deklamierte mit dramatischer Stimme: *„Ein Tag, ein Jahr, eine Ewigkeit.* Ich bin die Königin der romantischen Sprüche! Du hast dich doch wohl nicht umentschieden – was die Ewigkeit betrifft, meine ich."

„Na ja, als ich feststellen musste, dass du glaubst, Ringe hätten Gefühle, musste ich noch mal gründlich darüber nachdenken. Aber überraschenderweise möchte ich noch immer den Rest meines Lebens mit dir verbringen."

„Guter Mann." Sie grinste und setzte sich rittlings auf ihn. „Schlaf mit mir."

„Pst!", flüsterte Trent, packte sie und drehte sie auf den Rücken. „Doch nicht vor dem Ring."

Carrie kicherte. „Der Ring ist ein Spanner. Er guckt gerne dabei zu."

„Hm." Er suchte ihre Lippen. „Verdorbenes Ding."

12. KAPITEL

Zum dritten Mal in diesem Monat verließ Trent das Polizeirevier. Er hatte seinen Blackberry abgeholt und sich erneut mit dem Detective unterhalten, ohne dass etwas Neues dabei herausgekommen wäre.

Trent nickte seinem Anwalt zum Abschied zu und stieg in die Limousine. McGray hatte ihm dieselben Fragen wie immer gestellt, diesmal aber auch wissen wollen, ob der Brief Trent zu Hause oder im Büro erreicht hatte. Außerdem hatte er sich erkundigt, ob Trent sich an das Papier erinnern könnte, auf was für Papier er gedruckt gewesen war.

Trent hatte versucht, dem Detective alles zu sagen, woran er sich erinnerte, aber viel war das nicht gewesen. Als McGray ihn schließlich entließ, wirkte der Mann frustriert.

Offenbar war die Polizei der Lösung des Rätsels um Maries Tod keinen Schritt näher gekommen.

Der Chauffeur lenkte den Wagen geschickt durch den dichten Abendverkehr. Trent hatte einen langen Arbeitstag hinter sich, dessen Krönung das Verhör auf dem Revier gewesen war. Jetzt war er auf dem Weg in das spanische Restaurant *Pacheco*, wo er sich mit zwei wichtigen Werbekunden und den Führungskräften von AMS zum Abendessen treffen würde. Siedend heiß fiel ihm ein, dass er einen Stapel wichtiger Unterlagen im Büro vergessen hatte. Nun ja, er würde seine Assistentin bitten, sie zu holen. Eigentlich hatte er gehofft, dass Carrie ihn begleiten würde, aber sie hatte Wanda einen freien Abend versprochen und musste sich um ihre Mutter kümmern.

Mittlerweile hasste Trent es, alleine auf gesellschaftliche Veranstaltungen zu gehen. Lächelnd schüttelte er den Kopf. Was für eine Kehrtwendung …

Sein Vater würde an diesem Abend ebenfalls anwesend sein, um seinem Sohn vor den wichtigen Kunden und Partnern symbolisch das Zepter zu überreichen. Umso mehr wünschte Trent sich Carrie an seine Seite.

Aber immerhin würde er sie später zu Hause wiedersehen, und morgen würde er ihr ein königliches Frühstück bereiten.

Meine Güte, was war er nur für ein Mustergatte geworden!

Es war Mittag, und das *Park Café* war überfüllt. Zwei Frauen saßen an einem kleinen Tisch und teilten sich einen fettarmen Muffin.

„Guck dir den Typen da mal an!"

Die zarte Frau mit dem dichten blonden Haar nahm ihrer brünetten Freundin die Zeitung aus der Hand und studierte das besagte Foto. „Wow. Heißer Kerl."

„Und diese Frau, die ihn begleitet", fuhr die Brünette deprimiert fort. „Sie sieht einfach perfekt aus. Sie muss Schauspielerin oder Model sein." Sie seufzte. „So einen Typen werde ich nie abkriegen."

„Keine durchschnittlich aussehende Frau bekommt so einen Typen ab", stellte die Blondine sachlich fest.

„Weil solche Typen uns nicht einmal bemerken, wenn wir nackt vor ihnen Fruchtbarkeitstänze aufführen."

Die Blonde nahm einen Schluck Kaffee und stand auf. „So, ich muss jetzt los. Wollen wir heute Abend ins Kino gehen?"

„Okay. Irgendein Schmachtfilm?" Die Brünette grinste, und die Blonde schnaubte: „Dann können wir wenigstens träumen …"

Lachend verließen die beiden Freundinnen das *Park Café.*

Carrie saß hinter einem doppelten Cappuccino und hatte die beiden die ganze Zeit über belauscht. Wie oft hatte sie selbst solche Gespräche mit ihren Freundinnen geführt – bis sie Trent begegnet war und ihre Wünsche sich in Realität verwandelt hatten.

Verträumt dachte sie an den wunderschönen Morgen, den sie mit ihrem umwerfenden Ehemann verbracht hatte. Wer hätte je gedacht, dass Trent Tanford seiner Frau eines Tages das Frühstück ans Bett bringen würde?

Neugierig schnappte Carrie sich die Zeitung, die die beiden Frauen liegengelassen hatten, und suchte in der Klatschspalte nach dem Bild, über das sie sich unterhalten hatten. Als sie das

Foto schließlich fand, blieb ihr die Luft weg. Das Bild zeigte Trent, gemeinsam mit einer hübschen Blondine. Sie standen dicht nebeneinander. Er hatte seinen Arm um die junge Frau gelegt und gab ihr einen Kuss auf die Wange.

Die Überschrift besagte: *Die Reichen und Schönen feiern im Pacheco.*

Carrie fühlte sich, als hätte jemand einen Eimer eiskaltes Wasser über ihr ausgeleert. Sie durchforstete den Artikel nach einem Hinweis darauf, wer diese Frau war und was ihr Mann da mit ihr machte, wo er doch eigentlich nur ein Abendessen mit einem Haufen alter Herren geplant hatte.

Schließlich musste es eine Erklärung geben. Er würde sie doch nicht anlügen! Er würde doch nie im Leben mit anderen Frauen ausgehen, während Carrie ihre kranke Mutter pflegte!

Sie versuchte, ihre Eifersucht und ihr Misstrauen zu unterdrücken. Immerhin hatte sie sich geschworen, ihm zu vertrauen. Es musste eine Erklärung geben, sie musste sie einfach nur finden. Stattdessen las sie:

Letzte Nacht wurde AMS-Playboy Trent Tanford im Pacheco beim Kuscheln mit einer mysteriösen Blondine beobachtet.

Carrie wurde schlecht. Fassungslos starrte sie die Frau an. Sie kam ihr irgendwie bekannt vor. Carrie kniff die Augen zusammen. Sie kannte diese Frau!

Aber woher nur?

War sie tatsächlich ein bekannter Star? Oder war sie …

Dann erstarrte sie. Sie erinnerte sich! Sie selbst hatte die Unbekannte eines Nachts zu Trents Tür gebracht. Carrie sackte in sich zusammen. Die mysteriöse Blondine war gar nicht so geheimnisvoll. Sie war eine von Trents Affären.

Carrie warf die Zeitung auf den Tisch, ließ Kaffee und Croissant stehen und stürmte aus dem Café.

Wie hatte sie sich nur in einen Frauenhelden verlieben können? Warum hatte sie sich nicht zusammengerissen? Warum hatte sie nicht einfach das Ende ihrer Vereinbarung abgewartet, ohne Liebe, ohne Sex?

Als Carrie gestern Nacht spät von ihrer Mutter zurückgekehrt war, hatte sie sich noch kurz mit Trent unterhalten. Er hatte behauptet, das Geschäftsessen wäre angenehm verlaufen. Ganz offensichtlich! Sie erinnerte sich, dass er es ganz schön eilig gehabt hatte, das Thema zu wechseln.

Amandas Worte schossen ihr durch den Kopf: „Bilde dir nicht ein, dass du einen Mann ändern kannst."

Carrie stürmte in das Apartmenthaus und stieg in den Aufzug, wo sie wütend auf den Knopf für den zwölften Stock drückte. Verzweifelt versuchte sie, nicht daran zu denken, wie viel sie in diesem Aufzug schon erlebt hatte.

Mit wackligen Knien betrat sie die Wohnung. Trents Wohnung. Sie würde zu ihrer Mutter ziehen. Auf keinen Fall konnte sie hierbleiben, nicht nach dieser Geschichte.

Sie mochte eine gekaufte Braut sein, aber einen fremdgehenden Ehemann würde sie trotzdem nicht akzeptieren. Schon gar nicht einen, der sie angelogen hatte, als er ihr Treue schwor.

Rasch packte sie ihre Sachen zusammen, dann setzte sie sich an den Esstisch, nahm ein Blatt Papier und einen Stift und überlegte, was sie ihm schreiben sollte. Einen Augenblick lang fragte sie sich, ob sie überhaupt rational handelte, ob sie falsch reagierte, ob sie vielleicht erneut versuchte, sich aus Angst vor Verletzungen zu schützen. Aber dann dachte sie wieder an das Foto und daran, wie diese Blondine bei ihr geklingelt hatte. Diese Frau war einmal Trents Geliebte gewesen, basta.

Sie war fertig mit diesem Mann, ein für alle Mal.

Entschlossen schrieb sie den Brief, legte ihn auf den Tisch, schnappte sich ihre Taschen und verließ die Wohnung.

Er war ein verheirateter, glücklicher Mann, und bald würde er eine Familie gründen.

Dieses eine Mal hatte sein Vater recht gehabt.

Noch vor einem Monat war das Einzige, das für Trent zählte, seine Karriere gewesen. Jetzt drehte sich alles nur noch um Carrie und ihre gemeinsame Zukunft. Er lächelte bei der Vorstellung, dass es vielleicht eines Tages einen Trent Junior geben würde.

Als Trent um halb acht den Flur zu seiner Wohnung entlangging, fühlte er sich als der glücklichste Mann der Welt. Er hatte Essen mitgebracht und hoffte, dass Carrie Thailändisch mochte. Vielleicht würden sie dann einfach eine DVD ansehen. Die letzten Abende hatte er lang gearbeitet – heute würde es nur sie beide geben.

Aber zunächst musste er mit ihr reden. Sicher hatte sie das Foto in der Zeitung gesehen. Sie war den ganzen Tag über nicht an ihr Handy gegangen – entweder sie hatte viel zu tun gehabt, oder sie war sauer auf ihn.

Nicht, dass er ihr Vorwürfe deswegen gemacht hätte. Es war falsch gewesen, sie nicht zu warnen. Der Fotograf war ihm zwar aufgefallen, aber er selbst war zu beschäftigt mit den Kunden gewesen, um sich weitere Gedanken über die Konsequenzen zu machen.

„Carrie? Ich bin zu Hause!"

Er wanderte durch das dunkle Apartment und suchte sie. Nichts. Carrie war nicht da.

Stirnrunzelnd sah er sich um. Vielleicht war sie ja noch bei der Arbeit? Oder sie hatte noch kurz bei ihrer Mutter vorbeigeschaut. Er ging zum Telefon, um sie anzurufen, aber auf halbem Weg sah er den Brief auf dem Tisch liegen.

Während er las, schien sein Herz zu Eis zu gefrieren. Es dauerte eine Weile, bis ihm klar wurde, was Carrie getan hatte. Mit einem Mal wurde er zornig. Sie hatte das Bild gesehen, aber anstatt mit ihm zu sprechen, war sie einfach weggelaufen. Sie war genauso wie ihr Vater!

Was sie neulich gesagt hatte, hatte offenbar absolut nichts zu bedeuten. Sie vertraute ihm kein bisschen, und ihre Ehe bedeutete ihr letztlich gar nichts. Aber am schlimmsten war, dass sie nicht den Mut besaß, ihm gegenüberzutreten und es ihm ins Gesicht zu sagen.

Mit zornverzerrtem Gesicht knüllte er den Brief in der Faust zusammen und warf ihn in den Mülleimer.

13. KAPITEL

*C*arrie wohnte bereits seit vier Tagen bei ihrer Mutter, als ein Brief von Trent eintraf. Es war das erste Mal, dass sie etwas von ihm hörte, nachdem sie ihn verlassen hatte.

Er bat sie, in sein Büro zu kommen und sich einige Papiere anzusehen. Sie sollte zu einer Zeit kommen, zu der er selbst nicht anwesend war.

Carries Herz zog sich schmerzhaft zusammen. Sie hatte die längsten vier Tage ihres Lebens hinter sich. Manchmal vermisste sie Trent so sehr, dass sie fast wahnsinnig wurde. Aber ihm ging das offenbar anders.

In ihrem Designerkostüm stand sie am Küchentresen und starrte fassungslos auf den getippten Brief. Trent hatte sich nicht einmal die Mühe gemacht, ihn von Hand zu schreiben.

Vermutlich handelte es sich um die Scheidungspapiere.

Er wollte sie so schnell wie möglich loswerden. Vielleicht wollte er den Weg ebnen für sich und sein blondes Gift! Möglicherweise war diese Frau schon längst bei ihm eingezogen und lag jetzt in seinem Bett, an seiner Seite, an *ihrem* Platz!

Auf einmal schien sich ein tonnenschwerer Stein auf ihre Brust zu senken. Erst jetzt wurde ihr klar, was sie alles verloren hatte. Aber sie würde keinesfalls zu einem Mann zurückkehren, der sie angelogen und betrogen hatte, egal, wie sehr sie ihn liebte.

Sie schnappte sich ihre Handtasche und verließ die Wohnung. Am Nachmittag würde sie in seinem Büro vorbeischauen, wenn er einen Termin hatte. Je schneller sie diese Angelegenheit hinter sich brachte, desto besser.

„Möchten Sie heute etwas Bestimmtes zum Mittagsessen?"

Trent sah auf und schüttelte den Kopf. „Nein, danke."

Der Botenjunge Danny rührte sich nicht von der Stelle. Er blieb einfach abwartend im Türrahmen stehen.

Trent atmete tief durch. Er war heute nicht in der Stimmung für Plaudereien. „Was gibt es denn noch?"

„Treffen Sie sich zum Essen mit Ihrer Frau?"

„Nein!", erwiderte Trent abweisend. Er spürte, wie sich bei der Erwähnung von Carrie sein ganzer Körper verkrampfte. „Und abgesehen davon geht Sie das überhaupt nichts an."

„Dann stimmt es also."

Trent sah auf und starrte den sommersprossigen jungen Mann feindselig an. „Was wollen Sie eigentlich, Dan?"

„Ich will Sie etwas fragen."

„Na dann, schießen Sie los. Ich habe viel zu tun."

Danny betrat Trents Büro nur sehr selten, aber heute fasste er den Mut und setzte sich vor Trent an den Schreibtisch. „Wenn ich mich über Nacht in eine Arbeitsmaschine verwandeln würde, die selbst spät nachts noch im Büro sitzt, würden Sie dann mit mir reden?"

Trent sah ihn an. „Allerdings. Ich würde Ihnen mitteilen, dass Sie gute Arbeit leisten. Und dass Sie offenbar endlich verstanden haben, wie man in dieser Stadt etwas aus sich macht."

Danny schnaubte ungläubig. „Das hätten Sie vielleicht gesagt, bevor …"

„Ich habe keine Zeit für solchen Unsinn", unterbrach Trent ihn eilig.

„Sie waren *glücklich*, Trent! Glücklicher, als ich Sie jemals zuvor gesehen habe. Was um alles in der Welt ist jetzt nur plötzlich los mit Ihnen?"

Trent musterte den jungen Mann wütend. „Für Sie immer noch ‚Mr. Tanford'!"

Danny seufzte und erhob sich. „Na gut, Mr. Tanford. Ich gehe ja schon. Aber bevor ich diesen Raum verlasse, möchte ich Ihnen noch etwas sagen." Trent schüttelte warnend den Kopf, aber Danny fuhr unbeeindruckt fort. „Als Sie vor ein paar Jahren angeboten haben, meine Ausbildungskosten zu übernehmen, war meine Familie alles andere als begeistert."

„Wieso das denn?", fragte Trent und versuchte, dabei möglichst arrogant zu klingen.

„Sie fanden, dass das eine Familienangelegenheit ist."

„Na klar."

„Aber ich habe ihnen gesagt, dass Sie für mich zur Familie gehören. Und dass Familie nicht immer eine Frage der Blutsverwandtschaft ist."

„Was wollen Sie mir eigentlich sagen, Junge?" Trents Feindseligkeit verpuffte.

„Dass Sie früher vielleicht nicht die Familie hatten, die Sie sich gewünscht haben, aber dass Sie jetzt die Chance haben, sich eine eigene zu gründen."

Trent nickte. „Ein schöner Gedanke, Danny."

„Sie ist Ihre Familie."

„Schluss jetzt." Trent schüttelte den Kopf. „Verschwinden Sie. Ich muss weiterarbeiten. Wir sehen uns dann morgen."

Danny ging ohne ein weiteres Wort. Verzweifelt versuchte Trent, seine Gedanken wieder zu ordnen, aber es gelang ihm nicht. Dannys Worte hatten ihn vollkommen aus der Bahn geworfen. Er hätte eine Familie haben können. Eine Familie mit Carrie.

Aber dann traf ihn die Realität wie ein Faustschlag. Er hatte als Kind keine Familie gehabt, und er würde auch jetzt keine haben. Das waren nur Träume gewesen, kitschige, unrealistische Schwärmereien.

Die Frau, der er sein Herz geschenkt hatte, war darauf herumgetrampelt wie auf einem weggeworfenen Kaugummipapier.

Aber während er auf seinen Monitor starrte und versuchte, sich auf seine Arbeit zu konzentrieren, schlich sich ein unwillkommener Gedanke in seinen Kopf. Er versuchte, ihn zu ignorieren, denn mit ihm war die schmerzhafte Erkenntnis verbunden, dass er womöglich eine Mitschuld an Carries Handeln trug.

Ja, Carrie hatte sich von ihrer Angst zu einer Überreaktion hinreißen lassen. Aber wie viel hatte er selbst dazu beigetragen, ihre Ängste zu schüren? Auch er hatte Dinge vor ihr verheimlicht. Er hatte sein Leben genauso wenig offenbart wie sie das ihre. Hatte auch er sich von seiner Furcht leiten lassen?

Mit einem Kopfschütteln versuchte er, diesen unangenehmen Gedanken zu verscheuchen, aber es gelang ihm nicht. Er konnte nicht länger leugnen, dass er ebenfalls Fehler gemacht hatte.

Carries hübsches, lachendes Gesicht würde auf ewig durch seinen Kopf spuken, gemeinsam mit dem Wissen, dass *er* sie vertrieben hatte.

Die Frau hinter dem Empfangstisch bat Carrie, einen Augenblick zu warten. Carrie nickte der Sekretärin freundlich zu und setzte sich in den Wartebereich vor Trents Büro. Ihr war schlecht und schwindelig. Was machte sie hier eigentlich? Sie würde diese Papiere unterschreiben, aber sie wusste genau, dass die Geschichte mit Trent damit noch lange nicht erledigt wäre, jedenfalls nicht für sie.

Sie konnte hören, wie die Sekretärin mit jemandem redete. Weil sie so sehr in Gedanken vertieft war, nahm Carrie das Gespräch zunächst kaum wahr, doch plötzlich drang die Stimme der Fremden zu ihr durch. Sie erinnerte sie an etwas, kam ihr irgendwie bekannt vor. Carrie warf einen Blick über ihre Schulter.

Mit einem Mal fühlte sie sich wie erstarrt.

Oh Gott! Die Blondine von dem Foto aus der Zeitung!

Carrie sprang auf. Grenzenloser Zorn stieg in ihr auf, sodass sie kaum noch atmen konnte. Ihre Beine wollten sie kaum tragen, aber entschlossen ging sie auf die beiden Frauen zu.

Die Blondine redete auf Trents Sekretärin ein, ohne weiter auf Carrie zu achten. Wie eine Furie raste Carrie auf sie zu und baute sich vor ihr auf.

„Sie!", war alles, was sie im ersten Moment herausbrachte, als sie der ungewöhnlich schönen jungen Frau in die Augen sah.

„Mrs. Tanford?" Die Sekretärin wirkte besorgt. „Wenn Sie sich bitte wieder hinsetzen würden, ich komme gleich zu Ihnen."

„Mrs. Tanford?", wiederholte die Blondine mit einem aufrichtig erfreuten Lächeln. Sie reichte Carrie ihre Hand. „Hallo. Ich bin eine von Mr. Tanfords Assistentinnen. Ich glaube nicht, dass wir uns schon kennengelernt haben."

Carrie schnaubte. „*Allerdings* haben wir das." Seine Assistentin. Von wegen …

Die Frau zog ihre Brauen zusammen. „Wie bitte?"

„Tut es Ihnen wenigstens leid, dass Sie meine Ehe zerstört haben?"

Trents Sekretärin schnappte nach Luft und sah aus, als würde sie gleich in Ohnmacht fallen. Die Blondine hingegen wirkte einfach nur schockiert. „Sie müssen mich mit jemandem verwechseln!"

„Das tue ich ganz sicher nicht. Denken Sie, ich vergesse das Gesicht der Frau, die sich mit meinem Mann in den Klatschspalten herumtreibt?"

Die Frau schüttelte den Kopf. „Das Foto haben Sie vollkommen falsch verstanden!"

„Das bezweifle ich."

„Es war sehr laut in dem Restaurant. Mr. Tanford hat sich nur zu mir herübergebeugt, um mir zu sagen, dass ich ins Büro fahren sollte, um eine Akte zu holen, die er vergessen hatte."

Carrie schnaubte vor Wut und zuckte mit den Achseln. „Ich würde Ihnen das gerne glauben, wenn Sie nicht zufällig eines Nachts an meiner Wohnungstür geklingelt hätten, damit ich Sie in Trents Wohnung bringe."

„Das ist einige Monate her, oder?"

„Sie erinnern sich also!"

„Ich habe Mr. Tanford gesucht."

Carrie atmete durch. Diese Frau war blöd wie eine Scheibe Toastbrot. „Ich weiß. Genau das habe ich eben gesagt."

Die junge Frau schüttelte den Kopf. „Ich war damals noch die Assistentin von Mr. Tanford Senior. Er hat in dieser Nacht verzweifelt nach seinem Sohn gesucht und mich gebeten, in die Park Avenue zu fahren, um nachzusehen, ob Mr. Tanford Junior dort ist. Es tut mir sehr leid, dass ich Sie damals gestört habe."

Plötzlich begann sich alles zu drehen. Carrie hielt sich an dem Rezeptionstisch fest und schnappte nach Luft. Konnte es sein, dass sie einen riesigen Fehler gemacht hatte?

Eine andere Frau kam mit einem Geschenk in der Hand den Flur entlang. „Lauren, wir müssen los. Alle warten schon auf dich."

Die Blondine drehte sich zu Carrie um und erklärte: „Heute steigt meine Babyparty."

„Babyparty?", murmelte Carrie betreten. „Sie sind schwanger?"

„Allerdings." Lauren berührte sanft Carries Arm. „Als Mr. Tanford Senior zurückgetreten ist, dachte ich, das wäre das Ende meiner Karriere. Ich war meinen Job los, schwanger und frisch verheiratet", erklärte sie.

Carries Knie gaben nach.

„Aber Ihr Mann hat mir angeboten, für ihn weiterzuarbeiten, auch nach der Geburt. Mein Mann studiert noch Medizin, und das Geld hätte hinten und vorne nicht gereicht, wenn ich meinen Job verloren hätte. Ich schulde Ihrem Mann viel, Mrs. Tanford."

Carrie wäre am liebsten im Erdboden versunken vor Scham. Was war sie nur für eine hysterische Zicke gewesen! Fassungslos über sich selbst schüttelte sie den Kopf und schloss für einen Moment die Augen. „Ich bin so ein Trottel. So ein blöder, eifersüchtiger, unsicherer Trottel."

Trents Sekretärin prustete vor Lachen. „Ach, Schätzchen, das sind wir alle hin und wieder."

„Es tut mir so unendlich leid", murmelte Carrie und sah Lauren in die Augen.

Die Frau lächelte. „Schon in Ordnung."

„Nein, ist es nicht, aber trotzdem danke. Sie können sich schon auf ein riesiges Geschenk für Ihr Baby freuen, auf Kosten von Carrie Tanford."

Lauren lachte auf. „Sie sind wirklich lustig. Kein Wunder, dass Mr. Tanford immer so früh wie möglich nach Hause wollte."

Carrie fühlte sich, als hätte ihr jemand einen Dolch ins Herz gerammt. Sie musste los, und zwar sofort. Sie wandte sich an Trents Sekretärin. „Sie sind mich gleich wieder los. Geben Sie mir einfach die Papiere, die Trent für mich hiergelassen hat."

Die Frau nickte. „Sie liegen auf Mr. Tanfords Schreibtisch. Soll ich sie holen, oder wollen Sie reingehen?"

„Ich gehe selber, danke."

Carrie entschuldigte sich ein letztes Mal bei Lauren, dann betrat sie Trents Büro.

Sie schloss die Tür hinter sich und lehnte sich gegen die kühle Wand, um wieder zu klaren Gedanken zu kommen.

Dann sah sie sich um. Trent war wie erwartet nicht da, und dennoch erfüllte er den ganzen Raum. Sein Duft, sein Einrichtungsstil, die Farben, die er mochte … Carrie wollte ihn an ihrer Seite, so sehr, dass es ihr das Herz brach. Aber sie wusste, dass sie ihn nicht verdiente, nicht nach dem, was sie ihm angetan hatte.

Auf seinem Tisch lang ein Briefumschlag, auf dem ihr Name stand. Sie zögerte einen Augenblick, ehe sie ihn öffnete. Tatsächlich: Es waren Scheidungspapiere.

Erst als sie die Unterlagen durchsah, begriff sie wirklich, dass es vorbei war. Ihr wurde übel, und die Tränen stiegen ihr in die Augen.

Als sie Seite drei der Unterlagen durchlas, begann sie zu weinen. Trent erklärte sich bereit, für die Arztkosten und die Pflege ihrer Mutter aufzukommen, und zwar für immer.

Carrie ließ die Blätter fallen und sank schluchzend in sich zusammen.

Als sie sich wieder gefangen hatte, stand sie auf und verließ das Büro – ohne die Papiere unterschrieben zu haben.

14. KAPITEL

*W*as um alles in der Welt will sie denn noch, Devlin? Mehr Geld?", wütete Trent. Er saß im Büro seines Anwalts und starrte aufgebracht den Mann an, der seine Scheidung vollziehen sollte.

„Ich fürchte, genau das Gegenteil ist der Fall", erwiderte der Anwalt.

„Das gibt's doch nicht", murmelte Trent düster.

„Sie sagt, dass sie die Papiere nicht unterschreiben wird, solange Sie ihr irgendetwas geben."

Trent fluchte. „Das werde ich mir aber nicht nehmen lassen!"

Devlin zuckte mit den Achseln. „Was haben Sie denn? Das ist der Traum jedes Mannes!"

„Für mich ist es eher ein Albtraum. Vor einer Woche war ich noch der glücklichste Mensch der Welt. Meine Frau war glücklich, und sie hat mich geliebt. Und ich …"

„Was?", hakte Devlin nach, den sein unentschiedener Klient vollkommen verwirrte.

Kopfschüttelnd starrte Trent aus dem Fenster.

„Was wollen Sie denn eigentlich, Mr. Tanford?", fragte Devlin und schob die unsignierten Scheidungspapiere auf seinem Schreibtisch hin und her.

„Ich will, dass all das hier ein Ende hat", stöhnte Trent. „Diese ganze verdammte Geschichte."

„Und dabei helfe ich Ihnen, Trent. Ich helfe Ihnen dabei, einen Schlussstrich unter Ihre Ehe zu setzen."

„Sie verstehen mich falsch, Devlin. Ich will, dass dieses Gespräch hier endet. Aber meine Ehe …", Trent stand auf und zog sich sein Jackett über, „… die will ich zurück."

Es war Mittwochabend, und Carrie war zum ersten Mal seit Jahren auf Staten Island. Dämmerung senkte sich über die Insel und schuf eine seltsame, etwas traurige Atmosphäre. Aber diese Stimmung entsprach genau Carries Gefühlen.

Sie stand vor einer Pizzeria und wartete auf Trent. Obwohl sie genau wusste, was sie ihm sagen wollte, fühlte sie sich unendlich nervös.

„Interessante Ortswahl."

Gott, wie sehr hatte sie diese Stimme vermisst! Carrie drehte sich um und sah Trent mit langen und energischen Schritten auf sich zukommen. Er trug Jeans und ein weißes Hemd, und wie immer sah er umwerfend aus.

Sie versuchte, die Stimmung aufzulockern. „Ich dachte, du magst Pizza."

Sein Blick wurde düster, und Carrie begriff, dass ihm nicht nach Scherzen zumute war. „Was ist los, Carrie? Warum hast du die Papiere nicht unterzeichnet?"

„Ich habe dir doch gesagt, dass ich sie heute unterzeichne."

„Das habe ich schon verstanden. Aber ich begreife nicht, weshalb du meine Hilfe verweigerst."

Ihr Herz zog sich schmerzhaft zusammen. Am liebsten wäre sie auf Trent zugelaufen und ihm um den Hals gefallen. „Die Frage ist viel eher, warum du mir weiterhin helfen willst! Warum möchtest du unbedingt, dass eine Verbindung zwischen uns bestehen bleibt?"

Er sah sie nachdenklich an. „Weil ich nicht anders kann."

„Warum nicht?", hakte sie sanft nach.

„Weil ich nicht die Art von Mensch bin."

Carrie legte den Kopf schief. „Bist du sicher, dass das der wahre Grund ist?"

„Wie meinst du das?", fragte er abwehrend und lehnte sich gegen die Wand des Restaurants.

Hinter ihnen verließ eine Gruppe von Gästen das kleine Lokal, und appetitliches Knoblauch- und Tomatenaroma erfüllte die Luft.

Carrie sah zu Trent auf. „Vielleicht willst du nicht loslassen, weil du mich liebst."

„Carrie …"

„Du liebst mich ebenso, wie ich dich liebe, und eigentlich willst du gar nicht, dass unsere Ehe endet. Aber ich habe dich zutiefst gekränkt. Du bist verletzt, und das ist alleine meine Schuld. Ich hatte Angst und habe dich schlecht behandelt."

Trent schlug mit der Faust gegen die Wand. „Du hast mich einfach im Stich gelassen!"

„Ich weiß", erwiderte Carrie ruhig. „Und das war falsch und dumm, aber ich denke, wir sollten unserer Ehe noch eine Chance geben."

Er sah sich um. „Warum wolltest du mich eigentlich hier treffen?"

„Wegen der Geschichte, die du mir erzählt hast. Darüber, wie dein Kindermädchen dir den schönsten Tag deines Lebens beschert hat. Viel mehr weiß ich nicht über dein Leben, Trent."

Trents Zorn verpuffte, und er sah sie verwundert an.

Carrie fuhr fort: „Wir haben uns unglaublich schnell ineinander verliebt, und wir haben einiges miteinander erlebt. Aber wirklich tief ging unsere Beziehung nicht."

Kritisch hob er eine Braue, und sie lachte auf. „Was Sex betrifft, natürlich schon, aber wir haben nie sonderlich viel über einander erfahren. Unsere Hochzeit war, freundlich ausgedrückt, unkonventionell, und wir hatten einfach nicht genug Zeit."

„Zeit wofür?"

„Um einander kennenzulernen. Ich weiß fast nichts über deine Vergangenheit, warum du der Mann bist, den ich liebe, warum du ... *du* bist!" Sie ging einen Schritt auf ihn zu und sah ihn hoffnungsvoll an. „Mir ist klar geworden, dass ich deswegen so unsicher war, so viel Angst hatte, weil ich dich kaum kannte, weil ich nichts über dich wusste, das mir Sicherheit hätte geben können."

„Aber viel Spannendes gibt es da nicht zu erzählen", erwiderte er sanft.

Carrie streckte die Hand aus und strich ihm über die Wange. „Das ist mir egal. Es ist deine Geschichte, und ich will sie hören, denn ich liebe dich."

Trent sah sie einen Augenblick lang unsicher an, dann lächelte er und erwiderte: „Ich liebe dich auch, Carrie."

Carrie stiegen Tränen in die Augen. Seit sie ihn verlassen hatte, hatte sie sich nichts so sehr gewünscht, wie diese drei Worte von ihm zu hören. Dass er sie jetzt ausgesprochen hatte, war das schönste Geschenk, das er ihr hatte machen können.

„Das ist gut", erwiderte sie mit klopfendem Herzen. „Denn ich möchte dir ein neues Geschäft anbieten."

Er hob die Brauen. „Ein Geschäft?"

Sie nickte, atmete tief durch und sah ihm ernst in die Augen. „Ich will dir mein Herz anbieten, meine Liebe und meine Ehrlichkeit, alle meine Geschichten und mein Vertrauen."

Trent streckte die Arme nach ihr aus und zog sie an sich. „Und was erwartest du im Gegenzug?"

„Dass du dasselbe tust", murmelte sie und ließ sich gegen seine Brust sinken.

Trent seufzte. „Es tut mir leid, dass ich dir nicht von der Polizei erzählt habe. Und das mit dem Foto hätte ich dir auch sofort sagen sollen. Ich weiß nicht, was in mich gefahren ist. Ich denke, ich war es einfach nicht gewöhnt, mich erklären zu müssen. Ich habe nicht genug Verantwortung für deine Gefühle übernommen."

„Schon in Ordnung", flüsterte Carrie.

„Nein, ist es nicht", erwiderte Trent. „Ich habe mich in dich verliebt, aber ich konnte es mir nicht voll und ganz eingestehen. Ich hatte Angst vor den Konsequenzen, und deswegen habe ich mich nicht mit ganzem Herzen darauf eingelassen."

Sie schüttelte den Kopf. „Mach dir keine Gedanken mehr. Diese Zeiten sind vorbei. Lass uns einen Neuanfang wagen, hier und jetzt." Sie hob den Kopf und sah ihm in seine leuchtend blauen Augen. „Nimm mein Angebot an, Trent Tanford, und lass uns eine gemeinsame Zukunft erschaffen."

Er zog sie noch fester an sich und seufzte tief. „Mein Gott, wie sehr ich dich liebe, Carrie Tanford. Ich wäre fast wahnsinnig geworden ohne dich!"

„Mir ging es nicht anders."

„Ich habe den Ring keine Sekunde lang abgenommen."

Sie lachte. „Ich auch nicht."

Trent lächelte, dann nahm er ihr Kinn, sodass sie das Gesicht heben musste. Sein Kuss sprach von Liebe, von Zärtlichkeit und von einer Zukunft, in der es keine Geheimnisse mehr geben würde. „Carrie, willst du mich ein zweites Mal heiraten?"

Carrie stiegen vor Rührung die Tränen in die Augen. „Ja", flüsterte sie, „das will ich."

„Mit Kirche und allem Drum und Dran?"

„Ja."

Er küsste sie erneut, aber diesmal voller Leidenschaft und Begehren.

Hinter ihnen verließ ein Paar die Pizzeria. Die Frau schnaubte empört und meckerte: „Nehmen Sie sich besser ein Hotelzimmer!"

Carrie und Trent brachen in fröhliches Lachen aus.

„Hast du Hunger?", fragte er, als sie sich wieder beruhigt hatten. „Zum Beispiel auf Pizza?"

„Ja, ich bin hungrig", erwiderte sie, schlang ihre Arme um seine Taille und sog seinen männlichen Duft ein. „Auf Pizza, auf dich, auf unsere Zukunft und unser gemeinsames Leben Und auf die Schandtaten aus deiner Jugend, von denen du mir erzählen wirst."

Er schenkte ihr ein unwiderstehliches Lächeln. „Wollen wir mit der Pizza anfangen und uns dann langsam zum Rest vorarbeiten?"

„Gute Idee", erwiderte Carrie und schmiegte sich an ihn, während sie gemeinsam das Restaurant betraten. Pizza war ein guter Anfang, und dann würden sie Stück für Stück mit ihrem neuem Leben beginnen.

– ENDE –

4 Romane in einem Band

Nora Roberts u. a.
Wo das Glück
dich findet

Nora Roberts –
Solange die Welt sich dreht:

Ihre Mutter scheint eine Affäre zu haben, mit dem attraktiven jungen Drehbuchautor Luke. Gwen will herausfinden, ob er es ernst meint – aber dann verliebt sie sich selbst Hals über Kopf in ihn!

Band-Nr. 20061

9,99 € (D)

ISBN: 978-3-95649-291-4

512 Seiten

Jayne Ann Krentz –
Wenn deine Hände mich zart berühren:

Trent ist überglücklich, als Frederica zustimmt, ihn zu heiraten. Aus ihrer stürmischen Affäre wurde die große Liebe. Doch plötzlich verdichten sich die Hinweise, dass Frederica nur aufs Geld aus ist!

Joan Elliott Pickart – Einladung zum Glück:

Eigentlich führen Sandra und David eine perfekte Ehe – aber momentan kriselt es. Da erfährt Sandra: David hat für sie seinen Traum aufgegeben, Eishockeyprofi zu werden. Kann er ihr das jemals verzeihen?

Marie Ferrarella – Mein blonder Engel kehrt zurück:

Einst brannte Carole Anne nach Los Angeles durch, jetzt ist sie zurück in der Kleinstadt Belle's Grove. Der Arzt Jeff hat Carole schon immer geliebt – und ist entschlossen, sie nie wieder gehen zu lassen!

4 Romane in einem Band

Nora Roberts u. a.
Im Zauber
des Frühlings

Nora Roberts –
Meer der Liebe:

Die ersten Blumen erblühen, die Vögel zwitschern – und Meggie liegt überglücklich in Davids Armen. Doch dann verdichten sich die Hinweise, dass der Geschäftsmann ein falsches Spiel mit ihr treibt.

Debbie Mavomber –
Zauber der ersten Liebe:

Frühlingsgefühle hin oder her: Keinesfalls darf sich Maureen in den weltgewandten Grey verlieben. Sie passt einfach nicht in seine glamouröse Welt. Dennoch hat ihr Herz bereits anders entschieden …

Band-Nr. 20062

9,99 € (D)

ISBN: 978-3-95649-282-2

eBook: 978-3-95649-469-7

496 Seiten

Maura Seger – Wer bist du, schöner Fremder?:

Das Frühjahr mit einem attraktiven Mann in den Bergen genießen. Eigentlich kann sich Lauren nichts Romantischeres vorstellen. Was sie nicht weiß: John hütet ein gefährliches Geheimnis.

Virginia Kantra – Niemand darf es je erfahren:

Nell sehnt sich nach Joes Küssen, aber sie muss dem faszinierenden Journalisten widerstehen. Nur für eine heiße Frühlingsnacht darf sie nicht riskieren, dass ihre Vergangenheit ans Licht kommt!

4 Romane in einem Band

Nora Roberts u. a.
Melodien
der Sehnsucht

Nora Roberts –
Entscheidung in Cornwall:

Mit jedem Lied verliert die Sängerin Ramona ihr Herz ein bisschen mehr. Warum hat sie sich nur darauf eingelassen, mit ihrem Exfreund Brian an ihrem Album zu arbeiten – ausgerechnet in seinem romantischen Landhaus in Cornwall?

Band-Nr. 20054

9,99 € (D)

ISBN: 978-3-95649-115-3

528 Seiten

Lynne Graham –
Nur Sehnsucht brennt heißer:

Eine Ehe ohne Liebe und Zärtlichkeit – jetzt reicht es der Musikerin Leah. Sie fordert von ihrem Mann Nik die Scheidung. Doch statt einzuwilligen, entführt er sie auf seine traumhafte Privatinsel …

Sandra Field – Wie ein schöner Schmetterling:

Seth hat eine Nacht mit einer bezaubernden Unbekannten verbracht. Als er sie wiedertrifft, erwartet ihn eine Überraschung: Es ist die berühmte Violinistin Lia D'Angeli! Hat er überhaupt eine Chance, ihr Herz zu gewinnen?

Carole Mortimer – Heut sing ich nur für dich:

Drei Jahre herrschte Funkstille zwischen Maggie und ihrem Mann Adam, die früher als Duo große Erfolge feierten. Bis er bei einem Festival plötzlich neben Maggie auf der Bühne steht …